중국현대통속문학사上

▪ 한 손에 잡히는 중국, 차이나하우스

중국현대통속문학사上

판보췬 지음

김봉연·신동순·신홍철·유경철·임춘성·전병석 옮김

차이나하우스

중국현대통속문학사上

2015년 8월 15일 초판 1쇄 인쇄
2015년 8월 20일 초판 1쇄 발행

지은이 판보췬
옮긴이 김봉연 · 신동순 · 신홍철 · 유경철 · 임춘성 · 전병석
펴낸이 이건웅
편 집 권연주
디자인 이주현 · 이수진
마케팅 안우리

펴낸곳 차이나하우스
등 록 제303-2006-00026호
주 소 서울시 영등포구 영등포동 8가 56-2
전 화 02-2636-6271
팩 스 0505-300-6271
이메일 china@chinahousebook.com
ISBN 979-11-85882-11-6 93820

값: 35,000원

『중국현대통속문학사(삽화본)』한국어판 서문

판보췬

한국 독자에게 바치는 이 책은 지난 30여 년 동안 '물길을 역$_逆$으로 거슬러 배를 몰았던' 나의 운항 기록이다. 왜냐하면, 내가 이 책에서 다룬 '원앙호접파 鴛鴦蝴蝶派'라는 현대통속문학 유파가 일찍이 중국현대문학사에서 '시대적 조류를 역으로 거스르는 흐름$_逆流$'으로 인식되었기 때문이다. 이런 이유로 이 유파는 중국현대문학사에서 장기간 정식으로 다뤄지지 않았고, 간혹 언급될 경우에도 비판 받는 운명일 뿐이었다.

중국현대문학 연구자의 한 사람으로서 나는 최근 백 년 동안 중국문학의 성과가 세계의 다른 문학 강국과 비교해서 크게 미치지 못하리라는 점을 잘 안다. 세계문학의 고전 반열에 들 만한 작품이 그리 많지 않기 때문이다. 유장한 원류$_源流$를 가진 우리의 고전문학과 비교해도 현대문학은 문학이 번성하기에 적절치 않은 토양에서 탄생하고 성장하였다. 물론 문학이 반드시 바람이 부드럽게 불고 비가 촉촉하게 내리는 온화한 환경에서 태어나 성장해야 하는 것은 아니다. 때로는 거센 풍파와 피비린내 속에서 문학의 전투적 찬란함이 배양 될 수도 있다! 이런 까닭으로 '오사$_五四$' 이래 중국의 신문학$_新文學$ 역시 결국은 칭송받을 만한 업적을 쌓아 올렸으며, 심지어는 중국을 넘어, 예를 들면 한국 연구자의 연구와 찬사를 이끌어내기도 하였다. 그러나 스스로의 성취에 자긍심을 느낄 때 중국 신문학은 왕왕 '유아독존'의 자세로 중국의 구백 육십 만 평방 킬로미터의 대지에 홀로 우뚝 선 듯이 하였다. "나야말로 시대의 유일적 존재다!" 유아독존식 담론의 패권을 깨뜨리려면 실로 엄청난 노력이 필요하다. 그러나 문제는 '한 나라_國'에도 '두 체제_兩制'가 존재한다는 점이다. 문학의 영역에서도 신문학에 다른 형제가 없으리 만무하다.

신문학 독존의 상황은 1970년대 말에서 80년대 초까지 줄곧 계속되었다. 개혁개방의 조류 속에서 진용_金庸, 량위성_梁羽生, 충야오_瓊瑤 등의 작품이 대륙에서 베스트셀러가 되고 엄청난 인기를 끌게 되었을 때에야 사람들은 이 작품들의 '선조_先祖'가 대륙에서 오랫동안 잊힌 채 감춰졌던 통속작가들이란 점을 인식하였다. 사람들이 이 작품들을 재발견하고 아울러 문학사에서 이 작품들의 자취를 뒤쫓았을 때에야 우리는 비로소 과거에 이 작품들이 받았던 대우가 극히 불공평한 것이었다는 점을 알았게 되었다. 그리하여 중국현대문학사에서의 '억울한 명예 훼손'이 점차 시정되었다.

현대통속문학의 우수한 작가들은 실제로 중국 청 말 민국 초의 초기 계몽주의자들이었다. 후스_胡適는 14세였던 1904년 상하이에 막 도착하여 『시보_時報』로부터 계몽을 받았다고 회상하였다. 그때 『시보』는 천징한_陳景韓, 렁(冷)·렁쉐(冷血)과 바오텐샤오_包天笑가 주필을 맡았는데, 후스는 『시보』에 실린 문학 작품을 대단히 좋아했다고 한다. "『시보』는 창간 이후 매일 천징한이나 바오텐샤오가 번역 또는 직접 창작한 소설을 실었다. 어떤 때는 렁쉐 선생 명의의 백화소설이 매일 두 편씩 실리기도 했는데, 이 소설들은 당시 번역계에서 확실히 최고로 손꼽혔다. 천징한은 때로 직접 단편소설을 창작하기도 하였는데, '셜록 홈즈, 중국에 오다' 등이 그것이다. 그의 소설 창작이 중국인의 신체_新體 단편소설 창작 중 가장 이르다는 것은 하나의 역사다." 천징한과 바오텐샤오 두 사람은 또한 1909년에 『소설시보_小說時報』를 주편하였다. 『소설시보』의 첫 번째 소설(이 소설은 '발간사'를 대신한 것이다)은 바로 천징한이 쓴 「각성술催醒術」인데, "1909년에 발표된 「광인일기狂人日記」"라고 칭송받을 만하다. 이른바 '각성催醒'이란 곧 '계몽'으로서, 이 소설은 제일 먼저 각성된 이가 사람들에게 '광인' 취급을 받게 될 것이라는 의미심장한 주제를 일찍부터 다루고 있다. 1900년대 초 수많은 신문학 작가들 또한 후스와 마찬가지로 어린 시절 여러 통속작가들로부터 계몽을 받았다는 사실은 논란의 여지가 없다. 그러나 신문학가가 된 후 그들 중 적잖은 이들이 이들 선배 작가를 폄하하였다. 중국은 역대로 '존사尊師'의 전통을 가지고 있었지만, 그 당시 일부 작가들은 '스승' 타도를 최신 유행으로 여겼다. 뒤를 이은 것은 작가 진영 내부의 '소모전'이었다.

  신문학 작가의 작품은 주로 지식인을 대상으로 한 엘리트문학이었다. 이 작품들은 중하층의 일반 서민에게 보급되지 못하였다. 루쉰魯迅의 어머니 저우 부인이 『납함吶喊』·『방황彷徨』을 읽지 않고 장헌수이張恨水의 『제소인연啼笑因緣』 등 통속소설을 즐겨 읽었다는 것이 바로 그 예증이다. 1927년 7월 마오둔茅盾 또한 신문학 작품이 군중에게 파고들지 못한다는 점을 문제로 느끼기 시작하였다. "6~7년 동안 '신문예' 운동으로 약간의 작품이 탄생하였으나, 이 작품들은 군중 속으로 깊게 파고들지 못하고 여전히 청년 학생의 읽을거리에 불과했다. '신문예'는 광대한 군중이라는 기초를 기반으로 삼지 못하였기 때문에 6~7년의 시간 동안 사회를 움직일 세력으로 성장하지 못하였다." 비록 문제를 인식하기는 하였지만, 신문학 작가들은 오랜 시간이 지나도록 이 문제를 제대로 해결하지 못하였다. 1940년대에 이르러 자오수리趙樹理 등의 무리가 등장하면서 비로소 변화의 기미가 보이기 시작하였다. 그러나 자오수리는 주로 작품을 어떻게 농민 군중에게 파고들게 할 것인가의 문제만을 해결하였다. 중국의 도시에서 중하층 시민에게 문학이라는 정신적 식량을 제공하는 일은 여전히 통속작가들의 몫이었다. 어느 학자가 신문학이란 서양의 '계몽' 담론과 대학문화라는 자원이 결합하여 강력한 힘을 갖게 된 담론이라고 말한 적이 있는데; 이는 정곡을 찌른 평가다. 이른바 '서양의 계몽 담론'은 1923년 루쉰이 말했던 것과 같은 상황에 있었다. "현재의 신문예는 밖에서 들어온 신흥 조류인데, 본시 그 나라의 일반인들도 쉽게 이해할 수 있는 것이 아니니 더욱이 이 특별한 중국에서랴!" 한편 신문학의 우수 작가들은 거의 모두 대학의 강단에 서 있었다. 그들은 엘리트 지식인과 대면한다는 이점을 갖고 있었다. 반면 통속작가들은 쉽게 대학 강단에 오르지 못했다. 그러나 이들 대다수는 '신문업계 종사자'였다. 그들은 담장 없는 '사회 대학'의 '강사'였다. 상하이 같은 대도시에는 대량의 유입인구가 존재했다. 청 말 민국 초 상하이 주민의 6명 중 5명이 타지방 출신이었다. 따라서 통속문학의 최대 인문人文적 관심사는 천재지변과 불상사, 전란 등에 의해 발생한 난민과 파산자들에게 상하이라는 대도시, 오광십색五光十色으로 다채로울 뿐 아니라 희한하고 기이한 사건이 백출하며 날마다 달마다 새롭게 변모하는 이 대도시에서, 어떻게 해야 일신一身을 보존하며 무사하게 살아갈 수 있는지, 또 수많은 함정과 덫으로 즐비한 '모험가의 낙원'이라는 상하이에서 도처에 깔린 폭발물을 밟아 온몸이 산산조각으로 찢기는 일을 피하려면 어떻게 해야 하는지를 가르쳐주는 것이었다. 통속문학의 주요 착안점은 '시골 사람의 시민화鄕民市民化'이며 그들로 하여금 공민公民 의식을 갖도록 하는 것인데, 이것은 일종의 '현대화를 위한 체계적 공정'이었다. 이런 이유로 중국 현대를 연구하는 역사학자들은 통속문예를 매우 높이 평가한다. "…… 각종 대중화된 예술 양식은 바로 시민문화다. 그 기능으로 말하자면, 주로 두 가지 방면으로 드러난다. 하나는 오락과 소일로서 시민의 여가 생활을 풍부히 하는 것이고, 다른 하나는 시민이 즐겨 보고 듣는 형식을 통해 효과적으로 현대의식을 주입하는 것이다. …… 화려하고 찬란한 대중문화는 결코 오락적 기능만을 가지고 있는 것이 아니다. 절대 다수의 도시 민중에 대해서 말하자면, 대중문화는 현대 시민의식의 발아 및 성장의 촉매이자 현대 시민을 위한 계몽의 교과서다." "한편으로 대중문화의 흥성은 문화의 중하층 사회를 향한 전면 개방을 의미한다. 대중문화는 일반적으로 중하층 사회의 오락과 소일의 요구를 만족시키는 동시에 다양한 측면에서 중하층 사회를 변화시키고 주조_{鑄造}해낸다. 대중문화는 상하이인을 시골 사람에서 시민으로 변모시키는 통로다."

1936년 루쉰은 이렇게 말하였다. "신문학은 외국문학이라는 조류의 추동 아래 발생하였다. 신문학은 중국 고대문학으로부터 아주 조금의 유산도 물려받지 않았다." 이는 사실 신문학의 약점을 폭로하는 말이다. 중국의 우수한 전통에 대하여 신문학은 거의 관심을 기울이지 않았다. 반면 통속문학은 중국 고대 백화소설 전통을 계승하여 시대에 맞게 개량한 산물이다. 통속문학은 중국의 전통 중 나쁜 점을 점차 떨쳐내는 동시에 중국의 '인의예지신_{仁義禮智信}'의 전통적 미덕을 '승계'하고 '견지'하였다. 신문학가 중에는 효자가 많다. 예를 들어 루쉰과 후스도 효자다. 그러나 그들은 작품에서 직접적으로 '효'를 언급하지 않았다. 하지만 통속작가는 '효'와 '잘못된 효_{愚孝}'를 분명히 구분한 다음, 당당하게 중국의 전통 미덕을 선양하였다. 쑨중산_{孫中山} 선생은 일찍이 이렇게 말하였다. "일반적으로 새로운 문화에 도취된 사람은 구도덕_{舊道德}을 배척하면서 신문화만 있으면 구도덕은 없어도 된다고 생각한다. 그들은 우리 고유의 것 가운데 좋은 것은 당연히 보존해야 하며 좋지 않은 것만 버려야 한다는 점을 모른다." "효에 대해서 말하자면 우리 중국의 장점이며, 이에 있어 우리 중국은 다른 나라와 비교해서 훨씬 더 앞서 있다." "그래서 효는 더욱더 없어서는 안 된다." 작품에서 중국의 민족적 전통미덕을 전승한 점은 통속문학의 장점이다.

상술했던 세 가지 방면에서 보자면, 신문학과 통속문학은 대립적이 아니고 상호 보완적이다. 신문학은 비록 상당한 성취를 이루었지만 한계 또한 가지고 있다. 신문학의 약한 부분이 바로 통속문학의 강한 부분이다.

이미 작고한 뛰어난 산문가 아이쉬안_{艾煊}은 생전에 나와 나의 동료들이 편집한 『중국근현대통속문학작가평전총서_{中國近現代通俗文學作家評傳叢書}』에 대해 산문적 필치를 동원하여 이렇게 평했다. "거친 모래 속에 빛나는 황금이 숨어 있고, 희고 깨끗한 돌 속에 빛을 내며 불타는 석탄이 숨어 있으며, 허톈和闐강의 돌무더기 속에 곤륜昆侖의 미옥이 숨어 있으니 세심하게 골라내야지 비로소 황금과 미옥을 얻을 수 있다." 이 말은 당연히 수많은 통속문학 작품 속에서 어떤 작품이 우수하며 대표성을 가지는지를 감별해낼 수 있어야 함을 의미한다. 그는 또 우리의 통속문학 연구 성과를 이렇게 개괄하였다. "간단하게 한 마디로 개괄하여 말하자면, 이 작업은 중국현대문학사에 한 쪽 날개를 되찾아 준 것이다. 현대문학은 결코 독비獨臂의 영웅이 아니다. 문학은 원래부터 두 날개를 펴서 함께 날갯짓을 하여 비상하는 것이다. 이 두 날개란 바로 엄숙문학당시 엘리트 지식인을 대상으로 한 신문학을 순문학 혹은 엄숙문학이라 칭하였다. 인용자과 통속문학이다. 오늘이 두 날개로 비상한 시작은 아니다. 분명히 말해서 이는 문학사를 시종 관통하는 현상이었다. 다만 어떤 편협한 관점 때문에 문학계에서 종종 엄숙문학이라는 한 날개만을 인정하고 통속문학이라는 다른 한 날개의 존재를 인정하려 하지 않았던 것뿐이다."「또 하나의 날개를 되찾아주다」라는 매우 비유가 뛰어난 아이쉬안의 이 글이 나오고부터 사람들은 '두 개의 날개' 문제를 열띠게 토론하기 시작하였고, 나아가 중국에서 통속문학을 자기 시야에 넣어 '두 날개를 함께 펼치는' 중국현대문학사가 점차적으로 출현하게 되었다. 나와 내 동료들이 연구의 중점을 신문학에서 통속문학 영역으로 옮기던 초기, 학계는 여론이 분분하였다. 바른 학문에 힘쓰는 것이 아니라고들 생각했던 것이다. 그러나 다년간 자료를 수집하고 이론을 검토하여 기존의 관점을 뒤집게 됨으로써 오늘날 중국에서 통속문학 연구는 매우 각광받는 연구 분야 중의 하나가 되었다. 통속문학이 대학 현대문학사의 수업 내용에 들어간 것은 물론이고 대학에 통속문학을 집중적으로 다루는 수업이 개설되었으며 통속문학을 연구 방향으로 잡는 석사생과 박사생의 입학을 받아들이게 되었다. 대학생과 석사생 가운데 통속문학의 한 부분을 학위논문의 주제로 삼는 것은 더 이상 드문 일이 아니게 되었다.

지금 한국의 임춘성 교수를 비롯한 신홍철, 전병석, 신동순, 유경철, 김봉연 등의 학자들이 졸저를 한국어로 번역하였다고 하니, 나는 이들에게 진심으로 감사의 마음을 전하고자 한다. 이 책이 번역되면 나는 한국의 동료 연구자들과 더욱 많은 교류의 기회를 갖게 될 것이며, 한국에서 나의 지음知音을 얻는 것에 도움을 받게 될 것이다. 그러나 이 기회를 통해 내가 더욱더 기대하는 것은 한국 연구자의 비판과 가르침을 경청하는 일이다.

2010년 10월 7일
푸단 대학에서

자즈팡賈植芳

보췬 군이 1950년대 초 내 강의를 들을 때는 아직 20세의 젊은 청년이었다. 반세기가 총총히 흘러 그도 지금 75세의 노인이 되었다. 그러나 그는 여전히 "죽을 때까지 배우고 있다." 70세에 퇴직한 후에도 상하이도서관 등에 가서 책을 보고 자료를 찾는다. 상하이에 올 때마다 젊었을 때처럼 우리 집에 들르곤 한다. 그리고 구순 노인에게 자신의 독서 심득과 저술 계획을 보고하곤 한다. 그때마다 나 또한 불혹을 넘지 않은 젊은 교수가 된 듯하고 그는 열심히 공부하는 대학생이 된 듯하다. 세월이 마치 시간의 터널에서 거꾸로 흐른 듯 우리는 나이 먹은 것을 잠시 옆에 밀쳐놓고는 매번 당시 한창 때의 끝나지 않던 토론을 재연하곤 했다.

보췬 군은 연구 과제를 선택할 때 유행을 따르지 않고 큰 공력을 들여 열심히 몰두했다. 1954년 내 지도 아래 동창 쩡화펑曾華鵬과 함께 현대 작가론을 연구했고 이것을 대학 졸업논문으로 삼았다. 1957년 쩡화펑과 그가 합작한 「위다푸론郁達夫論」을 『인민문학』에 발표했을 때 친자오양秦兆陽은 「편집 후기」에서 다음과 같이 말했다. "작가론은 우리가 오래 바라온 것이다. 이 글은 위다푸의 생활과 창작에 대해 독특한 견해를 가지고 있다. 우리는 「위다푸론」을 발단으로 삼아 이에 뜻을 둔 사람들이 현대 및 목전의 많은 작가에 대해 심화된 연구를 할 수 있기를 희망한다." 이는 1920~1930년대 마오둔茅盾이 현대 작가론을 썼던 전통을 계승한 것으로 건국 이후의 유익한 새로운 시도였다.

사인방을 분쇄한 후 보췬의 연구 영역은 새롭게 확장되었다. 그는 문학사가文學史家의 안목으로 다음의 사실을 예리하게 간파했다. 중국 현대문학에서 지식인문학만 연구하고 현대 대중통속문학을 연구하지 않거나 심지어 그것을 배척하는 것은 역사적 손실로, 금후 현대문학사 저술은 지식인문학과 통속문학의 두 날개로 함께 나는 문학사여야 한다. 이 관점은 당시에 웃음거리가 될 만한 것이었지만, 각고의 노력을 거쳐 성과와 실적이 나오게 되자 동업자들 사이에 공론이 일게 되었다. 타이완의 『국문천지』잡지에서 보췬을 '대륙의 주목받는 학자'로 소개했다. 「편집자의 말」에서 보췬의 개척적인 경력을 회고하면서 다음과 같이 평가했다. "장기간 학자들에게 부정되고 비판받던 원앙호접파 소설이 근년 들어 차츰 학계의 중시를 받고 있다. 이 과정의 공신이 바로 쑤저우대학 중문학부의 판보췬 교수다. 1980년대 중기부터 판 선생이 현대문학 연구의 중심을 근현대近現代통속문학으로 이전한 것은 당시 통속소설을 경시하던 학계를 떠들썩하게 만들었다. 그러나 그는 묵묵히 자료를 수집·정리하고 이론을 세워 10년의 연구와 탐색을 거친 다음 마침내 풍부한 성과를 거두어 학계의 관심과 중시를 끌어내 통속소설을 새롭게 평가하게 했다."

2000년 4월 보췬이 주편한 130 여만 자의 『중국근현대통속문학사상·하』가 장쑤江蘇교육출판사에서 출간되었고 나도 「성찰의 역사, 역사의 성찰」이라는 서언을 썼다. 이는 '75' 국가 사회과학 중점항목이었다. 국가 사회과학 검수에서 나는 연구 성과 심사 책임자로 임명되었다. 우리는 그의 연구 성과를 정성定性 평가한 후 만장일치로 통과시켰을 뿐 아니라 우수 등급을 부여했다. 2000년 7월 쑤저우에서 '『중국 근현대통속문학사』 국제학술토론회'를 개최했을 때 나도 참가했다. 당시 매체들은 "자즈팡, 첸구룽錢谷隆, 옌자옌嚴家炎, 양이楊義, 장페이헝章培恒, 리어우판李歐梵, 왕더웨이王德威, 우푸후이吳福輝, 황웨이량黃維樑, 예카이디葉凱蒂 등 국내외 40여명의 전문가와 학자들이 회의에 참가했다.”고 보도했다. 회의 참석 인사들은 모두 이 책을 높게 평가했다. 나도 회의에서 「문학사의 다른 날개 찾아오기」라는 발표를 했다.

원래 이만하면 충분하지만 보췬은 여전히 마침표를 찍으려 하지 않았다. 그는 이미 얻은 성과에 만족하지 않았다. 2001년 초 퇴직 후 그는 나에게 달려와 이렇게 말했다. “모두들 저와 공저자들이 개척적인 학술 공정을 했다고 인정하지만, 개척은 연구영역에서 빈 처녀지를 개간하는 것에 불과합니다. 그 작업은 대개 거칠기 때문에 정성들인 경작이 필요합니다. 저는 다른 능력은 없지만 퇴직 후 시간이 많습니다. 시간 부자이고 시간이 밑천입니다. 저는 이 밑천을 정성들인 경작이라는 2단계 공정에 투자할 수 있습니다.” 나는 그의 이 말을 듣고 “세 살 버릇 여든까지 간다”는 속담이 떠올랐다. 보췬 군은 대학 다닐 때 장거리 선수였다. 학문 연구에서 끝까지 하는 지구력은 그가 좋아하는 운동 종목과도 상통한다.

지난 5년 동안 그가 우리 집에 온 횟수가 분명치 않지만 올 때마다 새로운 자료와 새로운 논점 그리고 새로운 구상을 말하곤 했다. 때로는 사진을 한 아름 가져오기도 했다. 그의 ‘2단계 공정’은 바로 독자적으로 완성한 삽화본 『중국현대통속문학사』다. 그는 항상 “원시자료에 근거해서 논한다”라는 구두선을 입에 달고 다녔는데, 이는 문학사가가 반드시 갖춰야 할 품성이라고 생각한다. 그는 70세 이후에도 부지런하고 신중하게 원시자료를 발굴하고 이를 토대로 새로운 논점을 온양醞釀했다. 그는 이 5년을 긴장과 함께 보냈고 또 한 번의 ‘학술 마라톤’을 뛰었는데 나는 이 필사적 투쟁의 전 과정을 뜨거운 마음으로 끝까지 본 관객이었다. 그리고 오늘 그의 새로운 성과를 위해 서문을 쓰게 되었다. 나는 그의 이 새 책에 대해 자료가 더욱 충실해졌고 논점이 더욱 심화되었으며 역사 맥락의 정리도 더욱 분명해졌고 발전 주기의 기복에 대한 윤곽도 잘 파악했다고 생각한다. 그는 또 현대문학사의 빠뜨릴 수 없는 구성부분을 위해 풍부한 사진자료를 남겼다. 보췬 군은, 지식인문학의 사진자료는 비교적 풍부하지만 대중통속문학의 사진자료는 거의 사라질 지경에 놓여있음을 알고 있다. 장래에 '두 날개로 나는' 문학사가 세상에 알려지면 사진자료도 그 완벽함을 구현하게 될 것이다. 그는 자신의 책임을 회피하지 않고 그것을 위해 축적하고 준비하려 했다. 그가 나에게 보여준 수백 장의 사진만 보더라도 대부분 구하기 어렵고 진귀한 것이었다. 그는 손금 보듯 환히 이들 사진의 발굴과정을 나에게 얘기하곤 했는데, 나는 역사를 재현한 사진들 속에 쇠 신발이 닳도록 찾아다닌 노고가 들어있음을 느끼곤 한다.

이 새로운 저서를 5년 전의 『중국근현대통속문학사』와 비교한다면 이렇게 말할 수 있다. "이 책은 정교하게 설계되고 시공된 우수한 2단계 공정"이라고.

이로써 서문으로 삼는다.

2006년 6월 상하이 숙소에서

91세에 씀.

리어우판李鷗梵

2005년 봄 쑤저우대학에서 판보췬 교수를 만났을 때 그는 매우 격정적으로 원톄차오恽鐵樵[1]의 사진을 내게 보여주면서 의학총서에서 발견했다고 하면서 흥분한 기색이 언표에 넘쳤다. 구입한 지 얼마 되지 않은 사진기를 꺼내 전문 연구용으로 책과 간행물의 표지와 삽화, 그리고 통속작가의 사진만을 찍는다고 했다. 그 말을 들은 후 나는 감격한 동시에 부끄러웠다. 퇴직한 후에도 판 선생은 이렇게 열심히 도처를 다니며 자료를 찾고 특히 통속작가의 사진 및 그와 관련된 사진을 수집해 전력을 다해 『중국현대통속문학사』를 저술했는데, 우리 후배 학자들에게는 그와 같은 집요한 정신과 풍부한 연구 성과가 없는 것이다. 거작이 마침내 완성되어 판 선생이 나에게 서문을 쓰라 하시니 거절하는 것은 예의가 아니라는 생각이 들었다. 다만 이 영광을 어찌나 혼자만 누릴 수 있는가 하는 생각을 가지게 된다. 이 서문으로 중국 통속문학을 연구하는 국내외 학자들을 대표해 판 교수께 충심의 경의를 표시한다.

1.

이 책의 '후기를 대신하여'에서 판 교수는 자신의 탐구 경과를 십분 상세

---

1) 루쉰 최초의 소설 「회구」에 서명한 『소설월보』(1912~1920)의 주편인.

하게 기록했다. 그야말로 위로는 하늘 끝부터 아래로는 황천까지, 이 책의 모든 작가 가운데 한방칭韓邦慶 등 극소수의 사진만 빼고 거의 모든 작가의 사진을 구한 것은 쉽지 않은 일이다. 해외에서 서양 문학이론의 영향을 받은 학자들은 이렇게 생각할 것이다. '작가는 죽었고' 텍스트가 최고인데 왜 이렇게 큰 노력을 들여 통속소설 작가들의 사진을 인화하는가? 최근 미국학계에서 가장 뜨겁게 토론하는 주제는 '시각 형상'(visuality)이지만 여기에는 작가 초상 연구는 없어 보인다. 심지어 '작가는 죽었다'라고 선언한 푸코에 대해서도 그 사진을 대량으로 인쇄해 연구하거나 그의 대머리와 욕망의 관계를 떠버리는 사람이 없다. 그 원인은 다른 게 아니라 서양 현대문화와 문학 전통에서 작가(author)는 뿌리 깊은 관념으로, 거의 '주체'와 같은 의미체계에 놓기 때문에 이 '주체'를 떼버리려는 것이다. 그런데 중국에서는 단독적인 '작가' 전통이 없었고 '5 · 4' 신문학 탄생에 이르러서야 작가라는 명칭과 직업이 생겨났다. 직업이라고 하지만 그 또한 에누리해야 한다. 왜냐하면 5 · 4 시대의 작가라 할지라도 '양서동물'이어서 대개 교수를 겸직하거나 출판사 편집 등의 일을 했고 창작으로 생계를 유지한 전업專業 작가는 아주 드물었다. 루쉰魯迅은 예외였다.

초기 저서『중국 현대작가의 낭만 세대』의 1장에서 나는 고의로 '문인'이라는 칭호를 사용해 그것이 문단 흥기와 상호 호응함을 밝혔다. 문인이 작가로 발전할 수 있지만 그 의미는 작가보다 넓고 예로부터 있었다. 내 마음 속의 현대 문인의 추형雛形은 바로 판 교수가 연구한 통속작가였다. 만청晚晴부터 민국民國까지 그들의 사회적 지위는 그리 높지 않아 사대부 대열에 끼지 못했을 뿐만 아니라 5 · 4 신문학 작가에게 배척되었다. 장헌수이張恨水처럼 대강大江 남북에 방대한 독자군(루쉰의 모친도 포함)을 거느리고 있는 작가라 할지라도 그 지위는 5 · 4 이래의 신문화 지식인과 신문학 작가에 미치지 못했다.

이 현상은 평범한 듯해서 당시 문단에서 흔히 있는 일이었지만 새롭게 탐구할 필요가 있다. 왜냐하면 일부 통속작가는 근본적으로 주체성이라 할 만한 것이 없었고 그들의 작품은 대부분 신문과 잡지(어떤 것은 자신이 편집)

에 연재되어 당시(19세기와 20세기 사이) 인쇄문화 상황에서 이른바 완정한 텍스트라 할 수도 없고, 『수상소설』같은 만청의 저명한 잡지에서도 편폭이나 배판 관계로 임의로 줄어들었다. 이야기가 반쯤 진행되고 심지어 인물의 대화도 반만 진행되었는데 판면의 제한으로 중단되면 다음 기를 기다려야 했다. 그러므로 당시 독자들의 독서과정도 지금과 달리, 이야기의 완정_{完整}성을 추구하지 않고 1기 1기씩 읽어나가다 줄거리의 앞뒤 맥락을 간파하게 되곤 했다. 이런 소설의 작가는 '이끄는 사람' 비슷하다. 여기에 인물을 안배하고 저기에 복선을 안배하거나 힌트를 만들고 점차 몇 개의 선을 함께 끌어 모아 클라이맥스를 만들지만 대개 마지막 결말에 가지도 못하고 총총히 끝맺는다. 작가가 다른 소설을 쓰거나 다른 일을 주선하느라 바쁜 것이다. 또는 다른 외재적 원인, 예를 들어 잡지 정간이나 신문의 개정 등으로 인해 마무리하지 못하기도 한다. 이들 외재적인 문제는 현대 서양문학이론에서는 일률적으로 제기하지 않고 모든 것은 추상적 텍스트 및 텍스트 내의 작가를 근거로 삼는다. 문화사나 인쇄사의 이론가(예를 들어 로저 샤르티에르, Chartier, Roger)만이 이들 텍스트 제작이나 실제 독서 습관의 문제에 관심을 가질 것이다.

푸코와 롤랑 바르트가 '작가'_{author}를 죽음에 처하게 한 것은 사실 작가의 주체성을 해체한 것이고 그 목적은 서양 계몽주의 이래의 휴머니즘을 성찰 또는 전복하는 것이다. 그러나 중국에서는 그와 반대였다. 5·4 신문화운동의 의미 중 하나는 작가의 주체성을 건립하는 것이고 이런 관점에서 사회 대중을 계몽하는 것이다. 그러나 이 사회와 문화의 전환과정에서 대부분의 청말 민국 초의 통속문학 '작가'들이 희생물이 되었다. 그들은 사회의 존중을 받지 않았을 뿐만 아니라 세상에 알려지기를 원치 않은 채 각종 필명과 가명 사이에 숨었다. 그러나 많이 창작하게 되자 적막함을 원치 않고 고대 문인들을 모방해 통속작가들끼리 화답하며 서로 제자_{題字}와 제시_{題詩}를 해주기 시작했다. 이런 내용들을 판 교수는 아주 분명하게 묘사했다. 그러나 나 같은 문외한이나 초보자들에게 작가의 진짜 이름을 찾는 것은 노심초사해야 할 일이다. 하물며 작가의 신세와 배경은 말할 것도 없고 '초상'을 구하는 것은 생각지도 못할 일이다. 바꿔 말하면, 통속작가의 형상은 줄곧 모호해 마치 '수박모자瓜皮帽'를 쓰고 창파오長袍 두루마기를 입고 보수적 외모를 한 모습이다. 양복을 입는다면 유행을 가장한 것 같아 믿기 어려울 것이다. 이들은 위다푸郁達夫, 쉬즈모徐志摩, 마오둔 등의 5·4 신문학 작가와 비교해 커다란 차이가 있다. 창파오 두루마기를 즐겨 입었던 루쉰만 하더라도 많은 사진에서 자신의 독특한 표기인 수염을 남겼다. 그러나 질문을 해보자. 장헌수이, 류윈뤄劉雲若, 환주러우주還珠樓主가 어떻게 생겼는지를 누가 아는가? 비이홍畢倚虹과 저우서우쥐안周瘦鵑의 생김새는 어떻게 다른가? 언젠가 저우서우쥐안 전문가인 천젠화陳建華에게 반쯤 농담으로 "왜 원앙호접파 작가들은 모두 '마른 것瘦'을 좋아하고 새鵑, 鷗, 鶴를 좋아하지?"[2] 우리 마음속의 통속작가 형상은 모호해서 이렇다 할 개성이 조금도 없었다.

판보췬 교수가 놀랄 만한 노력을 경주해 현대문학사의 경전에 보이지 않던 인물을 '복원'했을 뿐만 아니라 그들의 사진을 하나하나 찾아내 우리에게 그 '진상'을 엿볼 수 있게 해주었다. 이것만 하더라도 공덕이 무량하다. 그러나 목전의 '아이콘 시대'에는 힘들게 고생해도 환심을 사기가 힘들 것이다. 그러므로 나는 에둘러서 그의 아이콘 복원 작업에 이론적 근거를 찾으려는 것이다. 내 목적은 그들의 '주체성'을 조금 복원시키고 그 진면목을 환원시키려는 것이다. 또한 그들의 형상을 청 말 민국 초 인쇄문화의 전통과 맥락context에 놓고 새롭게 검토하려 한다.

2.

통속문학의 흥성이 본래 인쇄문화와 긴밀한 관계를 가지는 것은 동서양이 비슷하다. 그러나 추상적이거나 이론식의 텍스트 읽기는 대개 텍스트 제

---

2) 저우서우쥐안周瘦鵑과 친서우어우秦瘦鷗의 이름에 공히 '마를 수瘦'자가 들어가고, 저우서우쥐안과 천서우어우, 옌두허嚴獨鶴의 이름에 각각 두견새鵑, 갈매기鷗, 학鶴을 지칭하는 글자가 들어있음을 가리켜 하는 말이다. —역주

작 과정을 '추상화'시켜버린다. 여기에서 상세하게 설명할 수는 없지만, 중국 문화 전통에서 텍스트는 독립적으로 존재하지 않았다. 이는 '작가'의 신분이 단독으로 존재하지 않은 것과 마찬가지다. 만약 우리가 각도를 바꿔 현재의 '문화소비' 이론을 조금 '역사화'시켜 본다면 초기의 아이콘 및 '시각문화'가 인쇄의 보급과 연계되어 있음을 알게 될 것이다.

인쇄문화를 논할라치면 만만치 않다. 그러나 지금 시각매체가 판을 치는 시대에는 좀 유행에 뒤떨어지는 듯하다. 일반적인 젊은 학생이 이『중국현대 통속문학사』를 펼치면 '삽화'에 대해 특별한 흥미를 느끼지는 않고 그저 약간의 읽는 재미를 더하는 것에 그칠 것이다. 그러나 역사적 상황은 더 복잡하다. 문학 자체가 문화교양_{또는 literacy}과 보다 직접적으로 관련이 있고 식자 능력은 교육 수준을 감정하는 유일한 기준이다. 글자를 모르면 문맹이다. 중세 이래 중국인의 식자 수준은 프랑스보다 높았다. 19세기 이전 프랑스에서 일반 농부는 자신의 이름을 쓸 줄 몰랐고 심지어 술집 간판도 문자를 쓰지 않았으며 때론 술잔 또는 동물 아이콘으로 대체했다. 왜냐하면 '글자'를 아는 사람이 너무 적었기 때문이었다.

어떻게 문자로 써서 지식을 광범한 대중에게 전달하는가? 이는 동서 역사에서 커다란 문제였다. 인쇄술이 발명된 이후 서적의 유통도 문화생산의 중요한 부분이 되었고 지식 또한 글자를 알고 쓸 줄 알고 필사본을 소유하고 있는 소수인이 완전히 독점할 수 없게 되었다. 중국에서 송_宋·명_明 이래 인쇄 문화가 번성했고 장난_{江南}과 푸젠_{福建} 같은 지방의 인쇄업이 특히 발달함으로 인해 사대부가 아닌 유사작가인 '문인'의 지위와 명성을 증강시켰다. 탕현조_{湯顯祖}의『모란정_{牡丹亭}』은 공연할 수 있었을 뿐만 아니라 극본이 인쇄된 후 널리 전파되었다. 또한『홍루몽_{紅樓夢}』은 먼저 필사본으로 유통되다가 뜻밖에 여성들의 '규중 홍학_{紅學}'이 유행했는데 이는 완전히 인쇄문화 덕분이었다. 명청_{明淸} 인쇄문화를 연구하는 학자들에 의하면 소설과 희곡이 유행한 요소의 하나가 바로 인쇄 판본에 그림이 점점 많아진 것이었다 한다. 이 '작은 전통'은 만청_{晩淸}의『수상소설_{繡像小說}』류의 삽화 잡지에 직접 영향을 주었다. 그러나 이

전통에서 그림은 영원히 안받침이었고 문학이 여전히 읽기의 중심이었다. 그런데 지금은 달라졌다. 젊은이들이 통속 간행물을 볼 때 주로 '이미지'(특히 스타의 사진)를 보고 문자가 안받침이 되었다. 그 원인은 물론 시각매체 자체의 변화 때문이다. 촬영과 영화는 20세기 문화의 가장 중요한 발명품이다. 특히 영화는 베냐민Benjamin, Walter의 말에 따르면, '대중'을 위해 설정되었고 대중의 집단 심리와 상호 인증할 수 있는 것이라 할 수 있다. 쌍방은 '전념' 하거나 '집중'하지 못하고 '산만'하게 하거나 '광란'하게 만든다. 최근 할리우드 영화가 대표적이다. 종교에 뿌리를 둔 『다빈치 코드』와 같은 오락영화조차도 정상이 아니다. 그러므로 나는 이 세대의 젊은 학생들의 독서습관이 바뀌었기 때문에 판 선생이 들인 거대한 공력을 체득하지 못할 것이라 생각한다.

그러나 역사적 각도에서 보면 나는 통속문학과 인쇄문화를 연구하는 학자라면 누구든 그림을 중시해야 한다고 생각한다. 왜냐하면 '통속적' 보급 활동은 인쇄된 그림에 의존했기 때문이다. 문언이든 백화든 문학 언어에만 의존하는 것으로는 충분치 않았다. 그러므로 이 『중국현대통속문학사』도 문자와 '삽화'를 병행하는 것이 옳다. 나는 판 선생의 이 책에서 그림들이 다양하고 많을수록 좋다고 생각한다. 사진 외에 그림도 있는데 이것들이 모종의 학리적 근거가 있다고 생각하는 것은 결코 과장이 아니다.

미국 프린스턴 대학의 로버트 단톤Darnton, Robert의 연구에 따르면, 프랑스 대혁명 전 각종 서적과 인쇄물이 점차 광범하게 퍼졌고 심지어 18세기 말의 '계몽운동'도 일종의 인쇄 '상업'으로 변질되었다. 각지 서적상들이 운송 판매 루트를 결성했다. 가장 돈을 잘 버는 지하 루트에서는 '금서'를 전문 판매했는데 이들 금서는 아속雅俗의 구분이 없어서 서적상들은 루소와 같은 계몽 대가의 저서와 보통 애정소설 또는 궁정을 풍자하는 황색소설을 섞어서 함께 판매했다! 바꿔 말하면 계몽운동이 널리 퍼질 수 있었던 것은 이런 인쇄와 판매업의 보급에 힘입었던 것이다. 나는 이들 18세기 프랑스 통속소설을 본 적이 없지만 그 속에도 '그림'이 없지 않았을 것이고 심지어 '춘화'도 있었을 것으로 추측한다. 이는 명 말과 흡사하다. 다만 명 말에는 서양식의 계몽운동이 없었고 문인문화가 대단히 흥성해서 유가를 포함하는 관방문화와는 똑같지 않은 '색다른' 문화를 형성했던 것이다.

청조 말년에 이르러 내우외환이 교차하는 가운데 지식인의 계몽운동이 시작되었다. 량치차오梁啓超는 여론계의 지도적 인물이 되었지만, 그의 학설을 성대하게 발양시키고 아울러 민간에서 유행시킨 것은 잡지 발행인과 문인이라는 두 가지 신분을 겸한 통속작가들이었다. 량치차오는 민간 신문업을 창건했지만 집대성한 사람은 그가 아니라 서양 선교사 존 프라이어Fryer, John 및 메이저Major, Ernest와 상하이에 이주해 신문업으로 생계를 도모한 문인들이었는데, 이들 가운데 당연히 이 책에서 다룬 적지 않은 작가가 포함되어 있다. 내가 아는 바에 의하면 목전까지 청 말 문인의 '계몽사업'과 18세기 프랑스의 '계몽사업'단톤이 'The Business of Enlightenment'라 했음을 함께 거론한 논자가 없다. 왜냐하면 양국의 역사 환경이 다를 터이고 중국의 신해혁명도 프랑스대혁명의 영향과 비교할 수 없기 때문이다. 그러나 더 중요한 요소는 '5·4' 신문화운동이라는 새로운 운동이 만청의 '신학新學'을 몽땅 대체해버리고 최소한 만청 이래의 통속문학을 '주변화'시키고 계몽의 주도적 지위를 독점했던 것이다.

판 교수는 이들 통속작가가 전통적 가치관에서 벗어나지 못했지만 작품 속을 포함한 사상 의식 속에 약간의 새로운 인자가 있다고 여겼는데, 저우서우쥐안은 가장 좋은 예다. 그리고 적지 않은 탐정소설가들도 과학과 인권과 민주를 이야기했고 심지어 영국의 사설 탐정 셜록 홈즈와 중국의 '걸핏하면 구형'하는 어두운 소송제도를 대비함으로써 새로운 도시인과 이성적 추리로 구성된 '과학적' 인생관을 주장했다. 우리가 계속 현대 시각매체의 각도에서 검토한다면 가장 일찍 영화를 좋아하고 서양영화를 선전한 사람들의 태반이 통속소설가였음을 발견하게 될 것이다. 그러지 않았다면 할리우드의 '애정영화'가 『혼단남교魂斷藍橋: 남색 다리에서 혼이 끊어지다』[3], 『취제춘효翠堤春曉』[4]처럼 시적 정취가 풍부한 번역 제목을 가지지 못했을 것이다. 이 면에서 통속작가들은 역으로 '시각문화'의 급선봉이었고 '5·4'작가들은 뒤에서 바라보기만 할 뿐이었다. 루쉰은 영화보기를 좋아했지만 영화 평론은 거의 없었다. 그러나 저우서우쥐안은 미국의 대감독 그리피스Griffith의 명작 『국가의 탄생The Birth of a Nation』을 칭찬한 최초의 중국 작가였고 아울러 추천하는 글을 짓기도 했다. 천젠화 교수가 이 일단의 문화 인연을 연구하고 있으므로 머지않아 전문저서가 출판될 것이다.

3.

이 책의 목차를 종합해 볼 때 그림 이외에 가장 주목할 만한 특색이 두 가지 있다. 하나는 인쇄문화를 대폭 서술한 것이다. 상하이의 소형신문 붐과 현대문학 간행물의 세 차례의 고조는 때마침 현대문학의 기초 배경을 구성했다. 다른 하나는 현대 통속소설의 '개조開祖 작품'을 한방칭의 『해상화 열전』으로 확정하고 1940년대의 세 작가(장아이링張愛玲, 쉬쉬徐訏, 우밍스無名氏)로 마무리함으로써 50여 년의 전체 윤곽을 매우 분명하게 그려냈다. 『해상화 열전』부터 장아이링까지의 이 라인은 분명 최근 몇 년간 일었던 '장아이링 붐'의 영향을 받았다. 나는 작가 아청阿城의 관점을 여러 차례 제기한 바 있다. 그는 중국 현대문학의 면모와 전통이 본래 통속적이고 '5·4'가 색달랐는데 장아이링에 와서야 정상으로 되돌아가서 이 주류 전통을 재차 가다듬었다고 인식하고 있다. 이런 견해는 '5·4' 신문학을 연구하는 정통적인 전문학자의 눈에는 당연히 정통을 위배한 것이고 나와 왕더웨이王德威까지도 연루되어 '5·4'를 깎아내리고 심지어 신문학이 '5·4'부터 시작된다는 정통 견해를 타파하

---

3) 원제 『Waterloo Bridge』, 미국 흑백영화. 1940年. 감독 머빈 르로이Mervyn LeRoy 감독, 비비안 리 Vivien Leigh, 로버트 테일러Robert Taylor. 주제가 올드 랭 사인Auld Lang Syne. '남교藍橋'는 미생尾生이 기둥을 잡고 익사했다는 이야기에 나오는 다리 이름이다. 한국에서는 『애수』로 개봉되었다. -역주
4) 원제 『Un carnet de bal (The Great Waltz)』 1938년. 줄리앙 뒤비비에Julien Duvivier 감독, 페르디낭 그라비Fernand Gravey, 밀리자 코르주Miliza Korjus 주연. -역주

고 그것을 만청까지 밀어 올렸다고 인식되었다. 내가 후자를 승인하는 원인은 위에서 말한 인쇄문화 외에도 '신문학'이 하늘에서 떨어지거나 완전히 서양에서 경험을 배워온 것이 아니라 전통으로부터 현대로 전환한 것이라고 생각하기 때문이다. 그러므로 만청이라는 이 '전환기'는 대단히 중요하다. 만청문화가 내용과 형식에서 어떻게 전환되었는지에 대해서는 진일보한 연구를 기다려야 하는데, 왕더웨이 교수의 학술 거작 『억압된 현대성被抑壓的現代性』에서 처음으로 그 풍조를 열었다. 그는 근엄한 문학 분석 방법으로 대량의 만청소설을 연구했다. 역사적 각도를 비교적 중시하는 내 관점에서 보면, 텍스트와 역사 및 문화 상황을 진일보 시켜 함께 탐구해야 한다. 예를 들어, 청 정부가 서양의 '군함과 대포'를 학습하려는 의향(게다가 『점석재화보點石齋畫報』에 실린 대량의 비행정과 잠수함 그림)이 없었다면 어떻게 우젠런吳趼人의 『신석두기新石頭記』에서 '가보옥이 잠수함을 타다'라는 줄거리가 만들어질 수 있었겠는가? 바오톈샤오包天笑 등이 쓴 공상과학소설도 순전히 공상에 속한 것이 아니라 당시의 사상 조류 및 역사 환경과 관련이 있었다. 이 역사적 문화 환경을 어떻게 측정할 수 있을까? 나는 가장 중요한 자료의 내원은 만청의 몇 가지 대형소설잡지와 크고 작은 신문부터 민국 초기의 문예 간행물에 이르는 민간 간행물이라고 생각하는데, 후자는 '5·4' 후 신문학의 주요 활동무대로 바뀌었고 내용도 새로운 문화지식으로부터 신문학과 신문예로 변했다. 그러나 『동방잡지』같은 간행물은 여전히 문화 간행물의 면모와 풍격을 유지했다. 우리는 상하이의 소형 신문을 경시할 수 없다. 왜냐하면 그것도 만청 간행물에 직접적인 근거를 두고 있기 때문이다. 나는 일찍이 「비평공간의 개창」에서 『신보申報』 같은 만청 간행물의 부록 가운데 이른바 '오락성 문장'의 사회비판 기능을 토론한 바 있다.

물론 이 책에서 판 선생이 토론한 내용은 더 넓다. 위에서 말한 각 장 외에 역사연의7장와 무협소설11장과 17장[5]이 있고 특히 14장에서는 1920년대의 영

---

5) 최근 영화 『와호장룡』으로 새롭게 긍정된 왕뒤루王度廬를 포함한다. 쑤저우대학의 쉬쓰녠徐斯年 교수가 막 전문저서를 출판했다.

화 붐과 화보 붐을 전문적으로 토론했다. 이들 풍부한 재료와 내용은 모두 후학들에게 적지 않은 새로운 연구 영역을 제공했다.

나는 결코 '5·4' 신문학의 가치와 공헌을 깎아내리려는 것이 아니고 그렇게 하지도 않았다. 다만 그 속에 함축된 엘리트주의와 이데올로기에 대해 문제를 제기하는 것이다. 왜냐하면 나는 지금껏 신구新舊를 대립시키지 않았고 어떤 문화적 패권에도 복종하지 않았기 때문이다. 해외에서 중국 현대문학을 연구하는 것은 중국 내에서처럼 중점 연구항목으로 취급되지 않는다. 그리고 줄곧 고전문학에 예속되어 있다가 최근에야 면모를 일신했다. 물론 지금까지 근대-현대-당대의 시기구분을 하지 않았고 아속雅俗을 구별하지도 않았으며 최근 들어 '문화연구'의 이론적 충격으로 통속문학과 시각문화(영화)를 더 중시하는 듯 하지만 도가 지나친 감이 있다. 원래 역사학도였던 나에게 문사철文史哲은 줄곧 분리되지 않았고 더구나 문학사와 문화사 사이에는 경계를 구분할 필요가 없었다. 이런 '거시적' 시야에서 보면 '문학' 자체의 정의도 더욱 넓어지게 마련이므로 신구 문학을 논할 필요가 없다. 그러나 나는 또한 문학사 집필의 '기본 공력'이 텍스트와 작가를 문화사의 맥락 속에 두고 그 상호 작용의 관계를 연구해야 하며, 그에 따라 형식과 내용의 변화 발전을 똑같이 중시하고 이 양자 사이도 상호 작용하므로 그 '변증' 관계도 자세히 분석하고 '꼼꼼히 읽어'야 한다고 생각한다.

통속소설을 예로 들면, 적지 않은 작품을 꼼꼼히 읽을 수 있다. 내가 하버드대학에 재직할 때 판 교수가 주편한 『중국근현대통속작가평전총서』에서 뽑은 청 말 민국 초 통속소설 대표작으로 교재를 삼은 적이 있다. 대학원생들과 강의실에서 일부 '텍스트'의 형식의 창조성을 상세하게 토론했는데, 그 가운데 도시의 공간의식과 서사자의 시각도 포함되어 있었다. 우리는 저우서우쥐안의 단편소설 「각루소옥閣樓小屋」(일명 「對隣的小樓」)을 '경전'으로 간주했고 동유럽의 한 학자는 이를 중국 현대소설 예술의 발단으로 보았다. 나는 더 중요한 것이 도시 일상생활에 대한 이들 소설의 큰 편폭의 묘사라고 생각한다. 그 묘사는 만화경과도 같이 그 자체로 파노라마panorama였다. 『해상번화몽』이 이런 소설의 조상이다.

　나는 이것이 근대 문화 전환기의 사실소설이고 그 지위와 문학 공헌은 비록 발자크의 작품과 비교할 수는 없지만 최소한 중국식 유진 수Sue, Eugene로 삼아 다룰 수 있다고 생각한다. 마르크스가 유진 수의 중요성을 비판적으로 지적했다면 우리도 그와 같은 방식으로 바오톈샤오와 저우서우쥐안을 연구할 수 있지 않을까? 그러나 관건은 어떤 방법과 태도로 연구하느냐에 달려있다. 나는 이런 통속작품을 연구하는 것이 신문학을 연구하는 것보다 훨씬 곤란하다고 생각한다. 자료를 찾기 어려운 점 외에도 ‘텍스트’ 안팎의 문화 요소를 포함하는 기타 각종 요소와 관련되어 있으므로 문제도 더욱 복잡하다. 통속소설이 비교적 널리 퍼졌기 때문에 텍스트 자체의 형식적 요소 외에도 오락, 레저 등 ‘수용미학’의 층위도 고려해야 한다. 어떤 학자는 이런 연구를 ‘문학 사회학’이라 했지만 나는 여전히 그 안의 문학적 요소도 소홀히 할 수 없다고 생각한다. 다만 언어와 기교의 창신 면에서 ‘현대파’ 작품처럼 그렇게 두드러지지는 않았을 뿐이다. 그러나 ‘전환기’ 소설의 특징 중 하나는 원래의 어떤 서사형식을 물려받으면서도 내부의 일부 세부 규칙을 예술기능으로 바꾸는 것이다.[6] 예를 들어 만청소설에 출현하는 많은 서사자와 서로 다른 서사방법에 대해 패트릭 하난Hanan, Patrick 교수는 최근 저서 『중국 근대소설의 흥기』에서 통찰력 있게 논의한 바 있다.

　만청소설부터 현대 통속소설까지의 과정은 일맥상통한다. ‘5·4’에 이르러 단층이 나타난 듯 하지만 사실은 꼭 그렇지는 않다. 판 교수의 이 대작이 그 증명이다. 1920년대 이후의 통속소설가 인재가 배출되어 비이홍, 샹카이란向愷然, 옌두허嚴獨鶴, 핑진야平襟亞, 쉬줘다이徐卓呆, 청샤오칭程小靑, 쑨랴오훙孫了紅부터 장헌수이, 왕둬루와 친서우어우까지. 이 과정은 1940년대 말 신중국 건국 이후에야 비로소 일단락을 고했다. 이 책에서 거론한 작가 가운데 많은 인물들은 판 교수와 그 제자들이 사례 연구를 거쳐 선집을 출판했다. 이런 기

---

6) 이는 이탈리아 소설이론가 프랑코 모레티Moretti, Franco의 관점이다.

초 위에 이번에 대량의 새로운 자료를 발굴해서 선발(?)된 작가의 면모가 더욱 광범해졌다. 17장과 18장에서 1930~1940년대의 무협소설과 사회소설가 및 작품 가운데 일부 작가와 작품은 들어본 적도 없어서 이번에 크게 안목을 넓혔다. 특히 19장에서 판 교수는 장아이링, 쉬쉬, 우밍스를 같은 장에서 다뤘는데, 이 세 작가는 통속적이면서도 현대적이었고 해외에서는 일찍부터 명성이 자자했지만 중국에서는 막 발견된 듯하다. '장아이링 붐'은 지나갔지만 '쉬쉬 붐'과 '우밍스 붐'은 아직 나타나지 않았다. 나는 이 두 작가를 생전에 만난 적이 있는데 그들은 결코 자신이 '5·4' 신문학과 절연했음을 승인하지 않을 것으로 생각한다. 그들 작품의 서양적인 맛과 '이국 정조'는 초기의 통속작가와는 현저한 차이가 있다. 바꿔 말해 이 세 작가의 작품에는 신구 전통이 일찌감치 하나로 융합되어 있었다. 장아이링이 여전히 '원앙호접파'를 흠모했다면 쉬쉬와 우밍스의 애정소설은 그와는 크게 달리 신문학의 통속 버전이 되었다. 확실한 것은 당시 모두 베스트셀러였고 세인의 이목을 충분히 끌었다, 는 점이다. 쉬쉬는 홍콩에 온 후 친후이浸會대학에서 가르치면서 연명하며[7] 쉬지 않고 창작했지만 의기소침하여 우울하게 생을 마감했다. 1993년 판 교수의 제자 우이친吳義勤이 『표박하는 도시의 혼—쉬쉬론』을 출판했고 근년에 그를 연구하는 홍콩 학자도 있다. 우밍스의 경우 270만자의 『우밍 서고無名書稿』를 탈고한 후 소설을 쓰지 않고 타이완에 가서 산문을 썼다. 나는 그의 풍격을 계승해 정진한 작가가 무신木心이라 생각한다. 그의 작품은 최근에서야 중국 대륙에서 환영을 받고 있다.

좀 더 이야기한다면 홍콩의 진융金庸과 니쾅倪匡이 앞장서고 있는데, 이미 그에 대한 전문 연구가 있어 판 교수가 수고할 필요가 없다고 생각한다. 진융은 베이징 학자들에게 귀재로 존경받았고 중국 현대작가의 '순위 차트'에 올라 루쉰, 바진巴金 등과 이름을 나란히 하고 있다. 그러므로 아속의 구분을 철저히 타파했고 '신문학'의 전통을 시시콜콜 따질 필요 없게 되었다. 이는

---

7) 나의 부인이 그의 학생이었다.

뒷이야기이다.

판보췬 교수가 수십 년에 걸친 신고의 노력을 통해 통속문학을 '역류'의 지위에서 구해내 '명예 회복'시키고 아속문학의 '두 날개 문학'의 연구 전경을 적극 제창한 것에 대해 무한히 경복할 따름이다. 이 짧은 글은 조리가 없고 총총히 써서 말이 아니지만 억지로 어설픈 학술적 서언으로 삼는다.

2006년 5월 27일 홍콩에서

중국 '근현대'문학사 담론과 통속문학의 복권

임춘성 林春城

　'5 · 4' '신문학'은 이른바 '구문학'을 비판함으로써 자신의 담론 권력을 확립했다. 신문학 제창자들은 과장된 목소리로 '신문학'이 아닌 문학을 일괄적으로 '지주사상과 매판의식의 혼혈아', '반봉건半封建·반식민지半植民地 십리양장十里洋場의 기형적인 태아', '오락과 소일거리의 금전주의'라는 식으로 매도했고 자신을 그들의 대립항에 놓았다. 그러나 21세기 통속문학의 문제제기는 '신문학'이 '구문학' '지우기erasion'에 의해 자신의 정체성을 확보했던 것이 과연 정당했는가에 대해 의문을 표시한다.

　1949년 이후 중국 문학사가들은 5 · 4 이래의 신문학을 '현대문학'으로 개명한 후 그 기의를 '좌파문학'에 고정시켰다. 그 결과 '현대문학사'에서 5 · 4 신문학은 혁명문학의 선구자로 자리매김 되었고 동반자문학이나 우파문학은 그 존립 자체가 불가능할 지경에 이르렀다. 이는 1949년 이후 '좌파문학' 독존의 관점에서 1917~1949년까지의 문학을 해석한 것이다. 류짜이푸劉再復는 이런 시대 분위기를 '독백의 시대'라고 개괄했다. 그에 따르면 이러한 독백은 정치관념상으로는 마르크스주의 정치 이데올로기의 독백이었고, 문학관념상으로는 마오쩌둥_{毛澤東}의 「옌안문예좌담회에서의 연설」과 레닌의 문학 당파성 원칙의 독백이었으며, 창작방식상으로는 '사회주의 리얼리즘'의 독백이었다.[1] 1985년 제기된 '20세기 중국문학'의 공헌의 하나는 이전에 억압되었던 동반자문학과 우파문학을 문학사의 연구시야로 복원시킨 것이다.

'신문학'이 '구문학'의 즉자적인 대립 개념이고 '현대문학'이 마오쩌둥의 신민주주의혁명기의 좌파문학과 동일한 개념이라면, '20세기 중국문학'의 개념은 첸리췬_{錢理群}과 천쓰허 등이 나름의 고민과 전망을 담은 참신한 개념이었다. 천쓰허는 이를 "현대문학의 연구 대상을 해방시켰을 뿐만 아니라 연구자 자신의 학술 시야도 해방시켰다"[2]고 평가했다. 이후 '20세기 중국문학'이라는 용어는 중국문학계에서 통용되는 개념이 되었고, 한국의 중문학계에서도 낯설지 않은 개념으로 자리 잡았다. '20세기 중국문학'이라는 기표는 '세계문학으로 나아가는 20세기의 중국문학'이라는 양적인 규정과 '민족영혼의 개조'라는 사상계몽적 주제를 가진 '반제반봉건 민족문학'이라는 질적인 규정을 명확하게 제시하고 있다.[3]

판보췬 교수의 『중국 '현대' 통속문학사』(2007)의 문학사적 의미는 '20세기 중국문학사'가 '우파문학'을 해방시킨 것에 뒤이어, '신문학사'가 배제시켰던 '통속문학(구문학, 전통문학, 특히 전통 백화문학, 본토문학, 봉건문학)'을 복원시킨 것이다. 이보다 앞서 판보췬 교수가 2000년 4월 주편한 『중국 근현대 통속문학사』(상·하)는 중국 근현대문학사 연구의 새로운 단계를 알리는 사건이라 할 수 있다. 본문만 1,746쪽에 달하는 방대한 분량을 사회·언정_{社會言情}, 무협·당회_{武俠黨會}, 정탐·추리_{偵探推理}, 역사연의_{歷史演義}, 골계·유모_{滑稽幽黙}, 통속희극_{通俗戲劇}, 통속간행물_{通俗期刊編} 등 일곱 분야와 대사기편_{大事記編}으로 나누어 서술하고 있다. 이는 하위 장르의 상대적 독립성을 감안_{勘案}하고 존중한,

---

1) 류짜이푸(1995), 「독백의 시대로부터 다성의 시대로」, 『소설로 보는 현대중국』, 종로서적출판사, 서울, 332쪽

2) 陳思和(1996), 「關於編寫中國二十世紀文學史的幾個問題」, 『犬耕集』, 241쪽, 上海遠東出版社, 上海.

3) 구체적인 내용은 임춘성(1997), 「중국 근현대 문학사론의 검토와 과제」, 『중국현대문학 제 12호』, 3장 부분 참조

장르별 문학사의 대작이라 할 수 있다.

　판 교수에 따르면, 중국 '근현대' 통속문학은 청말민초清末民初의 대도시 상공업 경제 발전을 기초로 삼아 번영·발전한 문학을 가리킨다. 그것은 내용면에서 전통의 심리기제를 핵심으로 삼았고 형식면에서 중국 고대소설전통을 양식으로 하는 문인의 창작물 또는 문인의 가공을 거쳐 재창조된 작품을 계승했다. 그것은 기능면에서 흥미와 오락, 지식성과 가독성可讀性을 중시했지만 '즐거움에 가르침 얹기寓敎於樂'의 권선징악의 효과도 고려했다. 그것은 민족의 감상 습관에 부합하는 것을 토대로 하여, 수많은 시민층 위주의 독자군을 형성했으며 그들에 의해 정신적 소비품으로 간주되었다. 그러다보니 필연적으로 그들의 사회가치관을 반영하는 상품성 문학이 되었다.[4] 중국 '근현대' 통속소설은 대도시의 상공업 경제의 발전을 토대로 번영·발전했으므로 '도시통속소설'이라는 명명이 가능해진다. 그것은 '현대'문학사 또는 '20세기 중국문학사'의 주요한 유파인 '사회해부파' 도시소설이나 '신감각파'의 심리분석소설과 달리, 현대 도시생활에서 광범위한 제재를 선택하여 재미있고 세밀하게 묘사함으로써 다양한 사회 풍경화를 제공했다. 이 작품들은 중국 민족의 전통적인 문화심태cultural mentality를 잘 파악함으로써 사회의 각종 세태와 인간을 반영하는 데 뛰어났다. 이 소설들은 고대 백화소설의 언어 전통을 계승했을 뿐만 아니라 외국문학에서 배운 기교를 적당히 융합할 줄도 알았다. 그러므로 판 교수가 통속문학작가들에게 "민족의 전통형식을 숭상하는 동시에 외국문학에서 창작기교와 살아있는 문학 언어를 배웠다"라는 평가를 내리는 것은 지나치지 않다.

　판 교수는 문학사 연구의 공통 인식과 관련해 다음과 같이 주장했다. 최근 20년 동안 '근현대'문학사 연구자들은 한 가지 공통 인식을 갖고 있다. 그것은 '근현대' 통속문학을 우리의 연구 시야로 받아들여야 한다는 것이다. 순문학과 통속문학은 우리 문학의 두 날개이므로, 이후 편찬되는 문학사는 두 날개로 함께 나는 문학사여야 한다. 최근 20년 동안 '근현대'문학사 연구자

---

4)　范伯群(2000) 主編, 『中國近現代通俗文學史』(上), 江蘇敎育出版社, 南京, 18쪽. 范伯群은 1994년 『中國近現代通俗作家評傳叢書』(南京出版社)의 「總序」에서 비슷한 내용을 언급한 적이 있다.

들은 모두 한 가지 관점을 수용하고 있다. 과거 '근현대'문학에서 통속문학의 중요한 유파인 '원앙호접-『토요일』파鴛鴦蝴蝶-『禮拜六』派'를 역류逆流로 본 것은 좌경사조의 문학사적 표현이라는 사실이 그것이다.[5] 요컨대 통속소설을 문학사 연구 범주로 받아들이는 것이 이제는 당연한 현상이라는 것이다.

사실 문학사적 안목으로 통속문학에 대해 고찰한 것은 판 교수가 처음은 아니었다. 류짜이푸는 '본토문학'의 관점에서 진용金庸 소설의 문학사적 지위를 논했다. 20세기 초 중국문학은 사회 변화와 외래문학의 영향으로 말미암아 '신문학'과 '본토문학'이라는 두 가지 다른 문학 흐름流向으로 분열되었다. 후자는 전자와 함께 '20세기 중국문학'의 양대 실체 또는 흐름을 구성하여 완만한 축적과정을 거쳐 자신의 커다란 문학 구조물을 세웠다. 그것은 20세기 초의 쑤만수蘇曼殊, 리보위안李伯元, 류어劉鶚, 1930~1940년대의 장헌수이張恨水와 장아이링張愛玲 등을 거쳐 진용에 이르렀다. 진용은 홍콩이라는 새로운 환경에서 본토문학의 전통을 직접 계승하여 집대성하고 그것을 새로운 경지로 발전시켰다.[6] 여기서의 '본토문학'이 바로 5·4시기 '신문학'에 의해 문단에서 축출된 '구문학'이고 '원앙호접파' 소설이었는데, 류짜이푸는 그것을 '신문학'과 대등한 수준에서 20세기 중국문학의 한 축으로 복원시킨 것이다.

21세기 들어 본격적으로 제기된 '통속문학'의 문제의식은 그동안 '중국신문학사', '중국 현대문학사', '20세기 중국문학사'라고 명명되었던 '중국 근현대문학사' 담론을 새로운 단계로 끌어올렸다. '신문학사'는 '구문학'을 배척했고 '현대문학사'는 '우파문학'을 탄압했으며 심지어 '20세기 중국문학사'도 '통속문학'을 홀시했다. '통속문학'의 문제제기는 바로 배척과 탄압으로 점철된 '중국 근현대문학사'의 주류 권력에 대한 비판으로 읽을 수 있다. '중국 근현대문학사 담론'에서 '통속문학'의 문제제기는 '타자들'의 복권의 대미라는 차원에서 그 의미를 부여할 수 있다. 전통적인 '문이재도文以載道' 문학관

---

5) 范伯群(2000) 主編, 『中國近現代通俗文學史』(上), 35~36쪽, 이 내용도 『中國近現代通俗作家評傳叢書』「總序」에서 언급되었다.

6) 劉再復(1998), 「金庸小說在二十世紀中國文學史上的地位」, 『當代作家評論』 1998년 제5기, 19~20쪽.

의 연장이라 할 수 있는 5·4 계몽문학관은 과거와 단절하는 '신문학'을 주장하면서 '구문학'을 비판했지만, 그것은 아속雅俗을 구분하는 전통을 답습하고 있었으며 공공연하게 '아雅'를 추켜세우고 '속俗'을 '타자화'시켰다. '통속문학'은 낡고 퇴폐적인 것으로 단죄되어 문단에서 추방되었다. '인민 해방'을 구호로 내세웠던 중화인민공화국의 문학사는 '인민문학'을 위해 '우파문학'과 '동반자문학'을 타도해야 한다는 이데올로기에 갇혀 그들을 탄압했다. 그리고 '좌파들'은 서로 경쟁하며 '극좌'로 치달았다. 해방이라는 구호는 아무 것도 해결하지 못한 채 자신들조차 수렁 속으로 밀어 넣고 말았다.

1985년 '20세기 중국문학'의 제창은 바로 이에 대한 문제제기였다. 그리고 '현대문학'에 의해 탄압되었던 '우파'와 '동반자'를 해방시켰다. 그리고 다시 15년이 지난 후 '통속문학'이 제기되면서 '신문학'에 의해 추방되었던 '구문학'을 복권시킨 것이다. 여기서 중요한 것은 '우파문학'의 해방과 '통속문학'의 복권 자체가 아니다. 보다 중요한 것은 문학사를 아와 속, 주류와 비주류로 나누어 기술하는 것을 지양해야 한다는 점이다.

판 교수는 『중국 '현대' 통속문학사』 '서론'에서 통속문학에게 씌워졌던 '역류'와 '조연'이라는 고깔을 과감하게 벗어던지며, 중국 '현대' 통속문학의 역사를 시간·원류·독자·기능 면에서 개괄하고 있다. 특히 통속문학이 지식인문학의 배척을 받으면서도 그 자양분을 취해 새로운 길을 모색한 것을 '상극相剋 가운데 상생相生'이라 요약했다. 나아가 만청 견책소설을 사회통속소설로 분류해 외연을 넓히면서 계몽주의와 통속문학의 관계를 고찰했고, 전통의 계승이라는 기능을 재해석했다. 전통 가운데 봉건적 요소를 양기揚棄하면서 '효' 문화와 같은 전통 미덕의 계승을 통속문학 생존의 근거이자 의의로 받아들였다. 판 교수의 궁극적인 목적은 '현대' 통속문학을 제대로 연구해서 중국 '현대'문학사의 '대가족'에 통합시키는 것이다. 이것이 '두 날개 문학사'의 내함이다.

판 교수가 말한 '순문학과 통속문학의 두 날개로 함께 나는 문학사'라는 '공통 인식'을 1920년대에 가질 수 있었더라면, '신문학사'는 '신문학'과 '구문학'의 두 날개로 날아 독자들을 '구문학'에 빼앗겨 '인문학의 위기' 운운 하는 일이 없었을 것이다. 이런 '공통 인식'을 1950년대에 가질 수 있었더라면, '현대문학사'는 '현대문학즉 좌파문학'과 '우파문학'의 두 날개로 비상하여 세계문학과 자유롭게 교류하면서 자신의 정원을 더욱 아름답게 가꿀 수 있었을 것이다. '순문학과 통속문학의 두 날개로 함께 나는 문학사'가 실현되기 위해서는 여러 가지 과제가 앞에 놓여 있다. 아雅의 속화俗化, 속俗의 아화雅化 등도 검토의 대상이 되어야 할 것이지만, 아속공상의 핵심은 아와 속의 동시적 감상이라는 점에 있지 않을까 싶다. 다시 말해, 고아高雅한 작품도 감상하고 통속通俗적인 작품도 읽는다는 이분법적 사고가 아니라, 한 작품에서 고아한 측면과 통속적인 측면을 동시적으로 감상한다는 것이다. 중요한 점은 이를 감당할 만한 두터운 텍스트thick text의 출현이고 그 두터운 텍스트를 감상하고 유통시키는 독자 대중의 존재다.

판 교수는 이를 위해 수많은 텍스트를 발굴해서 우리에게 보여주고 있다. 고대문학의 노선에서 현대문학의 노선을 갈아타는 지점에 위치한 『해상화열전』부터 시작해 그동안 '중국 현대문학사'에서 거론되지 않았지만 식견 있는 평자들의 호평을 받았던 수많은 작품들을 발견해 그것을 보배로 꿴 것이다. 루쉰에 의해 '견책소설'이라 불렸던 작품들은 비교적 익숙한 편이지만, 『해상 번화몽』, 『구미귀』, 『루주연』 등 초창기 작품은 전문 학자들이라 할지라도 잘 들어보지 못한 것들이었다.

이 책의 또 다른 중요한 의미는 중국 통속문학 작품이 실렸던 간행물에 대한 실증적인 연구에서 찾을 수 있다. 대부분 통속문학 작가들이 편집하고 작품을 게재했던 간행물은 당시 독자들과 만나는 중요한 공간이었다. 초기의 『유희보』 등의 소형 신문부터 『신소설』과 『수상소설』, 『소설시보』와 『소설월보』, 『토요일』과 『소설세계』 등 세 차례의 통속 간행물 고조에 대해 사회사적이면서도 문화사적으로 접근함으로써 통속문학에 대한 분석에 그치지 않고 당시 사회 문화 상황에 대한 이해를 제공하고 있다. 특히 1920년대 영화 붐과 화보 붐에 대한 논술은 어디에서도 찾아보기 어려운 내용이라 할 수 있다.

최근 중국 근현대문학사 집필 경향은 점차 '유기적 총체성'을 지향하고 있는 것으로 보인다. 2010년 4월 주서우퉁朱壽桐 주편의 『漢語新文學通史(上下卷)』와 옌자옌嚴家炎 주편의 『二十世紀中國文學史(上册)』가 동시에 출간되었는데, 둘 다 기점을 앞당기고 있다. 주서우퉁은 '근대 문학개량'이 '5 · 4' 문학혁명의 서막을 열었다고 주장하면서, 황준셴黃遵憲의 '언문일치' 주장我手寫吾口, 추팅량裵廷梁의 백화문 제창, 량치차오의 문체文體혁명, 그리고 린수林紓와 옌푸嚴復의 번역 등을 아우르고 있다. 특히 주목할 것은 문명희文明戲, 원앙호접파鴛鴦胡蝶派 그리고 남사南社 유파 등의 '물건'을 거론했다. 한편 옌자옌은 근현대성modernity 이라는 기준으로 20세기 중국문학을 개괄하면서 제1장에서 갑오甲午 전야의 문학으로 천지퉁陳季同의 『황삼객 전기黃衫客傳奇』와 한방칭의 『해상화 열전』을 그 효시로 들고 있다. 주서우퉁은 '한어 신문학'을, 옌자옌은 '20세기 중국문학'을 표제로 내세웠지만 양자 모두 중국 대륙 이외에 타이완과 홍콩 및 마카오 나아가 화교문학까지 아우르고 있다는 점 또한 이전과 다른 두 문학사 저서의 공통점이라 할 수 있다.

　　판 교수가 언급한 '두 날개 문학'의 공통 인식이 주서우퉁과 옌자옌의 문학사에 충분히 반영된 것 같지는 않다. 그럼에도 판 교수의 통속문학 연구가 두 종의 문학사에 끼친 영향은 쉽게 발견할 수 있다. 그동안 1917년 또는 1898년으로 운위되던 근현대문학사 기점이 앞당겨진 점, 만청 문학운동과 신문학운동의 연관성, 전통문학과 신문학의 내재적 연계 및 그 과정에서 번역문학의 역할 등이 그것이다. 특히 '통속'과 '현대'의 변증법적 관계에 대한 통찰은, '퇴폐'를 '계몽'과 함께 중국적 근현대성의 범주로 설정한 왕더웨이의 성찰과 함께 중국 근현대문학사를 바라보는 새로운 시야를 제공한 것으로 평가할 만하다.

2010년 7월 26일

중국현대통속문학사 上

|서론|

우리는 중국 현대[1]통속문학사를 위해 독립적인 연구체계를 세워야 한다. 그것을 독립적이고 자족적인 체계로 삼아 전면적으로 연구하고 그 기초 위에서 중국 현대문학사라는 '대가족'에 통합시켜야 한다. 그 첫 번째 이유는 다음과 같다. 과거의 중국 현대문학사는 '지식인[2] 담론'이 주도적 지위를 차지했고 중국 현대통속문학을 '역류$_{逆流}$'라고 비판하거나 '조연'으로 간주했다. '역류'라 함은 분명 경멸이었고, 선험적으로 조연이라 한 것도 꼭 적절한 것은 아니었다. 그에 대해 전면적으로 파악하고 조사하며 과학적으로 고찰하고 연구해야만 그 지위와 가치가 진정으로 수면에 떠오를 것이다. 그런 후에야 중국 현대문학사에 통합시키는 새로운 프로젝트를 시작할 수 있고 그 '자리매김'도 엄밀해질 것이다. 두 번째 이유는, 중국 현대통속문학은 시간의 발

---

1) 원문은 '現代'다. 중국의 '現代(Xiàndài)'는 우리의 '현대'와 한자 표기상의 기표(signifier)는 같지만 그 기의(signifer)는 다르다. 우리가 주로 해방 이후를 가리키거나 '최근(contemporary)'의 의미로 사용하는 반면, 중국의 '現代'는 1919년부터 1949년까지의 이른 바 '신민주주의 혁명 시기'를 지칭했다. 이 책에서는 그동안 배척 받아왔던 통속문학을 복원시키면서 '현대문학'의 상한을 1891년으로 앞당기고 있다. -역주

2) 원문은 '知識精英'이다. 직역하면 '지식 엘리트'가 되겠는데, 의미가 중복되므로 '지식인'으로 옮겼다. '知識精英文學'은 지식인문학으로 옮겼다. -역주

전, 원류源流의 전승傳承, 독자대상의 편중, 작용과 기능 면에서 모두 지식인문학과 차이가 있다는 점이다. 이 점을 간과하면 중국 현대통속문학의 특징도 사라지고 '부속물'로서 중국 현대문학사에 존재할 뿐이다. 이렇게 되면 과학적으로 중국 현대문학에 역사적인 전모를 돌려주는 일은 불가능해진다.

과거의 중국 현대문학사는 항상 1917년에 시작된 문학혁명을 그 이정표로 삼았지만, 중국 현대통속문학이 현대화 과정으로 들어온 것은 이보다 꼬박 사반세기 전이었다. 그러므로 그 발전의 시간에서 중국 현대통속문학을 '발을 깎아 신발에 맞추듯' 중국 현대지식인문학 역사의 틀 속에 끼워 맞춰서는 안 된다.

원류 계승에서도 분명 다름이 존재한다. 루쉰은 지식인문학의 원류에 대해 솔직하게 토로한 적이 있다. "현재의 신문예는 외래의 신흥조류이므로, 오래된 나라의 보통사람들이 쉽게 이해할 수 있는 것이 아니다. 이 특별한 중국에서는 더욱 그러하다."[3] 원류의 측면에서 중국 지식인의 주류 문예는 외국의 문예사조, 특히 그 정화精華 부분을 빌려왔다. 그들은 그것으로 중국에서 문학혁명을 일으키고 중국문학을 세계의 선진문화와 접목시켜 세계문학의 숲에서 자립하는 훌륭한 나무가 되게 하려 했다. 마오둔은 다음과 같은 바람을 나타낸 적이 있다. "나는 감히 문학에 뜻을 둔 내국인들에게 선언한다. 우리의 최종 목적은 세계문학 속에 자리를 잡아 우리 민족이 장래 문명에 공헌하는 것이다."[4]

지식인문학은 '(외래의) 차감借鑑과 혁신'에 편중되었지만 중국 현대통속문학은 '(전통의) 계승과 개량'에 중점을 두었다. 그것은 주로 중국 고전소설의 지괴志怪, 전기傳奇, 화본話本, 강사講史, 신마神魔, 인정人情, 풍자諷刺, 협사狹邪, 협의俠義 등의 소설 장르를 계승했고 시대의 흐름에 따라 개량·발전했으며 새로이 탐색하고 개척했다.

---

3) 魯迅, 「關於『小說世界』」, 『魯迅全集』, 第7卷, 人民文學出版社, 1963年, 308p. 이하 이 책에서 인용된 『魯迅全集』은 특별한 경우를 제외하고는 1963年 人民文學出版社 판이다 -역주.

4) 茅盾, 『我走過的道路(上)』, 人民文學出版社, 1981年, 187쪽.

현대통속문학의 독자대상은 당연히 지식인문학을 쉽게 이해하지 못하는 '오래된 나라의 보통사람들', 특히 시민대중에 편중되어 있다. 그 역할은 '세태와 인정人情을 자세히 묘사'하고 '오락을 주로 하되 권선징악을 섞는[5]' 것이다. 루쉰은 고대의 화본과 전기의 작용과 역할이 주로 '눈과 마음을 즐겁게 함娛目悅心'[6]에 있다고 인식했다. 그는 명대의 의송인소설(擬宋人小說: 의화본소설擬話本小說을 말한다_역주)에 대해 이렇게 평했다. "송의 시인市人소설은 간혹 가르침이 섞여 있지만 주로는 시정의 일을 서술함으로써 독자를 즐겁게 하였다. 명대에 그 말류를 모방했는데 가르침과 교훈이 많아져 주인 자리를 빼앗았다."[7] 루쉰은 한 걸음 더 나아가 "그러나 문예가 문예인 까닭은 교훈에 있지 않다. 소설을 수신修身의 교과서로 만들면 무슨 문예라 할 수 있겠는가?"[8]라고 했다. 이상은 고대 시인市人소설의 작용과 역할에 대한 루쉰의 정치精緻한 논술이다. 돌이켜보매 현대통속문학도 기본적으로 이 전통을 계승했다.

현대통속문학이 시간, 원류, 대상, 기능 면에서 지식인문학과 차이가 있다면 독립적인 연구체계를 건립할 필요가 있다. 이런 연구는 또한 현대통속문학의 내재적 발전법칙에서 벗어나지 말고 그 자신의 역사 발전 과정에서 자신의 성공적 경험과 실패의 교훈을 탐색하며 자신의 건강한 발전 과정을 총괄하여 지식인문학과의 상보성을 고찰해야 한다. 이런 과정을 통해 중국 현대문학사 '대가족'에서 통속문학의 지위와 가치를 확정해야 한다. 이『중국 현대통속문학사』는 현대통속문학사의 발전 윤곽을 그려내고, 상술한 각종의 문제에 대답을 시도할 것이다. 이 책의 '삽화'는 독자들이 작가와 작품의 구체적인 모습을 보다 형상적으로 이해하도록 돕기 위한 것이다. 직접 그들과 대면해서 대화하고 교류하는 것처럼, 감성과 이성이 상호 작용하는 가운데 근 60년간의 역사를 회고할 수 있게 도울 것이다.

---

5) 魯迅,『中國小說史略·第12篇·宋之話本』,『魯迅全集』, 第8卷, 90쪽.

6) 魯迅,『中國小說史略·第20篇·明之人情小說(下)』,『魯迅全集』, 第8卷, 159쪽.

7) 魯迅,『中國小說史略·第21篇·明之擬宋市人小說及後來選本』,『魯迅全集』, 第8卷, 166쪽.

8) 魯迅,『中國小說的歷史的變遷·第4講·宋人之及"說話"及其影響』,『魯迅全集』, 第8卷, 331쪽.

우리는 『해상화열전海上花列傳』을 중국 현대통속문학의 개산지작開山之作으로 보았다. 한방칭韓邦慶이 통속문학을 현대화의 길로 가게 한 것은 자각적인 것은 아니었으나 자발적이었다. 이는 중국 통속문학의 현대화가 중국 사회의 추진에 힘입은 문학 발전 자체의 내재적 요구였고 중국문학 운행의 필연적 추세였으며 중국 사회가 배양하고 촉진한 필연적 결과였음을 다른 각도에서 설명하고 있는 것이다. 현대 상공업이 번영하고 대도시가 흥성하며 사회가 현대화됨으로 말미암아, 민족문화는 사회의 전환에 따라 필수적으로 갱신되기 마련이고 또한 그런 전환과 갱신을 반영하고 피드백하는 작가가 있기 마련이다. 『해상화열전』은 이런 반영과 피드백 가운데 탄생한 우수한 문학작품이다. 지식인문학은 외래 신흥사조의 영향을 받아 촉진되었지만, 중국 통속문학은 외국 문학사조의 도움이 없더라도 중국문학이 현대화의 길에 들어설 수 있고 민족문학 자신도 이런 내적 동력을 가지고 있었음을 증명하고 있다.

사실 리보위안李伯元이 별도의 길을 개척한 상하이의 소보小報는 『해상화열전』과 내적 관련이 있었다. 그들의 내용은 기본적으로 비슷했다. 다만 형식적으로 하나는 소설이고 다른 하나는 현대화된 간행물 매체였을 뿐이다. 이들 소보에 견책소설譴責小說이 연재되기 시작했는데, 견책소설은 사회통속소설이었다. 그것은 중국 사회통속소설 현대화의 시작을 알리는 작품이었다. 이어서 량치차오梁啓超가 주도한 중국 현대문학간행물의 첫 번째 물결이 일어났다. 그는 기세좋게 '문예는 정치를 위해 복무해야 한다'는 흐름을 만들어갔다. 그러나 그는 자신의 의도를 관철시킬 지식인 창작대오가 없었다. 『신소설新小說』 8기에서 그는 실제로 자신이 꾸민 『신소설』이라는 무대를 통속소설가 우젠런吳趼人에게 내주어 공연하게 했다. 『신소설』에서 영향이 가장 컸던 것은 우젠런의 『20년간 목도한 괴이한 현상20年目睹之怪現狀』 등의 사회소설이었다. 『신소설』의 영향 아래 리보위안이 주관한 『수상소설繡像小說』 등의 간행물 또한 상하이에 등장했다. 중국 문학간행물의 첫 번째 물결이라 할 수 있는 이 현대화된 매체의 큰 흐름 속에서 현대사회통속소설-견책소설은 잔칫상의 주메뉴였다 할 수 있다.

격동과 급변의 청淸 말 민국民國 초 문학작품에는 현대화된 매체의 추동을 받아 세 가지 조류가 출현했다. 첫째는 앞에서 말한 1903년에 시작된 견책소설 조류다. 이들 신형 사회소설은 주로 청 말 통치자의 무능 및 그들이 장악했던 사회의 부패를 폭로했다. 둘째는 사정소설寫情小說과 애정소설哀情小說의 조류다. 이는 청년들이 아직 봉건 그물망에 충격을 주기 전에 내던, 귀에서 끊이지 않고 들여왔던 애원哀怨의 소리였다. 1906년 푸린符霖은 『금해석禽海石』에서 '맹부자孟夫子'가 '나와 내 마음 속의 사람'을 해쳤다고 소리쳤다. "그(맹부자-옮긴이)는 세계 모든 남녀 혼인은 부모의 명과 약속에 따라야 한다고 했다. 그렇지 않으면 부모와 나라 사람들 모두가 천하게 여길 것이라 했다. 쳇! 남녀의 혼사가 남녀 양쪽의 자주권에 있는 것임을 그는 전혀 생각하지 못하는군. 어찌 부모의 약속이 당사자들의 혼인을 간섭하고 강제할 수 있는가?" 소설은 맹자의 이 말들이 "물정에도 이치에도 맞지 않는다無情無理"고 했다. 1912년 쉬전야徐枕亞의 『옥리혼玉梨魂』 등의 작품은 청년 스스로 이 절박한 문제를 해결하기를 희망했다. 셋째는 신해혁명으로 청나라가 전복되자 궁정 내부의 권력 다툼에 관한 수많은 사건들이 비밀에서 해금되었고 과거에는 쉬쉬하며 입으로만 전해지던 '비밀스런 소문'이 이제는 공개적으로 흘러 다니게 된 것과 관련된다. 이로 인해 위안스카이의 죽음, 장쉰張勳의 복벽復辟 실패 등의 내막이 백일하에 드러났다. 이에 따라 '오랜 동안 끊이지 않는' 역사궁정소설歷史宮闕小說의 조류가 형성되었는데, 거의 모든 간행물에 이런 제재의 필기체소설筆記體小說이 흥미진진하게 연재되었다. 이것들은 정사正史의 보충이자 참고였다. 이 책의 앞 몇 장의 주요 편폭은 그들에게 할애할 것이다. 근 20년 동안 문단에는 몇 가지 큰 사건이 있었다. 『소설시보小說時報』에서 주장한 '각성催醒'-계몽의 문제, 『소설월보小說月報』가 1916년 수용한 '문제소설' 등이 그것인데, 이에 대해서도 일정한 관심을 가질 것이다.

'5 · 4' 전야에 '귀국 지식인'을 중심으로 한 지식인문학가들이 대도시에 모이기 시작했다. 현대통속문학에 대한 그들의 비판은 '흑막소설黑幕小說'에서 비롯되었다. 그런데 그들은 간행물상의 '흑막 설문지'를 모은 '흑막서'가 흑막소설과는 다른, 문학작품이 아니라는 사실을 잘 알지 못했다. 이로 인해 저우쭤런周作人 등의 흑막소설 비판은 '흑막 설문說問'자의 그릇된 형식과 함께 첫 번째 교전의 '이중 오류' 현상을 만들었다. 이들 풀리지 않은 역사적 의문점에 대한 견해를 밝히고 바로잡을 때가 되었다.

'5·4'시기 현대통속작가에 대한 지식인작가의 비판은 상당히 맹렬했다. 그 가운데 『문학순간文學旬刊』에 비판의 화력이 집중적으로 드러났다. 『문학순간』이 『문학』으로 개간될 때 발표한 「본간 개혁 선언」에는 선전포고의 어조가 뚜렷했다.

> 문학을 심심풀이로 삼아 비열한 사상과 유희적 태도로 문예를 모욕하고 청년들의 두뇌를 오염시키는 사람들을 우리는 '적'으로 삼아 우리의 힘으로 그들을 문예계 밖으로 쓸어내려 노력할 것이다. 전통적 문예관을 품고 우리 문예계가 전진하는 길을 막으려 하거나 후퇴시키려 하는 사람을 우리는 '적'으로 삼아 우리의 힘으로 그들과 싸우려 노력할 것이다.

이 두 부류는 현대통속작가를 직접 가리킨 것이다. 통속작가에 대한 지식인작가의 정확한 비판은 통속작가의 자기개혁을 추동시키고 촉진시켰다. 그러나 양자의 관계가 '적대적 모순'으로 규정되었기 때문에 통속작가들은 암암리에 고치려 했지 공개적으로 인정함으로써 '적의 기개를 높여' 줄 수는 없었다. 그런데 '선언'의 두 가지는 근거가 없는 것이었다. 하나는 통속문학의 기능인 '눈과 마음을 즐겁게 하는 것' 또는 '마음을 즐겁게 하는 것 위주'를 반대한 것이고, 둘은 중국 전통에 대해 계승 의식이 결여되어 있는 것이다. 그와 달리 현대통속작가들은 당시 상황의 심각함을 의식하고 있었다. '5·4' 이전 그들은 문단의 천하를 통일한 '거물'이었다. 그러나 '5·4' 이후 외래 신흥사조의 문예이론은 예리하기 그지없었고 통속작가의 유치한 이론 수준은 그들의 적수가 되지 못했다. 여론면에서도 그들은 극히 피동적이었다. 그리하여 당시 일단의 통속작가들은 붓을 던지고 직업을 바꿨다. 그들은 이 같은 '시비의 땅'에서 '밥 벌어 먹고 살면서' 그런 '공연한 분노'를 감수할 필요가 없다고 생각했던 것이다. 천렁쉐陳冷血·윈톄차오惲鐵樵·예샤오펑葉小鳳 등이 그들이다. 또한 전업하지 않고 '죽어도 문학을 끌어안고 놓지 못하는 사람들'은 '문예계에서 퇴출'되지 않는다면, 중국 최초의 직업작가였던 이들의 절박한 목전의 과제는 헤게모니를 다투어 중심이 되고 주류가 되는 것이 아니라 독자를 얻는 것이었다. 직업작가에게 독자는 하느님이고 입혀주고 먹여주는 부모다. 독자군만 확보하면 중국 최초의 직업작가는 지식인작가와의 '상극相剋' 가운데 '상생相生'할 수 있었다. 어떻게 해야 더 많은 독자군을 얻을 수 있을까? 그 방법은 바로 자신들 고유 독자의 독서 습관과 독서 성향을 존중하는 동시에 문예 민족화의 길을 따라 '새로움을 추구하고 변화를 추구'하는 것이었다. '새로움의 추구求新'는 새로운 생장점을 찾는 것이고 '변화의 추구求變'는 민족화의 기초 위에서 현대화를 하는 것이다.

1920년대는 중국 현대통속문학이 '새로움을 추구하고 변화를 추구'하는 데 있어서 중요한 시기였다. 그들은 협사소설狹邪小說의 의발衣鉢을 계승하면서 '인정人情'과 '인도人道'의 빛을 그 안에 섞어 놓았고(당시 인기를 얻었던 비이훙畢倚虹의 『인간지옥人間地獄』에서처럼), 그들은 그 시대를 풍미했던 핑장부샤오성平江不肖生의 경우처럼 민국民國 무협소설의 기초를 다졌으며, 그들은 지식인작가가 아직도 단편소설 정진에 몰두하고 있는 것을 틈타 도시의 풍경을 그린 일단의 사회소설을 추동했다. 그들은 지식인작가가 고향 풍물을 추억하는 향토소설을 쓰고 있을 때 '도시-향토소설'을 자신의 강점으로 삼아 시민대중에게 소개했다. 그들은 초기 영화인들과 합작해서 초기 중국영화를 함께 길러냈다. 또한 그들은 우유루吳友如의 화보畵報사업을 계승하여 '화보 붐'을 일으켰다. 그들은 외국 탐정소설을 끌어다 '중국화'함으로써 '훠쌍 매니아'[9]을 만들

---

9) 훠쌍霍桑은 청샤오칭程小靑의 사회탐정소설의 주인공이다. 청샤오칭은 1893년 상하이 출신으로, 저우서우쥐안周瘦鵑과 『셜록 홈즈 사건 전집』을 번역 출판했고, 셜록 홈즈를 모방해서 중국인 탐정 훠쌍을 창조했다. 그의 작품은 '진정한 의미에서 중국문단 최초의 탐정소설'로 평가받는다. 1946년 스제(世界)서국에서 『霍桑探案全集袖珍叢刊』 30종이 출간됐고 이 중 많은 작품이 영화

어냈다. 1920년대는 중국 통속문학 현대화의 '백화제방百花齊放' 10년이다. 그들은 지식인작가와 '상극'하는 가운데 '상생'을 추구했는데, 그것은 험난하면서도 빛나는 역정이었다.

과거 독자층이 북방 일각에 국한되었던 장헌수이張恨水는 1930년대 들어 전국적 영향력을 가진 통속작가가 되었고, 환주러우주還珠樓主 리서우민李壽民과 톈진天津의 류윈뤄劉云若가 문단에서 재주를 뽐내면서 중국 현대통속문학은 '두 번째 고조'에 접어들었다. 이 세 사람이 북방에서 활동을 시작했기 때문에 과거 통속문단에는 '제왕의 기운이 북쪽으로 이동'했다는 설이 있었다. 본래 지식인문학과 통속문학의 독자군 사이에는 일정 정도 뚜렷한 경계선이 있었지만 장헌수이 작품의 전국적 유행으로 이 작품들이 지식인 독자군의 경계를 '잠식'하게 되었다. 당시 일제 침략의 그림자가 전국을 뒤덮고 있었고 항일 분위기가 갈수록 짙어져갔으며 항일통일전선이 제기되면서 지식인작가의 통속문학 비판은 다소 누그러졌다.

항일전쟁시기에 일제 점령지역에서는 훌륭한 작품이 별로 나오지 않았다고 지금까지 인식되어왔다. 그러나 그런 열악한 환경에서도 바이위白羽의 『십이금전표十二金錢鏢』와 왕두루王度廬의 『와호장룡臥虎藏龍』과 같은 뛰어난 무협소설이 탄생했다. 아속雅俗을 초월한 장아이링張愛玲의 작품도 사람들의 이목을 일신시켰다. 상하이에서 나온 친서우어우秦瘦鷗의 『추해당秋海棠』과 대후방大後方의 쉬쉬徐訏 · 우밍스無名氏의 항전과 관련된 아속을 초월하는 작품들도 사회를 뒤흔들었으며, 중국 통속문학 작가가 외국 통속소설을 학습하는 계기를 마련했는데, 이는 대단히 바람직한 현상이었다. 1940년대 말 50년대 초에 시작된 30년의 인위적 단절이 없었더라면 진융金庸 · 량위성梁羽生 · 충야오瓊瑤와 같은 통속 대가들이 중국 내지에서도 출현했을 것이다. 지금은 타이완과 홍콩에서 통속문학의 과제를 전승하고 있기 때문에 1950년대 이후에는 타이완과 홍콩에게 통속문학의 명성을 내줄 수밖에 없었다.

화되었다. -역주

이상으로 60년에 가까운 중국 통속문학의 역사에 대한 대강의 윤곽을 그려보았다. 『중국 현대통속문학사』는 이 역사의 선을 따라 진행되었다. 여기에서 우리는 사람들이 무심하게 넘기기 쉬운 두 가지를 거론하고자 한다.

첫째, 중국 현대통속문학 작가는 19세기 말부터 '5·4' 전까지 중국 계몽주의의 선도자였다. 중국에서 문학 현대화의 길은 계몽주의와 내적 연계를 가지고 있었다. 통속문학을 계몽주의와 연계시키는 것은 듣기에 따라 '미친 사람의 헛소리' 같지만, 우리는 중국 초기의 사회통속소설인 견책소설에 이미 계몽적 요소가 있었다고 생각한다. 루쉰은 이들 소설이 당시의 "의식이 있는 사람이라면 불현듯 개혁을 생각하게" 만들었는데, 이는 "시세時勢의 요구에 기인"[10]하여 출현한 창작조류라고 생각했다. 루쉰은 그들을 긍정하는 동시에 그 조잡한 예술성을 비판했다. 후스는 1927년 『관장현형기官場現形記』 서문을 쓰면서 사전에 루쉰의 『중국소설사략』을 읽고 그에 동의하면서 상당히 유익한 견해를 보충했다. 그는 리보위안의 『관장현형기』의 몇 회에는 『유림외사儒林外史』의 풍자적인 맛이 있지만 작가가 "천박한 사회적 요구"에 부응하기 위해 "부득불 자신의 예술을 희생하고 잠시 사회심리에 영합"하였고, 그래서 지금의 견책소설의 형식을 쓸 수밖에 없었다고 말했다.

> … 당시 중국이 여러 차례 패배한 이후 정치 사회의 적폐가 모두 폭로되었다. 의식 있는 사람들은 점점 이전의 과대망상적 태도를 버리고 고개를 돌려 중국 자신의 좋지 못한 제도, 부패한 정치, 악착齷齪 같은 사회를 견책하기 시작했다. 그러므로 견책소설이 천박하고 폭로 위주고 비판이 지나치다는 등의 단점이 있음에도 불구하고 그것들은 분명 당시 사회에 대한 반성적 태도와 자신을 책망하는 태도를 나타낼 수 있었다. 이런 태도는 사회 개혁의 선성先聲이었다. … 우리가 중국 사회의 죄악을 과감히 질책하는 그들 견책소설가를 돌아보매, 모자를 벗어 그들에게 최고의 경의를 표시하지 않을 수 없는 것이다."[11]

---

10) 魯迅, 『中國小說史略·第28篇·淸末之譴責小說』, 『魯迅全集』, 第8卷, 239쪽.
11) 胡適, 「『官場現形記)』·序」, 『胡適文存』, 第3集, 黃山書社, 1996年, 393쪽.

후스의『관장현형기』평가는 그 '반성적 태도'를 '사회개혁의 선성'으로 인식한 것이었다. 그 속에 '계몽'적 요소가 내재되어 있다는 의미이므로 견책소설가들에게 모자를 벗고 경의를 표해야 한다고 했다. 그래서 그는 '불현듯 개혁을 생각'한 선행자들에게 자신의 경의를 표했다.

1904년 디바오셴狄葆賢(필명 추징楚卿)이 『시보時報』를 창간하고, 천징한陳景韓(필명 렁쉐冷血)이 주필을 맡았다. 1909년 또 『소설시보』가 창간되어 천징한과 바오톈샤오包天笑가 공동 주편을 맡았다. 이 두 간행물은 개혁의 예봉을 가지고 있었다. 후스는 짙은 감정적 색채를 가지고 심지어 '연애'라는 두 글자로 『시보』가 자신에게 미친 '계몽'을 회고했다.

> (『시보』의: 인용자) 내용과 방법 역시 분명 상하이 신문업계의 수많은 낡은 관행을 타파하고 수많은 새로운 방법을 열어 수많은 새로운 흥미를 유발할 수 있었다. … 그때 내 나이 14세로 지식욕이 왕성했고 문학적 흥미도 꽤 있었다. 그러므로 나는 당시 『시보』에 대해 다른 간행물에 비해 좋은 감정을 갖고 있었다. 나는 상하이에서 6년 살았는데 『시보』를 보지 않은 날이 거의 없었다. … 나는 당시 『시보』의 수많은 소설과 시화, 필기, 장편 등을 모두 가위로 잘라 작은 책자를 만들곤 했는데, 어느 날 신문이 없으면 마음이 즐겁지 않아 어떻게든 보충했다. … 『시보』는 당시 일반 청소년들의 문학적 흥미를 불러일으켰다. … 『시보』가 나온 이후 '렁冷(렁쉐를 말한다-역자)' 또는 '샤오笑(바이톈샤오를 말한다-역주)'가 번역하거나 지은 소설이 매일 게재되었고, 때로는 렁쉐冷血 선생의 백화소설이 하루에 두 편이나 실리기도 했다. 당시 번역계에서는 아주 훌륭한 번역작품이라 할 수 있었다. 그는 때때로 셜록 홈즈가 중국에 와서 수사를 벌이는 한두 편의 단편소설을 창작하기도 했는데, 이는 중국인 최초의 새로운 단편소설이기도 했다.

…『시보』가 나온 이래 이런 문학 부간副刊의 필요를 신문계가 점점 인정하
게 되었다.[12]

뒷날 천징한과 바오톈샤오가 주편한 『소설시보』에는 '발간사'가 없었다.
창간호의 첫 편으로 천징한이 「각성술催醒術」을 발표했는데, 이는 "1909년에
발표된 「광인일기」"라 할 수 있다. 천징한의 '각성催醒'은 '계몽'의 동의어다.
그는 상징적 수법으로 당시 한 진보적 인물이 각성한 후 고군분투하면서 내
면으로 고뇌하는 '곤궁'을 그려냈다. 세인들은 그를 비웃으며 광인이라 했고
그가 '정신병'에 걸렸다고 했다. 이 소설의 내용적 깊이와 예술성은 1918년
루쉰이 발표한 「광인일기」에는 미치지 못한다. 그러나 그의 뜻은 자신이 『소
설시보』를 간행하는 목적이 '각성'(그는 '계몽자'의 자세로 이 문예간행물을
간행했다)에 있었음을 나타낸 것이다. 그 외에도 현대통속문학 가운데 사회
소설과 언정소설言情小說은 각각 계몽적인 몇 편의 작품을 가지고 있었다. 『문명
소사文明小史』·『한해恨海』·『금해석』 등이 그 중 뛰어난 작품이다.

현대통속문학은 원류 면에서 중국 고대소설의 전통을 계승했음에도 불구
하고 현대화를 향해 나아갈 때 결코 배외排外적이지 않았다. 량치차오가 창간
한 『시무보時務報』가 1896년 9월 27일 출간한 제6책에 장쿤더張坤德 번역의 『도
둑 잡는 영국의 탐정이야기英包探勘盜密約案』를 게재한 이후, 코난 도일의 셜록 홈
즈가 동래東來하여 중국에 탐정 붐이 일었다. 이는 일본의 번역보다 3년 빠른
것이다. 외국에서 들어온 탐정소설에 대해 지식인작가는 아무런 흥미가 없
었으므로 그들은 이 소설 장르를 공손히 통속작가에게 넘겨주었다. 그러나
19세기 말 20세기 초에 현대통속작가들은 이 소설 장르가 중국에 '과학'과
'민주'의 새 바람을 불러올 것임을 알았다. 우젠런의 절친한 동업자이자 번역
가인 저우구이성周桂笙은 1902년에 다음과 같이 말했다.

---

12) 胡適, 「十七年的回顧」, 『胡適文存』, 第2集, 黃山書社, 1996年, 284~286쪽.

탐정소설은 우리나라에는 없었기 때문에 독보적이 될 수밖에 없다. 우리나라의 형률$_{刑律}$과 소송 제도는 서양 각국과 크게 달라 탐정 이야기는 꿈에서도 보지 못했던 것이다. 통상$_{通商}$을 시작한 이래 외국인들이 조계에서 치외법권을 신장하고 경찰을 설립했는데 이 또한 탐정의 명목을 내세웠다. 그러나 전문적인 학문이 없어 헛되이 권세를 빙자하는 나쁜 무리를 위하는 꼴이 되었다. 공동 심문하는 사건은 사정을 보아주거나 기피하는 내용이 많았으며 시간은 한계가 있고 연구할 마음은 없었다. 내지의 어그러진 사건은 걸핏하면 구형$_{求刑}$하여 그 캄캄함은 이루 말할 필요가 없다. 이러할진대 어찌 다시 탐정으로 그 심혈을 수고롭게 하겠는가! 서양 각국은 인권을 존중하고 소송하는 자가 변호인을 청하는데 증거가 확실하지 않으면 함부로 죄인으로 몰지 않는다. 이것이 탐정학의 작용이 넓은 연유다. 그 탐정은 깊이 사유하고 호학하는 선비이지, 포졸이 된 도적이나 관원이 된 무뢰배와는 더불어 이야기할 수 없다.[13]

저우구이성의 머릿속에서 탐정소설은 '인권'과 '과학'이라는 두 단어를 연상시켰다. 증거를 중시하는 과학적 '탐정학'은 중국에 거대한 계몽작용을 했음에 틀림없다. 그러면 중국의 독자들은 이 신흥 장르의 소설을 어떻게 환영했는가? 그들은 읽은 후 어떤 느낌을 가졌는가? 이에 대해 우젠런이 '조사'한 적이 있었다.

탐정물을 읽은 여러 사람을 인터뷰했더니 다음과 같은 대답이 나왔다. 탐정 수단의 민첩함, 생각함의 기이함, 과학의 정진 등은 우리나라의 부패한 관리, 귀머거리 관리, 멍청한 관리 들이 꿈에도 생각하지 못할 것들이다. 내가 읽어보매 제법 재미있었다. 혹자는 또 말하기를, 우리나라에 탐정학이 없고 탐정 역할을 하는 사람도 없으므로 이를 번역하는 것은 문명을 수입하는 것이라 한다. 우리나라 관리들이 헛되이 의기$_{意氣}$로 일을 처리하면서 형벌과 고문을 숭상해왔는데 그들에게 탐정에 관해 말하니 저들은 어안이 벙벙해서

---

13) 周桂笙, 「歇洛克復生偵探案·弁言」, 『新民叢報』, 第55號, 1904年 10月 23日.

무슨 말인지도 모른다. 저들은 탐정을 해독하지 못하니 우리가 어찌 저들과 같겠는가![14]

이것이 바로 당시 중국 독자의 반응이었다. 이상한 것은 당시 독자들은 이야기의 신기함과 거대한 흡인력에 착안한 것이 아니라 '과학의 정진'과 '문명 수입'에 우선 관심을 가졌고 중국의 어두운, 심지어 지옥 같은 사법 현상에 엄격한 질문을 던졌다. 사실 중국 독자도 탐정소설의 내용에 흥미를 느끼지 않은 것은 아니지만 그들이 더 관심을 가졌던 것은 사회의 공평과 정의였던 것이다. 그들이 가장 절실하게 요구한 것은 '인권'이었다. 그 후에야 그들은 이 소설 줄거리의 자석 같은 강한 흡인력에 끌렸고 그것을 쫓아가며 읽었다. 이로 볼 때 중국의 작가와 독자는 새로 들어온 이 소설 장르를 계몽적 시각으로 대한 동시에, 그것을 수많은 독자를 흡인하는 통속문학의 새로운 '생장점'으로 삼은 것이다.

문학 언어의 운용과 혁신 면에서 현대통속작가들은 대부분 고대 백화소설의 전통을 계승했다. 바오톈샤오는 일찍부터 "소설은 백화를 정종正宗으로 삼는다" 라고 했다.

대저 문화 진화의 궤도는 반드시 고대 언어의 문학으로부터 속화된 문학으로 변화되었다. 중국 선진先秦의 문장은 속어를 많이 썼고 『초사楚辭』, 『묵자墨子』, 『장자莊子』를 보면 방언이 섞여 있는데 이것을 그 증거로 삼을 수 있다. 송대 이후 문학계의 일대 혁명은 속어문학의 굴기崛起다.[15]

그러므로 그는 1917년 1월 『소설화보小說畵報』를 창간할 때 「예언例言」에서 "소설은 백화를 정종으로 하고 본 잡지는 전부 백화체로 쓰며 아속공상雅俗共賞

---

14) 中國老少年(吳趼人), 「『中國偵探案』弁言」, 上海廣智書局, 1906年. 陳平原 主編, 『20世紀中國小說理論資料·第1卷』, 北京大學出版社, 1989年, 194쪽에서 재인용.

15) 包天笑, 「小說畵報·短引」, 『小說畵報』 創刊號, 1917年 1月, 1쪽.

을 취해 규수, 학생, 노동자들 모두에게 알맞을 것"[16]이라고 했던 것이다. 『소설화보』가 창간된 같은 해 같은 달, 후스는 「문학개량 추의文學改良芻議」를 『신청년新靑年』에 발표했고 천두슈陳獨秀는 「문학개량 추의」 발표에 이런 발문을 썼다. "백화문학은 장차 중국문학의 정종이 될 것이다. 나 또한 이를 진실로 믿고 갈망한다. 내 생에 그 완성을 볼 수 있다면 커다란 행운일 것이다." 『신청년』은 제4권 제5기 즉 1918년 5월 15일에 발행한 잡지(루쉰의 「광인일기」가 실렸다)를 전부 백화로 바꿨다.

이상으로 시간 추이에 따라 '5・4' 이전 계몽과 관련된 통속문학의 중요한 사례를 나열해보았다. 중국 현대통속문학 작가는 창작과 번역에서, 신문과 잡지 간행에서, 그리고 문학언어의 혁신 면에서 선도자이자 계몽자로서의 실적을 드러냈다. 그러나 그들에게도 부족한 점이 있었다. '문학혁명'이 제기된 직후 '5・4' 신문화운동의 흐름이 몰아쳐 거대한 홍류洪流를 형성했던 것과는 달리, 통속작가가 선도자이자 계몽자였던 기간에는 '5・4'와 같은 커다란 기연奇緣이 없었다. 그들은 여기저기 분산되어 어렵게 활동했을 뿐이다. 신해혁명도 문화 계몽 면에서 그들에게 별다른 도움을 주지 못했다.

둘째, '5・4' 이후 지식인작가가 '더德 선생(민주주의를 말한다―역주)'과 '싸이賽 선생(과학을 말한다―역주)'의 큰 깃발을 높이 들었을 때 통속작가들은 이미 계몽의 주류에서 벗어나 있었다. 그럼에도 그들의 또 다른 기능이 두드러졌는데 그것은 바로 '전승傳承'이었다. 통속작가들은 일관되게 내용에서는 중국의 전통 심리기제를 핵심으로 삼았고 형식에서도 중국 고대소설의 전통 양식을 계승했다. 기능면에서도 취미와 지식 그리고 오락성에 치중한 동시에 '즐거움에 가르침 얹기寓敎於樂'의 권선징악적 효과도 고려했다. 이런 '전승'은 19세기 말 20세기 초에는 별 장애 없이 통용되었고 아무도 그들을 반대하지 않았다고 할 수 있다. 그러나 '5・4' 이후 상황이 달라져 그들은 공전의 준엄한 도전을 받게 되었다. 이때 현대통속작가의 대책은 무엇이었는

---

16) 包天笑, 「小說畵報・例言」, 『小說畵報』 創刊號, 1917年 1月, 1쪽.

가? 그것은 '전승의 견지堅持'였다고 생각한다. 그들은 전승의 전제 아래 합리적 의견을 취해서 전통 속의 봉건적 찌꺼기를 적절하게 털어내 버렸다. 나는 과거에 바오톈샤오가 말한 "새로운 정치 제도를 옹호하고 낡은 도덕을 보수保守한다"는 견해를 높게 평가하지 않았다. 그러나 지금은 '낡은 도덕' 가운데 당연히 봉건적 찌꺼기 성분이 있지만 중국의 전통적 미덕의 정수도 존재한다고 생각한다. 바오톈샤오의 생각은, 현대통속작가가 '효'와 '의' 등의 중국 전통 미덕은 굳게 지키되 '절개節烈' 등의 사상은 점차 털어내 버려야 한다는 것이었다. 여기에서 우리는 전통 미덕 가운데 '효'를 굳게 지키는 것을 예로 들어, 통속작가의 전승 가운데 사라질 수 없는 공적에 대해 설명하고자 한다.

'5 · 4' 이후의 문단에 '효'에 대해 몇 차례 논쟁이 일어났다. 1921년 5월 21일 발행된 제110기 『토요일禮拜六』에 저우서우쥐안周瘦鵑이 「부자父子」라는 소설을 발표해, 공부도 잘 하고 운동도 잘하는 모던 청년을 묘사했다. 그의 부친이 아들을 욕해도 아들은 아버지를 거스르지 않았다. 아버지가 자동차 사고로 수혈이 필요해지자 아들은 자신의 피를 수혈해서 아버지의 생명은 구하지만 자신은 혈관 파열로 죽게 된다. 소설은 그다지 훌륭하지 않았고 설교의 어조도 강했다. 저우서우쥐안은 "효를 비난하는 소리가 있는 가운데 여전히 효자가 있음"을 밝히려 했다. 신문학 진영의 정전둬鄭振鐸는 이렇게 썼다. "『붉은 미소紅笑』와 『사회 주춧돌社會柱石』을 번역한 저우서우쥐안 선생의 머릿속에 아직도 이런 사상이 똬리를 틀고 있을 줄 생각도 못했다." [17] 의학을 배웠던 궈모뤄郭沫若는 주로 저우서우쥐안이 의학 상식이 결여되었음을 비판했다. 이때 왕둔건王鈍根은 『토요일』 제117기에 「혐의부嫌疑父」를 써서 「부자」를 비판했던 사람들을 풍자하면서 다음과 같이 평했다.

서우쥐안이 「부자」라는 소설을 창작했는데, 아들이 자신의 피로 아비를 구한 이야기다. 그런데 어떤 사람이 서우쥐안을 크게 욕하며 효행을 제창해

---

17) 西諦, 「思想的反流」, 『文學旬刊』 第4號, 1921年 6月 10日. 魏紹昌 編, 『鴛鴦胡蝶派硏究資料』, 上海文藝出版社, 1962年, 31쪽.

서는 안 된다고 했다. 나는 이 비효非孝의 시대에 서우쥐안이 효를 말한 것은 진정 시무時務를 알지 못한다고 생각하므로 특별히 이 글을 써서 서우쥐안을 대신해 참회한다.

저우서우쥐안은 분명 효행의 전도사로서 '5·4'를 전후하여 '효'를 주제로 하는 여러 편의 소설을 쓴 적이 있다. 그는 작품을 통해 중국의 전통 미덕을 찬양하는 것을 중요하게 생각했다. 1927년 그는 중국 윤리영화『자손 복兒孫福』을 평론하면서 이렇게 말했다.

> 냉정하게 말해 우리 아들된 사람들은 24효의 이른바 '왕상와빙王祥臥冰'과 '맹종곡죽행孟宗哭竹行' 등의 그런 바보같은 효愚孝를 행할 필요는 없다. 부모님의 의식衣食이 모자라지 않게 하고 항상 마음을 열고 만년晩年의 부모님을 즐겁게 해드리면 효자됨에 부족하지 않다. 이렇게 작고 행하기 쉬운 일을 설마 할 수 없다는 말인가?[18]

저우서우쥐안은 글에서 효도를 선양할 뿐 아니라 '효'와 '바보같은 효愚孝'를 나눠야 함을 분명하게 지적했다.

중국의 지식인작가 가운데에도 효자가 적지 않았다. 여기에서는 후스와 루쉰 두 사람만 거론토록 하자.

> (그들 효심의 표현은−인용자) 개인의 혼인 문제에 두드러지게 나타났다. 루쉰을 예로 들어보자. 그는 아무런 감정도 없는 주안朱安 여사와의 결혼을 원치 않았지만 자신의 행복을 희생해서 모친의 요구를 만족시켰다. … 마찬가지 상황이 후스에게서도 발생했다. 5·4시기 반전통의 지도자로 인식된 이 사람도 모친의 명에 따라 장둥슈江冬秀 여사와 1918년 초(또는 1917년 말)에 결혼했다. 그는 1918년 5월 2일 소년시기의 친구인 후진런胡近仁에게 보내는 편지에서 "나의 이 결혼은 전부 우리 어머니 때문이라네. 그러므

---

18) 周瘦鵑,「說倫理影片」,『「兒孫福」特刊』, 大東書局, 1926年, 2쪽.

로 트집을 잡아 힘든 일을 만들지 않았네(어머니만 아니라면 나는 결코 이 결혼을 하지 않았을 것이네. 이 말은 그대에게만 할 수 있지 다른 사람에게는 하지 못한다네)."[19]

루쉰은 주안이 어머니가 자신에게 보낸 선물이므로 받지 않을 수 없다고 했다. 그러나 더 정확하게 말한다면 이것은 그가 어머니에게 보답한 효이기도 하다. 모친은 젊어서 과부가 되었고 그들 삼형제를 어렵게 키웠다. 지금 아들이 고향을 멀리 떠나있어 효도를 할 수 없으므로 주안을 어머니 옆에서 모시게 했다. 루쉰과 후스는 각자 자신의 행동으로 '우리는 지금 어떻게 아들 노릇을 하는가' 라는 글을 쓴 것이다. 그들은 행동으로 효자에서 벗어나지 않았음을 보여 준 것이다. 그러나 후스는 '우리는 지금 어떻게 아비노릇을 할 것인가' 라는 주제로 시를 썼는데, 1919년 8월에 「내 아들我的兒子」이라는 제목으로 발표했다.

나는 사실 아들을 원하지 않았는데, 아들이 스스로 왔네.
'후손을 두지 않겠다'는 간판을, 이제는 걸 수가 없구나.
예를 들어 나무에 꽃이 피고, 꽃이 지면 자연 열매를 맺게 마련,
그 열매가 바로 너이고, 그 나무가 바로 나로구나.
나무는 본래 열매 맺을 생각이 없었고, 나도 너에게 아무런 은혜 베푼 바 없다.
그러나 네가 이왕 온 바에는, 나는 너를 키우고 가르쳐야 하는구나.
그것이 나의 인도적 의무일 뿐, 너에 대한 은혜는 아니다.
장차 네가 컸을 때, 이는 내가 네게 바라는 바다.
나는 네가 당당한 사람이 되기를 바라지, 내게 효도하는 아들이 되기를 바라지 않는다.[20]

---

19) 嚴家炎, 「論"五四"作家的西方文化背景與知識結構」, 『上海魯迅研究』, 第16期, 上海文藝出版社, 2005年, 15~16쪽.
20) 胡適, 「我的兒子」, 『每週評論』, 第33號, 1919年 8月.

이는 분명 '개명'한 부친의 모습이다. 지식인작가들은 그때까지 글로 '효'를 선양하지 않았지만 그는 한 걸음 더 나아가 아들에게 "내게 효도하는 아들이 되기를 바라지 않는다"고 '권고'했다. 이는 실제로 '과도한 바로잡음'이었다. 과거의 '바보같은 효'를 바로잡는다는 것이 '효도하지 않음'으로 바뀌는 '억지'가 된 것이다. 저우서우쥐안은 이런 '억지'에 동의하지 않았다.

> 그러나 부모된 자는 자녀를 양육해서 성인이 되도록 그들에게 의식주를 공급하고 구학求學 문제, 결혼 문제에 모두 조바심을 가지게 마련이다. 어려서는 손을 잡고 안으며 어머니의 마음을 소진시키는데, 자식된 자가 이런 깊은 은혜를 받았으면서 설마 일생동안 배신하고 보답할 줄 모른단 말인가? 어떤 사람은 이것이 부모가 마땅히 해야 할 의무이므로 깊은 은혜랄 것도 없다고 말한다. 나는 잠시 깊은 은혜라는 말은 제쳐두더라도 의무를 다했으면 마땅히 권리를 누려야 한다고 주장한다. 부모가 이렇게 큰 의무를 다했으면 자녀는 마땅히 그들에게 권리를 누리게 해야 한다![21]

저우서우쥐안의 이 말은 후스를 겨냥해서 한 것이 아니라 후스의 「내 아들」을 평론한 듯하다. 다시 말해 후스는 고급 지식인으로서 감히 그렇게 말할 수 있었던 것이지만, 육체노동을 팔아 생활하는 노동자였다면 그런 말을 하지 못했을 것이라는 것이다. 그가 나이가 들어 노동력을 상실했을 때 사회보장이 아직 완비되지 않은 상황에서 그는 자녀에 의지해 부양받았을 것이다. 아마도 어떤 사람은, 아들이 '당당'한 사람이 되었다면 부모에게 효도하는 것은 스스로 판단할 것이라 말할지도 모른다. 또 어떤 사람은, 아들과 부모는 천성적인 혈연관계이므로 당신이 자녀의 효도를 원치 않는다 하더라도 그들은 연로한 부모를 잘 모실 것이라 말할 것이다. 그러나 중국의 목전(21세기)에 '효' 교육을 다시 강조하는 것으로 볼 때 '효'의 품질은 젖을 먹이듯 자연스레 만들어지는 것이 아니다. 중국 전통 미덕의 교육이 중단되었기 때문에 '늙어

---

21) 周瘦鵑, 같은 글, 같은 책, 2쪽.

도 봉양받을 수 없는' 심각한 사회문제가 발생된 것이다. 외동 자녀들이 민족의 미덕 교육을 받지 않으면, 자신을 '작은 황제'로 보고 부모와 조부모, 외조부모까지 여섯 명의 어른들을 월급도 주지 않고 고용한 '보모'로 보기 십상이다. 전통 미덕 교육을 강화하는 가운데 사회의 양호한 분위기를 만들어가야만 대대로 전승될 수 있다. '효'에 관한 논쟁은 쑨중산孫中山 선생이 1924년의 한 연설에 언급한 구절로 결론을 삼을 수 있다.

> 신문화에 심취한 일반인들은 낡은 도덕을 배척합니다. 신문화를 가지면 낡은 도덕을 버릴 수 있다고 생각합니다. 그들은 우리의 고유한 것 가운데 좋은 것은 당연히 보존해야 하고 좋지 않은 것을 버릴 수 있다는 것을 알지 못하는 것입니다. … 효에 대해 말씀드리자면, 우리 중국의 뛰어난 장점이고 특히 다른 여러 나라에 비해 훨씬 발전되어 있습니다. … 그러므로 우리는 효를 중시하지 않을 수 없습니다.[22]

그는 '효'의 긍정적 의미에서 전통 '효' 문화 계승의 필요성을 인정했다. '5·4'로부터 80여년이 흘렀다. 19세기와 20세기의 교차시기를 회고해보매, 현대통속작가들은 문학 현대화의 선도자이자 계몽자의 자세로 출현했다. 그러나 이들은 '5·4' 시기에 '보수파', '완고파'로 간주되었는데, 그 원인의 일부는 그들이 전통 미덕을 소중하게 여겼기 때문이었다. 그들은 초기에 몇몇 영역에서 정수와 찌꺼기를 제대로 구분하지 못했지만 시대의 전진에 따라 부단히 향상되었고 자신을 개량시켰다. 총체적으로 보아 그들이 민족의 미덕 전승이라는 큰 방향을 견지한 것은 정확했다. 반대로 중국의 전통 미덕을 어떻게 처리해야 하는가의 문제는 지식인작가의 아킬레스건이자 취약 지점이었다. 그리고 그들은 이러한 사실을 20세기와 21세기가 교차하는 시기에 이르러서야 점차 인식하게 되었다.

문학의 다원성을 승인하는 중국 현대문학사를 쓰는 것은 쉽지 않은 일이

---

22) 孫中山, 『民族講義』, 第6講, 『孫中山選集』, 人民出版社, 1984年, 681쪽.

다. 우리는 과거 지식인담론을 주도적 시각으로 삼은 중국 현대문학사에서 장기간 누적되어 온 뿌리 깊은 굳은 사유의 틀을 타파하고 다원적인 중국 현대문학을 위해 역사를 바로 세우고 지식인문학과 대중 통속문학의 '상호보완성'을 밝혀야 한다. 이는 간단한 일이 아니다. 그러므로 우리는 중국 현대통속문학사를 독립적인 연구체계로 건립하고 그것을 독립 자족적인 체계로 삼아 전면적으로 연구할 것을 건의하는 것이 필요한 수순이라고 생각한다. 그런 후에 그것을 중국 현대문학사의 총체 속으로 통합시키는 문제를 이야기할 수 있을 것이다. 이렇게 함으로써 공정하고 객관적이고 전면적이고 실사구시적으로 과학적이면서 역사적인 결론을 얻을 수 있을 것이다.

제1장

중국
현대통속소설의
맹아

海上花列傳

광서 20년(1894년), 『해상화열전』 초판본 표지

제1절
중국 현대통속소설 최초의 작품
―『해상화열전海上花列傳』

    중국문학의 노선도에서 고전형 문학은 현대형으로 궤도를 바꾸면서 선명한 전환의 표지를 남겼다. 이는 전차나 지하철이 어떤 역에서 새로운 궤도로 노선을 바꾸는 것과 비슷하다. 이때 승객에게 이 사실을 알리며 명확한 신호를 표시하는 것은 당연하다. 문학이라는 열차 또한 그러하다. 여러 차례의 조사와 논증을 통해 우리는 『해상화열전』을 이와 같은 새로운 환승역으로 선정했다. 믿을 만하고 실증적인 여러 가지 근거들은 이 작품이 문학 열차가 고전형에서 현대형으로 선로를 바꾸는 환승 교차점임을 드러내 보이고 있다. 『해상화열전』의 선구적인 의미는 아래와 같다.

    첫째, 『해상화열전』은 최초로 채널과 렌즈를 '현대 대도시'에 맞춘 소설로서, 작품 속의 도시 외관이 현대화 모델을 따라 구성되었을 뿐만 아니라 등장인물의 사상과 관념에도 심각한 변화가 발생하고 있었다. 이 작품은 최초의 현대통속소설 작품이다.

    둘째, 이 소설은 개항 이후 '온갖 상인이 모이는 곳萬商之海'이 된 상하이의 상인을 주인공[1] 또는 이야기를 이끌어가는 핵심인물로 삼았다. 봉건사회에서 상인은 '사농공상土農工商' 중 가장 말단이었으나, 상공업이 발달한 대도시에서 상인의 사회적 지위는 빠른 속도로 상승했다. 개인의 신분이 '지갑'의 크기로 가늠되기 시작했던 것이다. 이미 이 소설에는 자본주의가 야기한 계급·계층 간의 상승과 하강이 초보적이나마 분명히 드러나고 있다. 루쉰이 언급했던 협사소설狹邪小說[2]들 가운데서 『해상화열전』은 우선 '재자가인才子佳人'을 소재로 삼는 정형화된 형식을 타파하여 '재자'가 소설 속에서 단지 '식객淸客'이라는 조연 역할을 담당하는 정도였던 작품이다.

셋째, 당시 소설들 가운데서 『해상화열전』은 '시골 사람鄕下人'이 도시로 향하는 선구적 시점을 택했다. 전 세계가 자본주의에 들어서는 시대에 수많은 국가의 여러 저명한 작가들이 일찍이 '시골 사람의 도시 진출'을 글쓰기 소재로 삼았고, 이것은 자본주의 사회의 세계적인 소재였다. 이 작품에서는 먼저 농촌이 쇠퇴하여 빈곤층들이 상하이로 몰려드는 것을 언급한다. 내륙(상하이 지역 이외의)의 부자들 또한 상하이에 매료되어, 그들의 자본을 이 활력

---

1) 상인을 주인공으로 하는 문제를 말하자면, 『담영실필기譚瀛室筆記』에서 이렇게 말했다. "이 작품의 등장인물의 이름은 모두 지시하는 바가 있다. 동치同治와 광서 시대 상하이의 유명인사나 그들과 관련된 사건 등에 대해 잘 알고 있는 이들은 그 이름이 누구를 지칭하는 지 알 수 있을 것이다." 이어서 이 책은 『해상화열전』 속 등장인물 중 실존한 인사(人士) 10명의 이름을 직접 열거했다. 일본 평범사平凡社가 출판한 『중국고전문학대계(中國古典文學大系)(49)』 『해상화열전』의 역자 오타 타츠오太田辰夫는 자료에 의거해 그 중 8명의 전기(傳記)를 찾아냈다. 이 중 유명 경극 배우 샤오류얼小柳兒을 제외한 나머지 7인은 모두 상업과 밀접한 관계가 있었다. 여기서 우리는 그 인물들의 실명을 거론하지 않을 것인데, 이들과 소설 속의 등장인물 간의 고증이 그리 정확하지 않기 때문이다. 다만 그들에 대한 간단한 소개만을 덧붙여 독자들이 소설 속 상황을 이해하는 데 참고로 삼게 할 것이다. 예를 들어, 리환홍黎篆鴻과 같은 '고관(高官)' 거상은 황색 마고자를 하사 받았다. 왕롄성王蓮生은 외교에 관계된 일에 종사했고 상무국장을 맡은 적이 있다. 리허딩李鶴汀은 재계인사로 일찍이 우전부(郵傳部) 대신을 맡은 적이 있다. 지원서우齊韻叟는 안후이의 지방행정관과 양강(兩江) 총독을 맡았다. 가오야바이高亞白은 박식했고 시를 짓는 장기가 있었다, 관직을 그만두고 상하이에 거주했다. 『신보申報』와 관계가 있다. 팡펑후方蓬壺는 시인으로 일찍이 『신문보新聞報』의 총 주필이었다. 스톈란史天然은 베이징사범대학 총장과 참의원 의장을 지내고 이후 톈진에 은거했다. 오타 타츠오는 마지막에 이렇게 덧붙였다. "『해상화열전』의 작가가 「예언(例言)」 부분에서 '이 작품 속의 등장인물이나 사건은 모두 지어낸 것이다. 실제 인물이나 실제 사건을 돌려 말한 것이 아니다. 작품 속의 어떤 인물은 누구이며, 어떤 사건은 무슨 사건을 암시한다고 멋대로 말하는 자는 독서를 제대로 하는 이가 아니니 더불어 이야기를 나눌 만한 상대가 아니다 …'라고 말했지만, 도리어 어떤 이들은 실제로 그 소설이 그렇기 때문에 이런 식으로 연막을 피워 곤란함에서 벗어나려고 한다고 생각했다."

2) 협사소설이란 기원(妓院)의 기녀들과 관련된 이야기와 사건을 다루는 소설을 말한다. 자세한 내용은 제10장 제1절을 참고할 수 있다—역주.

넘치는 곳에 투자했다. 이 작품은 이를 단서로 삼아 상하이라는 신흥 이민도시의 거대한 흡인력과 상하이에 거주하는 다양한 이민자들의 초기 생활을 반영했다.

넷째, 『해상화열전』은 오어吳語 문학의 최초 걸작으로, 일찍이 후스胡適는 이 작품을 언어 방면에서의 '계획된 문학혁명'이라고 여겼다. 오어는 당시 상하이 민간 사회에서 유행하던 언어로, 상류계층이나 지식인들 사이에서 통용되는 방언이었다. 사람들은 '순수한' 쑤저우 구어蘇語로서 자신의 교양과 신분을 드러냈는데, 이 작품은 '오 방언' 학습과 연구에 유용한 '언어 교과서'가 되었다.

다섯째, 작가는 소설 구조상의 예술성을 자기 스스로 밝혔다. 우선 '교차은현交叉隱現' 플롯을 사용함으로써 소설의 문장이 산만한 것 같지만 끝까지 읽게 되면 그 혼연일체를 느끼게 되는 것이다. 예술적으로도 최고의 작품이자 가장 뛰어난 작품이다.

여섯째, 작가 한방칭韓邦慶은 개인적으로 문학 간행물을 발간한 최초의 인물로, 『해상화열전』을 『해상기서海上奇書』에 연재했는데, 이는 그가 신문매체를 이용하며 작품의 인쇄와 판매를 수행한 것이다. 그는 현대화된 운영방식을 통해 그 속에서 두뇌노동의 보수를 얻어냈다.

이 여섯 가지 선구적인 측면을 통해 우리는 현대적 분위기를 충분히 느낄 수 있으며, 『해상화열전』은 제재와 내용, 인물의 배치, 언어의 사용, 예술적 기교와 더 나아가 발행 경로에 이르기까지 창조적 재능을 보여주었다. 중국문학의 궤도 전환의 분명한 표지로서 『해상화열전』은 손색이 없다고 할 수 있었다.

한방칭(1856~1894)은 장쑤江蘇 쑹장松江(지금의 상하이시) 사람으로, 자는 쯔윈子云, 호는 타이셴太仙, 다이산런大一山人, 화예렌눙花也憐儂이다. 아버지 한쭝원韓宗文은 학식이 매우 높았으며 형부주사刑部主事를 지냈다. 한방칭은 어린 시절 아버지를 따라 베이징에서 살았다. 총명하고 독서에 남다른 이해력을 지녔다. 스무 살이 되었을 때, 고향으로 돌아와 동자시童子試에 응시하고 다음해

세시(歲考: 매년 실시되는 예비 시험-역주)에서 일등을 차지해 장학금을 받는다. 그러나 여러 차례 향시鄕試에 낙제했고, 베이징의 과거시험에 응시했지만 실패하고 돌아온다. 1891년 당시 쑨위성孫玉聲과 함께 시험에 응시한 이후 배를 타고 남

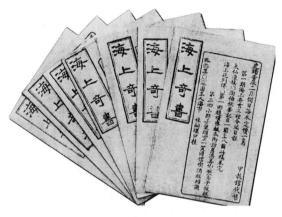

『해상화열전』의 최초 연재는 1892년에 출간된 『해상기서(海上奇書)』에서 이루어졌다.

쪽 지방을 돌아보던 도중, 둘은 서로의 『해상화열전』과 『해상번화몽海上繁華夢』의 초고 일부를 바꾸어 읽는다. 여기 쑨위성의 회고는 매우 중요하다.

신묘년(辛卯年, 1891) 가을 베이징에서 시험에 응시할 때, 나는 그를 다장자大蔣家 골목의 쑹장회관松江會館에서 알게 되었다. 우리는 서로 한번 보고서는 바로 오랜 안면이 있는 듯한 느낌을 받았다. 시험이 끝난 후 함께 초상국招商局 소속의 해운선박을 타고서 남쪽을 여행했는데, 무료한 시간을 달래기 위해 서로 아직 완성되지 않은 소설 원고를 돌려 보았다. 그가 쓴 소설의 제목은 『화국춘추花國春秋』로, 목차는 이미 24회까지 완성되었지만 내용은 반 정도만 완성되었을 뿐이었다. 당시 나는 『해상번화몽』 초집初集을 21회까지 완성한 상태였다. 배에서 원고를 교환하여 서로 읽었는데, 두 소설이 내용은 달랐지만 주제는 비슷했다. 한방칭은 『화국춘추』라는 제목이 마음에 들지 않아 『해상화海上花』로 고칠 예정이라고 말했다. 그러나 나는 이 책 전체가 모두 오어로 쓰여 독자들이 읽기에 어렵고, 더욱이 오어에는 음音만 있고 글자가 없는 자字들이 많으니 글을 쓸 때 통속백화체를 사용하는 것이 더 나을 것 같다고 말했다. 그러자 한방칭이 "조설근曹雪芹은 『석두기(홍루몽紅樓夢을 말한다-역주)』를 모두 베이징어京語로 썼는데, 나는 왜 오어로 소설을 쓸 수 없는가?"라고 말했다. 또 그는 '臉', '覅' 등과 같이 음만 있고 글자

『해상기서』제1회에 연재되었던 『해상화열전』의 원문 모습

는 없는 자들에 대해서 이렇게 말했다. "이 글자들은 비록 내가 만들어낸 것이지만 창힐倉頡 또한 글자를 만들 당시 자기 뜻에 따라 글자를 만든 것이다. 문인은 현학衒學을 즐기거늘, 내가 스스로 기존의 글자를 가지고 새로운 글자를 만든다고 한들 누가 뭐라 할 수 있겠는가?" 나는 더 이상 그에게 충고할 수 없음을 알고 더 말하지 않았다. 이후 두 소설이 연이어 출판되었다. 한방칭의 작품은 『해상화열전』이라고 제목을 수정했지만 오어는 바뀌지 않아, 다른 지방 독자들이 완독하는 데 어려움이 있었고, 그로 인해 대단히 훌륭한 소설임에도 불구하고 끝내 유행하지 못했다. 반면 『해상번화몽』은 매년 재판되어 그 판매가 몇십 만부에 이르렀다. 나는 한방칭이 오어로 소설을 써 독자적으로 한 파벌을 형성하려고 한 것이 커다란 착오였다고 한탄했다. 베이징어는 모든 사람들이 도처에서 사용하고 잘 알려져 있지만 오어는 제한된 지역에서만 사용되었기에, 『해상화』를 『석두기』와 함께 논할 수 없었던 것이다.[3]

쑨위성은 쑨위성일 뿐, 한방칭의 깊은 뜻을 헤아릴 수 없었다. 쑨위성도 분명 일정 부분 자신의 업적을 쌓았지만 문학사에서는 한방칭과 어깨를 나란히 할 수 없었다. 이는 천루형陳汝衡의 쑨위성에 대한 평가에도 잘 나타나 있다.

쑨위성의 말은 콩으로 메주를 쓴다고 해도 믿을 수 없다. 『해상번화몽』이 비록 한때 명성을 얻었지만, 문학적 가치는 결코 『해상화열전』에 미치지 못

---

3) 孫玉聲, 『退醒廬筆記·『海上花列傳』』, 山西古籍出版社, 1995年, 113~114쪽.

한다. 오늘날 쑨의 책은 이미 읽는 사람이 얼마 없고 사람의 이목을 끄는 묘사 역시 아직까지 협사소설『구미귀九尾龜』에 미치지 못한다. 반면 한방칭의『해상화열전』은 오랫동안 문학 비평계에서 몇 안 되는 만청 현실소설晚淸現實小說이라고 인정받고 있다.[4]

한방칭은 '남에게 의지하지 않는' 기개를 지니고 있었다. 어떤 의미에서 보면 그는 창조라는 면에서 창힐이나 조설근에 견줄 수 있는 개척적인 '충동'을 지녔다고 스스로 생각했다. 이런 면에서 쑨위성의 기록은 우리에게 진귀한 문학 사료를 남긴 것이다. 적어도 이 창조성을 지닌 작가의 개성과 기질, 포부에 대한 입론立論의 근거를 제공해 주었고, 동시에 우리에게 그의 소설 창작의 진행과정을 알려주었다. 예를 들어 1891년 이미 초고가 24회까지 완성되었다고 말해준다. 1892년 음력 2월 1일 한방칭은『해상기서』제1기를 출판한다. 제1기에서 제10기까지는 반월간으로 출판되었고, 이후 다섯 기는 월간으로 바뀌어 총 15기가 출판되었다.『해상화열전』은 매 기에 2회씩 연재되어 총 30회까지『해상기서』에 실리게 된다(후스는 모두 14기의『해상기서』에 걸쳐 28회가 연재되었다 주장한다).[5] 그렇다면 남쪽으로 돌아온 이후, 한방칭은 다시 40회를 더 썼다고 볼 수 있다. 그중 1891년에 쓰인 24회의 초고는 수정을 거친 후 다시 6회가 더해져 정기간행물로 출판되었고, 1894년 출판 때에는 연재되지 않았던 35회가 새롭게 추가되어 있었다. 사실 그의 전체적 계획에는『해상화열전』의 속편 역시 구상되어 있었다. 하지만 아쉽게도 전권前卷이 출판되던 그 해에, 한방칭은 가난과 병으로 인해 39세에 죽

---

4) 陳汝衡,『說苑珍聞』, 上海古籍出版社, 1981年, 91쪽.

5) 웨이샤오창魏紹昌이 주편한『중국근대문학대계사료색인집(1)中國近代文學大系史料索引集(1)』의 46~47쪽에서는 다음과 같이 말하고 있다. "화예롄눙(한방칭)이 상하이에서『해상기서』를 창간했다. …… 올해 15기가 출간되었는데, 앞의 10기는 반월간이었고, 뒤의 5기는 월간이었다. 점석재点石齋에서 석판으로 인쇄, 출간했고, 신보관申報館에서 판매를 맡았다. …… 오방언으로 된 장편소설『해상화열전』은『해상기서』의 매 기에 2회씩 실려 모두 30회가 실렸다. …… " 하지만, 후스는『해상화열전』의「서문」에서 다음과 같이 말했다. "『해상기서』는 모두 14기가 출판되었고『해상화열전』은 모두 28회가 출판되었다.『해상기서』는 처음에 매월 1일, 15일 각기 1기씩을 출판했다. 그러다 10기 이후에는 매월 1일 1기를 출판하는 것으로 바뀌었고, 임진(壬辰, 1892) 10월 음력 초하루 이후 정간되었다."(胡適 1996, 第3集, 359쪽) 필자는 상하이도서관에서 1~10기까지만을 보았다. 이 때문에 이 두 가지 주장을 모두 다 싣는다.

음을 맞이한다. 이것은 분명 중국문학의 커다란 손실이었다.

『해상화열전』은 기원妓院을 배경으로 폭넓은 시야를 통해 상하이의 다양한 인물들을 표현했다. 류푸劉復(류반눙劉半農을 말한다—역주)는 이렇게 말했다.

> 한방칭은 기원에 머물면서 한편으로 그들과 더불어 노닐었고, 다른 한 편으로 냉정한 눈으로 그들을 관찰했는데, 관찰이 매우 세심해 이를 글로 옮길 때 당연히 풍부한 자료로부터 정화를 취했다. …… 기원의 기생들뿐만 아니라, 형제, 하녀, 큰언니, 서로 돕는 수단, 마음씨와 성격, 생활, 처지 또한 모두 관찰했다. 심지어 기원을 찾는 손님, 위로는 관료·공자公子로부터 아래로는 보부상·매국노 등, 그리고 더 아래로 내려가서 손님들이 거느린 하인들의 품성, 기질, 생활, 경험 역시 모두 관찰했다. 그가 수집한 소재들은 이처럼 풍부했고, 또한 커다란 노력으로 그것을 전부 포함하기에 충분했으며, 그의 냉정한 머리는 그것을 꿰뚫어 보기에 충분했다. 또 그의 문체는 매우 섬세하고 유연해서 그것을 전달하기에 충분했다. 그래서 그가 쓴 책이 비록 『해상화』라 칭해졌지만, 사실 그 내용은 꽃에 그치는 것이 아니라, 잡초도 있었고 나무도 있었으며 어려움과 더러움도 있었다. 바로 상하이 사회 속의 '어지럽게 섞여 사는' 사람들의 '즐거움과 상심의 역사'였던 것이다. 이 것을 이해하고 이 소설을 보면서 그 시선을 몇몇 기녀와 그녀들의 손님에게만 두지 않는다면, 비로소 이 책의 진정한 가치를 확인할 수 있다.[6]

『해상화열전』은 중국문학사에서 눈부시게 빛나는 작품이라고 할 수 있다. 적어도 4명의 대가급 문학가 루쉰, 후스, 장아이링과 이미 위에서 인용한 것처럼 한방칭에 대해 많은 언급을 남긴 류반눙 모두 『해상화열전』을 높이 평가했다.

가장 먼저 그에 대해 평가한 이는 루쉰이었다. 루쉰은 「중국소설의 역사 변천」에서 다음과 같이 말했다.

---

6) 劉復, 「半農雜文·第1冊-讀『海上花列傳』」, 星云堂書店, 1934年, 241쪽.

광서 중기에 이르러 『해상화열전』이 출현했다. 비록 기녀에 대해 쓴 글이지만, 『청루몽靑樓夢』처럼 이상적이지 않았다. 좋은 기녀도 있고 그렇지 않은 기녀도 있다고 적어, 사실과 더욱 가까웠다. 광서 말년에 이르러 나온 『구미귀』와 같은 작품은, 모든 기녀가 나쁘며 기원의 유객 역시 무뢰하다고 적어서 『해상화열전』과는 매우 달랐다. 이렇게 기녀에 대한 작가들의 서술 방식은 세 번 바뀌었는데 첫 번째는 과분한 찬미였고, 두 번째는 진실에의 근접, 세 번째는 지나친 비난이었다.[7]

『해상화열전』 제1회의 삽화 : 자오푸자이가 찻집으로 처남을 만나러 가다

여기서의 '사실'이라든가 '진실'이란 말은, '당시 세태에 매우 잘 들어맞는다[8]'는 의미로 이해해야 한다. 다시 말해 한방칭 작품 속 인물들의 개성과 당시의 세태가 서로 밀접한 관련이 있는 것은, 전형적 환경 속에서의 전형적 성격이라는 점 때문이다. 예를 들어 23회에서 남편을 되찾아오기 위해 기원을 찾아간 야오姚 부인과 기녀 웨이샤셴衛霞仙 사이에서 펼쳐지는 공방은 진정 통속소설의 최고 절창이라고 할만하다.

야오 부인은 야오지춘姚季蒓의 정실부인이다. 이 '행동거지가 시원하고, 꾸밈새가 고전적인 중년의 가인佳人'이 몸종들을 거느리고 가마에 올라타 '얼

---

7) 魯迅, 「中國小說的歷史的變遷」, 『魯迅全集』, 第8卷, 351쪽.
8) 魯迅, 『中國小說史略』, 『魯迅全集』, 第8卷, 226쪽.

굴 가득 분노한 기색을 띠고서, 가슴을 똑바로 편 채 대문을 가로질러 들어간다.' 그녀는 웨이샤셴을 보자 면전에 대고 호되게 문책한다. 이토록 오랫동안 내 남편을 유혹해 잡아두다니, 넌 내가 누군지 아느냐? 보아하니 오늘 웨이샤셴이 머리를 숙이고 잘못을 시인하고서 다시는 자기 집 대문에 야호지춘을 들이지 않겠다고 다짐을 해야만 그칠 듯 하다. 그렇지 않으면 야오 부인에게 모욕을 당할 뿐만 아니라 기원도 폭삭 무너져버릴 것만 같았다. 주변에서 모두가 시끄럽게 타이르자 웨이샤셴이 말했다.

"아이고, 도대체 말도 안 되는 소리를 하시는군요!"
웨이샤셴이 정색하며 야오 부인에게 당당하게 대꾸했다.
"당신 남편이 없으면 당신 집에 가서 찾을 것이지, 무엇 때문에 나한테 당신 남편을 내놓으라는 건가요? 여기 쉬러 온 사람들 속에서 당신 남편을 찾겠다고요? 우리는 이제껏 당신 남편을 손님으로 청한 적이 없는데, 당신이 우리 기루에 와서 당신 남편을 찾다니 웃기지 않나요? 기원을 차려놓고 장사를 하는데, 찾아오는 사람이 있으면 모두 한 가지로 손님이니, 어떤 사람이 당신 남편인지 내 상관할 바이겠소? 당신 남편이 하는 일을 막는 것은 당신 일 아니겠소? 솔직히 말하자면 당신 남편은 당신 집에서 나오면 더 이상 당신 남편이 아니라오. 우리 기루에 놀러 온 이상 그는 우리 손님이지요. 당신이 남편을 잘 관리했다면, 왜 여기 기루에 와서 어슬렁거리겠어요? 여기에서 당신 남편을 끌고 가고 싶으면 어디 다른 데에 가서 한번 물어보시오. 상하이 다른 곳에 어디 그런 규칙이 있는지! 당신 남편은 여기 온 적이 없고, 왔다고 하더라도 당신이 감히 욕을 하며 끌어내리려고 한다면 우리도 가만 있지 않을 것이오! 당신이 당신 남편과 우리 일을 함부로 말한다면, 그것은 우리 손님을 함부로 말하는 것이기 때문에 당신도 조심해야 할 것이오! 당신 남편이 당신을 두려워하지 않듯이 우리도 무서울 것이 없소!"[9]

---

9) 魯迅, 『中國小說史略』, 『魯迅全集』, 第8卷, 226쪽.

웨이샤셴의 일장 연설에 야오 부인은 대성통곡하며 되돌아가 버렸다. 후스는 웨이샤셴의 '말재간'을 칭찬하며, 그 말은 "남다르게 생동감 있고 통쾌하다"고 말했다. 오 방언에서는 그것을 가리켜, '매우면서도 부드럽다_{刮辣松脆}'라고 한다. 한방칭은 이를 통해 기녀의 '분명한 개성'을 표출해냈다. 하지만 우리가 한 단계 더욱 깊이 들여다 볼 대목이 있다. 바로 '당시 세태' 즉 웨이샤셴이 말한 '어디 다른 데에 가서 한번 물어보시오. 상하이 다른 곳에 어디 그런 규칙이 있는지!'라고 한 대목 말이다. 이장_{異場} 즉 양장(洋場: 서양인의 거주지역을 말한다—역주)에서의 '규칙'에 따르면, 기원에서 세금을 낸 이후 허가증을 받으면, 이 사업은 법률에 의해 보호받는 일종의 정당한 영업이 된다는 것이다. 네가 남편 일에 참견하는 것은 네가 '사나운' 것이고 네가 남편을 관리하지 못하는 것은 네가 무능하기 때문이다. 당신 남편이 기원에 출입하는 것은 그의 자유이다. 여기에는 관념의 변화 문제가 있을 뿐이다. 웨이샤셴은 '법'을 이해하고 믿는 구석이 있어 두려울 것이 없었다. '옛 의복을 차려입은' 봉건 사회의 야오 부인은 자기 편을 불러 상대편의 죄를 물을 권리가 있지만, 이 양장 자본주의 사회 속에서 그녀는 '불충분한 근거' 때문에 오로지 울며 도망칠 수밖에 없다. 이런 예를 통해 볼 때, 우리는 그의 글이 사람의 개성을 잘 표출했을 뿐만 아니라 당시 사람들의 관념의 변화도 포착해냈음을 알 수 있다.

하지만 루쉰의 『해상화열전』에 대한 최고 평가는 종종 사람들에 의해 무시되었다. 루쉰은 한방칭을 일러 "'서술이 의미를 담아내고, 그려내는 사건이 실제 사실에 부합되며, 인물과 상황에 대한 묘

『해상화열전』 제1회의 삽화 : 홍산징이 수당에서 매파 노릇을 하다

사가 훌륭하여 글이 살아 있는 듯 생생하도록 하겠다(『해상화열전』 제1회)'
는 자신의 약속을 진실로 능히 실천해낸 자"라고 칭했다. 이것이 바로 그에
대한 최고 평가이다. 다시 말해 한방칭은 제1회에서 스스로 위와 같은 예술
수준에 도달하겠다고 설정했고, 루쉰은 그가 '자신의 약속을 진실로 실천해
낸 자'라고 여겼다. 또한 인물의 형상화나 사건 구성, 줄거리 배치 등에서 남
김없이 드러내는 수법을 발휘해 마치 '살아있는 것 같은' 경지에 도달했다.
루쉰은 또한 이 소설이 '평담平淡하고 자연自然에 가깝게'[10] 쓰여 중국 전통 미학
관념의 높은 수준에 이르렀다고 말했다. '평담함'은 예사롭고 밋밋해 아무 맛
도 없는 것을 이르는 것이 아니다. 중국의 전통 미학 범주에서, 왕안석王安石은
평담을 "평범하게 보이는 것이 특출한 것으로, 쉽지만 매우 어려운 것과 마
찬가지다"라고 말했다. 반면 소동파蘇東坡는 "대체로 문학은 재능이 뛰어나고,
오색찬란하며, 오래 될수록 익숙해져 결국 평담하게 된다. 결국은 평담함이
아니라 찬란함의 끝이다"라고 말했다.[11] 하지만 '자연'은 당연히 '자연스럽게'
로 해석해야 한다.

    루쉰 이후 류반눙 역시 1925년 12월 쓴 「해상화열전을 읽고讀海上花列傳」에
서 한방칭의 인물 형상화와 방언 사용을 흠모한다고 밝혔다. 류반눙은 '평면'
과 '입체'라는 개념을 가지고 한방칭의 글을 평가했다. 그의 글 안에서 모든
사물이 "마치 하나하나 일어서서 당신 앞에 서 있는 것 같으며", 그의 글 속
에서 인물은 확실히 입체감을 가지고 있다는 것이다. 언어학의 대가로서 류
반눙은 소설 속 언어의 공헌을 다음과 같이 칭찬했다.

        어학적 측면에서 말하자면, 우리는 어떤 방언이나 언어를 연구하려면
    몇 가지 간단한 예에 의지해야 한다고 알고 있는데 이것은 모두 쓸모없는
    것이다. 만약 연구를 잘하고 싶다면, 반드시 훌륭한 텍스트에 근거를 두어

---

10) 위의 인용 구절은 모두 魯迅의 『中國小說史略』, 『魯迅全集』, 第8卷, 224~226쪽에서 인용했다.

11) 여기서의 '평담', '자연'의 이해는 모두 영국의 한학자 David Edward Pollard(중국명 卜立德)
     의 『一個中國人的文學觀−周作人的文藝思想』(陳廣宏 譯, 復旦大學出版社, 2001年)의 「平淡」與
     '自然'」(100~102pp) 부분을 참고했다.

야 비로소 이런 종류의 방언의 활동력을 확인하고 어디까지 활동할 수 있는지 알 수 있다. 오늘날 『해상화』는 문학 방면에서 대표 작품의 자격을 지니고 있으며 당연히 어학 방면에도 훌륭한 텍스트라고 할 수 있다. 이것이 바로 나의 간단한 맺는말이다.[12]

세 번째 대가는 1926년 『해상화열전』(동아판) 「서문」을 쓴 후스다. 「서문」을 쓰기 위해 후스는 한방칭의 생애를 연구했다. 루쉰이 『중국소설사략』에서 한방칭의 작품을 언급했을 때, 단지 장루이짜오蔣瑞藻의 『소설고증小說考證』에서 인용한 『담영실수필』만을 볼 수 있었다. 그러나 후스는 쑨위성과 한방칭이 서로 알고 있다는 사실을 알고 그를 방문했을 때 막 출간된 『퇴성려필기』를 읽었다. 후스가 다시 쑨위성을 청해 더 깊게 파고들자 쑨위성은 뎬공顚公의 「해상화열전의 작가海上花列傳之著作者」라는 글을 꺼내주었다. 한방칭의 일생에 관한 이런 진귀한 자료는 하나도 빠짐없이 후스의 「서문」에 수록되었다. 예를 들어, "한방칭이 '사람이 소탈하고 세속을 초월했고 비록 집안이 가난하더라도 금전을 중시하지 않는다. 흡사 거문고를 연주하고 시를 지으면서 사는 것과 같다. 더욱이 바둑에 정통해 지기와 바둑판을 마주하면 기개와 도량이 세련되고 우아해 우연한 기회에 단번에 예상을 뛰어넘는 수가 나오게 된다. 오늘날 쑹松 사람들은 바둑 잘 두는 사람을 꼽을 때 반드시 작가(한방칭)를 꼽는다. 작가는 상하이에 머물며 『신보』 주필 첸신보錢炘伯, 허구이성何桂笙 등 여러 명사들과 어울려 시를 지었다. 또한 『신보』의 편집을 맡게 되지만 대범하고 구속받는 것을 참지 못해, 논설 쓰는 일 이외의 자질구레한 편집은 고개를 돌리고 거들떠보지도 않았다." 후스의 「서문」은 실제 자료에 근거했고, 루쉰과 류반눙의 논점을 총괄했으며, 거기에다 그만의 견해가 적지 않다고 말할 수 있다. 더욱이 후스는 "해상화가 오어 문학의 가장 뛰어난 걸작"이라고 여겼다. 이에 대한 논증은 자못 상세하다.

---

12) 劉復, 같은 책, 247쪽.

하지만 삼백 여 년 동안 아직까지 일류 문인이 '쑤저우 구어蘇語'로 쓴 소설이 없었다. 한방칭은 삼십 여 년 전 조설근이 쓴『홍루몽』의 암시를 받아, 당시 문인들의 충고를 무시하고, 글자를 만드는 어려움을 따지지 않았으며, 소설 판매를 고려하지 않은 채 단호하게 쑤저우 방언으로 심혈을 기울여 소설을 창작해낼 것을 결심했다. 그 책의 문학적 가치는 결국 문인의 감상과 모방을 불러일으켰다. 그가 쑤저우어로 소설 작품을 창작한 뒤 쑤저우어로 문학 작품을 창작해내는 것에 대한 사람들의 두려움이 크게 감소되었다. 거의 이십년 후『구미귀』와 같은 오어 소설이 연달아 세상에 등장했다. …… 만일 이 방언문학의 걸작이 다른 지방에서도 방언문학을 창작하도록 문인들의 흥미를 이끌어낸다면, 또 만일 이후 각지에서 방언문학이 계속해서 출현하여 새로운 소재, 새로운 피, 새로운 생명을 중국 신문학에 제공하게 된다면, 한방칭과 그의『해상화열전』이 중국문학의 새로운 국면을 열었다고 분명히 말할 수 있을 것이다.[13]

거의 모든 사람들을 의아하게 만드는 것은 장아이링이 10여 년에 걸쳐『해상화열전』을 두 차례나 번역했다는 것이다. 그녀는 처음은 영어로 번역했고, 다시 현대 중국어普通話로 번역했다. 이 두 차례 번역을 통해, 장아이링은『해상화열전』속 한 글자 한 글자를 모두 분석했다고 말할 수 있다. 그녀의 평가가 루쉰·류반눙·후스 등의 평가와 다른 점은, 그들은『해상화열전』을 평가하고 존숭尊崇한 반면, 장아이링은『해상화열전』을 이해하고 해석하는 데 중점을 두었다는 것이다. 장아이링은『해상화열전』의 주제가 사실 '에덴동산에 열린 금단의 열매'라고 말했다. 이 핵심어는 이 작품 속에 감춰진 의미를 설명해준다. 장아이링은 이렇게 설명하고 있다. "맹목적으로 결혼한 부부 역시 결혼을 한 후에 애정이 생겨나기는 하지만, 먼저 생겨나는 것이 성性이고 나중에 생겨나는 것이 사랑愛이기 때문에 그들 간에는 긴장과 염려, 동경과 신비감이 결여되어 있다." 남녀가 엄격히 구분된 사회

---

13) 위의 후스의 언급은 모두「『海上花列傳』·序」,『胡適文存』, 第3集, 黃山書社, 1996年, 352~369쪽에서 인용했다.

에서 미성년자들은 성욕의 교류가 처음 시작되는 사촌 형제들 사이에서 연애의 맛만을 조금 경험하는 데 그친다. 그러다 이들은 "일단 성년이 되면, 기원이라는 더럽고 복잡한 구석진 곳에서 기회를 갖게 되곤 한다." 결혼을 일찍 한 남자는 성에 대해 이미 신비감을 상실하고, 기원에서 '기생'이 주는 '연애'의 감정을 맛본다.

> "매춘부는 정이 없다"는 말은 일리가 있는 말로, 그녀들의 표면적 호의는 직업 활동의 일부분이다. 그러나 『해상화』를 보면, 적어도 당시 고급 기원(이류 기녀를 포함해서)에서 기녀의 첫 경험이 그리 빠르지 않았고 받는 손님도 그리 많지 않았다. ··· 여인의 성심리가 정상이라면 조금이라도 마음에 드는 남성에게 반응이 있기 마련이다. 만약 상대방이 참을성이 있다면 왕래가 잦아져 자연히 감정이 생겨날 것이다. ······[14]

이런 분석이야말로 진정한 '이해'와 '해석'이다.

하지만 이런 곳에서 '사랑의 열매'를 맛보는 것은 대단히 위험했다. 인류의 시조는 에덴동산에서 유혹을 받아 금단의 열매를 따 먹고, 하느님에 의해 에덴동산에서 쫓겨난다. 하느님은 아담에게 이렇게 말했다. "너는 죽을 때까지 힘든 노동을 해야 겨우 땅에서 먹을 것을 얻을 수 있을 것이다. 땅은 너에게 가시나무와 남가새를 자라게 할 것이다. 너는 물론 밭에서 나는 채소를 먹어야 하고, 반드시 땀 흘리는 노력을 해야지만 겨우 먹고 살 수 있을 것이다 ··· ."[15] 에덴동산의 선악과를 따먹은 대가를 지불해야 하는 것이다. 『해상화열전』에서 금단의 열매를 따 먹은 사람은 "모두 예외가 없었다." 황취펑黃翠鳳은 정감 넘치는 의협심 강한 기녀가 아니었던가? 하지만 그녀는 기루妓樓 포주와 뤄쯔푸羅子富 사이에 진행된 권력의 이해 다툼 사이에서 기루 포주를 도와 뤄쯔푸를 속이고, 결국 포주를 부양하기 위한 돈을 번다. 그밖에 왕렌성王蓮生,

---

14) 張愛玲, 「國語本『海上花』譯後記」, 上海古籍出版社, 1995年, 636쪽.
15) 『聖經·創世記·第3章』, 南京愛德印刷有限公司, 1988年, 3~4쪽.

주수런朱淑人과 같은 인물들은 더욱 말할 필요가 없다. 사람들은 기생이 '평생 웃음을 판다'라고 생각하지만, 왕롄성이 돈을 주고 산 것은 과연 무엇이었을까? 탄식이고, 눈물이며, 수많은 상처였다. 그는 자주 '긴 한숨을 쉬거나' '이유 없이 눈물을 자주 흘렸고', 어떤 때는 선샤오훙沈小紅의 손톱에 피가 나도록 꼬집혔다. 그는 돈을 쏟아 부어 '고통'을 샀던 것이다. 또 주아이런朱靄人은 자신의 특별한 교육법을 시행하기 위해 어린 동생을 데리고 사회로 나가 그에게 경험을 쌓게 했다. 동생에게 이상한 일을 만나도 전혀 놀라지 않게 만들었지만 동생이 화劫를 입고 난 후, 그는 놀라고 후회해 결국 실의에 빠져버린다.

설령 타오위푸陶玉甫와 리수팡李漱芳과 같이 진실로 서로를 사랑하는 연인이라 해도 결과는 비참했다. 그들 모두는 쓰디쓴 열매를 먹었다. 그러나 다른 것은 오직 사람들이 올리는 '조문弔文'만 남겼을 뿐이라는 것이다. 그들은 결국 연애의 맛을 느끼기 위해서 목숨을 걸고 선악과를 먹었던 것이다. 이것은 당시 중국 남자의 모순된 인생이 아니겠는가? 이러하여 작가는 첫머리에 이렇게 말했다.

이 책은 경계警戒를 위해 지어졌다. 그것을 표현하는 것이 극에 달해 마치 그 사람을 본 것 같고 마치 그 소리를 들은 것 같을 것이다. 독자는 그 말을 깊게 음미하여, 더욱 남녀지간의 사랑에 빠지더라도 서로 싫어해서 버리고 질투하거나 증오하는 일이 없어야 할 것이다.[16]

이 말은 촌스럽고 완고한 자의 설교가 아니다. 역시 '완전히 둘러싸인 성'과 같은 남녀 간의 사랑에서 선악과의 쓸쓸하고 떫음을 맛본 사람들은 그 성을 뛰쳐나오게 된다. 하지만 성밖의 사람들은 여전히 문을 부수고 그 안으로 들어가 그 곳의 아름다운 경치를 음미하고 싶어 한다.

한방칭의 작품이 이런 높은 성과를 거둔 것은 그가 기원 생활에 익숙한

---

16) 「『海上花列傳』·例言」, 『海上花列傳』百花洲出版社, 1993年, 3쪽.

것과 관련이 있다. 하지만 쑨위성의 익숙함 역시 한방칭보다 못하지 않았다. 그렇다면 왜 쑨위성 소설의 성과가 비교적 낮게 평가되는 것일까? 관건은 바로 문학의 오묘한 이치를 꿰뚫고 있는 한방칭의 식견 때문이다. 그의 식견은 오늘날의 심오한 문예이론과 유사하다. 예를 들어 그는 '열전列傳'의 세 가지 어려움에 대해 이렇게 말했다.

열전을 통해 개별적으로 전개된 이야기를 하나로 묶어 합치는 데에는 세 가지 어려움이 있다. 첫 번째, 서로 유사하지 않게 해야 한다. 책 한권에 수많은 사람이 등장하는데, 그들은 성격과 말투, 형태와 행동 방식에서 서로 조금씩 닮는다. 그래서 유사해지기도 한다. 두 번째, 이야기에 모순이 없어야 한다. 한 사람이 앞뒤로 여러 번 등장하는데, 앞에서와 뒤에서가 서로 조금씩 다르다면, 모순이 발생한 것이다. 셋째, 누락된 부분이 없어야 한다. 한 사람이나 한 사건에 결말을 빼먹게 된다면 누락이 생기게 되는 것이다. 이 세 가지를 알고 난 후에야 소설을 말할 수 있다.[17]

앞선 두 가지는 한방칭 또한 이미 해결했지만 세 번째는 해결하기 어려운 듯 보였다. 하지만 그가 자신의 식견에 대해 설명한 후 순리적으로 문제가 해결되었다. 그는 타이항太行, 왕우王屋, 톈타이天臺, 옌당雁蕩, 쿤룬崑崙 등 수많은 명산을 유람하며 그것들의 아름다운 경치를 마음껏 즐기는 것을 예로 들어 이렇게 말했다.

몸이 매우 지쳐 바위에서 잠시 휴식을 하며, 조용히 유람했던 풍경이 어떠했는지 떠올린다. 그러나 아직 여행하지 않은 사람은 꾸불꾸불한 형세를 헤아려 이후 형세가 어떨지 판단하고, 깊고 구불구불한 길을 빙글빙글 돌아 도착하는 것을 상상한다. 눈에 보이지 않지만 마치 여기서 보이는 듯하고, 귀는 들리지 않지만 여기서 들리는 듯하다. 손을 한번 들어 세 번을 뒤집으니一舉三反 즐거움에 스스로 만족하고 노래하고 춤추는데, 그 즐거움이 끝이

---

17) 위의 글, 위의 책, 5쪽.

없다. 아, 이것이 기쁨이지, 여행에서 이것을 얻고, 어찌 나 혼자서만 가지고 가서 잊어버릴 수 있겠는가?[18]

이로써 알 수 있듯, 한방칭의 독자가 되는 것도 쉬운 일은 아니다. 일반적인 독자는 이야기를 본다. 하지만 독자에도 수준이 있을 수 있다. 그의 '한 차례 거동으로 세 번 뒤집다舉三反'라는 것을 체득할 수 있어야만 비로소 그 속의 깊은 의미를 얻었다고 할 수 있다. '문외한은 볼거리를 찾고 전문가는 비결을 찾는다.' '문예작품이 훌륭하면서도 통속적이어서 누구나 다 감상할 수 있는 것'은 분명히 훌륭한 것이다. 하지만 고상한 사람이나 속인이 얻는 것은 각각 다르다. 사실상 모든 독자에게 '평등'한 감상을 할 수 있게 만드는 작품은 아마도 찾을 수 없을 것이다.

소설의 구조에 대해서 한방칭은 독특한 견해를 보였다. 이런 견해가 이끌어내는 소설 구조는 예술 방면에서 당연히 전대 문인보다 뛰어나다.

전체 작품의 필법筆法은 『유림외사儒林外史』에서 나온 것이다. 다만 '천삽장섬穿揷藏閃' 방법은 지금껏 다른 소설에 없었던 것이다. 물결 하나가 잠잠해지기 전에 다른 물결이 일어나고, 혹은 연이어 열 번의 물결이 일어난다. 동쪽에서 일어났다가 서쪽에서 일어나고, 남쪽에서 일어났다가 북쪽에서 일어나고. 손이 가는 대로 묘사하다보니 한 가지도 제대로 된 것이 없지만 빠뜨린 것은 하나도 없다. 읽다보면 그 배후의 문자가 없는 곳에 여전히 많은 문자가 있음을 느낄 것이다. 비록 명확하게 묘사하지는 않았지만 의미를 깨달을 수 있을 것이다. 이를 '천삽穿揷'이라 한다. 갑작스럽게 출현해 독자가 영문을 몰라 급히 뒷부분을 읽으려 하지만, 뒷 문장은 다른 이야기를 서술한다. 다른 이야기 서술이 끝나고 나서 다시 앞 사건의 원인이 서술되지만 그 원인은 여전히 분명하지 않다. 전체가 모두 끝나야만 비로소 앞에서 묘사한 내용 가운데 허튼 글자가 하나도 없었다는 것을 알게 된다. 이를 '장섬藏閃'이라 한다.[19]

---

18) 위의 글, 위의 책, 3~4쪽.
19) 위의 글, 위의 책, 4쪽.

천삽법에서 보면, 작품 속의 다섯 쌍의 주요 인물은 거센 물결을 번갈아 일게 하는 원인이다. 첫째, 왕롄성과 선샤오훙, 장후이전張蕙偵, 둘째가 뤄쯔푸와 황추이펑, 장웨친蔣月琴, 셋째가 타오위푸와 리수팡, 리환팡李浣芳, 넷째가 주수런朱淑人과 저우솽위周雙玉, 다섯째가 자오얼바오趙二寶와 스史 공자, 라癩 공자이다. 그 외에 홍산칭洪善卿과 자오푸자이趙朴齋의 생질과 외삼촌이 있다. 작가는 바로 이런 인물들 사이의 얽히고 설킨 관계로 숨 돌릴 틈 없는 생동감을 불러일으키고 중구난방 식의 배치를 지휘한다.

장섬법은 '갑자기' 나타나기 때문에 독자에게 도저히 막을 수 없는 느낌을 받게 한다. 예를 들어 선샤오훙이 아직 등장하지 않았을 때 한방칭은 바로 그녀를 위해 이야기를 정해 놓는다. 홍산칭이 선샤오훙의 기원에 왕롄성을 만나러 갔다가 허탕을 치게 되는데 심지어 선샤오훙도 그곳에 있지 않았다. 그때 하인이 "선생(기원에서 하인이 기녀를 '선생'이라 부름)은 마차를 타고 가셨어요"(제3회)라고 했다. 이때부터 '마차를 타는 것'이 '남녀가 간통하고 돈을 주는 것'의 대명사가 되었다. 장후이전은 귓엣말로 왕롄성에게 어렴풋이 선샤오훙이 몸을 팔아 돈을 받는 것을 폭로했다. 그녀는 그녀 자신의 집이 다른 용도로 사용된다고 우려했다. 하지만 왕롄성은 크게 상관하지 않으며 멍청하게 대답하기를 "그녀 자신의 집이 무슨 다른 용도로 사용된 적은 없다. 그저 삼일에 두 번 마차가 다녀 갈 뿐이다."라고 하였다.이것은 그가 그때까지 선샤오훙을 믿고 의심하지 않았다는 것을 말해준다. 이후 대략적으로 눈치를 챘을 때, 이미 홍산칭에게 선샤오훙이 몸을 팔았는지 탐문했다. 홍산칭은 한참동안 망설이며 말을 제대로 잇지 못하며 "마차를 타기 위해 그곳을 이용했다"라고 말했다(제24회). 제33회까지 왕롄성은 선샤오훙과 샤오류가 서로 껴안는 것을 두 눈으로 확인하고서야 빛이 번쩍한 것처럼 이전의 모든 미심쩍었던 이야기가 비로소 다 밝혀진다. 제9회를 포함해 선샤오훙에게 서신을 보내고, 선샤오훙으로 하여금 장후이전과 크게 싸우게 하는 것은 모두 샤오류의 소행이다(샤오류얼小柳兒은 경극의 남자 무사 역을 맡던 이였는데, 당시 이 세계에서는 기녀에게 광대나 마부 등을 시중들게 하는 것을 금기시했다. 고객에 대한 모욕으로 여겼기 때문이다.-인용자) 그로 인해 한방 칭은 "이 작품의 드러난 문장은 이와 같다. 그러나 아직도 반틈의 부정적인 문장이 글에 감춰져 있다. 마음속으로 깨달으려면 몇 십 회를 더 읽은 후에 야 비로소 이해할 수 있게 된다. 독자들이 조급해서 기다리지 못할 것을 가 정해 한두 가지를 먼저 이야기하겠다. … 선샤오훙의 모든 부분에서 샤오류 를 포함하고 있다.[20] 이러한 '장섬' 수법은 작품 속에서 몇 가지 '실마리'를 형성하고 작가가 결적정인 순간에 우리를 위해 모든 것을 밝히고 비로소 작 품 전체의 세밀한 부분까지 알 수 있게 한다. 후스가 한방칭의 문학 기교에 대해 이처럼 탄복한 것은 당연하다. 그는 『홍루몽』이 "문학 기교에서 『해상 화』와 견줄 수 없다"[21] 라고까지 평가한다.

장주포張竹坡는 『금병매金甁梅』에 대해 평가하며 "문장을 짓는 것은 집을 짓 는 것과 같다. 대들보로 구멍을 막으면 전혀 빈틈이 없어 보인다. 반면 책을 읽는 것은 집을 철거하는 것과 같다. 모든 대들보의 구멍을 하나하나 내 눈 앞에 펼쳐 놓는 것이다"라고 말한다.[22] 한방칭은 확실히 전혀 빈틈이 보이지 않게 만들고 싶어 했다. 하지만 여러 번 읽고 다시 『해상화열전』을 두 차례 에 걸쳐 번역한 장아이링은 아직 구멍을 자신의 눈앞에 하나하나 펼쳐 놓지 못할까봐 걱정했고 독자가 읽고 이해하지 못할까봐 더욱 걱정했다. 그로 인 해 그녀는 「번역 후기譯後記」에서 자조적인 방식을 취했다. "『해상화』는 두 차 례 조용한 자생과 자멸 이후 무언가가 죽어버렸다. 이는 오어로 된 대화체를 여전히 보통화로 번역한 탓만은 아닐 것이다. 이것이 세 번째 출판이지만 이 책의 이야기는 끝나지 않았다. 마지막 회의 제목은 다음과 같다. '장아이링 이 『홍루몽』을 다섯 번 설명하고, 독자들은 『해상화』를 세 번 버렸다.'"[23] 하 지만 이번은 아닐 것이다. 우리가 『해상화열전』의 여섯 가지 '선구적인 부분'

---

20) 위와 동일.

21) 胡適, 『胡適紅樓夢研究論述全編』, 上海古籍出版社, 1988年, 290쪽.

22) 『張竹坡批評金甁梅』, 第2回, 回評, 齊魯書社, 1991年, 40쪽.

23) 張愛玲, 같은 책, 684쪽.

을 발견했고 또한 현대통속소설의 시작을 알린 작품으로 존경할 때, 사실상 그것을 중국 현대문학의 시조의 지위로 격상시킨 것이다. 왜냐하면 지식인 문학의 금자탑은 20여년 후에 탄생했지만 통속소설은 일찌감치 중국문학 현대화의 도정에 올랐기 때문이다.

제2절
상하이 사람이 쓴 상하이 이야기
『해상번화몽海上繁華夢』

『해상번화몽』의 작가 하이상수스성 쑨자전

쑨자전孫家振(1863~1939)의 자는 위성玉聲, 별호는 징멍츠셴謍夢痴仙, 하이상수스성海上漱石生이고 상하이 사람이다. 그는 소형신문小報에 자신의 『해상번화몽』, 『선협오화검仙俠五花劍』 등의 소설을 보낸 수준에 머물지 않았다. 그는 19세기 말부터 20세기 초까지 소형신문업계에서 가장 저명한 소설가였다. 그는 평생 동안 30여 편이 넘는 장편소설을 썼는데, 그 중 『해상번화몽』이 가장 유명했다. 그는 1893년부터 『신문보新聞報』 상하이 주임을 3년 넘게 맡았고, 다시 8년 동안 『신문보』의 총주필을 맡았다. 그는 상하이 사회를 자신의 손바닥처럼 훤히 알고 있었다. 바이뎬성拜顚生은 『해상번화몽 · 신서초집海上繁華夢 · 新書初集』의 서문에서 "징멍츠셴은 상하이에서 태어나 상하이에서 자란 상하이 사람으로서 상하이의 사건을 서술하매 서술이 자연스러웠다. 그는 또한 20여 년간 애정관계를 경험하고 그 속의 하나하나를 다 체험했다.

그러므로 장면 묘사가 치밀했으며 모든 문장이 통쾌하기 그지없다"[24]라고 말했다. 이른바 '애정관계 경험'은 그의 신세와 관계가 있다. 장루이짜오는『소설고증小說考證』에서 다음과 같이 말했다.

전문적으로 기원 이야기를 다룬 책으로『해상화열전』이 가장 먼저 발표되었다. 이 작품을 이은 것으로 상하이 작가 쑨자전의『해상번화몽』이 있다. 그는 집안이 풍족해 젊은 시절 기방을 많이 다녀 당唐 시인 두목杜牧이 양저우揚州에서 놀던 풍모가 있었다. 술자리에서 웃음을 사는 데 돈을 아끼지 않아 기녀들에게 환영받았다. 쑨자전은 직접『소림보笑林報』를 창간한 후 용모나 재주가 뛰어난 기녀를 골라 찬양했는데 왕희지王羲之와 두보杜甫를 뛰어넘어 기원에서 명성을 얻었다. 화류계에서 수십 년을 지내며 팁만 해도 몇 만 위안이 넘었다. 비록 가세가 기울었지만 이런 기녀들의 재주와 사랑 이야기에 대해서는 일찌감치 달관의 경지에 도달했다.

작품 속의 셰유안謝幼安은 쑨자전의 화신이고, 구이톈샹桂天香은 쑨자전의 애첩이 원형이다. 두 사람은 재자와 가인으로 모두들 칭송했다. 달도 차면 기울고 꽃도 시드는 것처럼, 두 사람이 맺어진 지 1년도 되지 않아 그녀는 요절하고 말았다. 작가는 그녀를 보낸 후 이 책을 썼다. 그의 의도는『해상화열전』과 마찬가지로 미련迷戀을 일깨우기 위함이었다.『해상화열전』은 함축적이고『해상번화몽』은 명쾌했다. 작가는 달랐지만 둘다 뛰어났다. 작품에서 남을 속이는 도박기술이 남김없이 묘사되어 있는데, 젊은이들이 이 작품을 읽으면 느끼는 것이 있을 것이다. 이것이 바로 쑨자전의 의도로, 사악하고 음탕한 것을 이야기한 작품들과 다른 점이다.(『담영실수필譚瀛室隨筆』)[25]

이상의 소개로 볼 때, 이 소설은 상하이 사람이 상하이 일을 이야기했을 뿐 아니라 작가 자신의 신세가 반영되어 있으므로 더욱 생생히 묘사되었다. 소설은 쑤저우의 박식한 수재 셰유안의 꿈에서부터 이야기를 풀어 나간

---

24) 拜顧生,「新書初集序」,『海上繁華夢(上)』, 江西人民出版社, 1988年, 3쪽.

25) 蔣瑞藻,『小說考證(下)』, 上海古籍出版社, 1984年, 416~417쪽.

다. 꿈속에서 그의 동문 친구 두사오무杜少牧가 그를 이끌고 사람이 많고 등불이 휘황찬란한 곳으로 간다. 그러나 두사오무가 돌연 기울어진 좁은 길로 들어가 버리고 셰유안이 따라 갈 때, 길옆에 계수나무가 있었다. 그는 향기로운 계수나무 가지를 꺾었고, 두사오무가 사람들에게 둘러싸여 벗어날 방법이 없자 마지막에 검을 뽑아들고 자신의 가슴 한가운데를 찌르자 그제서야 신비로운 빛이 밝게 비추는 오솔길이 나타났고 사람들이 소리를 지르며 흩어졌다. 이튿날 날 새벽 셰유안이 일어날 때 두사오무는 이미 그의 서재에 앉아서 기다리고 있었다. 원래 그와 함께 상하이를 유람하기로 약속했었다. 어제 밤 꿈이 바로 그들이 상하이에 가서 겪게 될 경험을 상징하고 있었다. 두사오무는 상하이에 도착하자 셰유안의 충고를 듣지 않고 이름난 기생 우추윈巫楚雲과 옌루위顔如玉에게 빠져버리고, 사기도박꾼·부잣집 도련님들과 어울리며 서로 속고 속이고, 호화스럽고 사치스러운 생활에 빠져버려 번화한 화류계에서 산송장처럼 떠돌게 된다. 두사오무는 갖은 속임을 당한 후 주위 사람들의 처참한 말로를 보고 셰유안 등의 친한 친구들의 충고를 듣고서 결국 지혜의 검을 뽑아 들고 깊이 깨닫게 된다. 반면 셰유안은 상하이의 기원세계에서 '기녀가 눈에는 보이지만 전혀 마음에 담아두지 않는' 태도로 스스로 억제한다. 하지만 우연히 기녀 구이톈샹을 만나 고상하고 고결한 그녀를 죄악의 세계에서 구해내야겠다는 측은지심이 생겨난다. 셰유안은 구이톈샹의 모든 시련을 이겨내고 마침내 그녀와 결혼해 집으로 돌아온다. 4년 후 쑤저우에 전염병이 돌아 셰유안이 감염되고 만다. 구이톈샹은 성심성의껏 그를 돌보며 매일 밤 하느님께 자신을 대신 죽게 해달라고 기원한다. 이후 셰유안이 건강을 되찾지만 구이톈샹은 과로로 병을 얻어 죽게 된다. 이 구이톈샹이 바로 셰유안이 꿈속에서 꺾었던 향기로운 계수나무 가지였다. 구이톈샹의 원형原型은 작가 쑨위성이 기루에서 첩으로 얻은 쑤蘇 씨였다. 쑨위성은 『퇴성려필기』에서 그때 역병에서 아들과 딸 그리고 쑤 씨를 잃었다고 적어 놓고 '퇴성려 상심사退醒廬傷心史'라고 칭했다.

린鱗이 처참하게 죽은 후 … 돌아와 오한과 신열이 크게 일어나 목구멍도 갑자기 붓고 아파 온 집안사람들이 크게 놀랐다. …… 쑤 씨가 차오허우푸曹侯甫 의사 선생님을 청해 마황麻黃으로 치료를 하는 것 이외에 스스로 짐작하여 약을 지었는데, 그녀는 편안히 쉬거나 잠을 자지 않은 날이 무수히 많았다. 더욱이 새벽에 향을 올려 하늘에 자기가 대신 죽을 수 있게 해달라고 기원했다. 5일 후 쑨위성 몸에 홍역이 최고조에 달해 발병 후 작은 전기轉機가 있었다. 7일 후 정신이 맑아졌다. 쑤 씨를 보니 두 눈이 붉게 부어올랐고, 몸이 수척해지고 정신이 쇠약해져 내색하지 않았지만 매우 슬펐다. …… 그날 저녁 쑤 씨 역시 병이 들어 급히 자오허우푸 선생을 청해 약을 먹이고 마황으로 체내의 독기를 발산시켰다. 3일째가 되자 몸에서 땀이 흐르지 않아 의사는 이미 치료할 수 없다고 말했다. 결국 2월 11일 밤 세상을 떠나고 말았다. 슬프게도 어찌해볼 도리 없이 보름 전후로 내가 일생 동안 가장 사랑한 3명인 딸과 아들 그리고 쑤 씨를 잃었다. 조물주는 어찌 이리도 잔인하단 말인가.[26]

쑨위성은 이런 상심사傷心史를 『해상번화몽』에 적었다. 당연히 구이톈샹의 원형인 쑤 씨를 기리는 의미도 있다. 하지만 그는 이 소설을 쓴 더 큰 목적이 있었다. 그는 『해상번화몽』의 자서自序에서 "세상 사람들의 허망한 꿈을 일깨우기 위해서 …… 이 책을 지었다. 석가모니와 같은 설법으로 독자들이 깨달음을 얻기를 희망한다. 작가의 노파심에서 하는 말이 아니다"[27]라고 말했다.

백만 자에 달하는 100회의 장편소설은 장면도 많고 등장인물도 많으며 줄거리도 복잡하다. 구체적인 성명을 가지고 작품에서 활동하는 사람만 120명을 넘는다. 작가는 그들을 두 가지 부류로 나누었다. 첫째는 타락했다가 정신 차리는 부류고, 둘째는 악행을 일삼아 용납하기 어려운 부류다. 작가는 그들을 차근차근 잘 타일러 가르치는 것과 인과응보로 위협하는 수단을 병행해야만 권선징악의 목적을 달성할 수 있다고 생각했다. 물론 셰유안과 같은

---

26) 孫玉聲, 『退醒廬筆記』, 山西古籍出版社, 1995年, 118~119쪽.
27) 孫玉聲, 「自序」, 『海上繁華夢(上)』, 江西人民出版社, 1988年, 1쪽.

『해상번화몽』2집 초판 표지

부류의 사람들도 있다. 그들은 기본적으로 설교하는 역할이다. 예를 들어 두사오무는 그에 대해 이렇게 말했다. "셰유안 형은 맑고 깨끗한 인물로 그가 하는 말은 깊은 의미가 있다. 지난번 상하이에 갔을 때 그가 일깨워 주지 않았다면 어찌 망상을 포기하고 그 미로에서 벗어날 수 있었겠는가? 그를 유익한 친구일 뿐만 아니라 경외하는 벗이라 하는 것은 바로 이런 연유 때문이다(『해상번화몽·후집』 제31회). 작가의 이런 '유혹에서 벗어남'이라는 주관적 동기는 당연히 좋은 것이라고 당시 일부 독자들이 수긍했다. 『담영실수필』이 말한 셰유안, 즉 쑨위성 자신의 상황에 대한 설명이 완벽한 것은 아니다. 쑨위성은 스스로를 두 가지로 나누었는데, 그가 여색을 찾아다닐 때는 두사오무와 같았고 이후 애정에서 벗어나 깨달음을 얻어 이 망상을 일깨우는 소설을 지었을 때, 그는 비로소 진짜 셰유안이 되었다.

후스는 『해상화열전』을 논하면서 곁들여 『해상번화몽』에 대해 말했다.

그러나 쑤저우 방언 사용이 『해상화』가 유행하지 못한 유일한 이유는 아니다. 『해상화』는 문학적 품격과 예술이 풍부한 문학작품으로, 일반 독자가 쉽게 감상하기 어려웠다. 『해상번화몽』과 『구미귀』가 한때 유행할 수 있었던 이유는 그것들이 모두 '화류계 입문서'의 자격을 가지고 있었기 때문이었다. 그러나 두 작품은 문학적 가치가 없었고, 심오한 주제와 깊이 있는 묘사가 없었다. 이런 작품들은 단지 일반 독자들에게 소일거리를 제공할 뿐, 작품을 읽으며 머리 쓸 필요가 없고 읽은 후 여운도 없었다.[28]

---

28) 胡適, 「海上花列傳·序」, 『胡適文存』, 第3卷, 黃山書社, 1996年, 367쪽.

『해상화열전』이『해상번화몽』보다 뛰어나다는 것은 의심의 여지가 없다. 쑨위성은 자신의 작품이 잘 팔리는 것에 득의만만해 하며『해상화열전』이 쑤저우 방언 사용 때문에 판로에 영향을 받은 것을 아쉽게 여겼다. 하지만 후스는『해상번화몽』이 잘 팔린 것을 단점으로 보았으며 화류계 입문서라는 고깔을 씌웠다. 사실『해상화열전』은 일반 독자들이 이해하지 못할 정도는 아니다.『해상번화몽』처럼 떠들썩하지 않았을 뿐이다. 후스는 그것을 더욱 깊이 파고들어가 자세히 음미해 보통 독자들보다 몇 배나 되는 것들을 볼 수 있었다. 그는 읽고 이해하는 것에 그치지 않고 작품의 가치를 찬양했다. 이 측면에서『해상번화몽』은 당연히 발끝에도 미치지 못했다. 쑨위성의 의도는 소설의 기능이 세인들의 망상을 일깨우는 것이었지만, 후스는 그것을 화류계 입문서로 보았다. 이 둘 사이에는 커다란 괴리가 존재하고 있다. 그러나 방관자 입장에서 본다면 우리는 쑨위성의 주관적인 동기를 의심할 수 없다. 하지만 그의 글쓰기 방법에는 문제가 있다. 그것은 바로 '세인들의 망상을 일깨우기' 위해, 악의 세계에 잘못 들어선 사람들에게 바른 길로 올 수 있게 했고 죄를 지은 사람들에게 반드시 벌을 받는다는 것을 알 수 있게 했다. 그는 모든 것을 다 알 수 있게 글을 써야지 약이 병을 제거하듯 빠른 효과를 볼 수 있다고 여겼다. 그러므로 쑨위성은 소설에서 스스로 대놓고 말했다. "작품의 글이 각박한 것이 아니라 세상에 이런 사람들이 있기 때문에 작품은 어쩔 수 없이 그의 모든 것을 빠짐없이 써야한다."(『해상번화몽·후집』제32회) 이른바 남김없이 드러내기란 디테일화라고 할 수 있다. 이에 대한 평가는 완전히 다를 수 있다. 작가가 보기에 사실을 남김없이 묘사해야만 세인들에게 경종을 울릴 수 있을 것이라고 했다. 그러나 후스는 이처럼 생생한 디테일을 묘사하는 것은 독자들이 기원에서 어떻게 유혹에 대응하는지를 가르치는 '교사教唆'와 다름없다고 했다. 쑨위성은 결국 상하이의 뉴스 편집 기법으로 문학작품을 쓴 것이다. 상하이 뉴스의 '사실을 남김없이 묘사하는 것'은 당시 뉴스의 초점이었고 구매력이었다. 그러나 그것은 문학작품에서 커다란 금기였다.

쑨위성의 『해상번화몽』은 줄거리가 단순하고 직선적이며 복선을 쉽게 드러내고 인물 성격도 단조로워서 문학작품의 기준으로는 『해상화열전』과 함께 논할 수 없었다. 작가는 오래된 수법으로 작중인물들을 만들어 냈는데 그것은 바로 인명 해음화諧音化이다, 이는 그다지 훌륭하지 않은 인물 유형화 수법이다. 예를 들어 자펑천賈逢辰, 바이샹런白湘人, 투사오샤屠少霞, 원성푸溫生甫, 스리런施礪人, 란샤오천藍背岺, 저우처류周策六, 바오룽광包龍光, 자웨이신賈維新, 전민스甄敏士, 황류黃六, 바오잉包瀛, 관셴스管閑士, 바오베이핑鮑北平 등과 같이 그 사람들의 이름만 들어도 무슨 역할인지 알 수 있어 읽는데 여운이 없다(위에서 나열한 사람들의 이름은 모두 상하이 방언으로 읽어야 한다, 예를 들어 賈逢辰을 假奉承으로, 白湘人을 白相人으로, 屠少霞를 大少爺로 읽어야 함). 『해상번화몽·2집』의 제20회 이후 작가는 급하게 인물의 결말을 보여준다. 악한 일을 한 사람들은 하나하나 인과응보를 받고, 2집 제26회 '량양창兩洋槍은 원수가 되고 한 바탕 큰 불에 불량배가 타 죽는다'까지, 이른바 모두 태워 버리는 것은 한 번에 악인을 죽음과 지옥으로 내몰고 원래 있어야 할 곳에 잡아 두는 것이었다. 2집 제28회의 표제表題에서 '양심을 어긴 기녀는 결말이 이렇다/남자를 탐한 것은 이런 결말이다'라고 분명하게 밝힌다. 2집 제29회의 표제는 '셰유안이 그날 술자리에서 해몽했다/ 두사오무는 죄 많은 곳에서 벗어났다'는 방탕한 사람이 후회하고 깨닫게 되는 과정을 분명하게 밝힌 것이다. 작품을 전체적으로 봤을 때, 어떤 장회章回는 매우 조잡하게 쓰였다. 하지만 이런 것 역시 작가의 전체적인 의도를 관철시키기 위한 것이다. '자신이 잘못된 것을 알고 그것을 바꿀 줄 아는 사람은 그것이 늦는 것을 두려워하지 않는다(『해상번화몽·2집』 제29회).'

『해상번화몽』은 모두 합쳐 100회로, 최초 30회는 타락하는 과정을 썼고 2집 30회는 인과응보와 후회하고 깨닫는 것을 썼으며 후집 40회는 새로운 국면을 회상하는 것으로, 두사오무는 깨달음을 얻은 후 "세상에 필요한 학문을 배우고 세상에 필요한 책을 읽기를 원하게 되었다." 아쉽게도 쑨위성은 이런 학문에 익숙하지 않아, 1집과 2집의 상투적인 수법을 답습할 수밖에 없었다. 그로 인해 소설은 중복되는 느낌이 생겨 새로운 경지를 제시할 수 없었다. 작가도 처음부터 끝까지 전체적인 계획을 세우지 못하고 일부를 쓰고 반응을 보았고 장사가 되면 나머지를 썼다. 그야말로 시장화의 산물이었다.

그렇다면 『해상번화몽』은 별 가치가 없는 작품일까? 문학적인 측면에서 봤을 때 그 성취는 한계가 있다고 말할 수 있다. 그 가치는 후스가 살았을 당시 아직 분명하게 보여지지 않았다. 왜냐하면 그들은 동시대 사람들이었기 때문이다. 하지만 오늘날 봤을 때 이 상하이 사람이 쓴 상하이 이야기는 우리에게 많은 사회와 민속의 자료를 남겨 주었다. 이 작품은 우리에게 사회 전환기의 민속풍경화를 보여주는데, 그것은 중국의 오래된 민간의 민속전통일 뿐만 아니라 유럽과 미국의 새로운 물결이 중국에 상륙한 이후 변화이다. 우리는 쑨위성이 이런 것들을 남기는데 유의했는지 증명할 방법은 없다. 어떤 것은 문학 작품에서 그다지 세밀하게 묘사하지 않는 것이었지만, 그는 아주 세세히 우리에게 '베껴抄' 주었다. 당시 소형신문들과 대조해 보면, 우리는 이것이 당시 실제 상황으로, 어떤 계층 사람들의 흥미나 기호인 것을 알 수 있다. 상하이는 중국 전역에서 사람들이 몰려드는 곳이며, 동양과 서양이 복잡하게 얽혀있는 곳으로, 그는 이런 상황의 느낌을 우리에게 정확히 전달해 주었다. 『해상번화몽』은 걸작 소설은 아니지만 민속의 진귀한 보물이다. 이 말은 그것이 거대한 문화적 참고 가치를 가지고 있음을 설명한다. 시간이 흐르면 흐를수록 『해상번화몽』이 지닌 '활화석活化石'의 진귀함이 드러날 것이다. 아래는 간략히 분류해서 작성한 금전출납부다. 이 고구古久 선생의 금전출납부는 펼쳐 볼만 하다. 이는 특수한 작품에 들어맞는 분석방법이기도 하다.

소설의 시작은 쑤저우 사람이 상하이에 와서 유람하는 내용으로, 제1회는 조계租界지역에 어떤 금령禁令이 있는지를 언급한다. 그리고 제3회의 귀빈을 초대하는 술자리에서, 상하이의 유명한 서양음식점에서 식사하면서 상하이의 각종 서양음식점을 소개하는데, 당시 상하이 서양음식점 일람표로 볼 수도 있을 것 같다. 미식美食문화 속에서 일종의 유행(혹은 외국문물 숭배) 분위기가 이미 상류층 사회에서 유포되어 있었던 것 같다. 제22회의 한 장의 기다란 사진 가격표와 23회의 프랑스 조계의 외국 가구 영수증은 문학 작품에서 꼭 출현할 필요는 없다. 이것은 두서없이 나열된 것이지만, 쑨위성은 제대로 '베껴' 오늘날 누군가가 이것을 연구 자료로 삼을 수 있다. 경마와 같은 서양 도박이나 영화와 같은 서양 오락과 '장원張園'과 같은 서양 느낌이 나는 공공장소들이 작품 속에 심심치 않게 등장한다. 소설에서 작가는 중국인의 생활 속에 막 들어 온 신선한 사물을 놓치지 않았고, '각답차脚踏車(발로 밟아 움직이는 수레, 즉 자전거를 말한다–역주)' '탄자방彈子房(구슬을 치는 곳, 즉 당구장을 말한다–역주)'과 같이 중국인들이 이해할 수 있게 번역하기도 했고, '취안더훈圈的混', '시멍쓰席夢思', '빙지롄氷忌廉', '후이쓰거滙司格' 등과 같이 외국어를 직접 빌어 와 사용한 것도 있었다. 이후 '시몽쓰席夢思(시몬스Simmons 침대를 말한다–역주)', '빙치린氷淇淋(아이스크림을 말한다–역주)', '웨이쓰지威司忌(위스키를 말한다–역주)' 등은 지금까지도 사용되는 외래어가 되었다. 포커 용어였던 '취안디훈圈的混'은 현재는 '21점블랙잭'이라고 말하는 경우가 많다. 19세기 말 이런 것들은 이미 중국에 들어 왔으며 상하이 사람들의 생활 속에서 일정한 부분을 차지했다. 중국의 논다하는 이들이 이를 모르면 '약점을 잡히거나' '시골뜨기'라고 놀림 받았다. 유럽과 미국의 물결이 상하이로 매섭게 불어올 때 서양과 동양의 장점을 취하고 재래식과 현대식을 결합해 일상생활에 이용하는 것은 이미 일반화 되었다. 『해상번화몽』 가운데 사람들에게 자주 인용되는 것은 통상通商 50주년 기념식이다. 『해상번화몽』은 전대미문의 성대한 축전을 사실처럼 기록해 놓았는데, 당연히 그가 창조한 인물의 눈을 통해 굴절된 모습을 표현했다. 그러나 당시의 외국화보나 우리가 쉽게 접할 수 있는 『점석재화보点石齋畫報』의 기념식과 관련된 우유루吳友如의 아홉 폭의 그림을 보면, 쑨위성이 쓴 평면적인 글과 서로 어우러져 정취를 자아낸다.

시간이 유수와 같아 8월이 지나가고 9월이 되어 통상 기념식의 기한이 다 되었다. 4~5일 전에 황푸탄黃浦灘 연안의 바이다차오白大橋를 시작으로 프랑스 조계 16포교 북쪽까지, 조계지 행정기관의 주도 하에 서양 사람들이 수많은 가로등을 세우고 철선을 뚫어, 기일이 되면 수 만개의 오색빛깔의 종이등을 걸었으며, 모든 가로등에 각국 국기를 걸었다. 거리를 가로질러 내걸린 철선에는 만국기가 가득 걸렸다. 바이다차오의 방치된 운동장 입구와 상하이 조계지역 다리 양쪽 어귀, 프랑스가 새로 만든 다리 어귀 등에 감탕나무로 만든 경축용 아치를 세웠는데, 이런 아치 위의 가로등 대부분이 색깔과 빛이 다양한 일본 종이등을 걸어 사람들의 시선을 사로잡았다. 각국 영사관이나 은행들, 외국 상점들, 각국의 유명한 상인 저택 문 앞에 초롱을 매달고 장식해

쑨위성은 『해상번화몽』을 창작하는 이외에 『번화잡지(繁華雜誌)』의 편집 일을 맡았다. 이 잡지는 고정란이 많았고 그림과 글 또한 너무 많았다. 한편, 이 잡지는 『속 해상번화몽』을 연재하기도 하였다.

볼거리가 대단했다. 황푸강에 정박한 각국의 선박들 역시 모든 배에 깃발을 매달고, 밝은 등을 걸어, 뭍에서 지켜보면, 오색찬란하여 더욱 화려하게 생각되었다. 점등대회의 밤이 되면, 상하이시 모든 사람들이 나와 이 점등대회를 지켜보지 않았을까? …… 귀 가득 서양 음악 소리가 들리니, 용차龍車가 아마 도착한 듯하다. 요충지 앞에 몇 명의 조계 순찰 부장과 서양 경찰, 말을 탄 인도인 경찰관이 행인들을 거리에서 몰아냈다. 뒤쪽에서 잇달아 몇 대의 용차가 뒤따르는데, 차에 수많은 비단 등이 걸려있고, 모든 차 칸마다 한 무리의 서양 소방수들이 같은 복장으로 손에 석유 횃불을 높이 들고, 길 전체를 밝게 비춘다. 그 가운데 몇 대의 용차들은 일렬로 늘어서 행진을 하는데 매우 볼 만하였다. 이 몇 대의 차들은 서양 문자를 본뜬 등으로 장식했으며, 서양인들은 도로를 따라 폭죽을 터뜨리며 즐겼다. 그 뒤를 차가 뒤 따르는데, 양주와 차茶를 가득 싣고서 길을 따라 대회를 준비 중인 사람들에게 나누어 주었으며, 그 차에도 등이 걸려 있어 정말 대단한 볼거리로, 도중에 황푸탄을 지나갔다. 황푸탄에서 각국 선박이 일제히 화포를 쏘며 환영했고

전기 불빛을 쏘는 곳도 있어 밤이 낮처럼 환했다. 물과 언덕의 사람들은 모두 박수를 치며 환영했다. (『해상번화몽·2집』제5회)

상하이는 1843년 개항했으므로 50주년은 1893년을 가리킨다. 이것은 서양인들의 축제였지만 기념 축제는 중국과 서양이 융합된 것들이 출현했다. 예를 들어, 중국의 화려한 용과 서양의 소방차의 결합, 화포와 전기 불빛의 결합이 있었고, 비단 등불과 폭죽을 쏘는 것으로 기쁨과 축하의 색채와 분위기를 더했다. 중국인들의 심정 역시 복잡하고 모순적이었다. 소설에서 그들은 외국인의 거들먹거리는 것과 제멋대로 날뛰는 것을 증오하면서도, 조계지역과 구 도시를 대비하면서 깔끔히 정리되고 번화한 조계지역을 좋아했다. 그러므로 서양인이 주체가 된 이 행사에 볼거리를 구경하는 심정을 가지고 있었다.

중국의 고유한 전통 명절과 민간 사물들은 『해상번화몽』에서 손금을 보듯 훤히 보인다. 제9회의 룽화쓰龍華寺 광장의 '결향화연結香火緣/가오창먀오高昌廟의 성대한 청명회淸明會'와 제20회의 '광자오산좡廣肇山莊 건초(建醮: 단을 쌓아 망혼을 위해 기도하는 행사—역주)/ 닝보寧波의 총회팽화總會碰和'등 모두 성대한 청명대회와 우란분회(盂蘭盆會: 하안거의 끝 날인 음력 칠월 보름날에 행하는 불교 행사—역주)였다. 누군가는 소설에 근거해 광자오산좡 구조를 연구한 적이 있을 정도로 당시의 현장에 대해 얻기 어려운 부분이 남겨져 있다고 인식했다. 당시 상하이에 유명한 전등 대회가 있었다. 그중 약업계의 전등 대회藥業賽燈會는 지금 상하이에서 오랫동안 지낸 토박이들조차 어떤 행사였는지 알 수 없을 것이다. 작가는 그 모든 내용을 하나하나 말해 주고 있다. 후집後集 제10회의 '약업계 전등 대회/리위안利園에서의 연속 극 공연'은 당시의 시끌벅적했던 장면을 묘사한 것이다.

상하이의 '리위안'은 역시 오색찬란하게 화려했으며 아름답고 매혹적이었다. 장편 초집初集의 제3회의 '신성 치잔덩의 공연奏新聲七盞燈演劇'은 명배우 치잔덩의 연기를 샹스싼단想十三旦, 샹주샤오想九霄, 수이상퍄오水上飄, 우웨셴五月仙,

링즈차오靈芝草, 서위친俆玉琴, 푸차이쯔福才子, 톈어단天娥旦, 왕구이펀汪桂芬, 리춘라이李春來, 샤웨룬夏月潤, 샤오쿠이관小奎官, 마페이주馬飛珠 등 당시 명배우들의 특색과 비교하면서 그들의 절기絶技와 최고 걸작을 품평했는데, 진정 '조예 깊은 관객'의 전문적인 평어였다. 또한 '리위안에서의 연속 극 공연軋熱鬧梨園串戱' 대목을 보면, 당시 상하이가 안목을 넓히고 눈을 즐겁게 하던 시절이었음을 말하고 있다. 그때 8국 연합군의 침공과 의화단의 난이 동시에 일어나서 태후와 황제는 목숨을 구하기 위해 베이징을 떠났다. 북방의 대란으로 인해 명배우들이 상하이로 몰렸고, 더욱이 과거에는 일반 백성들이 관람할 수 없었던 '궁중'에서 공연을 하던 명배우들까지 볼 수 있었다. 그들은 전문적으로 자금성 안에서 서태후를 위해 공연했으나 서태후가 피난가면서 그들을 데려갈 수 없었다. "과거 자금성 안의 제비가 바다로 나와 새로운 무대로 날아오르게" 되자, 상하이의 마니아들이 이를 보기 위해 몰려들었다. 이것은 상하이 연극 예술 역사에서 한번쯤 짚고 넘어갈만한 가치가 있는 것이다.

소설은 상하이 기원과 광둥 기원의 규율에 대해 적지 않은 지면을 할애했다. 그리고 또 하나의 중점은 도박 도중에 벌어지는 속임수였다. 초집 제11회, 12회와 후집 제5회, 14회는 도박 도중의 이런 속임수를 갈수록 복잡하게 묘사해 마치 전문적 학문 같았다. 후집 제31회의 귀뚜라미 싸움의 장면과 상황은 세밀하게 다루어져 독자들이 찬탄을 금치 못했으며 몇 가지 지식도 얻을 수 있었다.

쑨위성은 상하이 소형신문업계를 포함한 신문업계에 영향력이 큰 인물이었다. 그의 소설은 상하이의 먹을거리, 마실거리, 매춘, 도박 등 생활 속의 실상을 전시했을 뿐만 아니라 시민들이 총애하는 것들을 언급한 소형신문에 중점을 두었다. 『소림보笑林報』, 『채풍보彩風報』, 『소한보消閑報』, 『유희보游戱報』, 『세계번화보世界繁華報』, 『지나 소보支那小報』 등이 모두 그의 소설에 등장했고 독자들은 그 효과를 이해할 수 있었다. 그 안에는 그의 평가도 있었다. 예를 들어 작중인물이 연극을 보러 갈 때 『소림보』를 찾아 연극 프로그램 광고를 본다든지 음악차트 중 상위곡을 보고 싶다면 『유희보』를 보았다. 소설은 또한

『번화잡지』의 고정란 중 하나인 『골계의 혼(滑稽魂)』

『유희보』의 평가활동이 매우 공정하다고 여겼다. 당시 음악 차트 이외에 『유희보』는 기녀들을 평가했다. 평가를 한 뒤 두 권의 『쑹빈군방록淞濱群芳錄』을 발간했다(상하이는 당시 쑹장부淞江府에 속해있었고 쑹빈淞濱 역시 상하이를 가리켰다. 1897년 8월 18일의 『유희보』에는 첸칭성懺情生의 『쑹빈군방록서淞濱群芳錄序』가 연재되었다). 쑨위성은 그것을 『상하이군방보上海群芳譜』라 고쳤는데, 소설 속에서는 이 군방부를 모두 8페이지에 걸쳐 베꼈는데, 내용은 이렇게 일등, 이등, 삼등으로 평가된 기녀에 대해서 우선 꽃 이름을 하나씩 부여하고, 다음에는 그녀들의 전기傳記, 외모나 품행 등에 관한 내용을 전했으며, 마지막으로 시인 묵객이 보낸 시어를 붙여 그녀들을 찬양하는 것이었다. 이런 내용은 오늘날 차마 끝까지 읽어낼 수 없지만, 이것은 쑨위성이 당시의 소형신문에 흔적으로 남긴 것이라 할 수 있다. 그러나 소설 속에서 『지나 소보』의 일등·이등·삼등이 언급될 때, '누구든 돈을 많이 내면 순위를 살 수 있어 돈을 모으는 솜씨로 얻어낸 순위라 사람들에게 존중받지 못했다'라고 전했다 (『해상번화몽·2집』 제25회).

쑨위성은 두샤오무가 기방에 빠진 과정과 그 주위 사람들의 각종 속임수 등을 하나도 빠짐없이 말하는 것을 소설의 '구매력'이라고 보았다. 그러나 오늘날 우리 연구자들에게 중요한 것은 당시 사회의 동태와 민간 민속자료로서, 이 부분은 이 소설의 가장 중요하고 더할 나위 없는 중심점이라 할 수 있다.

제3절
협사소설 '책망(溢惡)' 단계의 대표작
『구미귀九尾龜』

1924년 7월 여름, 루쉰의 시안_{西安} 계절학기 강연원고인 「중국소설의 역사적 변천」은 말이 간결하면서도 뜻이 완벽했고 역사적 감각이 풍부했다. 협사소설에 관해 이야기 할 때, "기원에 대한 작가들의 글쓰기는 세 차례 변했다. 처음에는 지나친 미화이고 그 다음에는 사실에 가까웠으며 마지막에는 책망이었다"[29]라고 말했다. '지나친 미화', '사실에 가까움', '책망'은 협사소설_{狹邪小說} 글쓰기의 변천 과정을 고도로 개괄하는 것이다. 『청루몽_{靑樓夢}』은 지나친 미화의 대표작으로, 느끼할 정도로 달콤해서 독자들이 끝까지 읽을 수 없을 정도다. 사실에 가까운 대표작은 우리가 앞에서 분석한 『해상화열전』이다. 그러나 『구미귀_{九尾龜}』에 이르자 기녀는 모두 나쁘고 손님들도 무뢰한같다고 묘사했다. 당연히 책망의 전형적인 작품이 되었다.

---

29) 魯迅, 「中國小說的歷史的變遷」, 『魯迅全集』, 第8卷, 51쪽.

루쉰이 그것을 "기녀학妓學 교과서로 읽을 수 있다"[30]고 말한 이후, 후스는 『해상번화몽』과 『구미귀』가 한때 유행할 수 있었던 것은 "화류계 안내서의 자격"[31]이 충분했기 때문이라고 보았다. 장춘판張春帆은 이로 인해 악명을 얻어 멸시와 비난을 받았다. 『구미귀』가 베스트셀러가 된 것은 루쉰과 후스의 비난을 더욱 사실로 증명하는 것 같았다. 우리는 『구미귀』가 확실히 부정적인 영향이 있다고 보지만 독자는 다양하다. 기원의 손님들은 교과서로 읽을 수도 있겠지만 독자들이 모두 기원 손님들은 아니므로, 그 작품을 사회의 기만성을 이해하는 측면에서 읽을 수도 있다. 『신보晨報』에 따르면 1922년 11월 14일, 베이징고등사범학교가 개교 14주년을 맞이해 학교를 방문한 사람들을 대상으로 여론조사를 실시했다. 설문 가운데 하나가 '당신이 가장 좋아하는 중국 고전소설은 무엇인가?'라는 질문이었는데, 그 가운데 몇 명이 『구미귀』에 투표했다.[32] 이 투표자들이 모두 기원 손님들은 아닐 것이다. 사회의 기만성 이해라는 측면에서 보면 『구미귀』는 그들에게 사회체험을 증가시켜 주었다 할 수 있다. 친서우어우秦瘦鷗도 다음과 같이 회고했다. "나는 분명히 기억한다. 항일전쟁 얼마 전 상하이의 어느 대학이나 고등학교의 기숙사를 가보면 많은 학생들의 베개 옆에 이 대작巨著이 놓여 있었다. 그 영향이 심원했음을 알 수 있다." 그는 그것이 널리 유행한 두 가지 이유를, 첫째 "『구미귀』라는 독특한 제목", 둘째 "소설의 볼만한 줄거리와 수없이 등장하는 인물들이 독자들을 사로잡아서"[33]라고 했다. 『구미귀』가 1906년 제1·2집이 출판되고 1910년 제12집, 192회로 마무리되기까지 일시를 풍미했고, 1922년의 '투표'까지, 그리고 다시 항일전쟁 이전의 1930년대까지 오랜 기간 인기가 시들지 않은 이유는 여러 가지가 있었다. 독자들이 그것을 화류계의 교과서와 안내서로만 읽은것은 아니었다.

---

30)　魯迅, 「上海文藝之一瞥」, 『魯迅全集』, 第4卷, 229쪽.

31)　胡適, 「海上花列傳·序」, 『胡適文存』, 第3集, 黃山書社, 1996年, 367쪽.

32)　『晨報』(副刊), 1923年 1月 5~9日.

33)　秦瘦鷗, 「閑話"狹邪小說"」, 『小說縱橫談』, 花城出版社, 1986年, 75~76쪽.

당시 통속 작가들은 이 작품을 꼼꼼하게 감상했다. 특히 기녀소설娼門小說 작가로 유명한 허하이밍何海鳴은 다음과 같이 칭찬했다.

> 상하이의 꽃들의 이야기를 묘사한 소설로는 『구미귀』가 최고다. 『구미
> 귀』의 작가는 도량과 감개感慨, 능력과 문재文才를 고루 갖췄다. 나는 강개
> 하고 숨김없이 통쾌하게 드러낸 소설을 좋아할 뿐 아니라 부드럽고 완곡한
> 쑤저우 방언을 즐기는데, 『구미귀』는 이 두 가지를 동시에 다 가지고 있어
> 나를 의기소침하게 만든다.[34]

우리는 허하이밍이 말한 문재를 잠시 한쪽에 미뤄두고, 왜 그가 이처럼 장춘판을 도량과 감개를 지닌 사람이라고 칭찬했는지 살펴보자. 당시 그들은 모두 기원 문제에 관한 연구에서 같은 관점을 지니고 있었다. 그것은 바로 기녀 문제는 사회 문제이고 화류계도 직업의 일종인 만큼 여기에도 직업 도덕의 문제가 있다는 것이다. 그들은 세월이 흐름에 따라 고유한 규율과 도덕이 이미 존재하지 않는다고 생각했다. 예를 들어 『구미귀』 제75회 「구름 끼고 비 오는 밤의 은하를 건너 악랄한 계책을 시도했다」에서, 사대금강四大金剛 중 하나인 장위수張玉書는 손님의 마음을 얻기 위해 연자탕蓮子湯에 설사제를 섞어놓고 손님이 기루에서 병이 나자 거짓으로 밤새 시중을 들었다. 이후 거짓으로 그 손님에게 시집 가 그 많은 돈을 가지고 도망가 숨어버린다. 이런 이야기는 또 있다. 제76회 「거짓 온유함에 의해 병들어 계책에 걸리고, 진짜로 목욕하던 명기는 도망치다」에서 기녀 판차이샤范彩霞는 손님의 은행즙에 수면제를 탄다. 요컨대, 거짓된 깊은 정은 속이기 위한 온유함이다. 거짓된 감정 뒤에는 무정하고 단단한 사기와 폭력이 존재하고 있었다. 그로 인해 통속소설에는 이에 대한 비판이 자주 등장한다. 이는 『인간지옥人間地獄』에서 야오샤오추姚嘯秋(바오톈샤오가 투영되어 있다)와 커롄쑨柯蓮蓀(비이훙畢倚虹 자신을 비유하고 있다)의 대화에 나온다. 현재 화류계는 '염정파恬靜派'가 '풍소파風騷派'에게 자리를

---

34) 何海鳴, 「九尾龜·序」, 『九尾龜』, 新文化書社, 1937年 再版, 2쪽.

내어 주었다. 화어러우주花萼樓主 야오민아이姚民哀는 『화저창상록花底滄桑錄』을 쓸 때, "과거에 기녀는 검소하고 소박해 한 가지 장기에 의지했으나 오늘날은 매우 사치스러워 의지하는 것이라곤 세치 혀와 넓은 인간관계. 인맥이 넓기만 하면 명성을 얻을 수 있었다."고 말했다. 그는 금석今昔의 변화를 아쉬워하며 이렇게 말했다. "기녀를 교서校書라고 낮춰 부르고 미사眉史라 하기도 했는데 이 얼마나 멋진가? 어찌 계집아이가 겨우 몇 곡을 배우고 기녀라는 이름을 얻을 수 있겠는가? 옛날 기녀들은 반드시 재주가 있어야지 사교계에서 살아갈 수 있었다." 그러나 야오민아이가 봤을 때 오늘날 기녀는 "길을 지날 때 과시하여 이목을 끌고 사회풍조와 개인위생에 방해가 될 뿐이다." 이어 야오민아이의 글은 방향을 바꿔 화류계의 타락이 기원 손님의 자질 저하와 깊은 관계가 있음을 통렬히 비판했다.

옛 사람이 좋아한 것은 정情이었는데 오늘날은 욕망을 좋아한다. 옛날 사람들은 기원이 정을 뿌릴 곳이 아니라는 것을 모르지 않았으므로 그들은 돈으로 거래만을 했다. 기녀들은 돈을 많이 벌고자 하는 이들이니, 어찌 일부러 환대하여 왕공자제의 환심을 얻고자 하지 않았겠는가? 이런 이유로 처음에는 정이 조작되어 만들어졌지만 나중에는 이 거짓이 진짜가 되지 않는 경우가 없었다. 그래서 지난날 기원에서 사랑에 목숨을 바치는 이야기들을 종종 들을 수 있었다. …… 오늘에 와서 기녀와 희롱하며 노는 사람들은 대부분이 색마들로, 육체적인 욕망이 강하고 향락을 즐기려는 욕망이 강해 모두 자극적인 것을 쫓는다. 그래서 기녀들은 미모에 의지하게 되었다. …… 오직 손님의 환심을 잃을 것을 걱정한다. 이는 손님이 기녀를 데리고 노는 것이 아니라 기녀가 먼저 손님을 희롱하는

『구미귀』초판의 속 페이지

것이다. 그러므로 내가 기녀가 욕심이 많고 자존심이 세다고 말하는 것은 사실 일부 손님들이 그렇게 만든 것이었다. …… 오늘날 이른바 기녀들은 대부분이 말에 맛이 없고 얼굴이 밉살스럽다 …… 교만함이 표정에 나타나니 우리가 이런 모욕을 받으며 돈을 지불할 수 있을까?[35]

『구미귀』의 작가 장춘판

야오민아이의 이런 주장은 『구미귀』에서 장추구章秋谷의 탄식과 호응한다. 그는 "상하이 기루의 나쁜 습성이 하루하루 심하고, 기녀의 인품들도 갈수록 하락한다"라고 했다.

우리는 새로운 시각에서 화류계의 '오늘이 옛날만 못 하다'고 주장하는 이들을 연구할 수 있다. 그들의 논리적 추론에 따르면, 왜 『구미귀』의 작가 장춘판을 그처럼 '도량'과 '기개'를 갖춘 인물이라고 칭찬했는지 알 수 있으며 또한 장춘판이 왜 장추구를 '중인 출신'이라고 했는지 알 수 있다. 그는 한 번도 은자를 뿌려 이름 있는 기녀의 환심을 사려하지 않았다. 그는 그저 다른 사람들의 4분의 일 심지어 5분의 일의 팁을 주고 그 방면에서의 명성을 얻어서는 다른 사람들에게도 이득이 돌아가도록 했다. 작가가 이 작품을 쓴 것은 화류계의 풍조를 폭로하려는 것이고, 이른바 '성세소설醒世小說'로써 기원 손님들이 호구가 될 필요가 없게 했고, 그들로 하여금 기녀를 너무 받들지 않게 하는 등 돈을 써가며 모욕을 받지 않게 하였다. 작품 속의 예봉은 당시 상하이의 이른바 사대금강, 십이화신十二花神과 같은 이름난 기녀들을 직접적으로 거론했다.

내가 고심하며 열정을 들여 작품을 쓴 것은, 하릴없이 많은 노력을 들여 화류계의 지침과 기녀들의 역사를 쓰려는 것이 아니다.(제33회)

---

35) 花萼樓主(姚民哀), 「花底滄桑錄- 嫖客與妓女之今昔觀」, 『新聲雜志』, 第5期, 1921年 9月 1日, 6~7쪽.

여러분들이 연회가 끝나고 책을 보며 세상의 근심을 소일하며 보낼 때, …… 이 우언으로 소일하며 세상을 일깨우고 해학적인 언어로 동방의 재미 있는 이야기와 남국 꽃들의 역사에 관한 글을 지을 수 있을 것이다. …… 기루 기녀들의 아리따운 자태를 빌어 세상 사람들에게 권고하고 세태를 비판하는 청담淸談을 지어 상하이탄의 이전의 사대금강과 그 후의 십이화신 모두를 모아 이 소설 속의 자료로 삼았다. 이 또한 내 경험에 비추어 하는 이야기라 할 수 있으니 모두 기뻐했다.(제127회)

우리가 볼 때, 이런 수많은 기원의 출현은 본래 사회 풍조가 나날이 나빠지는 것을 상징하지만 장춘판과 야오민아이가 봤을 때 우리가 생각하는 이런 사회 풍조가 나날이 나빠지는 징표 가운데 그들이 아쉬워 할 만한 것이 그 속에 있었다. 그러므로 그들은 이 업종의 기풍을 바로잡고 기녀의 직업 도덕에 대해 꾸짖었다. 야오민아이의 말에 따르면, 과거 왕타오王韜, 리보위안, 우젠런이 기녀의 순위를 매길 때는 '용모와 재주를 겸비'한 기녀를 뽑았지만, 지금은 "북쪽 마을의 수준 또한 조류를 따라 진화해서 도덕이 없는 해방의

1935년 장충판 별세 후 상하이 문화서사가 내놓은 새 판식의 『구미귀』 표지

길로 접어들게 되었다!" 그들은 감개하기는 했지만 애탄哀歎하려 하지 않고 화류계의 퇴폐적인 풍속을 정돈하는 영웅을 형상화하고자 했다. 만약 타락을 힘으로 만회할 수 없다면 최소한 해를 끼치는 인물들을 통렬하게 응징하고자 했다. 그러므로 우리가 『구미귀』를 화류계의 지침서, 화류계의 교과서라고 평가하는 것을 그들은 짐짓 못들은 체한다. 우리는 장추구를 '재자+건달'이라고 여기지만, 그들은 능력과 문재를 겸비했다고 생각해 그의 모든 행위가 '강개하고 통쾌하다'고 본다.

이는 이 문제에 대한 가치판단에 착위錯位가 있다는 것을 설명하고 있다.

정이메이는 장춘판의 간략한 전기를 쓰면서 그가 "화류계를 체험해 견문이 꽤 넓었다. 그리하여 술잔에 쌓인 분노와 아름다운 꿈과 꽃으로 『구미귀』를 완성했다. … 주인공 장추구는 바로 작가의 그림자다."[36]라고 평했다. 천데이는 「『구미귀』 작가-장춘판 선생」에서 이 점을 다시 확인했다. "작품 속 주인공 장추구의 이름은 '잉鶯'이다. 장 선생의 이름 '옌炎', 자 '춘판'과 대조해 보면 '자신을 가리키고' 있음이 분명히 드러난다." 장춘판은 문장을 지을 때 스스로 기분이 좋아 자신을 문무를 겸비한 완벽한 인재로 묘사했다. 그는 진실로 무궁한 재능을 가진 인재이자 협골이다. 장춘판은 확실히 문재가 있다. 그의 『구미귀』는 언어가 유창하고 쑤저우 방언이 매끄러우며 시가 훌륭하고 특히 '옥대체玉臺体'[37]에 뛰어났다. 천데이는 "그는 무술에도 조예가 있었다. 어느 날 저녁 그는 나의 청에 응해 수전袖箭 발사 방법을 보여주었다. 서재를 연무장으로 삼아 동銅으로 만든 붓대로 '수전'을 대신해 소매 자락으로 마는 것을 현장에서 시범을 보여주었다. 붓대가 발사되자 마치 화살과 같이 쇳소리를 내며 벽에 박혔다."[38] 하지만 『구미귀』가 그의 대표작으로 간주되었기 때문에 루쉰과 후스는 그의 대표작만을 읽었을 뿐이었다. 또한 그들 비평의 영향력이 매우 커서 문학계에서 그의 명성은 그리 좋지 않은 듯했다. 하지만 사실 장춘판은 다른 여러 가지 살펴볼만한 부분이 있다. 예를 들어 『구미귀』 제1, 2집과 같은 해에 출판된 『흑옥黑獄』은 아잉阿英의 높은 평가를 받았다.

장춘판이 쓴 소설 중 사람들에게 손꼽히는 것은 기원의 이야기를 그린 『구미귀』다. 하지만 사실 장춘판이 쓴 『흑옥』은 그 가치에서 『구미귀』를 몇 십 배 능가하지만 아는 사람이 거의 없다. 『흑옥』 시리즈는 아편전쟁 전야의 소설로, …… 그 주된 내용은 아편이 수입된 이후 광둥의 관리와 시민

---

36) 鄭逸梅, 「張春帆」, 魏紹昌 編, 『鴛鴦胡蝶派硏究資料』, 上海文藝出版社, 1962年, 482쪽.

37) 옥대체: 양(梁)나라의 서릉(徐陵)이 지은 『옥대신영(玉臺新詠)』을 대표로 하는 유형의 시를 가리키는 말.-역주.

38) 陳蝶衣, 「『九尾龜』作者-張春帆先生」, 『萬象』(香港) 第4期, 1975年 10月, 23~24쪽.

등 모든 사람에게서 발생한 갖가지 폐단이다. 이 작품은 현실성이 매우 강하다. 작품 속의 사실은 정부와 민간에서 아편으로 인해 야기된 여러 다툼이 시간이 지날수록 심각해져 간다는 것을 보여주고 그로 인해 커다란 격변이 야기되고, 이 격변, 즉 정신을 차린 관민官民이 재빨리 아편의 재수입을 막는데 희생을 아끼지 않는 것으로 끝을 맺는다. 이 작품을 읽고 다시 다른 아편전쟁 소설을 읽는다면 중국과 영국의 아편으로 인한 전쟁은 사실 아주 오래전부터 그 원인이 있었음을 알 수 있다.[39]

1909년 장춘판은 『십일소설十日小說』 잡지에 『환해宦海』를 연재하기 시작했다. 그는 서두에서 이렇게 묘사했다.

　　환해(관리 세계를 의미한다-역주)는 분쟁이나 소란이 많고 관가의 귀신들이 많다. 집을 나서 가시밭길을 개구리 걸음으로 험한 언덕을 오르는 것과 같다. 이 책의 특징은 세상의 온갖 잡배의 상황과 명리를 다투는 현상을 하나하나 수집하여 소설을 완성했다는 점이다. 이는 또한 기괴한 현상을 묘사해서 환기하려는 의미에 지나지 않는다. 환해는 끝이 없지만 고개를 돌리면 피안이다. 그래서 이 소설을 『환해』라고 일컬었다.

이 소설은 아잉이 엮은 『만청문학총초 · 소설晩淸文學叢鈔 · 小說』 3권 상책上册에 수록되었고 영향력이 비교적 컸다. 하지만 장춘판이 1923년 12월에서 1924년 12월까지 저우서우쥐안이 편집장을 맡은 『반월牛月』에 연재한 『정해政海』가 더 뛰어났다. 『정해』에서 다룬 것은 5 · 4 전후 파리강화회의와 직환전쟁直皖戰爭 등 중국 정국이 가장 혼란했던 시기였다. 친즈안覃志安(돤치루이段祺瑞), 지쭤런齊作仁(쉬스창徐世昌), 궈위장國玉章(펑궈장馮國璋), 후쿤우虎昆吾(차오쿤曹琨), 우위즈伍玉芝(우페이푸吳佩孚), 쫭쭤지庄作檄(장쭤린張作霖), 톄중정鐵中錚(쉬수정徐樹掙), 루웨이린陸威林(루정샹陸征祥) 등 군벌과 정계 요인들을 빈번하게 작가의 작품 속에 출현시켜 문란한 정국에서 서로 속고 속이고, 수작을 부려 이간질하거나 포섭

39)　阿英, 『小說三談』, 「國難小說叢話」, 上海古籍出版社, 1979年, 1쪽.

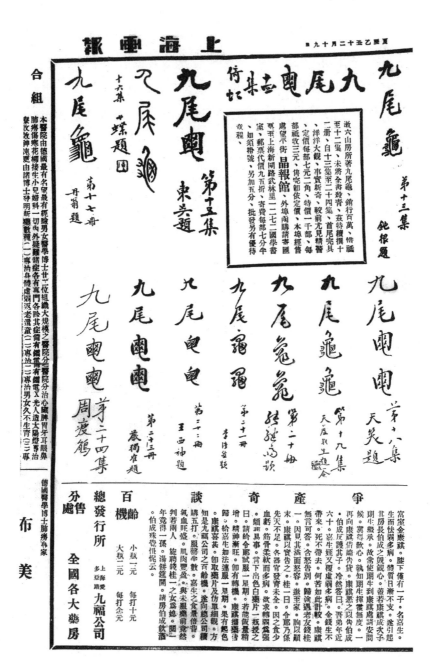

장춘판이 『상하이화보』에 실은 『구미귀』의 광고. 그는 12명의 통속문학 작가에게 청하여 『구미귀』의 제13집부터 제24집까지의 표지 글씨를 쓰게 했다.

하고, 권리와 이익을 다투고 서로 반목하는 내용을 질서정연하게 글로 옮겼다. 더욱이 작가는 정치계의 실질적인 권력자들을 동시대에 그대로 투영해냈다. 어떤 군벌 정치가는 아직 세상에 남아 있었고 심지어 아직 요직에 몸담고 있었다. 이렇게 사실 폭로에 앞장서는 것을 놓고 볼 때 그가 확실히 담력과 지식을 지니고 있었다고 말할 수 있을 것이다. 장춘판에게 협골이 있다고 하는 것은 결코 과찬이 아닐 것이다.

제4절
『홍루몽』에 도전장을 던진
『루주연涙珠緣』

『루주연』의 작가 톈쉬워성

『루주연』의 작가 톈쉬워성_{天虛我生}
(1879~1940)은 항저우 사람으로 성은 천_陳이
고 원래 이름은 쑹서우_{嵩壽}이며 자는 뎨셴_{蝶仙}인
데, 후에 이름을 『장자』에 나오는 '너울거리며
춤추는 나비로 변하였다_{栩栩化蝶}'는 말에서 따와
쉬_栩로 바꿨다. 별호는 유시훙성_{有惜紅生}, 타이창
셴뎨_{太常仙蝶} 등이 있고 일본 이름을 본떠 잉촨
싼랑_{櫻川三郎}, 다차오스위_{大橋式羽} 등을 썼다. 같은
고향 출신인 후쉐옌_{胡雪岩}의 일생을 소재로 한
소설 『쉬옌외전_{雪岩外傳}』은 다차오스위라는 필
명으로 발표했다.

　『루주연』은 원래 120회를 계획했지만 현재 우리가 볼 수 있는 것은 96
회본이다. 이로 본다면 이 작품은 미완성이지만 나름대로 마무리된 장편이
다. 1900년 출판된 것은 32회(1·2집)로, 당시 작가 나이 겨우 19세였으며

병에 걸려 요양하던 시기에 한 달 반 만에 완성한 것이다. 1907년 그는 다시 33회부터 64회까지 3・4집을 발표했다. 작품의 줄거리가 상당히 완성되어 있어 원래는 더 이상 이어 쓸 생각이 없었다. 그러나 3・4집을 출간한 후 소설을 창작하고 싶은 생각은 여전히 강렬했지만 새로 시작할 엄두는 나지 않았다. 그리하여 원래 작품에 새로운 국면을 만들 수 있다고 여겨 5・6집을 써내는 한편, 1~4집을 다시 수정해 현재의 96회본으로 완성해 1916년 중화도서관中華圖書館에서 출판했다. 이 96회본의 줄거리도 나름 체계를 갖추고 있어 읽어보면 미완의 장편이라는 느낌을 받지 않는다.

소설 영역에서 이미 『홍루몽』은 사정소설寫情小說의 절창絕唱이며, 뛰어넘기 어려운 작품으로 인식되었다. 게다가 이후 소설가들이 "오로지 기원妓院에서 벌어지는 일에만 관심을 기울이면서 그들의 작품 창작 의도와 목적이 이전 작가들의 그것과 달라져버렸다. 협사소설 분야에 있어 『홍루몽』의 영향 또한 이로부터 끊어졌던 것이다."[40] 이런 식으로 백 여 년이 지난 후, 19세의 청년이 다시금 사정소설의 큰 깃발을 이용해 『홍루몽』에 도전한 것이다. 여기에서 이른바 '도전'이란 『홍루몽』으로부터 환골탈태하고 그 거대한 그림자에서 벗어날 것을 공개적으로 표명한 사실을 가리킨다. 이에 대해 저우바이화周拜花는 "그 구조를 보면 완전히 『홍루몽』을 모방한 것 같지만, 『홍루몽』의 기존 격식에 들어맞는 것과 말이 하나도 없다"[41]는 점을 지적했다. 소설의 「설자楔子」에서 작가는 우선 자신의 철학을 큰 소리로 이야기했다. 이 소설은 사랑情, 악업孽, 인연緣 세 가지에 관해 쓴 것이다. 그는 사랑을 철두철미하게 쓰려했지만 사랑은 너무 쉽게 악업을 만들어낸다. 그리고 생활 속에서 사랑은 인연과 때로 정비례하지 않아 사랑은 끝나지 않았지만 인연은 끝나는 경우가 있다. 그러나 그가 강조하고자 한 것은 "오늘날 몇 몇 사람의 행적은 가보옥 및 임대옥과 흡사하지만, 그들 두 사람이 '사랑'을 '악업'의 씨앗으로 삼지 않을 수 있었다면, 수많은 근심과 고난 속에서도 큰 기쁨과 즐거움을 누릴

---

40) 魯迅, 『中國小說史略・第26篇・淸之狹邪小說』, 『魯迅全集』, 第8卷, 223쪽.

41) 周拜花, 「淚珠緣・提拔」, 『淚珠緣』, 百花洲出版社, 1991年, 478쪽.

수 있었을 것"이라는 점이었다. 그는 사랑에 빠진 남녀를 위해 '새로운 길'을 열어 주려 했다.

그렇다면 소설은 도대체 어떻게 『홍루몽』의 거대한 그림자에서 벗어났을까? 작가는 인물을 설계할 때 자기 작품 속의 남주인공 친바오주秦寶珠와 여주인공 화완샹花婉香을 가보옥 및 임대옥과 '같으면서도 다른' 기조基調로 만들어냈다. 친바오주 역시 가보옥과 마찬가지로 호화로운 귀족가문의 자제로, 다정다감한 성격에 매일 미인들 속에서 마치 "꽃 사이를 헤집고 다니는 한 마리 나비처럼 즐겁게 하루하루를 보냈다."(제18회) 그는 자신의 마음을 거울에 비유함으로써 어떤 미녀가 거울에 비치면 바로 그 미녀를 사랑하게 된다고

社會之花

小說界泰斗家庭工業社經理蝶仙君題字

天虛我生

텐쉬워성의 필체

했다. 그는 가보옥과 마찬가지로 박애주의자다. 그는 심지어 "우리 누이들이 흩어지기 전에 죽고 싶어요. 여러분들이 나를 위해 흘리는 눈물로 관을 가득 채우고, 내 몸을 그 속에 담그면 마치 진흙인형처럼 부드러워져 뼈 하나까지도 없어질 것이며, 내가 강물로 스며들어 그 물을 여러분이 끓여 마신다면 이 또한 의미 있는 것 아니겠어요?"(제46회)라고 말한다. 이 어찌 가보옥과 같은 어리석은 말이 아니겠는가. 그는 도련님 신분으로 가장 기본적인 도리조차 깨우치지 못했다. 예를 들어 밥을 먹으려면 돈이 있어야 한다. 그는 매번 가장 싫어하는 것이 돈이고 그것을 가장 업신여긴다고 말하고 다녔다. 그는 먹을거리를 걱정할 필요 없는 다정다감한 잘 사는 집 도련님일 뿐이었다. 하지만 그가 돈을 혐오하는 것 역시 이유가 있었다. "현재 출사出仕를 논하자면 그것은 국가민정國家民政을 위해서이지 몇 푼의 돈을 위해서가 아니다. 나는 병이 하나 있는데 돈을 보면 구역질이 나고 돈이라는 말을 들으면 귀에 마치 더러운 물건을 집어넣은 것 같은 느낌을 받는다. 만약 이런 벼슬아치에 대해 이야기하면 나는 그를 오로지 돈 밖에 모르는 사람으로 여길 것이다." 당시

에는 돈을 써서 관리가 되는 것이 일반화되었지만, 그에게 있어 더욱이 뇌물을 써서 얻은 벼슬은 똥과 같은 것이었다. 하지만 누군가 당신 아버지 역시 벼슬을 하지 않았느냐, 그럼 당신 아버지도 돈 밖에 모르는 인간이냐, 라고 그에게 물을 때 이치에 어긋남이 없이 당당하게 대답했다. "우리 아버지와 댁의 아버님이 같겠는가? 아버지는 그 당시, 십년이라는 각고의 노력을 통해 비로소 장원에 급제해 돌아왔다. 이후 다시 격렬한 싸움 속에서 엄청난 노력을 통해 백작伯爵이 되었다. 셋째 아버님도 첫째 아버님과 마찬가지로 과거시험을 통해 박사學士를 얻어낼 수 있었다. 재작년 어사御史였던 우리 셋째 아버님은 이 중임을 맡을 수 없다고 휴가를 얻어 돌아왔다. 어둠을 이용해 돈을 써 관리가 된 사람들과 같이 집안을 망치는 사람은 우리 집에 대대로 없었다."(제21회)

이러한 성품은 가보옥과 비슷한 부분이다. 그런데 친바오주가 어떻게 해서 "사랑을 악연의 씨앗으로 만들지 않고 … 커다란 즐거움과 기쁨을 얻을 수 있었을까?" 작가는 친바오주를 세속화시켰다. 그가 품격을 잃지 않고 나쁜 물이 들지 않으면서 주변 환경에 적응하도록 만들었다. 가보옥과 친바오주는 여성을 대하는 방면에서 모두 박애주의자였다. 하지만 가보옥은 결혼에 대해서 한결같이 임대옥만을 고집하고 다른 사람은 생각지 않았다. 친바오주는 이와 달랐다. 그는 사랑에 있어서 매우 포용적이었다. 그는 감정이 생기거나 사랑하게 된 모든 사람들과 결혼하기를 희망했다. 소설 속에서 밝혀지지 않아 그를 완전한 일부다처제의 옹호자라고 볼 수는 없지만, 그는 이런 사회제도를 이용했고 미남이라는 사실에 기대어 여러 명의 미인들을 아내로 맞이했다. 그는 독단적인 권력의 화신이 아니었으며, 사랑의 감정을 가지고 장난치거나 여성을 모욕하지 않고 지고지순한 사랑과 극진한 정을 이용해 미녀들로 하여금 그 주위를 맴돌게 했고, 심지어 여성을 숭배하는 듯한 경건함으로 그녀들로 하여금 그와 함께 진심으로 기뻐하며 화목하도록 만들었다. 소설 속에서 그는 성性이 아닌 정情에 의지해 자신을 향한 부인들의 구심력을 유지했다. 그가 세속을 쫓는 것은 그의 과거제도에 대한 특별한 태도를 보면 알 수 있다. 그는 가보옥과 같이 고결하지는 않았는데, 15살에 장원에 합격하고 이후 전시殿試에서 다시 2등에 합격하여 편수編修라는 관직을 얻는다. 하지만 그는 바로 고향으로 돌아와 임금의 명을 받들어 혼례를 올린다. 이후 다시 관직에 나가지 않았다. 이는 단지 자신의 실력을 증명한 것이었으며, 다른 것들은 그에게 전혀 중요하지 않았다. 가보옥과 비교했을 때 그는 분명 세속적이다. 그러나 할 만한 벼슬이 있어도 부임하려 하지 않았다. 그는 세속적인 가운데 우아함을 보인 것이다. 이리하여 그는 결국 큰 기쁨과 즐거움을 얻게 된다.

　여주인공 화완샹의 설계 역시 많은 부분에서 임대옥과 서로 유사한 부분을 찾아 볼 수 있다. 두 사람 모두 부모님을 일찍 여읜 고아로, 다른 집에 의탁해 살게 된다. 이런 의지할 곳 없는 외로움은 그녀를 항상 눈물짓게 하고 이런 처지와 민감한 개성은 수시로 화완샹으로 하여금 속박을 느끼게 하는데, 이것이 바로 그녀의 눈물의 이유이다. 그녀가 울면 바오주 역시 따라 울었다. 그래서 두 사람은 까닭이 있는 듯 없는 듯 서로 마주보며 운다. 이에 쥐눙菊儂은 웃으며 말했다. "너희 두 사람은 작년부터 일 년 360일 동안 웃는 날보다 우는 날이 많으니 도대체 무슨 상심이 있고 누가 누구를 위해 우는 것이냐?"(제46회) 이것을 바로 '눈물의 인연淚珠緣'이라고 부를 수 있다. 화완샹이 꿈을 꾸었을 때 늙은 노인이 그녀에게 장부를 보여주었는데, 눈물의 경력에 대한 기록이었다. 그 중 제4권에 "화완샹이 애초에 친바오주에게 1,080사발斛의 눈물을 빚졌다가 다 갚았다. 그리고 다시 620사발을 빚지고서 또 다시 갚았다. 그리고 다시 20사발을 빌렸다. …… 다른 사람의 장부는 모두 정리했는데, 너희 두 사람은 빌렸다 갚고 다시 빌렸다 갚아서 잘 알 수가 없다."(제50회) 눈물의 교류는 사실 사랑의 심화이다. 하지만 크게 보면, 화완샹은 임대옥에 비해 자제력을 지니고 있었다. 그녀와 바오주도 역경 속에서 몇 차례 피를 토했으며, 몇 번이나 혼절했다. 하지만 화완샹의 삼촌은 그녀가 친바오주에게 시집을 가는 것을 허락지 않았고 그녀를 쑤저우의 다른 집으로 시집보냈다. 그때 그녀의 울음은 더욱 서글펐고 토혈도 더욱 심했다. 그녀는 목숨조차 아까워하지 않고 버리려다 문득 깨달았다. "집으로 돌아가 눈물을 친바오주에게 갚고 죽는 것이 더 깨끗하지 않겠는가"라고 생각했다. 그리고 그녀는 고개를 숙이고 다시 생각하였다. "사람이 자신의 마음을 알아주는 사람을 얻었으면 됐지, 반드시 그와 결혼해야 애정이 있는 것이라고 할 수 있는 것일까? 예전부터 뜻대로 결혼하지 못한 미인들이 많았는데 내가 상심할 필요가 있을까? 내가 다른 사람에게 시집가지 않겠다고 맹세한다면 그를 배신하는 것이 아닐 것이다. 하물며 내 마음속에 그 사람이 있고 그 사람 마음속에 내가 있으면 만족할 수 있지, 다시 무엇을 논할 필요가 있겠는가."(제50회). 친바오주는 비록 모든 것을 받아들였지만 그에게도 첫 번째 선택이 있었으니 화완샹이 바로 그 첫 번째 선택이었다. 하지만 첫 번째 선택된 사람으로서 화완샹은 가정에서 마음이 너그러워 다른 처첩들을 받아들이고 그녀들과 사이좋게 지냈으며, 심지어 친바오주에게 어떻게 그녀들을 사랑할지를 일러주었다. 그녀 또한 환경에 적응할 줄 알았다. 친바오주가 과거에 합격했을 때 화완샹은 몰래 좋아 했다.(제48회) 그러나 화완샹과 임대옥의 가장 큰 차이점은 그녀가 설보채薛寶釵의 재간을 겸비했다는 점이다. 그녀는 이재理財에 밝아 곧 무너질 듯한 친바오주의 집을 구했다고 말할 수 있다. 이에 대해 우리는 아래에서 다시 분석할 것이다. 그녀 역시 애정의 시련을 겪은 후 비로소 큰 기쁨과 즐거움을 얻게 되었다.

가보옥과 임대옥의 사랑이 비극으로 끝나 우리 독자들은 당연히 마음 아팠고 심지어 동정의 눈물을 흘리기도 했다. 하지만 가보옥과 임대옥의 사랑이 성공했더라면 어떻게 되었을까? 집은 빼앗기고 두 마리 돌사자가 지키던 장엄한 문은 봉인지가 붙었으니 어떻게 그들이 생활할 수 있었을까? 아마도 결국은 끼니를 때우기도 힘들었을 것이다. 톈쉬워성은 작가일 뿐만 아니라 사업가여서 사업가의 시선으로 친바오주 집안의 실체가 매우 중요하다고 여겼다. 그는 인물 성격 설정에서 『홍루몽』의 커다란 영향을 벗어나 필연적인 대단원의 결말을 가져왔다. 그가 세속적이었다고 말할 수 있겠지만 그는 다정다감한 사람이 어떻게 자신과 사랑하는 사람의 인연을 지켜내는지를 그려냈다. 작품의 중점은 봉건사회의 반역과 같은 문제가 아니라 사람이 살아야 지만 애정도 있을 수 있다는 것이었다.[42] 『루주연』에서 비록 인생은 꿈과 같다는 말을 자주 했지만, 그것은 분명 『홍루몽』과는 다른 꿈이었다. 그것의 중점은 '인연緣'을 쓰는데 있다. "세상의 모든 일은 모두 인연에 의지하고 있어 사랑이 있어도 인연이 없으면 영원한 이별을 면하기 어려우니, 설사 사랑이 하늘과 땅을 모두 뒤덮을 만큼 있어도 역시 소용이 없을 뿐이다. …… 사람들은 모두 가보옥과 임대옥이 정말 서로를 사랑하는 마음을 가지고 있었지만, 인연이 없었던 것이 아쉬운 점이라고 말한다."(설자) 만일 조설근을 이상주의자라고 한다면, 톈쉬워성은 실리주의자라고 할 수 있다. 하지만 그의 작품 속 주인공은 사회에서 인간으로서 살아가는 데 원칙이 있었다.

『루주연』 1~4집은 사정소설이다. 하지만 5 · 6집에 대해 가정소설家庭小說이라고 말하는 사람이 있지만, 작가는 이를 사회소설이라고 지칭하였다.[43] 이 두 가지 견해는 모두 성립 가능하다. 남녀 주인공이 역경 속에서 벗어나 결국 부부가 되었지만, 부부의 사랑이 있었음에도 불구하고 주로는 사랑을 쓴 것이 아니라 가정과 사회에 대해서 써냈던 것이다. 이 가운데 특히 의미 있는 것은 가정의 경제와 사회의 변화에 대해서 주목하였다는 점이다. 후자의 측면에서는 백 여 년 전의 『홍루몽』을 따라갈 수 없다. 그러나 전자의 경제문제에서 『홍루몽』은 경제 묘사에는 서툴렀지만, 사업적으로 비상한 머리를 가진 톈쉬워성은 경제에 밝았다. 제5집에서 우선 친바오주의 아버지가 그를 위해 일처삼첩一妻三妾과 결혼시키는 이야기를 꺼냈는데, 이는 결코 친바오주의 사랑이나 인연을 만족시키기 위해서가 아니라 오로지 돈을 위해서였다. 친씨 대가족은 이미 껍데기만 남아있고 경제적 위기가 이미 코앞까지 와 있었다. 그러나 신부 측은 계승할 유산이 있었다. 이는 진정 평범하지 않은 필법이라 할 수 있다. 가장家長 친원秦文이 죽고 난 후 오랜 기간 비밀에 쌓여

---

42) 魯迅, 「傷逝」, 『魯迅全集』, 第2卷, 120쪽.

43) 『淚珠緣』(百花洲出版社, 1991年, 585쪽)의 미비眉批를 보면, "작가 스스로 말하기를, 『루주연』은 제5집부터는 사회소설이다"라는 대목이 있다.

있던 유산이 공개되었는데, 이는 가족들에게 청천벽력과도 같은 충격을 주었다. 화려했던 과거는 단지 공허한 겉모습이었다. 가족들은 이러한 사실을 모르고 태평하게 하루하루를 보냈던 것이었다.

이때 결정적인 작용을 한 것이 류柳 부인과 화완샹 두 명의 인물이었다. 특히나 화완샹이 두드러진 역할을 했다. 류 부인의 결정은 분가分家였다. 당시 분가는 대가족의 와해瓦解였다. 그들의 말을 빌자면, 조상 때부터 지금까지 단 한 번도 감히 상상하지 못했던 것이었다. 하지만 이 방법은 정확한 것이었다. 하지만 분가 이후 남부南府의 집안일은 모두 화완샹에게 떨어졌다. 사람들은 이로 인해 걱정했다. "만약 집안의 모든 살림을 그녀가 관리하기 시작한다면, 꽃단장을 한 여인이 온 몸에 연기를 뒤집어 써야하지 않겠는가." 하지만 화완샹은 위태로운 시기에 사람들 앞에서 그녀의 방침을 알렸다. "제 생각에, 매년의 수입을 사람의 머릿수에 따라 월마다 규칙으로 정해 할당하겠습니다. 얼마를 사용하든 각자가 스스로 알아서 하십시오. 이에는 누구도 참견하지 않기로 합시다. 나는 단지 총수입과 총지출에 관한 장부만 관리하겠습니다. 만약 수입이 들어오지 않을 때는 명분에 따라 공백을 채우면 되겠지요. 공백을 채울 수 없을 때는 마님께 남은 자산을 빌려 해결하겠어요." "한 달이 지나자 모든 사람들이 이 방침이 매우 편리하다고 생각했고, 또 각자 자금에 여유가 생기면서 화완샹의 방침에 승복, 모두 낙관적인 생각을 갖게 되었다."(제90회) 화완샹은 큰 규모와 체계적인 집단생활을 모두 독립채산제로 바꾸었다. 오늘날 우리가 흔히 말하는 '포산도호包産到戶'[44]와 비슷한 의미이다. 이로 인해 사람들은 친바오주가 여복이 많다며 이렇게 말했다. "친바오주는 태어날 때부터 운이 좋은 사람이다. 위로는 현명하고 자애로운 어머니가 있고, 아래로는 총명하고 지혜로운 부인들이 있다. 놀 때는 잘 놀고 일할 때는 잘 한다. 무절제하고 터무니없이 즐거움만 알고 고생은 모르는 부잣집 도련님과 비교할 수 없다"(제91회)

---

44) 포산도호는 농민들로 하여금 애초에 정해진 농업 생산량을 초과했을 경우 그 초과분을 사유할 수 있도록 하는 제도로서 1978년부터 실시되었다 -역주

이때에 이르자 친바오주도 새로운 깨달음을 얻게 된다. 그는 더 이상, 돈이라는 단어를 들으면 머리가 아픈 사람이 아니었다. "사람이 가장 두려운 것은 돈이 많은 것이다. 돈이 많아지면 분명 고민을 하게 되어 고민 없이 지낼 수 있는 날이 하루도 없게 된다. 가장 좋은 것은 많지도 적지도 않게 쓸 만큼 있는 것이다."(제91회) 이는 남부의 새로운 분위기였고 그들은 즐겁게 생활했다. 그러나 또 다른 분가인 동부東府는 공동 살림을 지속하다가 원성이 자자해졌다.(제91회) 관건은 정책의 적절함에 있었다. 소설을 놓고 봤을 때, 작가는 확실히 경제 방면의 인재였다. 그가 이후 사업에서 성공한 것은 결코 우연이 아니었다. 이 영역에서 글쓰기는 아마 조설근이 도저히 따라갈 수 없는 부분이었다.

1907년에서 1916년 사이에 완성한 5·6집의 중요한 쟁점은 사회의 변화였다. 소설 속에서 우리는 친바오주의 사상과 관념이 일정 부분 변화하는 것을 확인할 수 있고, 인물 외관에서도 변화가 발생하고 있다는 것을 확인할 수 있다. "머리를 빗어 땋지 않은 쑤저우의 여학생은 전족을 풀어 남자도 아니고 여자도 아니게 보였다." "현재는 발이 작으면 다른 사람에게 웃음거리가 된다." "나는 지난해 쑤저우에 머물렀는데, 천족회天足會의 초청을 받았다. 그때는 전족을 푼 사람이 별로 없었다."(제77회)

인물의 한담에서 우리는 쑤저우의 개방화 정도가 항저우보다 앞선다는 것을 알 수 있다. 어떤 청년은 이미 새로운 각도에서 자신의 미래를 설계했다. "원래 그때 조정에서 이미 인물들이 교체되고, 새로움에 대한 요구가 매우 강해져 청년들을 외국으로 유학을 보냈다. 귀국한 후 국가를 위해 일하게 할 생각이었다. 이런 유학생들은 자연히 이전의 과거제도를 통과한 사람들보다 더 중시되었다. 예쿠이葉魁는 이로부터 비결을 생각해냈다. 만약 내가 중국

『루주연』의 표지

책을 공부한다면 머리가 하얗게 변할 때까지도 다른 사람보다 뛰어날 것이라는 보장이 없다. 대학부터 외국으로 유학을 가는 것이 나을 것이다. 돌아와 영어나 일본어 몇 마디를 하면 늙은 선배들이 하나도 이해하지 못하여 내 학문을 꿰뚫어보지 못할 것이다. 그때가 되면 나는 중국과 외국에 능통한 석학이 되지 않겠는가?"(제75회)

일본에 도착한 예쿠이는 친전秦珍과 친충秦瓊 두 명의 형제를 시켜 서적 문구점을 차리게 한다. 그가 일본에서 수입해오면 친 씨 형제는 국내에서 판매했다. 이 관해당觀海堂에서 다루는 물품은 영국·프랑스·독일·일본 원서와 번역서, 동물표본, 공업학교에서 실험하는 약품, 기구 등으로 없는 것이 없었는데, 모든 것들이 사람들이 이제껏 보지 못한 것들이었다. "현재 학교는 국가가 가장 중시하는 것이므로, 특별히 이 상점을 열어 학습을 제창한다."(제78회) 작품 속에서 재물을 탐내 목숨을 해치는 것까지도 과학적 방법을 사용했다. 불을 지를 때 인磷의 자연 발화를 이용했고, 사람을 마취시킬 때 클로로포름을 사용했다. 친바오주의 생일에 더 이상 희극戲劇 공연을 하지 않고 손님을 청해 영화를 상영했다. 친부秦府에는 전등이 설치되었고 각 방 사이에 전화가 연결되는 등과 같은 사실이 끝이 없이 이어졌다. 요컨대 하드웨어와 소프트웨어가 모두 변화하기 시작했다.

1~4집까지의 글쓰기와 5·6집의 글쓰기 사이에는 커다란 차이가 있었다. 이에 대해 작가는 나름의 이론적 근거가 있었다.

만약 오늘날 64회짜리 대작을 짓는다면 남녀의 허황된 망상이나 일상생활의 한담을 자질구레하게 서술하지는 않을 것이다. 이는 지금 쓰려는 책이 『루주연』보다 반드시 훌륭하다는 것이 아니라 시대의 추세와 풍속의 변화를 알아야 한다는 것이다. 오늘날의 사정소설은 성격이 달라졌고 창작방법도 다르다. 만약 작가가 다시 이런 자질구레한 남녀의 허황된 망상이나 일상생활의 한담으로 작품을 쓰려고 한다면 절대 다시 할 수 없을 것이다. 김성탄金聖嘆은 "문자를 세울 때 제대로 장악하는 것이 본색本色이다"라고 했는데, 맞는 말이다. 과거와 미래의 문자는 다르다. …… 그러므로 작가 스스로 생각해서 속집이 있을 필요가 없는데 계속해 써내려 가려고 한다면 다음과 같은 상황을 전개해야 될 것이다. 친바오주가 아직도 살아 있다면 지금 완전히 달라진 세계에서 그가 어떤 모습일까? 일생동안 아녀자를 꼬시는 일만 했지만 『신석두기新石頭記』의 가보옥처럼 방침을 바꾸고 생각도 바꿔 새로운 역할을 하지 않을 수 없을 것이다.(『루주연 전집』, 「작가 발문自跋」)

64회까지는 1907년 이전에 완성했고, 이후 1916년 이전까지 뒤의 32회를 마무리했다. 이 부분에서 화완샹의 새로운 역할은 최고였다. 하지만 친바오주는 변화했음에도 불구하고 그 폭은 그리 크지 않았다. 96회가 종결될 때 하인이 그에게 전보 한 통을 전달해 주었다. "장총관張總管은, '이 전보가 매우 급해서 나으리께 보여드립니다'라고 말했다. 친바오주는 놀라움을 금치 못하고 마음속으로 어디서 온 전보인지 생각했다. 이후 일이 어떻게 될지는 다음 회에 설명하겠다. '마음속의 정이 쌍방에 관계되었네/ 전보 한 통에 뜻밖에 놀라네.'" 그렇다면 다음 회에서 친바오주의 새로운 역할이 드러나고 그도 "방침을 바꾸고 생각을 바꾸었을까?" 아쉽게도 작가는 더 이상 쓰지 않았다. 97~120회의 줄거리를 우리도 알 방법이 없다. 하지만 그에 관계없이 제 5·6집의 '형태 변화'는 매우 성공적이어서 『홍루몽』과 같은, 호화로운 가문의 경제 방면에 대한 부족한 묘사를 보충했다고 말할 수 있다.

또한 칭찬할 것은 『루주연』의 예술적 수준이 상당히 높다는 점이다. 64회까지 썼을 때 누군가가 이렇게 평가했다. "『홍루몽』은 등장인물이 많아 남자가 232명, 여자가 189명으로, 모두 합쳐 421명에 이른다. 그런데 『루주연』은 523명에 달하는데, 하나하나가 매우 눈부시다. 작가는 대단한 재주꾼이다."[45] 톈쉬워성은 침착하게 장면들을 조율할 수 있었고, 거대한 서사 조직체계를 통솔하는 능력을 가지고 있었다. 작품의 주제를 부각시키기 위해 다른 쪽에다 교묘하게 이야기를 배치하고, 또 이야기의 기승전결을 가볍

---

45) 金振鐸, 「『淚珠緣』書后一」, 『淚珠緣』, 百花文藝出版社, 1991年, 465쪽.

고 자유롭게 배치하고 조정하는 것에 이르기까지 모두 최고의 능력을 선보였다. 몇 백 명의 인물들이 출현하고 퇴장하는 자연스러운 안배는, 마음속 보이지 않는 곳에서 작전을 세우는 작가의 통솔력을 보여준다. 결국 『루주연』은 『홍루몽』의 큰 그릇과 풍모, 도량과 견식을 배우고 거기에 자신의 경제적인 머리와 과학적 지식을 더해 결코 경시할 수 없는 장편으로 완성되었다. 그것은 협사소설의 진영에서 연애 이야기를 회생시키는 혈로를 뚫은 것이다. 이에 대해 객관적인 역사 평가가 있어야 할 것이다.

  텐쉬워성은 문학가이자 사업가였다. 그는 호접蝴蝶(후예는 무적無敵이란 말과 소리가 비슷하다)이란 브랜드의 가루치약으로 사업을 일으켜 일본의 진강金剛, 스쯔獅子 가루치약의 덤핑에 대항해 거대한 정력과 지혜로 다양한 품종을 생산하는 국산기업을 창설했다. 그의 애국 열정은 매우 고귀한 것이었다. 그의 아들 천샤오뎨陳小蝶(천딩산陳定山)는 「나의 부친 텐쉬워성-국산품의 은자隱者」라는 장편의 글을 썼다. 이른바 '국산품의 은자'란 사업을 벼슬길로 나가는 출세의 전 단계로 삼지 않았고, 사업이란 명분으로 명사의 대열에 끼려 하지도 않았으며, 국산품 제창은 모든 국민에게 책임이 있는 일임을 강조하고, 성공한 후에도 '은자'가 되려 했던 것을 가리키는 말이다. 이는 존경할 만한 인격이다. 그가 63세에 세상을 떠났을 때 작가 루단안陸澹安은 "그대는 진실로 적이 없었소, 하늘이 그대를 헛되이 내리지 않았소公眞無敵, 天不虛生"라고 애도했다.

제2장

19세기 말 20세기 초
상하이의 소형 신문들

광서 20년(1894년), 『해상화열전』 초판본 표지

제1절
리보위안李伯元의 새로운 개척

광서 22년(1896년) 리보위안이 상하이에 와서 『지남보指南報』 창간에 참여했다. 다행스럽게도 우리는 현재까지 보존되어 있는 1896년 6월 6일 토요일 판의 『지남보』 제1호를 볼 수 있다. 이것은 『신보申報』와 같은 크기의 대형신문大報이었다. 그래서 『지남보』가 '소형신문小報'의 시조라는 주장은 맞지 않는다고 지적하는 글도 있다. 『지남보』를 창간할 때 리보위안은 유력한 지지자를 확보했는데, 그가 바로 창산주주倉山舊主 위안샹푸袁翔甫이다. 위안샹푸는 『신문보新聞報』의 주필로서 1896년 "나이가 많아 사직한" 것으로 보인다.[1] 그러나 그가 어떻게 리보위안의 초빙을 수락해서 『지남보』 창간에 참여했는지는 알 수가 없다. 우리는 단지 1897년 8월 8일(양력 9월 4일)자 『지남보』에 실린 다음과 같은 그의 '결별 성명'을 볼 수 있을 뿐이다. "8월 1일부터 본 신문사의 신문에 실린 글에 대해 창산주주는 더 이상 일절 관여하지 않습니다. 혹시라도 독자들이 모르실까 해서 이에 특별히 밝혀서 책임의 경계를 분명히 합니다. 정유년 7월 30일 창산주주 알림." 이 성명의 배경에 대해 우리는 지금까지도

---

1) 海上漱石生(孫玉聲), 「『新聞報』三十年來之回顧」, 『新聞報三十年紀念集』, 新聞報社, 1923年, 5쪽.

1896년 6월 6일 토요일에 출간된 『지남보』 제1호

그 원인을 규명할 수 없다. 그러나 창산주주와 같은 언론계의 원로 주필이 이제 막 상하이에 온, 아직 30세도 되지 않은 리보위안을 지지해 준 것은 리보위안의 『지남보』 운영에 커다란 작용을 했음에 틀림없다. 창산주주가 이 성명을 발표했을 때는 이미 리보위안이 또 다른 신문 『유희보遊戲報』를 창간 (1897년 6월 24일)한 후였다. 『유희보』의 제1면 머리 부분에는 모두 "본 신문은 『지남보』 신문사에 위탁 판매함"이란 글자가 인쇄되어 있다. 이로써 알 수 있듯이 1897년 6월 24일 이후부터 리보위안은 수중에 대형신문과 소형 신문을 하나씩 보유한 셈이다. 『지남보』가 정간된 날짜는 확인할 수 없지만, 관련 자료에 근거하면 "1897년 가을에 정간"[2]했다는 주장이 있는데 이 추측은 정확한 것이다. 필자는 1897년 9월 24일에 간행한 『지남보』 제458호를 본 적이 있다. 그런데 1897년 10월 2일에 간행한 『유희보』 제101호에 「본 신문사가 쓰마루四馬路로 이전한 것을 논함」이라는 글을 발표했는데, 『지남보』

2) 熊月之 主編, 『老上海名人名事名物大觀』, 上海人民出版社, 1997年, 459쪽.

의 정간은 아마도 이때 전후일 것이다.

이제 막 상하이에 온 외지인이 발행한 신문을, 1872년에 창간한『신보』나 1893년에 창간한『신문보』등의 대형 신문과 뉴스의 분량이나 속도 그리고 정확도를 비교하는 것은 비현실적인 데다가,『지남보』같은 대형 신문을 운영하는 것 또한 리보위안의 장기가 아니었다. 당연히 새로운 방도를 찾아 출로를 개척해야 했다. 비록 누구라도 새로운 개척을 해야 한다는 것을 알고 있고 또 할 수도 있겠지만, 그러나 새로운 방도가 어디에 있는가? 그는 정치 권력자의 참모가 될 수도 있었고 상업계에 뛰어들 수도 있었을 것이다. 그러나 리보위안은 그런 생각이 없었고 여전히 자기의 신문을 만들어 보려고 했다. 그는 비록 연륜 깊은 대형 신문들과 뉴스를 경쟁할 능력은 없었지만, 나름대로 자신의 장점을 가지고 있었다. 그 중에서 가장 중요한 것은, 그가 "눈물을 흘리며 통곡하게 하는 붓으로, 마음껏 웃으며 화내고 욕하는 글을 쓸" 수 있다는 점이었다. 그 다음 그는 '유희遊戱'를 할 줄 안다는 점이었다. 언제부터인지는 알 수 없지만 리보위안에게는 '화계花界의 제조(提調, 지도자-역주)'라는 별명이 따라다녔다. '화계'란 물론 기녀의 세계를 가리키지만, 여기서 '제조'란 어떤 역할을 말하는 것인가? 우리는 왕멍성王夢生의『이원가화梨園佳話(배우 세계의 이야기-역주)』에 적힌 '희제조(戱提調, 연극 공연의 총감독-역주)'란을 보면 이와 유사한 내용이 있으며, 이 역할의 의미를 비교적 잘 알 수 있다.

도회지에 경사가 있을 때 초청되어 열리는 축하공연에서 유명 배우들을 통솔한다. 만약 여러 배우들의 신망을 받지 못하는 자가 맡게 되면 어떤 배우는 바쁘다고 거절하거나 슬그머니 지시를 어기기도 하고 어떤 배우는 공연시간이 오래 지나도 오지 않거나 공연에 임박해서 외출해버린다. 그리고 누가 먼저 출연하고 뒤에 출연하느냐 누가 주연을 맡고 조연을 하느냐 등도 모두 이 사람이 지휘 조정한다. 유능한 자이면 극을 더욱 빛내고 무능한 자이면 뒤죽박죽 극을 망치게 된다. 도회지 사람들은 이 역할을 맡은 자를 중시하여 그를 '희제조'라고 부른다. … 반드시 여러 배우들과 친근해야 하며 그들의 장단점과 주연 조연의 배정을 잘 알아야 한다. 그리고 극에서 창하는 가사의 구절이나 무대에 입장해서 하는 연기를 잘 알고 있어서 배우들이 제멋대로 빠뜨리거나 생략하는 것을 허용하지 말아야 비로소 유쾌한 연출을 담보할 수 있다. … 무릇 하루 공연의 비용이 걸핏하면 거액이 나가는데 창을 하는 배우 중에 하나라도 관중들의 호감을 사지 못해서 귀빈(축하 공연에는 반드시 고관과 귀인들이 있다)들이 불쾌한 기분으로 떠나가 버리면 되겠는가?[3]

'제조_{提調}'는 총지휘자, 총조정자의 역할을 하는 자이다. 유명 배우들을 모두 그의 통솔 하에 두면서 배우에게 스스로 '뽐내는 태도'를 자제시키고 '극 공연의 질투'도 삼가하게 해야 한다. 뿐만 아니라 그는 축하 공연 무대의 일체를 '공평하게 처리'해서 크건 작건 상관없이 전부 포괄해서 맡아야 한다. 물론 리보위안의 '화계'의 명망도 하루아침에 이루어진 것이 아니다. 특히 『유희보』를 창간한 후 '화방_{花榜}'이란 우수기녀 선발제도를 발명하고서 비로소 이런 '대중의 선망을 얻는' 권위를 갖게 되었다. 그러나 과거에 그가 기녀의 세계에 대해 낯설었다면 이 세계에서 순조롭게 '유희'할 수 없었을 것이며, 이와 같은 '놀라운 발명'도 없었을 것이다. 따라서 유희를 할 줄 안다는 것은 리보위안이 『유희보』를 잘 운영할 수 있었던 큰 밑천이었다.

셋째는 리보위안이 시민과 함께 '문자연_{文字緣}'을 맺어 시민과 아주 친밀할 수 있었다는 점이다. 그가 창간한 『유희보』는 늘 다음과 같은 '광고_{啓事}'가 실렸다.

본사는 매주 일요일마다 장원_{張園}[4]에서 신문을 열독할 수 있도록 송부하고 있음. 본 신문은 창간 이후 독자의 호응을 크게 얻어 구독하는 사람이 날로 많아지고 있습니다. 이에 본사의 장원에 본 신문 판매 전담 직원을 파견

---

3) 王夢生, 「梨園佳話·戲提調」, 『小說月報』, 第5卷 第8號, 1914年 12年 25日, 80~81쪽.
4) '장원(張園)'에 대해서는 본서 제4장 제2절 주3 참고. -역주

해 두어 독자들이 잔돈을 지니지 않아 신문 구매에 불편을 겪는 일을 덜어드리려 합니다. 본 신문사의 주인은 오늘 날짜를 시작으로 매주 일요일마다 수 백부를 추가로 인쇄해서 장원에 송부하여 오후 4~5시에는 신문을 열독할 수 있게 했습니다. 차나 술을 드시는 여가에 편안히 즐기시면서 여러 신사분들과 문자연을 맺기를 기대합니다. 먼저 읽고 즐기기를 원하시는 분들은 승용 인력거를 타시고 이 장원에 오셔서 찻잔을 기울이시며 조용히 기다리시는 것도 좋습니다. 『유희보』 주인 올림.[5]

이것은 물론 그의 '광고' 수완이긴 하지만 그는 이 장원이라는 시민의 행락장소를 이용해서 시민에게 가까이 다가가는 '문자연' 모임을 창안할 수 있었던 것이다. 분명히 신문을 송부한다고 했지만, "독자들이 잔돈을 지니지 않아 신문 구매에 불편을 겪는 일을 덜어드리려 한다"고 함으로써 사람들이 이를 듣고 '편안함'을 느끼게 했다. 그는 자신의 신문 성격에 대한 판단도 정확했으며, 이 신문은 많은 시민들이 "차나 술을 드시는 여가에 편안히 즐기는" 창구여야 함을 알고 있었다. 이러한 내용과 판로 개척 방식은 시민들과 '거리를 좁히는' 데 유용했다. 그의 심중에는 '시민'이 있었다.

이상의 세 가지 장점이 있었기에 리보위안은 새로운 길을 개척할 수 있었다. 간과하지 말아야 할 것은 그에겐 개척하고 새것을 창조하는 재능이 있었다는 점이다. 그렇기 때문에 그의 '특별한 체재'의 신문 창간을 다른 사람들은 생각해내지 못했으며, 그가 '새로이 개척'한 이후에야 "뒤를 이어 그를 모방한 자들이 무려 수십 명"[6]이나 되었던 것이다. 리보위안은 중국의 젊은 현대 신문계에서 '특별한 체재'를 개척한 것이며, 이는 대단히 뛰어난 업적이다. 이것을 기점으로 리보위안은 진정으로 상하이에 터전을 잡게 되었으며, 중국 신문역사에서 자신의 지면을 남기게 되었다. 아울러 『유희보』의 '견책미谴責味'로 일가를 이뤄 견책소설 창작의 길로 나아간 것은 중국문학

---

5) 『遊戲報』, 第63號, 1897年 8月 25日. 다른 날짜의 신문에도 이러한 광고가 늘 있었다.
6) 吳趼人, 『李伯元君傳』, 『月月小說』, 第1年 第3期(1906年 12月) 삽입 페이지.

사에서도 일정한 위치를 차지하게 되었다.

　『유희보』는 '소형신문의 시조'라고 일컬어지는데, '소형신문'이란 어떤 성격인가? 관련 있는 신문계 연구자들이 모두 이에 대한 정의를 내리고 있다. 그러나 우리는 먼저 당시 리보위안이 그의 심중에 어떠한 신문을 만들려고 했는지를 잠깐 살펴볼 필요가 있다. 이것이 바로 '소형신문'이라는 이 특별한 체재의 가장 원시적인 구상임에 틀림이 없을 것이다.

제2절
'소형신문의 시조'
—『유희보遊戲報』

    필자는『유희보』의 창간호를 본 적이 없지만 관련 논저에서 학자들이 가장 많이 인용하는 것은 아래의『유희보』제63호에 실린「『유희보』취지를 논함」이란 글이다. 아잉은 전문을 초록하면서 다음의 주석을 달았다. "이 글은 정유년(1897) 7월 8일 자에 실렸으며, … 최근에 찾은 것이다. 이 글은 당시의 소형신문과『유희보』의 상황을 충분히 설명하고 있다."[7]

    『유희보』란 명칭은 유럽으로부터 모방한 것이다. 어째서 유희를 진정으로 잘 해야 하는가? 잘 하지 않을 수 없는 깊은 뜻이 존재한다. 오늘날의 세상은 개탄스럽다. 나라는 날로 가난해지고 백성은 날로 피폐해지며 지식계는 날로 침체하는데 상업계는 날로 번잡해졌다. 세상의 도리에 마음 쓰는 자들은 주위를 돌아볼 겨를이 없을 정도로 바쁜데 어찌 춤이나 노래에 빠져서 옛 이야기나 즐기며 자각함이 없이 지낼 수 있겠는가? 그러나 길가는 사

---

7) 阿英,「晚淸小報錄」, 楊光輝 等 編『中國近代報刊發展槪況』, 新華出版社, 1986年, 123쪽에서 재인용.

람을 붙들고 그에게 말하기를, 조정이 이와 같고 나라일이 이와 같은데 이에 대해 마치 벙어리 · 귀머거리 · 맹인 · 절름발이 들을 모아놓고 그들에게 억지로 국가를 경영하는 글을 쓰라고 시키듯이 한다면, 사람들은 그 어리석음을 비웃고 뒤에서는 비난할 것이다. 그러므로 부득불 유희의 설을 빌어서 거기에 은근히 권선징악의 뜻을 담으려 하니, 이 또한 세상

『유희보』 제63호. 이 63호에 「『유희보』의 취지를 논함」, 「본사는 매주 일요일마다 장원에서 신문을 열독할 수 있도록 송부하고 있음」, 「본사는 날마다 상하이의 여러 미녀들의 성씨와 주소지 표를 인쇄하여 공고함」 등의 기사가 실려 있다.

을 일깨우는 한 방법일 것이다. 상하이는 무역통상의 큰 도시이며, 화려하고 번성함이 5대주의 으뜸이다. 권세와 이익을 쫓는 지역이요, 도망친 죄인들의 소굴이다. 무수한 사람들이 꿈속에서 멍청히 헤매고 있어도 옆에서 큰 소리로 일깨워주는 이가 없다. 가무를 공연하는 무대가 모두 통곡의 장소요, 좋은 요리와 고급술이 모두 짐독鴆毒의 맛이요, 화촉동방의 깊은 방이 모두 근심을 키우는 곳이요, 금은보화로 장식한 마차는 모두 병들어 쓰러지는 형상임을 모른다. 뿐만 아니라 기계로 만든 물건들은 나올수록 기이하고 사람들의 생각은 날로 기교를 부려 졸렬하니, 나라 안팎의 모든 것이 한데 뒤섞여 있고 온갖 부류의 무리들이 떼 지어 있어서 갖가지 거짓과 변칙들이 하루도 없는 날이 없다. 이에 본 신문사 주인은 이를 언급하면서 근심은 안으로 감추고 비로소 『유희보』 신문을 창간했다. 혹은 우화寓話에 의탁하기도 하고 혹은 풍유諷諭와 시가詩歌에 뜻을 담아서 어리석음을 일깨우고 번뇌를 없애려 했다. 뜻은 쉬운 것에서 취하고 말은 통속적인 데서 찾아 농공상인과 여성, 어린이까지도 모두 볼 수 있게 했다. 천지간의 천태만상을 거의 알게 했으니 참으로 유희의 장소이다. 창간한 이후 독자의 호응을 크게 얻어 구독하는 사람이 날로 많아지고 있다. 더구나 본 신문에 실은 새 소식들은 비록 해학의 형식이긴 하나 반드시 사건마다 사실에 근거하고 있으며, 우연히 사실과 다른 내용을 전한 경우에는 이튿날 반드시 정정함으로써 독자

들의 신뢰를 얻지 못할 것을 염려하여 조심하고 주의했다. 근자에 간혹 주위에서 우리의 부족함을 바로잡지 못해 애석해 하며 비웃는 자가 있을 것인데, 만약 그것이 시기의 감정에서 나온 것이라면 본 신문은 평소 다른 신문과 깊이 경쟁하려 들지 않으므로 모두 일소에 부칠 것이다. 유희의 글은 고금의 사람에게 공히 있는 것이니 허물이라고 할 수 없다. 이를 비난하는 자는 스스로 유능하다고 뽐내면서도, 뜻이 넘치거나 부족함 그리고 마음씀이 바르고 그릇됨은 진실로 사람마다 모두 판별할 수 있다는 것을 모르고 있는 것이니, 단지 그 사람 하나의 사사로운 의견으로 인해 나에게 해로움이 되지는 않을 것이다. 그러므로 탄식하며 말하노니, 세상인심이 일그러지고 세상도리가 어긋나서 동류의 사람끼리 까닭 없이 무기를 들고 서로 적대하니, 외국의 침략으로 치욕을 당하는 것이 당연함을 이것에서도 그 일면을 볼 수 있도다. 본 신문사 주인이 유희하는 깊은 뜻은 세상을 즐기는 것玩世에 있을 뿐이다.

『유희보』 제63호는 대단히 중요하다. 제1면에는 「『유희보』의 취지를 논함」이란 글 이외에도 주의를 기울여야 할 내용이 두 가지 있다. 하나는 앞에서 인용했던 「본사는 매주 일요일마다 장원에서 신문을 열독할 수 있도록 송부하고 있음」이라는 글에서 리보위안이 신문 읽기 모임에 대한 의견을 발표한 것이며, 다른 하나는 「본사는 날마다 상하이의 여러 미녀들의 성씨와 주소지 표를 인쇄하여 공고함」이란 글을 다음과 같이 실은 것이다.

본 신문은 취재원들을 동원하여 상하이의 모든 기녀들의 성씨와 주소를 일일이 초록하여 도표로 작성했으며, 편폭의 제한 때문에 날짜를 나누어 본 신문의 뒷면에 수록했습니다. 아울러 어느 거리 몇째 집이라는 내용까지 아주 자세히 밝혀 두었습니다. 이는 최호崔護가 다시 오고 유랑劉郎이 먼저 온 것처럼[8], 서로 만나서 선녀들과 인연을 잘 맺어서 유쾌하게 노시는 데 일조

---

8) 최호崔護(생졸년 미상)는 당대唐代 시인으로 '인면도화人面桃花' 이야기의 주인공이다. 최호는 과거에 급제하기 전 어느 청명절 홀로 여행 중에 도화가 가득 핀 집을 지나다가 배가 고파 들렀더니, 젊은 미녀가 나와 극진히 대접했다. 이듬 해 다시 들렀더니 문이 닫혀 있어서 대문에 다음과 같은 시를 남기고 돌아갔다. "작년 이 맘 때 이 집 안에는, 얼굴에 복사꽃이 붉게 비친 사람 있었

하려는 것에 다름 아닙니다. 사람이 바뀌고 장소를 옮길 경우에는 그 즉시 수시로 정정하겠습니다.

「『유희보』의 취지를 논함」 이외에, 위의 '공고'나 '광고' 등이 바로 앞 절에서 언급했던 리보위안이 새로운 길을 개척한 세 가지 밑천을 대표한다. 우선, '취지'는 "마음껏 웃으며 매도하는 글"을 쓰되 이를 빌어서 "어리석음을 일깨우려는" 것임을 널리 알리는 것이며, 둘째 '공고'는 『유희보』가 진심으로 최호나 유랑들이 마음껏 '유희'하도록 하는 것을 '지침'으로 삼고 독자들에게 '선녀와의 인연을 맺도록' 봉사하는 것임을 보여준 것이며, 셋째 '광고'는 독자들이 '차나 술을 마시는 여가'에 '이야기 거리'를 제공하고 시민과 함께 신문 읽기 모임으로 '문자연'을 깊이 맺기를 바란다는 것을 보여준 것이다.

그의 이 '세 가지 기대'는 한편으로는 성공적이고 한편으로는 모순적이다. 성공이라 함은, 그가 겨우 63호를 출판했을 뿐인데도 벌써 '시기'하는 마음으로 "주위에서 그를 시기하는" 자들이 나타났을 정도인데, 이것은 신문사에게 손실이 되지 않았다. 신문 내용이 "독자들의 호응을 크게 얻어 구독하는 사람이 날로 많아졌기" 때문이다. 소위 모순이라 함은, 어리석음에서 일단 깨어나면 자신이 먹고 마시며 놀았던 것이 실제로는 '통곡의 장소', '짐독

네. 사람은 어딜 갔는지 알 수 없고, 복사꽃은 옛 그대로 봄바람에 웃고 있네.[去年今日此門中, 人面桃花相映紅. 人面不知何處去, 桃花依舊笑春風]" 며칠 후 지나다 다시 들렀더니 집안에 곡소리가 나서 들러 보니 노인이 나와 "당신 때문에 내 딸이 죽었다"고 했다. 이유를 물으니, 그 처녀는 대문의 시를 보고 최호가 영 떠나버린 줄 알고 상심하여 죽었단다. 이에 최호가 주검 앞에서 슬피 곡을 하며, "제가 여기 왔습니다" 하니 처녀가 깨어났다. 최호는 이 여인을 아내로 맞아들이고, 이후 정원貞元 12년(796)에 급제하여 관직이 영남嶺南 절도사에 이르렀다. 유랑劉郞은 유씨 성의 남자란 뜻인데 여기서는 남조南朝 송末의 무제武帝 유유劉裕(363~422)를 가리킨다. 유유가 아직 관직에 오르지 않았을 때인 동진東晋 말엽 여행 중에 어느 여관에 들렀는데 그 여관의 주인 할멈이 방안에 술이 있으니 들어가서 마시라고 해서 들어가 마시고는 취하여 바닥에 누워 잠이 들었다. 당시 동진의 고관으로 있던 왕미王謐(360~407)의 제자가 또한 이 여관에 들렀더니 주인 할멈이 유랑이 먼저 와서 술을 먹고 있으니 들어가서 함께 먹으라고 해서 들어갔다가 놀라서 나오며 방에 이물異物이 있다고 했다. 할멈이 들어가 보니 이미 유랑이 술이 깨어 일어나 있었다. 할멈이 그 제자에게 무엇을 보았느냐고 했더니 오색이 빛나는 교룡이 있었다고 했다. 제자는 돌아가 스승 왕미에게 이 사실을 고하니 왕미는 유유가 보통 인물이 아님을 알고 제자에게 소문을 내지 말라고 하고는 유유와 깊이 사귀었다. 후에 유유는 공적을 세워 동진의 장군이 되었고 왕미는 유유가 다시 동진의 황제로부터 황위를 선양 받아 송을 건국하는데 도왔다. 여기서는 미녀와 왕미가 최후(다시 찾아 옴)나 유랑(먼저 와서 술을 마심)의 인물됨을 미리 알아보고 대접하고 사귀었듯이 상하이의 기녀들이 찾아오는 손님에게 좋은 인연을 기대하며 기다린다는 뜻으로 풀이된다. -역주

_{鴆毒}의 맛', '근심을 키우는 곳', '병들어 쓰러지는 형상'에 처해 있었던 것임을 알게 되고, 일단 '멍청히 헤매던 꿈속'에서 빠져나오면 또 다시 감히 마음껏 '유쾌하게 놀' 것인가 하는 점이다. 그때가 되면 '선녀와 잘 맺어진 인연'이 '끊어진 인연'으로 변해버릴 것이다.

그러므로 리보위안은 또 '권선징악의 뜻을 은근히 담는 것'도 잘 알고 있어서 비록 '세상을 일깨우는 한 방법'이지만, 그가 도달하려는 것은 '세상을 일깨우는 세상 즐기기_{覺世的玩世}'이자 '맑게 깨어서 유희 속에 심취하는' 경지였다. 바로 그 자신처럼 국가의 현상을 알고서 고통스러워하고 사회 풍조가 날로 나빠지는 것에 대해 개탄하면서 격분하는 것임에 틀림없다. 그러나 일개 서생으로서 그가 '세상의 불합리에 분개하고 증오하는 것' 이외에 또 무슨 방법이 있겠는가? 그는 단지 유희함으로써 '번뇌를 없앨' 수만 있을 뿐이니, 이것이 바로 "본 신문사 주인이 유희하는 깊은 뜻은 세상을 즐기는 것에 있을 뿐"이라는 것이다. 리보위안이 추구하는 것은 "진흙탕에서 나와도 오물에 물들지 않는 것"이다. 따라서 "광서 신축년(1901)에 조정에서 특과를 실시하여 국가 경영의 인재를 모집했을 때, 후난성 샹향_{湘鄕}의 쩡무타오_{曾慕濤} 시랑_{侍郎}이 군(君, 리보위안-역주)을 추천했으나, 군은 사절하고 말하기를, 만약 자신이 관직에 나가려 했다면 지금까지 기다리지 않았다고 했다"⁹⁾고 한다. 그래서 그는 신문을 만들고 소설을 썼으며, 이들 신문과 소설에서 비로소 '견책미_{譴責味}'를 토로할 수 있었다.

따라서 리보위안이 입으로는 비록 '그 명칭은 유럽으로부터 모방했다'고 했지만 그의 심중에는 자신이 처음으로 창안한 '특별한 장르'(후에 '소형신문'으로 불린)에 대한 나름의 구상이 있었다. 첫째는 편폭을 적게 해서 대형신문_{大報}과 구별했으며, 둘째는 이 소형신문이 "본 신문에 실은 새 소식들은 비록 해학의 형식이지만 반드시 사건마다 사실에 근거한다"는 자기 나름의 특색을 갖추었다. 비록 새 소식이라고 하더라도 해학과 재미를 추구하려

---

9) 吳趼人, 같은 글, 같은 책.

청 말 상하이의 부자들이 기녀를 끼고 술을 마시는 장면. 서우(書寓), 장삼중(長三中) 등으로 불리는 고급 기녀들은 각자 특출한 기예를 갖추었다. 그들 뒤에 서 있는 여자들은 출장 시 기녀들을 모시는 시녀이다. '화도춘심(花堵春深)'이란 현판이 붙은 방 입구에 나이든 '오사(烏師)' 두 사람이 앉아 있다. 이들은 연주하고 노래하는 기녀들의 스승 격인 이들로, 반주자 역할을 하기도 한다.

했다. '국내외 전보 통신'에 대해서는 그 당시 대형신문도 갖추지 못한 실정이며, 당시의 대소형신문들의 기사는 모두 '탐방 기자'에 의존했다. 쑨위성의 말대로 "그러나 당시에는 아직 철로가 개통되지 않아 교통이 지체되었다. 각 부서의 탐방 기사가 도착하는 데는 먼 곳은 십 며칠 혹은 수십 일이 걸려 일정하지 않았으며, 가까운 쑤저우와 항저우라 하더라도 이삼 일 걸려야 도착했다. 전보 기사는 단지 황실의 칙서만 전할 수 있었을 뿐 그 밖에는 한 자도 없는"[10] 상황이었다(전보는 우선적으로 황실에서 반포하는 상유上論의 '전용물'이며 민간에서도 사용할 때가 있긴 했다. 『유희보』도 매일 몇 건만 사용할 뿐 비용이 많이 들어서 대형신문을 따라갈 수 없었으며 단지 대충 격식만 갖추었을 뿐이다). 셋째는, 논설의 글도 마음껏 웃으며 매도하는 문장으로 신랄하고 과감하게 씀으로써, 대형신문과 다른 풍격을 추구했다. 넷째는, 시민들이 차나 술을 마시는 일상의 여가를 위해 봉사하여 대부분 유희를 지침으로 삼음으로

10) 海上漱石生(孫玉聲), 각주 1)과 같은 글, 같은 책, 같은 페이지.

써 시민생활에 가까이 접근했다. 결론적으로 재미, 지식, 소일, 오락에 중점을 두고 시민들의 시선을 끌어들이기 위해 노력했던 것이다.

다음은 한 연구자가 '소형신문'에 대해 정의를 내린 것으로서, 이는 이후 출현한 많은 '소형신문'들을 두루 가리켜 한 말이지만, 처음 창안한 리보위안의 소형신문의 특색을 개괄한 것이라고도 할 수 있다.

> 소형신문은 명칭을 두고 뜻을 생각해 본다면 우선 그 편폭이 작다는 데 있다. 거궁전戈公振은 "대형 신문의 부록과 비슷하지만 그 편폭이 작은 데서 이름이 붙여졌다"고 했다. 그러나 편폭이 작은 것이 소형신문의 유일한 특징은 아니다. 이왕 그것을 '신문'이라고 부른 이상 소형신문도 여전히 새 소식을 기본 골간으로 하거나 새 소식에 근거해서 존재한다고 할 수 있다. 그러나 거기에 수록된 새 소식 및 여타 기사 내용은 그 나름의 특색이 있다. 사람들은 이러한 특징에 대해 "대형 신문은 정면 혹은 직시하는 방식으로 사회를 관찰하며, 소형신문은 측면의 혹은 투시하는 방식으로 사회를 관찰한다"거나, "대형 신문은 사실 그대로의 경성硬性 뉴스이며" 소형신문은 "융통성이 있는 연성軟性 기사를 많이 담고 있다"거나, "대형 신문의 뉴스는 시간을 중시하며, 소형신문의 뉴스는 재미에 편중하고 있다"는 등으로 결론을 내리고 있다. 이러한 기술을 근거하여 우리는 소형신문에 대해 대체적으로 하나의 윤곽을 그려볼 수 있다. 이는 바로 "소형신문은 편폭이 적고, 재미있는 소일거리의 내용(뉴스, 일화, 수필 소품, 문예 소설을 포함)을 위주로 하는 신문"이라는 것이다.[11]

1934년 국민당 중앙 선전위원회에서 반포한 「소형신문 단속 기준 해석」에서는 "여기서 말하는 소형신문이란 내용이 빈약하고 편폭이 작으며 쓸데없이 자질구레한 일(사람들의 일화와 유희 소품 종류 같은)만을 싣고, 국내외 중요 전신 기사 종류는 없는 신문"[12]이라고 했다. 이 정의는 '신축성이 너

---

11) 秦紹德, 『上海近代報刊史論』, 復旦大學出版社, 1993年, 134쪽.
12) 『申報』, 1934年 1月 16日.

무 크다'는 점 이외에 그 대상이 1920~1930년대의 소형신문을 가리키며, 그 중에 '국내외 중요 전신 기사가 없다'는 것은 19세기 말 20세기 초의 소형 신문과 무관하다. 따라서 이것을 근거로 소형신문의 정의를 삼을 수는 없다.

제3절
19세기 말 20세기 초 소형신문 개관

    불완전한 통계에 근거하면 신해혁명 이전까지 상하이에서는 40종 가량의 소형신문이 간행되었다. 수명이 짧은 것은 1, 2년이고 10년 가량 간행된 것도 몇 종이나 된다. 이러한 소형신문의 편자가 누구인지 우리는 정확히 알 수가 없다. 이는 당시 신문 간행인들이 사회에서 경시를 받아 편자들 스스로 자신의 실명을 밝히지 않았기 때문이다. 야오궁허_{姚公鶴}는 무술유신_{戊戌維新} 이전까지 소형신문은 말할 것도 없고 대형신문조차도 사회에서 경시되었다고 지적했다. 쭤쭝탕_{左宗棠}은 "장쑤와 저장 문인들이 신문사를 천한 직업으로 여긴다"고 언급한 적이 있는데, 야오궁허는 쭤쭝탕의 이 말을 인용한 후에 다음과 같이 기술했다.

    그러므로 각 신문사의 주필과 기자를 모두 명예롭지 못한 직업으로 보았으며 관청에서도 적대시 했을 뿐만 아니라 사회에서도 시비를 따져가며 사건을 취재하는 행위를 경박한 짓으로 여겼다. … 과거 신문사의 주필들을 사회에서 명예롭지 못한 것으로 여겼을 뿐만 아니라 주필 자신도 세상에 자신을 밝히려 하지 않았다. … 무술유신에 이르러 상하이 신문계에 새로운 풍조가 일어났으며, 그 때 캉난하이康南海(캉유웨이康有爲, 1858~1927)와 량신후이梁新會(량치차오梁啓超, 1873~1929) 등이 『시무보時務報』를 창간하여 사회 개혁을 제창하자, 사회의 풍조도 바뀌어 신문도 이에 빛이 나게 되었다. … 이전에 신문업을 천시함으로써 제한되었던 갖가지 관습들이 모두 다 제거되었다. … 지난날 문인과 학자들에게 아무런 가치를 인정받지 못하던 주필과 기자들이 이때에 이르러 그 명칭도 근사하게 '신문기자'나 '특약통신원'으로 불렸으며, 신문사 사장도 그들을 간곡히 초빙했을 뿐만 아니라 초빙 받는 사람도 바로 수락하고 사양하지 않았다.

대형신문의 명예는 무술년(1898) 이후에 호전되었지만 소형신문은 이에 해당되지 않았다. 소형신문은 여전히 천한 업종이었기 때문에 신문에 주필이나 편집장의 이름을 싣지 못했던 것도 이해할 수 있다. 소설을 쓰는 것도 마찬가지로, 당시 소설을 '소도小道'로 여겼다. 따라서 한방칭이 『해상화열전』을 쓰고 필명을 '화예롄눙花也憐儂'이라고 한 것은 실명을 사람들에게 드러내고 싶지 않아서였다.

그러나 영향이 비교적 컸던 몇몇 소형신문은 내역이 분명하다. 그 면모를 살펴보면, 1898년에 창간되어 쑨위성과 위다푸俞達夫가 주편한 『채풍보采風報』, 1901년 3월에 창간되어 리위셴李竽仙이 주편한 『우언보寓言報』, 쑨위성이 또 1901년 3월에 창간한 『소림보笑林報』, 『유희보』의 뒤를 이어 리보위안이 1901년에 창간한 『세계번화보世界繁華報』 등이다. 만청晚淸의 소형신문은 처음에는 대개 『유희보』의 판형을 모방했다. 이는 바로 다음과 같이 저우구이성周桂笙이 『신암필기 · 서번화옥新庵筆記 · 書繁華獄』에서 말한 바와 같다. "과거 난팅팅장南亭亭長 리보위안이 그 [미상]를 초빙하여 『유희보』를 창간하니, 일시에 이 풍조가 만연하여 이를 모방하는 이가 뒤를 이었다. 이에 난팅팅장이 '어찌 뒤따르는 것은 잘하면서 그 변화는 모르는가?' 하고 탄식했다. 마침내 『세계번화보』를 창간하여 또 다른 기풍을 여니 그것이 유행하여 하루에도 수천 개의 글이 쏟아졌다. 비록 해학적이고 세상을 즐기는 글이지만 식자들까지 모두 이를 높이 평가했다." 그리하

「전수자설」이 실린 『채풍보』 제32호

여 후에는 『세계번화보』 판형의 영향을 받아 이를 모방한 신문들이 점차 증가했다.

　리보위안이 『유희보』를 간행할 때 「『유희보』 취지를 논함」이란 글에서 "유희의 설을 빌어 은근히 권선징악의 뜻을 담는다"는 취지를 크게 내세웠듯이, 『채풍보』도 "세간의 여러 풍조들을 조사 취재하여 그것이 멀리 전파되기를 기대하며" "세상을 마음껏 풍자하고" "권선징악의 뜻을 담는다"는 기치를 내걸었다. 결국 신문 간행 이유의 정당성을 내세우려는 것이다. 만약 『유희보』 제63호가 리보위안의 신문 간행 취지를 비교적 집중적으로 표현했다고 한다면, 『채풍보』 제32호(1898년 8월 10일 자)도 쑨위성의 신문 간행 정신의 핵심을 농축한 것이라 할 수 있다. 이 신문의 첫 면에 「전수자설錢樹子說」이라는 글이 실려 있다. 아잉은 "이 글은 청 조정의 탐관오리에 대한 풍자임이 확연하다"고 했다.

세상은 기녀를 가리켜 전수자錢樹子라고 불렀는데, 그 출처를 살필 여가가 없었다. 얼마 전 『악부신영樂府新咏』을 읽는데 이런 말이 나왔다. "홍신末新의 한 기녀 집에 새로운 노래를 능숙하게 부르는 딸이 있었다. 이 딸이 죽으면서 그의 어미에게 '어머니, 전수자가 무너지오!'라고 했다.' 전수자란 명칭은 아마도 여기에서 기원했을 것이다. 어찌 나무에 열매가 열리지 않겠는가? 모든 나무에는 무수한 열매가 열리니, 소나무 · 오동나무 · 멀구슬나무 · 잣나무 등등 열거해도 한이 없다. 그러나 돈은 나무 열매처럼 열리지 않으니 그래서 사람들은 늘 그 부족함을 근심한다. 그런데 기녀는 노래 한 곡에 받는 사례금으로 금방 천금에 이르니, 저울의 작은 눈금을 재는 사람들과 비교하면 그 쉽고 어려움이 어찌 천양지차가 아니겠는가? … 바야흐로 오늘날 물가가 날로 오름에 따라 각 성마다 용광로를 걸어놓고 풀무질을 해가며 쉴 틈 없이 분주하게 돈을 찍어내고 있는 것은, 아마도 전수자가 있다는 것을 들어보지 못했기 때문이리라. 만약 전수자가 있다면 돈은 밭에 있는 채소를 캐거나 과수원에 있는 과일을 따듯이 해도 없어지지 않을 것이다. 그러니 앞으로 화폐법을 고쳐서 지폐로 바꾸어 찍어낸다면 무슨 어려움이 있겠는가? 그래서 「전수자설」을 쓴다.

이 글은 "각 성마다 용광로를 걸어놓고 풀무질을 해가며 돈을 찍어내며" '통화'를 남발하므로 돈을 얻기가 기원妓院에서 버는 것보다도 훨씬 더 쉽다는 것을 말하고 있다. 두 번째 글은 「채풍采風」으로서, 채풍 주인이 고지식한 썩은 유생과 나눈 대화를 빌어 자신이 신문을 간행하여 세간의 풍조를 취재하고자 하는 취지를 말하고 있다.

얼마 전 외모는 점잖고 걸음걸이는 엄숙하여 그 모습이 마치 팔고문八股文 유생 같은 이가 흔쾌히 채풍 주인에게 다가와서 읍을 하고는 물었다. "귀 신문이 세상 풍조를 취재한다해서 그 명칭을 보고 뜻을 생각해 보았소만, 무슨 풍조를 취재하려는 거요?" 채풍 주인은 "인간 세상의 여러 풍조에는 취재할 것이 무궁합니다. 내가 취재하려는 것은 [위로는] 세풍世風과 문풍文風이며, 아래로는 자풍(雌風, 여성계의 풍조, '雌'는 여성을 비하한 말 -역주)과

음풍淫風이니, 무릇 어떤 풍조라도 취재하지 않는 것이 없습니다. 그러나 작금의 황제 조서를 받들어 논한 책략이나 고상한 문인들의 케케묵은 풍조들은 당연히 취재하지 않습니다"라고 대답했다. 그 사람이 "그렇지요. 어제 어떤 사람이 미인리美仁里 마을에서 골패를 치면서 동풍(東風-마작 패의 하나)하나만을 쳐서 선先에게 오백 열 두 번이나 비겼다고 하는데, 어째서 귀 신문에서는 취재하지 않습니까?" 했다. 채풍 주인은 대답을 하지 못하고는 크게 웃고 자리를 떠났다. 이 말은 아마도 세상을 마음껏 풍자하고 있음이 아닌가? 그러나 이러한 풍조 또한 결코 빠뜨릴 수 없는 것이니, 취재원을 모집해서 각 기원妓院이나 도박을 할 수 있는 곳을 탐방하여 새로운 소식이 있으면 일일이 취재할 것이며, 그에게 '도박 풍조를 취재하는 사자采賭風使者'라 부를 것이다. 만약 이를 원하시는 분이 있으시면 확실한 소식 몇 가지를 기록하여 오시기 바란다.

『채풍보』 주인은 원래 이 사람이 바로 '팔고문 유생'이라고 여겨 그를 풍자하고는 자기 신문이 '케케묵은 풍조'는 취재하지 않는다고 했는데, 그 사람이 오히려 상당한 '견해'를 가지고 '도박 풍조賭風'를 취재해야 한다고 주장하여, '채풍 주인'에게 뜻밖에도 생각을 크게 깨우쳐 주었다는 이야기이다. 『유희보』에는 날마다 상하이의 여러 미녀들의 성씨와 주소지를 인쇄한 표가 있다. 『채풍보』에도 「기원 취재원 초빙」의 광고를 실었으니, 바로 이 신문 제32호에 "본사는 현재 본사의 기원 취재원을 한두 분 추가로 초빙하고자 하오니, 모든 기녀들의 아름다운 행적들을 자세히 알아보시고 날마다 특별한 일화들이 있으면 본사에 알려주십시오. 만약 이에 응모하실 뜻있는 분이 먼저 소식을 기록하여 본사에 보내주시면 기사를 선정한 후에 임용 기간을 결정하겠습니다. 단 글 내용이 외설적이거나 허위를 날조한 것은 보내실 필요가 없습니다. 이에 특별히 공고합니다"란 기사가 실려 있다. 우젠런도 이 신문의 글에 참여했기 때문에 이 제32호에 그의 저서를 판매하는 광고인 "『그림 상하이 명기 4대 금강 기서繪圖海上名妓四大金剛奇書』를 판매함"이란 기사가 실려 있다. 물론 이 광고는 여러 날 계속 실렸다. 이로 보아 『채풍보』 제32호(1898년 8

월 10일)는 『유희보』 제63호(1897년 7월 8일)와 필적한다고 볼 수 있으며, 『유희보』가 고스란히 『채풍보』의 정화로 이어졌다고 할 수 있다.

『우언보』의 특징은 뛰어난 우화가 상당히 많다는 점이다. 예를 들면 「풍조를 말함」편을 보자.

> 금붕어가 거니는데 붕어가 이를 보고는 급히 돌아가 자기 동류들에게 말했다. "앞에서 노닐며 오는 자는 귀하신 관리인가 봅니다. 그의 몸 무늬는 화려하여 어찌나 빛이 나는지, 그 얼굴의 위엄이 어찌나 준엄한지, 그리고 두 눈을 부릅뜬 것이 마치 노여움이 있는 듯합니다. 우리들은 그를 피합시다." 그리하여 한 쪽 옆에 엎드려 조용히 있으면서 함부로 움직이지도 않았다. 그런데 금붕어는 수조 사이로 노닐면서 떠날 뜻이 전혀 없었다. 잠시 후 방게가 나타나더니 집게발을 뻗어 금붕어의 꼬리를 집었다. 금붕어는 힘을 다해 벗어나서는 유유히 사라졌다. 붕어가 놀라 말했다. "어찌 저처럼 위엄이 대단한 관리가 이까짓 법 없이 제멋대로 하는 하찮은 놈의 집게를 무서워하다니!"

1901년 리위셴이 주편을 맡은 『우언보』   1901년 쑨위성이 창간한 『소림보』

'제멋대로 하는 하찮은 놈'은 당연히 양인洋人을 가리킨다. 당시 만청晚清의 조정 관리들이 심한 '양인 공포증'을 갖고 있는 현상은 『관장현형기官場現形記』와 『20년간 목도한 괴현상二十年目睹現狀』 등의 소설에 모두 상세히 서술되어 있다. 그러나 이러한 우화에서 겉으로 위풍당당해 보이는 금붕어가 속으로는 아무것도 아닌 모습으로 묘사한 것은 참으로 독자들에게 비웃음을 금하지 못하게 하고 있다.

후에 리보위안이 외양을 새롭게 바꾸어 창간한 『세계번화보』도 상하이의 번화한 세계를 묘사하려는 목적이었기 때문에 이 신문의 항목도 대단히 많다. 예를 들어 시사를 다루는 고정란 '시사희담時事嬉談'은 우스개 이야기 형식으로 시정을 반영하여 대형신문과 완전히 달랐다. 또 '풍림諷林'은 모두시冒頭詩로서 매일 첫 장에 실렸는데, 우스개와 유머가 담겨 있어 상당한 환영을 받았다. 예를 들어 제79호(1901년 6월 24일자) '풍림'에 실린 「복산자卜算子(사패詞牌의 명칭-역주)」라는 제목의 시는 탐관오리를 비판하여 신랄하게 풍자했으며, 그들을 '꼬리가 아홉 개 달린 거북이九尾龜' 같은 존재로 그려냈다. 그 밖의 고정란으로 '평림評林', '사설社說', '시사연설時事演說', '예문지藝文志', '야사野史', '관잠(官箴: 관료 규칙-역주)', '북리지北里志', '해상간화기海上看花記', '고취록鼓吹錄',

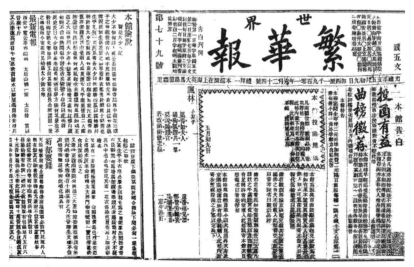

판면을 새롭게 바꾼 『세계번화보』 제79호, 「풍림」 란에 「복산자(卜算子)」라는 시가 실려 있다.

'골계신어淸稽新語', '이원잡록梨園雜錄', '국부요지菊部要志', '담총譚叢', '소설小說', '신편시사신희新編時事新戲', '논저論著' 등등이 있었는데, 그야말로 형형색색이요 각양각색이었다. 특히 리보위안의 일부 명작들, 예를 들어 『관장현형기』, 『경자국변탄사庚子國變彈詞』와 우젠런의 『혼란세계糊塗世界』 등이 모두 『세계번화보』에 연재되었다. 과거의 소형신문도 문예작품을 연재했지만 매일 한 쪽씩 첨부하는 전단지 형식을 취했던 까닭에 신문 자체의 고정란이라고 할 수 없었다. 『세계번화보』가 『관장현형기』를 가지고 신문의 소설 연재를 시작한 것은, 전단지 형식의 배포 소설이 신문의 연재소설로 발전하는 데 있어서 대단히 중요한 계기가 되었다.

이들 소설은 비록 각각의 특색이 있지만 결코 그 본질은 다르지 않아서 '우화에 의탁하고' '풍유와 시가에 뜻을 담고' '어리석음을 일깨우고' '번뇌를 없애려는' 데 있어서는 『유희보』와 동일한 보조를 취했다.

그밖에 이들 신문은 지식교양을 담은 소품이 비교적 많이 있었는데, 가령 아잉이 언급한 『유희보』의 「반지戒指」와 「퉁소를 품평함品簫」 등은 문자가 정련되고 고증이 빈틈이 없으며 상식이 풍부했다. 아래에 인용한 「퉁소를 품평함」의 한 단락에서 이런 사실을 알 수 있을 것이다.

무릇 퉁소란 대나무로 만드는 것이 좋지만 호기심이 많은 사람은 간혹 강철이나 쇠 혹은 옥석으로 만들기도 한다. 하지만 나는 어떤 것도 대나무 퉁소가 자연스럽게 내는 소리만 못하다고 생각한다. 퉁소는 본래 장닝현江寧縣 남쪽 40리에 있는 츠무산慈母山에서 나왔는데 왕바오王褒의 『퉁소부洞簫賦』에서 말한 것이 바로 이것으로, 그 대나무 뜰의 경치는 다른 어느 곳과도 다르다. 영륜伶倫(황제黃帝의 신하-역주)이 해곡嶰谷(쿤룬산崑崙山 북쪽에 있다는 대나무로 유명한 계곡-역주)에서 대나무를 취하여 음률을 제정한 이래로 오직 이 곳 대나무만이 진귀했다. 퉁소를 만드는 방법은 구이저우 핑시平溪의 정 씨만한 자가 없었는데 그가 만든 것은 '평소平簫'라고 부르며 신선으로부터 방법을 전수받았다고 한다. 그것은 대나무를 취할 때 반드시 죽취일(竹醉日, 대나무를 심기 좋은 날인 음력 5월 13일, 일설은 8월 8일) 삼일 전까지 기다렸다가 약간 이슬비를 맞은 후에 취한다. 집에 암실을 마련하여 위로 6개의 구멍이 나 있는 쇠 서까래를 설치하고서 매번 오시午時가 되면 다섯 개의 구멍의 그림자가 비추면 그 구멍의 크기와 길이를 본떠서 퉁소의 구멍을 뚫는다. 자시子時가 되면 다른 하나의 구멍이 비추는 곳에 다시 퉁소의 뒤쪽 구멍을 뚫는다. 그러면 음률이 대단히 정확하며 그 이름을 '자오소子午簫'라고 불렀다. …… 무릇 퉁소는 두께가 얇은 것이 좋으며 두꺼운 것은 적합하지 않다. 부는 방법은, 부는 힘이 거세면 소리는 크지만 맺히고 부는 힘을 늦추면 소리가 쉰 듯하면서 흩어지므로 천천히 고르게 불면 소리가 고아하면서도 맑다. 나는 젊어서 음률을 좋아했으며 근년에는 슬픈 음률 느낌 때문에 퉁소를 다루지 않은 지 오래되었다. 그러나 매번 돗자리를 들고 외출을 할 때면 반드시 평소를 가지고 가서 청풍명월의 밤에 조용히 앉아 한 곡을 불면 마음이 평온하고 기운이 온화함을 느낀다. 이에 「퉁소를 품평함」이라는 글을 지어 음을 아는[知音] 자에게 말을 건넨다.

글이 감칠맛이 나고 말할 수 없는 고상함과 우아함이 담겨 있어서 읽는 이의 시야를 넓혀주고 마음과 정신을 후련하고 편안하게 한다. 누구의 글인지는 모르겠지만 소형신문 중에서 최고 수준의 글이라고 할 수 있다.

이들 신문들은 여론을 정면으로 다루는 입장에서 보면 모두 '유희는 수단이고 풍자가 목적'이라고 볼 수 있을 것 같다. 사실 비중으로 볼 때 유희의 성분이 풍자의 기능보다 크다. 특히 행락의 목표를 최고로 삼았으며 화류계의 동태를 반영하는 것을 잠시도 쉬지 않았다. 『유희보』 제101호(1897년 10월 2일)는 신문사의 이전移轉을 「본 신문사가 쓰마루로 이전한 것을 논함」라는 글을 통해 별도로 다뤘는데 이 글은 신문사가 좋은 지역을 차지한 것에 대해 다음과 같이 의기양양 즐거워하는 내용을 담고 있다.

중국의 여러 개항장 중에서 통상이 가장 활발한 곳이 상하이다. 상하이에서 제일 번화한 지역이 쓰마루로, 그곳에는 찻집·아편 집·서점·극장등이 구름처럼 숲을 이루었다. 기녀는 서우書寓, 장삼長三, 요이소二에서 야계

野鷄, 화연간花烟間에 이르기까지 얼마나 되는지 알 수가 없으며, 그밖에 술집과 음식점, 그리고 먹을 것과 마실 것이 풍성하지 않은 곳이 없다. 깊은 밀실과 아늑한 신방이 있고, 광활하고 평탄한 큰 길에 가스등이 밝게 비추어 밤은 백주대낮과 같고, 지나다니는 인력거는 물이 흐르듯 끊이지 않으며, 남녀의 왕래가 넘쳐난다. 그 안으로 들어가면 온갖 색깔에 눈이 어지럽고 의식이 몽롱해져 정신이 없다. 비록 천만 가지 세상 근심을 품고 있더라도 마치 멀고 먼 섬나라에 나가버린 듯 자기가 어디 있는지 알 수 없을 정도이다. 하루 저녁에 쓰는 돈이 몇 천만 원인지 알지를 못하니 정말로 중국의 절대적 유희의 장소이다. 본 신문사가 '유희'로 명명한 것은 서양으로부터 모방한 것이며 수록하는 글도 결국 그 범위를 벗어나지 않는다. 이곳으로 옮겼으니 견문은 점차 넓어지고 영업도 더욱 번창하기를 바란다. 탐방하여 취재하는 자는 수시로 통지할 수 있고 신문 구매자 역시 편리할 것이다. 본 신문사를 이곳에 설립한 것은 실로 가장 적절하다. 어떤 사람이 주인에게 "근래에 『유희보』가 국내외에 널리 유행하지만 수록한 글은 조정의 국시는 전혀 없고 단지 유희의 일과 세상을 소오笑傲하는 이야기에 불과하니 어느 것 하나 사람들이 즐겨 보겠소?" 라고 물었다. 주인 왈 "그대는 하나는 알고 둘은 모르는구려. 본 신문사가 특별히 이렇게 하는 것은 원래는 유희만 하려는 것이 아니라 사실은 작은 것으로 큰 것을 보고 어떤 사실을 따와서 거기에 교훈을 담음으로써 어리석고 망령된 생각들을 일깨우기 위한 것이니, 그래서 혹은 풍자에 의존하거나 혹은 권선징악에 기대는데 어느 것이나 모두 깊은 뜻이 담겨져 있소이다. …"

이후의 글은 더 인용할 필요가 없을 것이다. 그렇지 않다면 리보위안이 여러 차례 언급한 '상투어'가 또 다시 그 모습을 드러낼 것이다. 그는 신문사를 쓰마루로 이전한 것이 신문에 가져다주는 이점을 선명하게 설명했으며, 그렇게 유리한 지역을 차지한 것은 신문의 '영업 이익'에 대해 크게 도움이 되었다. 그러나 그가 보도하려는 중요한 분야는 확실히 '쓰마루 식'의 세계였다. 이것은 부인할 필요가 없다. 이런 환경 속에서 리보위안은 영민함을 발동하여 '화방花榜을 열'면서 독자를 끌어들였다. 화방을 열게 되면서 그는 말할 것 없이 더욱 자질이 뛰어난 '화계의 지도자'가 되었다. 사실 그런 기풍의 물길을 연 것은 결코 리보위안이 아니었다. 원팅스文廷式와 왕타오 등이 일찍이 '비공식적'으로 두 차례 했던 적이 있었다. 그러나 당시 『신보』는 감히 공개적으로 보도하지 못했다. 지금도 대형신문은 싣지 못하지만 소형신문은 용감히 싣는다. 따라서 리보위안은 상하이에서 첫 번째로 확실하게 개명된 화방을 열었다고 할 수 있다. 『유희보』의 화방 행사는 사람들의 입에 자주 거론되면서 "상하이에 신문이 생긴 이후로 신문사가 거행한 가장 성공적인 사회활동"으로 칭송받았다. 이 성공적인 활동은 또 "당시 상하이 신문계에서 아직 어떤 신문도 도달하지 못했던 발행부수"의 기록을 세웠다. 장춘판(수류산팡漱六山房)은 이 화계 장원의 선발을 그의 소설 속에 다음과 같이 써넣었다.

> 바로 난팅팅장南亭亭長의 화방 장원 선발은 미모와 재능을 갖추어야 하며 또한 그녀의 자질도 심사해야 하고, 자질을 갖추었으면 또 그녀의 품행도 심사해야 한다. 그야말로 미모와 재능, 자질과 품행을 모두 갖추고 또 그것이 모두 뛰어나지만 비로소 그녀를 화방 수석으로 뽑고 뭇 미녀들의 으뜸으로 삼았다. 그래서 그때 화방의 장원은 확실하게 일정한 명성을 얻게 된 것이다.

소설은 반드시 실제 보도에 근거한 것은 아니며 약간의 참고사항을 제공할 수 있을 뿐이다. 하지만 각 방면의 보도를 보면 모두 리보위안의 이번 선발에 대해 호평을 했다. 화어러우주 야오민아이의 『화저창상록花底滄桑錄』은 더욱 상세하게 논평을 하고 있다.

> 마침내 광서 24년 무술년(1898년)에 다시 화방을 『유희보』에서 시작했다. 화방(미모 선발-역주)과 예방(재능 선발-역주)의 두 분야로 나누었다. 선발된 자는 영춘삼迎春三 소속의 샤오장쉐小绛雪(화방 장원)와 샤오린바오주小林寶珠(예과 장원) 둘이었다. … 상하이 최초로 확실히 개명된 화방이 되었다. 이듬해 기해년에 리보위안은 이들 두 사람이 아직 사람들의 기대에 미치지 못하

고 있는 것을 유감으로 여겨 다시 대회를 열어 선발했다. 화인리花仁里 소속의 샤오화쓰바오小花四寶가 화방의 장원이 되고 같은 소속의 장우바오張五寶가 예방의 장원이 되었다. 샤오화쓰바오의 모습은 일찍이 볼 수 없었던 공전절후空前絕後의 미모였으며 장우바오의 재능은 실로 견줄 자가 없었다. 당시 장우바오는 저명한 우사鳥師 차이아다蔡阿大의 애제자로 곤곡(崑曲, 중국 고전 창극의 일종-역주)에 뛰어났는데, 그 중 『사범思凡』 일절(一折: 전체 극의 한 막에 해당-역주)은 비록 경륜이 깊은 악사樂師라고 하더라도 찬탄을 금할 수 없을 것이다. 지금 백대공사百代公司의 유성기 중에 장우바오의 레코드가 있는데 이를 통해 그녀의 재능을 볼 수 있다. 이듬해 경자년에 어떤 사람이 리보위안에게 말하기를 예방 장원인 장우바오의 재능은 참으로 알아 줄 가치가 있지만, 샤오화쓰바오를 화방 장원으로 뽑은 것은 여전히 불만스러움이 있다고 했다. 그리하여 리보위안은 다시 화방을 연 후에 새로이 샤오주루춘小祝如椿이 화방의 으뜸이 되었지만 예방 장원은 여전히 장우바오였다. 샤오주루춘은 … 미모가 샤오화쓰바오보다 훨씬 뛰어나서 문인들도 다투어 그녀에 관해 이야기했다. 그리하여 리보위안은 사람들에게 "내가 화방을 경영하면서 지금까지 세 차례 미녀를 선발했는데 주루춘과 장우바오 두 사람이 가장 뛰어났으며 이에 대해 다시는 사람들의 비난을 받지 않았다. 당시 심사관들이 안목이 있었으니 비록 죽어도 여한이 없을 것이다"라고 했다. 이 말을 들은 자들이 모두 불길한 말을 한다고 했는데, 오래지 않아 리보위안이 뜻밖에도 객사하자 이 소식을 들은 사람들이 그가 지난번에 한 말이 씨가 되었다고 여겼다.

이렇게 많은 편폭을 인용한 목적은 단지 이후의 화방 선거가 투표과정에 금전이 오고가고 온갖 폐단이 백출한 것(과거를 폐지한 후 1912년 이후 민국 연간에는 화국花國, 기녀의 세계-역주의 대총통과 총리 선출로 변질되어 마침내 북양군벌정부의 항의를 불러일으킬 정도로 심하게 되었다)과 대비하려는데 불과하며, 장헌수이張恨水의 『춘명외사春明外史』에서도 이에 대한 부정부패의 흑막이 폭로되어 있다. 이런 몇 차례의 미녀 선발은 당연히 당시 일부 중산계급 시민의 취향과 그들의 취향에 대한 소형신문의 영합을 볼 수 있다. 『유희보』

와 같은 소형신문은 이렇게 기녀 세계를 다루면서 눈으로 보고 귀로 듣는 듯 생생하게 보도하였다. 하지만 그들이 기회가 생기기만 하면 나라 상황과 시사에 대한 풍자를 토로해내었던 것 또한 당연하였다. 가령 『유희보』가 연속으로 보도한 「금강이 서로 다투다」와 「명기가 주먹을 휘두르다」는 바로 그 적절한 예이다. 이른바 금강이란 린다이위林黛玉, 루란펀陸蘭芬, 진샤오바오金小寶, 그리고 장수위張書玉를 가리키는 것으로, 이들 네 명의 기녀를 사대금강이라고 불렀으며 그 중 루란펀과 진샤오바오의 싸움은 당연히 이 신문의 일대 볼거리가 되었다.

금강이 서로 다툰 이야기의 한 대목은 이미 어제 보도가 되었는데 이것은 모두 진샤오바오와 루란펀 두 사람이 서로 약속한 말을 지키지 않았기 때문이다. 지난 토요일 오후에 루란펀은 진샤오바오가 반드시 장원張園에 나올 것이라고 여기고 먼저 수레를 몰고 가서 진지를 확고히 굳히고 기다렸다. 상대가 아무 준비 없이 온 틈을 노려 공격할 요량으로 회심의 미소를 짓고 있었던 것이다. 손님들 대부분은 이 소식을 듣고 싸움을 말릴 작정으로 미리 가 있었다. 뜻밖에도 샤오바오가 장원에 오지 않았다. 란펀은 돌아와 바로 금곡춘金谷春의 특등식당으로 갔다. … 그녀는 좌석에 앉아 손님들에게 오늘 샤오바오가 장원에 나오지 않은 것은 하늘이 그녀를 도운 것이니, 만약 만났더라면 내가 반드시 자웅을 가리는 결판을 냈을 거라고 했다. 말을 하고 있는 중에 한 사람이 샤오바오도 이곳에 와 있다고 알려 주었다. 란펀은 갑자기 화가 속으로 치솟아 이왕에 이곳에 있으니 어찌 쉽게 놓아줄 수 있겠느냐며 몸을 일으켜 식당에서 나왔다. 때마침 샤오바오가 뜻밖에도 계단을 오르며 위층으로 가고 있는 것을 보고 란펀은 손가락질을 하며 욕을 퍼부었다. … 샤오바오도 듣고는 함께 욕을 하며 반격을 했다. … 입술은 창 같고 혀는 검 같이 날카롭고 서로 양보하지 않았다. 얼마 되지 않아서 란펀이 계단으로 올라가서 갑자기 샤오바오를 붙잡고 거세게 후려쳤다. … 일시에 하나로 뒤엉켜 꼼짝 없이 세 번 굽어진 계단 아래로 데굴데굴 굴러 바닥에 떨어졌다. 샤오바오의 이마는 란펀의 부채로 맞아서 부용꽃 얼굴이 이미 복사꽃으로 물들었고, 란펀도 계단에서 떨어지면서 화장한 얼굴에 혹이 하나 붙어 불룩하니 튀어나왔으며, 서로가 할퀸 상처가 줄줄이 그어져 선명하게 드러났다. 두 사람이 서로 귀밑머리를 쥐어뜯으며 싸울 때 새하얀 진주와 푸른 비취가 반짝거리며 주루룩 땅에 흩어졌다. 주위에서 보던 사람들이 구경하는 틈을 타서 그것들을 주웠다. 계산 없이 공짜로 주운 자들은 모두 금강이 이처럼 보시하다니 그 공덕이 결코 적지 않다고 칭송했다. … 두 사람이 잃어버린 것은 셈으로 헤아릴 수 없으니 심히 애석하지 않을 수 없다. 사후에 들은 바로는 어떤 손님이 양쪽에 극력 화해를 권하여 각자 잃어버린 목록을 써서 배상하도록 했다. 의론이 분분하여 결론이 어떻게 되었는지는 알지 못하겠다. 『유희보』 주인이 이 사건을 듣고 말하기를, "화해와 배상은 바로 중국의 고위 관료들이 본래부터 갖고 있던 경륜이긴 하지만 화류장에서도 이것이 쓸모가 있을 줄은 애당초 생각지도 못했다. 그러나 장래에 어떻게 약속을 하고 어떻게 서명을 할지는 모르지만 두 사람이 화해를 하여 영원히 이전의 미움을 버리기를 본 주인은 간절히 고대한다"고 했다.

이 문장의 마지막에는 또 이 사건은 쉬訐 성을 가진 손님이 이간질을 하여 일어난 것으로 "그 이야기가 매우 길어 내일 신문에서 다시 싣는다"라고 덧붙였다. 이런 제재를 전력을 다해 추적 보도를 하는 것은 바로 이런 리보위안 식 소형신문이 최대로 관심을 기울이는 분야이며 최대로 매상을 올리는 부분이었다.

이런 도시 중하층 시민생활에 접근한 신문은 크게 환영을 받았다. 이런 신문의 격조는 비록 높지도 않았고 부정적인 영향도 적지 않았지만 당시 현대화된 문화시장을 개척한 점에서는 어느 정도 역할을 했다. 신문의 깊이가 얕고 통속적임으로 말미암아 상당히 널리 대중을 끌어들였다. 문화에 있어서 현대화와 대중화는 상호 관련된 것이었다. 위에서 인용했던 「『유희보』의 취지를 논함」에서 "뜻은 쉬운 것에서 취하고 말은 통속적인 것에서 찾아서 농공상인과 여성 어린이까지도 모두 볼 수 있게 했다"고 언급했다. 그리고 표제도 이목을 끌도록 중국 전통의 장회체章回體 대구를 활용했는데, 가령 "체면은 죽고 기쁨은 살다" "귀신은 양쪽 무대를 열었고 그물은 세 방면에 열렸다" "이만 원으로 방탕아는 혼사를 이루고 사백 금으로 노름꾼은 도박장을 열었다" "어렵게 소첩이 되어서는 뜻밖에도 열세 살에 아들을 낳고, 제멋대로 큰 도령이 되어서는 어찌 백 원으로 책임을 지랴" 등이다. 아무렇게나 신문을 펼치면 이런 생동적인 대구식의 표제들이 독자의 환심을 널리 살 수 있었다. 리보위안의 이런 '영합'의 태도는 현대화된 문화시장을 개척하는 데 선동적인 사회 효과를 불러 일으켰다는 사실을 보아야만 한다. 그의 신문 운영 방침은 시민의 취향을 지향하고 사회 생태에 영합하는 것을 목적으로 삼았으며, 영합·접근·밀착은 그가 현대화된 문화시장을 건립하는 일종의 책략이었다. 리보위안의『유희보』는 유희를 수단으로, 영합을 책략으로, 시장을 근거지로, 생존을 목적으로 삼았다.

『유희보』로 대표되는 소형신문들은 견책소설로 통하는 다리였다. 견책미가 없는 소형신문으로서는 견책소설의 고조를 맞이할 수 없었다. 리보위안은 이 같은 큰 사회적 영향력을 확보하고 나서야 비로소 국내 최대의 출판기구인 상우인서관商務印書館에 가서『수상소설』을 주편하면서 자신의 문학사업을 확실하게 한 등급 향상시킬 수 있었다. 그리고 그의 수상소설인『생지옥活地獄』도 그가『유희보』에 여러 차례 쓴 논설문「중국 소송사건의 내막을 논함」과 서로 호응하면서 연재되었던 것이다.

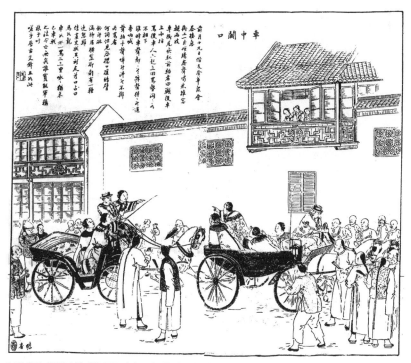

'마차 위의 설전(車中鬪口)'은 종종 기녀들 간 싸움의 도화선이 되었다. 청 말 자동차가 아직 보편화되지 않은 상황에서 마차는 가장 호화로운 교통수단이었다. 당시 마부들은 모두들 서양 신사복 차림이었다. 고급 기녀들은 마차를 세내어 일을 나가거나 바람을 쐬러 다니곤 하였다. 『점석재화보』에 실린 이 그림은 마차에 탄 고급 기녀 두 사람이 거리 한복판에서 공공연히 입씨름을 벌이는 장면을 생동감 있게 그려냈다.

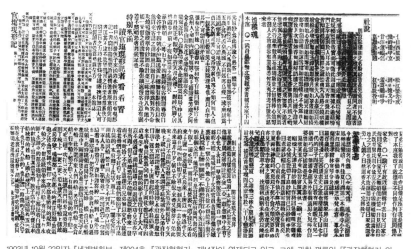

1903년 10월 22일자 『세계번화보』 제904호, 『관장현형기』 제14장이 연재되고 있고, 그에 관한 평론인 「『관장현형기』의 독자는 보시오」라는 글이 실려 있다.

제3장

1902~1907년
중국 현대 문학 정기간행물의
첫 번째 물결

新小說

壹年第

第壹號

「신소설」창간호 표지

제1절
중국 현대 문학 정기 간행물의 준비기

1878년 파리에서 찍은 옌푸의 사진

　중국 현대 문학 정기간행물의 첫 번째 물결은 청 말 시기 영향력 있는 여섯 개의 정기간행물이 연이어 창간되어 중국 문학 정기간행물의 현대화 풍경선을 이룬 것을 가리킨다. 여섯 잡지는『신소설新小說』,『수상소설繡像小說』,『신신소설新新小說』,『월월소설月月小說』,『월동소설림粵東小說林』(후에『중외소설림中外小說林』,『회도중외소설림繪圖中外小說林』등으로 바뀌었다),『소설림小說林』이다.

　『신소설』(월간)은 1902년 11월(광서 28년 10월) 일본 요코하마에서 창간되어, 1906년 1월(광서 31년 12월)에 정간되었고, 모두 24기를 발행했다.『수상소설』(반월간)은 1903년 5월(광서 29년 5월) 상하이에서 창간하고, 1906년 4월(광서 32년 3월) 정간되었으며, 전체 72기를 출판했다.『신신소설』(월간)은 1904년 9월(광서 30년 8월)에 상하이에서 창간되어, 1907년 5월(광서 33년 4월) 10기 발행으로 정간되었다. 월간으로 발행했지만 나중에는 출판 날짜를 지키지 못했고, 마지막 2기는 거의 연간이 되었다. 『월월소설』(월간)은 1906년 11월(광서 32년 9월) 상하이에서 창간되어, 1909년 1월(광서 34년 12월) 총 24기를 발행하면서 정간되었고, 『월동소설림』은 현존하는 제3기가 1906년 9월 19일 광저우에서 출판된 이후부터는 (1907년에는 『중외소설림』으로 이름이 바뀌었다가 이후에 또 『회도중외소설림』으로 바꾸었다) 홍콩에서 출판되었다. 지금 확인할 수 있는 바로는, 『월동소설림』은 8기가 출판되었고, 『중외소설림』(『회도중외소설림』 포함)은 1907년에 18기가 나왔고, 1908년에는 현재 확인된 것으로는 11기가 출판되었는데, 출판날짜는 없다. 『소설림』(월간)은 1907년 2월(광서 33년 1월) 상하이에서 창간되고 1908년 10월(광서 34년 9월) 정간되었으며 모두 12기를 발행했다.

중국 현대 문학 정기간행물의 첫 번째 물결은 5년의 준비기를 거쳐 탄생되었다. 1897년부터 유신개혁파의 여론 공세가 시작되면서 중국 전통 소설관념이 새로 정립되었다. 그간 한가한 휴식 시간의 심심풀이 오락이었던 소설이 계몽의 무기로 바뀌게 된다. '소설계혁명'을 제창한 상징적인 첫번째 글은 1897년 지다오幾道(옌푸嚴復), 베스別士(샤쑤이징夏穗卿 혹은 샤쩡유夏曾佑)가 톈진의 『국문보國聞報』에 쓴 「본 신문사의 소설 출판 취

옌푸가 1897년 10월 26일 『국문보』 창간호에 실은 「국문보 취지문(國聞報緣起)」과 「본 신문사의 소설출판 취지문(本館附印說部緣起)」

지문本館附印說部緣起」[1]으로, 이는 세계적 시각을 지닌 문예 논문이었다. 글은 "유럽, 미국, 일본이 개화할 때 소설의 도움을 받았다"고 하면서 소설 출판의 목적을 대중 개화에 두어야 한다고 설명한다. 그들은 소설을 인심人心을 구축할 수 있는 수준으로 끌어올리면서, "몸人身이 만드는 역사가 있고, 마음이 세우는 역사가 있는데, 오늘의 마음은 과거의 몸에 의한 것으로, 소설은 정사正史의 근본이 된다"는 결론을 얻어낸다. 비록 『국문보』는 소설을 출판하겠다고 했지만 나중엔 출판하지 못했다. 만 자에 가까운 이 장편의 글은 처음 제창했다는 의미만 있을 뿐, 그 언약과 초지는 실천되지 못했다.

같은 해 캉유웨이는 "서구는 소설학을 중시한다"에서 계몽을 받아, 소설은 "철부지 아이의 지식을 일깨워 바른 길로 인도할 수도" 있고, 또 "쉽게 민치民治에 영향을 주어 쉽게 어리석은 관습에 빠지게도 한다"고 자술한다. 그는 "글을 아는 사람 중에 '경전經典'을 읽지 않는 이는 있어도, 소설을 읽지 않는 이는 없다. 그러므로 '육경六經'으로는 교화하지 못하지만 소설은 교화가 가능하다. 정사로는 안 되지만 소설은 할 수 있다. 어록으로는 비유하지 못하지만 소설은 할 수 있다. 법률의 조문으로는 다스릴 수 없지만 소설은 가능하다"고 하면서, 소설 개혁을 당시의 가장 긴급한 일로 보았다.[2] 량치차오도 1897년의 『변법통의』의 「유학幼學을 논하며論幼學」에서 "요즈음 전용 속어에 적합한 대중 저서가 있는데, 위로는 성인의 가르침을 빌려 해석하기도 하고, 아래로는 역사적 사건을 가지각색으로 진술하기도 한다. 가깝게는 국치國恥를 불러일으킬 수 있고, 멀리로는 법도에 연루될 수도 있으며, 나아가서는 관리의 추태, 시험장의 악취미, 아편의 중독, 전족의 잔인한 형벌 등 모두 극히 이형異形이라 할 수 있는 이 말세적인 것들을 힘껏 비판할 수 있다. 이렇게 이로운 것이 어찌 한계가 있겠는가!"[3]라고 하였다. 여기서 '대중 저서'가 반드시 소설은 아니겠지만, 극히 이형이라는 것은 소설에서는 능히 할 수 있

---

1) 이 문장은 톈진 『國聞報』 1897년(光緖23年) 10월 16일에서 11월 18일까지 연재되었다.

2) 康有爲, 「日本書目志·識語」, 『康有爲全集』, 第3卷, 上海古籍出版社, 1992년, 1212쪽.

3) 梁啓超, 「變法通議論幼學」, 『時務報』, 第18冊, 光緖23年(1897年) 1월 21일 出版.

는 일이다. 총괄하면 1897년부터, 유신인사들은 이구동성으로 소설 개혁을 요구했고, 이 해가 소설계혁명의 한 해가 되기는 했지만, 겨우 여론을 불러 일으켰을 뿐이었다.

이때부터 거의 매 해 문장들이 여론적으로 세력을 형성한다. 예를 들면, 1898년 량치차오가 『청의보淸議報』 제1권에 발표한 「정치소설 번역 출판의 서문譯印政治小說序」이다. 그는 정치소설의 중요성을 자세히 설명하면서 동시에 과거의 중국

31세의 량치차오 사진

소설에 대해 멸시와 부정적인 입장을 취했다. 소설은 "도적질을 가르치거나 음담을 가르치는 양 극단을 넘어서지 않는다"는 것이다. "매번 책이 출판될 때마다 전국에서 비평이 일었고, 미국·영국·독일·프랑스·오스트리아·일본 각국 정계의 하루가 정치소설이 되었으며, 그 효과는 아주 좋았다"[4]고 하면서 정치소설의 효능을 무한히 과장하였다. 신문은 1권부터 일본의 시바 시로오柴東海의 정치소설 『가인의 기우佳人奇遇』를 연재함으로써 정치소설을 제창한다. 1899년 량치차오는 「음빙실자유서飮氷室自由書」에서 정치소설이 일본 유신운동에 미친 영향을 논술하였다. "일본 유신운동의 공적에 있어서 소설도 한 몫을 차지한다." 또한 소설의 작가들이 모두 대유학자나 석학, 인자仁人와 지사인 점을 강조하였다. "저자는 모두 한때 대정론가로 책 속의 인물을 빌려 자신의 정견을 서술하는데 물론 그것을 소설로 봐서는 안된다"고 서술한다.[5] 이 견해는 후에 그가 창간한 소설 잡지에 반영되어졌고, 그가 만든 잡지의 편집 방침이 되었다.

린수林紓는 소설번역가의 시각으로 1901년 여러 차례 의견을 제시했다. 그는 『역림譯林』 서문에서 "대중들의 교육수준을 높이려면 학교를 세워야 하

4) 梁啓超, 「譯印政治小說序」, 『淸議報』, 第1册(1898年 12月 23日 出版), 中華書局, 1991年 影印本, 54쪽.

5) 梁啓超, 「飮氷室自由書」, 『淸議報』, 第26册(1899年 9月 5日 出版), 中華書局, 1991年 影印本, 1681쪽.

지만 교육 효과가 입회 연설만 못하고, 연설 역시 쉽지 않으니 결국은 책을 번역해야 한다"[6]고 말한다. 그는 당시 학교설립·연설과 소설 번역이 대중 교육 수준을 높이는 3대 방법이라고 여겼고 자신의 번역서가 효과가 제일 빠르며 실행하기 쉬운 좋은 방법이라고 보았다. 『톰아저씨의 오두막黑奴籲天錄』 발문에서 "나와 웨이魏 군이 함께 번역한 것이 이 책이다. 독자들의 실없는 눈물에 근거해 슬픔을 묘사하는 것은 적합하지 않다. 특히 대중을 다가오게 하려면 대중을 위한 것이 되어야 한다. … 오늘의 정치변화의 시작은 내 책이 만든 것이다. 사람들은 옛 책을 버리고, 새로운 학문을 추구하고 있다. 비록 내 책은 저속하지만 의지를 진작시키고 애국심을 일으키는 데는 충분하다"[7]고 하였다. 이것이 린수가 생각하는 번역의 목적이었다. 예전의 소설가들이 '한가한 시간'의 소일거리라고 보는 것과는 완전히 달랐다.

추웨이아이邱煒愛도 해외 망명가의 신분으로 이에 호응한다. 그는 「소설과 대중 교육의 관계小說與民智關系」에서 "동서양 여러 나라의 소설관념은 중국과 다르다는 것을 들었다. 중국 지식인들은 이 소설을 경시하지만, 외국은 지식인이 아니면 감히 소설을 쓰지 못한다. 소설이라는 것은 목적이 있고, 정치체제나 대중의지와 상통할 수 있다. 또 배움의 지혜를 넓히고 악습을 없애며, 또 과거 사실을 기록하고, 일화와 비사에 적합하다. 자만하고 공허해서는 안 되고, 이치에 맞지 않는 말을 억지로 붙여서도 안 된다. 외국에서 소설의 명성은 중국과 많은 차이가 있다"고 했다.[8]

또 헝난제훠셴衡南劫火仙의 「소설의 위력」은 중국의 소설 전통을 폄하하는 태도로, "『봉신연의封神演義』, 『서유기西遊記』의 기괴함, 『삼국연의三國演義』의 근거 없는 황당함 … 그 의미는 한가하게 시간을 보내는 데 있다. 정치 사상 의식은 거의 없는 데다가 심지어 터무니없는 말들의 나열은 눈을 거슬리게 한다. 저

---

6) 林紓, 『譯林』, 第1期, 『淸議報』, 第69冊(1901年 1月 11日 出版). 中華書局, 1991年 影印本, 4399쪽.

7) 林紓, 「黑奴吁天錄跋」, 薛綏之, 张俊才 編, 『林紓研究資料』, 福建人民出版社, 1982年, 104쪽.

8) 邱煒萲, 「小說與民智關係」, 『揮塵拾遺』, 陳平原, 夏曉虹 編, 『20世紀中國小說理論資料(第1卷)』, 北京大學出版社, 1989年, 31쪽.

자들은 시정잡배들이 많은데, 뭐라 탓할 것은 아니다. 소설계의 부패는 지금 극에 달했다"고 지적한다. 상대적으로 비교해, "유럽과 미국의 소설은 고관들이나 대학자들과 관련된다. 세상의 흐름을 보고, 인류의 도리를 통찰하며, 옛날로 올라가 장래를 예측하며, 자신의 의견을 책으로 만들어 대중들의 귀와 눈을 틔우고, 대중들의 의지를 격려하는 데 사용한다. 인류의 폐단을 낮추고 국가의 위험에 귀감이 되며, 그리고 그 뜻은 예외 없이 국민의 이익과 연관되며, 원기 넘치는 생기를 늘 인간 세상에 줄 뿐이다."[9]

이렇듯 절박하게 소설 기능의 개혁을 바라는 호소는 '합창단'을 이루었다. 가장 먼저 제창했던 옌푸, 샤쩡유의 「본 신문사의 소설 출판 취지문」를 제외하고, 다른 문장들은 『천연론』의 관점을 그들의 문학개혁의 지침으로 삼았다. 또 린수와 같은 번역가가 자신의 번역 작품을 근거로 소설 기능에 관한 견해를 발표한 것 외에, 캉유웨이와 량치차오 주변의 유신파 인물들, 또 캉유웨이와 량치차오의 영향을 받은 해외애국인사 추웨이아이, 그들의 관점은 량치차오들이 만들고자 하는 소설 잡지 중에 분명 잘 나타났을 것이다. 량치차오들은 잡지를 발행해 여론을 만들어내는 전문가들이었다. 하지만 1897년 전에는 정치 간행물을 발행했을 뿐 소설 간행물은 창간하지 못했던 것 같다. 그것은 당시 캉유웨이와 량치차오가 유신운동으로 바빴고, 정치의 소용돌이 속에 빠져있었기 때문이다. 캉유웨이와 량치차오는 '100일 유신'이 끝나고, 해외 망명을 떠나서야 기존의 잡지를 토대로 문학잡지를 창간하게 된다. 량치차오는 일본으로 도피하는 배 안에서 시바 시로오의 정치소설 『가인의 기우』을 읽고 큰 충격을 받았던 것 같다. 일본에서 두 달을 보낸 후 량치차오는 『청의보』를 창간하면서 첫 호에 이 정치소설을 등재한다. 시간이 흐르면서, 자신의 정치 견해를 실은 소설 『신중국 미래기新中國未來記』도 완숙되었다고 여기며 소설 간행물 출판을 결심하게 된 것이다. "전국의 논의를 한 번에 바꿀 수 있는" 소설의 기능에 실천 활동이 있어야 한다고

---

9) 衡南劫火仙, 「小說之勢力」, 『淸議報』, 第68册(1901年 1月 1日 出版), 中華書局, 1991年 影印本, 4305~4306쪽.

했다. 그 개인적으로 보면, 그도 유럽과 미국의 고관이나 유학자처럼 자신의 정치 견해를 소설에 기탁해야 했다. 그는 『신중국 미래기』 서언에서 "이 책을 쓰는 데 5년이 걸렸고, … 『신소설』은 전적으로 이를 위해 발행되었다"는 자신의 급박했던 마음을 털어놓았다. 마치도 소설 잡지의 창간 목적이 5년 동안 심혈을 기울여 쓴 작품을 발표하기 위한 것처럼 말이다.

만약 1897년이 소설 제창의 해라고 한다면 그것은 단지 여론의 시작일 뿐, 1902년이 되어 잡지 창간의 해가 되었고 제창한 것을 실천하였다. 유신파의 소설 기능 개혁에 대한 커다란 소망이 있었고, 량치차오의 『신중국 미래기』 조기 출판의 절박한 마음이 배경이 되어 중국 문학 정기간행물 현대화의 첫 물결이 이렇게 서막을 열게 되었다. 이는 중국 문학의 현대적 정기간행물의 첫 제비였다. 이 반가운 첫 제비는 분명히 량치차오 등의 선전가들의 날카로운 자질과 호탕한 기세 그리고 그들의 편집적인偏執 약점이라는 '모반母斑'을 가지고 중국 문학 공간을 비상하였다.

제2절
『신소설新小說』
-중국 현대 문학 정기간행물의 첫 제비

    1902년 7월 15일 『신민총보新民叢報』에 아직 탄생하지 않은 '『신소설』 잡지사新小說報社'의 광고 「중국 유일의 문학잡지 『신소설』」이라는 글이 실렸다. 이는 정기간행본 간행 취지를 설명한 장편의 예고문이었다. "본 신문의 취지는 전문적으로 소설가의 말을 빌려 국민의 정치 사상 의식을 일깨우고 그 애국정신을 고무하는 것"이다. 이 예고문은 내용 소개를 중점적으로 하면서, 15종류의 소설 장르를 제시했다. 즉 역사소설, 정치소설, 철리과학소설, 군사소설, 모험소설, 탐정소설, 연애소설, 기괴소설語怪小說, 메모체소설摘記體小說, 전기소설傳奇小說, 세계명인일화, 신악부新樂府와 광둥민요 및 광둥극본廣東戲本 등이다.

    역사소설과 정치소설이 『신소설』의 '주 메뉴'가 되었다. "역사소설은 전적으로 역사 사실을 소재로 삼고 연의演義 소설체를 사용한다. 무릇 정사는 읽으면서 쉽게 질리지만 소설은 감동이 생긴다." 그것은 세계 각국 흥망성쇠의 역사적 교훈을 두루 보는 창문과 같다. 예를 들면 『로마사연의』(그 흥망이든 성쇠든 …… 모두 후세를 경계함에 족하다), 『19세기연의소설사』(오대주 각국의 큰 사건이 자세히 기록되어 있으며, 정신이 살아있다), 『자유종』(미국독립사이며, 독자에게 애국 독립 의식을 갖게 한다),『홍수의 재난洪水禍』(프랑스 대혁명 연의소설),『동유럽의 여성호걸』(러시아 민당民党을 서술했고, 여성호걸을 중심으로 하였다) 등이 있다.

만약에 역사소설이 외국 역사를 써서 중국 개혁의 귀감이 되었다면, 정치소설은 "중국을 쓰고 있지만, 사실은 모두 환상에 의한 것이다." "정치소설은 필자가 소설을 빌려 자신이 품고 있는 정치사상을 토로하려는 것"이라고 했다."『신중국 미래기』,『구중국 미래기』와『신도원新桃源』 3편의 소설을 중점적으로 소개했다. 첫 번째 소설은 중국 개혁의 성공을 써서, 나라와 국민이 합심해 국력의 부강을 이룩하고 세계 최고가 되자고 했다. 두 번째는 중국이 변하려 하지않아, 정부가 서구열강의 괴뢰정부가 되었고 "국민이 모두 외국에 빌붙어 노예가 되었다"고 했다. 세 번째는 "지방 자치 제도를 만들기 위한 것으로", 기발하게도 200년 전을 설정해서, 중국 민족이 폭정을 견디다 못해 사람들을 데리고 항해를 시작해 큰 무인도에 도착했다고 한다. 그 곳의 제도는 구미의 1등 문명국 같았다. 그들은 지금까지 부모의 나라를 잊지 않고 "대륙의 지사를 도와 유신의 위업을 이루었다"고 했다. 이 세 편의 소설은 개혁하면 생존하고, 변하지 않으면 멸망한다라는 결론을 제시한다.

량치차오는『신소설』 창간호에 '선견지명적인' 발간사,「소설과 대중정치 관계를 논하며論小說與群治之關系」를 발표한다. 이것은「본 신문사의 소설 출판 취지문」에 이은 또 한 편의 상징적인 '소설계혁명' 문장이었다. 한편으로는 소설계혁명을 위해 중요한 논지를 많이 제시했지만 다른 한편으로는 소설의 '직무 범위職域'를 너무 확대했다는 결함을 보아야 한다.

이 발간사는 량치차오가 1897년 발표한「대중을 말하다說群」와 1902년 연재한「신민설新民說」을 연결해 읽어야 그의 의도를 꿰뚫어 볼 수 있다. 발간사는 이 두 편의 중요 문장의 '문학판文學版'이었다.「대중을 말하다」는 대중을 모아야 응집력이 있다고 강조했다. 과거 중국은 '수신', '제가', '치국'에만 치중해, '충군'으로 이해했을 뿐, '평천하'는 추상적인 이상개념이었다. 량치차오는 비록 '수신'이 중요하지만 대중정치 역시 치국의 근본이며, 대중정치만이 대중을 다스릴 수 있다고 보았다. 그의 「신민설」에 의하면 '신新' 자에는 두 가지 해석이 있는데, 하나는 동사로, 계몽 사업을 해서 민중의 집단적인 지혜를 발양해야 한다는 것이고, 두 번째는 형용사로, 무리지어진 민중을 모두 공중도덕의 '신민'으로 만들어야 한다는 것이다. 그는 이런 대중정치와 '신민'을 실현하는 무기이자 방법을 '소설'로 보았다.

> 일국의 백성을 새롭게 하고자 한다면, 먼저 그 나라의 소설을 새롭게 해야 한다. 도덕을 새롭게 하고자 한다면 소설을 새롭게 해야 하고, 종교를 새롭게 하고자 하면 소설을 새롭게 해야 한다. 정치를 새롭게 하고자 한다면 소설을 새롭게 해야 하고, 풍속을 새롭게 하려면 소설을 새롭게 해야 하며, 기예를 새롭게 하려면 소설을 새롭게 해야 한다. 나아가 인격을 새롭게 하려면 소설을 새롭게 해야 한다. 무엇 때문인가? 소설에게는 불가사의한 힘이 있어 사람의 도리를 지도하기 때문이다.

그래서 그는 소설을 '소도小道'로, 심지어는 '소도 중의 소도'라는 전통 관념을 뒤집었다. 기상천외하게 소설의 위치를 "문학의 가장 높은" 수준에 두자고 하면서, 중국문학이 20세기에 '소설의 세기'를 이루는 기초를 세운다. 량치차오는 이 웅장한 문장에서도 여러 차례 소설의 매력을 언급했다. 예를 들면 "평이해서 이해하기 쉽고", "즐거워서 재미가 많고", "별천지로 안내하는", "마음의 소리를 드러내는" 것 등이다. 또 소설의 작용력을 향기를 쐬고熏, 빠지며浸, 찌르고刺, 제시하는提 '4글자 묘방'으로 개괄해냈다. 하

『신소설』 창간호 표지

지만 이런 관점은 모두 그가 제창한 강력한 '도구론'에 가려져 빛을 잃게 된다. 소설의 '만능 색채'를 아주 선명하게 한 것이자, 동시에 소설, 나아가 문학을 현대정치와 견고하게 한데 묶은 것도 량치차오부터 시작되었다.

『신중국 미래기』는 량치차오 문예 관념의 훈련이었다. 그는 자신의 머리에서 5년 동안 출렁거렸던 소설이 중국의 앞날에 큰 도움이 되고 밤낮으로 이 의지가 쇠하지 않을 거라고 믿었다. 그는 소설에서 정견을 발표하고 싶어 했고, 그것을 양양한 기세로 마음껏 발휘하였다. 먼저 소설 속에서 유신 50년 대축전의 장면을 펼쳤고, 쿵민줴孔民覺에게 「중국 60년사中國近60年史」를 연설하게 했다. 붓을 한 바퀴 돌려 또 전지전능한 시각으로 두 주인공 황커창黃克强과 리취빙李去病에게 44차례에 달하는 장편의 논박을 하게 했다. 그 글자만 1만 6천자에 달했다.

그는 중국이 '무혈혁명'을 해야 한다고 주장했다. 중국은 영국과 일본의 정치방식을 택할 수밖에 없고, 프랑스 혁명은 '홍수의 재난'이라고 보았다. 그의 유신 계획은 군권을 유지하는 것으로, 군권을 형식화한 공화라야만 전국적인 유혈 파괴를 일으키지 않을 것이고, 백성들의 생명재산도 보장할 수 있고 국가의 생명력도 보존할 수 있다는 것이다. 군권-질서-국가 생명력의 삼위일체는 바로 44차례에 달한 반박의 핵심이었다. 하지만 그는 3회를 쓰고 되돌아 보았을 때, 웃음이 터져 나오는 것을 금치 못했다.

오늘 2,3회를 완성하고, 다시 읽어보니, 소설 같기도 하고 아닌 것 같기도 하고, 야사 같기도 하고 아닌 것 같기도 하고, 논저 같기도 하고 아닌 것 같기도 하니, 어떤 글이 될지 모르겠다. 스스로 좋다고 돌아보니 저절로 웃음이 나왔다. …… 언제나 법률·방도·연설문·논문 등을 많이 실었는데, 쓸데없이 문장이 장황하여 조금도 재미가 없었으며 독자의 기대를 만족시키지 못한다는 것을 알고 있다. 잡지 속에 있는 다른 종류의 재미가 그것을 보상하기를 바란다. 정치담론을 싫어하는 사람이 있다면 이 졸서를 어찌하겠는가?

그는 마치 자신이 쓴 이 웅장한 문장의 실패를 인정하는 것 같았다. 하지만 '정견 읽기를 좋아하는 사람'은 그래도 이것에 흥미가 있을 거라고 생각했다.

『신소설』 중 『신중국 미래기』, 『홍수의 재난』, 『동유럽 여성호걸』과 『회천기담回天綺談』(번역서)은 중요한 4편인데, 『동유럽 여성호걸』 속의 몇 인물의 활동을 제외하고, 모두 소설의 외투를 걸치고 곳곳에서 정견을 발표하려는 정론들이었다. 이 4편의 작품은 모두 미완성 작품으로, 지금은 '공사가 중단된 건물'이라고 부른다. 그 이유는 량치차오가 문예의 내재적 규율을 따르지 않고 소설 잡지를 창간했기 때문이고, 소설 잡지를 정치 선전의 도구로 보았기 때문이다.

그들은 문예를 선전과 동일시하였다. 그들은 여러 직책을 겸임해 한가할 틈이 없는 아주 바쁜 정치인들이었다. 『홍수의 재난』을 쓴 위천쯔雨塵子, 즉 량치차오가 아끼는 제자 저우쿠이周逵(저우훙예周宏業)는 정치소설 『경국미담經國美談』의 역자로, 많은 정론의 글을 썼다. 『동유럽 여성호걸』의 작가 링난위이 여사嶺南羽衣女士는 뤄푸羅普(뤄샤오가오羅孝高)의 필명이며 다른 필명은 '피파성披髮生'으로, 그는 량치차오의 동문으로 함께 『십오소호걸十五小豪傑』을 번역한 적이 있다. 귀국해서는 『시보時報』의 총 주필을 담당했다. 『회천기담』을 번역한 위써자이주런

『신소설』 제1호에 있는 「출정가(出軍歌)」

玉瑟齋主人은 마이중화麥仲華로, 캉유웨이의 제자로서 그의 사위가 되었다. 그는 『청의보』에 『이집트 근세사』를 번역했다.

이들은 모두 능력과 재기 넘치는 엘리트들이자 정치 소용돌이 속의 용감한 투사들이었지만, 기껏해야 정치소설류를 접했을 뿐 문학과의 인연은 그다지 깊지 않았다. 그들의 작품들이 단기적 효과를 낸 적은 있다. 예를 들면, 청 정부가 일본 정부에게 『신소설』 폐쇄를 요청한 적이 있다. "톈진 『대공보大公報』 광서 29년 3월 초(1903년 4월 2일자)의 「시사 소식時事要聞」 란에 다음과 같은 내용이 실렸다. '외무부 명령에 따라 소설보관小說報館이 자유, 평등권, 신세계, 신국민이라는 황당무계한 말로 중국에 독을 퍼뜨리는 것을 금지한다. 『신민총보』의 글은 너무 어려워 문학이나 문자를 대충 아는 사람은 이해하기가 쉽지 않다.' 여기서 말하는 요코하마의 '소설보관'이란 '신소설사新小說社'다. 요코하마에서 편집 발행한 『신민총보』·『신소설』이 중국으로 대량 운송되어 갔고, 이들의 영향을 청나라 정부로서는 지나칠 수 없었던 것이다."[10] 한편 『신소설』 출판은 중국 문학 간행물의 현대화의 포문을 열었고, 그것의 선도를 거치면서 소설의 지위는 확실한 향상 효과를 일으켰다.

그러나 『신소설』의 성과와 동시에 우리는 그 실패의 일면을 보지 않을 수 없다. 4개의 '공사가 중단된 건물'의 교훈은 작가들을 청해 '문예를 이용해 정치를 포장하는' 가공업을 해서는 안 된다는 것을 가르쳐 줬다. 이는 지속되기 어려운 것이다. 『신중국 미래기』를 더 써내려가지 못한 이유는 여러 방면에서 찾아볼 수 있다. 량치차오가 1903년 2월 일본을 떠나 미국으로 건너갔다가 같은 해 10월 말 일본으로 돌아 왔을 때, 이미 그의 정치관은 변해 있었다. 그는 미국의 정치제도가 아주 우수한 것이지만 중국 민중의 자질에 비해 차이가 크기 때문에, 중국에서는 '정치전제주의'를 끌고 가는 것이 적합하다고 했다. 심지어는 장편의 정론인 「개명 전제론開明專制論」에서 그는 "공화야, 공화, 나는 너와 영원한 이별을 하는구나!"라고 개탄하기도 했다. 그의 『신중국 미래기』 중의

---

10) 樽本照雄, 『清末小說叢考』, 日本, 汲古書院, 2003年, 274~275쪽에서 재인용.

일부 생각은 이미 훼손되었다. 『신소설』의 실패는 량치차오가 8호부터 자신이 만들어 놓은 무대를 우젠런에게 양보해 공연하게 했다는 데 있다. 그가 설계한 자유로운 상상 방식인 정치 공리 노선은 계속되기 어려웠다.

'풍자와 견책'이라는 우젠런 사회소설의 노선을 따라가게 되면서 정기간행물은 더 통속화되어 갔다. 우젠런의 『20년간 목도한 괴현상』, 『통사痛史』, 그가 다시 편집한 『구명기원九命奇寃』 등등은 큰 폭으로 『신소설』의 지면을 차지했다. 제1권 12호에 그와 연관된 작품이 전체 175페이지 중에서 104페이지에 달했다. 제1권 제8호부터 종간인 제2권 제12호까지, 그의 작품 혹은 그에 의해 편집되거나 평점된 작품들이 매 호의 반 이상의 편폭을 차지하였다. 그는 자기 친구이자 번역가인 저우구이성을 데리고 와 간행물의 모든 번역을 도맡게 했다. 나중에 두 사람은 『월월소설』을 창간해 한 명은 총편집을, 한 명은 총번역을 담당한다. 『월월소설』의 구조와 형식은 『신소설』 제8호에서 종간호까지의 형태를 넘어서지 않았다. 『월월소설』은 『신소설』 8호부터 그것을 숙주삼아 기생했다고 볼 수 있다. 『월월소설』을 분석해 보면, 우젠런과 저우구이성 두 사람의 '연맹' 구조가 이미 『신소설』에서의 합작 속에서 그 형태를 만들었음을 알 수 있다.

제3절
『수상소설繡像小說』, 『월월소설月月小說』,
『소설림小說林』개관

　　『신소설』의 영향을 받아 국내에 처음 창간되고 대량의 독자를 확보한 소설 잡지는 상우인서관商務印書館의 『수상소설』이다. 편집자는 리보위안이었다. 그는 19세기 말 소형신문小報 편집으로 명성은 있었지만 격조가 높지 않다고 평가받았다. 이번 『수상소설』 주필 자리는 그에게 있어 자신의 경쟁력을 높이는 아주 좋은 기회였다. 그는 '상우인서관 주인商務印書館主人'이라는 서명으로 「『수상소설』을 출판하는 취지문本館編印 『繡像小說』緣起」에서 다음과 같이 말하고 있다.

　　멀리로는 서양의 좋은 것을 가져오고, 가까이는 해동海東의 여운을 건진다. 저서이든 번역본이든 수시로 택해, 매 월 2기를 출판한다. 사상을 빌려 대중들의 우매함을 개화하고, 여가를 내어 대아大雅를 풍자한다. 오호라! 의화단 사건, 이 사건은 고증할 만하다. 애국군자들이 만약에 동조를 끌어내 서로 잘 통하다면 종풍(각 파 특유의 풍격이나 사상)을 펼칠 수 있다. 이로써 효시를 만들기를 바란다.

이는 잡지가 받은 영향, 잡지 발행의 목적과 취지, 그 반향을 설명했다. 이 잡지는 청 말 출판 횟수가 가장 많았고, 그 당시 실적이 가장 좋았다고 볼 수 있다. 아잉은 이 잡지를 가장 순수한 소설 잡지라고 한 적이 있다.

잡지는 청 말의 많은 저명한 소설을 실었다. 비록 청 말 소설의 보고寶庫라고 할 수는 없지만, 적어도 청 말 우수한 소설의 반 이상을 실었다고 볼 수 있다. 잡지 발행은 처음에 비교적 급작스러웠지만, 그래도 리보위안의 노력으로 나날이 좋아졌다. 제1기에는 리보위안과 그의 조수 겸 파트너인 어우양쥐위안歐陽鉅源 두 사람이 부른 '솽황雙簧[11]'만 있었다. 리보위안은 난팅팅장南亭亭長과 어우거볜쑤런謳歌變俗人이라는 필명으로 5편의 글을 썼고, 어우양쥐위안은 시훙안주洗紅庵主와 시추惜秋라는 필명으로 2편의 글을 썼다. 그 중 리보위안의 두 소설 『문명소사』와 『생지옥』은 시종일관 잡지의 주요 메뉴가 되었다. 어우양쥐위안의 『태서역사연의泰西歷史演義』도 오랫동안 연재되었다. 제6호부터 유환위성憂患餘生(롄칭멍連靑夢)의 『이웃여자의 말鄰女語』과 취위안蔕園(어우양쥐위안)의 『부폭한담負曝閑談』이 보태졌다. 제9호부터는 새로운 활력소 류어劉鶚의 『라오찬 여행기老殘遊記』가 들어갔다. 이때부터 작가 진영은 점점 더 강대해졌다. 이어진 주요 소설은 무술유신 전후 생활과 연관된 『치인설몽癡人說夢』, 공상과학소설 『달 식민지 소설月球殖民地小說』, 반미신소설反迷信小說 『소문의 조작瞎騙奇聞』, 『소미추掃迷帚』, 『옥불연玉佛緣』, 교육계소설 『미래교육사未來教育史』, 『학구신담學究新談』, 『고학생苦學生』, 『세계진화사世界進化史』, 상업전쟁소설 『시성市聲』 등이다.

내용은 가지각색이었고 작가군들도 많고 다양해졌다. 잡지는 하나가 조용하면 다른 쪽이 들고 일어나는 편집 방법을 채택했다. 하나의 장편의 연재가 끝나려 할 때 다른 새로운 장편이 나왔다. 이때부터 리보위안은 경영과 관리를 잘하는 대형간행물의 주최자가 되었다.

리보위안의 『문명소사』는 비록 『관장현형기』처럼 이름을 날리지 못했지

---

11) 솽황(雙簧)이라는 것은 한명은 무대 위에서 동작을 맡고 다른 한 명은 무대 뒤에서 대사 와 노래를 부르는 극 형식의 일종-역주

만 아잉은 오히려 『관장현형기』보다 높이 평가한다. "리보위안의 『문명소사』는 유신운동 기간 중 나온 아주 뛰어난 소설이다. …… 『관장현형기』는 확실히 걸작이긴 하지만, 시대의 변화를 잘 표현한 것으로 치면 『문명소사』를 더 높이 봐야 한다."[12] "전체적인 청 말 사회의 각 부분을 보고자 한다면, 『문명소사』가 사람들이 말하는 『관장현형기』보다 뛰어나다. 전체 책 중에서 최초 12회에서 묘사하고 있는 후난湖南 부분이 제일 좋다"[13]고 하였다. 앞의 12회는 가게 심부름꾼의 아버지가 서양 사람의 서양 자기그릇을 때려 부수는 곳부터다. 지부知府가 두려움에 다른 사건들까지 연결시키는데, 보통사람으로는 정말 생각할 수 없는 것들이다. 하지만 이것은 바로 당시의 살아있는 현실이었다. 책은 관료, 서양인, 유신당, 수구파를 생동감 넘치게 묘사했다. 또한 과거 평론에서 절대 언급하지 않는 것이 있었는데, 바로 제8회에서

『수상소설』 창간호 표지

제13회에 걸쳐 묘사한 좋은 외국 선교사와 중국의 청렴한 관리이다. 그러나 이것 역시 당시 사회의 '진실을 담은' 모습이었다. 이 60회의 장편이 정기간행물를 평정했고(이 글은 56회에서 그친다), 『수상소설』이 다른 잡지에 비해 우월하다는 것을 보여줬다.

리보위안이 만든 『수상소설』은 정기간행물의 통속성을 중시했다. 어우거볜쑤런이라는 필명이 제1호에서 3차례나 출현하는데, 탄사彈詞·유행가사時調·신극新戲을 발표하고, 이후에는 장편 연재물인 『성세연醒世緣』을 썼다. 이는 그의 잡지가 통속적인 제재와 형식의 작품을 매

---

12) 阿英, 「文明小史−名著硏究之一」, 『小說四談』, 上海古籍出版社, 1981年, 131쪽.

13) 阿英, 「淸末四大小說家」, 『小說三談』, 上海古籍出版社, 1979年, 163쪽.

우 중시한다는 것을 의미한다. 이 잡지에는 논설이 거의 없다. 오직 한 편 제3호에서 베스(샤쩡유)의 「소설원리小說原理」가 발표되었다. 논문은 세상에는 객관적으로 아인雅人 사회와 천인淺人 사회가 존재하고 있는데, 문학 역시 아와 속으로 나누어 사회 각 방면의 요구를 만족시켜야 한다고 주장했다. 이는 주목할 만하다.

종합하여 보면, 중국인의 사상과 취미는 본래 두 파다. 하나는 사대부이고, 하나는 여자와 하층인이다. 그래서 중국의 소설도 두 파로 나뉜다. 하나는 사대부의 것이고, 다른 하나는 여자와 하층인들 것이다. 장르는 각각 다르지만, 원리는 같다. 지금 학계는 확장되고 있다.(서양 학문의 유입—역주) 사대부들은 시간적 여유가 없을 때, 더 이상 소설로 시력을 소모할 할 필요는 없다. 유독 여자와 하층인들이 읽을 만한 책이 없다. 문화를 들여오고자 한다면, 소설 외에 다른 길은 없다. 산간벽지의 수신연극(酬神演劇:신령에게 제사를 올리는 극—역주), 북방의 고서鼓書, 강남의 창문서唱文書 모두 소설과 같은 과이다. 먼저 소설을 개량한 후, 이 모든 것을 일률적으로 다 바꾼다. 규방의 농담, 노동자의 노동요가 모두 작가의 마음속으로 들어가 변화시킨다. 그래야 여자는 남자의 뒷심이라 여기고, 군자의 실력을 도와주는 노동자가 있는 것이다. 어지러운 세상을 바로잡아 태평성세를 실현하지 않는 것은 도리가 아니다.

『월월소설』의 구조와 격식은 이미 『신소설』의 형체를 빌려 기생하는 것으로 정해졌다. 하지만 우젠런은 자신이 주관하는 잡지에다 잡지 창간 목적을 솔직하게 드러낸다. 그는 『신소설』에다 공개적으로 량치차오의 "전문적으로 정견을 발표하고 싶다"는 주장을 반대할 필요 없이, 이 주장을 실행하지 않고 하고 싶은 대로 하면 그만이라 했다. 그는 잡지가 발전하려면 '흥미'로 독자들을 끌어야 한다면서 '흥미설趣味說'을 강조했다. '흥미'라는 이 두 글자를 『월월소설』에 시종일관 관철시켰다.

소설을 읽는 사람은 재미를 찾는 데 열중한다. 새로운 지식은 사실 재미 안에 숨겨져 있다. 그러므로 재미를 쫓다 보면 자기도 모르게 지식이 들어오게 된다.[14]

소설가의 말은 흥미가 농후해서 사람을 황홀하게 하기 쉽다. 이 까닭은 위魏, 촉蜀, 오吳 이야기와 같다. 진수陳壽의 『삼국지三國志』를 읽은 사람은 아주 적지만, 『삼국연의三國演義』의 경우 사대부부터 지위가 낮은 사람까지 손 안에 한 권 없는 사람이 없다. 안타깝게도, 역사서는 연의소설 자신의 보조 날개로 보지 않는다. 그래서 난 역사소설을 펴내기를 주장한다. 오늘날 소설을 읽는 사람은 앞으로 정사를 읽으면서 친구를 만나는 것과 같을 것이고, 이전에 정사를 읽고 이해하지 못한 사람은 소설을 읽으면서 직접 그 곳에 가게 된다. 소설은 정사를 보충함으로써 널리 전해질 것이고, 정사는 소설이 앞서 지도하는 것을 업신여기지 않을 것이다.[15]

이 '흥미설'은 당시 문화시장 개척에 필요한 것이었다. 우젠런의 "나는 해학으로 즐거움을 갖는다. 근래에 소설 일을 하면서 사회를 개혁하고자 하는 마음을 감히 쉬어 본 적이 없다"[16]는 포부와 특성이 더해졌다. 우젠런의 『월월소설』 출판은 매우 활기가 넘쳤다. 잡지의 매 호에 「우스갯소리俏皮話」를 썼고, 정치풍자와 사회비평을 진행하면서, 웃고 분노하고 욕하는 모든 것이 문장이 되었다.

청 말 소설 잡지 중 가장 훌륭하고 다채로운 잡지가 『월월소설』일 것이다. 잡지의 소설 종류는 아주 다양했다. 예를 들면 역사소설, 사회소설, 연애소설, 이상소설, 철리소설哲理小說, 탐정소설, 해학소설, 찰기소설劄記小說, 과학소설, 심리소설, 우화소설, 군사소설, 코믹소설, 탄사소설彈詞小說 등이다. 소설의 종류 외에 소설의 제재에 따라 분류도 더 새로워졌다. 예를 들면, 가정소

---

14) 吳趼人, 「月月小說序」, 『月月小說』, 第1號, 1906年 11月, 4쪽.

15) 吳趼人, 「歷史小說總序」, 위의 책, 2쪽.

16) 吳趼人, 「兩晉演義序」, 위의 책, 같은 쪽.

설, 모험소설, 항해소설, 입헌소설, 국민소설, 교육소설, 허무당소설虛無黨小說 등이다. 이런 분류법은 독특했음에도 편집자는 그것을 더 세분화하고자 했다. 예를 들면, 연애소설을 다시 기정소설寄情小說 · 곡정소설哭情小說 · 치정소설癡情小說 등으로, 탐정소설은 실사탐정實事偵探 · 탐정연애 · 중국탐정 등 온갖 명목을 갖다 붙이다 보니 주화입마에 빠져 버린다. 이런 불규칙적인 분류법은 나중에 민국 초기 잡지 출판 사업에 새로운 경향을 형성하게 된다. 그들은 매 소설에 명목을 갖다 붙이고 싶어 했고 그런 명목으로 독자들을 끌어오기를 바랬다.

『월월소설』은 완성되지 않은 소설을 가장 많이 게재한 잡지였던 것 같다. 이 작품들은 거의 창작소설이었고, 게재 완료된 장편은 주로 번역 작품이었다. 어떤 잡지는 정간의 이유로 소설을 다 싣지 못했지만『월월소설』은 이런 자연적 요소에 의한 것은 아니었다. 우젠런 자신의 『양진연의兩晉演義』, 『운남야승雲南野乘』이 게재 완료되지 못한 것 외에, 창작소설 작품 중 게재 중단된 것으로 『중국진화사中國進化史』, 『신봉신전新封神傳』, 『신경화연新鏡花緣』, 『후관장현형기後官場現形記』, 『신무대홍설기新舞台鴻雪記』, 『신루주연新淚珠緣』, 『신건곤新乾坤』, 『학계경學界鏡』, 『신서사新鼠史』, 『천국유신天國維新』 등이 있다.

이 작품들은 대체로 두 가지로 나뉘는데, 하나는 '신'자가 붙은 것으로 그 시대 특색을 묘사하고자 했지만, 경솔하게 시작했다가 중간에 이야기를 끌고 갈 방도가 없었고 어떻게 결론 지을지도 몰랐다. 예를 들면『학계경』등은 비록 '신'자가 붙지 않았지만 당시의 신흥 사업을 쓰면서 전국적으로 일었던 학교를 세우는 유행의 각종 폐해를 쓰고자 했다. 다른 하나는 '신'자가 붙기는 했지만, 『후관장현형기後官場現形記』처럼, 『신봉신전新封神傳』 · 『신경화연新鏡花緣』

THE ALL-STORY MONTHLY.

月月小說

大淸郵政局特准掛號認爲新聞紙類

第壹號

『월월소설』 창간호 표지

등과 같은 후속작들이었다. 후속작이나 '반안소설反案小說'도 쉬운 일은 아니었다. 『후관장현형기』를 쓰려면 리보위안을 넘어서야 했고, 그러려면 그와 같은 필력이 있어야만 가능했다. 다른 사람이 짐 메는 것은 힘들어 보이지 않지만, 직접 해 보면 걸음을 떼기도 어려운 것이다. 이런 현상들은 소설 붐이 오고 있다는 것을 보여주었다. 많은 사람들이 앞 다투어 따라갔지만, 그래도 창작은 결국 재능이 있어야만 했다.

『월월소설』 중 「유토피아 여행기烏托邦遊記」만이 혁명을 선동한다는 혐의로, 또 잡지 목적과 맞지 않는다는 이유로 '요절'한 경우이다. 하지만 이런 중단된 창작들 중, 우젠런의 『양진연의』은 이미 23회를 썼으며, 작가의 깊은 뜻도 볼 수 있다. 아잉은 양진兩晉의 혼란을 쓴 것은 만청 정부를 겨냥한 것으로, 아주 의미가 있다고 보았다. 악독하고 잔인한 자후賈后가 권력을 휘두르고 전권을 행사하면서 조정을 살육의 도살장으로 만들었으며, 백성들이 편하게 살 수 없는 세상으로 묘사했는데, 당시 상당한 유추 효과가 있었다.

우젠런의 몇몇 저명한 중편, 예를 들면 『상하이유참록上海遊驂錄』, 『겁여회劫餘灰』와 『돈 버는 비결發財秘訣』 등은 모두 『월월소설』의 간판 소설이 되었다. 우젠런은 비록 전통 도덕의 복원을 소임으로 하고, 혁명에는 부정적이었지만, 그의 이런 한계가 매 소설에서 표현된 것은 아니었다. 『상하이유참록上海遊驂錄』의 주인공 구왕팅辜望延이 조정의 모함과 추격 중에 출로를 찾는 것은 의미가 있었다. 그러나 그의 묘사 중 혁명당원은 모두 입으로만 혁명을 하는 '모조품'이었다. 거기에 그는 자신의 개량파 입장을 드러냈고, 그래서 구왕팅은 실망을 안고 일본으로 건너갈 수밖에 없었다. 『겁여회劫餘灰』는 연애소설이다. 남자 주인공이 돼지새끼를 파는 과정은 고발성이 강했다. 기생집 주인 등 나쁜 세력들이 강제적으로 여주인공의 정절을 뺏는 과정에서 나온 저항은 봉건 정조 관념과 무관하며, 정의로운 일을 위해 굽히지 않는 기개를 보여주었다. 작품에 결점은 있어도 줄거리는 사람을 감동시켰다. 『돈 버는 비결發財秘訣』은 해외의 특정한 시간대를 쓰고 있다. 중국 매판상들이 기회를 틈타 일어나 독점 성향의 사회계층이 된다. 이런 시대의의와 사회의의를 경시해서는 안 된

다. 단편소설은『월월소설』의 중점 사업으로 개척적인 의미를 지니는데, 이유
는『신소설』과『수상소설』의 취약한 부분이 단편소설이기 때문이다. 우젠런의
강조로『월월소설』에 단편소설이 대대적으로 출현하게 된다. 특히 당국의 '가
짜 입헌'을 반영한 단편소설은 고발성이 강했다.

번역소설은『월월소설』이 강력한 자력을 가지는 중요한 측면이 되었다.
잡지가 그 많은 미완의 작품을 가지고도 독자들에게 호응을 얻을 수 있었던
것은 우젠런이 성공적으로 중·단편소설을 중시한 상황 외에, 번역저술가 저
우구이성의 작용이 컸다. 저우구이성은 번역가로, 신해혁명 시기 당원들과
밀접하게 왕래했다. 그는 사상이 참신했으며 서양 언어에 능통했다. 어려
서부터 불어와 영어를 열심히 공부했고, 일어를 통해 중역重譯해 들어온 영
어·프랑스 소설보다 훨씬 정확했다. 그는 대부분 소설을 알기 쉬운 문언
과 백화로 번역했으며, 가장 처음 백화를 사용해 서양문학을 소개한 번역
가라고 할 수 있다.

『신소설』은 정치가가 발행한 잡지이고,『수상소설』과『월월소설』은 통속소
설가가 창간한 잡지이다.『소설림』은 두 학자형 편집자들이 주관했다. 황런黃人
은 둥우대학東吳大學 문과 교수이고, 쉬녠츠徐念慈(둥하이쥐워東海覺我)는 장쑤 교육계
에서 명성이 있는 사람으로, 1903년부터 소설을 번역하였다. 그들의 잡지 발행
은 '소설 신민설小說新民說'이 사방에서 사람들의 추앙을 받을 때이다.『소설림』은
이런 소설의 기능 관념을 반대하지는 않았다. 하지만 황런은「발간사」에서 다
음과 같이 말한다.

비록 그렇기는 하지만, 한 마디로 요약하면, 옛날에는 소설을 너무 경시
했고 오늘날에는 소설을 너무 중시한다. 옛날에는 소설을 도박이나 광대로
보았고 심지어는 독으로도 보았으며 재앙으로 보았으므로, 이야기는 관리
들에게 멸시되었고 이름은 사부四部: 經史子集에 들어가지 못했다. (고대의 소
설은 지금과 많이 다르다) 속으로는 매우 좋아하면서 읽는 것은 꼭 남몰래
한다. … 지금은 이와 반대이다. 소설이 출판되면, 반드시 국민 진화의 공

『소설림』창간호 표지

을 자처하고 소설을 논평하면 반드시 풍습개량의 취지를 주장했다. … 비록 소설의 수준이 높지 않아도… 국가의 법전, 종교의 경전, 학교의 교과서, 가정 사회의 표준방식과 같게 되었다.… 소설의 본질을 고찰해보면, 소설은 미를 따르는 문학의 일종이다. … 소설을 간략히 논하면, 문학의 고상한 품격을 따르는 것은 모두 심미의 정서에 속한다.

창간호의 두 번째 글은 둥하이쥐워東海覺我의 『소설림』 서언인데, 그는 "소설이라는 것은 대체로 이상 미학과 감정 미학을 결합해, 그 위에 있는 것"이라고 했고, 또 "자연에 순화되고", "사물이 개성을 드러내고", "형상성", "이상화" 등 4 부분으로 문학의 본성을 투시했다. 제9~10기에 연재한 둥하이쥐워의 「나의 소설관」에서 그는 "난차분한 마음으로 소설을 논한다. 소설은 본래 사회를 만들지는 못하지만 사회는 소설을 만든다"고 하였다. 잡지에는 늘 황런의 「소설소화小說小話」의 '평림評林'이 있었다. 황런과 쉬녠츠의 이 투철한 소견은 청량제로 그치지 않고, 사람들을 문학으로 회귀하게 했으며, 문학의 현대화에 길을 열었다.

만약에 『신소설』 발행이 가장 정치적이었고, 『수상소설』 발간이 '순수'했고, 『월월소설』이 가장 '번화'했다 한다면, 이 두 학자형 편집자가 만든 『소설림』은 이론적으로 가장 성숙한 잡지였다. 이론적인 문장 이외에, 제9기에 발표한 「정미년 소설계 발행 도서목록 조사표」는 사람들의 관심을 일으켰다. 둥하이쥐워 논문의 심도는 그가 자신하는 견실한 조사연구 작업과 관계가 깊다.

『소설림』이 발행한 작품은 창작보다 번역작이 많았다. 창작은 『얼해화』

연재가 중심이 되었다. 『얼해화』는 제1~20회를 단행본으로 출판해, 5만권이 넘는 흥행을 끌어냈다. 이 잡지에 연재된 것은 제21~25회로, 독자들의 대대적인 주목을 받았다. 하지만 4기까지 연재한 후 중단되고 말았다. 쩡푸曾樸는 '창작이 많다고 자족하는' 작가가 아니었고 그의 소설 역시 쉽게 초고를 완성할 수 있는 그런 것이 아니었다. 후대의 『친자확인親鑒』과 『벽혈막碧血幕』은 『얼해화』와 비교할 수 없다. 『벽혈막』은 추진秋瑾 사건을 쓴 것으로, 작가 바오톈샤오는 너무 대담했다. 제6~9기에 4회를 연재했는데, 추진에 관한 장면은 거의 다루지 않았으며, 설령 다뤘었다해도 너무 표면적이었다. 그는 제7, 8, 9, 12의 네 기에 거듭해서 「톈샤오 알림天笑啟事」 글을 실었다

> 전 요즘 3년간의 일화를 조사해서 『벽혈막』의 자료로 삼으려고 합니다. 국내외 동지들이 만약 기이한 이야기를 알려 준다면, 이 책의 단행본과 내가 편찬하고 번역한 각종 소설을 드리겠습니다. 열거된 조건은 아래와 같습니다. 정치외교에 관한 것, 상업과 사업에 관한 것, 각종 당파에 관한 것, 연극배우나 기생에 관한 것, 탐정가와 강도 첩자에 관한 것, 기타 모든 요즘 유명 인물의 역사 그리고 각 지방 풍속 등 일의 대소와 관계없이, 정교한 것이나 조잡한 것 모두 받습니다.

이는 소설계의 기이한 현상이라 할 수 있다. 하지만 당시 결코 바오톈샤오 한 사람만 그런 것이 아니었다. 마지막에는 그도 『벽혈막』이 실패작이라는 것을 인정하지 않을 수 없었다. 하지만 『소설림』은 특히 추진 여협객의 일에 관심을 가졌다. 제5, 6, 7, 11, 12기에서 그녀의 전기傳記를 등재했고, 그녀의 '유고遺稿', 일화, 그녀를 제재로 한 '잡극'과 '전기傳奇'를 실었다.

『소설림』은 주요 편집자인 쉬녠츠의 갑작스런 죽음으로 정간되었다. 이로써 쩡푸, 황런과 쉬녠츠 세 동향인이 만든 잡지가 독자들에게 이별을 고하게 된다.

제4절
중국 소설 정기간행물의 첫 번째 물결 속의 다른 잡지 순례

　'전통적'으로' 청 말 4대 소설 간행물이라 일컬어졌던 것 외에 일부 간행물은 이 4대 간행물 못지않게 중요했다. 가장 먼저 거론할 것은 바로 천징한 陳景韓 등이 만든 『신신소설新新小說』이다. 천징한(1877~1965)은, 필명으로 렁쉐 冷血 렁冷이 있고, 렁샤오冷笑라는 필명을 바오톈샤오와 함께 사용했으며, 장쑤 쑹장松江(지금은 상하이시에 속한다) 사람이다. 젊은 시절 혁명사상으로 인해 청 조정의 체포령을 받아 일본으로 건너갔고, 동맹회同盟會 회원이 되었다. 1903년 일본 도쿄에서 출판한 장쑤 동향회가 편집 발행한 『장쑤江蘇』에 그의 번역 작품 「미래 전쟁明日之戰爭」이 연재되기도 했다. 1904년, 그는 상하이로 와서 『신신소설』 주편이 되었고, 같은 해 상하이 『시보時報』의 주필을 맡는다. 당시, '신보申報, 신문보新聞報, 시보時報'는 상하이의 3대 유명신문

『신신소설』 창간호 표지

으로, 그는 1913년부터 『신보』의 초빙을 받아 총 주필이 되었다.

그럼 왜 『신신소설』이란 이름을 사용했을까? 「『신신소설』 사례를 서술하며」에서 그는 "소설은 사회를 지배하는 능력이 있다. 근대 학자가 그것을 상세히 논했는데, 사회 개혁을 바란다면 소설이 새로워져야 하고, 소설의 새로움에는 끝이 없고, 사회의 개혁은 멈추지 않는 것은 사물 진화의 규칙이라는 것이다. 『신신소설』이 작년에 출판된 『신소설』보다 앞선다고 보지 않는다. 나의 유일한 희망은 을이 갑보다 새롭고, 병이 을보다 새로운 것이다. 또 편집도 처음 편집보다 나아지기를 바란다. 대중을 돕는 데에 어찌 천박하겠느냐!"[17] 라고 하였다. 그는 잡지가 계속 나오기를 희망했고 형태도 늘 새로워지기를 바랐다. 그러나 『신소설』과 『신신소설』의 취지를 비교하면, 완전히 달랐다. 량치차오는 개량파로, 『신소설』은 '무혈혁명'을 제창했고, 천징한의 『신신소설』은 혁명정신을 주장하며, 때로는 어쩔 수 없이 폭력수단을 선택했다. 그가 표명한 '협객의 의협, 충군의 애국'의 핵심은 혁명과 반제反帝 사상의 결정結晶이었다. 그래서 천징한은 『신소설』이 그리 새롭지 않다고 여겼을 것이고, 『신소설』보다 더 새로운 『신신소설』을 편집 발행하게 된 것이다.

그는 소설이 아주 큰 사회 작용을 한다는 것에 동의하면서, 량치차오의 개량에는 동의하지 않았다. 그는 '새로움은 멈추지 않는다'는 추진목표를 가지고 자신을 격려했다. 창간호의 첫 번째, 두 번째, 세 번째 문장은 각각 정치소설 『중국흥망의 꿈中國興亡夢』, 사회소설 『협객담俠客談』, 역사소설 『필리핀 외사菲律賓外史』(모두 연재소설)이다. 이것은 마치도 '동시 포격'을 하는 것처럼 잡지 편집자에게 간절한 변혁의 소망이 있다는 것을 선포하는 것 같았다. 게다가 소설 속에서의 행동들은 사뭇 격렬하고 반역적이었다.

제2기 첫 페이지는 「불어 마르세예즈 원곡 제1장法文馬塞爾士原詞第1章」, 「중국어 번역 프랑스대혁명 국가 제1장漢譯法蘭西大革命國歌第1章」으로 장식했다. 이는 바로 천징한이 번역한 『마르세유의 노래馬賽曲』 판본으로, 오선보와 악보를 첨가

---

17) 俠民, 「『新新小說』敍例」, 『大陸報』第2卷, 第5號, 陳平原, 夏曉虹 編, 『20世紀中國小說理論資料(第1卷):1897~1916』, 北京大學出版社, 1989년, 124~125쪽.

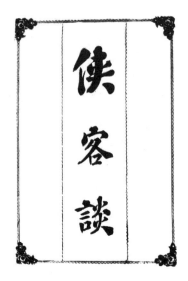
천징한의 『협객담』

한 것이다. 량치차오가 『신소설』에 프랑스 혁명을 묘사한 소설 『홍수의 재난洪水禍』을 실었다면, 천징한은 『마르세유의 노래馬賽曲』를 실었다. 그의 『협객담俠客談』 속 '협俠'은 결코 중국 무협소설 속의 '협'의 개념이 아니라, 현 정부를 무시한 독립적인 권력체계를 수립해야 한다는 것이었다.

잡지는 제3기에 가서야, 첫 페이지의 「본 신문의 특별 고백本報特白」에서 "처음에는 한 두 명의 지인들이 만들다가 나중에 사람들의 종용으로 발간하게 되었다. 그래서인지 이름을 정하는 것도 유희에 가까웠다. 지금도 여전히 이 의미를 어기지 않는다. 그리고 이번 호부터는 자본도 충분하다. 편집위원들은 제 시간에 인쇄 발행할 것이고, 다시는 조금도 지체하지 않을 것이라고 확신한다. 게다가 잡지는 12기가 하나의 '주의主義'로, 지금은 협객주의이다. 매 기는 협객이 위주이며, 다른 것은 부수적이다. 12기 후에는 다시 다른 주의를 취할 것이다. 이런 여러 말들은 모두 예고로써, 신용의 맹세를 대신한다"[18]고 했다.

이는 두 기를 출판한 후 몇몇 잡지 동인들의 '새로운 디자인'으로 취지를 둘러싸고 또 새로운 판식版式을 내왔음을 알 수 있다. 제3기부터, 목록에 '협객담俠客談'이 전체 주제라는 것을 명시했다. 예전에 연재한 『필리핀외사』에 『남아시아 협객담:필리핀 외南亞俠客談: 菲律賓外史』라는 새로운 격식을 갖다 붙였다. 제1, 2기에 연재한 『협객담俠客談』은 『백년 후의 협객담: 다오위성전2百年後之俠客談:刀餘生傳二』로 이름을 바꾸었고, 또 두 편의 번역 작품 『러시아 협객담: 허무당 기화俄羅斯俠客談:虛無黨奇話』와 『프랑스 협객담: 비밀 주머니法蘭西俠客談; 秘密囊』를 발표했

---

18) 「本報特白」, 『新新小說』, 第1年, 第3號, 1904年 12月 7日版.

다. 협객과 무관한 다른 작품들은 일률적으로 「부록」과 「잡록雜錄」에 넣어버렸다. 그 후 각 기는 모두 이 원칙을 관철했는데, 예를 들면 정치소설『중국 흥망의 꿈』은 『이상적인 협객담: 중국 흥망의 꿈理想之俠客: 中國興亡夢』으로 갖다 붙이고, 새로운 창작으로는『여협객』이, 새 번역 작품으로는『프랑스 협객담: 결투회』와『협객 별담』등이다.

협객을 그린 많은 작품 중에서 제1기에 발표해 사람들의 경탄을 불러일으킨『협객담: 다오위성전刀餘生傳』을 중점적으로 분석해 보자. 이 작품은 사람들을 많이 죽였던 도적 우두머리를 묘사한 것이다. 주인공 '다오위성'은 본래 도적들에게 포로로 잡혀와 참수를 당하려던 사람이었다. 그러나 심문 과정이 끝나고도 그는 죽지 않고, 나중에는 자리를 이어받아 도적 우두머리가 된다. 그리고 '제2의 다오위성'이라는 여행객이 도적들에게 잡혀온다. 도적 우두머리 다오위성은 이 사람이 강직하고 정견이 있음을 보고 그를 죽이지 않고 도적 소굴로 데리고 와 소굴 참관까지 시킨다. 그 곳에는 '껍질 벗기는 곳', '참수하는 곳', '해부하는 곳' 등의 살인 장소가 있었다. 포로로 잡혀 온 사람의 생사 결정에는 '내부 규칙'이 있는데, 다오위성은 이를 다음과 같이 소개한다.

아편중독자는 죽여라! 전족한 부녀자는 죽여라! 오십이 넘은 자도 죽여라! 신체장애자는 죽여라! 전염병에 감염된 자도 죽여라! 신체 비대자도 죽여라! 난쟁이도 죽여라! 몸통이 기울고 굽은 사람도 죽여라! 빼빼하고 힘이 없는 사람도 죽여라!

얼굴이 창백하고 혈색이 없는 사람도 죽여라! 사시나 근시도 죽여라! 입을 항상 다물지 못하는 자도 죽여라(이 사람의 생각은 검증을 받아야 한다)! 치아 색깔이 깨끗하지 않은 자도 죽여라! 손톱이 길고 불결한 자도 죽여라! 손바닥에 단단한 살이 없는 자와 발바닥에 두꺼운 피부가 없는 자도 죽여라(이것은 모두 게으름의 증거이다)!

표정이 멍한 자도 죽여라! 눈이 움직이지 않는 자도 죽여라! 입빠르거나 발음이 정확하지 않은 자도 죽여라! 눈살을 찌푸린 자 역시 죽여라! 가래가 많은 자도 죽여라! 팔자걸음을 걷는 자도 죽여라(지나치게 자만한다)!

사람과 말 할 때 머리를 흔드는 자도 죽여라(지나치게 스스로가 총명하다고 생각한다)! 일이 없을 때 늘 몸을 흔들거나 다리를 흔드는 자도 죽여라(머릿속이 팔고문으로 가득하다)! 사람과 대화하기 전에 먼저 장난하며 웃는 자도 죽여라(습관적으로 아첨한다)! 오른 쪽 무릎을 앞으로 굽히는 사람도 죽여라(안부를 묻는 것이 이미 습관화 되었다)! 두 무릎에 단단한 살이 있는 자도 죽여라(무릎 굽히는 것이 습관화되었기 때문이다)!

이빨이 늘 밖으로 노출된 자도 죽여라(많이 말하고 많이 웃기 때문이다)! 자신의 힘으로 몸을 움직일 수 없는 자도 죽여라(어린이는 제외한다)! 무릇 이와 같은 자들은 모두 처벌하고 면제가 없다. 일정한 직업을 가지고 있고 일할 수 있다면 모두 사형을 면제하고, 그리고 사람의 재산은 건드리지 않는다.[19]

겉보기에는 '사람을 때려 죽여도 무방하다'는 것 같지만, 사실은 중국 민족의 나쁜 근성과 좋지 못한 민족 습관을 향한 선전포고였다. 당시 지식인들은 '적자생존'와 '생존경쟁'의 『천연론天演論』 논리에 천착했는데, 생존경쟁에서 살아남지 못하는 것의 도태를 위해, 소설은 '피비린내' 나는 장면을 구상하고 거기다가 유머러스한 '주석'을 달았다. 읽다보면 사실 장난 같기도 하지만 작가는 격분한 마음을 더 많이 드러내고 있었다. 이 점에 관해서는 도적 우두머리 다오위성이 다음과 같이 증언한다.

세계는 오늘에 이르러 갈수록 경쟁이 치열해져, 도태 역시 갈수록 심해진다. 외래 종족의 힘은 우리보다 몇 십 배로 강하다. 자연에 따른 도태는 멈추기도 한다. 그래서 나는 이런 살인법으로 사람을 구하고자 한다. 도태를 당하는 것보다 차라리 내가 먼저 스스로 도태하는 것이 더 낫고, 자연의 도태를 따르는 것보다 차라리 내 힘으로 도태하는 게 더 낫다.[20]

---

19) 冷血, 「俠客談」, 『新新小說』, 第1年, 第1號, 1904年 9月 10日版, 22쪽.

20) 冷血, 위의 글, 같은 책, 20쪽.

천징한은 그 빌어먹을 동포에게 '철이 강철이 되지 못하는 것을 증오하는' 마음을 가지게 했다. 그는 민족 취약성과 전통적 악습에 분노했고, 세상을 바꿀 근본적인 방법이 없음에 괴로워 했다. 그래서 환상 속에서 그들을 '참수하고', '죽여라! 죽여라! 죽여라!' 라고 한 것이다. 뿐만 아니라, 작품 속에서 이 거대한 도적 사회를 스스로 체계를 세우는 새로운 형태의 사회로 묘사하였다. 그들 내부에는 큰 금고가 있고, 세밀한 분업을 진행하였다. 희생부서는 전문적으로 도적질과 살인을 관리했고 영업부서는 농·공·상업에 종사하였다. 돈이 있으면 땅을 사서 농업을 하고 공장을 만들고 탄광을 발굴했고 심지어 어떤 이는 관청으로 들어가 관리가 되기도 했다. 시찰부서는 각지에 사람을 파견해 현지 조사를 했고, 유학부서는 '유학생들에게 비용을 제공해' 각국으로 유학을 보냈다. 한마디로 말하면 "사람을 만들 수도 있고, 죽일 수도 있으며, 교육 시킬 수도 있고, 등용할 수도 있었다. 또 사람들의 재산을 통제할 수도 있고, 사람의 행동을 간섭할 수도 있다. 돈이 있고, 사람도 있고, 토지도 있으며, 사업도 있다. 정부가 가질 수 있는 것을 나도 다 가지고 있다."[21] 도적 우두머리 다오위성의 "목적은 백성과 나라를 구하는데 있었고, 백성들을 만국의 백성들 위에 세우는 데 있었다."[22]

이처럼 『신신소설』의 '의협주의義俠主義' 정신의 첫 번째 의미는 국민정신과 본질을 개조하고, 전통적 악습을 제거하며, 강건한 힘으로 이상적인 나라를 건설한다는 것이었다. 당연히 이는 환상의 나라였다. 작가도 이 잡지에 '장난 같은 작품'이 많다는 것을 인정했다. 하지만 '종용'을 받아 발표한 것으로 구국구민을 선양하기 위한 '의협주의'였다.

두 번째 의미는 외국의 혁명정신, 반역정신, 침략과 억압에 반항하는 정신을 소개한 것이다. 만약에 중국 사람에게 이런 민족혼이 없다면, 망국의 위험만이 존재할 뿐이다. 『필리핀 외사』 서문 중에는, 심지어 망국의 필리핀 인민의 강인한 민족성을 이용해 국민을 자극하고 격려하고 있었다.

---

21) 冷血, 위의 글, 같은 책, 18쪽.
22) 冷血, 위의 글, 같은 책, 19쪽.

필리핀 사람들은 최근 나라를 읽은 건아들이다. 스페인의 속박을 받았고 또 미국의 점령을 받았다. 여러차례 혈전을 벌이면서 강대국의 전쟁을 견 뎌냈다. 안으로는 여러 해의 이민족 정부를 전복하고, 밖으로는 감언의 야 심을 가진 강적에 대항하였다. 탄압에 조금도 의지를 굽히지 않았다. 온 힘 을 다해 전 섬이 일어나 초토화 하여 필리핀이라는 이 세 글자가 세계에 밝 게 빛나기를 바랬다. 한 시대의 영웅호걸이여! 비록 잠시 좌절을 겪었지만, 그 민족의 용맹한 무예나 학예의 심오함, 문명 수준은 이미 공화자치의 경 지에 도달했다. 그들은 우리 동방사람이 아무에게나 유린당하고 다른 사람 을 아버지라 부르며 원수를 모시는 사람으로 원래 함께 논해선 안 된다고 보았다. 그러나 의협과 용감을 경험하고 또 동병상련의 이유로 감정은 더 욱 깊어졌다.[23]

『신신소설』은 여러 국가의 혁명사, 반$_反$ 식민사를 통해 노예사상을 질책 하고 우리 동포를 일깨우는데 매우 고심했다. 천징한은 20세기 초 중국에서 러시아의 '허무당' 혁명 제재를 번역하고 창작한 아주 저명한 작가였다. 그가 묘사한 '허무당'은 사실 러시아 혁명민주주의자로, 그들은 농노제도와 봉건 군주전제에 대해 용감히 투쟁했는데, 이들의 희생정신은 칭송할 만한 것이 었다. 그들에게는 초기 혁명가의 한계가 존재했지만, 볼셰비키가 정권을 잡 은 후 왜곡한 것만큼 심하지는 않았다.

『신신소설』에 『러시아 협객담: 허무당 기화』가 들어 있다. 『신신소설』 휴 간 후에, 천징한은 1907년 11월 『신신소설』 제10기부터 연속해서 허무당에 관한 소설을 발표했다. 당시의 번역소설은 번역작이라는 설명을 부가하지 않 았기 때문에 천징한의 이 작품들이 창작인지 번역인지는 알 수가 없다. 하지 만 소설의 결미에 그는 늘 사관$_史官$처럼 몇 자의 총평을 썼다. "확고하다", "민 첩하다", "완강하여 동요되지 않고, 마음을 비우고 경영하다" 등 그들의 좋은 품성을 찬미하는 헌사로, 그것을 생명의 위험을 무릅쓰고 투쟁한 혁명민주주

---

23) 俠民, 「菲律賓外史·自敍」, 『新新小說』, 第1年, 第1號, 1904年 9月 10日版, 1쪽.

의 투사들에게 바쳤다.

세 번째 의미는 바로 전통적인 '부자의 재물을 빼앗아 가난한 이들을 돕는 것'이다. 천징한은 「마적 역사의 기개馬賊歷史之慷慨談」에서 다음과 같이 말한다.

> 우리가 비록 약탈로 생계를 꾸리지만, 그래도 선별은 한다. 노동자의 돈은 강탈하지 않고, 땀 흘려 번 돈도 약탈하지 않는다. 광명정대한 장사꾼은 강탈하지 않으며, 고아와 과부, 빈약한 사람의 부양비를 약탈하진 않는다. 일이 없는 백성들에게 때로 거기서 얻은 돈으로 어려움을 해결해 준다.
> 이익을 탐한 관리의 재산은 철저하게 영리를 독점한 것으로 보고 방법을 짜내 그 재물을 빼내어 관청 밖에 숨긴다. 우리는 출납을 주관할 뿐만 아니라 백성들에게 균등하게 분배한다. 때문에 선량한 백성에게 우리 무리가 무서운 사람이 되면 절대 안 된다. 우리와 공존할 수 없는 사람은 단지 돈 밖에 모르는 구두쇠와 그 사이의 관리뿐이다. 근래 우리나라 땅을 침략한 러시아가 우리를 특히 적대시 한다.[24]

그가 쓴 부자의 재물을 빼앗아 가난한 이들을 돕는 것은 마지막에 당시 둥베이東北에서 러시아에 대항하는 민족 정의 투쟁에서 구현된다.

이 세 의미가 편집자가 끌고 가고 싶은 제1년 12기의 '의협주의'의 주요 내용이다. 하지만 안타깝게도 10기를 발간하고 정간된다. 비록 제3기에서 신용을 지킬 것을 맹세했지만, 이 잡지의 가장 큰 결점은 역시 이전의 잡지처럼 출판이 지체되었다는 것이다. 마지막 두 기는 거의 연간이 되었다. 이 잡지가 10기만 발간되었다고 그것을 청말 중요 잡지에서 배척할 수는 없다. 다른 잡지들에 비해 그 내용은 특색 있고 독특한 유형으로 주목을 받았다.

또 하나, 우리가 순례할 만한 잡지는 황스중黃世仲과 그의 형 황보야오黃伯耀가 펴낸, 이름이 세 개나 되는 '소설림小說林', 즉 『월동소설림粵東小說林』, 『중외

---

24) 俠民, 「中國興亡夢·馬賊歷史之慷慨談」, 『新新小說』, 第1年, 第2號, 1904年 10月 26日版, 1쪽.

소설림中外小說林』, 『회도중외소설림繪圖中外小說林』이다. 『월동소설림』창간은 황런 등이 상하이에서 출판한 『소설림』보다 약 반년이 빠르다. 청 말의 소설 월간과 반월간의 출판 주기와도 다른 순간旬刊이었다. 『월동소설림』은 1906 년 8월 광저우에서 창간하고 출판되었으며, 1907년 5월 홍콩으로 옮겨 발행하면서, 이름을 『중외소설림』으로 바꾸었다. 정미년 12월 15일(1908년 정월) 궁리탕公裏堂에서 이어서 출판하면서, 잡지명 앞에 '회도繪圖' 두 글자를 넣어, 전후 37기를 발간하였다.

황스중(1872~1912)은 샤오페이小配라고도 하고, 필명은 '황디디이皇帝嫡裔' 이고, 별호는 '위산스츠랑禹山世次郎'이다. 1905년 쑨중산이 서약을 지켜보는 가운데 동맹회에 가입했다. 그는 자산계급 민주혁명 실천가이자 저명한 혁명 선전가였다. 주요 저서로는 『홍슈취안 연의洪秀全演義』, 『20년 번화몽廿載繁華夢』, 『대마편액大馬扁』, 『관리 사회의 풍조宦海潮』, 『환해승침록宦海升沉錄』등이 있다. 1912 년 광둥 군벌 천중밍陳炯明에 의해 모함 살해되었다. 그는 남방의 유명한 저널리스트였고, 재능이 넘치는 민주주의 혁명 소설가였다.

아잉이 『인민일보』에다 그가 "신해혁명 시기 가장 찬양할 만한 소설 작가"라고 한 적이 있다. 그의 소설은 "당시 아주 대단한 정치 선전 역할을 하였으며, 예술적 성취에 있어서 청 말 제1군 작품 속에 넣어도 손색이 없었다"[25]고 하였다. 량치차오는 개량파 신분으로 잡지를 발간하고, 황샤오페이는 민주혁명파로서 잡지를 발간하였다. 그들 잡지는 정치적 목적이 농후했지만, 선전에 있어서는 같기도 하고 다르기도 했다. 같다는 것은 황샤오페이가 량치차오의 '소설신민설'과 '소설무기론'에 동의했다는 것이고, 다른 것은 중국을 개조하는 노선이 서로 달랐다는 것이다. 황샤오페이의 세 개의 '소설림'은 모두 혁명을 선동했고, 반만反滿 혁명을 주장했다.

1906년 9월 19일 출판한 『월동소설림』제3기에 실린 다시大樨의 잡문 「시국을 논함演時務」에서 시대의 호걸은 반드시 "4억동포를 염려하고", "대역무도

---

25) 阿英, 「黃小配之小說-辛亥革命文談之四」, 『人民日報』, 1961年 10月 30日字.

한 황제와 개전하며", "잔인한 주인을 보호하는 대신大臣과 대적해야 한다"고 지적했다.

1908년, 명나라가 멸망한 갑신년甲申年의 265주기를 기리기 위해 3월 20일 출판한 『회도중외소설림』 제2년 제8기에는 잡문 「명나라 숭정제의 순국을 기리는 글」(「숭정제 제문」이 부록으로 첨부되었다)을 게재해, "누가 비린내나는 이민족 오랑캐를 쓸어버리겠는가?"라는 질문을 했고, 또 공개적으로 동맹회의 목적이 오랑캐 조정을 쫓아내는 것이라고 하였다. 이런 혁명 성향은 량치차오의 『신소설』과는 많이 다르다.

『광동소설림』 제3기 표지. 제1,2는 찾을 수 없었고 현존하는 제3기 모습이다.

황샤오페이의 3종 '소설림'의 구조와 격식은 하나같이 세 부분으로 나뉜다. 앞에는 약 30페이지의 '외서外書'가 있다. 소설 이론을 해석한 논문과, 황샤오페이의 두 장편 『관리 사회의 풍조』와 『허무한 꿈黃梁夢』을 연재했다. 두 번째 부분은 30여 페이지의 번역소설, 마지막 부분은 20여 페이지의 월粤 방언으로 된 통속문체 작품이다. 예를 들면 월 방언 백화, 풍속담, 극본, 월 방언 민요, 화남華南 음악, 해학의 글, 목어木魚, 단오절 노래 등이다.

'외서'는 잡지 특색 중의 하나로, 매 기마다 빠지지 않고 소설 이론 문장이 있었다. 어떤 것은 소설 문체의 중요성을 강조했다. 예를 들면 「문풍文風의 변천과 소설의 미래의 위치」, 「신문의 영향력보다 더 확대 수용된 소설의 효능」, 「학당에 보급된 소설 교과서」, 「소설이 인류 학문의 발전을 촉진시키다」, 「농촌 교화 확대에 적합한 소설 강연회를 창설하다」, 「소설과 풍속의 관계」 등이다.

中外小說林

一未年五月拾壹日出版

第一册

다른 하나는 어떤 소설을 읽어야 하는지 어떤 소설이 좋은 소설인지를 지도하는 것이다. 「소설 중 어떤 것이 좋고 나쁜지를 비교하여 논하다」, 「음탕한 말로 세상을 미혹하는 것과 연정의 경계선」, 「소설은 진실한 정리情理를 감상의 중점으로 삼는다」 등이다.

세 번째는 어떤 특정 장르나 제재의 소설이 갖는 특수기능과 그것의 상호 관계이다. 예를 들면 「중국 현 사회에 용감함과 지혜를 증진시키는 가장 좋은 탐험소설」, 「역사소설 동주열국연의東周列國演義과 시국 발전의 관계」, 「사회의 경중과 관계되는 개량 극본과 소설」, 「곡본소설曲本小說과 백화소설은 보통사회에 어울린다」, 「중국소설가가 다룬 귀신 이야기는 인류지혜의 진보를 방해한다」, 「사회 풍습의 발전에는 소설 번역이 선행되어야 한다」 등등이 있다.

네 번째는 중국 고대 저명한 소설에 대한 평가로, 「인정人情을 그린 문언소설 『금병매』의 감상」, 「사회 변혁의 역량이 된 『수호전』과 시내암의 사회에 대한 관계」, 「『수호전』의 시내암과 시내암의 『수호전』」 등이다. 특히 『수호전』과 그 작가 시내암에 대해 황스중은 무릎을 꿇고 절을 할 정도로 높은 수준으로 보았다. 그는 시내암이 '대호걸, 대영웅'으로 사람들에게 '민권 민주의 정치체제'를 지향하게 했고, 사람들에게 '자주적 권리·자립의 마음'을 갖게 했으며, "수호전이 소설 중에서 제일 뛰어나다"[26]고 했다. 내용면에서 『수호전』을 찬송했을 뿐 아니라, 그의 예술성에 대한 분석도 있었다. 황샤

---

26) 次世郞, 「『水滸傳』于轉移社會之能力及施耐庵對于社會之關係」, 『粤東小說林』, 第3期, 1906年 9月19日版, 1~6쪽.

오페이가 이처럼 『수호전』을 찬미한 것은 당시 혁명에 량산_山 정신이 필요하다고 보았기 때문이다. 그래서 "앞으로 중국에 하루라도 '수호'가 없으면 안 된다"[27]고 하였다. 이런 외서_外書는 모두 황 씨 형제에 의해 쓰여졌다. 그 중에 황보야오의 집필은 황스중보다 훨씬 많았다.

황스중이 잡지에 연재한 두 편의 장편은 사실 그의 대표작은 아니다. 『허무한 꿈』은 건륭황제가 총애했던 신하 화곤_和坤 가문의 흥망사를 적은 것으로 미완성본이다. 『관리 사회의 풍조』는 청 말 외교관 장인환_張蔭桓의 관리 일생을 다루었고 30회까지 연재했다. 1908년 홍콩 『세계 공익신문_世界公益報』에 의해 단행본으로 출판할 때, 32회본이 되었다.

작가 황샤오페이는 책 앞의 「범례_凡例」에서 "평범한 저서의 좋고 나쁨을 지나치게 과장한다. 또 처음에는 모욕하다가 나중엔 영광을 누리는 인물로 묘사하는데, 그 인물은 매번 너무 지나치게 형용했다. 나의 저서는 이런 폐해를 없앴고, 그래서 책의 주인공인 장 씨를 좋지도 나쁘지도 않은 중간 상태에 놓았다"[28]고 했다. 루쉰이 『중국소설사략』에서 『홍루몽』의 인물 묘사가 이 원칙을 따르고 있음을 칭송한 적이 있다. 황샤오페이는 1908년에 이 「범례」를 썼는데, 시간은 다르지만 루쉰의 논점과 같았다. 이것은 황샤오페이의 예술관이 상당히 성숙했음을 설명한다. 소설 속의 장인환은 무뢰한으로, 위로 올라가기 위해 온갖 나쁜 수단을 동원하였다. 황샤오페이는 원래 견책소설의 수법으로 그를 처리하려고 했지만 장인환이 미국으로 건너가 모욕을 당하는 장면을 쓸 때, 장인환의 애국심을 보여준다. 소설은 이렇게 비교적 복잡한 인물형상을 만들어내었다.

『회도중외소설림_繪圖中外小說林』은 황샤오페이가 혁명활동에 열심히 참여함으로 인해 어쩔 수 없이 정간되었다.

1907년 11월 창간한 『경립사 소설월보_競立社小說月報』는 2기만, 1908년 홍콩에

---

27) 「作者 未詳, 「著『水滸傳』之施耐庵與施耐庵之『水滸傳』」, 『繪圖中外小說林』, 第2年, 第8期, 1908年 3月 20日版, 5쪽.

28) 黃小配, 「『宦海潮·凡例」, 方志强, 『小說家黃世仲大傳』, 香港, 夏菲爾國際出版公司, 1999年, 383쪽.

황스중(黄世仲) 고향에서 그를 기념하기 위한 동상. 이것은 팡즈창(方志强)이 편집한 『소설가 황스중전』의 표지

서 출판한 『신소설총新小説叢』은 번역 위주로 발행한 3기까지만, 1909년 5월 출판한 『양쯔강소설보揚子江小説報』는 제2기에서 6기까지만 볼 수 있다. 그 중 주요 소설은 번개같이 나타났다가 구름처럼 사라졌다(이 간행물 제2기의 「긴급한 광고」에서 "본 잡지 제1기 인쇄가 너무 조야해서 독자들 대하기가 부끄럽다"고 했다. 필자는 아잉의 장서에서 표지가 없는 훼손본을 본 적이 있다). 1909년 9월부터 출판한 『십일소설十日小説』은 원래 『도화일보圖畫日報』의 증정본이다. 장춘판의 「환해宦海」가 매 기 4페이지(약 1200자) 등재되었고, 나머지 소설은 모두 2페이지(약 600자)를 실었다. 낱장 신문의 문화면과 다르지 않았고, 또 겉표지와 사진들은 모두 황족과 관료들 위주로 매우 진부하였으며 평론을 중점적으로 한 것 같지는 않다.

청 말 중요한 소설들은 모두 신문 잡지에 연재되었고, 단행본으로 나온 것은 많지 않다. 위의 서술로 우린 이미 청 말 소설의 큰 흐름을 보았다. 1906년에서 1912년 사이 중국소설계는 큰 손실을 입는다. 1906년 리보위안이 40세로 사망하고, 1907년 리보위안의 동업자 겸 조수인 어우양쥐위안이 24세 나이로 사망한다. 또 1908년 『소설림』의 주요 편집자인 쉬녠츠가 34세로, 1910년 우젠런이 45세로 사망하였다. 량치차오는 문학계를 조용히 떠났고, 나중에 황런도 1912년 갑작스런 정신병으로 다음해에 사망하였으며, 남방의 황샤오페이는 1912년 천중밍에 의해 41세의 나이로 총살당했다. 그 당시 잡지를 만든 사람들 중 '신신소설사新新小說社'의 천징한과 『신신소설』, 『월월소설』, 『소설림』에 투고한 바오톈샤오만이 남는다. 그들은 문우들의 "수명이 길지 않은" 때에 『소설시보小說時報』를 창간했고, 이어서 왕윈장王蘊章과 윈톄차오惲鐵樵가 편집한 『소설월보』가 나오는데, 중국소설 간행물의 두 번째 물결이 바로 이 두 잡지에 의해 일기 시작한다.

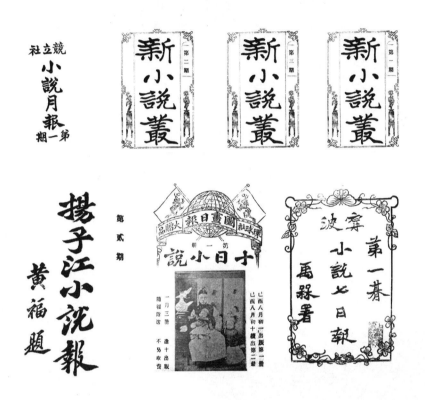

이 5개 잡지는 『소설림』 창간(1907년 2월)과 『소설시보』 창간(1909년 10월) 사이에 중국 각지에서 출판한 소설 잡지간행물들이다. 상하이의 『경립사 소설월보』는 1907년 11월 창간했고, 지금 볼 수 있는 것은 1,2기 뿐이다. 홍콩의 『신소설총』은 1908년 1월에 창간했고 번역 위주였고 지금은 3기만 볼 수 있다. 큰 도서관에서도 3기는 소장되어 있지 않고, 우후(蕪湖)시 도서관 아잉장서실(阿英藏書室)에 소정되어 있다. 한커우(漢口)에서 출판한 『양쯔강소설보』는 1909년 5월에 창간했고, 제2기의 「긴급 광고(本社緊要廣告)」에 제1기 인쇄 상태가 너무 나쁘다고 설명한다. 현재 창간호를 찾기 어렵다는 것이다. 위에 있는 것은 제2기 표지이고, 2~5기는 아직 남아 있다. 상하이에서 출판한 『십일소설』은 1909년 9월에 창간 한 것으로 『도화일보』의 증정품이었다. 지금은 11기가 남아 있다. 『닝보소설7일보(寧波小說七日報)』는 상하이에서 인쇄한 닝보의 지방잡지인데, 출판 년월일이 표기되어 있지 않다. 단지 발간사에서 1908년 봄에 창간했음을 알 수 있고, 지금은 10기가 있다. 이 잡지들 내용은 새로운 소설 잡지간행물 물결로 보기에는 부족하다. 『소설월보』가 중국 현대 소설 잡지간행물의 두 번째 물결의 시작이라고 본다.

제4장

1903년
만청 견책소설 시작의 해

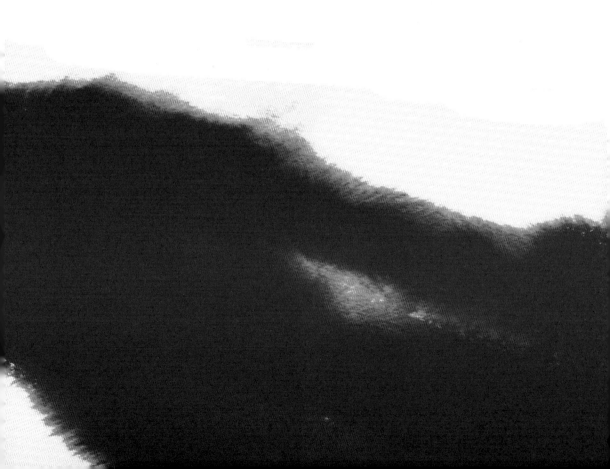

繪圖增註官場現形記

광서 갑진년(1904) 활동서국(活動書局)에서 석판으로 파낸 포켓북 『관장현형기』의 표지

제1절
풍자 견책 흑막

　　『중국소설사략』의 '제28편 청 말의 견책소설'에서 루쉰이 논술한 네 편의 소설은 지금까지 학자들에게 '4대 견책소설'로 받들어진다. 만약 이들의 연재 시작 연도를 조사해 보면 놀랍게도 우연한 일치점을 발견할 수 있다. 그것은 모두 1903년으로, 『관장현형기官場現形記』는 『세계번화보』에, 『20년간 목도한 괴현상二十年目睹之怪現狀』은 『신소설』에, 『라오찬 여행기老殘遊記』는 『수상소설』에, 그리고 『얼해화孽海花』는 역시 같은 해 도쿄에서 출판된 『장쑤江蘇』에 각각 연재되기 시작했다. 사실 이것은 우연 속의 필연이자 동시에 필연 속의 우연이라고 말할 수 있다. 이른바 우연 속의 필연에 대해서는 루쉰이 "이미 식견을 가진 자들이 빠르고도 철저하게 개혁을 생각하였기"[1] 때문이라고 설명한 적이 있다. 이것은 "단지 시대적 추세의 요구로 인해" 생성된 창작 조류였으며, 특히 "광서(1875~1908) 경자(1900)년 이후에 견책소설의 출현이 성행하였다." 그러나 왜 이 작품들이 마치 사전에 약속이나 해 놓은 듯이 1903년에 모두 함께 출현하였는가는 또한 필연 속의 우연이다.

---

1) 魯迅, 『中國小說史略』, 『魯迅全集』, 第8卷, 239쪽.

제재 장르의 하나로서 견책소설은 루쉰의 명명으로 문학사에 존재하게 되었다. 루쉰이 이런 '학명'을 특별히 지어준 까닭은, 그것에 대해 양가적 평가를 내리고 있기 때문이다. 이들에 대해 긍정적 측면에서 말한 것을 보자.

> 가경嘉慶(1796~1820) 이래 비록 수차례에 걸친 내란(백련교白蓮敎, 태평천국太平天國, 염군捻軍, 회교回敎)을 평정했으나, 그 이후 다시 외적(영국, 프랑스, 일본)의 침입으로 여러 차례 좌절을 겪었다. 일반 백성들은 우매하여 여전히 차나 마시며 반란군을 평정한 무공을 듣고 있었으나, 이미 식견을 가진 자들은 빠르고도 철저하게 개혁을 생각하여, 적개심을 갖고 유신과 애국을 외쳤으며 '부국 강병'에 특히 관심을 기울였다. 무술변법이 실패하고 2년이 지난 바로 경자(1900)년에 의화단의 난이 일어났다. 이렇게 되자 민중들도 정부가 치국을 도모할 능력이 부족함을 알고는 갑자기 정부를 공격할 생각을 갖게 되었다. 이것이 소설에 반영되어, 감추어진 내막이 폭로되고 나쁜 폐단이 드러났으며 그 당시의 정치에 대해 엄중히 규탄하거나 더욱 확대하여 사회 풍속에까지 비판을 가했다.

이러한 소설은 분명히 진보적인 시대 조류의 산물이었는데, 그 영향이 컸던 것에 대해서도 루쉰은 다음 같이 언급하였다. "단지 시대적 추세의 요구로 인해 통쾌하게 받아들여질 수 있었다. 그러므로 『관장현형기』가 갑자기 큰 명성을 누리게 되었으며, 다른 분야를 묘사하는 것, 예를 들면 상업계·학계·여성계 등도 '현형'이란 명칭을 답습하여 잇달아 붙여 사용하였다." 학자들의 통계에 의하면, 1905년부터 1911년까지 '관官' 혹은 '관장(官場, 관리 사회-역주)'으로 명명한 소설이 적어도 16종이나 되고, '현형기'로 명명한 소설도 16종이나 있었다.[2] 루쉰도 우젠런의 『20년간 목도한 괴현상』을 언급하면서 "그리하여 그 이름이 날로 성행하였으며 … 특히 세간의 칭송을 받았다"고 말하였다. 그러나 루쉰은 이런 부류 소설의 결점도 분명히 존재한다고 지적하였다.

---

2) 林瑞明, 「『官場現形記』與晚淸腐敗的官場」, 『晚淸小說硏究』, 臺灣聯經出版社, 1988年, 236쪽.

비록 취지는 세상을 바로잡는 데 있기에 풍자소설과 같은 부류로 보이지만, 어투가 너무 노골적이어서 감추는 맛이 없으며 수사가 지나치게 심할 정도로 당시 사람들의 기호에 맞춤으로써, 그 도량과 기교가 풍자소설과는 거리가 멀어졌기에 별도로 견책소설이라 부른다.

바로 이들 소설에 이러한 결점이 존재하므로 루쉰은 풍자소설과 서로 혼동되지 않도록 이들에게 따로 단독 명칭을 붙였던 것이다. 그래서 그는 『관장현형기』를 논할 때 다음 같이 지적하였다. "그러나 억설이 자못 많아 실제 기록이라고 말하기는 어려우며, 작가가 서문에서 '무르익게 해서 함축적'으로 묘사했다고 말했지만 실질은 그렇지 않으니, 문목노인文木老人(『유림외사』저자 오경재吳敬梓-역주)의 후예라고 기대하기에는 매우 부족하다. 하물며 수집한 자료 또한 단지 '이야깃거리話柄'로서 이러한 것을 연결해 묶어서 유서類書(백과사전류)를 만들어 놓았다. 관리 사회의 농간이란 것이 본래 대동소이한 것이라 이를 모아 장편으로 만들어도 그 내용은 천편일률이다." 루쉰은 『20년간 목도한 괴현상』에 대해서도 마찬가지로 비평하였다. "이 소설은 전체가 '구사일생'이라고 부르는 인물을 연결고리로 삼아, 그가 이십 년 동안 겪으며 보고 들은 세상의 놀라운 일들을 시간의 순서에 따라 기록하여 책으로 엮었다. 처음에는 어린 시절로 시작했으나 뒤에 가서 끝맺음이 없이 '이야깃거리'만 잡다히 모아놓았으니, 『관장현형기』와 같다."

그렇다면 이미 이처럼 큰 결점이 있는데 어떻게 군중들 사이에서는 그토록 열렬한 환영을 받았는가? 여기에는 독자 대상의 문제가 있다. 루쉰은 엘리트적 심미 관점에서 평가를 내렸지만, '식견이 얕은 서민 사회'에서는 오히려 이 '이야깃거리'에 대한 반감이 전혀 없다. 그들의 입장에서 보면 이것은 결코 결점이 아니라 반대로 '볼거리'이며, 서적 상인의 입장에서 보면 보다 좋은 '팔 거리'일 수 있다. 그러나 루쉰의 엘리트 심미관점에서 보면, 이렇게 "그 수사가 지나치게 심한 것"은 "당시 사람들의 기호에 맞추려 했기" 때문이다. 이것은 바로 '영합'이며, 또는 '세속에 비위 맞추기'라 이해할 수 있다.

1927년 후스가 『관장현형기』에 대해 쓸 때 『중국소설사략』을 읽고 루쉰이 이 두 편 견책소설의 예술적 결함에 대해 내린 평가에도 동의하였다. 그러나 후스는 또 다른 각도에서 자신의 견해를 말하였다. 지금 우리들이 동일한 작품에 대해 언급한 이 '초일류 문학 대가' 두 사람의 '같으면서도 다른' 의견을 대비하면서 연구해 보면 많은 교훈과 유익함을 얻을 수 있을 것이다. 『관장현형기』를 평가할 때 후스는 첫 구절에서 이렇게 말하였다.

광서 갑신년(1904) 월동서국(粤東書局)에서 석판으로 펴낸 포켓북 『관장현형기』의 표지

> 『관장현형기』는 사회 사료다. 이 소설이 쓴 것은, 중국 구사회에서 가장 중요한 제도이자 세력, 즉 관官이며, 이 제도가 가장 부패하고 가장 타락한 시기, 즉 매관 매직이 가장 성행했던 시기이다.[3]

후스는 스스로 '순문학' 혹은 엘리트적 심미관점에서 이 소설을 평가한 것이 아니라 '사회 사료'로 보는 시각에서 그 가치를 고찰하고 있다고 표명하고 있다. 그래서 후스는 다음과 같은 견해를 밝혔다. "비록 분에 넘치게 묘사하고 지나친 비난으로 형용하고 있지만, 그리고 비록 전해 들은 소문이 사실이지도 않고 완전하지도 않지만, 대체적으로 보아서 우리는 이 『관장현형기』의 대부분 재료가 당시 실제 상황을 대표할 수 있다는 사실을 받아들이지 않을 수 없다. 그 중에는 고증해 알 수 있는 인물도 있다. 예를 들면 화중탕華中堂은 룽루榮祿이며, 헤이다수黑大叔는 리롄잉李蓮英으로 모두 역사상의 실제인물이다. 그밖에 무수한 무명 말단 관리들, 첸뎬스錢典史에서 황黃 곰보까지, 그리

---

3) 胡適, 「官場現形記·序」, 『胡適文存』, 第3集, 黃山書社, 1996年, 384쪽.

고 도적이 된 루魯 두목에서 상사에게 딸을 바친 마오더관冒得官까지 모두 완전히 허구적 인물이라고 말할 수 없다. 그러므로 『관장현형기』는 사회 사료라고 볼 수 있는 것이다." 리보위안은 비록 "무르익고 함축적인 데까지는 이르지 못하였지만," "마음껏 통쾌한 필치를 구사하는 데에는 이르렀다"고 할 수 있다. 후스는 이 소설 제43회에서 제45회까지 대량의 '잡일 돕는 말단 관리佐雜小吏'들을 묘사한 부분이 이 작품의 가장 뛰어난 부분이지만, 당시의 장편소설 전체를 놓고 볼 때 예술적 경지나 풍격은 높지 않다고 평가하였다. 후스는 리보위안의 실력이 이렇게 나쁠 리 없다고 생각하면서 그의 재능이 충분히 발휘되지 못했던 것이라고 여겼다. 그래서 후스는 애석과 동정의 태도로 『관장현형기』의 뛰어난 점과 부족한 점을 전면적으로 평가하였다. 이렇게 여러 가지 안팎의 요인들을 고려하여 내린 다음과 같은 그의 종합적 평가는 우리가 음미할 만한 가치가 있을 것이다.

그의 서두 몇 회까지는 곳곳에 『유림외사』를 모방한 흔적이 보인다. 그는 아마도 속으로 풍자소설을 쓰려고 한 것 같다. 만약 작가가 당시 이 책을

『증주(增注) 그림 관장현형기』의 1904년판 표지

쓸 때, 자오원趙溫과 첸뎬스를 전 작품의 주인공으로 삼고, 뒤에서 발휘했던 후베이湖北 지방의 잡일 돕는 말단관리들을 묘사할 때의 기법으로 이 두 사람이 겪는 벼슬길의 경력을 서술했더라면, 이 작품이 재미있는 풍자소설이 되지 않았다고는 할 수 없을 것이다. 그러나 작가는 개인의 생계 압박과 식견이 얕은 서민 사회의 요구로 인해 그렇게 할 수 없었다. 그리하여 리보위안은 그의 예술적 재능을 희생하고 당시의 사회 심리와 타협하지

않을 수 없었으며, 그리하여 『관장현형기』는 마침내 이야깃거리를 주워 모은 잡기소설로 떨어지지 않을 수 없게 되었다.

　풍자소설이 견책소설로 떨어진 것은 문학사상으로는 물론 불행한 일이다. 그러나 당시 중국이 여러 차례 패배를 겪은 후 그 동안 쌓였던 정치사회의 폐단이 모두 폭로되어 나오자 뜻있는 사람들은 점차 그때까지의 과대망상적 태도를 기꺼이 버리고, 과거를 되돌아보며 중국의 낙후된 제도, 부패된 정치, 비열한 사회풍조 등을 견책하였다. 그러므로 견책소설은 비록 수법이 천박하고 폭로가 직접적이고 비방이 지나치다는 갖가지 단점이 있지만, 그러나 그들은 확실히 당시 사회에 대해 반성하고 자기에게 책임을 묻는 태도를 보였다. 이러한 태도는 사회 개혁의 전주곡이다. …… 우리가 중국사회의 죄악을 용감하게 질책한 저 일단의 견책소설가들을 되돌아보면, 참으로 모자를 벗고 그들에게 충분한 경의를 표시하지 않을 수 없다.

　후스가 이렇게 평가한 표준은 당연히 예술비평의 관점에서 출발한 것이 아니라 사회적 효과, 사료적 가치 그리고 서민의 시각을 기준으로 한 것이다. 후스는 『유림외사』에 대해서도 자신의 견해를 밝혔는데 그것이 단지 문인사회에서만 유행하였으며 서민사회에서는 아무런 영향이 없었다고 하면서 다음과 같이 언급하였다. "하물며 이 책의 인물들이 모두 '유림'의 사람들이라 그들이 말하는 '과거 공부'니 '선거 정치'니 하는 것은 일반 서민들이 이해할 수 없는 것이다. 따라서 제일급 소설 가운데서 『유림외사』의 유행이 가장 넓지 못하였다. 그렇지만 이 책이 문인사회에서 가진 마력은 가장 컸다! …… 『유림외사』는 구성이 없다. …… 이런 체제는 모방하기가 가장 쉽고 또 가장 편리하다. 따라서 구성이 없는 이러한 소설체가 근대 풍자소설의 보편적 형식이 되었다."[4] 다시 말하면, 청 말의 이러한 특수한 시대상황에서 이렇듯 부패한 정부와 이렇게 오염된 관리 사회에 대해 '완곡하면서도 풍자가 많이 담긴' 수법을 써서 서술해낸다면, 일반 서민들이 '기대하는 눈높이'

---

4)　胡適, 「五十年來中國之文學」, 『最近五十年――― 申報館五十周年紀念』, 上海書店, 1987年 影印本, 16쪽.

에 친밀히 접근할 수가 없었을 것이다. 반면에 이러한 견책소설은 중하층 사회에 깊이 파고들어가 시민들이 정치에 관심을 기울이도록 동원함으로써 량치차오가 정치소설을 제창하며 이루려 했으나 이루지 못했던 효과를 일으켰다. 루쉰이 '공격'과 '규탄'이라고 표현한 것은 확실히 당시의 '유행 양상'을 말한 것이다. 풍자에서 견책으로 넘어온 소설은 특정한 사회 환경에서는 마치 직접 살을 지지고 태우는 듯한 뜨거운 느낌을 갖게 하기 때문에 우리는 이들을 견책소설이라고 따로 명칭을 붙일 수 있다. 또한 '어투가 너무 노골적이어서 감추는 맛이 없다'는 것은 단지 『관장현형기』와 『20년간 목도한 괴현상』의 구체적 작품에 대한 결점일 뿐, 『라오찬 여행기』와 『얼해화』 두 작품은 이 평가에 포함되지 않는다.

　　동일한 작품에 대한 '초일류 문학 대가' 두 사람의 평가를 비교해 볼 때, 루쉰의 풍격은 '솔직하고 예리하다'고 할 수 있고, 후스의 풍격은 '완곡하고 원만하다'고 할 수 있다. 후스는 루쉰의 예술적 분석에 동의하는 전제 하에서 대단히 완곡한 어조로 사람들을 충분히 설득시킬 수 있는 이치를 제시하면서 『관장현형기』를 다각도로 자세히 살폈다. 사실 루쉰의 '단지 시대적 추세의 요구로 인해' '당시 사람들의 기호에 맞추었다'라는 이 간단한 평어에 담긴 의미는 대단히 커서 『관장현형기』류 소설에 대한 대표적 평가가 되었다고 할 수 있다. 그러나 '기호'라는 이 말에 대해 엘리트 시각과 대중 시각이 서로 다른 기준점으로 이해함으로써 느낌도 각기 다를 수 있다. 한 쪽에서 보면 '세속 사람들의 비위에 맞추는媚俗' 것이 다른 한 쪽에서 보면 '세속에 다가간다適俗'는 의미로 받아들여지는 차이가 생긴다. 전자는 비난의 말이고 후자는 칭찬의 뜻이다. 중국어에서 '기호'는 일반적으로 골초나 주벽酒癖처럼 특별히 좋아하는 불량한 것을 가리킨다. 오늘날은 물론 '좋아한다는 기嗜 자'를 '독서' 혹은 '견책소설' 등에 쓰기도 하지만 이는 별도로 따질 문제이다. 『세계번화보』에 『관장현형기』가 연재되고 있을 때, 사람들은 매일 그것을 사서 봐야 했으며 보지 않으면 무언가를 잃어버린 것 같았다 한다. 이것은 바로 일종의 '중독'이다. 일반 서민들은 스스로 주머니를 뒤져서 이 문화상품을 샀을 것이며, 상하이 현대 문화시장의 문학 판도는 이렇게 배양되어 발전하였다. 필자는 『관장현형기』의 광서 갑진년(1904) 판본을 본 적이 있다. 이것은 24책 36권으로 된 '포켓북'으로서 책마다 2회 혹은 많으면 3회였으며, 깜찍하고 정교하였고 64절판보다 좀 작았다. 이런 책은 주머니에 넣어서 휴대하고 다니며 수시로 읽기에 편하였다. 확실히 시민을 겨냥한 것이지 우아한 선비들이 서재에서 방점을 빽빽이 찍어가며 연구할 용도는 아니다. 이것은 우리의 현대화된 문화시장이 여러 층의 독자 수요에 다가갔으며, 외관의 형식

『증주 그림 관장현형기』의 삽화 '양인을 단속하다 구타당하는 관졸'

도 품종을 다양화하였다는 것을 설명한다. 리보위안과 우젠런 같은 통속작가들도 현대화된 문화시장을 건설하는 데에 공헌이 있었던 것이다.

　　루쉰은 『중국소설사략』의 '제28편 청 말의 견책소설'에서 동일 종류의 작품을 그것들의 예술적 수준에 따라 세 층위로 나누었다. 최고가 풍자소설이며 다음이 견책소설이고, 나머지는 이렇게 표현되어 있다. "그 가운데에도 더 낮은 층의 글은 자기의 사사로운 적을 추한 말로 헐뜯는 데에 이르러 비방의 글에 가까워졌고, 또 매도하려는 뜻만 있고 그것을 서술하는 재능이 없어 끝내는 타락하여 '흑막소설黑幕小說'이 되었다." 흑막소설에 대한 분석은 별도의 장을 마련하여 토론하고자 한다.

제2절
관장소설官場小說의 사료적 가치와 현실적 의의
—『관장현형기官場現形記』와
『20년간 목도한 괴현상二十年目睹之怪現狀』

　　『20년간 목도한 괴현상』에서 폭로하는 기괴한 현상도 관리 사회의 기괴한 현상을 위주로 하고 있다. 그 원인을 캐보면 관리 사회가 일체의 기괴한 현상의 으뜸이자 근원이기 때문이다. 소위 으뜸이라 함은 수량을 가리키니, 『20년간 목도한 괴현상』제47회에서 우지즈吳趼之가 말하길, "관리 사회에서의 웃음거리는 수레를 가득 채울 정도"라고 했다. 그걸 글로 쓰려면 아무리 취해도 끝이 없기 때문이다. 소위 근원이라 함은, 바로 구사일생九死一生의 누나가 말한 것처럼 관리가 되려면 "먼저 배워야 하는 것은 비루, 비천, 비굴, 아첨에다 양심을 완전히 없애는 것"이기 때문이다. 그래서 일체의 기괴한 현상은 모두 관리 사회로부터 전염되었거나 관리사회의 핍박에 의한 것이다. 후스는 이렇게 말했다.

　　사실 당시 관리 사회의 부패는 이미 극에 달하였으며, 그런 재료는 도처에 존재한다. 그러나 리보위안에 이르러서야 비로소 세밀하고 생동적으로 묘사한 '대청大淸 관료국가의 활동사진'이 출현하여 중국제도사에 뛰어난 재

료들을 무수히 남겼다.[5]

　만약 제도사의 시각에서 연구하면, 이 두 소설은 확실히 영구히 보존할 가치가 있다. 이 작품들은 비교적 폭넓은 시야에서 봉건 몰락시기의 관리 사회를 폭로하였다. 그러나 봉건제도의 잔여요인이 아직도 존재하여 관리는 공복이나 공무원이 아니라 다만 상부에만 책임을 지고 당국을 대표해서 백성을 통치하는 도구일 뿐이라고 한다면, 이 두 소설은 여전히 커다란 현실적 의의가 있는 것이다. 마오위안시추성茂苑惜秋生이 1903년 『관장현형기』를 위해 쓴 서문에서의 지적은 핵심을 찌르고 있다. "무릇 관리란 사농공상이 얻는 이익만 있을 뿐 사농공상의 노고는 없다. 천하 사람들이 지나칠 정도로 그것을 좋아하는 이유는 일을 도모하기만 하면 반드시 결과가 좋기 때문이요, 절실할 정도로 동경하는 이유는 구하려들면 반드시 성과가 있기 때문이다." 그리고 결말의 제60회에서 재차 강조하고 이 '이익'에 대해 다시 설명하였다. "온 천하의 모든 장사 가운데 오직 관리가 되는 것이 벌이가 가장 좋다. 그래서 무언가를 하려고 결심하려면 반드시 관리를 해야 한다." 이윤이 가장 많고 관리되는 것도 어렵지 않으며, 손 한 번 드는 정도의 사소한 수고로도 풍성한 보답이 들어오니 어찌 즐겨하지 않겠는가? 『20년간 목도한 괴현상』 제100회 '회평回評'에서 관리되는 것이 쉬운 일이라는 이야기를 이렇게 말하고 있다.

　　지난 날 사람들이 하는 말을 들었는데, 허페이合肥 시의 리원중李文忠이 늘 사람들을 꾸짖으며 말하길, "천하에 가장 쉬운 것이 관리되는 것이다. 관리조차도 되지 못한다면 정말 무용지물이다"라고 하였다 한다. 옛날에는 이 말을 듣고 의심하면서 리원중이 관리되는 것을 경시하는 정도가 어찌 이 정도에 이르렀는가 생각하였다. 지금 이 대목을 읽으면서 어리석기가 노루나 돼지 같은 사람이 단지 관공서에서 하인 노릇을 몇 년 하더니, 홀(笏, 관리

5)　胡適, 앞의 글, 같은 쪽.

가 들고 다니는 물건)을 안고 나타나서 사람들 위에서 위세를 부리고 있는 것을 보고는, 비로소 리원중의 말이 틀리지 않았다는 것을 믿었다. 무식에서 한 걸음 더 나가 무치無恥가 되어도 관리가 될 수 있다는 것을 보여주는 글이니, 이것은 아마도 작가의 의미 깊은 말이리라.

다음 이야기는 널리 퍼져 있다. 리훙장李鴻章은 추천 받아온 사람마다 어떤 전공이 있느냐고 물어보고 전공이 있으면 그에게 그 전공에 맞는 일자리로 보내 주었으나 아무 것도 배운 것이 없으면 "그렇다면 관리나 하시오!"라고 했다 한다. 따라서 『관장현형기』와 『20년간 목도한 괴현상』 첫머리에서부터 '관리되려고 뛰어다니기와 관리직 팔기'를 집중적으로 서술하고 있다. 『20년간 목도한 괴현상』 제50회에서 구사일생이 말했다. "관직을 상품으로 보면, 이 상품은 오직 황제만 가지고 있고 오직 황제만이 팔 수 있다." 그런 후 직급에 따라 가격이 매겨져서 한 급 한 급 팔아나간다. 예를 들면 『관장현형기』 제4회에 다음 같이 뛰어난 묘사가 있다.

그가 일생에서 가장 좋아하는 것은 돈이었다. 그러나 직무 대행을 맡는 동안 사람들이 자기에게 험담을 할까 두려워 감히 결원된 자리를 공공연하게 팔지 못하였다. 그런데 지금 신임 장관이 머지않아 인수를 받으러 온다는 소식을 듣고, 자신도 제 자리로 돌아가야 하니 이 대행 자리도 오래 있을 수 없게 되었다. 이익에 눈이 멀어져서 자기 막료와 친척들을 시켜 사방으로 관직 살 자들을 끌어 모으라고 하였다(작가 평어: 뇌물이 공공연히 행해지니 세상 꼴이 말이 아니다). 그 중에 천 원이면 단지 중등 관직을 차지할 수 있었고, 가장 좋은 최고 관직은 은자 이 만 냥이 있어야 한다. 누구든 은자가 있으면 할 수 있으니 오히려 공평한 교역이며 조금도 불공평함이 없다고 여긴 것이다.

이런 예는 다른 곳에도 있다. 아래에 인용한 것은 『20년간 목도한 괴현상』 제5회에 기술된 매관매직의 경우이다.

그는 품에서 접는 책자를 꺼내 보여 주었다. 펼쳐서 보니 위에는 장쑤성 전 현縣의 명칭이 씌어져 있고, 각 현명 아래에 각각 숫자가 기재되어 있는데, 만 냥 되는 것도 있고, 이 만 냥 되는 것도 있고 칠팔 천 냥 짜리도 있었다. 나는 보자마자 의미를 알았지만, 알고 있다고 말하기가 곤란해서 그에게 무슨 뜻이냐고 물었다. 이때 그는 자리에 앉지도 않고 나를 끌어내렸다. … 그는 나의 귀에 대고 말했다. "결원된 관직을 얻는 첩경일세. 만약 어느 자리에든 생각이 있으면 단지 기재되어 있는 수의 돈을 안으로 보내주게. 열흘 안으로 관직을 맡을 수 있도록 보장하지."

이 두 작가들이 쓴 작품이 거의 동시에 진행되었으니 어느 작가가 다른 작가의 줄거리를 모방하는 문제는 존재하지 않는다. 이것은 다만 '천하의 까마귀는 다 검은 것'처럼 관리 사회도 다 같으니 그들 두 사람의 줄거리도 서로 유사해졌다고 밖에는 달리 설명할 길이 없다. 이왕 관리 노릇 하는 것이 이익이 가장 많다면, 관리가 된 사람 자신도 돈을 좋아하므로 그의 관직도 많은 돈을 들여 샀을 것이다. 그러니 그가 관직을 맡은 후 수탈하는 것도 당연히 악랄할 것이다. 따라서 『관장현형기』에서는 관리를 하는 일곱 자 구결 "천리위관지위재(千里爲官只爲財: 천리 땅 멀리서 관리 짓 하는 것은 오직 재물 때문일세-역주)"가 적어도 두 차례 언급되어 있다. 이러니 일반 백성들이 착취를 당하는 고통스러운 상황은 생각해 보면 알 수 있다. 리보위안은 천하에 탐관이 얼마나 많은가를 몹시 격분한 어조로 풍자하였다. 그는 제14회에서 기녀 룽주龍珠의 입을 통해서 말하고 있다. "나를 속이려 해도 분수가 있지! 관리들이 돈을 먹고도 자신은 여전히 '청렴한 관리淸官'라고 말한다면, 우리 기생끼리도 한솥밥을 먹고 있으니, 나도 틀림없이 '청관인淸倌人이야'라고 하는 것과 어찌 같지 않겠습니까?(작가 평어: 저녁 북이든 새벽종이든 다 사람을 일깨우는구나)" 소위 '청관인'이란 '처녀 기생'이라는 뜻이며, 자기도 '청관인'처럼 아직 순결한 몸이라는 말이다. 이는 정말로 신랄한 풍자다. 후스는 말했다.

과거에 사람들은 관에 대해서 모두 분노는 하면서도 말은 감히 못했다. 때마침 이 시대에 와서 정부가 종이 호랑이임이 모조리 폭로된 데다 갑자기 찾아온 언론의 자유(조계지상하이에서만 보장)까지 더해지니 관에 해를 입은 사람들은 모두 관의 황당무계, 음란, 뇌물 수수, 우둔함 등에 관한 사례들을 공개적으로 공격하였다.

　　청 조정의 문자옥은 본래부터 몹시 혹독했기 때문에 이러한 견책소설들은 대부분 상하이에서 출현하였다. "만청에 조계지가 된 상하이는 본래 중국에서 관을 욕하기가 가장 좋은 장소이며, 욕이 허락되니 듣는 사람이 있게 된다. 『관장현형기』는 너무도 통쾌하고 전면적이며 한이 풀리도록 욕을 하여 출판된 후 일시에 판매가 늘어 전에 없었던 영향을 끼쳤으며, 모방하는 작품도 폭풍처럼 거세게 일어났다."[6] 따라서 소설에는 '억울한 사건'들을 과감하게 집중적으로 묘사하였다. 『관장현형기』 제11회에서 제22회까지는 저장성 관리 사회를 묘사하고 있는데, 그 중의 중요한 사건 하나는 '후胡 통령統領의 옌저우嚴州 비적토벌기'이다. 후 통령은 비적이 없는 지역만을 전문적으로 골라 병사를 투입한다. 향민들은 관의 병사들이 그들을 비적으로 여기고 토벌하러 온다는 것을 듣고 분주히 도피하여, 열 집 중 아홉이 비웠다. 들이 닥친 관병들이 민가를 약탈하고 부녀자를 강간하며 가옥을 불사르고는, 잇달아 '승전보'를 띄웠다. 백성들이 상부에 고발하자 그들은 관끼리 서로 비호하여 억압과 회유를 번갈아 하면서 피해자들을 억눌렀다. 그리고는 일체의 살인방화의 죄목을 '비적'에게 덮어씌우고는 피해자들을 압박하여 자신들에게 '만민산萬民傘'을 헌상하게 하였다. 그들은 승리를 거두고 돌아가서는 또 공적을 거짓 보고하고 포상을 청하였다. 한 명의 비적도 잡은 것이 없으면서 거짓 보고로 6~7십만 냥의 군비를 사용하였다. 큰 무리를 이룬 수많은 백성들이 초상을 치르면서 지전을 불사르고 소리 높이 통곡하였다. "관병이야말로 강도들이다. 우리를 이토록 고통스럽게 하다니!" 분노에 찬 고소의 행렬

---

6)　熊月之 主編,『上海通史 第6卷 晚淸文化』, 上海人民出版社, 1999年, 517쪽.

이 이어졌지만, 관가로부터 되돌아 온 것은 곤봉과 채찍을 휘두르는 탄압뿐이었다! 이 글을 읽고서야 비로소 무엇을 '암흑 천지暗無天日'라고 부르는지 더욱 잘 알 수 있다. 또 다른 내용은, 홍수로 황하의 제방이 무너지자 치수 공사 총감독관이 오히려 큰돈을 벌고, 공사 중에 횡령한 돈을 한 무더기 한 무더기씩 경성으로 보내어 높은 관직을 샀으며, 그 와중에 또 황팡구黃胖姑라는 자는 온갖 계략으로 어부지리를 취하는 등등이다. 이러한 일들은 물론 옛날부터 있었지만, 시민 독자들의 시야가 가려져 있어서 이러한 사례들이 '천편일률'이라고까지는 생각지도 못했다.

이 두 소설은 관원들의 '서양공포증'에 대해서도 충분히 폭로하고 있다. 『관장현형기』 제9회에서 제10회까지에 기술된 산둥성 순무巡撫(지방 장관) 후리투胡理圖의 애처로운 호소는 몹시 전형적이다. "이 모든 것은 내 운명이 초래한 것일세. 내가 현령으로 가세를 일으킨 후 지금까지 양인 때문에 얼마나 많은 헛돈을 쓰게 되었는지, 얼마나 먼 헛걸음을 하게 되었는지, 얼마나 많은 고생을 했는지 모르네. 내가 동쪽으로 가면 그들이 동쪽으로 따라오고 서쪽으로 가면 서쪽으로 따라온다네. 생각해보니 이는 내 운명이 초래한 것이네. 보아하니 이 자리에도 얼마 오래 앉아 있지 못할 것 같네." "앞으로 내 목숨은 틀림없이 외국인의 손에 죽을 것일세. 여러분들이 믿지 못하겠다고 하지 말고 기다리며 지켜보게나." 작가 평어에는 다음과 같은 글자가 씌어 있다. "경궁지조(驚弓之鳥: 화살에 놀란 새-역주)", "배궁사영(杯弓蛇影: 술잔에 비친 활 그림자를 뱀으로 알다-역주)" 당시의 관리들의 두려움이 이 수준에 이를 정도라면, 이러한 관리들이 주권을 팔아먹고 나라를 욕되게 하지 않는 것이 이상할 것이다. 이런 예가 또 있으니, 『20년간 목도한 괴현상』 제84회에서 제85회이다. 외국인이 40원의 돈을 써서 루산廬山 구뉴링牯牛嶺을 한 화상和尙과 한 건달로부터 샀다. 이 일이 번져 총리아문에까지 사실이 전해졌다. 그런데 총리아문의 한 대신이 이렇게 편지를 써서 담당 순무에게 일처리를 하도록 하였다. "조정에서도 타이완을 통째로 일본에 줘버렸는데 하물며 그까짓 시시한 구뉴링 정도야 무슨 가치가 있겠소! 그냥 참고 주어버리시오!

싸워가며 되찾아 본들 당신 재산이 될 것도 아닌데 무얼 그리 고생하려 하오!" 작가 평어에는 이 때문에 처벌 받거나 면직이 된 것은 하급관리였는데, 만약 그 관리도 목이 잘리지 않았다면 앞에서 언급한 후리투와 같이, 억울하기는 하지만 다시 돈을 써서 관리직을 사게 될 것이라고 덧붙였다.

후스는 리보위안이 가장 잘 묘사한 것은 일군의 '잡일을 돕는 말단관리'들이라고 했다. 그가 이렇게 제기한 이유는 리보위안이 대관의 생활에 대해서는 잘 이해하지 못했으며 직접적 접촉도 없었기 때문이라는 것이다. 만약 그가 '잡일 돕는 말단관리 현형기'를 장편으로 썼다면 아마도 『유림외사』에 필적했을 것이라는 것이다. '말단관리 현형기'가 그 당시에 이처럼 큰 반향을 얻을 수 있었을지 우리는 확인할 수 없다. 그러나 리보위안이 소설 자료로 의지한 것이 간접적인 제2차 자료라고 지적한 후스의 말은 오히려 정확하다. 바오톈샤오의 기억에 의하면 다음과 같다.

그때는 마침 청 말 시기여서 인민들이 관리 사회의 횡령과 포학에 대해 통한하고 있었기 때문에, 이 견책소설도 일시에 유행하고 있었다. 리보위안은 글이 거침이 없으며 관리들의 여러 추악한 역사를 아주 잘 정탐할 수 있었다. …… 나는 당시에도 그를 알고 있었으며 장원張園에서 자주 만났다. 소위 장원이란 것은 '미순원味純圓'이라고도 불렸으며, 장원 주인 장수허張叔和(이름은 훙루鴻祿이고, 창저우常州 사람이다. 광둥 후보도候補道 직에 있을 때 초상국招商局을 관리하다가 공금에 결손이 생기자 탄핵되어 면직 당했다. 관직에서 번 돈으로 상하이에서 이 장원을 지었다)는 리보위안과 동향이었다. 그래서 나는 『관장현형기』의 이야기 태반이 장수허의 입에서 나온 것으로 알고 있다.[7]

리보위안이 고급관리의 생활을 잘 알지 못한다는 것, 이것은 그의 한계점이다. 한편 우젠런의 경우를 보면, 그도 나름의 한계가 있다. 그는 20년 동

---

7) 包天笑, 『釧影樓回憶錄』, 大華出版社, 1971年, 445쪽.

안의 '희귀하고 기괴한' '온갖 괴상한' 이야기들을 구사일생이라는 한 사람에게 말하게 했을 뿐만 아니라, 그것도 그가 '눈으로 본 것目睹'에 의지했다고 하니, 이것은 그야말로 불가능한 일이다. 따라서 그의 소설 제목은 근거가 확실하지 않으며 따라서 '귀로 들은 것耳聞'으로 다시 보충하지 않을 수 없었다. 그리고 이 눈으로 보고 귀로 들은 것을 구사일생 한 사람의 경험으로 만들기 위해 그는 여러 가지 방법을 써서 '그럴 듯하게 둘러맞추었다.' 주인공 구사일생은 또 하나의 작중 인물인 우지즈가 맡긴 '직책'을 수행하면서 여러 가지 이야기를 수집할 수 있게 된다.

우젠런

　　내가 당신을 돌아오도록 재촉한 것은 다른 것이 아닙니다. 나의 이 장사는 상하이가 본점이고 이제 쑤저우 분점도 개설했습니다. 장차 상류로 올라가면서 우후蕪湖, 주장九江, 한커우漢口에도 분점을 설치할 것이며, 하류로 내려가면서 전장鎭江에도 지점을 개설하고 항저우에도 할 것입니다. 당신은 발음이 좋고 각 지방의 말도 잘 할 수 있으니 이 일을 당신에게 부탁하려 합니다. 당신은 각 지방에 다니면서 거래처를 개척하십시오. 지배인을 맡을 사람은 내가 별도로 사람을 알아 놓겠습니다. 앞으로 지점 개설이 결정되면 당신은 왕래하면서 감찰을 맡으십시오. 이 곳 난징은 중간역이어서 수시로 돌아올 수 있으니 어찌 좋지 않겠습니까?

우지즈는 단지 그에게 다음 한 마디 말만 하지 않았다. "이 직책은 당신이 '눈으로 본' 기괴한 현상을 쓰기에 편리한 점을 갖고 있습니다." 우젠런은 또 책에서 그가 쓴 기괴한 현상의 내력을 소설 본문에서 독자들에게 다음과 같이 여러 번 '해석'하였다. 나(주인공)는 "단지 기괴한 일을 알아보기를 좋아할 뿐 다른 쓸데없는 일은 상관하지 않았다"(70쪽)거나, 사람들이 주인공에게 "당신은 남들이 새로운 이야기를 하도록 성가시게 굴기를 좋아하는군요"(174쪽)라고 말하도록 한다든가, 그는 또 늘 자기가 모은 풍성한 수확으로 즐거워하면서 "나는 또 적지 않은 이야기를 들었다"(536쪽)고 하였다. 뿐만 아니라 또 자기는 이런 이야기를 전문적으로 기록하는 일기책을 한 권 준비했다고 썼다(제443쪽, 이상의 책 쪽 숫자는 모두 『중국근대문학대계 소설 3집 「20년간 목도한 괴현상」』, 상하이서점, 1990년). 뿐만 아니라 우젠런은 수시로 책에서 '내'가 사람들의 이러한 비밀스러운 일을 어떻게 알 수 있었는가를 설명했다. 작가는 참으로 온갖 두뇌를 작동해서 여러 가지 방법으로 갖가지 빈틈을 메워 넣었다. 그의 소설 내용의 출처에 대해 바오톈샤오가 그에게 물은 적이 있다.

> 내가 그에게 물었다. "『20년간 목도한 괴현상』에서 선생은 이렇게 많은 자료를 어떻게 모을 수 있었습니까? 이른바 '목도'라 하셨는데, 설마 정말로 직접 눈으로 보고 쓰신 겁니까?" 우 선생은 웃으면서 나에게 손으로 쓴 책자를 한 권 보여주었다. 마치 일기와 같았는데, 거기에 씌어진 것은 모두 친구들이 말할 때마다 들었던 기기괴괴한 이야기들이었다. 수필에서 베낀 것도 있고 신문에서 베낀 것도 있으며, 이리저리 모아서 큰 책 한 권이 되었다. 그는 웃으면서 말했다. "이른바 목도라는 것은 모두 여기에서 나온 것입니다." 내가 "이 재료들을 어떻게 정리하셨습니까?" 하니, 우 선생이 말했다. "바로 이 점에 있어서는 전체를 관통시키는 방법을 써야 하는데, 대개 사회소설을 쓰는 것은 모두 이렇게 하는 것입니다."[8]

이것은 우젠런의 한계이다. 그는 아주 간편하게 구사일생 한 사람으로 전 책을 관통시켰으며, 오늘날 보기에는 마치 이야기 '잡탕' 같지만, 그러나 당시로 말하면 구사일생 즉 '나'라는 인물를 만들어낸 것은 칭찬할 만한 점이

---

8) 包天笑, 앞의 책, 같은 쪽.

다. 후스는 말했다.

우워야오吳沃堯(우젠런의 본명)는 서양
소설의 영향을 받은 적이 있기 때문에 구
성이 없이 이리저리 긁어모은 듯한 소설
을 짓는 것을 달가워하지 않았다. 그의
소설은 모두 어느 정도 구성도 있고 조직
도 있다. 이것이 그가 동시대의 다른 작
가보다 나은 점이다. 『괴현상』의 체제는
여전히 산만하고, 무수한 단편적 이야기
를 나열하고 있지만, 전 작품에 '나'를 주
인공으로 삼고 이 '나'를 구성의 강령으로

삼음으로써, 일체의 단편적 이야기가 모두 '내'가 이십 년 동안 보고 들은
기괴한 현상으로 변하게 되었다. 바로 이 점이 『관장현형기』나 『문명소사』
와는 다른 부분이다.

그러나 『괴현상』은 여전히 『유림외사』의 산물이니, 여러 이야기를 억지
로 집어넣은 것이다. 후에 우워야오는 소설 쓰는 기교가 더욱 진보하였으
며, 그의 『한해恨海』와 『구명기원九命奇冤』은 구성이 갖추어진 신체소설新體小說
이 되었다.[9]

일인칭 소설의 구성이 당시에는 대단히 창의적인 의의가 있었다는 것을
알 수 있다. 한 편의 소설을 연구할 때는 당시의 창작 환경과 시대 배경으
로 돌려놓고 고찰해야 비로소 그 작품의 수준을 정확하게 평가할 수 있는
것이다!

---

9) 胡適, 앞의 글, 17쪽.

제3절
미완의 두 작품: 청 말 소설의 걸작
―『라오찬 여행기老殘游記』와
『얼해화孽海花』를 논함

『라오찬 여행기』의 작가 류어

청 말 소설 가운데 미완성 작품인『라오찬 여행기』와『얼해화』가 일부 평론가들의 입을 거치면서 만청의 뛰어난 소설 목록에 들어가게 되었다.

『라오찬 여행기』의 작가 류어劉鶚(1857~1909)는 자가 톄윈鐵雲이며, 별호를 훙두바이렌성洪都百煉生이라 하며, 장쑤 단투丹徒 사람이다. 그는 과거에 실패하자 발분하여 잡학을 전문으로 연구하여 "규범에 구속을 받지 않고 행동에 용감한 사람"으로 자신을 단련하였다.[10] 후스는 "그는 식견이 뛰어난 사람인 동시에 판별력과 담력이 대단한 정객이기도 하다"[11]고 칭찬하였다. 하와이대학 교수 마유위안馬幼垣은 그가 "소설가, 시인, 철학자, 음악가, 의사, 기업가, 수학자, 장서가, 골동품 수집가, 수리 전문가, 자선가인데 …… 만약 거기에다 다시 갑골학자, 인장학자印章學者, 비문학자碑文學者, 문자학자, 서법가, 화폐수집가, 여행가, 개혁가, 그리고 태곡학파太谷學派 연

---

10) 嚴薇靑,「老殘游記·前言」,『老殘游記』, 齊魯書社, 1985年 7쪽.
11) 胡適,「老殘游記·序」,『胡適文存』, 第3輯, 黃山書社, 1996年, 396쪽.

구자 등을 더 붙인다 하여도 안 될 것이 없다"[12]고 하였다. 이것은 류어가 섭렵한 잡학의 넓이를 설명한다. 그러나 류어는 판별력과 담력이 대단한 정객으로서의 잠재력은 충분히 발휘하지 못하였다. 그렇더라도 그는 확실히 이 방면에 재능이 있었으며, 충분한 판별력과 담력도 구비하고 있었다. 그는 경자$_{庚子}$ 연간에 자금을 갖고 상경하여 제국주의 침략자와 담판하여 가격 안정을 위한 국가의 미곡 방출 및 이재민을 위한 구제품 보급 등의 일을 처리할 수 있었는데, 이는 그가 이 방면에 기질과 소양을 갖고 있음을 보여주는 것이었다. 그는 "자기에 대한 비방이 천하에 가득해도 조금도 손상을 입었다고 느끼지 않으며, 칭찬이 천하에 가득해도 조금도 이익을 보았다고 느끼지 않는"[13] 사람이다. 만약 그가 때를 잘 만났더라면 개혁개방의 급선봉이자 용감히 행동에 나서는 실천가가 되었을 것이다. 그는 『라오찬 여행기』 제1회에 서술했듯이, 그가 물건과 육분의$_{六分儀}$를 상부에 바치면, "그가 사용하는 것이 서양의 나침반이니, 틀림없이 양놈이 파견한 매국노일 것이다!"라고 비난하는 사람이 있음을 알고 있었다. 말하자면, 『얼해화』 제18회에 등장하는 사람을 통하여 그가 지적한 "그때 중국의 상황이 아직 미개하여 서학을 논하는 사람은 바로 매국노가 되었다"는 상황과 마찬가지인 것이다. 류어는 그렇더라도 여전히 정견을 발표하는 사람이었다. 당시 '북쪽 의화단'과 '남쪽 혁명당'에 반대한 것이 명확한 증거가 되어 그 후 그는 물론, 그의 책도 비판의 대상이 되었다. '북쪽 의화단'이 민족에게 큰 재해를 가져왔다는 것은 말할 필요가 없다. '남쪽 혁명당'에 대한 반대는 성향의 문제였다. 혁명당도 성공하지 못하였다. 당시는 중국을 구원하는 것에 있어 개량이 옳은가 혁명이 옳은가를 두고 격렬하게 논쟁하던 시기였는데, 그는 자신의 견해를 고집하였고 혁명에 대해 오해하는 부분도 있었다. 이것으로 우리는 그의 작품의 성취를 부정할 수는 없다. 그의 정견은 제8회와 제12회에 집중적으로 표현되어 있다. 루쉰이 『중국소설사략』에서 평론한 대상은 문학이며, 정견에 대한 문제는 생략

12) 陳玉堂, 「劉諤散論序」, 『劉諤散論』, 雲南人民出版社, 1998年, 3쪽.
13) 류어가 황구이췬黃歸群에 보낸 편지에 있는 말이다. 嚴薇靑, 앞의 글, 같은 책, 17쪽에서 재인용.

『라오찬 여행기』의 표지

하고 논하지 않았다. 후스는 "『라오찬 여행기』의 예언은 하나도 맞는 것이 없다"고 지적한 후, "『라오찬 여행기』가 중국문학사에 세운 최대 공헌은 작가의 사상에 있는 것이 아니라 풍경과 인물에 대한 작가의 묘사 능력에 있다"[14]고 하였다. 정견과 문학 감상을 분리하는 이러한 태도는 문학사가가 반드시 갖춰야 할 규범인 것이다.

루쉰과 후스는 약속이나 한 듯이 제16회에 있는 '원평原評'을 중시하고 동시에 그 말을 인용하였다.

탐관오리가 가증스러움은 사람마다 알고 있으나, 청렴관리가 더욱 가증스러움은 사람들 대부분이 모른다. 무릇 탐관은 스스로 결함이 있음을 알기에 공공연하게 나쁜 짓을 저지르지 않는다. 그러나 청관은 스스로 자기가 돈을 요구하지 않았기에 못할 것이 무엇이냐고 여긴다. 강퍅하면서 자기만 옳다 여겨서 작게는 사람을 죽이고 크게는 나라를 그르친다. 내가 직접 눈으로 목격한 것도 부지기수이다. …… 저자는 천하의 청관들이 돈을 요구하지 않았다고 마음 내키는 대로 함부로 하지 않기를 간곡히 바란다. 지금까지 소설은 모두 탐관의 죄악을 폭로했지만, 청관의 죄악을 폭로하는 것은 『라오찬 여행기』로부터 시작한다.

이것은 확실히 남들이 하지 않은 말을 한 것이며 『라오찬 여행기』가 핵심을 찌르고 있는 부분이다. 아울러 소설은 청관이 악을 저지르는 까닭에 대한 심리분석에도 정말 예리하다. 저 위타이쭌玉太尊이란 자는 재주가 있고 또 대관에 오르려고 한 나머지 조급하게 정치업적을 쌓으려고 하였다. 그가 '정치업

---

14) 胡適, 앞의 글, 같은 책, 406쪽.

적을 쌓는 작업'은 바로 '사람 죽이기', 그것도 '많이 죽이기'였다. '길에 물건이 떨어져 있어도 줍지 않는 맑고 태평한 세상'으로 돌진하면서, 모두들 늦가을 매미처럼 아무 소리도 내지 못할 정도로 사람을 죽였다. 사람들은 "내일 만약 성내에 들어가면 절대 말을 조심하게"라며 서로 경고한다. 소설에서는 라오찬이 거리에 나갔다가 본성의 관부를 방문하여 그에 대한 치적을 물으니 뜻밖에도 이구동성으로 좋다고 한다고 쓰고서, 그렇지만 그들 모두 참담한 얼굴빛을 띠고 자기도 모르게 '가혹한 정치가 호랑이보다 사납다'는 고인들의 말이 참으로 틀리지 않는다며 암암리 고개를 내젓는다고 서술하고 있다. 『라오찬 여행기』에서 관리 사회를 분석한 이 말들은 앞에서 인용한 '관리에게 필수적인 잠언官箴'처럼 모두 제6회에 나오며, 그 마지막 대목은 참으로 사람을 두렵게 할 정도다.

나는 재주 없는 자가 관리가 되는 것은 그다지 중요하지 않다고 말한다. 정작 나쁜 것은 재주 있는 자가 관리가 되는 것이다. 생각해 보라. 이 위타이쭌은 재주가 있지 않은가? 오직 관리가 되려는 것이 지나치고 게다가 대관에 급히 오르려 하기 때문에 천리를 어기는 정도가 이런 지경에 이르렀다. 뿐만 아니라 정치 평판 또한 이처럼 좋다 하니, 아마도 그의 통치 범위가 곧 지금의 경계를 넘지 않겠는가? 관직이 높을수록 피해는 더욱 심하니, 한 부府를 지키면 그 부가 상하고, 한 성을 돌보면 그 성이 파괴되며 천하를 다스리면 천하가 죽는다.

1907년 판 『라오찬 여행기』의 속지

루쉰과 후스가 공감한 또 다른 방면은 작품의 경물 묘사의 성취다. 루쉰은 작품의 "경물 묘사는 때때로 볼 만한 것이 있다"고 판단하였다. 그런데 후스는 더욱 칭찬하여 이 방면에 대한 묘사가 아주 훌륭하여 탄복할 정도라고 하였으며, 따라서 그의 분석도 더욱 세심하다. 그는 "『라오찬 여행기』의 가장 뛰어난 점은 묘사의 기교다. 사람이나 경치 어느 묘사를 막론하고 작가는 낡은 상투어를 쓰지 않고 늘 새로운 어휘를 만들어서 실감나는 묘사를 하였다. 이 점에 있어서 이 작품은 지금까지 누구도 해본 적이 없다고 할 만하다"[15]고 인정하였다. 이러한 경물 묘사가 개성화의 수준에 이르게 된 것은 완전히 작가 자신이 의욕적으로 노력한 결과며, 일종의 의식적인 예술적 단련과 창조다. 이것에 대해서는 제13회의 '원평'으로도 증명할 수 있다.

고인 물이 얼면 어떠한 모습인가? 흐르는 물이 얼면 어떤 모습인가? 작은 강이 얼면 어떤 모습인가? 큰 강이 얼면 어떤 모습인가? 허난성의 황하가 얼면 어떤 모습인가? 산둥성의 황하가 얼면 어떤 모습인가? 앞의 글에서 묘사한 것은 산둥 황하임을 알아야 한다.

이렇게 세심한 관찰을 거쳐서 이렇게 개성화된 지역적 특색이 담긴 경물을 써내려면, 낡은 상투어로는 할 수가 없으며 반드시 자기가 새로운 어휘를 만들어 내야 한다. 지금까지 누구도 해본 적이 없는 깊이 있고 치밀한 관찰, 지금까지 누구도 해본 적이 없는 세밀한 백묘白描의 기법, 지금까지 누구도 해본 적이 없는 새 어휘의 창조, 이것은 류어의 의식적인 예술적 추구이다. 그렇지 않았다면 이 미완성 작품이 어찌 사람들을 매료시켜 청 말 소설의 걸출한 작품으로 간주되었겠는가? 제2회 왕샤오위王小玉의 설창說唱을 묘사한 것은 더욱 경전적이라 일컬을 만하다. 그녀의 음률의 아름다움과 음역의 넓이를 묘사한 것도 물론 쉽지 않지만, 바로 무대에 오른 그녀의 기품을 묘사한 것은 사람들로 하여금 평범한 수법과 다름을 느끼게 한다. 류어가 개척한 독창

---

15) 胡適, 앞의 글, 같은 책, 407쪽.

성은 바로 문자를 사용해서 사람들이 숨을 죽이고 정신을 집중시켜 이 천고千古의 절창絕唱을 듣고서 그 여운이 대들보에 삼일 동안 끊이지 않고 맴돌게 한다는 데 있다. 이것은 문학사에서 '통감通感'의 기교를 가장 성공적으로 운용한 모범이라고 말할 수 있다.

설창의 음률을 묘사한 이 단락은 대담한 시도다. 음악은 단지 듣는 것일 뿐 문자로 묘사하기가 쉽지 않다. 그래서 여러 구체적인 사물을 동원해서 비유를 하지 않을 수 없다. 백거이, 구양수, 소식, 등이 모두 이러한 방법을 사용하였다. 류어 선생은 이 단락에서 칠팔 종의 서로 다른 비유를 연용하고 신성한 어휘를 사용해서 명료한 인상을 보여주었다. 독자들은 눈앞에 밀어닥치는 이러한 여러 인상에서 형상 없는 음악의 묘미를 느낀다. 이 시도는 대단히 성공적이라고 할 수 있다.

류어는 백거이, 구양수, 소식의 성공적 경험을 귀감으로 삼았지만 설사 이 대가들이 다시 부활하더라도 류어의 이 시도에 대해서는 진심으로 탄복할 것이다.

류어의 『라오찬 여행기』는 비록 관리 사회에 대한 것이긴 하지만 전부가 견책적인 것은 결코 아니다. 관리 가운데는 물론 위셴玉賢, 강비剛弼 같은 부류의 혹리酷吏 혹은 청관이 있지만, "단지 독서만 할 줄 알기 때문에 세상물정을 모르고 일거수일투족 실수를 저지르는" 스史 관찰사도 있고, 스 관찰사의 치수정책을 수행했다가 '모두 십 여 만 가구'의 인명과 재산이 홍수 속으로 깊이 빠져버린 것을 알고 뜻밖에도 '아직도 눈물을 몇 방울 흘리는' 좡庄 순무도 있으며, '사실만을 근거로 삼아 세심하게 파고들어' 억울한 사건 하나를 뒤집어 바로 잡은 바이쯔서우白子壽도 있다. 따라서 순수한 견책소설로만 볼 수는 없다.

진톈허

『얼해화』는 뛰어난 역사소설이다. 1903년 도쿄에서 출판한 유학생 잡지 『장쑤』에 연재하기 시작하였다. 작가는 진톈허_{金天翮}(1893~1947)며, 또 이름을 톈위_{天羽}라고도 한다. 자는 쑹잔_{松岑}, 별호로 진이_{金一}, 아이쯔유저_{愛自由者}, 톈팡러우주런_{天放樓主人} 등이 있다. 그러나 그는 단지 6회까지만 썼으며, 그 뒤는 쩡푸_{曾樸}(1872~1935)가 이어서 썼다. 이에 그들이 직접 쓴 '작업 인계'의 과정과 두 사람 각자의 창작 동기를 아래에 소개한다.

나는 중국 측이 러시아와의 외교를 중시하면서 각지에 '러시아 대항 동지회'가 조직되는 것에 착안하여, 러시아 대사로 파견된 훙원칭_{洪文卿}을 주인공으로 하고 싸이진화_{賽金花}를 보조역으로 삼았다. 시대 배경은 마음대로 끌어 모으는 것이 아니다. 나는 6회까지 쓴 후 중지하고 있다가 잘 알고 지내던 딩즈쑨_{丁芝孫}, 쉬녠츠_{徐念慈}, 쩡멍푸_{曾孟朴}가 소설림서사_{小說林書社}를 설립하는 문제로 나에게 상의하기에, 소설 쓰기는 내가 좋아하는 것이 아니어서 쩡멍푸에게 계속하도록 맡겼다. 제1, 제2 두 회 원문은 비교적 많이 보존되었으며, 60회로 예정하고 나와 쩡멍푸가 함께 상의해서 결정하였다.[16]

그(진톈허)가 이 작품을 시작하여 이미 4, 5회를 썼다. 그때 나는 소설림서사를 설립하여 소설의 번역과 창작을 제창하고 있었는데, 그가 원고를 내게 부쳐왔다. 보고 좋은 제재라 생각했다. 그러나 진 선생의 원고는 주인공에게 지나치게 집중되어 있고 기녀 한 사람만 돌출되어 있는 것에 불과했다. 대략 연관되는 시사들로 배경을 짜서 분량을 메우면, 이향군_{李香君}(명말의 유명한 가기_{歌妓}-역주)이 나오는 『도화선_{桃花扇}』(청대 공상임_{孔尚任}의 전기_{傳奇}-역주)이나 진원원_{陳圓圓}(명 말 오삼계_{吳三桂}의 첩-역주)이 나오는 『창상기_{滄桑記}(청대의 전기, 원명은 『창상염전기_{滄桑艶傳奇}』-역주)』 같은 유형이 될 수 있을 것이다. 물론 이들은 이미 아주 좋은 성과를 올린 작품이라 할 수 있다. 이런 형식으로 쓰면 단지 표현 기법에서는 여전히 『해상화열전』의 방법을 벗어날 수 없을 것이다. 내 생각은 그렇지 않았다. 주인공을 전 작품의 줄

---

16) 曾孟樸, 「談『孼海花』」, 『孼海花資料』, 上海古籍出版社, 1982年, 146쪽.

거리로 잡고 근 30년 동안의 역사를 최대한으로 담아서, 역사의 정면서술
은 피하고 오로지 재미있는 잡다한 숨은 이야기들을 동원하며 큰 사건을
부각시키는 배경으로 활용하고 규모도 비교적 방대하게 잡는다는 것이다.
당시 나의 의견을 진 선생에게 말하니, 뜻밖에도 진 선생은 바람 불자 돛
을 달듯이 이 책을 계속하는 책임을 전부 나에게 미루었다. 나도 솔직하
게 사양하지 않고 진 선생의 4, 5회 원고를, 한편으로는 이리저리 고치고
한편으로는 쉬지 않고 진행해서 3개월 동안 단숨에 해치워 20회를 완성
하였다.[17]

　　위에서 인용한 것은 대단히 중요하다. 이렇게 하나의 걸작이 바로 진이
가 발기하거나 혹은 창의적 발상을 하고 쩡푸가 이어 완성한 것이다. 진이
는 자기가 쓴 광고에서 이것을 정치소설이라고 불렀는데, 나중에 단행본으
로 출판할 때에 이르러서는 역사소설이라고 바꾸었다. 진이의 공로는 이처
럼 좋은 제재에다 전편을 관통하는 좋은 인물까지 발견할 수 있었다는 데 있
으며, 쩡푸는 이러한 좋은 제재와 관통하는 인물을 "근 30년 동안의 역사를
최대한 담아낼" 정도로 확대했을 뿐만 아니라, "재미있고 잡다한 숨은 이야
기들"을 끌어 모아 "큰 사건을 부각시키는 배경으로 삼을" 수 있었다는 것이
다. 이러한 구상이야말로 정통 소설의 구성 방법이
다. 이것은 진이와 쩡푸의 주련벽합(珠聯璧合: 한
데 꿴 진주와 한데 모인 옥-역주)이라고 말해야 한
다. 당연히 쩡푸의 집필이 뛰어났다. 진이의 좋은
발상을 기본으로 하고 자신의 집필 과정에서 이를
새롭게 개척한 것이다. "일단 출판이 되자 의외로
사회 대다수인의 환영을 받아 재판에서 15판까지
인쇄하였고 판매도 50만부를 넘었으며, 칭찬하는
자는 칭찬하고, 고증하는 자는 고증하고, 모방하는

26세 때의 쩡푸

17)　曾孟樸, 같은 글, 같은 책, 128~129쪽.

초판 『얼해화』의 속지

자, 속편을 쓰는 자 등이 계속 나타났다."[18] 그해 중국 문단은 이 책으로 한 바탕 떠들썩하였다.

원래 60회로 예정되었던 이 소설은 35회까지 쓰고 중단되었으며 아직까지 완성을 이루지 못했다. 무술변법과 백일유신조차도 쓰지 못했으며, 그 뒤의 탄쓰퉁譚嗣同(다이성포戴勝佛)의 장렬한 희생, 8국 연합군의 베이징 진입, 싸이진화賽金花(푸차이윈傅彩雲)와 독일군 사령관 발더제(A. G. von Waldersee, 1832~1904, 연합군의 총지휘관-역주)의 재회 등은 모두가 생각할 수 있는 중요한 줄거리이다. 그러나 이 35회에서도, 비록 진원칭金雯靑이 성지를 받들고 출국하는 것부터 제18회 귀국할 때까지의 10회가 진행하는 과정에, 국내의 관련 있는 사건들을 끊임없이 연결하고 잡다한 숨은 이야기들을 잊지 않고 삽입하여, 국내 정치계의 중요한 동태들을 부각시켰다. 따라서 루쉰은 이 책의 장점이 "구성이 정교하고 문채가 뛰어나다"는 점이라고 말하였다. 구성면에서도 주요 줄기가 없이 나열된 『유림외사』의 결함을 확실히 탈피하였다. 『관장현형기』는 말할 필요도 없고, 『20년간 목도한 괴현상』에서도 구사일생 한 사람으로 '중추'를 삼기에는 부족한 구성상의 결점을 해결하지 못하였다. 『라오찬 여행기』도 여전히 근본 문제는 해결하지 못하였다. 왜냐하면 라오찬은 '여행' '방문' 형의 인물이며, 그의 신분이 구사일생에 비해 약간 더 자연스럽다는 것에 불과하다. 중국의 고전소설 『삼국연의』, 『수호전』, 『서유기』, 그리고 『홍루몽』도 모두 중심인물이 있다. 『수호전』도 영웅들 하나하나의 개인 신세들을 쓰고 있지만 '양산에 밀려 올라가' 한 덩어리 자석을 이루어 그들을 함께 결집시키고 있다. 오직 『유림외

---

18) 曾孟樸, 같은 글, 같은 책, 129쪽.

사』에 와서 구성면에서 불량한 영향을 조성함으로써 이후 통속소설 내부에서 구성을 무시하는 작가들이 양산되어 조잡하게 마구 창작하는 빌미를 주었다. 그들은 '유림'의 장점을 배우지 않고 한결같이 그의 결함 속으로 파고들었다. 민국 통속소설에는 대량의 '유림' 형식의 구성이 존재한다. 그러나 다음 인용문에서와 같이, 『얼해화』의 작가는 자신의 경험을 대단히 자랑스럽게 소개할 뿐만 아니라, 그의 자제인 쩡쉬바이曾虛白도 이에 대해 자신 있게 의견을 피력하였다.

> 그러나 구성을 조직하는 방법은 서로가 전혀 다르다. 구슬을 꿰는 것을 예로 들면, 『유림외사』는 직선으로 꿴 것이다. 선 하나를 갖고 한 알 꿰고 한 알 쌓고 해서 직선으로 끝까지 꿰니, 이는 '한 가닥 구슬 실一根珠練' 형식이다. 나는 빙빙 원으로 돌면서 꿰어, 때로는 당기고 때로는 늦추면서 동서로 교차시켜 중심을 떠나지 않으니, 이는 '한 송이 구슬 꽃一朶珠花' 형식이다. 식물학에서 말하는 화서花序를 비유로 들면, 『유림외사』 등은 상향식 혹은 하향식 화서이며, 한 송이가 먼저 피기 시작하여 그것이 지면 다시 한 송이 피어서 마지막 한 송이가 피는 것으로 끝난다. 나는 우산형 화서이며, 중심의 줄기부분에서부터 한 층 한 층 퍼져가면서 갖가지 형상으로 피어서, 다 같이 둥글고 커다란 꽃 한 송이가 된다.[19]

『얼해화』의 이와 같은 구슬 꽃 형의 구성은 당연히 『유림외사』의 구슬 실형 구조에 비해 시간 발전의 전모를 드러내는데 용이하다. 『얼해화』는 이 구슬 꽃의 '파란기복', '전후조응', '긴장과 완화', '순행과 역행', '둥글게 회전하기', '때로는 당기고 때로는 늦추기' 등의 수법을 펼치면서 시종일관 하나의 중심을 떠나지 않는다. 이 중심은 홍원칭과 싸이진화가 생활하는 이야기의 전개이다. 작가는 『얼해화』에서 항상 홍원칭과 싸이진화의 생활의 일단을 기술하고 있는데, 마치 연이 날듯 한 가닥 선이 연결되어서 화두를 다른 이야기 쪽으로 옮겨 간다. 작가의 구성 능력에 대해 사람들이 탄복하는 점은,

---

19) 曾孟樸, 같은 글, 같은 책, 130쪽.

이 연을 얼마나 멀리 날리든, 어떤 때는 아득히 멀리 날아 어느 외국인지 모르게 날아가도, 작가는 늘 다른 한 가닥을 잡고서 이 연이라는 화두를 제자리로 끌어당겨 홍원칭과 싸이진화의 생활 이야기를 계속 추적하여 서술한다는 점이다. 바로 이렇게 당겼다 늦추었다를 반복 운용하면서 작가의 촬영기는 구슬 꽃의 구성 형태에 따라 전체 시대 발전의 전모를 작가 눈앞에 드러내고 있다. 이것은 결코 『유림외사』의 구슬 실 형식의 조작 방법으로는 이루어낼 수 없는 것이다.[20]

싸이진화에게 만약 홍원칭이 없다면, '에너지'가 아무리 크더라도 정계와 밀접한 관계를 유지할 수 없다. 설사 홍원칭이 죽더라도 그녀는 여전히 홍원칭의 '음덕'에 의지해서 사회에서 스스로 몸값을 올릴 수 있다. 관통인물 역할로서의 싸이진화는 홍원칭에 의지해서야만 비로소 그녀의 촉각을 펼칠 수 있다. 그러나 쩡쉬바이의 주장으로는 그들 둘이 사실상 중심인물인 셈인데 이 견해도 설득력이 있다. 문제는 이 두 인물에 대해 작가가 성공적으로 형상화했는가의 여부인데, 인물 형상으로서 진원칭과 푸차이원은 성공적으로 이루어졌다.

진원칭은 사회적으로나 사업 면에서나 모두 성공한 자이다. 장원으로 급제하고 또 성지를 받들고 외국에 사자로 나갔으니 그야말로 대성공이다. 가정과 애정 면에서도 성공한 자이다. 영웅에게는 미인이 있는 법, 그의 부인 장張씨는 또 그토록 현명하고 인자하니 그야말로 대행복이다. 그러나 진원칭은 또 두 방면에서 실패자이다. 지도 한 장이 그의 처지를 그토록 역전시켰으며, 소첩 한 사람이 단숨에 그의 신세를 망쳐놓았다. 그러나 그는 생활면에서는 역시 '진보'하려는 사람이다. 장원으로 급제한 후 스스로 아직 "과거 급제가 최우수인 것만으로는 믿을 수 없다고 여기고 언제나 서학을 익히고 양무를 공부하였으며, 총리아문에 파견되어 직무를 맡고서야 비로소 장래성을 충분히 갖게 되었다"고 생각했다. 따라서 그는 『영환지략瀛環志略(세계사-

20) 曾虛白, 「小鳳仙與賽金花」, (香港)『大成』, 第127期, 1984年 6月 1日, 26쪽.

역주)』, 『해국견문록海國見聞錄』, 『해국도지海國圖志』를 읽고 점점 외국 업무에 통하게 되었다. 그러니 그는 우둔하다고 할 수 없다. 외국에 나가서 그는 "문을 닫고 잡손을 사절하면서 여러 고적을 열람하고, 뛰어난 외교활동을 하면서 역사에 이름을 남기는

싸이진화의 사진

업적을 쌓으니, 중국 외교관 중에 참으로 인물이라 할 만하였다." 그는 거금을 출자하여 자기의 '무덤을 파는' 지도 한 장을 매입한다. 매입의 주관적 동기는 비난할 수 없는 것이다. "나는 간신히 이 분에게 부탁해서 '중국-러시아 지도'를 확보했다. 이 지도를 가지면, 첫째는 국가의 경계를 바로 잡아서 외국인이 우리 영토의 땅 한치도 점거할 수 없게 할 수 있고, 황제가 나를 해외로 파견한 것을 헛되게 하지 않는 것이기도 하다. 둘째는 내가 수십 년 심혈로 완성한 『원사보증元史補證』이 이제부터 모두 확실한 증거를 갖게 되었으니, 천년에 길이 남을 업적을 이루었다. 바로 귀국하여 중국의 저명한 서북 지리학자 리스눙黎石農을 만나면 그는 반드시 내게 감탄할 것이다." 그러나 이 책벌레 출신의 대사에게 가장 부족한 점은 복잡하고 뒤엉키는 국제관계에서 필수적으로 갖추어야 할 경계심이 결핍되었다는 점이다. 제국주의가 중국을 침략하는 수단은 문文과 무武 그리고 속임수 등 무소불용의 극치다. 그 다음, 그의 가정으로 말하면, 그는 푸차이원의 모든 것에 만족할 수 있다고 여겼다. 그러나 그는 자기에게 이 '거침없는 성격의 미인'을 만족시킬 수 없는 것이 있다는 것을 몰랐다. 그래서 그는 번번이 푸차이원의 막무가내에 대해 몹시 놀란다. 그러나 이 때문에 진노할 때마다 푸차이원은 겉으로의 참회조차도 그에게 보여주지 않으며, 오히려 그에게 '최후통첩攤牌'을 내민다. 그녀의 출신 신세를 모르지는 않았지만, 그녀의 본성이 이와 같았으며

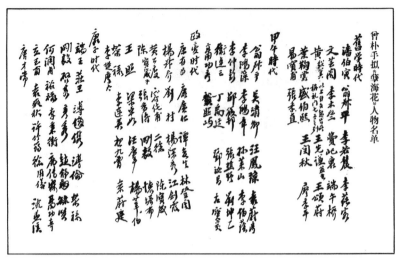

쩡무가 직접 쓴 『얼해화』 속 등장인물 명단

그 본성은 바뀌기가 어려운 것이었다. 그는 이러한 안팎의 공격으로 마침내 죽어 황천으로 갔다. 이는 외관으로는 혁혁한 승리자이자 행운아지만, 실제로는 안팎으로 이중의 '올가미'에 빠져 자기도 '그 영문을 모르는' 실패자이자 가련한 사람이다.

푸차이원은 아름답고 총명하지만 방탕하다. 그녀는 자신에 대한 진원칭의 사랑을 알고서 그의 나약함을 이용한다. 그래서 그녀는 이것을 믿기에 두려움도 없다. 진원칭을 향해 그녀가 내민 최후통첩과, 진원칭이 죽은 후 장부인과 진원칭의 친구들에게 내민 그녀의 최후통첩에서 그녀의 직선적이면서도 사나운 개성을 볼 수 있다. 그녀는 자신의 천성이 이런 모습이며 "일이 눈앞에 닥치면 자신도 주체할 수 없으며", 자기에게 복종을 강요한다면 자기를 죽이지 않는 한 "나는 단호하게 떠나겠다"고 솔직하게 말한다. 가정문제를 중재하기 위해 도와주는 몇몇 고관들조차도 어쩔 수 없이 뒤돌아서는 "혀를 내두르면서 '정말 사나운 여자야'라고 말할" 정도였다. 그녀는 건달 기질이 있는 '남편' 쑨싼얼孫三兒을 다룰 줄도 알았다. 그녀는 자신의 미모와 총명을 충분히 이용하여 상대를 정복하고 자신의 막무가내의 성격을 만족시켰다. 끝까지 그녀는 이런 사람이다. 한편 그녀와 진원칭 사이에 대한 묘사에서는 오히려 욕설이 나오지 않는데, 이것은 작가가 이 두 인물을 형상화하기 위한 정상적인 수법이다.

앞 20회가 출판된 후 호평이 물밀듯이 밀려들었다. 린수는 "지금 소설을 번역하는 자가 구름처럼 일어나고 있지만 직접 소설을 쓰는 자는 드물다. 내가 교무에 바빠 책을 볼 여가가 없다가 어제 『얼해화』를 구하여 읽고 참으로 뛰어나 감탄이 절로 나왔다"[21]하고, 또 "한스러운 것은 디킨스 같은 사람이 없는 것이니, 만약 사회에 쌓인 폐습을 집어서 소설로 만들어 당국에 알려주는 자가 있다면 아마 대단할 것이다. 오호라! 리보위안은 죽고 지금 건재한 자는 오직 쩡멍푸와 라오찬 두 분이다. 그 후예들이 나와 지옥의 참상을 묘사한 오도자吳道子(『유림외사』 저자 우징즈)를 본받아 사회를 유익하게 할 수 있다면, 어찌 궁핍하다 하겠는가? 삼가 눈을 씻고 기다리며, 머리 조아려 기원하노라!"[22]라고 말하였다.

---

21) 林紓, 「譯餘剩語」, 『紅礁畵槳錄』(英) 哈葛德原著, 商務印書館, 1912年, 5쪽.
22) 林紓, 「賊史・序」, 『賊史』(英) 迭更司原著, 商務印書館, 1908年, 薛綏之・張俊才 編, 『林紓研究資料』, 福建人民出版社, 1982년 107쪽에서 재인용.

제4절
계승 갱신 발전
－『부폭한담負曝閑談』·『시성市聲』및
『신중국新中國』을 논함

　　1902년에 시작한 중국 문학 정기간행물의 첫 번째 파도와 1903년에 일어난 견책소설 물결의 영향은 거대하였다. 이 뜨거운 조류를 타면서 나타난 계승과 갱신 그리고 발전의 형세는 중국의 통속문단에 백화제방의 국면을 출현시켰다. 다음에는 이 서로 다른 유형의 대표적인 작품 세 종류를 선택하여 당시 소설의 다양화 성황을 서술하려고 한다.

『부폭한담』은 1903년 『수상소설』에 연재된 후, 작가의 요절로 인해 단행본 출판이 이루어지지 못했는데, 1934년 쉬이스(徐一士)가 원본에 논평과 고증을 가해 단행본으로 출판하였다. 사진은 그 초판본의 표지이다.

　　어우양쥐위안歐陽鉅源(1883~1907)은 리보위안의 유력한 조수로서 리보위안의 훈도 하에 그의 계승을 보여주고 있다. 그는 1898년 상하이에 와서 생계 수단의 하나로 글을 투고하면서 리보위안을 알게 되었다. 그의 문장은 화려하고 고전 지식이 풍부하며 글쓰기가 민첩하여 리보위안은 쓸 만한 인재라 여기고 그를 초청하여 『유희보』, 『세계번화보』 그리고 『수상소설』의 편집

협조를 부탁하였다. 『수상소설』 창간호는 바로 그들 '둘이서 합작한 작품_雙簧'이다. 그는 '시홍안주_洗紅庵主'라는 필명으로 장편 『태서역사연의_泰西歷史演義』를 연재하였고, '시추_惜秋'라는 필명으로 『유신몽전기_維新夢傳奇』를 연재하였다. 전자는 비록 각국의 역사서에서 자료들을 뽑아 모아서 만든 것이긴 하지만 당시의 독자들에게 약간의 세계 지식을 통속적이고도 형상적으로 보여주었다. 제6기부터 그는 '취위안_蓬園'이란 필명으로 장편 연재소설 『부폭한담』을 발표하였다. 이것이 그 일생의 대표작이다. 리보위안이 1906년에 세상을 떠나자 그도 이듬해 리보위안을 따라 세상을 떠나니 나이 겨우 24살이었다. 『부폭한담』은 모두 30회로서 당시에는 단행본으로 출판되지 않았다. 1933년이 되어 쉬이스_徐一士가 원문에 구두점을 찍고 단락을 나누고 회 말에 '논평_評考'을 첨가하여, 상하이 『시사신보_時事新報』 부간 『청광_靑光』에 다시 연재하였고, 아울러 사사출판사_四社出版社에서 1934년에 단행본으로 출판하였다. 아잉은 "『부폭한담』은 읽을 만한 책이다. 그는 리보위안이 갖지 못한 장점을 갖추었으니 바로 문필이 호쾌 건장하고 유연하다는 점이다. 리보위안만 못한 단점도 있으니 바로 박력이 그리 크지 않고 큰 단락으로 힘차게 묘사하지 못한다는 점이다."[23] '부폭'은 햇볕을 쬔다는 뜻인데, 햇볕을 쬐면서 나누는 '한가한 잡담이나 허풍'을 말하니, 바로 '걸작품 수집체_集錦體' 형식의 이야기들이다. 그가 서명 자체를 이렇게 선택한 것은 아마도 독자들에게 소개한다는 뜻일 것이다.

『부폭한담』에는 봉건관료에 대한 풍자가 많이 있는데, 이는 리보위안의 작품에 흔히 보이는 것들이다. 그러나 상하이의 유신인사들에 대한 그의 예리한 묘사는 바로 계승하는 가운데에서도 약간은 그 나름의 '창조'가 있는 셈이다. 제12회에서 제19회까지에서 우리는 당시 상하이의 일부 '가짜_冒牌' 유신 신당의 면모를 볼 수 있다. 그는 붓을 들어 이 제재를 보여줄 때 당시 상하이의 유신 신당을 세 부류로 나누었다.

---

23) 阿英, 『晚淸小說史』, 人民文學出版社, 1980年, 33쪽.

원래 그 당시 상하이 지역은 거의 유신당의 소굴이었다. 밑천도 있고 능력도 있는 자는 신문을 내고, 밑천은 없고 능력만 있는 자는 책을 번역했다. 밑천도 없고 능력도 없는 자는 오로지 유신당의 간판만 걸고 도처에 선동과 사기를 치면서 몇 푼을 벌어서는 네 필 말이 끄는 고급 수레를 타고 현기증이 날 정도로 위세를 부리다가다시 몇 푼 벌지도 못하고는 초라한 수레에 누더기 꼴이 되어 변이 흘러내릴 정도로 거지가 되었다. 그들은 자기끼리 명목을 붙여 '운동원'이라고 불렀다.(제12회)

그의 이 장편은 바로 이러한 '운동원'의 모습을 그리고 있다. 일부 보조역 配角에도 대부분 이름에 약간의 수사를 덧붙였으니, 예를 들면 리李 평등, 왕王 개화, 선沈 자유, 천陳 철혈 같은 부류들이다. 작가는 이들을 '파견'시켜 일본에서 막 귀국한 황쯔원黃子文을 중심으로 삼아 그를 집중 묘사하고 있다. 황쯔원은 위에서 언급한 몇몇 조역과 늘 기루에 섞여 지내면서 돈을 훔치기도 하고 속이기도 하고 심지어는 기루에서 도박할 때 남들과 싸우기도 하였다. 평상시에 말한다는 내용이 양복을 입을 때는 일 년 사계절을 어떻게 맞추어야 한다든가, 가격은 얼마가 필요하다든가 하는 종류의 말이었다. 그러나 이 '유신 사기꾼' 황쯔원은, 스스로 유신당임을 자랑하면서 집에 삼처사첩三妻四妾이 있는 대부호 톈옌먼田雁門을 알게 되면서 '그에게 큰 덕을 봐야겠다'고 결심하고서는 한편으로는 그를 치켜 올리면서 한편으로는 자기 의사를 펼쳤다.

현재 우리 중국의 빈약함이 이 지경까지 오게 된 것은 정치를 개량할 수 없고 교육을 개량할 수 없고 법률을 개량할 수 없기 때문이외다. 그것을 개량할 수 없는 까닭은 일언이폐지하면 가로대 개통을 할 수 없기 때문이외다. 이 개통에는 무슨 방법이 있겠소이까? 새 책을 보고 새 신문을 보는 것 외에는 제이의 열쇠가 없소이다. 우형愚兄이 몇몇 동지와 규합하여 인쇄출판사를 하나 열 작정이며 그 안에 신문사도 하나 열 작정이외다. 책도 있고 신문도 있게 되니 비용은 제한되어 있지만 수확되는 이익은 적지 않을 것이외다. 노제老弟 그대는 유신의 괴걸이시니 반드시 이 도리를 이해할 것이외다.(제15회)

바로 이 몇 마디 통할 듯 말 듯 한 말에다 다시 신문사를 인쇄출판사에 부설한다는 문외한의 건의를 덧붙이니, 이 '유신괴걸'은 바로 황쯔원에게 관련 규정을 가져오라고 하였다. 황쯔원은 8조항으로 된 규정을 날조하면서 "일본에 유행하는 새로운 명사들로 메워 넣고 쌓아 담으니, 모두 문명·야만·개통·폐색이라는 말들이었다." 그리고는 바로 톈옌먼의 수중에서 가볍게 4,600여 냥의 은자를 빼돌려 오입질과 도박 비용으로 썼다. 그러나 실제 불법 장부에는 겨우 500냥의 은자만을 내어 낡은 활자기계 한 대를 사고, 이제 겨우 일본어 몇 개월 배운 두 사람을 청해서 얄팍한 『자유원리』란 책 한 권을 번역하고서 다시 톈옌먼에게 가서 돈을 더 사기치려고 하였다. 그러나 번역이 졸렬하여 의미가 통하지 않을 뿐만 아니라 거기에다 인쇄도 조잡하고 흐릿하여 이 유신괴걸에게조차도 눈에 차지 않게 되고 결국 그의 경제적 원천도 끊어졌다. 이리하여 유신 사기꾼은 큰 빚을 지고는 어쩔 수 없이 줄행랑을 치고서 '진지'를 다른 지역으로 옮겼다.

　　작가는 또 황쯔원이 시골에서 올라온 모친을 대하는 태도를 통해서 유신 사기꾼의 또 다른 측면을 폭로하였다. 모친은 고향을 떠나기 전에 아들에 대해서 큰 기대를 걸지 않았다. 왜냐하면 그는 집에 있을 때 모친에게 "혁명은 가정에서부터 시작해야 한다"고 여러 번 말한 적이 있다. 이 말은 앞뒤 없이 독립적으로 보면 잘못된 것이 아니다. 그러나 황쯔원의 입장에서는 모친의 부양을 거절하고 아들로서의 책임을 회피하기 위한 것이었다. 따라서 모친이 상하이에 오자 그는 먼저 모친에게 '자립'을 알아야 한다고 '교육'시키고, 아울러 "자립이란 오로지 자기만을 의지하며 남에게 의지하지 않는다는 뜻"이라고 해석하였다. 그런 연후에 60여 세가 된 모친을 '강종여학교強種女學校'로 보내어 공부하게 하였다. 기루에 있는 기녀조차도 그를 손가락질 하며 "저 종자는 …… 정말로 짐승이야!"라고 말하였다. 어우양쥐위안이 보기에 황쯔원 같이 유신維新의 간판을 내걸고 있는 자는 실제로는 유구維舊적이다. 그러나 일단 그에게 전통 도덕규범에 따라 자신의 부모를 모셔야 한다는 등등을 요구하면 그는 유신을 구실로 거절함으로써 '짐승'의 수준으로까지 추락하기에 이르렀던 것이다. 이것이야말로 이러한 부류들의 '자유원리'다. 어우양쥐위 안의 폭로는 일정한 깊이를 갖추고 있다.

만약 어우양쥐위안이 계승에다 자신의 창조를 이루었다면, 지원姬文의 『시 성市聲』은 견책소설의 기초 위에서 발전을 이루었다. 지원은 생애가 분명하지 않다. 이 소설은 작가가 직접 『수상소설』에 투고한 것 같지 않다. 그것은 제 43기(1905년 2월)에서 제47기(1905년 4월)까지에 제1회에서 제5회까지를 연재하고, 3개월을 중단한 후, 다시 제55기(1905년 7월)부터 제72기(1906 년 4월)인 『수상소설』 종간까지 연재하여 모두 25회이며, 1908년 상우인서 관에서 모두 36회로 된 단행본을 간행하였다. 이상의 소개에서 두 가지 문 제를 설명하고 싶다. 하나는 이 작가가 실제 이름을 사용하였는지 여부이다. 리보위안과 어우양쥐위안이 일찍 세상을 떠나고 당시 소설 연구자도 드물어 아마도 전하는 바가 없는 듯하여 생애를 고증할 수 없으니 이것은 몹시 애석 한 일이다. 둘째는 제1회에서 제5회까지와 다음의 20회는 약간의 연관은 있 지만 관계가 그다지 긴밀하지 못하다. 그리고 제6회에 양저우의 대호상大豪商 리보정李伯正이 비로소 소설의 주요 줄거리가 되는 것으로 보아, 3개월 중단하 는 동안 작가가 소설의 구성을 새롭게 고려하여, 비록 별개로 쓴 것은 아니 지만 읽어나가면 앞뒤가 맞지 않는 감이 있음을 알 수 있다. 『시성』은 당시 로는 특색이 있는 장편소설이다. 예술상의 성취는 그다지 돋보이지 않으나, 제재로 말하면 "역대로 상인을 다룬 소설은 드물게 보인다. 만청에는 오직 지원의 『시성』만 있다"[24]는 평이 있다. 물론 공상업가를 다룬 소설은 그런 대로 있었지만 『후쉐옌 외전胡雪巖外傳』은 토목공사를 일으키고 대저택을 짓는 일과 가정 생활을 그린 것이고, 『상계현형기商界現形記』는 공상계를 쓴다고 명 분은 세웠지만 환락계의 생활에 중점을 두었다.

『시성』은 비단 제재에서 새롭고 내용도 희귀하지만, 가장 칭찬할 점은 이 소설이 국가를 위해 기력을 발휘하면서 외국과 상업경쟁을 실행하는 중국 공

---

24) 阿英, 같은 책, 64쪽.

상업 자본가와 기술자들의 형상을 의욕적으로 묘사하였다는 점이다. 이것은 대단히 놀라운 설계이며 비록 실패로 끝났지만 독자들에게 남겨준 인상은 의미가 깊다.

소설 첫머리에 있는 '설자楔子(옛 소설이나 희곡의 서막-역주)'와 유사한 제1회는, 닝보의 대상인 화싱華興이 상하이에서 상업을 경영하며 "서양 상인과 승부를 겨루겠다"는 뜻을 세웠다가 결국 마침내 실패하고 거의 파산에 가까워져서, 새해를 맞이할 때 남은 것을 수습하여 귀가해서는 무한한 감회에 젖어 있다는 내용이다. 그의 회계 담당 선생이 그에게 패배를 인정하라며 다음과 같이 말하고 있다.

주인어른, 당신은 입만 열었다 하면 서양 상인과 승부를 겨루겠다고 하는데 이것이 화근입니다. 지금 서양인의 세력을 이겨낼 수 있겠습니까? 항저우의 후쉐옌도 이 때문에 무너지지 않았습니까? 주인어른, 당신의 밑천은 그의 십분의 일도 따라가지 못하는데 어떻게 고생을 안 할 수 있습니까? 지금 장사를 하면서 중국인이 중국인 돈을 버는 것도 온갖 재능을 지독하게 발휘해야 하는데, 어떻게 외국 서양인의 돈을 벌 수 있겠습니까? 손해를 보는 것이 당연하지요.(제1회)

이것은 전형적인 서양공포증이다. 그러나 화싱은 결코 승복하지 않는다. 그는 스스로 '충전'해야겠다고 하며 "상무학당商務學堂을 열어 상업계의 다재다능한 인재를 몇몇 배출해서 지금까지의 폐단을 개혁할 생각을 밝혔는데, 이것은 뒷이야기이다." 그러나 뒤에도 화싱의 '이야기'가 없으며, 이 대목까지가 '인자引子(도입부)'가 되었다. 제6회부터는 대호상 리보정이 등장하여 화싱의 위치를 대신하고 있다.

지금 양저우부에 대호상이 출현하였는데 가산이 수천만 냥이며 외국인과 전력으로 상대하고 있다. 특히 자금을 풀어서 누에고치를 수매하고 스스로 서양 기기를 들여와서 갖가지 신기한 무늬의 견직물을 짜서는, 외국에서 수입한 비단을 파는 점포들과 경쟁하고 있다.(제6회)

　그는 멀리 내다보는 탁월한 식견을 가진 민족자본가이다. 그는 어려서부터 명사에게 수업을 받아 "상업 전공 수재에 일등으로" 합격하였으며, 이후 상업 공부에 몰두하면서 더 이상 향시에는 응시하지 않았다. 평시에 "새로 번역되어 나오는 책"을 즐겨 읽었으며, 이 때문에 그가 하는 모든 행위는 결코 가슴 속에 절로 끓어오른 것이 아니라 그의 애국적 사업의 열정에서 나왔다. 그는 외국인이 누에고치 가격을 낮추어 농가에 손해를 끼치는 것에 대항하기 위하여 그 값을 올려 사는데, 거기에는 속셈이 있었다. "내가 이 누에고치를 사면 설마 손해를 보지 않기야 하겠는가? 그러나 원래 손해를 보아야 비로소 좋은 것이다! 내가 본국인에게 손해를 보는 것은 본국인이 외국인에게 손해를 보지 않게 하는 것이니, 그러면 결국 나는 손해를 보지 않은 셈이다." 그는 누에고치가 염가로 외국인에게 팔리는 것에 대해, "원료를 외국에 싸게 팔아서 외국인이 제품을 만들어 가져와 다시 우리에게 이중의 이익을 취한다면, 이렇게 일 년 일 년 끌어나갈 경우 어떻게 살아가겠는가?"라고 주장하고서 직접 '전면 가공'을 실행해서 이익이 외국으로 흘러가지 않도록 하였다. "내가 누에고치 사업을 하는 까닭은 중국의 소상인을 대신해서 울분을 토하는 것이다. 1담(擔, 100근)마다 시중 가격에 5냥을 더하여 매수하는 것에는 내게 생각이 있어서다."(제6회) 따라서 제6회는 실제로 이 소설의 새로운 시작이며, 작품이 잠시 중단된 이후 새로운 면모로 출현한 것이기도 하다.

　제13회부터 소설에 또 중요한 인물이 등장하니 기술자 류하오싼劉浩三이다. 그는 외국 공업학교에서 3년을 공부하였으며 직접 인공 방직기를 제조하였다. 귀국 후 베이징에 와서 몇몇 당국자를 알현하여 높은 평가를 받았으나 그에게 일자리가 안배되지는 않았다. 후광湖廣 총독 판윈취안樊雲泉 사령관이 기계 제조에 특별한 관심을 가지고 있다는 것을 듣고 그 명성을 기대하고 찾아갔다. 이 판 사령관은 마치 목말라 물 찾 듯이 인재를 아끼는 자며, 그를 만나자 심지어는 그에게 관청으로 이사와 살게 까지 하였다. 그렇지만 결과는 그를 한 쪽에 '방치'해두고 몇 달이 지나도 소식 이 없었다. 후에 판 사령관은 량강兩江 총 독으로 전임되자 아예 그에게 난징에 가 서 기다리라고 하였다. 그제야 그는 전 망이 없음을 깨닫고 집으로 돌아가 처자 를 만나니, 처자는 그가 외국에서 죽은 것으로 알고 있었다. 류하오싼은 가난에 떠밀려 조상으로부터 물려받은 집을 팔

『시성』의 삽화 '거상(巨商)의 귀향'

아 상하이로 와서 활로를 찾았다. 그는 판무리范慕蠡를 찾아갔는데 판은 리보 정의 동업자였다. 판이 리에게 소개하여 이때부터 큰 일자리가 맡겨졌다. 그는 기술자로서 비단공장의 기술부를 관리했을 뿐만 아니라 공예학교를 열어 기술공을 배양하였으며, 반드시 국산품이 외제품을 따라잡아 '구미인 歐美人과 대적'할 수 있도록 하겠다고 하였다. 그와 리보정은 그야말로 단번 에 의기투합하였다.

소설에서 보이는 판 사령관의 묘사도 아주 조리가 있다. 작가는 리보위안 처럼 관료들을 쉽게 만화화하지 않았다. 판 사령관은 류하오싼이 바친 『증기 기관개론汽機述略』을 한쪽에 방치해버리고, 류를 외국에서 돌아온 '무직 유민' 으로 여겼다. 후에 막료들이 재삼 추천하고서야 비로소 이 책을 펼쳐보았다. 제1장은 증기기관의 기원을 고증한 것이었다. 판 사령관은 '고증' 학문을 매 우 좋아하였기에 이를 보고서 흥미가 일어난 것이다. 또 '아주 정교한 천연 색 그림 한 장'을 보고는 그를 원래의 '무직 유민'에서 '유신 대호걸'로 바꾸 었으며, 정말 하마터면 "푸른 바다에 구슬을 빠뜨릴" 뻔하였다고 여겨서 "자 기가 수시로 물어보기 편하도록" 곧바로 류를 관청에 이사오게 해서 머물

게 하였다. 그러나 류는 우한에서 판의 얼굴을 볼 수 없었고 그의 막료들이 류에게 차라리 난징에 가서 기다리라 하였다. 이 판 사령관은 초기에는 그에게 관심조차 주지 않다가 다음에는 『증기기관개론』도 한쪽에 '방치'하였고, 뒤에는 사람까지도 한쪽에 '방치'하였다. 작가는 이 '방치'하는 몇 차례를 통하여 판 사령관의 인재 아낌과 열정 그리고 그의 "제조에 관한 특별한 관심" 등의 진면모를 흥미진진하게 풀어나가는데, 참으로 잘 묘사되었다. 류하오싼이 판 사령관의 막료에게 불평을 터뜨리자 이 부패한 관리사회는 그를 외국인의 노예가 되라고 압박하였다. 그 중의 한 막료는 다음과 같이 말했다. "그래도 판 사령관만은 생각이 조금 있는 편일세. 만약 다른 총독이나 순무였다면 아마 당신을 전혀 아랑곳하지 않았을 것이네." 이 한 마디가 중국 관리 사회의 '전모'라 할 수 있다. 여기서 작가는 판 사령관과 리보정을 대비하고 있다.

리보정의 동업자인 판무리에 대한 묘사도 대단히 재미있다. 책에서는 이 인물에 대해 이렇게 소개하고 있다. "원래 무리慕蠡는 부잣집 자제이며 평시에는 오입질에 도박을 하면서 먹고 마시기나 할 뿐이지, 다른 나쁜 짓은 하나도 한 적이 없었다. 이때 학문과 의식이 있는 몇몇 사람을 만나서 말하는 것을 들으니 모두 정당하고 사사로움이 없는 말들이어서 점차 자신의 옛날 습관들을 바꾸고 전문적으로 실업을 연구하였다." 작가는 그가 옳다 여기면 선택해서 따르고 좋은 일을 많이 하는 사람으로 기술하고 있다. 그는 리보정, 류하오싼, 위즈화余知化, 양청푸楊成甫 등의 무리와 함께 '공산품 전시관', '공산품 행상단' 등의 형식을 배우고 '상공업 협조회'를 창립하였고 일하면서 배우는 '상공학당'을 설립하였다. 이 모든 것은 그의 적극적 지지로 이룬 것이었다. 특히 리보정은 여러 가지 원인으로 남북 비단공장이 해마다 손실을 보아서 더 이상 지탱해나갈 수 없게 되었을 때, 그는 여전히 상하이에서 적극적으로 활동하였을 뿐만 아니라 하는 것마다 성과를 거두었다. 작가가 이렇게 처리한 것에서 볼 때, 그의 서술상의 장점은 한 인물을 묘사할 때 고정 불변적이거나 도식화하지 않은 점이며, 단점은 끝으로 가면서 인물 묘사가 갈수록 추

상화되어 그에 걸맞는 생활 사례가 너무
적다는 점이다. 작가는 오직 자신의 생각
만에 의지해서(우리는 이런 것을 '낭만주
의'라는 미명을 붙이지만) 소설의 결말을
처리할 수밖에 없었다.

『시성』의 삽화 '양저우에 출현한 거상'

리보정의 실패 요소는 여러 가지다.
첫째는 사기 치는 소인배들이 중간에서
사복을 채우면서 그의 면전에서는 지극
히 충성스러운 체하고 뒤에서는 온갖 짓
을 다한다는 점이다. 둘째는 교활한 세무
원들이 가격을 부추기는 것이니, 예를 들
면 토지 세무원은 공장을 건설할 토지를
출매할 때 중간에서 한몫을 크게 보는 것 등이다. 셋째는 투기하는 악덕상인
들이 중간에서 폭리를 취하는 것이다. 넷째는 중국 상인끼리 단결을 이루지
못해 제각기 자기 생각대로 한다는 점이다. … 결론적으로 그와 같은 애국
적 '진짜 상인'들은 곳곳에 장애를 받지만, 온갖 수단을 다 부리는 악덕 상인
들은 심지어 가짜 약을 팔아 백성들에게 해를 끼치고도 오히려 번창하여 큰
돈을 번다는 점이다. 그런데 판무리는 어떻게 성공했는가? 작가의 생각에 의
하면, 그는 지식을 가진 자들의 건의를 받아들일 수 있었고 작은 일에서부터
시작할 수 있었고 단체를 꾸려서 회사를 설립할 수 있었으며, 심지어는 농사
짓는 회사까지 설립하려는 것 등등이다. 사실 이러한 조건들은 리보정도 기
본적으로 구비하고 있었다. 때문에 작가의 결말 처리는 사람들에게 설득력
이 부족하다. 작가는 단지 농민 출신 위즈화를 끌어들여 그가 대단히 지혜로
워서 스스로 탈곡기와 정미기를 발명 제조하게 했으며, 위즈화는 또 쉬칭쉬
안許晴軒을 교화시키고 거기에다 류하오싼들을 가입시켜 여러 해를 노력한 끝
에 큰 성과를 거두었다고 말하고 있다.

『시성』(상권)의 표지

중국인도 실업의 좋은 점을 알고부터 저마다 일하는 것을 배웠다. 중국인의 사고는 본래 대단히 뛰어남을 알아야 한다. 온 마음을 다해 기꺼이 하려 한다면 백인들을 이기지 못할 이유가 어디 있겠는가? 가난하여 의지할 데 없는 류하오싼이고 어리석은 시골촌뜨기 위즈화이지만 실업을 제창하여 공업 농업 양 방면에서 각각 크게 영향을 끼쳤으며, 외국에서 들어온 상품이 거의 판매부진으로 적체되고 있으니, 이 모두가 참으로 깜짝 놀랄 일이었다. 시장의 상황이 이렇게 좋으니 글 쓰는 사람(작가 본인)도 마음을 위로하고 더 이상 귀찮게 말할 필요가 없게 되었다.(제36회)

소설도 "더 이상 귀찮게 말할 필요가 없게 되었다"로 결말을 지었다. 전체 장편에서 작가도 상공업 발전을 위한 좋은 방법들을 고안하여 제시하고 있다. 예를 들면 공장과 상업계의 연합체나 찻집에서 차상을 경영하는 상호연합체 등으로서, 이는 중간의 착취과정을 감소시키는 것이다. 그리고 공예학당에서 만들어진 우수한 상품을 한편에는 공예품 전시관에 진열하고 한편으로는 행상단이 궁벽한 시골까지 다니며 판매를 넓혀 촉진하는 것 등이다. 그러나 시종일관 우리 상인들에 대한 외국인들의 대응조치가 어떠한지, 자립하려는 중국 상인들에게 외국인이 어떻게 압력을 가하는지는 볼 수 없다. 따라서 이러한 중국인들이 생각해내고 실행해나가는 방안들은 단지 '현상만 치료하고 근본은 해결하지 못하는' 것들이다. 이 점이 이 작품의 최대 결점이다. 상업전쟁도 전쟁이다. 단지 우리 측의 일시적 치료방법만 제시했을 뿐 상호 대항의 내용은 결핍되어 있다. 사실 이러한 것은 작가의 능력을 벗어나며 당시의 현실생활에서도 그에게 이러한 생활 실례를 제공할 수 없었다. 그리고 중국이 만약 당시의 정부 통치 아래에서 진정으로 외국과 진검 승부를 낸다 해도 반드시 실패할 것임에는 의심의 여지가 없다. 따라서 그는 우리에게 '거짓 승리'의 결과만 제공할 수밖에 없었다. 작가는 마음은 여유가 있으나 능력이 부족한 것이니 우리는 어쩔 수 없이 양해할 수밖에 없다.

예술적 기교면에서 작가는 늘 '곁가지를 수시로 뻗쳐나갔다.' 진짜 상인과 악덕 상인을 대비하기 위해, 관청과 민간을 대비하기 위해 … 카메라 렌즈를 늘 좌우로 돌려서, 작품의 대강과 주요 맥락에는 별 관계가 없는 줄거리가 섞이게 되면서, 전체가 대단히 산만하게 보이게 되었다.

『시성』은 견책소설의 세력 범위를 벗어나려 하였지만 그러나 최후에는 벗어날 방법이 없음을 깊이 느끼게 되니, 이는 현실 생활이 그에 맞는 문을 열어주지 않았기 때문이다. 작가는 견해는 있으나 생활의 실례가 결핍됨에 따라 줄거리와 세부 내용도 궁핍해졌다. 그는 웅심은 있었으니 이렇게 내린 결말로 설마 고통스럽지 않기야 했겠는가? 그러나 그가 견해 있는 작가였다면 설마 자기조차도 거짓말을 하고 있다는 것을 알지 못하기야 했겠는가? 거짓말은 그가 하였지만, 그러나 그의 이상은 우리도 보았다. 우리 선배 작가들의 속마음이 고통스러웠던 것은 그들이 이상과 현실이 협공하는 가운데에 처해 있었기 때문이었다.

1908년에 지원이 이상과 현실의 협공을 받는 고통 속에서 어떻게도 할 수 없었다면, 1910년 루스어_{陸士諤}의 글에서는 지원의 고통이 '순리적으로 풀리게 되었다.' 루스어의 『신중국』은 독자를 끝없이 흥분시키고 출판된 후 판로가 특히 순조로워 그해에 재판까지 할 수 있었다. 루스어가 표방한 것은 바로 '이상소설'로서, 현실을 벗어나면서도 이상을 긴밀하게 끌어안고 있었다. 그는 과학이상소설 창작에서 새로운 길을 찾으려고 하였다. 그의 『신중국』은 량치차오의 『신중국 미래기』처럼 더 써내려 갈 수 없었던 것과는 달리, 중도에서 멈추지 않고 발전하는 '신중국 미래기'였다.

루스어(1877~1943)는 장쑤성 칭푸_{靑浦}(지금 상하이 소속) 사람이다. 어려서 중의학을 공부하여 의사로 개업하였다. 당시 소설이 두루 세인들의 환영을 받자 그도 한 차례 소설 대여업을 하면서 직접 소설을 읽고 작문 규칙을 연구하였으며, 아마추어로서 소설 창작도 하였다. 그 후 소설가 쑨위성과 서적상 사장 선즈팡_{沈知方}을 알게 되면서 의료와 창작에 모두 명성을 누렸으며, 소설 창작에도 대단한 성취를 이루었을 뿐만 아니라 의학 방면에서도 저술이 풍성하였다. 그는 이후에 사회소설과 무협소설로 유명해졌지만, 그러나 초기 과학환상소설과 사회이상소설의 창작에도 훌륭한 성적을 남긴 작가라고 할 수 있다.

우리는 오늘날 그의 『신중국』을 읽어도 대단히 큰 재미를 느낄 것이다. 특히 우리의 현실 생활에서 이미 루스어의 이상이 실현되었음을 보게 되었을 때, 우리는 1910년(선통_{宣統} 2년)에 출판한 이 중편소설이 참으로 선견지명이 있는 소설이라고 여기게 될 것이다. 먼저 한두 가지 줄거리를 기술하여 이 소설에 대한 호감을 불러일으키는 것도 괜찮을 것이다. 소설 주인공 루윈샹_{陸雲翔}과 그의 친한 친구 리유친_{李友琴} 여사가 상하이를 참관했을 때, 지난날 늘 사고가 일어나던 전차가 이미 지하로 옮겨 운행하는 것을 발견하게 된다. "땅 속을 파서 터널을 닦아 철로를 설치하고는 밤낮으로 전등을 켜두니 전차가 그 안에서 끊임없이 달립니다. 전차가 지하도로 다니니 두 가지 편리한 점이 있습니다. 첫째는 행인 및 차량과 부딪치지 않는 점이고, 둘째는 인가를 피할 수 있어서 전부 쾌속차로 운행할 수 있다는 점입니다." 황푸탄_{黃浦灘} 역에 도착하여 역을 나와 바라보고 저도 모르게 크게 놀랐다.

커다란 철교가 황푸_{黃浦}에 걸쳐서 강 맞은 편 푸둥_{浦東}에까지 세워져 있는 것을 보고 급히 여사에게 물었다. "이 철교가 언제 세워졌습니까?" 여사가 말했다. "족히 20년 세월은 됩니다. 선통 20년(1928년) 만국박람회가 개최되었는데, 상하이에는 대회장을 건축할 곳이 없어 특별히 푸둥 벽지에 건물을 지었습니다. 그때 상하이 사람들이 왕래하기가 불편하여 이 다리를 건조할 것을 건의했습니다. 지금 푸둥 지방은 이미 번창하여 상하이와 거의 비슷해졌습니다. 중국 국가은행 분점이 푸둥에 설립되어 있습니다! 푸둥에서 상하이까지 전차도 통행합니다."(제3회)

알고 보니 1910년의 소설에서 루스어가 지금의 우리를 위해 푸둥을 '개발'하고 아울러 해저터널을 설치하였다. 읽어보고 어찌 흥분해 마지하지 않겠는가? 우리는 비로소 당시 루스어가 이상을 가지고 소설 창작을 시작했을 뿐만 아니라 여러 국외의 지하철과 해저터널 등등의 과학지식도 알고 있었다는 것을 알 수 있다. 따라서 이것은 사회 이상과 과학환상을 다룬 소설이다.

소설의 첫머리는, 선통 2년(1910년) 정월 초하루, 주위는 온통 "새해 복 많이 받으세요"라는 소리에다 덕담과 도박 소리가 서로 교차하고 있는 것으로 시작하고 있다. 루원샹은 심심해 술을 마신 후 방문하러 온 리유친 여사를 따라 외출하였다가 뜻밖에도 온통 새로운 기상이 넘치는 것을 보고 크게 놀랐다. 리 여사는 그에게 오늘이 이미 선통 43년(추산하면 1951년)임을 알려주고, 아무것도 모르고 있는 루원샹에게 40여년의 거대한 변화를 소개 해설하고 있다.

시내에 나간 첫 번째 인상은 거리에 영국과 인도의 점포가 하나도 보이지 않고, 외국인도 대단히 겸손하고 친절하여 오만하고 제멋대로 설쳐대던 이전과 같지 않다는 것이다. 알고 보니 조계는 이미 회수되었고 치외법권도 폐지되었다. 리 여사가 그에게 알려 주기를, 선통 8년(1916년)에 국회가 열려 입헌국이 성립되었으며, 국회의 첫 번째 의안이 조계 회수였다는 것이다. 그리고 조계가 회수되자 중국의 영토가 비로소 완벽해졌으며 영사재판권도 폐지되어 중국의 법률이 비로소 독립 자주적이 되었다는 것이다. 여기서 우리가 만약 입헌군주제는 바로 개량주의이며 입헌의 길로 가는 것은 곧 다가올 신해혁명 같은 것을 부정하는 것이라는 정치적 논쟁을 추구하지 않고, 다만 루스어의 이상만을 말한다면 그는 우리 미래의 신중국이 주권이 있는 독립된 국가이기를 희망한 것이다. 왜냐하면 그가 보기에 독립은 부강의 근원이기 때문이다. 소설 제5회에서 그는 리 여사의 입을 빌어 말하였다. "중국인

『신중국』의 작가 루스어

이 근검 노력하고 평화스럽고 겸양한 것은 본래 타국인이 따라오지 못하는 자질입니다. 지혜롭고 총명한 것도 타국인보다 훨씬 뛰어납니다. 당시 의기 소침하여 활력이 없었던 것은 모두 정치체제가 불량했기 때문입니다." 정치체제를 해결하는 것이 치국의 근본이다. 강국이 되는 방책 면에서 그는 당시 중국의 해군은 이미 세계 일류로 강대해졌다고 쓰고 있는데, 그가 보기에 스스로 실력이 있어야 비로소 외국과 세계의 공리를 따질 수 있으며, 외국인도 할 수 없이 갈취해 간 각종 불법 권익을 돌려준다는 것이다. 실력이라는 뒷받침이 있어야 외국의 위세도 사라진다. 그런 후에 소설은 비로소 국가의 부채를 깨끗이 갚고, 유학생들이 모두 귀국하여 기술자로 활동하고, 자본을 모아 공장을 세워 국산품이 서양제품을 따라 잡고 나아가 그것을 완전히 도태시키는 것을 기술하고 있다. 루원샹이 여러 거리를 다니면서 보니, 뜻밖에도 서양제품 가게가 하나도 보이지 않았다. 이를 기초로 해서 중국은 비로소 "우환은 지나친 부에 있으니" "돈을 외국으로 가져 나가서 사업을 해야 한다"고 쓰고 있다. 오늘날 우리의 용어로 말하면 바로 해외투자인 것이다.

정치체제와 국력문제가 해결 된 후 작가는 많은 필묵을 써서 새로운 건설 상황을 묘사하고 있다. 맨 앞에서 언급한 시정 건설 내용은 바로 그 중 하나이다. 과거의 경마장은 이미 신식 대극장으로 개축하여 안에는 자동 무대가 있을 뿐만 아니라 10종의 연속 무대극이 공연되고 있었다. 즉 『갑오전쟁』, 『무술변법』, 『의화단의 난』, 『예비입법』, 『국회 설립 청원』, 『국채 상환』, 『실업진흥』, 『해군 창립』, 『국회 소집』, 『조약 개정』 등이다. 그리고 비교적 큰 옛 남양공학南洋公學을 참관하고서 비로소 학교 안에 26개 전공의 단과대학에다 2만 6천여 명의 대학생, 그리고 3천여 명의 외국 유학생이 있음을 알았다. 전 세계의 문자 가운데 중국어의 세력이 가장 커서 거의 공용어가 되었다. 그들은 또 화싱華興 공장을 참관했는데 회계 직원이 모두 여자였다. 루원샹이 대단히 놀랍고도 신기해 하니 리 여사가 그에게 알려주었다. "여자도 사람입니다." "각 상점과 점포의 회계원은 모두 여자입니다. 왜냐하면 여자는 기질이 차분하고 마음이 세심하여 장부 처리에 착오가 없습니다. … 이 밖에 예를 들면 소학교 교사나 공립병원의 의사도 태반이 모두 여자로 충당되어 있습니다. 왜냐하면 아이나 환자를 대하는 데 여자가 남자보다 더 적합하기 때문입니다." 이어서 공장의 하급 노동자도 "거의 모두 경제적 여유가 있다"는 것부터 이야기를 꺼내면서 리 여사는 다음 같은 관점을 펼쳤다. 이기利己주의는 '참 이익'이 아니니 자기 이익만 돌보면 빈부가 불평등해지고 반란이 일어나게 된다는 것이다. 오직 이군利群주의만이 비로소 '참 이익'이라는 것이다. 그래서 "복도 같이 누리고 화도 같이 나누어 거의 사회주의처럼 실천하게 되면 어찌 빈부를 균등히 하자는 소동이 일어나겠습니까?"하였다.

소설은 인민이 부유해진 이후에는 저마다 성실을 중시하여 국민의 기질도 대대적으로 향상되었다고 쓰고 있다. 소설 제1회부터 제5회까지는 모두 루원샹이 묻고 리유친이 답하거나 루원샹이 이해하기 어려워하면 리유친이 이에 대해 상세하게 해석하는 것으로 되어 있다. 기법이 비교적 단일하다. 제6회부터 시작해서는 리유친이 총회(總會: 구락부—역주)에 놀러 가려는 것으로 바뀐다. 루원샹는 총회가 불결하고 부정한 장소이자 도박이 창궐하는 곳으로 알고 있었다. 그러나 리유친은 그에게 도박은 이미 없어졌으며 현재의 총회는 국민의 놀이와 휴식의 장소라고 알려 주었다. 그를 따라간 후 그 안에 금문사錦文社라는 명칭의 조직이 있는데 문예애호가들의 단체임을 알았다. 그리고 모두들 그가 노작가인 것 알고 찾아와 그에게 40여 년 전의 상하이 풍속과 습관에 대해 강연해 달라고 초빙하였다. 그러나 모두들 그의 말을 듣고 상식으로 이해할 수 없다고 하였다. "연단 아래 청중들을 보니 전혀 못 믿겠다는 태도였다." 소설에서 금문사의 서기원인 후융탕胡咏棠이 대표로 루원샹에게 그들이 이해하지 못하는 일들을 설명해달라고 요구하였다. 소설 기법은 이로써 일변한다. 예를 들어, 기녀에 대해 말하면 후융탕이 기녀가 식물이냐 아니면 건물이냐고 묻는다. 그녀는 어떻게 된 상황인지를 알고 난 후에 사람이 이런 몰염치한 영업을 하는 것은 절대 금해야 한다고 여긴다. 전족에 대해 말하면 그녀도 이해할 수 없어서 가장 미련한 금수조차도 자기 신체를 해치려 하지 않는데 "설마 그 시대의 사람이 금수와 비교해서 더 미련

루스어의 『그림 신중국』 초판의 표지

하단 말입니까?"라고 되묻는다. 그녀는 아편을 피워 중독이 된다는 것을 듣고 '중독된다'는 것이 무엇인가를 물은 후 "그것이 독임을 알면서 무엇 때문에 먹고 피우려 합니까?"라고 반문한다. 이러한 젊은 여성의 질문을 넣음으로써, 한편으로 작가는 중국의 낡은 습관에 대해 통렬히 비판하고, 다른 한편으로는 신중국에는 이러한 것이 벌써 근절되어 청년 세대에는 이해할 수 없게 되었음을 독자들에게 알리고 있다.

만약 우리가 1910년 이전 중국 사회의 배경을 알 수 있으면, 루스어가 당시 사회의 대사건과 사람들의 관념 변화에 대해 자기 나름의 호오 판단을 하고 있음을 알 수 있을 것이다. 예를 들어 입헌 문제는 오늘날 보기에 개량 노선이지만, 그러나 1905년 1월 29일부터 도쿄의 중국 유학생이 청 조정을 향해 입헌을 청원했으나 청 조정이 여러 차례 저지시켰고, 그래서 국내 각계에서 또 여러 차례 청원을 하였으며, 1908년 8월 27일에 와서야 청 조정은 비로소 압박을 받아 9년 내에 헌법을 반포하고 의회를 소집하겠다고 선포하였다. 이후 청원자들이 반복해서 앞당기기를 요구했으나 청 조정은 번번이 허락하지 않았다. 이 두 세력의 대립은 당시 뜨거운 사회 쟁점이 되었다. 신해혁명에 이르자 청 조정은 입헌하려 해도 이미 때가 늦었다. 루스어가 이를 클라이맥스로 삼아 서술한 것도 자신이 시대와 함께 전진한다는 태도를 표명한 것에 다름 아니다. 1898년 8월 13일 캉유웨이가 글을 올려 전족 금지를 청원하면서부터 시작하여 1905년 전후로 사람들이 '천족회天足會'를 창립하였으며 이때부터 전족 금지로 역시 모든 선진적 중국인들이 관심을 기울이는 문제가 되었다. 또 예를 들면, 소설에 티베트에 이미 성이 건설되었다고 언급하였는데, 작가는 "선통 2년 티베트 사정은 지금 손 쓸 길이 없을 정도로 시끄럽다!"고 언급하고 있다. 역사를 뒤져보고서 우리는 1910년 2월 26일 영국이 티베트로 군대를 투입하여 중국을 침입하였음을 알게 된다.

소설은 해군이 대대적 군사훈련을 하고 "입헌 40주년 만국 경축 대회에서 23개국이 전쟁 중지를 결의"하는 이러한 '고조'의 분위기에서 끝을 맺었다. 소설은 누차 언급하기를 이때가 되면 중국은 국력이 강성하였다며 한 해군 제독의 말을 빌어 이렇게 이야기하고 있다. "우리의 육해 양군이 공격하면 어느 나라도 막을 수 없습니다! … 그러나 우리 국민은 평화를 좋아하며, 오직 자신의 영토만 지키려 할 뿐 더 이상의 어떠한 지나친 욕심도 가지지 않습니다. 만약 이 병력이 다른 나라로 이동한다면 아마도 세계는 이처럼 태평할 수는 없게 될 것입니다!"(제6회) 이러한 생각은 소설에서 번번이 출현한다. 그리고 소설의 결말에 입헌 40주년을 경축할 때 중국의 제안으로 세계 23개 주요 국가들이 모여 '전쟁 중지회'를 설립하고 '만국재판소'를 창설하는 것을 기술하고 있다. 이후의 세계는 "아마도 독일연방제처럼 각각의 소국에서 대국으로 연합할 것이다. 훗날 세계 각국은 아마도 국가의 경계와 민족의 구별을 불편하게 여겨 각각의 대국과 소국이 스스로 합병하기를 원하여, 하나의 세계국을 이룰 것이다!"라고 기술하고 있다. 작가는 '진화는 끝이 없다'는 사상을 품고 있으며 '모두 진화하고 모두 진화할 수 있다'고 여긴다. 이로써 알 수 있듯이 루스어는 부단히 사회주의를 이야기하고 있는데, 이는 그가 공상 사회주의의 영향을 받았으며 진화론의 영향도 받고, 더욱 뚜렷한 것은 캉유웨이의 『대동서大同書』 영향을 받은 때문이다.

소설의 끝에 그가 눈을 떠 보니 자기가 침대에서 자고 있고 리유친이 침대 앞에 앉아 있었으니, 한 바탕의 '춘몽'이었다. 그가 꿈 이야기를 리에게 들려주자 리 여사는 "나와 당신이 모두 아직 젊으니 앞으로 지나가 보면 자연히 알게 되겠지요"라고 하였다. 미래에 대한 동경을 표현한 것이다.

루스어의 사회소설과 무협소설은 일석一席의 자리를 차지할 만한 성과를 거두었다. 그러나 계승과 창조 및 발전의 각도에서 보면 이 『신중국』은 량치차오가 『신중국 미래기』에서 완성하지 못한 임무를 완성하였다. 물론 그들의 길은 다르다. 량치차오는 그의 정론을 통하여 모두들 자기의 강령을 믿고 따른 연후에 그의 강령을 실천하게 하려는 것이다. 그러나 그것은 소설이 완성할 수 있는 임무가 아니다. 그는 소설에게 그 힘이 미칠 수 없는 일을 하도록 강요하는 것이며, 이는 마치 남자에게 아이를 낳으라는 것과 같은 것이다. 루스어는 단지 이상소설의 형식으로 미래에 대한 그의 이상을 보여준 것이다. 만약 그를 유토피아주의자라고 책망하는 사람이 있다면, 그는 단지 일소에 부치고 대꾸하지도 않을 것이다. 만약 그에게 '길'은 그렇게 가는 것이 아니며 혁명을 거치지 않으면 안 된다고 말한다면, 그는 아마 대답할 것이다. 그것은 정치가의 일이고 혁명 실천가의 일이지 자기는 단지 1910년의 소설가일 뿐이라고.

제5절
통속사회소설 현대화의 전인傳人
—리한추李涵秋

    후스는 일찍이 말하기를 "민국이 건국되었을 때 남방의 몇몇 소설가들이 모두 죽자 소설계도 갑자기 적막하여졌다. 이 시대의 소설은 오직 리한추의 『광릉조廣陵潮』만이 그런대로 읽을 만하였다. 그러나 그 체재는 여전히 구성이 없는 『유림외사』식이었다"[25]라고 하였다. 이것은 신문학계의 권위자가 '구문학' 작품에 대해 내린 평가이다. 후스의 글에서 "그런대로 읽을 만하다"라고 평가를 했다면, 이는 매우 만족스러운 것이다. 『광릉조』는 최초에 1909년 우한의 『공론신보公論新報』 등의 신문에 연재되었으며 원 제목은 『과도경過渡鏡』이었다. 후에 또 상하이 『대공화일보大共和日報』와 『신주일보神洲日報』에 연재되었고, 아울러 전야도서국震亞圖書局에서 분집 단행본으로 출판되었다. 전야도서국의 자료 통계만으로도 이 작품은 1939년까지 16판이 발행되었으며, 다른 곳에서도 해적판이 끊임없이 이어졌다. 1946년 바이신서점百新書店에서 또 정장으로 개정판을 내면서 장헌수이, 류윈뤄劉雲若, 옌두허嚴獨鶴 등 통속소설의 명사들에게 서문을 부탁하였다. 『광릉조』는 많은 독자들이 있었으며 루쉰

---

25) 胡適, 「五十年來中國之文學」, 『最近五十年−−− 申報館五十周年紀念』, 上海書店, 1987年 影印本, 18쪽.

까지도 이 작품과 인연을 맺지 않을 수 없었다. 1917년 12월 31일의 『루쉰일기』에 "오전에 편지와 이번 달 생활비로 50원을 집으로 부쳤으며, 둘째와 셋째 제수씨에게 메모 한 부도 첨부하였고, 또 『광릉조』 제7집을 한 권 부쳤다"라고 기재되어 있다. 이것은 물론 저우_周 태부인(루쉰 모친-역주)이 애독했기 때문이다.

리한추(1874~1923)는 이름이 잉장_{應漳}이고 자_字로 활동하였으며, 그 외에 친샹거주_{沁香閣主}, 윈화관주_{韻花館主} 등을 사용하였고 양저우 사람이다. 그는 어려서부터 중국 고전소설을 애독하였다. 궁사오친_{貢少芹}의 아래 회고에 의하면 그는 유년기에 양저우 평화(評話:각 지방의 방언으로 옛 고사를 창_唱 없이 강_講만 하는 민간 문예-역주)를 몹시 좋아했다고 한다.

> 리한추는 어렸을 때 이야기 듣기를 몹시 좋아하여 일상 습관이 되었다. 그리고 타고난 자질이 영특하여 일단 귀에 들어왔다 하면 모두 잊지를 않았다가 집에 돌아가서 책 속 인물의 자세와 말투까지 그대로 흉내를 내면서 그의 조모와 모친 앞에서 재연해 보였는데 거의 비슷하였다. 더구나 책 속의 줄거리 가운데 빠진 곳을 일일이 짚어내는데 말이 정확히 들어맞았다. 이에 조모는 농담으로 "너는 크면 앞으로 평화를 익히는 직업을 시켜야겠다"고 하였다. 그 후 그는 당대 제일의 소설가가 되었는데, 소설에서 취한 자료의 반이 여기에 기초하였다.[26]

리한추는 어려서부터 양저우 평화의 뛰어난 예술로부터 깊은 영향을 받아 성장한 후 과연 붓으로 '이야기'를 하는 소설가가 되었다. 그의 집안은 청빈하여 17세에 글방을 열어 학생을 받아 가르쳤다. 동향인 리스취안_{李石泉}이 우한에서 관리를 하고 있어서 그곳의 가정교사로 초빙되었다. 타향에 머물면서 우한의 『공론신보』에 글을 실었는데, 1905년 창작한 소설 『쌍화기_{雙花記}』는 그의 처녀작이다. 1909년에 연재한 『과도경』은 이미 그의 열 번

---

26) 貢少芹, 『李涵秋』, 上海震亞圖書局, 1923年, 2쪽.

째 소설이다. 그는 1909년에 고향으로 돌아와 중ㆍ소학교 교사를 역임하였다. 1921년 상하이에 『소시보小時報』와 후기 『소설시보』의 주간으로 초빙되어 맡았으며 스제서국世界書局의 『쾌활快活』 순간旬刊 편집주임도 겸임하였다. 1922년 양저우로 돌아와서 1923년에 뇌일혈로 갑자기 사망하였으니 향년 50세였다. "그가 저술계에 종사한 것은 32세부터 50세까지 18년 동안이며, 지은 소설로는 문언이 10종, 백화가 23종으로 글자 수가 1천만여 자이다. 그 밖의 시사 운문과 단평(상하이의 『대공화보大共和報』, 『신신보新申報』 및 톈진 『화북신문華北新聞』에 기고한 글)은 이 숫자에 포함되지 않았으니, 그야말로 엄청난 작품량이라 할 수 있다.[27]

『광릉조』는 100만 자의 편폭으로 아편전쟁에서 5ㆍ4전야까지 중국사회의 한 면모를 반영하였다. 사실 그의 원 제목인 『과도경』이 오히려 의미심장하게 여겨진다. 이 시대는 중국이 근대에서 현대로 넘어가는 복잡하고도 다채로운 시기다. 추싱푸자이주求幸福齋主 허하이밍何海鳴은 "이 책은 최초에 한커우 『공론보公論報』와 『취보趣報』에 실렸으며 원 제목은 『과도경』이다. 선생은 과도기 시대의 중국 사회를 묘사하는 데 뛰어났는데, 논평하는 자들도 선생을 과도기 시대의 뛰어난 소설가로 인정하고 있으며, 이것이 『과도경』이 유명한 작품이 된 까닭이다"[28]고 하였다. 1909년에는 허하이밍도 마침 우한의 군정계와 신문계에서 활약하고 있었으니, 그는 『과도경』이 초기 출간되던 시기에 독자들에게 환영을 받던 성황을 직접 겪은 산 증인이라고 할 수 있다. 『과도경』의 역사적 배경은 영국인의 중국 광둥 침략을 시작으로 중불전쟁, 무술변법, 백일유신, 우창기의武昌起義, 홍헌(洪憲: 위안스카이의 연호-역주) 제제帝制 선포, 장쉰張勛 복벽을 거쳐, 5ㆍ4전야의 일본 제품 불매운동, 국민강연대회로 끝내고 있다. 이것은 바로 중국 구민주주의혁명에서 신민주주의혁명으로 넘어가는 과도기 단계이다. 이와 같은 수많은 역사적 사건을 섭렵할 수 있는 소설은 일반적으로 두 가지 유형이 있다. 하나는 사시문헌형史詩文獻型

---

27) 궁사오친, 같은 책, 40쪽.

28) 何海鳴, 「悼涵秋先生」, 『半月』, 第2卷, 第20號, 1923年 6月, 14쪽.

리한추의 사진과 서명

으로서 독자들에게 여러 역사적 실제 상황을 보여주는 것이다. 다른 하나는 일사일문형軼事逸聞型으로서 리한추는 일찍이 자기소개를 이렇게 한 적이 있다. "나의 이 『광릉조』 소설은 일종의 패관체稗官體며, 그들의 혁명사를 기술할 재능이 없어서 어쩔 수 없이 사회의 여러 상황으로 그들의 사적을 서술하였다. …" 그러므로 『광릉조』가 반영하는 데 집중한 것은 항간에서 떠도는 소문街談巷語, 길에서 주워들은 풍문, 민간의 풍속, 전해오는 지난 이야기 등이다. 그래서 이것은 '소'설이지 '대'설이 아니다. 이러한 패관체는 웨이양維揚(양저우의 별칭-역주)의 풍속과 역사적 사건을 묘사 대상으로 삼았으니, 바로 "이십사교二十四橋(양저우를 가리킴-역주)의 풍물이 마치 지면에 생생히 들어난 것 같다." 리한추가 『과도경』을 『광릉조』로 제목을 바꾼 데에도 깊은 뜻이 있다. 나라 전체의 입장에서 보면 이것은 특정한 과도기 단계라 할 수 있지만, 이 소설의 개성적 측면에서 말한다면 웨이양 지방 풍속과 사회 조류를 특색으로 하고 있다. '광릉국廣陵國'과 '광릉읍廣陵邑'은 천년을 내려온 유명 고을이자 문화의 고성 양저우의 옛 명칭이다. 『광릉조』로 제목을 사용한 것은 소설이 반영하고 있는 내용의 지방적 개성과 특성을 더욱 잘 보여줄 수 있으니, 이것은 폭을 넓혀 부른 『과도경』보다 더욱 사실에 접근하면서도 지역적 맛이 있다. 표현 형식으로 말하면 이것은 사람들이 즐겨 듣고 보는 양저우 평화의 특징을 빌림으로써 서술 언어가 더욱더 '광릉의 맛'을 갖게 하였다. 바로 장헌수이가 말한 것처럼 "양저우 친구가 나에게 일러 주기를 양저우의 설서(說書: 평화의 대본-역주)가 바로 이러한 풍격이라고 한다. 이렇게 볼 때 『광릉조』의 기교 방면에는 지방성도 존재한다고 할 수 있다."[29]

『광릉조』는 윈 씨 집안雲家을 중심으로 그의 인척 관계와 사제 관계를 연결 망으로 하여, 우 씨 집안伍家, 톈 씨 집안田家, 허 씨 집안何家, 푸 씨 집안富家 등과의 혼인과 애정이 연결되어 있으며, 이것으로 당시 시대적 상황 하 양저우의 온갖 사회 모습을 반영하고 있다. 그리고 이 과도기 시대에서 또 과도기적 인물인 윈린雲麟을 중점적으로 형상화하였다.

제39회에는 이러한 신구의 시대적 풍랑이 양저우에서 충돌하면서 격렬하고도 첨예한 투쟁과 격동이 끊이지 않고 일어나고 있다. 청년지사 푸위란富玉鸞이 스궁츠史公祠 사당을 빌려 사람들에게 연설을 하는데, 그의 여러 언사에는 이제 막 세상에 입문한 청년의 '어린 티'가 남아 있지만 확실히 거기에는 당시 중국의 현상을 비판하고 그 전도를 탐색 추구하는 결심이 정확하게 표현되어 있다.

여러분, 여러분은 우리 중국의 대세를 알고 있습니까! 여러분 보십시오. 우리 중국이 겉으로는 마치 꽃처럼 화려하고 불처럼 기세 높지만, 기실 안으로는 이미 썩어 문드러졌습니다. …… 북미와 서구의 어느 나라 사람들이 중국을 박 쪼개듯이 나누어 차지하러 오지 않습니까? …… 여러분 가운데 사태를 이해하고 있는 분에게 첫째로 권하고자 하는 것은, 어서 빨리 쓸모 없는 팔고문을 버리고 실업 분야를 전심전력으로 공부하자는 것입니다. 우리 중국 동포의 총명함은 결코 외국인에게 뒤지지 않습니다. 다만 이 천 년 동안 글귀에만 얽매어 있는 썩은 학자腐儒들에 의해 더욱 더 망쳐졌습니다. 비슷하게 현재 일본에서도 성인을 공경·중시하지만, 이렇지는 않습니다. 단지 공자의 책에 있는 대의만을 취할 뿐, 실천할 만한 것은 그에 맞추어 하고 실천하지 말아야 할 것은 옆에 그냥 놓아둘 뿐이지, 언제 글의 문구를 따와서 덮어놓고 견강부회한 적이 있습니까?

---

29) 張恨水, 「廣陵潮序」, 『廣陵潮』, 百新書店, 1946年 6月, 개정판 제1판, 5쪽.

제1집 전야서국(震亞書局) 판 『광릉조』의 표지

"푸위란의 말이 여기에 이르자 그의 눈초리에는 무한한 열정이 넘쳐나고 있었으며, 윈린은 저도 모르게 그에게 감동이 일기 시작하였다. …… 갑자기 관중이 있는 동남쪽 모퉁이에서 경천동지하는 곡소리가 일어났다." 모두들 푸위란의 연설이 사람을 정말로 감동시켰구나 하고 여겼는데, 뜻밖에도 이 사람은 윈린의 스승이자 썩은 학자 허치푸何其甫가 "가슴을 치고 발을 구르며" 비분강개하여 통속하는 소리였다.

너처럼 나이 어려 세상 물정 모르는 어린 학생 녀석은 칼산에 올려 보내거나 기름 솥에 빠뜨려야겠다! 염라대왕 앞에 놓인 큰 저울 갈고리로 너의 이빨을 뽑고 너의 피를 짜야겠다! 십팔 층 아비지옥에 빠뜨려 만 세 동안 인간 세상에 오지 못하게 해야겠다! 너는 성인의 경전을 경멸하고 요상한 말로 군중을 현혹하였으니 무슨 죄에 해당하는지 아느냐? 팔고문은 역대 성현의 말씀으로 이 나라가 개국한 이래 이것으로 천하를 얻었다. 문관 무장들이 모두 이를 거쳐 입신출세하였다. 우리가 있은 연후에 나라가 흥할 수 있으며, 우리가 없어진 연후에는 나라가 패망할 것이다. 너는 어느 나라 첩자이기에 서양인의 뇌물을 받고서 이 같은 망국의 말을 하느냐? 하물며 네가 한 말은 허점투성이니, 중국이 썩어 문드러졌다고 말해놓고 무엇 때문에 또 외국이 박을 쪼개듯이 나누어 차지하러 온다고 말하느냐? 외국이 설마 썩어버린 박에 눈을 돌리기나 하겠느냐? 우리는 너처럼 무지한 어린 녀석 때문에 애석해 하는 것이 아니라, 오히려 우리의 위풍당당하신 대성인을 위해 상심해 한다. 아아아! 여기까지 말하고 나니, 나의 간장이 이미 아파 부서지는구나!

이어서 그와 함께 온 썩은 학자들이 "발을 구르며 애통해 하는 것이 마치 부모상을 당한 듯하였다." 이 단락의 장편 통곡은 썩은 유가의 곡조일 뿐만 아니라 순수한 양저우 평화의 맛도 많이 담기기도 하여 허치푸의 개성을 생생하게 묘사하였다. 그는 제자 윈린도 그 자리에 있는 것을 보고는 꾸짖으며 물었다. "너도 여기에서 이 대역무도한 그의 말을 들었느냐?" 윈린은 순간 빠져나갈 수 없음을 알고 마지못해 대답하지 않을 수 없었다. "제자, 이곳에서 연설하는 말이 이러한 것인 줄 몰랐습니다. 진작 알았다면 오지 않았을 것입니다. 제자, 지금 속으로 후회막급입니다!" 이렇게 그는 역시 격렬히 충돌하는 과도기 시대에 처한 모호하고 연약한 과도기 인물로 묘사되어 있다. 푸위롼의 눈에 윈린은 의심할 것도 없이 '호인'이지만 그러나 첨예한 투쟁 속에서는 그가 '무능한 자'임을 알고 있었다. 후에 푸위롼이 난징에서 장렬하게 희생되어 시신을 수습하러 가던 중에 윈린은 거리에 다니는 사람들에게 모두 '돼지꼬리(변발)'가 없는 것을 보았다.

스스로 초라해 보이는 것이 부끄러워 우수이伍淑儀에게 부탁해서 두발의 반은 가위로 잘라내고 반은 그대로 남겨, 그것으로 가느다란 변발을 땋아서는 말아 올려 모자 안으로 감추었다. 다행히 날씨가 엄동설한이라 머리에 모자를 쓰고 있어도 알아채는 사람이 없었다. 그의 뜻은 청나라가 반정反正하게 되면 반 남은 변발로써 옛 군주에게 충성을 한 것이라 할 수 있고, 설사 천명이 다하여 뜻밖에도 군주제에서 공화제로 바뀌면 그때 가서 변발을 확실히 없애버리고 새 정치체제로 돌아가도 늦지 않으리라는 것이다. 그래서 민국이 성립한 이래로 다른 것은 돌아볼 틈이 없었지만 사람들 머리 위의 골치 썩히는 머리다발은 그 당시 정말 사람들에게 무척 망설이게 하면서 온갖 생각을 하게 하였다!

그렇다면 윈린은 체제에 복종하는 '순민順民'인가? 그것도 아니다. 리한추가 묘사한 것은 양저우 사람들이 말하는 '양저우 허세꾼揚虛子'의 성격이다. 겁이 많으며 일에 부딪치면 속으로 조마조마 하는 '허세꾼'이다. 그의 심중에는 호오도 있고 시비도 기본적으로 분별할 수 있다. 그는 스승 허치푸의 부패를 알고 있지만, 그러나 '사제의 존엄'을 반드시 따라야 한다고 여긴다. 청 조정의 부패도 알고 있지만 전제통치의 칼날을 두려워한다. 어떤 때는 그도 주장을 펼쳐서 사람들에게 '신파新派' 혹은 '신학파'라 불리기도 한다. 다음과 같이 그는 홍헌이 황제를 칭하기 전에 '경고'를 한 적도 있고, 장쉰의 복벽에 대해서도 그 말로가 반드시 좋지 않으리라는 것을 예언하였으니, 그의 주장이 '깊고 예리하지' 않은 게 아니다.

대세의 흐름으로 볼 때 아마 장래에는 이 군주체제가 세상에 존재하기가 어려울 것입니다. 그때 만일 어떤 사람이 몰래 천자의 지위를 도모하더라도 아마 평안무사할 수는 없을 것입니다. 틀림없이 이를 반대하는 자들이 또 반항의 깃발을 높이 내걸고 대항할 것이며, 전화戰禍가 끊이지 않고 백성은 안심하고 생활해 나갈 수 없을 것입니다. 호시탐탐 노리던 열강은 또 다시 청 왕정의 혼란을 명분으로 중국 영토를 박 쪼개듯 나누어 차지하려 할 것입니다. 참으로 도요새와 조개가 서로 싸우다 어부만 이득을 보는 꼴이라 할 것이니, 그야말로 위험할 것입니다.

설사 그(장쉰-인용자)가 목적을 달성하더라도 위안스카이의 83일 황제처럼 덧없이 반짝하는 것에 불과할 것이며 절대로 오래 지탱할 수 없습니다. 왜 그렇겠습니까? 과거 청조 시대에는 사람의 뇌리에 공화가 무엇인지 아직 몰랐으며, 비록 전제의 독에 당하여도 그냥 노할 뿐 감히 말을 하지 못하였습니다. 그러나 지금 정치체제가 이미 공화로 바뀌었으니 다시 또 전제를 실행하면 일반 인민들이야 그것에 대항할 실력이 없겠지만, 애국지사들이 반드시 의병을 일으켜 이 추물들을 섬멸할 것이라고 생각합니다. 그때가 되면 '복벽'이라는 두 글자는 아마도 안개처럼 깨끗이 사라지지 않겠습니까?

이 말로 보아 그에게 경향성이 있음을 알 수 있다. 그러나 그는 스스로 '그것에 대항할 실력이 없다'고 여기고 단지 '애국지사'들의 '의병'에게 기대를 걸 수 있을 뿐이다. 이러한 줄거리와 언론은 우리에게 담력이 적고 겁이 많은 과도기 인물의 형상을 보여주고 있다.

일상생활에서 원린은 수양과 학문을 갖춘 문인이며, 점잖은 학자雅儒이자 명사名士이다. 보다 정확히 말하면 '다정다감한 사람情種'이다. '다정다감'은 고대 점잖은 학자들의 '전유물'이자 명사들의 '멋스러운 징표'이기도 하다. 그에게는 죽마고우이자 연인인 우수이가 있고, 단정하고 예의바른 부인 류柳 씨가 있으며, 냉철하고 정의로운 청루 명기 출신의 홍주紅珠가 있다. 그는 '여박사女博士' 류 씨로부터 부부 사이에 서로 존중하는 예의와 겸양을 배웠고, 아리따운 홍주로부터 명사의 '염복'도 누릴 수 있었을 뿐만 아니라 부인이 시집올 때 가져온 혼수로 인해 경제적 여유도 누리고 있다. 그는 일찍이 사촌 누이 우수의와는 어릴 때부터 천진난만한 관계로서 본래 천생의 짝이었는데 뜻밖에도 봉건시대 중매제도로 인해 좌절되었지만, 우수이의 남편 푸위롼이 뜻밖의 재난으로 희생된 후 우수이와 만날 때는 담담하면서 애달픈 감정을 품게 되었다. '다정다감한 사람'은 이러한 '담담하면서도 애달픈 감정'이라는 장식물이란 것이 없지만 마음을 배려할 곳이 하나 줄어든 것일 뿐, 그야말로 모든 것이 다 갖추어져 있다.

리한추는 그를 중심으로 일체를 다 연결해서 이 온유돈후한 '무골호인'을 각종 세력으로 구성된 소용돌이 속으로 밀어 넣고서 그에게 광릉의 사회 격류 속에서 부침과 반등을 겪게 하고, 기회가 있을 때마다 신구 사조 사이에 끼어있는 이 '도덕 인사'를 등장시켜 일체를 평가하게 했다. 원린은 『광릉조』 내의 전방위적 충돌에서 충분히 시달렸다. 제100회에 이르러 모친 친秦 노부인이 부처의 나라로 '비상'하신 후 그는 효자의 임무를 다하고, 이후부터 "자식에게 글을 가르치고 시문을 지으며 스스로 즐겁게 지냈다. 우 씨와 친 씨의 두 집안과 늘 왕래하면서 원린은 또 허치푸의 딸을 진팡晉芳에게 소개하여 며느리로 맞아들이게 하여, 그야말로 진진의 우호(秦晉之好: 혼인관계를 말한다-역주)를 맺어주었다. 이로써『광릉조』는 끝을 맺고 저자도 붓을 꺾었다." 어떤 사람은 윈린이 작가 리한추의 자기 모습이라고 평한 적이 있는데, 이는 아직 한 걸음 더 대비 고증을 해야 하지만 만약 '기질이 서로 통한다'는 면에서 내가 보기에는 타당하지 않을 것도 없다.

리한추의 썩은 학자에 대한 묘사의 깊이 정도는 아마도『유림외사』에 버금가지 않을 것이다. 물론 그 넓이에 있어서는『유림외사』에 미치지 못하지만, 허치푸의 형상을 두고 말한다면 그를『유림외사』의 인물들과 나란히 놓을 경우, 사람들은 형식은 달라도 내용은 같은同工異曲 묘미를 느낄 것이다. 허치푸何其甫란 바로 허치푸(何其腐: 얼마나 부패했는가!-역주)와 발음이 같다. 작가의 그에 대한 비판적 묘사는 그를 하나의 전형적 형상으로 완성하여 현대문학사의 인물 전시관 내의 하나로 세워놓게 하는 데 손색이 없다. 작가는 허안何安(허치푸의 이름)을 수시로 불러내어 사람들에게 보여줄 수 있기 편하도록 윈린의 계몽선생으로 안배하였다. 그가 조직한 '석자회惜字會'와 '문언통일연구회'는 문화면에서 시대의 흐름에 역행하는 그의 모습을 빠짐없이 폭로하고 있다. 그는 평시에는 도학자다운 엄숙한 모습이지만, 그가 과거에 응시하러 난징으로 가는 것을 묘사할 때는 선상에서의 성욕 충동이 주화입마에 이를 정도이며 아울러 그의 위선적 본성까지 드러내고 있다. 그리고 제65회 「명륜당의 썩은 학자들이 대회를 열고, 정혜사淨慧寺 절의 거친 부인들이 나는 듯이 달려오다」에서는 허치푸 등 5명의 썩은 학자들이 자신이 대청국大淸國의 충신임을 보이기 위하여 명륜당에 회동하여 군중 앞에 목을 매려고 하는 장면을 묘사하고 있다.

모두들 명륜당 당상을 보니, 이미 학교의 사환이 그들을 위해 두 개의 들보에 차례대로 삼밧줄 다섯 개를 걸어 놓았고, 밧줄 아래에는 모두 다섯 개의 큰 테두리를 쳐 놓았다. … 이미 긴 향 탁자를 갖다 놓았고 그 위에는 향초에 불을 훤하게 켜 놓았다. 그들 다섯 명은 과연 엄숙하고 공손한 자세로 단정하게 나란히 열을 지어서 북쪽을 향해 예를 올렸다. 사람들이 떠들어 소란한 가운데 그들이 입으로 중얼거리는 소리가 은은히 들렸다. 말인즉 이러했다. "성명하신 황제시여, 역대의 조상이시여, 하늘의 신령이시여, 미천한 신하 허치푸, 옌다청嚴大成, 궁쉐리龔學禮, 왕성민汪聖民, 구무쿵古慕孔 등의 고충을 은밀히 살피소서. 금년 8월 15일 오시 3각에 모두 본 성의 명륜당에서 순절하나이다. 미천한 신하들은 살아서는 성스러운 청나라를 도와 바로 잡을 수 없으니, 죽어 역귀가 되어 공화를 죽이고 민국을 치겠나이다!"

그들은 서로 미루고 양보하면서 처음에는 나이 고하로 목매는 순서를 정하려다가 나중에는 제비뽑기로 선후를 결정하기로 하였다. 인산인해를 이루었던 구경꾼들이 내린 평가는 "이것이 어디 순절인가? 그야말로 여기에서 목숨의 순서를 매기는구나!"였다. 이것은 순전히 명성을 구하고 명예를 낚는 추태였다. 『광릉조』의 기괴한 사건들은 대단히 많다. 이러한 기괴한 사건들은 결코 작가의 과장이나 날조에서 나온 것이 아니라 당시 생활에서 일어난 현상들이었다. 류윈뤄는 이러한 기괴한 현상의 전형적 의의에 대해 나름대로의 견해를 밝혔다. "내가 세상의 경험이 날로 깊어지고 만나는 사람이 날로 많아지면서 겪은 기괴한 현상들이 모두 『광릉조』 속의 사람들에게 있다. 만약 확대 보충한다면 사회의 진면모를 볼 수 있는 거울이라고 할 수 있으니, 이 작품을 좁은 의미로 축소해서는 안 된다."[30]

리한추는 허치푸의 죽음을 장쉰 복벽 실패 이후로 안배한 것도 그 시기가 지극히 타당하다. 장쉰 복벽 소식이 전해지자 허치푸는 스스로 어서 빨리 팔고문을 '훈련하고 훈련해서' 자신이 우수한 인재로 추천되었을 때 글 솜씨가 서툴지 않도록 해야 한다고 생각했다. 후에 장쉰이 실패했다고 하자 네덜란드 대사관에 도망쳐 들어가서는 침상에 쓰러져서 실성통곡을 하고 이로부터 병들어 일어나지 못하였다.

『광릉조』의 봉건 혼인 중매제도에 대한 고발도 핵심을 찌르고 있다. 원린과 우수이는 원래 하늘과 땅이 맺어준 짝이었다. 그러나 바로 점쟁이가 원

---

30) 劉雲若, 「廣陵潮序」, 『廣陵潮』, 百新書店, 1946年 6月, 개정판 제1판, 5쪽.

린이 '처와 상극'이라 '세 명의 부인을 가지는 운명三妻之命(앞의 두 부인이 죽는 운명-역주)'을 가졌다고 예언한다. 미신이 그들의 좋은 인연을 파멸시키는 것이다. 그리고 메이냥美娘은 허치푸에게 시집보내고 슈춘繡春은 건달 톈푸언田福恩에게 시집보냈다. 읽는 사람은 이 좋은 여성 두 명의 불행한 운명을 보고 비분과 분노를 느낀다. 작가는 몇 번이고 되풀이 되는 이 중매 혼인제도가 만들어내는 인생 비극에 관심을 기울임으로써 읽는 사람들이 그 고통을 뼈저리게 느끼도록 하였다.

『광릉조』는 비록 역사적 대사건을 정면으로 묘사하거나 역사적 인물에 대한 비문(성패에 대한 평가)을 세우지는 않았지만, 그러나 리한추가 묘사한 일화에 들어 있는 문화적 침전물들, 가령 '계몽' '전족' '액막이 결혼沖喜' 등은 모두 독자들에게 과거의 분위기를 돌아볼 수 있게 해 준다. 바로 윈린의 모친이 슈춘에게 전족을 해주면서 두 모녀가 고통스러워하면서 함께 통곡하는 참담한 정경을 묘사할 때는 독자들도 마음의 고통을 느낀다. 따라서 장헌수이는 『광릉조』를 청 말 민국 초 시기 민속의 '살아있는 화석'이라고 불렀다. "우리가 만약 30년 전의 사회를 연구하려면 틀림없이 여기에서 무수한 자료들을 얻을 수 있을 것이다."[31] '살아있는 화석'이라고 부를 만한 이 자료들은 모두 날마다 달마다 거듭된 현지 관찰을 통해 수집하고 마음속에 숙성시켰기에 붓 끝에서도 자연히 생동감 있게 묘사되었다. 위유윈俞牖雲은 "선생은 무료할 때 늘 저자를 천천히 걸으며 사회의 갖가지 현상들을 관찰하여 그것을 저술의 자료로 삼았으니 그야말로 현지 관찰이라 할 수 있다"[32]고 하였다. 그리고 아싱阿杏은 리한추가 소설을 구상할 때 온 마음을 기울여 몰두하는 모습을 담담한 웃음으로 전하고 있다. 리한추가 "하루는 노새를 타고 시골길을 가는데 노새가 두 나무 사이에 끼어서 가랑이 사이로 빠져나갔으나 선생은 이를 깨닫지 못하고 소설 자료를 가지고 온갖 궁리에 빠져 있었다."[33] 오늘날 우리

---

31) 張恨水, 같은 글, 같은 책, 5쪽.

32) 俞牖雲, 「涵秋軼事」, 『半月』, 第2卷, 第20號, 1923年 6月, 25쪽.

33) 阿杏, 「李涵秋軼事」, 『半月』, 第2卷, 第20號, 1923年 6月, 27쪽.

눈앞에 마치 아직도 공중에 걸려서 열심히 소설을 구상하는 리한추가 선한 듯하지만, 글을 쓸 때는 오히려 대지에 굳건히 발을 내딛고 있는 리한추였음을 생각할 수 있다.

제5장

1906년 이후
애정소설寫情小說과
비극애정哀情小說소설의 출현

1907년 4월 『민보·천토』에 쑤만수가 발표한 5폭 전통화 중 한 폭인 「진원효제기석벽도」. 우측 상단의 화제는 장타이옌이 썼다.

제1절
'예법 수호'에 대한 타격과 '혼인제도' 개혁의 호소

『금해석』 초판본

1906년, 중국 신소설계에는 두 편의 주목할 만한 중편소설이 나타났다. 편폭이 길진 않았지만 소설계에서 막대한 영향력을 끼친 두 '바다_海'였다. 『한해_{恨海}』의 작가는 당시 한창 명성을 떨치고 있던 우젠런이었다. 그가 쓴 『20년간 목도한 괴현상』은 시대에 깊은 인상을 남긴 바 있다. 그러나 『한해』의 출현 이후 어떤 이는 이 작품을 리보위안의 『문명소사』, 쩡푸의 『얼해화』, 그리고 류어의 『라오찬 여행기』와 함께 중국 근대소설의 사대 걸작으로 꼽기도 했다.

이 때문에 『20년간 목도한 괴현상』과 『관장현형기』의 위상이 난감해질 정도였다. 예술적 성과의 측면에서 보더라도 『한해』에는 『20년간 목도한 괴현상』을 능가하는 점이 분명 있었던 것이다. 또 다른 중편소설 『금해석_{禽海石}』의 저자 푸린_{符霖}은 다소 낯선 인물이다. 그의 삶 역시 베일에 싸여 있으며 알 수 있는 것이라고는 본명이 친루화_{秦如華}라는 것 정도다. 그러나 소설사에서 보기 드문 이 인물 역시 저속함과는 거리가 멀다. 이 두 작품 가운데 전자는 애정소설寫情小說로, 후자는 비극애정소설哀情小說로 불린다.[1] 외형상 이 두 작품에는 약간의 공통점이 있다. 10장으로 구성된 중편소설이라는 점이 그렇고, 잡지에 연재하지 않고 곧바로 단행본으로 출판되었다는 점이 그렇다. 그러나 내재적으로도 얼마간의 공통점이 있다. 두 작품 모두 경자년을 배경으로 하고 있고, 의화단 사건이나 8국 연합군 침략 같은 역사적 사건이 남녀의 애정 문제와 결합되어 있으며, 또 지고지순한 남녀의 사랑과 이를 억압하는 '마수'가 이야기의 뼈대가 된다는 점이 그렇다. 더 놀라운 것은 두 작가가 마치 약속이나 한 듯 작품의 서두에서 '정情'에 대해 일장연설을 늘어놓고 있다는 점이다.

세상 사람들이 말하는 정은 남녀 간의 사사로운 정이라 할 때의 정에 불과하다. 내가 말하는 타고난 정이란 선천적으로 마음에 심어진 것이니, 장차 자라면서 이 '정'을 쓰지 않는 곳이 없다. 다만 그것이 어떻게 드러나느냐의 문제일 뿐이다. 군주와 나라에 대해서는 '충忠'으로 드러나고, 부모에 대해서는 '효孝'로 드러나고, 자녀에 대해서는 '사랑慈'으로 드러나고, 친구에 대해서는 '의義'로 드러난다. 이로써 충효와 절개가 '정'에서 나오지 않는 것이 없다는 것을 알 수 있다. 남녀 간의 애정은 그저 치癡라 부를 만하다. 더욱이 정이 필요치도 않을뿐더러 정을 써서는 안 될 것이 있는데, 그것은 바로 정을 과용하는 것이다. 이는 그저 마魔라 부를 만하다. 또 다른 설이 있다. 옛 사람이 말하기를 수절 과부의 마음은 고목처럼 메마르고 마른 우물처럼 촉촉함이 없어 정이 미동조차 하지 않는다고 하였는데, 내 생각에는 그렇지 않다. 정이 미동조차 하지 않는 그 곳이야말로 첫 번째 정이 자라는 곳이다. 세상 사람들은 그저 남녀의 애정을 정이라 여기는데, 그것은 '정'이란 말을 너무 가벼이 생각하는 것이다. 게다가 애정소설이라는 것이 허다한데, 정을 쓰는 게 아니라 마를 쓰고 있다. 마를 쓰고선 정을 썼다하니 실로

---

1) 저자는 애정소설을 지칭할 때, 寫情小說, 哀情小說 두 용어를 쓰고 있는데, 후자는 '사랑에 관한 소설寫情小說' 중 비극적 내용과 결말의 소설을 말한다. 따라서 여기서는 寫情小說은 애정소설로, 哀情小說은 비극애정소설로 옮긴다. 또 言情小說도 애정소설로 옮길 것이다. ─역주

붓 끝의 죄과다.(『한해』 제1장)

탄류양譚劉陽의 말에 의하면, 조물주는 이 세계라는 것을 오직 '인仁'으로 만들었다고 한다. 이 사람의 생각은 그렇지 않다. 대개 '인'이라는 집의 범위가 심히 협소해 건곤을 조성하고 우주를 조직하기엔 부족하다. 이 사람의 생각으로 조물주는 이 세계라는 것을 오직 '정'으로 만들었다. … 이를 편編하여 '애정소설言情小說'이라 하였으니 천하의 정이 있는 자는 모두 읽을 수 있다. 이를 읽고 동족을 사랑하고 조국을 사랑하는 사상을 발양할 수 있으니, 남녀 간의 구구한 정을 확장하고 보충할 수 있다. 만일 탄류양이 말한 것처럼 조물주가 불인不仁하여 사람들에게 버림을 받는다면, 이 사람은 구원九原으로 가서 류양을 만나 그에게 말을 전해 주기를 청할 것이다. 저자 적음.(『금해석』 서언)

우젠런은 도덕적 설교자답게 한바탕 도리를 늘어놓고 있다. 심지어 봉건 예교가 과부들에게 비인도적인 족쇄가 되고 있다는 점을 '수절 과부'의 '첫 번째 정이 자라는 곳'이란 말로 강변하고 있다. 그러나 정작 그의 소설 『한해』는 자기 말과는 달리 주로 남녀의 사랑에 대해 쓰고 있다. 자기도 모르는 사이에 그는 '치정痴情소설'을 쓴 셈이다. 푸린도 정을 '확장하고 보충하는' 문제를 언급했지만, 독자들이 '동족을 사랑하고 조국을 사랑하는' 마음을 가지기를 바랐다. 이것으로 볼 때, 그는 민족주의자이면서 민주주의자였다. 그의 민주주의는 다음에 검토해 보기로 한다. 이 두 소설의 동시 출현은 애정소설, 심지어 비극애정소설 시대의 도래를 예견하는 것이었다. 이는 서학동점西學東漸 시대 중국의 청춘 남녀들이 혼인의 자유를 쟁취하기 위해 벌인 투쟁의 선성先聲이었다.

『한해』는 베이징의 한 저택에 동거하는 세 집안 이야기다. 세 집안은 '혼인 관계를 맺는다.' 세 집안의 여섯 어른은 네 자녀를 두 부부로 만드는데 결국 비극으로 끝이 난다. 작품의 결말은 어른 여섯 중 넷이 죽는다. 왕쥐안쥐안王娟娟의 모친 역시 작품에 언급되진 않지만 죽었을 것이다. 그렇지 않다면

딸이 기녀가 되도록 놓아두었을 리 없다. 그렇
다면 남은 자는 상하이에서 장사를 하는 장허팅
張鶴亭 뿐이다. 한편 네 자녀 중 둘은 출가하여 승
려가 되고, 하나는 타락해 죽었으며, 나머지 하
나는 기녀가 된다. 그래서 이 작품을 『한해』라
불렀는데, 그야말로 "한 서린 바다는 메우기 어
렵구나!"인 셈이었다. 이 두 쌍의 자녀는 원만히
혼인해서 행복한 삶을 누릴 수도 있었다. 그것
이 부모의 명령이긴 했지만 매파는 필요치 않았

『한해』 초판 표지

다. 그들은 어릴 적부터 동문수학한 죽마고우였기 때문이다. 저자는 이 비극
이 경자년의 혼란, 특히 의화단에서 시작된 "이 난리가 사실상 왕공대신들이
조장한" 것이라 생각했다.(제7회) 경자년 혼란이 닥쳤을 때 북방, 특히 베이
징 사람들에겐 피난이라는 문제가 있었다. 천지린陳戰臨의 두 아들 중 장남 천
보허陳伯和는 정이 많은 사람이었다. 그는 장모와 약혼녀 장이화張隸華를 데리고
피난을 떠났는데, 피난길 내내 그들을 지극정성으로 돌보았다. 그러나 그의
약혼녀 장이화는 '남에게 의심거리를 줘선 안 된다'는 이유로 인지상정에 맞
지도 않는 예법을 들먹이기 일쑤였다. 예를 들면 수레를 같이 타서도 안 되
고, 남녀 간 접촉을 금하는 계율은 엄수해야 한다는 식이었다. 천보허는 할
수 없이 수레 뒤를 걸어서 가야했다. 그러다가 결국 난리 중에 헤어지게 된
것이다. 그리하여 장이화는 어떤 일이 닥칠 때마다 자신을 책망한다. "내가
그이를 그리 만들었어." "다신 사람들 눈을 의식하지 않을거야." 그러나 때
는 이미 늦었다. 비극의 씨앗은 이미 뿌려진 상황이었다. 그때부터 "내가 그
이를 그리 만들었어"는 그녀의 사고를 규정하는 '관건'이 된다. 전체 글에 이
말은 여섯 번이나 등장한다. 10장으로 구성된 이 소설은 제2장에서 제6장까
지가 장이화의 '심리활동'을 위주로 전개된다. 장이화는 곳곳에서 남의 눈을
핑계 삼으며 '얼음장처럼 차갑게' 보이지만, 사실은 부드럽고 정이 많은 여자
였다. 우젠런은 온갖 기법을 동원하여 장이화의 내면세계를 세밀히 묘사한

다. 그녀 역시 '예법파괴죄'를 범할까 노심초사하지만, 사실 이는 낡은 도덕에 대한 첨예한 문제제기다. 낡은 도덕이 인간의 성정을 말살함으로써 부부가 될 수 있었던 이 젊은이들을 끝내 타락과 출가로 몰고 갔다. 헤어졌던 그들이 다시 만났을 때, 보허는 나쁜 친구의 꾐에 넘어가 타락한 상태였고, 장이화 역시 자기 때문에 정 많은 한 남자가 이 지경이 되었다고 생각했다. 그 뒤 보허가 중병이 났을 때 이화는 만사를 제쳐두고 부끄럼을 무릅쓰며 자기 입으로 보허의 입에 약을 먹여주기까지 했다. 보허가 임종에 이르자 그녀는 이런 말을 한다. "천 도련님! 소녀가 당신을 고초로 몰아넣었습니다." 그러나 이 '탕자'의 마지막 한 마디는 이렇다. "낭자! 제가 당신을 저버렸소." 이는 탕자의 참회다. 장이화의 출가는 물론 '일부종사'라는 예교 규범 때문이었다. 하지만 그녀의 생각은 그렇지 않았다. 그녀는 천보허에게 진 '빚'을 자발적으로 갚고자 했던 것이다. 이런 '영혼의 세계'가 있었기에 수많은 독자들이 연민의 눈물을 흘릴 수 있었다. 그때 장이화는 봉건 예교의 완고한 신도가 아니라 피해자였으며 후회의 눈물을 흘리는 희생물이었다. 그녀는 제단의 희생이 되어 봉건예교가 정한 '예법파괴죄'의 잔혹성을 드러내주었다. 동시에 독자들로 하여금 한 무고한 소녀의 짓밟힌 청춘에 대해 무한한 유감을 표시하도록 만들었다. 우젠런의 도덕적 설교는 그리하여 무력해진다.

천지린의 둘째 아들, 그러니까 보허의 동생은 '효심이 깊고' '정이 많았다.' 부모는 거듭 남쪽으로 피난을 가라고 하지만 그는 한사코 부모를 보호하겠다며 베이징에 남겠다 한다. 그가 세상 돌아가는 소식을 탐문하러 밖에 나간 사이 그 부모는 의화단에게 죽음을 당한다. 몇 차례 우여곡절 끝에 그는 고향으로 돌아가는데, 그는 거기서 기녀가 된 약혼녀를 만나게 된다. 그녀를 찾아서 결혼하려던 계획도 이렇게 조각나고 만다. 급기야 그는 가산을 탕진한 채 산으로 들어가 승려가 된다. 하지만 우젠런은 이야기 구성에서 주종主從을 구분한다. 그래서 동생은 7, 8, 10회에만 얼굴을 잠시 비추고는 이내 사라진다. 스토리 구성상 독자들에게 공백을 남겨주는 것이다.

이 공백은 의화단에 대한 그의 평가와 연관이 있다. 의화단의 구호는 '부청멸양_{扶淸滅洋}'이었다. 이는 반제국주의 구호인가? 의화단의 '반제'는 "교회를 불사르자! 대사관을 불사르자! 양놈을 죽이자! 서양 앞잡이를 죽이자!"였다. 이런 혁명적 행동은 "왕공대부의 부르심" 때문이었다. 그들은 사실상 '칼자루를 남에게 줌'으로써 호시탐탐 기회를 노리는 제국주의자들에게 대학살의 빌미를 제공했다. 이로부터 전례 없는 민족적 참사가 발생했다. 우젠런이 작품 속 인물의 입을 통해 의화단을 어떻게 비판하고 있는지 한 번 보기로 하자.

> 또 다시 이틀이 지났다. 『경보_{京報}』에는 족히 600여 자나 되는 조서가 실렸는데, 서양을 비난하고 의화단을 장려하는 것이 분명했다. 지린은 탄식했다. "이 조서에 비추어 보면 우리나라를 기만하고 우리의 땅을 침범하는 서양인들은 분명 미워할 만하다. 그러나 어째서 대응할 방도는 논하지도 않고, 정신을 진작하여 자강에 힘쓰지도 않으며, 반격의 태세를 갖춘 뒤 다시 그들과 겨루려 하지도 않는가? 난동을 부리는 자들을 불러다 손을 잡으면 좋을 게 무엇인가?"(제7회)

이 공부_{工部} 관리는 그래도 머리가 깨어있는 사람이었다. 의화단의 우두머리는 신의 가르침을 전하는 사제였다. 그들에게 속은 백성들은 무고했지만 그들의 지휘 하에서 오합지졸이 되었다. 만약 반제가 "교회를 불사르자! 대사관을 불사르자! 양놈을 죽이자! 서양 앞잡이를 죽이자!"라면, 반제 역시 너무 쉽고 간단한 일이다. 이 점에서 우젠런은 깊이를 보여준다.

예술적인 성과의 측면에서 보자면, 장이화의 인물 형상, 스토리상의 차등적 안배, 긴장감 있는 구조, 특히 심리 묘사의 세밀함 등은 우젠런 작품 중 최고다. 그 자신도 이 작품이 이렇게 매력적일 줄 미처 알지 못했다. "소설은 사람을 기쁘게 하기는 쉬우나 슬프게 하기는 어렵다. 웃게 하기는 쉬우나 울게 하기는 어렵다. 나의 전작 『한해』는 고작 열흘 만에 탈고하여 검토 한 번 하지 않고 곧바로 광즈서국_{廣智書局}에 보낸 것이다. 출판 후 우연히 읽게 되었는데 비참한 장면에 이르러 나도 모르게 눈물이 났다. 당시 어떻게 썼는지 잘 알 수가 없다. 그 어려운 일을 할 수 있었다는 것이 내겐 기쁜 일이다."[2] 그는 분명 사람을 감동시키는 힘이 그의 설교에서 나오지 않고 인물들이 그의 '도덕적 통제'에 따르지도 않는다는 사실을 알지 못했다. 비록 '이화가 수절하며 암자에 들어가는' 대목은 그가 설계했지만, 처음부터 끝까지 독자들의 귀에 들린 것은 "그이가 그리 된 건 다 내 탓이야"라는 말이었다. 마지막에 그는 보허의 동생을 만나 이런 말을 한다. "내 운명이 외로운 별자리를 범해 당신 형을 해치고 말았습니다. 그래서 참회하기 위해 출가를 결심했던 것인데 생각만 해도 마음이 아픕니다." 그녀의 일생 행복이 우젠런이 입버릇처럼 설교하는 '예법수호' 속에 매장되었던 것이다. 그녀의 모습에서 가장 숭고한 부분은 마지막에 행동으로 이 '예법수호'를 타파해 나가는 대목이다. 더이상 남의 시선을 의식하지 않고 보허의 생명을 구하려 하지만 너무 늦고 말았다. 그녀의 모습에서 가장 빛나는 부분은 더 이상 다른 사람들이 내뱉는 "별종이야, 부끄러움도 몰라, 등등의 수군거림"을 의식하지 않는 대목이다. 그녀는 더 이상 '예법파괴죄'를 범할까 두려워하지도 않는다. 오히려 '예법수호'라는 족쇄를 깨부숨으로써 '예전의 죄를 속죄'하는데, 이러한 경지는 '수절'을 했다고 말하기보단 차라리 '예법수호'에 충격을 가했다고 말하는 것이 옳다. 작가가 '도덕적 금지구역'를 넘어섰기 때문에 오늘날의 독자 역시 한데 입을 모아 감동을 말할 수 있는 것이다. 이 '치정소설'은 "고작 10회밖에 안 되지만 모든 연애편지를 압도하는 걸출한 구성을 갖추고 있다."[3] 이 작품은 다양한 형태로 각색되어 무대에 올려졌다. 민명사民鳴社의 『한해』, 월극越劇 『한해』 그리고 1931년 정정추鄭正秋가 편집하고 상하이 밍싱영화사上海明星公司에서 제작한 무성극 『한해』, 1947년 커링柯靈이 개편한 연극 『한해』 등이 그것이다.

　『금해석』의 저자는 「서언」에서 '애정소설小說'이라 밝히고 있지만, 군학사

---

2) 吳趼人,「論小說」,『吳趼人硏究資料』(魏紹昌編), 上海古籍出版社, 1980, 8쪽.
3) 寅半生,「小說閑評」,『吳趼人硏究資料』, 134쪽.

群學社에서 출판할 때 그 표제를 '비극애정소설'이라 했다. 제목은 '정위가 바다를 메운다精衛塡海'[4]에서 따왔는데, 사실상 『한해』와 맥을 같이 하고 있으며, "한 서린 바다는 메우기 어렵도다"를 주제로 취하고 있다. 이 중편 역시 새로운 형식에 범상치 않은 문체의 작품이다. 이 문체는 도입 부분에 맹자를 강하게 몰아붙이는 대목에서 드러난다. 작품 속의 '나'는 가슴에 품고 있던 사람이 죽고 자기도 병으로 죽음의 문턱에 들어섰을 때, 자기들을 이렇게 만든 '원흉'을 '끄집어' 낸다.

독자 여러분, 나와 내 사랑하는 사람이 누구 때문에 이렇게 되었겠습니까? 거 참! 말하자니 가련합니다만, 주나라의 맹부자 때문일줄은 생각지도 못했습니다. 독자 여러분, 맹부자 시대부터 지금까지 2천 몇 백 년이나 되었는데, 그가 어찌 나한테 해를 끼칠 수가 있겠습니까? 맹부자께서 당시 사람의 성정에 어긋나는 말을 해서 지금까지 전해왔다고 생각되진 않습니다. 그는 세상 남녀가 혼인할 때 부모의 명과 매파의 말에 따라야 한다 했는데, 그러지 않으면 부모와 나라 사람들이 그를 천하게 여길 거라는 겁니다. 거 참! 혼사가 남녀 당사자의 자주적 권리라고 생각하지 않고 어떻게 부모가 강요하고 매파가 간섭하는 일이라 생각할 수 있는지. …… 나는 맹부자처럼 평등한 권리를 주장한 사람이 어떻게 한순간 마음에 혼돈이 생겨 이처럼 사람의 성정에 맞지도 않는 말을 할 수가 있는지 참으로 이해가 되지 않습니다. 맹부자의 이 말이 있은 후로부터 세상의 선남선녀가 고작 이런 일로 부모의 강요와 압박을 받아 백 명 중 99명은 원수가 된다고 합니다. 이 때문에 수많은 청춘들이 억울하게 죽어갔는데, 지난 2천여 년 간 그 수가 강가의 모래만큼이나 된 답니다.(제1회)

'나'는 의도적으로 화를 삭히며 맹부자가 '평등한 권리와 자유를 주장'했으면서도 '한 순간 마음에 혼돈이 생겼'다고 말하고 있지만, 1906년이라는

---

4) 바다에 빠져 죽은 염제(炎帝)의 딸의 영혼이 정위라는 새로 변해 나무와 돌을 물어다 자신을 죽게 한 바다를 메우려 하였다는 전설을 말하는 것으로, 가망이 없는 일에 노력하는 것, 목적을 이루기 위해 갖은 고난과 고초를 겪는 것 등을 가리키는 말로 쓰인다-역주.

상황에서 이렇게 솔직히 거의 질책에 가깝게 말할 수 있다는 것은 경천동지할 사건이었다. '평어'[5]에서 "명나라 태조의 수법이 맹자에 미치지 못함이 한스럽다"고 쓴 것도 어쩐지 이상하지가 않다. 작품 도입부의 '출발점'이 만만치는 않지만 소설이 '고담준론'은 아니니 읽는 데도 재미가 있다. 친루화秦如華는 어릴 적부터 동문수학한 여자아이 구런펀顧紉芬과 죽마고우였다. 사랑의 감정이 생기기 전에 떼려야 뗄 수 없는 우정이 싹텄다. 나중에 집안이 이사를 하게 되어 헤어지지만 세상을 떠돌다가 베이징에 와서 세를 든 집에서 그녀를 다시 만나게 된다. 이런 유리한 조건 때문에 그들은 '자유연애'를 할 수 있었다. 그러나 이 '자유'는 쉽게 오지 않았다. 구런펀은 친루화에게 두 편의 '문장'을 쓰라고 한다. 두 개의 장애물을 극복하라는 의미다. 하나는 런펀의 이모(청상과부)로 시비를 일으키기 좋아하는 사람이었다. 다른 하나는 런펀의 언니 수위漱玉인데, 콧대가 높아 루화를 안중에 두지도 않았으니 동생을 '편히' 두지 않을 것이었다. 소설은 루화가 어떻게 이 둘을 설득했는지를 무려 두 장에 걸쳐 기술하고 있다. 루화는 똑똑한 사람이어서 '단 번에' 그들을 '팔괘로八卦爐[6] 속에 가두어' 버렸다. 마치 태상노군太上老君이 손오공 다루는 식이었다. 그리하여 '싹수가 보이는 아이'라는 런펀의 칭찬을 듣는다. 이때부터 그는 당당히 그 집을 드나들며 규방에서 밀회를 나눌 수 있게 된다. "저녁부터 새벽까지 이 일 년이 나와 런펀에게 가장 좋았던 시절이었다. 그 뒤 수위가 우리 두 사람 사이에 정분이 생겼는지를 의심하게 되었다. …… 사실 나와 런펀의 관계는 정 때문이지 쾌락 때문은 아니었다. 성정이 맞아 떨어진 것이지 육체적 욕망 때문이 아니었다."(제6장) 뒤에 이모가 루화를 '겁탈'하려 하자 둘은 공개적인 명분을 빨리 찾아 이모의 훼방을 막는 것이 최선이라고 생각한다. 두 사람은 루화의 부모가 여자 측에 구혼을 하도록 하기 위해 (당시 여자가 구혼을 할 수 없었다) 온갖 머리를 짜낸다. 심지어 이 일 때문에 병까지 난다. 친루화의 아버지는 아들을 사랑해서 구혼에 동의한다. 그들

---

5) 주석에 해당한다. 오늘날의 주석이 본문 아래 쓴다면 평어는 본문 상단에 쓰였다-역주
6) 도교에서 단약(丹藥)을 만들 때 사용했다는 화로-역주

은 얼른 결혼을 하고 싶었지만 아버지는 나이가 어리다는 이유로 17세가 될 때까지 기다리라 한다. 그래서 완전히 뜻을 이루지 못하게 된다. 이때 의화단의 난으로 북방의 상황이 악화되자 친루화의 집안은 남쪽으로 피난을 가게 된다. 구런펀의 아버지는 관리로 친의화단에 속했기 때문에 베이징을 떠나려 하지 않는다. 그 뒤 루화의 아버지는 구런펀의 가족이 몰살당했다는 소식을 듣고 약혼녀를 잃은 루화의 슬픔을 잊게 하기 위해 서둘러 비﹦ 씨 성을 가진 처녀와 정혼을 하게 한다. 사실 구런펀의 아버지는 죽었지만 런펀과 그 어머니는 상하이로 피난을 간 상태였다. 이모는 나쁜 무리와 결탁하여 런펀을 기루에 팔아넘긴다. 런펀은 자살을 시도하지만 구출되고, 그 뒤 음식을 거절한다. 루화가 자기를 구하러 왔을 때 런펀이 남긴 말은 겨우 이렇다. "오늘 당신을 보게 되니 더 이상 바랄 게 없습니다. 오라버니 그 손으로 제……." 이내 그녀는 숨을 거둔다. '나'는 그 충격으로 죽음의 문턱을 넘는다. 죽기 전 그는 런펀과의 연애 과정을 기록으로 남김으로써 "만고천추 치정에 얽힌 남녀"를 추모하려 한다.

> 그러나 나는 내 부친을 탓하지도 않고 의화단을 탓하지도 않는다. 이건 아무래도 맹부자 탓이다. 만일 맹부자가 '부모의 명과 매파의 말' 운운하지 않았다면 나는 진작 런펀과 자유결혼을 했을 것이고 의화단 소동 때 런펀을 데리고 남으로 갈 수 있었을 것이다. …… 지금 외로운 객사에 홀로 남아 근심만 늘고 병이 극에 달하니 온갖 상념이 희끗해진다. 내 부친을 근심걱정으로 고통케 하고 비 씨 집안 아가씨에게도 허명을 얻게 했으니, 이후 중국이 혼례 제도를 개정하고 자유를 허락하여 수천, 수백, 수만, 수억의 억울한 원혼이 구천을 떠돌지 않기를 간절히 바란다. 바로 그것이 불가사의하고 불가측량한 공덕인 것이다.(제10회)

이 글은 가독성이 높아서 단숨에 읽어내려 갈 수 있다. 일 년여의 '가장 좋았던 시절'은 생리사별生離死別의 고통을 역설적으로 반영함으로써 세상을 고발하고 있다. 그는 이것도 '탓하지 않고' 저것도 '탓하지 않는'데, 사실 '이것'

과 '저것' 모두를 탓할 만하고 또 탓해야 한다. 하지만 '혼례 제도 개정'에 관한 직접적인 문제제기는 거시적인 관점에서 볼 때 문제의 근본을 해결하려던 시도였다. 1906년이라는 상황에서 볼 때 이는 실로 대단한 '호소'였다.

이 작품은 예술적 측면에서도 의의가 있다. 1인칭의 운용이 바로 그것이다.

> 바로 이런 의미에서 나는 『금해석』, 『단홍령안기斷鴻零雁記』 등 자전체 소설의 혁신적인 의의를 충분히 인정한다. 1906년 군학사가 출간한 푸린의 『금해석』은 중국문학사상 처음으로 장회소설 형식으로 자기의 생활 경험을 묘사한 작품이다. 1인칭 서사 방식을 '신소설' 창작에 제대로 운용했던 것이다. …… 작가는 전통적인 전지적 서사방식을 1인칭 서사방식으로 바꾸어 독자들에게 '모든 일이 몸소 경험한 것이며 모든 말이 마음에서 나온 것'이라는 느낌을 준다. 평론가조차 "읽으면서 이런 책이 어째서 폐물이 되어버렸는지 탄식을 금할 수가 없다"고 했다.[7]

1906년, 이 두 중편 소설의 출현은 애정소설과 비극애정소설의 출현을 예고하는 선성이었다. '혼례 제도 개정' 논의는 장기적이고 지난한 임무였다. 그러나 문제는 이미 제기되었고, 세상은 더 이상 과거처럼 태평스러울 수가 없었다. 문제는 반드시 '개정'될 날이 있는 법이다.

---

7) 陳平原, 『中國小說敍事模式的轉變』, 上海人民出版社, 1988, 78쪽. 여기서 언급된 평론가는 인반성寅半生이다.

제2절
쑤만수蘇曼殊—그 영원한 비애

　　쑤만수(1884~1918)의 본명은 전戩으로 만수는 법명이며, 광둥廣東 샹산香山 출신이다. 부친 쑤제성蘇杰生은 일본 요코하마에서 장사를 하다 일본 여성 카와이 센河合仙을 첩으로 들이는데, 그녀 여동생과의 사이에서 만수를 낳았고, 그 아이를 카와이 센이 키웠다. 여섯 살 되던 해에 귀국하여 공부하다 15세에 사촌형을 따라 일본으로 건너갔다. 교민이 주관하던 다퉁大同 학교와 일본의 와세다 대학 예과 등에서 공부하였으며 중국 유학생 혁명단체 청년회에 참가했고, 나중에는 항러 의용대에 가입하였다. 그러나 사촌형의 반대로 경제적 지원이 끊겨 학업을 중단하고 귀국해야 했다. 정처 없는 삶 가운데 세 번이나 머리를 깎았다. 하지만 쑤만수는 시종 반승반속半僧半俗, 반협반문半俠半文의 혁명가이자 작가였다.

　　쑤만수는 절세의 천재였다. 일본의 저명한 작가 사토 하루오佐藤春夫는 그를 두고 '근대 중국 문학사상 하나의 혜성'이라고 평했다.[8] 쑤만수는 장스자오章士釗와 천두슈陳獨秀의 『민국일일보民國日日報』 편집을 돕다가 시문과 반역반

---

8) 柳無忌, 「蘇曼殊研究的三個段階—『蘇曼殊文集 · 序』」, 馬以君 編, 『蘇曼殊文集(上)』, 花城出版社, 1991, 11쪽.

반승반속의 쑤만수

저^{半譯半著}의 『처참한 세계^{慘世界}』를 발표하면서 두각을 나타낸다. 어릴 적부터 그는 집안사람들에게 '잡종' 취급을 받았다. 이후 그는 유랑을 일삼으며 고단한 삶을 살았다. 거기에 개인적 기질까지 더해져서 그의 작품에는 특유의 깊은 한과 감상적 정서가 배어있다. 자전적 소설 『단홍령안기_{斷鴻零雁記}』가 발표되자 그 특유의 청신하고도 우아한 문체와 의지할 곳 없는 신세가 당시 청년 독자들의 영혼을 뒤흔들어 민국 초기 중편소설의 최고봉으로 자리매김 된다. 『금해석』과 같은 비극애정소설의 '비애'는 그와 비교가 안 된다. 『금해석』의 '비애'는 후천적이고 외부적 각종 장애물에 의한 것이라면, 『단홍령안기』 주인공의 비애는 선천적이고 태생적인 것이었다. 의지할 곳 없이 떠도는 고독한 삶은 그로 하여금 '출세간법_{出世間法}'을 받아들이게 만들었다. 이를 통해 세계에 대한 힐문과 절망이 가능해졌지만, 이 '타고난 정의 종족'에게 있어 세간의 아늑한 애정은 그만큼 더 멀어졌다. 여타 소설에서 다룬 것이 '애착 없는 추구'라면, 그가 다룬 것은 '애착으로 굳건히 항거하는' 것이었다. 이런 고통이야말로 그의 최대의 비애이자 '사랑의 불치병'이었으며, 이것이야말로 '지정지애_{至情至哀}'의 경지였다. 그래서 문학사상 그는 비극애정소설의 선구자 또는 선도자로 간주된다.

소설은 시작부터 그가 외진 사원에서 불문에 입문하여 계율을 받던 정경을 그린다. 그는 소년에 불과했지만 눈칫밥을 꽤나 먹은 터라 '사대개공_{四大皆空}'의 경지에 들어설 '자격'을 이미 갖춘 상태였다. 그래서 그는 사바세계와의 인연을 끊고 불문의 제자가 되었다. 세상 사람들에게 모두 있는 것이 그에겐 없었다. 생모조차도 어디에 있는지 몰랐다. "사람들은 내게 어머니가 없다고 하지만 어찌 어머니가 없을 수 있겠는가?" 고요 속에서 그는 "희미하게 어머니가 나를 부르는 소리를 듣곤 했다." 수계 의식을 주관하던 장로는 비장한 목소리로 "하늘에 세 번 절을 올려 길러준 부모의 은혜에 보답하라"고 했다.

세 번의 절은 은혜에 보답하는 것이기도 했지만, 속세에서 가장 가까운 사람과의 관계를 '단절'하는 것이기도 했다. 이는 그가 부모가 '낳아주고 길러준 빚'을 '청산'했다는 것을 상징한다. 이로써 그는 부모가 아니라 불문에 속한 제자가 된 것이다. "이때 나는 눈물이 앞을 가려 고개를 들 수가 없었다." 그에게는 약혼녀가 있었지만, 집안이 몰락하자 상대 부모가 파혼을 하려 했다. 그러나 약혼녀 쉐메이雪梅는 그에게 다음과 같이 말한다. "제가 당신을 버리고 누구와 혼인하겠습니까? 바다가 마르고 바위가 먼지가 되고, 이 비천한 목숨이 실낱같다 해도 저의 사랑은 변치 않을 거예요." 그러나 그는 그녀의 이승에서의 행복을 위해 "그를 사랑하는 마음을 접고 가정의 즐거움을 누리도록" "어쩔 수 없이 출가하여 불타에 귀의했다." 생존이 쉽지 않은 세계에서 사방이 막혀버린 그에게는 '출세간법'을 따를 이유가 천 가지는 되었으므로 영혼을 추구하며 세상과 다투지 않았다.

그러나 이야기는 급전직하해서 속세의 달콤한 정이 혈혈단신의 이 유랑자에게 성큼 다가왔다. 그 하나는 우연히 만난 유모가 생모가 살고 있는 곳을 일러준 일이었고, 다른 하나는 약혼녀 쉐메이를 우연히 만나게 된 일이었다. 그녀는 일본으로 건너가 생모를 찾으라며 여비를 대주었다. 이리하여 그는 즈시逗子의 사쿠라야마櫻山에서 생모를 찾는다. 철이 든 뒤 처음으로 세상의 온기를 느낀 순간이었다. 이는 물론 '출세간법'을 준수하는 불제자로서 '누려선 안 될 것'이었다. 더욱 그를 이 지경으로 끌어들인 것은 이모 댁에서 만난 시즈코静子였다. 초탈하고 탈속적인 이 소녀는 그를 주체할 수 없게 만들었다. "순간 그 미인이 기러기가 나는 듯 내 앞에 와서 단정히 예를 갖추는 것이었다. 그녀의 숱 많은 머리엔 쪽이 지어져 있었고, 자태는 볼수록 아름다웠다. 똑바로 쳐다보지도 못하던 내 마음은 바람에 날리는 낙엽처럼 흔들흔들 어디서 멈추어야 할지를 몰랐다." 그는 시즈코의 외모 뿐 아니라 그녀의 집안, 교양, 그리고 내면세계까지 기록했다. 그는 시즈코의 서가에 꽂힌 중국 장서들을 훑어보았다. 거의 당송 판본이었는데, 어떤 것은 중국에서도 실전된 것이었다. 시즈코가 가계家系를 설명해 주자 그의 의혹도 풀렸다.

삼랑께서는 제 서가에 이학가의 서적이 다수 소장되어 있는 것을 보셨을 터인데, 이 책들은 모두 명나라의 유신 주순수朱舜水 선생이 우리 선조 아즈미安積 공에게 준 것입니다. 아즈미 공은 그때 도쿠가와 정부의 일에 참여했는데 제자의 예를 갖추어 주공을 모셨습니다. 그래서 우리 집안은 주공으로부터 많은 것을 받았습니다. 우리 집안에서 이 책들을 소장한 지 230여 년이 넘었습니다.

그는 매우 놀랐다. "천진하면서도 깊은 학식까지 갖춘 미인을 오늘 처음으로 보았다. 용모만 아름다운 것이 아닌지라, 하늘 문을 지키는 오사선인烏舍仙人이라 할지라도 이 사람을 능가하지 못할 것이다." 이모 집이 일본의 깊은 산중에 있었지만 깊은 산 속에서 소심란素心蘭을 발견한 것처럼 사람의 몸속까지 베어드는 은은한 향기를 맡을 수 있었다. 다행인 것은 다음날이면 집으로 돌아간다는 것이었다. "하늘이여 감사합니다. 다행히도 부드러운 실이 저를 묶지 않게 되었습니다." 이 불제자는 사실상 대패하여 돌아간 것이었다. 그는 '도피'함으로써 '세속의 공격'에 대처할 수밖에 없었던 것이다. 그러나 더 큰 장애물은 모친의 '혼인 명령'이었다. "나는 시즈코를 삼랑의 아내로 들이기로 했다. …… 만일 이모가 모든 것을 정하면 당장 내년 초봄에 혼례를 올리자. …… 네가 시즈코와 어서 가정을 이루기를 바랄 뿐이야. 그러면 죽어서도 웃을 수 있을 것 같구나." 문제는 이미 원하느냐 원치 않느냐의 수준이 아니었다. '아들 된 자'의 책임 문제는 어머니가 '구천에서 웃을 수 있'느냐 마느냐의 필수 조건이었다. 그 후로 두 사람은 그림을 주고받고 그림에 대해 이야기 하면서 마음을 통하곤 했다. 그는 이 지혜로운 여성을 대하면서 '광막한 세상의 겁난'을 느꼈다. 그의 수심이 날로 깊어짐에 따라 얻게 된 것은 그녀의 따뜻한 관심 뿐만이 아니었다. 더 이상 '헤어날 수 없을 정도로 따뜻하고 부드러운 고문'이 뒤따랐다. 이는 쉐메이와는 또 다른 일본 소녀 특유의 예의와 친밀함이었다. 그는 "애정의 그물에 걸려 날아오를 수 없다"는 것을 깨달았다.

세속을 떠난 승려가 부모에게 양육의 은혜에 대한
'빚'을 청산한 마당에 '엄마 찾아 만 리'는 안 될 말이었
다. 하루 만에 따뜻한 품속이더니 하루 만에 '아들 된
자'의 책임이 있었다. 하물며 이처럼 '지혜롭기 짝이 없
는' 여인을 만나기까지 했다. "불자가 부처로부터 수천
리 떨어지면 염불을 해야 할지니." 이제 '강인하고 지혜
로운 검'의 도움을 받아 애정의 실을 끊어야 했다. 어머

양복을 입은 쑤만수

니를 향한 사랑조차 잘라버려야 했다. '야반도주'만이 유일한 출구였다. 그리
하여 애써 정을 억누르며 질주하듯 배를 타고 서쪽으로 향했다. 그리고 '지난
날 시즈코가 보낸 서신들을' 바다에 던져 버렸다. 그는 영은사靈隱寺에 머물며
그곳을 피난처로 삼았다. 그러나 이 '다정다감한 승려'의 속세 인연은 아직
끝난 게 아니었다. 우연한 기회에 그는 쉐메이가 "계모의 강요로 부잣집에
시집가게 되자 그 전날 밤 음식을 끊고 요절했다"는 사실을 알게 된다. 이 또
한 그가 이 세상에서 짊어진 업보였다. 그리하여 그녀의 묘를 찾아 혼을 위
로하려 다시 먼 길을 떠난다. 그러나 "북망산천 30리를 헤매었지만 묻힌 곳
을 알지 못해" 그 바람조차 이루지 못한다.

1500자에 달하는 위의 내용은 스토리의 재서술처럼 보인다. 하지만 나는
이를 통해 문학사에 존재하는 잘못된 독법 하나를 설명하고 싶다. 그것은 바
로 저우쭤런周作人이 쑤만수를 원앙호접파의 대사大師로 간주하고 쉬전야徐枕亞 같
은 신통치 않은 추종자들과 '연루되었다'고 보는 관점이다. 이는 분명 잘못된
판단이다. 저우쭤런은 다음과 같이 말한다.

이 또한 선통 홍헌 연간의 문학 조류에 속합니다. 물론 절반은 전통의
성장이었고 절반은 혁명의 좌절로 인한 반동이었기에, 퇴폐적인 경향으로
흘렀던 것은 알고 보면 이상할 것도 없습니다. 낡은 사상이 너무도 우세했
기 때문이지요. 그래서 점점 타락하다 『옥리혼』 같은 것으로 변하고 만 것
이지요. 문학사가 개인의 애독 서목 제요가 아니요 마음에 드는 시문을 골

라 논평하는 것이 아니라 문학 조류의 변천을 위주로 서술하는 것이라면, 근대 문학사에서 팔고문八股文을 무시할 수 없듯이 현대 중국 문학사 또한 원앙호접파를 거부하고 그것에 정당한 지위를 부여하지 않아서는 안 됩니다. 만수는 이 일파에서 대사라는 호칭으로 불릴만합니다. 유교에서 공자의 경우처럼 제자들과 연루되면서 그의 본색이 쉽게 묻히고 말았던 게지요.[9]

1907년 4월 『민보(民報)·천토(天討)』에 쑤만수가 발표한 5폭 전통화 중 한 폭인 「진원효제기석벽도(陳元孝題奇石壁圖)」. 우측 상단의 화제는 장타이옌(章太炎)이 썼다.

이 대목에서 저우쭤런의 오해는 한두 군데가 아니다. 문학사의 조류를 논하는 것이라면 '반동', '퇴폐', '타락' 같은 말은 신중하게 사용해야 할 뿐더러 충분한 근거가 있어야 한다. 그의 요지는 이렇다. 원앙호접파의 지위는 마땅히 주어져야 한다. 그런데 결론은 '반동', '퇴폐', '타락'이다. 쑤만수 역시 이 집단에 속해 있었지만 『옥리혼』의 저자 쉬전야 같은 인물보다 훨씬 뛰어나다는 것이다. 먼저 이 세 가지 결론이 과연 쉬전야 같은 인물에 부합하는지 여부에 대해서는 다음 절에서 다시 논하기로 한다. 다만 여기서 논하려는 것은 쑤만수가 과연 이 조류의 대표자냐 아니냐하는 점이다. 나는 쑤만수와 그 이전의 『금해석』이나 동시대의 『옥리혼』, 또는 그 이후의 '추종자'

---

9) 周作人, 『答芸生先生』, 柳亞子, 『蘇曼殊全集』第5册, 上海北新書局, 1929, 127~128쪽.

들을 같이 논할 수 없다고 생각한다. 『금해석』과 『옥리혼』 등은 수준의 차이가 있긴 하지만, 당시 결혼 적령기 청년들의 불행을 고발하기 위한 작품이었다. 일단 '혼례 제도'를 '개정'하거나 과부의 재가가 허용된다면, 이런 '비애의 풍조'도 사그러져 문학사에 흔적으로 남게 될 것이다. 그러나 쑤만수의 경우는 사정이 다르다. 그에겐 자유연애의 권리가 있었고, 그의 생모는 '지혜롭고 빼어나기가 그지없는' 여인과의 결혼을 재촉했다. 게다가 이 재촉은 근엄한 명령의 형식이었다. 그의 경우 문제는 세속적인 혼인에 있었던 것이 아니라 '출세간법'과 '세간법世間法' 사이의 마찰과 영원히 넘을 수 없는 울타리에 있었다. 쑤만수, 그 영원한 비애! 이는 내가 그의 스토리를 재구술한 뒤에 얻은 결론이다. 쑤만수는 혁명에의 의지와 애국적 정감이 충만한 작가였다. 그러나 그는 '출세간법'을 준수함으로써 그의 세계관엔 생활 경험과 신앙 철학이 유기적으로 응축되어 있다. 쑤만수는 영원한 모순이기도 하다. 그래서 그의 소설은 영원한 비애로 충만하다. 그의 시 역시 영원한 비애의 선율을 연주한다. 시즈코들에게 그는 겨우 이렇게 읊조릴 수밖에 없었다. "그대에게 무정한 눈물 드리니 삭발 전에 만나지 못한 것이 한스러울 뿐." 그리고 자신의 법의에 대해서도 이런 묘사를 할 수 밖에 없었다. "점점이 가사에 떨어진 것이 벚꽃이련가, 반은 연지자국 반은 눈물자국."

시인의 소설은 시적이다. 그가 설정한 배경은 세상 끝자락이 아니라 심산유곡처럼 대자연에 가장 가까운 곳이다. 그의 내면세계는 종종 대자연의 변화에 의탁하면서 '있는 그대로를 다 드러낸다.' 더욱 중요한 것은 독자들이 이러한 시적 자연 속에서 저마다의 상상에 의거해 더 많은 것을 읽어낼 수 있다는 점이다. 예를 들면 그가 계율을 받을 때의 배경화면은 이렇다. "어느 이른 아침 뉘엿뉘엿 들려오는 종소리, 절간 누대에 기대어 먼 하늘 가물거리는 물새를 보네. 시절은 겨울로 들어선 지 오래, 바닷바람 천리 밖에 사무치고." 이 구절은 내면의 동요와 뒤엉킴, 그리고 모순이 잠복과 출현을 반복하고 있음을 암시한다. 그리고 살을 에는 듯한 찬바람은 무형의 칼날처럼 자신을 존재할 수 없게 만든다. 또 그는 배 위에서 바이런의 「바다 예찬」을 번역한 뒤 "낭송을 반복한다. 하늘엔 초승달이 떴고 고깃배 등불 몇몇인데 맑은 바람 산들산들 불어오니, 광활하도다! 이를 보라." 그때의 바다는 평온했다. 그의 마음도 바이런의 시처럼 요동쳤다가 평정을 되찾았으니, 이는 형언할 수 없는 내면의 질풍노도였다. 제16장에서 그는 시즈코와 함께 바닷가에 서서 마음을 다잡는다. "나는 어슴푸레한 달빛 아래 가만히 그의 얼굴을 바라보았다. 구름과 달은 너무나 아름다웠다. 만물이 고요한데 내 마음은 진정되지 않는다. 고개를 들어 하늘을 보니 먹구름이 드리운다. 쇠잔한 별 몇 개만이 빈 하늘을 가물거릴 뿐." 이때, 드리운 먹구름과 가물거리는 별은 그의 암담한 신세와 대답할 말조차 없는 그의 마음을 나타낸다.

쑤만수의 소설은 문자를 매우 중시했다. 1903년 출간한 『비참한 세계』(위고의 『레미제라블』을 저본으로 삼음)는 백화로 쓰였다. 그러나 『바라해빈둔적기娑羅海濱遯迹記』부터는 가벼우면서도 우아한 문언을 사용했다. 이는 당시의 문단 추세와 관계가 있다. 린수가 사기史記, 한서漢書 식 문체로 외국 작품을 번역한 이후, '린수설부林紓說部'라는 유명 상표가 전국 문단을 일시에 풍미했다. 쑤만수 역시 이러한 시대적 유행의 영향을 받지 않을 수 없었다. 당시에는 또 다른 입장이 유행했는데, 백화는 단지 문화 수준이 낮은 독자들을 '배려'하려는 수단에 지나지 않으며 '미문'을 쓰기 위해서는 문언을 사용해야 한다는 것이었다. 그러나 당시 적지 않은 백화문 창작은 문언에 익숙한 선비들에 의해 '모양새만 갖춘', '통속어'로 쓰였다. 이는 '말을 옮겨 쓴' 단계에 지나지 않아 읽기가 부자연스러웠다. 이런 상황에서 문언으로 멋들어진 소설을 썼던 쑤만수가 환영을 받은 건 당연했다. 송원末元 이래 소설 언어는 주로 백화였다. 특히 중장편의 경우 백화가 '정통'이었고, '문언'은 도리어 '파격'이었다. 그러나 '린수 설부'가 유행한 이래 많은 문인들은 도리어 '파격'을 시도하기를 좋아했다. 쑤만수의 문언 소설은 린수와는 또 다른 하나의 파격이었다. 문인들이 한창 새로운 파격을 모색하고 있을 때, 쉬전야는 사륙변려체四六騈儷體로 중장편소설을 썼다. 당시에는 어떤 작품이 참신한 파격에다 내용적으로도 사회적 이슈를 건드리고 있을 경우, 순식간에 문단에 퍼졌고 수많은 독자

들의 환영도 받았다. 그러면 이제 이 새로운 '파격'을 따라 다음 절로 논의를
이어보자.

제3절
세 편의 변려체 비극애정 명작
『옥리혼玉利魂』, 『얼원경孽冤鏡』, 『운옥원霣玉怨』

　　푸린은 1906년에 이미 자신의 비극애정소설을 통해 '혼례 제도 개정'에 대해 맹렬한 공격을 퍼부었다. 그의 창끝은 아성亞聖 맹자의 어록을 향하고 있었다. "부모의 명과 매파의 말을 듣지도 않고 구멍을 뚫어 서로 엿보다 담을 넘어 서로 만난다면 부모와 나라 사람들은 모두 천하게 여길 것이다."(『맹자孟子 · 등문공하滕文公下』) 이 말은 혼인 적령기 청춘 남녀를 향한 엄중한 경고였으며, 2천여 년 동안 모든 혼인 적령기 젊은이들의 간담을 서늘하게 만든 말이었다. 그러나 19세기 말 20세기 초 유럽 문화의 동점東漸이 일어나면서 자유 혼인의 '유혹'은 자연히 중국 고유의 맹씨 '규칙'과 충돌을 일으킬 수밖에 없었다. 이 양자의 충돌은 흡사 냉온 두 기류가 공중에서 일으키는 강렬한 대류현상 같았다. 그러나 당시 유럽 문화의 동점이 충분히 힘을 발휘하지 못했는지, "부모와 나라 사람들이 천하게 여기는" 고기압 중심부는 작열하는 열기로 젊은이들을 부모와 매파의 그늘 아래 숨게 만들었다. 푸린 식의 충격 한 번으로는 2천 년 간의 철칙을 흔들 수는 없었다. 그리하여 새로운 창작 조류가 출현하게 되었는데, 그들의 톤은 푸린만큼 높진 않았지만, 구식 혼례 제도 때문에 평생 고통 속에 살아가는 젊은이들의 모습을 비교적 진실하게 써 갔다. 동시에 그것은 천년 철칙 아래 간담이 서늘했던 젊은이들의 내면세계를 반영하기도 했다. 그들이 묘사한 것은 당대 대다수 젊은이들의 사고였는데, 그것이 도리어 큰 반향을 불러일으켰다. 그들은 힘없고 연약한 무리에 불과했지만, 적어도 바깥 세계로 정보 하나를 빼돌리긴 했다. 구식 혼례 제도의 심연 속에서

쉬전야 초상

다수의 젊은이들이 용감한 자들의 구조를 기다리고 있다는 정보 말이다. 그들은 바로 쉬전야_{徐枕亞}의 붓끝에서 나온 허멍샤_{何夢霞}와 바이리잉_{白梨影}, 우솽러_{吳雙熱}의 붓끝에서 나온 왕커칭_{王可青}과 쉐환_{薛環}, 그리고 리딩이_{李定夷}의 붓끝에서 나온 류치자이_{劉綺齋}와 스샤칭_{史霞卿} 등이었다.

쉬전야(1889~1937)는 창수_{常熟} 출신으로 본명은 줴_覺였다. 치주성_{泣珠生}, 둥하이싼랑_{東海三郎} 등의 별칭이 있었으며, 남사_{南社}의 일원이었다. 그의 작품 『옥리혼』은 진실과 환상이 섞여있다. 여기서의 '진실'이란 소설에 자전적 부분이 많은 비중을 차지하고 있다는 것이고, 여기서의 '환상'이란 결정적 내용들이 허구로 이루어져 있다는 것이다. 1909년에서 1911년까지 그는 우시_{無錫} 홍산_{紅山} 기슭의 시창_{西倉} 훙시_{鴻西}소학교에서 교직에 있었다. 그는 학교에서 멀지 않았던 명필 차이인팅_{蔡蔭庭}의 고택에 기거하며 그 집의 가정교사로 있었다. 차이인팅의 며느리는 독서인 집안 출신의 천페이펀_{陳佩芬}이라는 과부였는데, 천씨의 아들이 쉬전야에게 글을 배웠다. 쉬전야와 천페이펀은 서로 사모하는 마음을 품고 있다가 어느덧 열정적인 사랑에 빠져 몰래 서신을 주고받거나 시문으로 마음을 전하고 있던 중이었다. 당시의 예의범절이 아무리 엄격했다 하더라도 천페이펀의 여덟 살 난 아들을 통해 서신을 주고받을 수 있었으니 둘에게는 그나마 유리한 점이 있었다. 그러나 봉건 예교의 속박이 엄연한 상황에서 천페이펀의 정절과 그 아들 멍쩡_{夢曾}의 미래를 위한다면 감히 사마상여_{司馬相如}와 탁문군_{卓文君}처럼 '반역' 행위를 할 수는 없었다. 쉬전야의 사랑에 보답하기 위해 천페이펀은 '온갖 방법을 동원하여' 작은 시누이 차

이루이주蔡蕊珠를 그와 결혼시키려 했다.

　　그는 이러한 자전적인 토대 위에 다음과 같은 허구적 장치들을 만들었다. 리잉梨影은 사랑을 이루지 못해 자결한다. 작은 시누이 쥔첸筠倩은 리잉이 소개시켜준 남편에 대한 불만으로 우울해하다 죽는다. 멍샤夢霞는 신해년 우창의 전투에서 죽음을 맞이한다. 이 세 인물들의 결말은 이 소설을 철저히 비극으로 만들었다. 그리하여 이 작품의 고발적 성격이 더 강해진 것이다. 리잉은 아름답고 열정적인 인물이었다. 하지만 당시 사회는 끓어오르는 그녀의 열정을 소진하도록 만들어 결국 그녀의 아름다운 육체를 태워버리고 만다. 작은 시누이 쥔첸은 과거 중국 문학에서 볼 수 없었던 형상이었다. "이 글은 사상적으로 보자면 조금 색다른 부분이 있다. 바로 여주인공의 작은 시누이를 말하는데, 그는 여학생으로 올케 언니의 권유로 약혼하지만, 이 일로 자신의 독립적 인격을 상실했다는 생각에 슬픔에 젖어 있다가 마침내 죽음에 이른다. 이처럼 자신의 인격 상실 때문에 비통해하는 것은 전통문학에서는 좀처럼 없던 것이기에 새로운 사상이라고 할 수 있다."[10] 물론 멍샤의 순국은 더욱 숭고하다. 이 세 주인공의 죽음으로 당시 젊은이들의 마음을 한 곳으로 움직일 수 있었다. 독자들의 비애를 '기폭'시키는 그의 재주에 감탄하지 않을 수 없다.

『옥리혼』 대자본(大字本)

　　창수의 근대문학 연구가 스멍時萌은 최근 들어 『옥리혼』의 원형과 이 사건에 대해 중요한 사실을 발견하고는 「『옥리혼』의 진실을 밝히다」[11]라는 글을 썼다. 거기서 그는 이렇게 말한다. "원앙호접파 작가 판옌차오范烟橋는 『민국구파소설사략民國舊派小說史略』에서 이 작품이 허구적이고 과장된 부분이 많다고 단언했다. 그러나 쉬전야는 『옥리혼』 속편 『설홍루사雪鴻淚史』의 서문에서, '내가 이 글을 쓴

---

10)　章培恒, 「古代與近代: 有傾向性差異但無截然分界」, 『中華讀書報』, 2000년 9월 20일.
11)　時萌, 「『玉梨魂』眞相大白」, 『蘇州雜誌』 1997년 제1기, 55~57쪽.

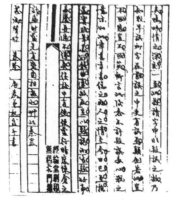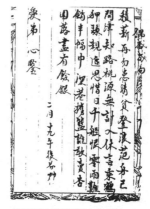

쉬전야가 천페이펀에게 보낸 서신　　　천페이펀이 쉬전야에게 보낸 서신

것은 뇌리에 '소설'이라는 두 글자가 없었기 때문이다. 독자들이 내 글을 소설이라고 오해하지 않기를 바란다'라고 말하였다." 이 사건을 근간으로 이야기 하자면 당연히 쉬전야가 옳다. 그러나 세 주인공에게 일어난 결말이 허구인 점을 감안하면 판옌차오 역시 틀리지 않았다. 이처럼 허구적인 내용에서도 쉬전야의 소설 창작 재능이 드러났는데, 그것으로 인해 당시 문단에 혼인 문제라는 사회적 이슈가 나타났고 비극애정소설哀情小說이라는 특정 장르가 나타났던 것이다. 이는 쑤만수의 영원한 비애와는 다르다. 그들의 톤은 푸린의 『금해석』만큼 높지는 않지만, 푸린의 소설보다 충격은 더 컸다. 『옥리혼』의 출판으로부터 지금까지 80여 년이 지났다. 「『옥리혼』의 진실을 밝히다」가 제공해준 자료는 진실의 측면에서나 허구의 측면에서 공히 생동감 넘치는 사례를 제공해 준다. 아래는 그 중 몇 단락을 인용한 것이다.

　　최근 쉬徐 씨 성을 가진 소장가의 집에서 쉬전야와 젊은 과부 천페이펀 사이에 오가던 서신과 주고받았던 시사詩詞를 발견했다. 『옥리혼』과 대조하여 내용을 확인하고, 쉬전야의 필적과 대조한 뒤 화선지에 찍힌 선통 연호와 우시 북문 탕징룬탕塘經綸堂에서 인쇄한 글자체를 참고해 본즉, 이 오래된 문건들이 『옥리혼』의 모태였다는 것을 확증할 수 있었고, 『옥리혼』

이 다큐멘터리적 성격의 문학이면서 인성 억압의 피눈물 역사라는 것을 확인할 수 있다.

『옥리혼』에서 멍샤가 손가락을 깨물어 혈서를 써서 깊은 애정을 표시하는 장면이 있는데, 쉬전야와 천페이펀의 편지 중에 정말 그런 것이 있었다. 천페이펀은 눈물을 머금은 채 쉬전야에게 거듭 편지를 썼다. "어제 낮에 혈서를 받았는데 심장을 도려내는 것 같아요. 글을 볼 때마다 마음이 너무 아픕니다. 차라리 죽는 게 나을 것 같아요.……" 또 이런 대목도 있다. "낮에 편지를 받았습니다. 저더러 따라달라하시니 어찌 모른 체 할 수 있겠습니까. 감정을 버리지 않는 한 오래토록 맺혀 있을 겁니다. 아이가 성혼하기를 기다려 그때까지도 살아있다면 당신을 따르겠습니다. 돌이켜보면 저희들의 애정은 혼자만 가질 수 없는 지경이 되고 말았습니다. 각자가 피로써 증표를 삼았으니, 이 피는 당신만이 얻을 수 있고, 더욱이 필적은 당신 혼자만이 가질 수 있습니다. 몸은 맹세를 위해 존재하고 마음은 사랑을 위해 죽는 것이니, 무엇인들 못하겠습니까."

그러나 젊은 나이에 과부로 살았던 실제 인물 천페이펀이 사랑을 구하는 행위는 인지상정이라 할 수 있다. 그녀가 쉬전야에게 보낸 편지를 보면 만남에 대한 바람이 마치 가뭄에 비구름 기다리듯 했던 것 같다. 시 가운데 이런 구절이 있다. "걸음걸음 엉긴 이슬 담벼락에 떨어지고, 가련한 귀로엔 어둑어둑 황혼이, 그믐달 비추지만 쉬이 흩어지려니, 삼경三更까지 기다리며 문 걸어 닫지 못하네." 또 서신에는 이런 대목도 있다. "당신의 정이 이와 같으니 제가 어찌 참을 수 있겠습니까? …… 제 쪽에선 이미 준비가 되었습니다. 시어미와 어린 딸은 바깥에서 묵으니, 밤이면 무인지경입니다. 오직 당신과 저뿐. 그대께서 왕림하신다면 문을 걸어 닫지 않겠습니다." "당신께서 필히 만나고자 하신다면 어렵지는 않습니다. 한가한 날 뒷문을 열어두시면 제가 가겠습니다." 그 뒤 밀회가 점점 잦아지고 연정은 나날이 타올랐으니, 그녀의 시 속에서 그런 사정을 엿볼 수 있다. "깊은 밤 상봉에 양기가 조화되니, 누가 알리오. 무협巫峽의 꿈이 허다했음을, 서쪽 창 촛불 심지를 함께 자를 수 있다면 다시 양대陽臺에 의탁해 나방은 날개짓 하고." 이런 대목도 있다. "공경하고 사랑하니 두 마음 진정이려니, 손 맞잡고 고개 끄덕이며 우스갯소리도 정겹다. 한 쌍의 은밀한 내왕을 누가 알아챌까, 상심은 이 둘의 것이 아니라네." 또 이런 대목도 보인다. "죽고 사는 것은 내 마음 속 님을 위한 것. 이 환희, 진실이라 할 수 있겠지. 흘러가는 저 구름 어디서 모일까, 물고기와 새 영원히 함께하기를." 또 한편의 서신은 침실 안 둘의 밀회를 언급하고 있는데, 천하의 대죄를 무릅쓰는 그들의 용기를 엿볼 수 있다. 그들은 사마상여와 탁문군에 빗대어 믿음을 다지고 있는데, 그녀의 서신에서 이런 불굴의 표현을 자주 볼 수 있다.

선통 2년(1910) 겨울, 쉬전야는 차이루이주와 결혼한다. 이 인연은 미완인듯 하면서도 결말이 난 셈이다. 피눈물 맺힌 인연을 기록한 종이 한 무더기가 80여 년이나 묻혀 있었다. 이제 그 진상이 밝혀졌으나 인간세상은 이미 바뀐 뒤였다.

생활 속의 '밀회'는 사마상여와 탁문군의 그것이었다. 비록 공개적이진 않았지만 이 역시 봉건 예교에 대한 일종의 '반역'이었다. 소설에서 거듭 강조된 것과는 달리 그는 매우 엄숙한 태도로 '정에서 출발하여 예에서 그친다發乎情止乎禮'를 선양하고 있다. 문제는 쉬전야가 왜 실제 생활에서는 '정에서 출발하여 예에서 그친다'를 실천하지 않았으면서도 소설에서는 이다지도 '도학자 타령'을 하고 있느냐는 점이다. 이것은 그의 '위선'이었을까? 아니면 다른 원인으로 인한 '필요'에서 비롯된 걸까? 쉬전야가 '위선적'인 인물이었는지 여부에 대해 답할 방법은 없다. 근거 없이 함부로 평가할 수 없기 때문이다. 그러나 당시의 환경으로 미루어 볼 때, 아마도 외부적 압력에 대응하기 위한 '필요' 때문이었던 것 같다. 그의 소설은 '정에서 출발한다'는 측면에서는 이미 극한에 이르렀기 때문에 '예에서 그친다' 측면에 있어서도 '균형'을 맞추어야 했다. 그래야 발표가 가능했던 것이다. 『금해석』의 톤이 아무리 높다하더라도 이런 측면에서는 여전히 조심스럽다. 그래서 거듭 이런 말을 했던 것이다. "나와 런펀紉芬의 만남은 정 때문이지 쾌락 때문이 아니다. 성정이 맞아떨어진 것이지 육체적 욕망 때문에 사랑한 것은 아니었다. ……" 당시 '성'이라는 종이 한 겹은 어떻게 해도 뚫을 수 없는 것이었다. 그렇지 않았다면 당시의 중국에선 정말로 '부모와 나라 사람들이 천히 여겼을' 것이다. 따라서 천페이펀이 과감하게 이 종이 한 겹을 뚫은 것은 생명을 바칠 각오가 되어 있었다는 것을 의미한다. "몸은 맹세를 위해 존재하고, 마음은 정을 위해 죽는 것이니 무엇인들 못할까"라는 말을 했던 것을 보면 이미 마음의 준비가 되어 있었던 것이다.

여기서 편지 하나를 인용해 보자. 그 해 어느 독자가 보낸 이 편지는 당시의 사회적 분위기와 외부의 기압을 잘 드러내준다.

　　근자에 들어 소설 잡지가 여기저기 유행하고 있습니다. 사회에 이익이 되는 것이 적지 않지만, 사회에 해악이 되는 것이 마음을 아프고 안타깝게 합니다. 하지만 해결할 방도가 없습니다. 그 병의 근원은 사회를 악습에 물들게 하려는 취향에 있습니다. 저열한 소년의 요구에 따라 한 편으로 사업의 발전을 도모하면서도 다른 한 편으로 하류 인간들의 허영을 널리 퍼트리고 있습니다. 그럼으로써 인심과 풍속이 나날이 타락하고 청춘 남녀는 사기와 협잡으로 혼미한 길에 빠지게 되었습니다. 집에서는 패륜아요 사회에선 짐승이며 국가에는 백성의 적입니다. …… 무릇 소설이 사람에게 독이 되는 가장 큰 원인은 정이라는 미명 하에 욕망을 일삼기 때문입니다. 이로써 말로 다할 수 없을 만큼의 화가 미칩니다. 사람은 목석이 아닌데 정이 없는 사람이 어디 있겠습니까? 애정은 하늘에 터하고 있는 것이고 욕망은 사람에 터하고 있는 것입니다. 사람이 매번 욕망에 짓눌리다 보면 타고난 정은 욕망으로 변합니다. 근세의 소설은 모두가 이런 폐단을 밟고 있어서 시대를 걱정하는 인사들은 이런 폐단을 근절시키고자 합니다. …… 지금 근본적인 구제를 하려면, 제 생각엔 소설이 언정言情이어야 한다고 생각합니다. 언정은 사랑에 터하고 있는 것으로 먼저 욕망을 끊어야 합니다. 욕망을 끊고 나면 사사로움도 없고 음란하지도 않습니다. 사랑은 사람에게 이롭고 세상을 구제합니다. …… 금후 정욕이라는 말이 다시는 젊은이들을 해치지 않도록 해야 합니다. 한편으로는 흥미롭고 유익하고 순결한 애정으로 젊은이들이 본디 가지고 있는 천진함을 일깨우고 천부적인 도덕심을 배양하며 응당 있어야할 지혜를 계발하는가 하면, 가진 능력을 다하고 여기에 남녀 간 애정을 보태어 우리 중국을 복되게 하고 날로 문명을 드밝혀 세계 대동의 선봉이 되게 하며…….

이 독자의 편지는 지나치게 '도학'적이지도 '고루'하지도 않다. 그는 문학 작품이 젊은이들의 순결한 사랑을 반영해야 한다고 주장하고 있을 뿐 '부모의 명과 매파의 말'을 제창하고 있지 않다. 그러나 이 독자가 '애정'이니 '정욕'이니 하면서 한 바탕 늘어놓는 것에 대해선 의문을 갖게 된다. 그 기준은 어디에 있는가? 또 그 경계는 무엇인가? 정을 논하면서 그는 '하늘에 터하'니 '사랑에 터하'니 하며 칭송하면서도, 욕망에 대해서는 한사코 '패륜'아'니 '짐승'이니 '백성의 적'이니 하며 저주를

『설홍루사』 초판 표지

퍼붓는다. 당시 문학작품이 애정이라는 제재를 다룰 때에는, '바짝 조일지언정 풀어줘선 안 된다'는 입장을 선호했던 것 같다. 마치 우리가 이전에 '좌경일지언정 우경이어선 안 된다'고 했던 것처럼 말이다. 따라서 쉬전야의 주관적 동기가 무엇인지 물을 필요도 없이 과부의 연애를 다룰 때는 젊은 남녀의 사랑을 다룰 때보다 더 '조이고' 또 '조여야' 했다. 만남은 그저 '두 번'이어야 하고 만났어도 새끼손가락 하나 닿아선 안 되는 것이 '예에서 그친다'의 표본이었다. 하지만 독자가 읽은 것은 무엇인가? 그건 '정의 분출'과 '사랑의 억압'이었다. 그렇다면 그것의 사회적 효과를 종합해 볼 때, 이런 비극애정소설은 수많은 독자들의 동정과 인정을 받았던 것이다. 뿐만 아니라 독자들의 마음속에 큰 물음표 하나를 남겨주었다. 어느 용감한 자가 『나의 정절관』을 발표할 때까지 말이다.

"『옥리혼』은 온 사회를 뒤흔들었다. 상하이 밍싱영화사는 이 소설을 정정추의 각색으로 영화화했다. 장스촨張石川 감독, 리잉梨影 역에 왕한룬王漢倫, 멍샤 역에 왕셴자이王獻齋 등 모두 섬세하고 자연스런 연기를 보여줬다. 게다가 쉬전야의 자작시 몇 편이 스크린에 비치자 여성 관객들은 눈물을 훔쳤다. 또한 연극으로 각색되어 무대에 올려졌는데, 그 흡입력이 대단했다. 소설『옥

리혼』은 재판 삼판 무수한 판을 거듭하여 30만 권 가량이 불티나게 팔렸다.”
하지만 당시 쉬전야는『민권보民權報』에서 뉴스 편집을 하고 있었기 때문에 부
간의 원고를 쓰는 것은 순전히 의무사항이었다. 그래서 단행본 출판 이후 별
다른 이익을 보진 못했다. 몇 차례 교섭을 거쳐 판권을 회수하긴 했지만 복
제판이 너무 많았다. 훗날 쉬전야는 기지를 발휘하여 허멍샤의 친필 일기를
발견했다는 구실을 붙여 한 권의 책을 발간했다. 사실 이 작품은 그가 쓴 일
기체 소설『설홍루사雪鴻漏史』에다 애절하고 감동적인 시문서찰을 추가한 것이
었다. 단행본을 출판할 때, 그는 아예『옥리혼』을『설홍루사』의 증정품으
로 내걸었다. 이런 방법으로 그는 판로를 넓혀갔던 것이다.

당시는 소설에 있어서 '문체 파격'을 시험하던 시기였다. 린수는 사기史記
와 한서漢書의 고문으로 소설을 번역했고, 량치차오는 신문체를 사용했으며,
허쩌우何誄는 문언산문체로『쇄금루碎琴樓』를 썼고, 쉬전야는『춘수헌척독春水軒
尺牘』과『평산냉연平山冷燕』의 필법으로『옥리혼』을 씀으로써 사륙변려체 소설
의 길을 열었다. 천샤오뎨陳小蝶와 제커杰克(황톈스黃天石)는 당시『옥리혼』식 변
려체의 유행을 이렇게 전한다.

> 린수가 고문으로 영국소설을 번역하자 일반 독자들은 다들 깊은 인상
> 을 받았다. 바오톈샤오, 황모시黃摩西의 백화식 번역은 지나치게 서양적인
> 느낌이 들었던 데 반해, 쉬전야의 사륙 문언은 상당한 호감을 불러 일으켰
> 다. 특히 유부남(이 부분은 오류로 멍샤는 유부남이 아니었다―인용자)과 과
> 부의 뜨거운 사랑이야기는 낡은 예교에 대한 선전 포고로 받아들여졌다.
> 그리하여『옥리혼』은 문파를 형성하게 되었고, 이것을 배워 훗날 유명해진
> 작가로 우솽러, 쑨랴오칭孫了青, 청잔루程瞻廬, 구밍다오顧明道, 청샤오칭程小青,
> 리한추, 저우서우쥐안周瘦鵑 등등이 있다. 그리하여 누군가가 그들에게 이름
> 하나를 붙여『원앙호접파』라 했다.

당시의 소설 작풍은 동성파桐城派 고문이 아니라 장회체 연의소설이었다.
『옥리혼』은 변려문과 산문을 결합한 문체를 만들어냈는데, 언어의 화려함
은 분명 새로운 지평이었다. 앞서 언급한 바 있듯이, 글의 품격이 높지는 않

았지만 당시 학교 교과서로『고문평주古文評注』와『추수헌척독』이 한창 성행하던 시대였으니,『옥리혼』은 공부가 짧은 젊은이들의 구미에 딱 맞는 것이었다. 시대가 영웅을 만든다고 하는데, 쉬전야의 명성은 그가 살았던 시대 배경에서 기인한 것이었다.

쉬전야는 또한 '장원댁 사위'로 불리기도 했다. 그는 천페이펀의 시누이 차이루이주와 결혼 후 사이가 매우 좋았다. 그 뒤 차이루이주가 세상을 떠나자 애도시를 백 수나 지어 신문에 기고하였다. 어느『옥리혼』애독자가 이를 보고 쉬전야에게 시집을 가고야 말겠다는 마음을 먹었다. 이 애독자가 바로 청 말의 장원 급제자 류춘린劉春霖의 딸 류위안잉劉沅穎이었는데, 결혼 후 성격과 생활 습관 차이로 행복하지는 않았다. 류위안잉 역시 일찍 죽었다. 쉬전야는 항일 전쟁 초기 고향 창수에서 가난과 병환에 시달리다 세상을 떠났다.

『민권보民權報』의 문예 부간에『옥리혼』과 함께 우쌍러吳雙熱의 장편 비극애정소설『얼원경孼冤鏡』이 실렸다.

우쌍러(1884~1934)는 쉬전야와 동향 사람으로 본명은 쉬衁다. 이 글자는 심心과 혈血이 결합된 것이니, 쌍러雙熱는 뜨거운 마음과 뜨거운 피라는 의미다. 그는『얼원경·서문』이렇게 말했다. "아!『얼원경』을 왜 지었단 말인가? 천하의 다정한 남녀를 구하고자 할 따름이다. 세상의 다정한 남녀를 위해 그 부모에게 동정을 구걸하고자 할 따름이다. 진정한 자유 결혼을 고취함으로써 세간의 각종 고통을 도태시키고 남녀 간의 각종 죄악을 해소하고자 할 따름이다." 이 소설은 혼인의 자유를 추구하던 당시의 사회적 열기와 맞아떨어져 일시를 풍미하게 되었다.

그런데 소설에는 당시의 시대적 낙인도 선명히 찍혀있다. 한편으로 자녀 혼사 문제에 관한 부모의 폭력을 통렬히 질타하는가 하면, 다른 한편으로는 자녀가 자유 결혼할 수 있도록 은사를 베풀어 줄 것을 부모들에게 구걸했던 것이다. 이런 심정은 쉬전야의 "바짝 조일지언정 풀어줘선

우쌍러 초상

『얼원경』 1915년판 표지

안 된다"는 것과도 같은 것이었다. 이런 작가들의 유가적 기풍은 어릴 적부터 깊이 훈도 받은 것이어서 그것을 근절하기란 좀처럼 쉬운 일이 아니었다. 그들은 과부의 재가 금지가 불합리하다고 생각했지만 예법수호는 필요하다는 입장이었다. 그렇지 않으면 온 세상이 횡음무도橫淫無道해져 천하가 큰 혼란에 빠지게 될 것이라 여겼다. 자녀에겐 혼인의 자유가 있어야 한다. 하지만 부모의 의지도 존중되어야 한다. 그렇지 않으면 규범이 없어 나라가 나라가 아니게 되고 만다. 따라서 우쐉러의 스토리 구성은 주로 이런 식이었다. '돈'과 '권세'를 혼인의 준칙으로 삼아 자녀 혼인생활의 행복을 고려하지 않는 부모의 행태는 부정되어야 한다. 이런 부모의 명령은 '통렬히 질책'할 수 있지만 '하극상'은 곤란하다. 왕커칭王可靑의 부친은 후이수이淮水 남북 지역 염운사鹽運使의 막료였는데, 아들을 위해 염상의 딸을 며느리로 맞아들였다. 못생기고 고약했던 이 여인은 3년 뒤 병으로 죽는다. 왕커칭은 어렵사리 다시 '자유의 몸'이 되는데, 상수 상후尙湖에서 유람하다가 쉐환냥薛環娘을 만나게 되고, 친구 '쐉러'가 이 둘을 연결해준다. 마침내 두 사람은 시부詩賦로 맹세를 하게 되고, 환냥의 노모는 미래의 사위가 마음에 들어 흔쾌히 약혼을 승낙한다. 쑤저우로 돌아와 부친께 이 일을 알리려던 찰나 누가 짐작이나 했겠는가, 그의 부친이 출세를 위해 아들을 삼일 전 장관의 질녀 쑤냥素娘과 혼약을 해버렸을 줄. 게다가 아버지는 아들을 집 안에 연금시켜 버리고 만다. 쑤냥은 아름다웠지만 교만했고, 사리사욕에 눈 먼 시부모를 안중에 두지도 않았다. 결국 그녀는 시집 올 때 가지고 왔던 패물함과 땅문서를 가지고 떠나 버린다. 이리하여 커칭이 다시 환냥을 찾아갔을 때 그녀는 이미 죽은 뒤였다. 왕커칭의 혼인 소식을 듣고는 벽에 머리를 찧어 죽고 말았던 것이다. 병중이던 그녀의 노모 역시 유명을 달리했다. 왕커칭은 환냥의 무덤을 찾아 그녀를 애도한 뒤 무덤가에서 목을 매고 만다. 이 소설에서 우쌍러는 큰 소리로 질책을 하고 있다. "커칭의 부친은 독재적인 악마다"라고.

수많은 청춘남녀를 잘못 동여매는 부모의 명과 매파의 말은 실제 혼인 문제에 있어 큰 악마가 되었다. 근자의 세상 인심이 옛날 같지가 않아, 부모가 자녀의 혼인을 결정할 땐 부귀에만 주목하고 매파가 둘을 소개할 땐 서신마다 하늘 꽃이 난무하여 허황되기가 산을 합친 것 같으니, 십중팔구가 악연이다.

하물며 근자에 유럽의 풍조가 동점하여 결혼도 자유를 숭상한다. 이런 풍조의 성행은 애정 교섭의 역사상 수많은 죄를 소멸시키고 수많은 한을 버리게 만들었으니 안으로는 억울한 여인이 없고 밖으로는 망나니 남편이 없게 되었다. 자유의 아름다운 열매가 심히 원만치 않은가?

『얼원경』은 "부모의 폭력을 통렬히 질책하기도 하고 또 부모의 은사를 구걸하기도 한다." 이 작품의 한계를 발견하기란 그리 어렵지 않다. 하지만 그건 '무대의 계단' 같은 것으로, 부모가 강제하는 혼인의 불합리성을 증오하도록 만든다. 그렇다면 그 출로는 어디에 있는가? 후스의 『종신대사』는 명확한 답안을 제시해준다. "이 일은 우리 둘만의 문제입니다. 다른 사람과는 무관합니다. 당신 스스로 결단해야 합니다." "이는 아이의 종신대사입니다. 아이가 스스로 결단해야지요." 이는 '계단' 하나를 더 올라선 것이다. 그것은 마치 『옥리혼』을 읽은 뒤 독자가 던지는 물음과도 같은 것이다. 설마 리잉에게 이 길 외에 다른 길은 없단 말인가? 이 물음표 앞에서 루쉰은 이런 말을 한다. "사회에는 옛 사람들로부터 모호하게 전해 내려오는 이치가 있는데" 이것이 '주인의 이름도 없고 의식도 없는 살인집단'을 만들어낸다. 지금은 "위

『운옥원』 국산판 표지

선의 가면을 벗겨야 한다. 자기를 해치고 남을 해치는 우매함과 폭력을 제거함으로써 …… 인류로 하여금 정당한 행복을 누리도록 해야 한다." 이리하여 절개 문제에 관한 중국인의 인식은 또 다른 지평을 밟게 된다. 『옥리혼』과 『얼원경』은 1912년에 연재되었지만, 「나의 절개관」은 1918년 발간되었고 「종신대사」는 1919년이었다. 문제제기로부터 그럴듯한 답안이 나오는 데까지 10년이 걸렸다. 이 10년 동안 과거의 선남선녀가 제기했던 문제를 중국의 '신청년'이 대답했다. 이들 신구 세대 간에 벌어지는 연쇄적 반응과 암묵적 계승에 대해 우리는 주목하지 않을 수 없다.

리딩이李定夷의 『운옥원霁玉怨』역시 옛 남녀의 '오독誤讀'에서 출발하여 혼인 문제에서 비극이 형성되는데, 『옥리혼』, 『얼원경』과 더불어 3대 비극애정소설로 불리던 작품이다.

리딩이(1889~1964)는 장쑤성 창저우常州 출신이다. 소설의 서두에서 남주인공 류치자이劉綺齋는 공원에서 여주인공 스샤칭史霞卿이 친구와 "자유가 아니면 죽음을 달라"에 대해 얘기하는 것을 듣게 된다. "자유는 법률 속에 있는 것이어서 본디 다른 이의 간섭을 불허해. 법률 밖의 자유는 다른 이를 해치는 자유여서 저마다 거기에 간섭하곤 하지. …… 서양의 철인이 말한대로 법률 안에서 그걸 말해야 하거든." 이 아름답고 비범한 생각을 가진 여인에 대해 류치자이는 애모의 마음이 싹튼다. 하지만 그들의 연애 과정에서 '부모의 명'은 일종의 '법률'로 오독된다. '부모의 명'이 없으면 아무리 마음이 진실하더라도 명분이 올바르지 않게 되는 것이다. 그들은 사랑의 '수호자'였을 뿐 사랑의 행위에 있어서는 '비겁자'였다. 리딩이의 『운옥원』은 『옥리혼』, 『얼원경』과 같이 1912년에 연재되었다. 하지만 『운옥원』은 『중화신보中華新報』에 연재되어 1914년 7월에서야 귀화서국國華書局을 통해 단행본으로 출판된다. 게다가 연재하기 전에 『소설시보』 제13호에 한 페이지 분량으로 상세한 줄거리가 소개된다. 이를 소개한 사람은 사오수이苕水와 쾅성狂生이었다. 소개 글의 결말은 이렇다. "전문은 십만 자인데 수사가 화려하고 문체가 우아하다. 내 친구 징환성懜幻生의 작품으로, 아직 출간되지 않았다." 사오수이와 쾅성은 두 사람이 아니라 자오사오쾅趙苕狂이라는 사람이다. 자오사오쾅은 나중에 작가 겸 편집자가 된다. 리딩이와는 남양공학南洋公學 동문이다.

이상의 3대 비극애정소설은 '5 · 4' 이후의 작품과는 시대적 · 관념적으로 차이가 있다. 이들은 새로운 세대가 봉건의 올가미에 충격을 가하기 전 시대의 산물로서 한 시대의 사상이 갖는 한계를 대변한다. 그렇지만 바로 이런 이슈의 동요 속에서 새로운 시대가 탄생할 것임을 예고하는 것이기도 했다.

제6장

1909~1917년
중국 현대 문학 정기간행물의
두 번째 물결

『소설월보』 창간호 표지

제1절
정격, 변격과 아속
매체의 흥망

　　소설은 송원末元 이래 "속어로 세상의 인정을 말하는 것이 정격이고, 문언文言으로 말하는 것을 변격"이라 하였다.[1] 앞 장에서 쑤만수와 쉬전야의 '변격'을 고찰하였다. 본 장에서는 한 걸음 더 나아가 아속 매체의 흥망의 저울이 왜 1909년부터 문언 변격으로 기울었는가를 살펴보려고 한다.

　　1902~1907년의 중국 문학 정기간행물의 첫 번째 물결 중, 백화를 주요 전파매체로 삼는 소설 간행물이 왜 1909년부터 '변격'을 주목하고, 문언을 주요 전파매체로 삼는 간행물로 변했는가? 어떤 이는 이런 현상을 문언의 '회광반조回光返照'라고 하였다. 하지만 이런 결론이 문언의 복잡한 변화의 본질을 꿰뚫었다고 할 수는 없다. 19세기 말에서 20세기 초, 백화문이 문언 천하를 돌파한 것은, 유신 계몽이 당면한 급선무 의사議事 일정을 제시한 후 지식계 진보인사들이 백화가 대중들과의 소통에 중요한 수단이라고 여겼기 때문이다. 유신 계몽의 절박성이 강해질수록 백화문 신문·잡지의 창간 수량도 늘어났다. 그들은 백화의 기능을 파악하는 것보다 문언을 훨씬

---

1)　吳日法,「小說家言」,『小說月報』, 第6卷, 第5號, 1915年 5月 25日, 3쪽.

능숙하게 운용했다.

주쯔칭_{朱自淸}은 "원래 백화는 글자를 약간 아는 사람을 위해 준비된 것으로, 지식인은 경시하였다. 그들은 그들의 '우아한 말_{雅言}'인 고문을 쓰고, 최소한도의 '신문체_{新文體}'를 썼다. 속어인 백화는 단지 자선_{慈善} 문체일 뿐이었다"[2]며 정곡을 찌르는 지적을 했다. 1902년 량치차오는 『신소설』을 창간할 때 백화소설을 매우 중시하였다. 그 자신도 소설을 쓸 때, 그가 제일 잘 사용하는 '신문체'를 쓰지 않았다. 그의 잡지에서는 백화가 우세했고, 그것은 그의 개량된 정치관을 보급, 선전하려는 것과 밀접한 관계가 있다.

리보위안과 우젠런이 정기간행물을 발행한 것은 시민 독자에게 그들의 견책소설을 읽히기 위한 것이었다. 그래서 백화라는 이 전파 매체를 중시한다. 리보위안은 『수상소설』에다 '어우거볜쑤런'이란 필명으로 탄사_{彈詞}, 가요, 시조, 신극_{新劇} 등의 통속 작품을 썼다. 『수상소설』에는 단편이 그리 많지 않았지만, 잡지의 한 쪽에 실린 「아라비아 야담_{天方夜譚}」은 문언 번역 작품으로 큰 비율을 차지했다. 당시의 단편은 거의 필기소설의 전통을 계승한 것으로, 문언 작품도 꽤 많았다. 『월월소설』의 많은 중장편 번역 작품은 알기 쉬운 문언을 사용하였는데, 이것은 잡지의 총 번역가 저우구이성이 신문체를 상용했기 때문이다. 다른 특별한 것을 제외하고, 백화는 몇 개의 간행물에서 비교적 무난하게 통용되었다.

그러나 1909~1917년 시기에 와서 몇 개의 주요 간행물들, 예를 들면 『소설시보_{小說時報}』, 『소설월보_{小說月報}』와 『소설대관_{小說大觀}』 등은 장・단편소설을 막론하고 늘 문언 번역을 하였고, 『토요일_{禮拜六}』 등의 간행물에서 문언은 상당한 비중을 차지하고 있었다. 1917년 『소설화보_{小說畫報}』가 나오고서야 상황에 변화가 생겼다. 중국 현대 문학 정기간행물 첫 번째 물결과 두 번째 물결 사이에 매체에 나타난 언어상의 중대한 변화는 연구 토론할 만 하다. 원인을 분석하기 전에 먼저 통계수치를 살펴보자.

---

2) 朱自淸, 「論通俗化」, 『朱自淸全集』, 第3卷, 江蘇敎育出版社, 1996年, 142쪽.

항목분류\신문잡지종류	창작단편		창작장편		번역단편		번역장편	
	문언	백화	문언	백화	문언	백화	문언	백화
『신소설』(총24권)	1	0	0	9	5	3	2	4
『수상소설』(총72권)	8	0	2	17	28	4	2	4
『신신소설』(총10권)	2	0	9	3	4	0	4	5
『월월소설』(총24권)	23	14	9	17	17	4	14	2
『소설림』(총12권)	13	5	1	2	4	0	6	4
『소설시보』(총33+1권)	43	8	8	5	68	17	24	13
『신소설』(총72권) 제3-8권 원톄차오주편	332	27	14	8	111	6	22	4
『소설대관』(총15기)	84	17	12	1	44	4	15	5

이 표의 수치는 단지 참고용일 뿐이다. 왜냐하면 당시 어떤 작품이 창작한 것인지 번역한 것인지를 확인할 방법이 없기 때문이다. 또 어떤 연재물은 처음엔 신문체를 사용하다가 후에 백화문으로 바뀌었다. 그러므로 이것은 대략의 통계수치일 뿐이다. 하지만 우리는 이를 통해 당시의 전체적인 경향을 보고자 한다.

왜 1909~1917년 문학잡지 창간의 두 번째 물결에, 문언 전파매체가 갑자기 떠오르게 되었을까? 그 요인은 대략 다섯 가지로 본다.

하나는 린수의 번역 작품의 영향력이 날로 커져 가면서, 국내에서 점점 크게 환영을 받았다. 당시 중국 최대 민간 출판기구인 상우인서관이 출판한 『린수 소설번역 총서林譯說部叢書』는 아주 잘 팔렸으며 당시를 풍미했다. 바오텐샤오는 린수의 번역 작품 호황을 여러 차례 이야기했다. "이 시기 소설은 문언이 유행했다. 특히 번역문의 유행은 린친난林琴南 옹부터 시작되었다. 린 옹은 역사에 조애가 깊고, 문장이 고매하며 풍격이 있어서, 모두들 좋아하며 그의 필치를 배웠다"[3] 만약 바오텐샤오가 시장의 시각으로만 설명했다면, 후스는 번역문학 품격의 관점에서 린수의 공헌을 평가했다. 그는 "린수가 고문을 이용해 소설을 번역한 시도는 매우 큰 성과가 있었다. 고문에서 장편소

---

3) 包天笑, 「小說林」, 『釧影樓回憶錄』, 大華出版社, 1971年, 325쪽.

설을 만든 적이 없었다. 고문 속에는 해학의 맛이 아주 적은데, 린수는 오히려 고문을 이용해 유럽 문장과 디킨스의 작품을 번역했다. 고문은 서정 묘사에 취약한데, 린수는 고문으로 『차화녀茶花女』와 『가인소전迦茵小傳』 등을 번역해냈다. 사마천司馬遷 이래로 그처럼 고문의 운용에 큰 성과를 얻은 사람이 없었다"[4]고 하였다. 한권의 『차화녀』가 중국 탕아의 간장을 끊어 놓은 후부터, 『린수 소설번역

58세의 린수사진

총서』는 차츰 '베스트셀러 문화 명품'이 되어 날개 돋친 듯이 팔렸다.

두 번째는 출판계가 조사를 거쳐 비교적 설득력 있는 통계 수치를 이끌어냈고 그것은 시장을 끌어가는 방향이 되었다. 『소설림』의 주편인 둥하이줴위(쉬녠츠)가 이런 의미 있는 일을 했고, 문언소설과 백화소설의 유통에 대해 다음과 같은 보고서를 작성하였다. "현재의 소설 구매자를 대략 통계 내보면, 90%는 구학문계 출신으로 새로운 학설을 수용한 사람이고, 9%는 보통사람이다. 진짜 학교 교육을 받고 사상이 있으면서 재기가 있으며 신소설을 환영하는 사람이 1%나 될지 모르겠다. 린친난 선생은 오늘날 소설계의 대가다. 왜 그를 숭배하는가 묻는다면, 낱말을 골라 문장을 엮고 『사기』와 『한서』를 계승했는데, 그의 문장은 예스럽고 소박하며 완고하면서 아름다워 문학계의 한 자리를 차지하는 데 손색이 없기 때문이라고 답할 것이다."[5] 이 첫 번째와 두 번째 원인은 내재적으로 연관되어 있다. 옛날 지식인들은 소설을 경시해 '소도小道 중의 소도', '속되고 속된 물건'이라고 여겼었다.

소설은 린수의 예스럽고 소박하며 고상한 필치로 번역을 거치면서 지식인들의 구미에 딱 맞는 고아한 예술이 되었다. 린수의 역작은 마치 아속의 경계를 평평하게 채우는 것 같았다. 더군다나 린수의 작품은 구학문계가 시

---

4) 胡適, 「五十年來中國之文學」, 『最近之五十年-申報館五十周年紀念』, 上海書店, 1987年 影印版, 6~7쪽.

5) 覺我, 「余之小說觀(續完)」, 『小說林』, 第10期, 1908年 4月, 9쪽.

야를 넓히고 싶어 하던 중에 서양 사회를 이해하는 매개체가 되었으며, 린수는 무의식 중에 소설을 문학의 최상으로 바꾸어놓았다. 소설을 읽는 지식인들이 크게 늘어났고, 많은 지식인들이 소설을 배우고 썼다. 소설 창작은 과거제도 폐지 후 문인들의 새로운 활로라고 여겨졌으며, 문인들은 창작을 통해 자기의 새로운 사회적 위치를 찾고 싶어 했다. 린수의 친구는 농담으로 린수에게 그의 서재가 한 칸의 '조폐공장'과 '돈을 찍어내는 작업장(당시에 '작업장'이란 명사가 있었는지 모르겠지만)' 같다고 하였다. 지식인들은 매우 부러웠던 것이다. 소설이 '구학문계에 새로운 학설을 주입'하려다 보니, 당연히 문언이 유행이 되었다. 사회적으로 지식인들, 예를 들어 『소설시보』를 창간한 천렁쉐와 바오톈샤오 등은 과거에도 많은 곳에서 백화를 사용하였는데, 구학문계가 소설에 관심을 갖는 것을 보고, 지식인들에게 새로운 지식을 주입하고 그들이 더 광범위한 선전을 하도록 하는 것이 보급의 새로운 길이라 여기면서, 문언의 비중을 자연히 크게 확대하였다.

세 번째는 1909년 애국지식인들 문학 단체 남사南社의 성립이었다. "남사는 구문학을 제창한 단체로, 그 사람들이 모두 혁명을 고취하였다고 하지만 그들의 작품은 여전히 문언을 고수하면서 백화를 혼용하지 않았다"[6]고 한다. 당시 상하이의 신문 잡지계는 "거의 다 남사 천하였다. 류야쯔柳亞子가 예전에 '지금 사회는 모두 남사 천하로군'이라고 농담처럼 말한 적이 있었다."[7]

네 번째는 당시 '문언과 백화의 분업론'으로, 이런 생각은 아주 광범위하게 퍼졌다. 예를 들어 가오펑첸高鳳謙이 1908년 한 문장에서 다음과 같이 말하였다.

> 문자는 두 가지가 있는데, 응용문자應用文字와 미술문자美術文字이다. 응용문자는 기억과 언어를 대신한다. 만약에 사람이라면, 배워서 알아야 한다. 마치 배고픈 사람이 음식을 필요로 하고 추운 사람이 옷을 필요로 하듯이 한

---

6) 包天笑, 「集會結社」, 같은 책, 354쪽.
7) 鄭逸梅, 「前言」, 『鄭逸梅選集』, 第1卷, 黑龍江人民出版社, 1991年, 3쪽.

사람이라도 배워야 하고 하나라도 없어서는 안 된다. 미술문자는 우아하고 고풍스런 것을 귀하게 여기는데, 사실 전문적인 학문이다. …… 그래서 한마디 하자면, 문화를 보급하려면 반드시 응용문자와 미술 문자를 분류하는 것에서 시작해야 한다.[8]

가오펑첸의 이런 견해는 수용되었을 뿐 아니라 5 · 4이후에도 문학계에 큰 영향을 끼쳤다. 예를 들어 차이위안페이_{蔡元培}는 「국어의 장래_{國文的將來}」라는 연설문에서 "백화파가 우세할 거라고 단언한다. 문언이 절대적인 배척을 받을지의 여부는 아직은 문제지만 미래의 응용문은 반드시 백화일 것이라고 본다. 그러나 미술문장, 혹은 일부는 여전히 문언을 사용할 것이다"[9]라고 하였다. 당시 문언으로 '미문_{美文}'을 짓는 인식과 실천은 아주 보편적이었다. 예를 들어 1918년 마오둔_{茅盾}은 「두 달 간의 건축담_{兩月中之建築譚}」의 서언에서 "한편으로는 과학 기술을 소개해야 하고 또 한편으로는 문자가 아름다워야 한다. 주위안산_{朱元善}은 반드시 변려체를 써야 한다고 생각한다. 「두 달 간의 건축담」의 시작 부분은 내가 쓴 것이고" "매 편의 앞에 3~4백 자의 서언에 변려체를 사용했다"고 하였다. 1918년 루쉰도 「광인일기」 서언에서 문언을 사용했는데, 이것은 마치 당시의 사회적인 약속 같았다. 바오톈샤오는 1917년에 전체가 백화로 되어 있는 『소설화보』를 창간했는데, 서언, 범례 같은 문장에는 문언을 사용했다.

다섯 번째는 당시 문인의 '습관'에서 왔는데, 그들은 문언문을 쓰면 간편하고, 간결하며, 아름답다고 여겼다. 이것은 우리들이 쉽게 체험할 수 없는 것으로, 어릴 때부터 훈련을 통해 습관화된 것이다. 야오펑투_{姚鵬圖}가 이 고질적인 '습관적 힘'을 다음과 같이 말한 적이 있다.

---

8) 高鳳謙, 「論偏重文字之害」(『東方雜誌』, 第5年, 第7期), 『辛亥革命前十年間時論選集』, 第3卷, 三聯書店, 1977年, 11~13쪽.

9) 蔡元培, 「國文的將來-在北京女子師範學校演說詞(1919年11月17日)」, 『蔡元培全集』, 第3卷, 中華書局, 1984年, 358쪽.

린수가 번역한 『파리 차화녀 유사』 사진

　무릇 학문이 조금 높은 사람에게 순수한 백화문 책을 주면 오히려 문언처럼 쉽게 읽지 못한다. 나는 요즘 다른 사람을 위해 대필하거나 회의 연설과 계몽 강의문을 쓸 때 모두 백화 형식을 사용한다. 글을 쓰는 것이 문언보다 훨씬 어렵다. 처음에는 매번 대필을 부탁했다. 입으로 내용을 말해 주곤 했는데 시간이 조금 지나서야 내 스스로 쓸 수 있었다. 그래도 문언처럼 간편하고 간결하지 못하다. 늘 문장이 길고 장황하고 지루해 계속 쓸 수 없었다. 문언은 수십 개 글자, 몇 개의 문구를 사용하면 된다. 원래 문인의 고질적인 습관이 너무 심하다고 보지만 한 사람의 사견으로 백화의 장·단점을 단언할 수는 없다.[10]

　백화 사용이 습관화되지 않았기 때문에 그 시기 썼던 백화는 『수호전』이나 『홍루몽』식의 백화가 아니었고 문인들도 이 작품을 숙독했다 하더라도 애써서 모방한 적은 없었다. 다시 말해, 그때의 회의 연설과 계몽 강의문도 『수호전』이나 『홍루몽』의 언어를 사용할 수 없었다. 그래서 그들의 글은 늘 '말을 기록하는写话' 식의 '백화大白話'로, 어떠한 '미감'도 없었다. 간결에 대해 말하자면, 루쉰이 1903년 『달 여행月界旅行』을 번역할 때 문언을 언어로 선택한 것은 바로 여기에서 착안한 것이다. 그는 "처음에 백화로 번역하려다가 잠시 독자를 생각했다. 다 백화로 사용하면 복잡하고 장황해서 문언을 겸용해 편폭을 줄였다"[11]고 했다. 다시 소리의 낭랑함에 대해 말하자면, 예를 들어 천두슈가 '싼아이三愛'라는 필명으로 1904년 9월 11일 출판한 『안후이 백화보』에 「희곡론論戲曲」을 발표했는데, 그는 "극장은 만천하 사람들의 대 학

10)　姚鵬圖,「論白話小說」,『廣益叢報』(第65號, 1905年)에 수록, 陳平原, 夏曉虹 編,『20世紀中國小說理論資料·第1卷』,北京大學出版社, 1989年, 135쪽에서 인용.

11)　魯迅,「月界旅行·辨言」,『魯迅全集』, 第11卷, 人民文學出版社, 1973年, 11쪽.

당이고 광대는 그들의 대 선생님이다"라고 썼다. 다음해인 1905년 그는 이 문장을 문언으로 '번역'해서 『신소설』 제2기에 "극장이란 실로 세상 사람들의 큰 학당이로다, 광대란 실로 세상 사람들의 대 선생님이로다"로 바꾸어 발표했다. 지금 읽어봐도 여전히 문언의 낭랑한 맛이 있다. 천두슈의 마음에 '회광반조'의 뜻이 있었던 것은 아니다.

이것은 다섯 가지 원인이 만들어 낸 유행과 풍조였다. 1912년에 쑤만수의 '변격'이 나타났고, 쉬전야, 우솽러, 리딩이들의 '변격'이 출현한 것은 이상한 것이 아니었다.

제2절
'각성'이 목적이 된
『소설시보小說時報』

『시보』 신문사 외관

중국 현대 소설 정기간행물의 두 번째 물결은 1909년 9월, '시보관時報館'이 출판한 『소설시보』로부터 시작된다.[12] 천징한과 바오톈샤오가 이 대형잡지를 공동(돌아가며) 주필하였다. 천징한은 백화 번역으로 후스에게 칭송받은 적이 있고, 바오톈샤오는 1901년 『쑤저우 백화보蘇州白話報』를 창간한 사람이었다. 그렇다면 그들은 왜 같은 방식으로 『소설시보』를 문언 위주의 정기간행물로 만들었을까? 나는 그들이 둥하이줴워가 조사해

---

12) 『소설시보』 출판 전 우한에서 발행한 『양쯔강 소설보揚子江小說報』는 제2기에서 스스로 제1호의 "인쇄 기술이 저급"하다고 했다. 이 잡지는 지금은 구하기가 어렵다. 우후시 도서관 "아잉장서실"에서 훼손본만을 보았을 뿐이다. 제2기는 1909년 6월 18일 발행한 것으로, 지금 볼 수 있는 것은 제2~5기로 주요 소설이 거의 연재를 마치지 못하였고, 영향력도 적었다. 1909년 9~11월 상하이에서 출판한 『십일소설』은 순간旬刊으로, 지금은 1~11기를 볼 수 있고, 『도화일보圖畵日報』의 부록이었다. 장춘판의 「환해宦海」가 매 기 4페이지(약 1,200자)를 실은 것 외에, 다른 연재소설은 매 기 2페이지(약 600자)만 실었으며, 일일신문의 문화면의 모습으로 엄격하게 보면 정식적인 간행물 같지 않았다. 매 기 표지는 모두 "공손하게 실는다"는 무슨 「선통황제와 현감 섭정왕의 기념사진」과 「덕종경황제 초상」이나 어떤 대관의 사진들로 보황과 분위기를 물씬 느끼게 했다.

얻은 결론, "구학계에 새로운 학설을 들여오기 위해" 일해야 한다는 것에 동의했다고 본다. 그들의 정기간행물은 당시 지식인들을 직면하였고 지식 구조를 변화시키려는 그들에게 정신적인 식량을 제공하였다. 이런 사람들에게 신지식을 주입하기 위해서는 번역이 필요했고, 또 그들이 잘 쓰는 문언문을 주요 언어 매체로 삼아야 했다.

이 정기간행물 판식은 16절판을 사용했다. 과거 정기간행물의 첫 번째 물결 시기의 6가지 주요 잡지는 모두 32절판이었다. 당연히 이는 정기간행물의 외관일 뿐이다. 내용상 이 정기간행물은 그들이 외국어를 안다는 장점을 내세워 저명작가의 명작을 주로 번역 소개 하였고 새로운 지식을 주입하는 수단으로 삼았다. 린수는 외국어를 모르기 때문에 번역할 때 작가와 작품의 선택이 주도면밀하고 엄격하지 못했다. 바오톈샤오와 천징한은 비록 외국문학 전체를 다 볼 수 있는 대 번역가는 아니었지만 그들의 정기간행물에 세계문학 속의 일류 대가를 소개했다. 이 정기간행물은 모두 33기에 추가 1기의 임시 증간을 출판했다. 총 지면은 5,514쪽으로, 번역 비율이 5분의 4를 넘었다. 즉 번역 작품이 총 4,510쪽이고 창작 작품은 1,004쪽이었다. 중국 정기간행물의 두 번째 물결을 일으킨 이 정기간행물은 절판 크기나 문백文白 혼용, 장르, 창작과 번역 비중에서 모두 과거의 소설 정기간행물과는 달랐고, 중국 지식인 주체들을 만족시켜주었다. 당시 잡지는 계몽이라는 임무가 있었지만, 그들의 계몽은 더 이상 량치차오 식의 그런 무미건조한 정치 설교가 아

니라 사회 생활에 대한 생생한 묘사로 대신했다. 이 정기간행물을 중국 현대 소설 정기간행물의 두 번째 물결로 보는 것은 상술한 이런 여러 가지 이유에서다. 이 정기간행물에는 발간사가 없다. 첫 호 첫 소설인 천징한의 「각성술催醒術」이 바로 발간사였던 것 같다.

천징한 사진과 그의 필체

「각성술」에서 '나'는 어느 날 한 손에 붓을 가진 사람이 나를 가리키자 환골탈태한 것처럼 귀와 눈이 밝아지고 몸과 마음이 민첩해지면서 모든 것이 갑자기 환해졌다. 그때야 그는 자기의 몸이 온통 먼지와 때로 가득하고 세상 사람들도 온 몸이 불결한 것을 보았다. 그는 재빨리 자신을 씻고 친구들이 씻는 것을 도와주었다. 그는 또 "나 한 사람의 힘으로 전국을 씻는다는 것은 어렵지 않겠는가"라며 한탄했다. 그러나 친구들은 전혀 자기 몸에 있는 오물을 보지 못했고 "오히려 내가 미쳤다고 비웃었다." 그는 밖에서 불쌍한 사람이 통곡하는 소리를 듣고는 서둘러 가서 도와주었다. 하지만 친구들은 듣지 못하고 모두 이상한 표정을 지으며 "낮은 소리로 '그는 정신병이야' 라고 했다." 그는 "사람들은 모두 왜 이렇게 귀가 어두울까?"라고 통감했다. 그는 세상의 악취를 맡았는데 곳곳에서 파리, 모기, 빈대, 나방 들이 사람의 선혈을 빨아 먹고 있었다. 그는 필사적으로 잡아 죽였지만 사람들은 오히려 평소처럼 편안하고 태연하게 이야기를 나누었다. 소설의 마지막에 '나'는 탄식하며 '내'가 처음에 눈과 귀가 밝게 변하고 머리도 영리하고 몸과 마음이 민첩하게 변하는 것이 큰 행복이라고 여겼지만 오히려 사람들이 이해하지 못하는 이런 지경까지 오게 된 것을 어찌 알았겠는가라고 썼다. 이 별난 사람이 사람들을 일깨우려고 한 이상 왜 '나' 하나만을 각성시켰겠는가!

천징한은 상징의 수법으로 당시 진보 지식인이 각성한 후 고군분투할 때의 외로움과 답답함을 썼다. 지혜의 고통스러움이었다. 세상 사람들은 오히려 그를 미친 사람이라고 비웃었고 그가 정신병을 앓고 있다고 했다. 이는 루쉰이 1918년에 쓴 「광인일기」와 루쉰의 잡문을 연상하게 한다. 「각성술」은 「광인일기」보다 훨씬 깊지 못하고 예술성도 「광인일기」보다 못하다. 그러나 그것은 1909년에 쓴 또 한 편의 '광인일기'로 중국 현대문학사의 '광인 계보' 안에 이 작품도 들어가야 한다.

소설의 시작 부분에서 천징한은 「각성술」을 쓴 목적이 중국인이 오랫동안 잠을 잘 수 있는 사람들이기 때문이라고 설명한다. 그가 「각성술」을 쓰려는 이유는 각성을 통해 엎드린 자를 일으키고, 서있는 자는 엄숙하게, 걷는 자는 질주하게, 말하는 자는 분명히 말하게, 일하는 자는 강력하게 할 수 있기를 희망해서라고 한다. 그는 수많은 행인이 만약 일시에 극약을 마셨거나 감전되었을 때 어떤 사람이 그들의 심신에 약간의 정신적 힘을 준다면 그들은 즉시 분발할 것이라고 보았다. 작가는 중국이 이렇게 분기하는 날을 갈망하였다. 이것은 그의 이상이었으며 잡지를 창간하고자 하는 소망이었다. '각성', 즉 계몽이 그의 발간사였고 계몽 취지를 설명하는 형상화된 선언이었다. 창간호에 가오

『소설시보』첫 기 첫 작품「최면술」

양부차이즈高陽布才子(쉬즈옌許指嚴)의 장편 이상소설 『전기 세계電世界』를 실었는데 사실 과학환상소설로 일정 정도 독자의 시야를 넓힐 수 있었다.

제2기는 바오톈샤오가 주편하였다. 그는 자신의 단편 대표작「한 가닥 실 一縷麻」을 발표했다. 그는 천징한처럼 선견지명이 있지는 않았지만 오히려 현실 생활의 원시 상태에 근접했다. 어떤 여자가 어려서 약혼을 했는데 장성한 후에야 약혼자가 바보라는 것을 알았다. "자태가 뛰어나고" "학식 있으며" "문학적 재능이 있는 여자"가 "우둔하고 멍청하며 못생긴" 남자에게 시집을 갔다. 여자의 부친은 탄식하며 "손 안의 진주를 오늘 흙속에 버린다"고 하였다. 여자는 너무 슬픈 나머지 죽고 싶었고 서구의 '이혼설'에 동감하였다. 하지만 부친이 "우리는 예를 중시하는 집안인데 어떻게 과거의 혼약을 저버릴 수 있느냐"며 설득하는 바람에 어쩔 수 없이 결혼식을 올렸다. 그때 그 지역에 전염병이 돌았다. 여자는 시집간 다음날 심한 흑사병에 전염되었다. "노비조차도 감히 신부 방에 들어가지 못했다." 그러나 바보 신랑은 피하지 않고 직접 탕약을 먹이면서 돌봐 주었다. 그의 부모가 잠시 피하라고 했지만

바보 신랑은 이를 듣지 않았다. 그는 "역병이 무서워 감염된 사람을 그냥 죽게 내버려 두란 말입니까? 옛날에 내가 아플 때 모친이 나를 이렇게 보살피셨어요. 나는 괜찮습니다"라고 하였다. 여자는 그의 정성에 감동하였다. 그녀의 병세가 점점 심해져 여러 날 혼수상태에 빠지게 되었다. 그리고 깨어나서 몸을 돌리는 순간 머리에 물건이 닿는 것이 느껴 손으로 만지니 한 가닥 실이었다. 가족들은 바보 신랑이 간호할 때 전염이 되었고, 지금은 이미 세상을 떠났다고 전했다. 또 바보 신랑이 눈을 감을 때 부모에게 신부를 잘 보살펴 달라고 했다고 전했다. 여자는 너무 슬프고 고마워 눈물이 샘물처럼 솟아 나왔으며, 그때서야 바보 신랑이 지성을 다하는 사람이라는 것을 알았다. 그 후 과거에 그녀를 흠모하던 청년에게 몇 차례 편지가 왔지만 마음이 흔들리지 않았다. 오늘날까지 이 여자의 정절이 전해지는데 이는 금석빙설_{金石氷雪}에 견줄만하였다.

바오톈샤오에 의하면, 이것은 그 부인이 고용한 '머리 빗어 주는 하인'이 알려준 이야기라고 하였다. 이야기는 먼저 맹목적 혼인을 규탄했다. 그러나 뒤에 줄거리가 급전하면서 바보 신랑의 못생긴 외모의 내면에서 지성을 다하는 마음을 발견한다. 그는 그녀를 위해 생명을 바쳤고 그녀는 그를 위해 청춘을 희생하기로 마음을 먹는다. 이것이 생활 원형을 따르는 '다주제_{多主題}' 소설인 것이다. 보통작가는 '비극애정_{哀情}'의 제재를 이렇게 처리하지 못할 것이다. 이 작품은 생사의 시련을 거친 '지성_{至誠}'이 모든 것(원만하지 못한 결혼이라는 비극애정까지를 포함해서)을 극복하는 것으로 결말을 지었다. 애정의 이러한 처리는 새로운 창조 같았지만, 마지막에 평생 재가를 하지 않는 것으로 귀결되는 상투적인 혐의가 느껴진다. 그러나 바오톈샤오에게는 근본적으로 이런 '틀'이 존재하지 않는다. 독자가 평하기 어렵다고 느낄 때 극작가들은 오히려 이 소설을 여러 번 보았다. 먼저 메이란팡은 이 소설을 경극으로 개작했고, 후에 위안쉐펀_{袁雪芬}은 이것을 월극_{越劇} 무대에 올렸으며, 또 나중에는 영화 『이름만 부부_{掛名夫妻}』로 개작하였다. 이로 인해 『한 가닥 실_{一縷麻}』은 성대한 영예를 누리게 된다.

번역 부분에서『소설시보』는 푸시킨, 톨스토이, 체홉, 위고, 뒤마, 모파상, 디킨스, 오스카 와일드 등 유명 작가의 명작을 소개하였다.

『소설시보』는『시보』의 '부속 기구'로, 천징한과 바오톈샤오가『시보』의 주필이었다.『소설시보』의 성공은『시보』의 당시 명성과 불가분의 관계로,『시보』사장 디쯔핑狄子平(추칭楚卿)의 지지와도 밀접한 관계를 가지고 있다. 이 두 정기간행물의 상호적 관계를 설명하는 데 후스의 평가를 인용하는 것은 지면 상으로도 매우 경제적인 방법이다.

나는 청 광서 30년, 2개월간 후이저우에서 상하이로 가서 '새로운 학문'을 배웠다. 내가 메이시梅溪 학당에 들어간 지 두 달이 안 되어『시보』가 출판되었다. 그때는 러일전쟁 초기로 전 국민의 민심이 동요되고 있었다. 그러나 그 당시의 옛 신문사는 여전히 장편의 고문 소설을 실으며 옛 격식과 방법을 고수했으므로 시대의 요구에 부응하지 못하였다. 조금 새로운『중외시보中外時報』역시 사람들의 기대를 만족시키지 못하였다.『시보』는 이때 생겨났다. 그 내용과 방법은 상하이 신문계의 많은 구습을 타파할 수 있었고 많은 새로운 학문을 개척하였으며 새로운 흥미를 유발시켰다.『시보』는 출판된 지 얼마 안되어 중국 지식계의 총아가 되었다. 몇 년 후의『시보』는 학교와 떼어 놓을 수 없는 동반자가 되었다.

나는 그 당시 14세였다. 지식 탐구의 욕망이 강했고 또 문학에 흥미가 있었다. 당시 다른 어떤 신문잡지보다『시보』를 좋아했다. 난 상하이에서 6년 동안 살면서 거의 하루도 빠지지 않고『시보』를 보았다. 그때『시보』에 나온 많은 소설, 시화, 필기, 장편의 저작을 오려서 종류별로 붙여 소책자를 만들기도 했다. 또 신문을 잃어 버린 날에는 기분이 좋지 않아서 늘 그것을 보충할 방법을 생각하곤 했다.

지금 그 당시 소년들이 왜 그렇게『시보』를 사랑했는지를 떠올려 보면 두 가지 중요한 원인이 있다.

첫 번째,『시보』의 단평은 당시 새로운 문체였다. 단평을 쓰는 사람 역시 대담하게 이야기했으므로 많은 사람의 주목을 끌었고 독자들에게 강력한 영향을 끼쳤다.『시보』는 이 몇 가지 일에 대해 아주 명쾌한 생각을 가지고 있었다. 매일 '렁쒜'의 단평이 실렸으며 어떤 때엔 몇 편의 익명으로 된 단평이 동시에 게재되었다. 이런 단평은 신문들의 상용 문체가 되었다. 당시에는 일종의 문체 혁신이었다. 간단한 단어나 구에 냉정하고 명확한 말투로 한절 한절을 구분하여 독자에게 일목요연하게 설명해주었다. 이것이 『시보』의 커다란 공헌이다. 우리는 이런 단평이 17년 동안 차츰 중국 신문잡지계 공용 문체로 변하는 것을 보았다. 여기서 그들의 용도와 마력을 볼 수 있다.

두 번째, 『시보』는 당시 평범한 소년들의 문학적 흥미를 일으켰다. 그때의 몇몇 큰 신문사는 대체로 무미건조하였다. 그들은 기껏해야 고문 문법에 맞는 장편소설 한두 편 정도를 만들 뿐이었다. 『시보』가 나온 후 매일 '렁쒜' 혹은 '바오톈샤오'의 번역 소설이 게재되었다. 어떤 때는 매일 두 종류의 렁쒜 선생의 백화소설을 게재했는데 당시 번역계는 이를 가장 좋은 번역문으로 꼽았다. 그는 어떤 때는 한두 편의 단편소설을 썼다. 예를 들어 「셜록 홈즈 중국 방문 정탐 사건」 등으로, 중국 사람이 신문체新文體 단편소설을 쓴 최초 역사다. 『시보』의 두 번째 큰 공헌은 중국 신문계에 문학성을 지닌 '부록'을 만들었다는 것이다. 『시보』가 세상에 나온 후 신문계는 이런 문학 부록의 필요성을 공인하였다.[13]

『소설시보』 창간호 표지

『시보』는 1904년 창간부터 5년 간의 전통을 축적하였으며 문학 '부록'을 만든 경험을 가졌다. 사장 디쯔핑은 뛰어난 인쇄 역량과 우수한 기계 설비를 갖춘 유정서국有正書局이 능력을 발휘할 때라고 여겼을 때

13) 胡適, 「十七年的回顧」, 『胡適文存』, 第2集, 黃山書社, 1996年, 284~286쪽.

제2기 그림을 보고서야 창간호 표지가 유행하는 헤어스타일을 보여주기 위한 것이라는 것을 알았다.

『소설시보』를 간행했고 나중에는 『여성시보婦女時報』도 발간한다.

『소설시보』는 당시의 유행을 창도했다. 현재 그 창간호 표지를 보면 의심스럽고 이해가 안 될 수도 있다. 봄바람에 흔들리는 버드나무 가지의 담록색을 배경으로 독자를 등지고 서있는 소녀가 마치 "비파를 안고 얼굴을 반쯤 가리는" 것보다 더 수줍어하는 듯 했다. 대체 무슨 의미일까. 제2기의 삽입 페이지에 「상하이 유행 변천上海時式變遷」이 게재되면서 그것의 실체를 알게 된다. 이 페이지에 있는 '15년 전의 장식', '10년 전의 장식', '5년 전의 장식', '현재의 장식' 등의 사진에서, 이것이 당시 가장 유행한 헤어스타일이었다는 것을 알 수 있다. 이후에 나온 몇 기의 표지는 모두 여자들의 유행 헤어스타일에 관한 것이었다.

다음으로 볼 것은 『소설시보』에 실린 수많은 기생 사진에 관한 것이다. 『소설시보』 사장 디쯔핑은 혁명가였다. 젊은 시절 유신운동에 적극 참여했고 량치차오가 『신소설』을 창간해 「신중국 미래기」를 발표할 때매번 량치차오 소설에 총평을 쓴 사람이었다. 유신운동 실패 후, 그는 여론으로 대중을 추동해야 한다고 보고 상하이로 와서 신문을 만들었다. 풍류 명사라고 할 수는 없지만 그는 유행 정기간행물을 만들고 싶어 했다.

당시 상하이 최고의 유행인 '전시 쇼윈도우展覽櫥窗'는 고급 기방인 '상하이 일류 기녀들의 기루'였다. 헤어스타일, 복장 모두 그녀들이 시대의 유행을 선도했다. 당시의 '일류 장싼룽ㅌㅡ' 혹은 아래 등급인 '이급 야오얼ㅅㅡ'은 지금의 기생집 개념과 달랐다. 지금의 기생집은 '성 판매소'인데, 그때의 기생집은 고급 사교장으로 상인들이 사업을 논하는 자리였다. 또 친구들과의 사교 장소이고 유명 인사들이 시를 읊고 술을 마시는 곳이며 관료들의 응대 장소였다. 남녀가 격리된 사회에서 그곳은 연인과 친구를 찾는 곳으로 용도는 다양했다. 물론 거기에도 성관계 문제가 있을 수 있다. 디쯔핑은 시대에 유행하는 정기간행물을 만들려면 기생들과 만나야 했다. 당시 가정 주부의 사진은 절대로 정기간행물에 실을 수 없었다. 그때의 여성은 지금의 여성들처럼 개방적이지 않았다. 청 말 중매쟁이가 쌍방을 중매할 때 상대방에게 보여줄 사진을 가져가진 않았다. 결혼할 때도 머리위에 빨간 천을 덮어 신랑은 신부의 얼굴을 보지 못했다. 디쯔핑은 남성 독자의 '이성 미녀' 감상 욕구를 만족시키기 위해 전문적으로 사진관을 열어 이런 '대중들의 연인'들에게 초대권을 주고 사진 찍으러 오도록 했다.

그 후 『소설대관』의 사장 선즈팡도 '근대 미인'을 이용해 독자를 끌어 들였다. 『소설시보』와 『소설대관』 주편인 바오톈샤오는 사장들의 의도를 관철시키고자 할 때 매우 적극적으로 창조성을 발휘했다. 지금 보면 백여 년 전의 미인은 예쁘지 않았을 뿐만 아니라 심지어는 못생겨 불편할 정도이다. 상상해 보면, 백 년 후인 오늘날의 표지 미인들도 나중 사람들에게 똑같은 느낌을 줄 수 있을 것 같다. 유행은 아주 빨리 변해 조금만 늦어도 지나가 버린다. 그러니까 현재의 유행을 그리 좋아할 필요가 없다고 본다. 당시 이런 기녀 사진을 게재하는 것은 죄가 될 수 없다고 본다. 그것은 천징한의 '각성'이라는 취지에 맞지 않는 일종의 '포장'과 '판매전술'이었다. 이후의 윈톄차오는 『소설월보』를 편집할 때 '기녀 사진은 아름답지만 싣지 않겠다'고 선언한다. 나는 이 두 가지 태도 모두 개인적 애호라고 본다.

안타깝게 1912년 말 천징한을 『신보』로 스카우트 해가는 비밀 협상이 있었는데 디쯔핑은 이 사실을 전혀 몰랐다. 이것은 1913년에 이르러 현실이

된다. 이때부터 천징한은 한동안 당시 중국에서 제일 큰 신문『신보』의 총
주간이 되었다. 이것은『시보』와『소설시보』에게 적지 않은 손실을 가져다
준다. 이후『소설시보』는 바오톈샤오에 의해 독립 유지되었지만 출간이 연
기되는 경우가 많았다.

제3절
바오톈샤오가 독자적으로 창간한
『소설대관小說大觀』과 『소설화보小說畫報』

바오톈샤오 사진

바오톈샤오는 다재다능한 사람이다. 그는 각종 장르나 제재를 거의 모두 다룰 줄 알았다. 당시 처음 형성된 문화시장에서는 이런 전략적인 대처 능력이 필요했다. 문화시장이 형성되었다고 하더라도 글을 팔아 생활하는 사람은 여러 종류의 글이 있어야 했다. 그래야 시장의 요구에 부응할 수 있고, 그 속에서 살아남을 수 있었다. 바오톈샤오는 깊이가 있지는 않았지만 대처 능력은 뛰어났다. 자신을 구체적으로 묘사하면서 "내게 란즈웡染指翁(글을 많이 쓰느라 손가락이 먹물로 물든 노인이라는 의미로, 바오톈샤오의 다작을 비꼬고 있다-역주)이라는 필명이 하나 있는데, 이것은 어떤 사람이 무슨 근대 문학사에서 나를 풍자한 말이다. 나를 '작품 제재가 다양한 장편, 단편, 연극, 영화, 필기, 시가 등 손을 안댄 것이 없는 사람'이라고 한 것이다. 이것을 읽고 심히

부끄러웠다. 그러나 '란즈染指'라는 두 글
자를 인정하지 않을 수 없었다"[14]고 하였
다. 바오톈샤오의 또 하나의 장점은 조
직을 구성하는 재능이다. 이러한 재능은
그의 문화 경영 기획 능력과 결합하여
언제 어떤 유형의 잡지를 발행해야 할지
를 잘 알았다.

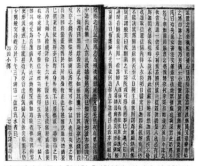

바오톈샤오 등이 창간한 『여학역편』 잡지에 연재한 판시쯔(蟠溪子)와의 공동 번역 작품 『가인소전』

그의 문화 사업은 쑤저우의 둥라이

서점東來書店 개업부터 시작된다. 물가에 있는 누대에 제일 먼저 달빛이 비치듯
그는 도매해 온 새 책을 먼저 읽었다. 쩡멍푸曾夢樸, 진쑹천金松岑, 양쳰리楊千里 등
문화 명사들이 모두 그 서점의 단골손님이었다. 그들은 모두 그를 문화지식이
탄탄한 학식 있는 서적 판매인으로 보았다. 그는 돈을 벌자 바로 잡지를 발간한
다. 20세기 초 쑤저우에는 아직 인쇄 기구가 없었는데 그는 도장을 파는 도장
포에 부탁해서 목각판 잡지 『여학역편勵學譯編』과 『쑤저우 백화보蘇州白話報』를 발
행했다. 나중에 상하이로 왔을 때에는 인쇄 출판 환경이 아주 좋았으므로 출
판에 더욱 열정을 쏟았다. 장징루張靜廬의 회상에 의하면, "그때 문단의 지도
자로 두 거물이 있었는데, 한 사람은 칭푸靑浦 왕둔건王鈍根 선생이었고, 또 한
사람은 우먼吳門 바오톈샤오 선생이었다. 그러나 바오톈샤오의 세력은 왕 선
생보다 못했다. 왜냐하면, 그때의 왕 선생은 『신보 · 자유담申報 · 自由談』과 『유
희잡지遊戲雜志』, 『토요일』이라는 3대 주간지를 갖고 있었다. 우리는 저우서
우쥐안周瘦鵑과 천뎨셴陳蝶仙(톈쉬워셩)의 명성이 그의 추천으로 만들어졌음을
부인할 수 없었다"[15]고 하였다. 하지만 장징루는 세력은 왕둔건이 컸지만, 문
학적 명성은 바오톈샤오가 훨씬 컸다는 것을 생각지 못한 것 같다.

왕둔건이 쓴 문장은 바오톈샤오보다 훨씬 적었고 바오톈샤오의 세력 또
한 작지는 않았다. 바오톈샤오는 『시보』와 『소설시보』 외에 이후의 『여성시

14) 包天笑, 『釧影樓回憶錄續編 · 我與電影(上)』, 大華出版社, 1973年, 93쪽.

15) 張靜廬, 『在出版界二十年』, 上海書店, 1984年, 34쪽.

보』도 출판한다. 또 1915년에는 중국 첫 번째 문학 계간인 『소설대관』을 창간하고, 1917년엔 첫 번째 순백화소설 간행물인 『소설화보』를 만든다. 바오톈샤오의 영향력은 1909년부터 시작한 교육소설의 연이은 번역에서 시작된다. 그의 단편 『신얼 취학기馨兒就學記』가 초등학교 교과서에 실렸다. 당시 중국은 대규모 초등학교를 운영하기 시작했는데 이 단행본은 늘 학기말 초등학교 우수학생에게 주는 상장이 되었다. 발행 수량이 많은 것은 물론이고 한 작가의 작품을 천 만 초등학생들이 기억하고 그들의 인생에 영향을 미쳤다는 점에서 그의 명망은 정말 대단했다. 1920년 메이란팡이 주연하고 중화민국 개국사開國史를 제재로 한 『유방기留芳記』가 사람들의 주목을 받았다. 이 작품은 당사자가 모두 여전히 살아 있었음에도 다른 여러 가지 원인으로 20회만 발표되고 중단된다. 왕둔건의 세력은 비록 컸지만 영향력은 바오톈샤오와 비교할 수 없었다. 바오톈샤오의 정기간행물 발행 성과를 돌아본다면, 그의 개척정신은 정말 대단해 보인다.

문학 계간인 『소설대관』의 영향력은 매우 컸다. 그는 범례에서 "이것은 계간이고, 1년을 4집으로 나누고, 매 집의 글자 수는 삼십 만 자 이상으로, 일 년에 총 백만 자가 넘는다"고 했다. 이런 기백은 사람을 탄복시킬 만하다. 이 '용량'으로 인해, 3~5만 자의 중편을 한 번에 등재했고 독자들을 독서에 빠지게 하였다. 당시 십 만 자 이상을 장편이라고 하였는데 두 기 안에 다 게재하였다. 정기간행물의 첫 번째 물결에서는 단편소설 수량이 많지 않았고 좋은 작

『신얼 취학기』 사진

품도 극소수였다. 정기간행물은 주로 장편 연재물을 실었고, 한 번에 한, 두 장을 실었으므로 일 년 안에 장편소설 한 편을 다 게재하지 못했다. 우린 정말 당시 독자들의 인내심에 감탄하게 된다. 어떤 때는 심지어 앞의 줄거리를 잊고는 자신의 기억력이 나쁘다고 책망하기도 하였다. 바오톈샤오가 이를 감안해 계간을 생각해 낸 것이다. 그는 범례에서 "게재하는 모든 소설은 모두 엄격하게 선택된다. 취지는 순수하고 사회에 유익하며 도덕 수양에 도움이 되어야 한다. 또 지금 경박하고 방탕하며 간음, 절도의 나쁜 짓을 교사하는 풍조는 없다." "또 문언과 속어를 막론하고 모두 흥미를 위주로 하고 무미건조하거나 길고 장황한 것은 채택하지 않는다." "매 기의 앞에는 여러 삽화가 있는데, 예를 들면 근대 미인, 각 지방의 풍속, 명승고적, 진귀한 명화들로, 이 모든 것을 다 수집하니 참으로 대관이라 할 수 있다"고 하였다.

『소설대관』의 선언문 중에 바오톈샤오는 량치차오가 제창한 '신소설'의 공로와 결점에 대해 "그것을 향해 기대가 높은 사람은 소설의 영향력이 크다고 생각하고 비교될 수 없다고 생각한다. …… 소설이 민심과 풍속을 변화시킬 수 있다고 생각하는가? 민심과 풍속 또한 소설을 변화시킬 수 있다. 비열하고 경박하고 방탕한 사회가 있는데 어찌 비열하고 경박하며 방탕한 소설을 만들어 내지 않을 수 있겠는가?"라는 견해를 제시했다. 그는 소설과 사회가 상호 영향을 주는 관계임을 밝힌 후, 소설 작가의 주체의식에 사회적 책임감을 강화해야 한다고 했다. 만약에 작가가 "이미 전염병을 앓는 사람이라면, 그것을 방어하거나 박멸할 수 없지만, 반대로 세균을 전파시켜 온 세상에 퍼지게 할 수는 있다. 약을 구할 수 없으면 사람은 죽고 사회는 정지된다"는 것이다. 그래서 그는 작가는 "자신의 독으로 사람을 독살해서는 안 된다"고 했다.

이 대형 계간은 총 15기를 출판했다. 디킨스, 모파상, 뒤마, 푸시킨, 마크 트웨인 등의 명작을 게재한 것 외에 창작 성과도 아주 좋았다. 예를 들어 바오톈샤오 자신의 『저승 편지冥鴻』, 『회상回憶』, 예샤오펑葉小鳳(예추창葉楚傖)의 『몽변명축기蒙邊鳴築記』, 『여차경화如此京華』, 만수曼殊의 『비몽기非夢記』, 야오위안추姚

少川總長 天笑
敬贈

著生笑天門吳
記芳留
集一第

메이란팡을 만난 사람들 기록인 『유방기(留芳記)』 사진

駕雛의 『어메이 노인峨眉老人』 등은 모두 수준이 높았다. 간행물에서 바오톈샤오는 매 기에 자신의 장편 연재물과 단편을 책임지는 것 외에 주요 작가의 명단을 주머니에 넣고 다녔다. 그는 "예추창, 야오위안추, 천뎨셴, 판옌차오, 저우서우쥐안, 장이한張毅漢 제군들은 모두 나의 장수들이다. 뒤에 온 비이훙은 나의 선봉대이다. 나의 진용은 아주 잘 갖추어져 있어서 그야말로 흠 잡을 데가 없다"[16]고 하였다. 이 주요 진용은 각각 자신들의 장점이 있었지만 전체적으로 보면 네 저자와 두 번역가 모두 당시 지명도가 매우 높은 사람이었다. 만약에 강창(장쑤와 저장 일대에서 유행한 민간문예 형식으로 '평화評話'와 '탄사彈詞'의 합칭─역주) 문예계의 명칭으로 말하면, 이들은 '좋은 하모니를 이루는 짝패響檔'라고 할 수 있다.

『소설대관』은 순수 문예정기간행물로 볼 수 있다. 위의 몇 작가 중 어떤 사람은 원앙호접파라는 직함을 받았지만, 그들은 단지 약간의 애정소설言情小说을 썼을 뿐이다. 차이위안페이의 다음 말이 우리 생각에 새로운 도움을 줄 것이다. 그는 "우리나라의 소설을 종합해 보면, 반 이상이 남녀 애정인데, 그 원인은 우리나라가 남녀 간의 경계에 늘 엄했기 때문이다. 소설 쓰는 사람은 항상 문자를 빌어 그들의 감정을 풀어 놓았다"고 했다.[17] 차이위안페이는 중국 특유의 국가 정서가 만들어낸 민족심리, 심지어 집단 무의식의 관점에서 애정소설로의 '제재 편중' 원인을 분석했다. 애정소설의 출현을 이상하게 생각할 필요는 없는 것 같다. 더군다나 당시는 봉건 혼인의 속박으로 많은 남녀들이 억압받던 시기였다. 그들은 이런 '저기압' 환경 속에서 살아가는 남녀

---

16) 包天笑, 『釧影樓回憶錄』, 大華出版社, 1971年, 377쪽.

17) 蔡元培, 「在北京通俗教育研究會演說詞」, 『蔡元培全集』, 第2卷, 中華書局, 1984年, 493쪽.

의 고통을 썼고 벗어나고 싶지만 벗어나지 못하는 비극을 묘사했다. 사회를 향해 자신들의 불행을 하소연한 것이다. 이것을 시대를 벗어난 '잠꼬대'라고 할 수는 없다. 그렇다고 그들의 이런 작품에 결점이 없다는 것은 아니다. 저 우서우쥐안이 『바이올렛紫羅蘭』을 위해 평생을 보낸 것처럼 그의 이런 진정한 뜨거운 마음은 사람을 감동시킨다. 원앙호접파 연구 과정에서, 필자는 바오톈샤오의 명단에 있는 사람들의 품성을 기본적으로 신뢰한다. 바오톈샤오의 주머니 속의 주요 진용 외에도 간행물을 위해 글을 쓴 린수, 장스자오(구퉁孤桐, 추퉁秋桐), 류반눙 등 유명한 사람들이 있었다.

1917년 1월 바오톈샤오는 순수 백화로 이루어진 『소설화보』를 발행한다. 바오톈샤오의 유행에 대한 민감도는 존경할 만하다. 1901년 목각판의 『쑤저우 백화보』 발행부터 1909년 문언 위주의 『소설시보』 발행, 다시 1917년 전체 백화체인 『소설화보』까지 그는 말을 억지로 끌고 마음대로 몰아간 것이 아니라 시대의 변천에 따라서 그 시대에 맞게 기회를 잡아 시대의 추세를 끌고 간 것이다. 이때 그는 완전히 백화를 사용하고 번역작품을 게재하지 말고 창작소설만 게재 할 것을 제창했다. 바오톈샤오의 회상에 의하면, 1917년 전후 번역 작품이 너무 많았고, 작품의 질도 저하되었다. 많은 사람이 외국어에 능숙하지 못하고, 본국 문자도 통달하지 못하면서 번역으로 원고료를 챙겼다고 했다. 그래서 그는 창작 작품을 게재하는 것이 낫다고 본 것이다. 그가 이 생각을 말하자, 원밍서국文明書局 사장 선즈팡은 즉각 요구를 받아들여 바오톈샤오에게 바로 실시하자고 했다. 선즈팡은 창의적인 사업 경험에서 착안한 것이었지만 바오톈샤오의 대담한 혁신과 창조는 결코 우연이 아니었다. 그는 『천영루 필기釧影樓筆記』의 「백화문의 이해白話文之識」에서 다음과 같이 말한다.

『소설대관』 창간호 표지

모두들 백화문을 제창한 사람이 후스라고 알고 있다. 사실 전국적으로 돌아보면 국어연구회를 창립한 사람은 후스보다 훨씬 전의 사람이다. 예를 들면 내 고향 친구 천쑹핑陳頌平 선생인데, 쑹핑 선생은 …… 교육부에서 일했다. 민국 원년에 국어 운동을 제창하였다. 상하이에 도착해서 제일 먼저 나를 찾아와 신문잡지의 홍보 책임을 맡고 싶다고 하였다. 그래서 난『소설화보』를 창간할 때 그의 부탁을 받아들였다. 그래서『소설화보』가 먼저 유행을 일으켰다. 즉 순 백화를 사용한 것이다. 이때 후스 선생은 마침 장추통의『갑인甲寅』잡지에 단편소설「베를린의 포위柏林之圍」를 번역했는데 문언체를 사용했다. 그리고 '그녀她'라는 글자를 만든 류반눙 선생이 나를 도와서『소설화보』에 장회소설『황하강 침몰기歐浦陸沉記』를 썼다. 몇 년 사이 사람들의 사상이 크게 바뀌었다.[18]

당시 백화문의 토대는 두 가지 역량에 의해 완성된다. 하나는 민간의 제창이었다. 19세기 말의 백화문 운동과 많은 백화 정기간행물, 후스의「문학개량추의」는 모두 민간에서 제창한 것이다. 다른 하나는 관방의 존위였다. 1912년 교육부는 초등학교 경서經書 수업을 폐지시켰다. 1916년 8월에는 "어떤 교육계 인사가 문자 개혁을 제창하면서 '언문일치'와 '국어통일'을 주장하였다. 교육부는 공문을 보내 '국문' 과목을 '국어' 과목으로 바꾸어 달라고 했다. 이런 모든 것이 후에 국어연구회 성립을 위한 여론 준비가 되었다." 같은 해 10월 차이위안페이 등이 베이징에서 국어연구회를 창립하게 된다. "이 학회의 취지는 '본국 언어를 연구하고 기준을 선정함으로써 교육계가 그것을 채용한다'는 것이다. 이때부터 북양정부를 독촉하여 주음부호를 선포하고 학

18) 包天笑,「釧影樓筆記－白話文之始」,『上海畫報』, 第115期, 第3版, 1926年 5月 27日.

교의 '국문' 과목을 '국어' 과목으로 바꾸는 운동이 일어났다."[19]

1920년 1월 교육부는 가을부터 일제히 전국의 모든 초등학교 1, 2학년 국문을 구어문으로 바꾸고 이로써 언문일치 효과를 얻는다는 훈령을 내렸다. 또 교육부의 훈령에 의거해 「국민학교령國民學校令」을 수정하고, 관련된 조문 중에 '국문'을 '국어'로 바꾸었다. 또 4월에는 이미 심사를 통해 확정된 문언 교과서를 분기별로 폐지시켜 1922년 말까지는 문언 교과서를 전부 폐지시키고 국어를 포함하는 각 과목별 교과서를 모두 구어문으로 바꾸라는 통고문을 발표했다. 후스도 이를 높이 평가하며 "이 명령은 몇 십 년 내의 제일 큰 사건이었다. 그 영향과 결과를 지금 예상하기 힘들지만 우리는 이 명령이 중국 교육 혁신을 20년 정도 앞당겼으며"[20] "정부의 공문서 한 장이 개인의 몇 십 년의 제창과 필적한다"고 하였다.[21] 민간과 정부의 협조가 최종적으로 백화문의 뿌리를 내리게 했고 문언문의 뿌리는 보통교육에서 제거되었다. 비록 약간의 문언 과목이 있다고 하더라도 단지 학생의 기본상식적 차원이었다. 문언문은 정말 전문 훈련을 필요로 하는 학문이 되었다. 바로 중화민국 초기 초등학교에서 경서 학습을 폐지시킨 후 차이위안페이 등의 국어연구회의 발기 아래 백화가 신문과 정기간행물 등의 간행물에서 다시 큰 비중을 차지한다. 거기다가 1913년부터 린수의 번역 작품의 질이 떨어지면서 이전의 기세만 못하게 되고

『소설대관』 제1호 표지

19) 費錦昌 主編, 『中國語言現代化百年記事(1892~1995)』, 語文出版社, 1997年, 27~28쪽.

20) 胡適, 「國語講習所同學錄序」, 『胡適教育論著選』, 人民教育出版社, 1994年, 122쪽.

21) 胡適, 「國語運動的歷史」, 『教育雜誌』, 第13卷, 第11號, 1921年 11月 20日, 8쪽.

예리한 바오톈샤오는 이때를 백화잡지 발행의 적당한 시기로 보았다. 공교롭게도 『소설화보』의 창간과 후스가 『신청년』에 「문학개량추이」를 발표한 것은 모두 1917년 1월이었다. 여기서 우리는 바오톈샤오의 유행에 대한 고도의 민감성에 감탄하지 않을 수 없다.

『소설화보』에 연재가 완료된 장편 중에 제일 주목할 것은 야오위안추의 『한해고주기恨海孤舟記』다. 또 하나는 정간으로 인해 완결되지 못했지만 논할 가치가 있는 작품 춘밍주커春明逐客(비이훙)의 『십년 회고十年回溯』로, 십년 전 16세 때 베이징에 가서 관리가 된 경험을 쓴 작품이다. 바오톈샤오는 "안타깝게도 이 책은 계속 쓰지 못했지만 그것은 리보위안이 쓴 『관장현형기』보다 훨씬 뛰어났다"라고 했다.[22] 단편 중에도 많은 가작들이 있었다. 그 중에 1919년 9월 1일 출판된 제21기에 발표한 5·4운동을 반영한 두 편의 작품, 바로 바오톈샤오의 『누구의 죄인가誰之罪』와 야오위안추의 『희생犧牲一切』이 있었다. 당시에 소설로 5·4운동을 반영한 작품은 그리 많지 않았다. 『누구의 죄인가』는 학생들이 일본 제품을 배척한 것을 썼다. "이런 난세의 시대에는 평화 중에도 늘 위험이 도사리고 있다. 갑자기 거대한 풍조가 밀려와서 일본 사람이 중국을 우롱하고 칭다오를 빼앗았기 때문에 전 국민이 분개해 모두 일본 제품을 배척한다"고 했다. 그리고 『희생犧牲一切』은 상하이 일본 은행에서 일하던 한 동양 유학생이 '5·4' 애국 학생 운동 속에서 미래 생활에 대한 보장이 없음을 걱정하다가 부인의 격려로 사직을 결심하고 부인은 나가서 일을 찾으며 온 가족이 힘써 난관을 넘기기 위해 준비를 한다는 것을 썼다.

바오톈샤오는 중국 문학 간행물 두 번째 물결 중의 맹장이 되었다. 1901년부터 1917년까지 그가 발행한 『소설시보』, 『소설대관』, 『소설화보』는 각각의 특색을 갖고(1917년 초 이 세 간행물은 동시에 병존하였다), 중국문학의 현대화에 촉매 역할을 했다.

---

22)　包天笑, 『釧影樓回憶錄』, 大華出版社, 1971年, 381쪽.

제4절
'보수의 보루' 가 아닌 전기前期
『소설월보小說月報』

『소설시보』를 소개한 후 순서에 의하면 다음은 당연히 『소설월보』를 소개하는 것이다. 그러나 바오톈샤오가 창간한 세 정기간행물를 개괄하기 위해 순서를 잠시 조정했다.

1910년 8월 창간된 『소설월보』는 상우인서관의 9대 간행물 중의 하나였다. 창간할 때 「편집 대의編輯大意」에서 "이 정기간행물은 과거에 발행한 훌륭한 성과와 영향력을 지녔던 『수상소설』을 계승한 것으로, 취지는 명작을 번역하고 소식을 전하며 새로운 이치를 심어주고 상식을 증진시킨다"고 표명한다.

첫 편집자는 왕원장王蘊章(1884~1942)으로 우시無錫 사람이다. 고향에 시선산西神山이 있어서, 시선찬커西神殘客라는 별명을 얻었고, 약칭은 시선西神 혹은 춘눙蒓農이었다. 남사南社 회원으로 『남사 총각南社叢刻』의 편집위원으로 선정되기도 했다. 그는 수사에 능숙하고 변려체를 잘 썼던 서예가로 영어에도 정통하였다. 상우인서관에서 『사원辭源』 편찬에 참여해 명성을 얻었다. 『사원辭源』과 『소설월보』의 편찬 성격은 약간 다르다. 전자는 '내적 재능'에 의거하고 후자

원톄차오 사진

는 '외적 능력' 즉 대외 연락과 대응에 균형을 맞춘다는 것이다. 그래서인지 그가 편집한 『소설월보』 제1·2권의 성적은 그다지 좋지 않았다. 주로 린수가 번역한 장편소설 『쌍웅교검록雙雄較劍錄』과 『박정한 남자薄情郎』를 실었고 주요작가로는 당시 문단에서 유명한 쉬즈옌許指嚴, 쥐다이꺂呆 등이 있었다. 또 저우서우쥐안이 현대극 『사랑의 꽃愛之花』(연속 4기 등재)을 개작하여 두각을 드러냈다. 왕윈장의 성적은 두 번째 편집인 원톄차오보다 좋지 않았다. 왕윈장이 제2권 편집을 마치고 사업하는 친구의 초청으로 남양으로 가면서 상우인서관 편역소의 원톄차오가 직무를 인계 받게 된다.

원톄차오(1878~1935)는 이름은 수줴樹珏, 자는 톄차오鐵樵로, 주로 톄차오를 사용하였다. 별명은 자오무焦木, 렁펑冷風, 황산민黃山民으로, 장쑤 우진武進 사람이었다. 어릴 때 가학을 이어받아 고문을 잘했고 1903년 난양공학南洋公學(자오퉁대학交通大學의 전신)에 입학했으며 이 시기 영어를 마스터했고 『소설시보』에 장편 애정소설을 번역해 명성을 얻었다. 그가 1912~1913년 직무를 인계받을 때는 신문학의 태동기였고 신문학의 맹장이라 불리는 많은 작가들이 아직은 등장하지 않았지만 습작 훈련의 단계에 있던 때였다. 그리고 '원앙호접파'라 불리는 작가들이 민국 초창기에 제재와 장르에서 새로운 '성장의 지점'을 찾고 있었다. 원톄차오는 대형 정기간행물을 장악한 후, 신중한 사업정신으로 다른 이들에게 토대를 마련해 주었다. 그는 '파벌'에 관계없이 신진 청년의 배양을 중시했고, 『소설월보』를 문학 작가들의 '공공의 세계'로 만들었다.

그가 내린 루쉰의 '처녀작' 소설에 대한 높은 평가는 칭찬할 만하다. 그는 「회고懷舊」에 10개의 각주식 평어를 쓰고 또 총평을 추가했다. 총평에서 "실제적인 것에는 힘을 다하고 실속 없는 것에는 힘을 다해선 안 된다. 초보가 틀림없지만 총명한 사람에게는 원래 어려운 일이 아니다. 예전에 한 청년이 겨우 붓을 잡아 문장을 설명했는데 전편이 다 불필요한 미사여구였고 쓸 만한 것이 없었다. 마땅히 이런 문장은 고쳐져야 한다"[23]고 했다. 그는 「회고」를 청년 작품의 모범으로 표창하고 추천하였고 이 소설의 생동적인 필법은 비법을 전수할 만한 경지에 이르렀다고 보았다. 비록 그가 자신이 죽을 때까지 현대문단의 거인의 첫 소설이 자신의 손을 거쳐 나왔다는 것을 몰랐지만 말이다. 신문학 대가인 예성타오葉聖陶는 "「여창심영旅窓心影」은 원래 『소설월보』에 보낸 것이다. 당시 편집인은 윈톄차오로, 그는 고문을 좋아했고 감상할 줄 아는 안목을 지녔다. 그는 취할 것이 있다고 여겼지만 이 작품이 『소설월보』에 게재하기에는 부족한 점이 있다고 생각하여 자신이 편집하던 『소설해小說海』에 게재하였다(『소설해』는 1915년 창간된 『소설월보』의 부록이다). 그는 또 긴 편지를 보내와 이 소설의 도덕적 내용을 이야기했다"[24]고 회상하였다. 장헌수이도 『소설월보』에 투고한 적이 있었는데, 그때 그는 쑤저우 명창 간식蒙藏塾殖 학교의 학생이었다. 원고를 보낸 후 "사오일 뒤에 상우인서관의 편지가 나의 침실 책상 위에 놓여 있었다. 난 반송된 원고라고 추측하고 조심스럽게 열어보았는데, 원고는 없었고 대신 편집자 윈톄차오의 회신이 있었다. 편지에 원고가 매우 좋고 내용이 탄복할 만하니 조금만 기다리면 등재해 주겠다고 했다. 난 미칠 듯이 기뻤다. 대형 잡지에 원고를 쓰다니 내 학식도 괜찮은 거지! 난 이 기쁨을 참지 못하고 친한 친구에게 알려주었다. 그리고는 선생과 두 번의 편지 왕래를 하였다."[25] 나중에 글은 발표되지 않았지만 장헌수이에게 아주 큰 격려가 되었다는 것을 알 수 있다.

윈톄차오의 신진 작가에 대한 태도는 이 세 가지 사례를 통해 충분히 알수 있다. 그가 예성타오에게 보낸 긴 편지와, 장헌수이에게 사오일 사이로 보낸 회신, 또 저우쭤런이 루쉰을 대신해 보낸 원고 날짜가 1912년 12월 6일 사오싱紹興이었는데 12월12일 바로 답장을 받았고, 28일 바로 원고료 5원

23) 惲鐵樵, 「懷舊·總評」, 『小說月報』, 第4卷, 第1號, 1913年 4月 25日, 7쪽.
24) 吳泰昌, 『藝文軼話』, 安徽人民出版社, 1980年, 197쪽.
25) 張占國, 魏守忠, 『張恨水研究資料』, 天津人民出版社, 1986年, 21쪽.

『소설월보』창간호 표지

을 받은 것(당시 게재가 결정되면 원고료를 선불로 주었다)에서 알 수 있듯이 그의 신속한 처리는 사업가 정신을 드러냈다.

원톄차오는 사업가 정신 뿐 아니라, 편집의식도 있었다. 제4권 제1호에서 '특별광고' 게재를 통해, 잡지는 "우아하면서도 난해하지 않고, 간단하면서도 통속적이지 않고, 여가 시간에 흥을 돋우어 줄 수 있고 또한 학습 보조 작용을 해야 한다"고 강조했다. 즉 잡지의 내용과 형식은 고아하고 간결하고 심미를 중시하며 오락성과 교육성을 겸비해야 한다는 것이다. 소설의 교육 기능을 강조하는 그에게 어떤 문예계 친구는 그가 『소설월보』를 '대설월보大說月報'로 만든다고 하였다.

원톄차오는 한편으로 소설의 교육 기능을 제시하면서, 다른 한편으로는 교육 기능이 '이치에 가깝고 정을 드러낸다'는 전제 아래 "재미가 있고" "우여곡절이 있으며" "황홀한 경지로 이끌어야 하며" "함축한다는 것은 말 외에 좋고 나쁨을 평하는 것"[26]으로, 교육의 기능과 문학의 아름다움이 유기적으로 결합되어야 한다고 했다. 예를 들어 그가 주관한 『소설월보』 제1기, 즉 제3권 제1호의 첫 편은 바로 자신의 단편소설인 「글자를 새로 논한다新論字」였다. 곤궁한 문자 점을 치는 사람과 '내'가 찻집에서 나눈 멋진 대화를 그려낸 것이다. '나'는 시국을 점칠 수 있냐고 물었고 그 사람은 가능하다고 답했다. '나'는 연달아 세 가지 문제를 물었다. 첫 번째는 혁명이 성공할 수 있냐는 것이고, 두 번째는 청나라의 운명은 어떻게 되는지, 세 번째는 연합 군대가 진링金陵을 점령할 수 있냐는 것이었다. 질문할 때마다 글

---

26) 編者, 「答某君書」, 『小說月報』, 第8卷, 第2號, 1917年 2月 25日, 20쪽.

자 하나를 써서 그에게 점을 치라고 했다. (당시는 번체자였기 때문에 상황을 다시 말하기 어렵다) 그러자 그 사람은 '내'가 한 글자를 쓰면 글자를 분해해서 이야기를 했고 묻는 말에 대답이 술술 나왔다. 그에게 매료되면서 주위에 사람들이 점점 많아졌다. 그들은 그의 절묘한 대답에 박수를 쳐 주었다. 이건 문자점이라기보다 그야말로 교묘하게 만들어진 혁명 선전이었다. 이것은 원톄차오가 '항간에 떠도는 소문'을 빌어 민심과 민의를 반영한 것으로 그의 명확한 성향을 드러냈다.

원톄차오는 『소설월보』에 애정소설을 번역하면서 명성을 얻었지만, 『소설월보』를 편집할 때는 오히려 애정소설을 많이 싣지 않았다. 1912년 쉬전야의 『옥리혼』이 출판되고 한동안 유행했다. 맥락도 모르고 덩달아 흉내 내는 자들이 많아져 '비극애정소설哀情小說'이 유행했고 쓰면 쓸수록 비슷해졌는데 원톄차오는 이것이 아주 불만스러웠다. 그는 "애정소설이 독자들의 환영을 받지 못하는 까닭은 출판 작품이 너무 많고 옛 것을 그대로 답습해 볼 가치가 없기 때문이다. 작년에 우리 신문에 게재하지 않았던 이유는 바로 이런 뜻에서이다. …… 이런 소설은 늘 현실과 동떨어진 내용에 화려한 문구를 사용한다. 이런 문구는 어떤 때는 궁색하다는 것을 알아야 한다. 청나라 건륭·가경 시기 번체의 대가 베이장北江, 어우베이甌北의 여러 문집을 취해 정밀 분석을 하면, 그들이 인용한 전고가 두 권의 두꺼운 양장본에 이를 것이다. 오늘날 소설은 끊임없이 나온다. 즉 두 권의 두꺼운 책을 마음속에 두고 유한한 것을 무한에 대응시키니 이는 마치 못의 물이 마르기를 기다리는 것과 같다. …… 탕만 바꾸고 약을 바꾸지 않는 것은 마치 한 통의 물을 다른 한 통에 붓는 격이다. 그래서 독자는 자고 싶어지는 것이다"[27]라고 하였다.

그는 심지어 애정소설 창작이 번역보다 못하다는 관점을 제기했다. "외국 애정소설은 끊임없이 나온다. 그것은 그 나라가 남녀 교제가 자유롭기 때문이다. 그러나 우리나라는 그렇지 않다. 그 나라에는 자유 혼인을 법으로 삼

27) 鋳樵, 「答劉幼新論言情小說書」, 『小說月報』, 第6卷, 第4期, 1915年 4月 25日, 1쪽.

는데, 우리나라는 아직은 신구 교체 시기다. 그러므로 유럽 애정소설은 사회에서 취해오니 다양하고, 우리나라의 애정소설은 모자란 머리를 짜서 생각하니 부족하다"고 했다. 그렇다고 그가 모든 애정소설 창작을 부정한 것은 아니다. 오히려 적극적으로 애정소설의 새로운 길을 개척하였으며 '사회애정소설社會言情小說'이라는 개념으로 "애정은 사회를 말해야 하고 애정 역시 사회라 할 수 있다"는 것을 제시했다.[28] 그는 모자란 머리를 짜서 생각한, 옛 것을 그대로 답습하는 '순정소설純情小說'을 사회애정소설의 광활한 영역으로 끌고 갔다. 필자는 윈톄차오가 진정으로 당시 문단에 애정소설이 천편일률적이라는 고질적 원인을 알았던 사람이라고 생각한다.

『소설월보』를 편집할 때 윈톄차오 역시 언문일치의 통속 교육에 주목했다. 그러나 이 고문가는 백화소설을 제창하지 않고 새로운 형식의 탄사彈詞를

『소설해』 제1권 제1호 표지

제창한다. 그는 "문장은 평이한 것이 귀하게 될 수 있다. 평이함이 탄사에 이르면 점점 언문일치가 되어 간다. 언문일치는 문명을 전파하는 무기다. 백화소설은 비록 언문일치지만 음운이 없는 문장은 음운이 있는 문장만큼 사람들의 마음으로 돌아가지 못한다. 그래서 나는 탄사를 제창한다. 고체시와 근체시는 경계가 너무 높으므로 말 할 필요가 없다. 옛날의 탄사는 음운이 있는 문장으로, 사람을 감동시키는 힘이 대단하다. 그러나 「천우화天雨花」, 「봉쌍비鳳雙飛」 같은 문장이 독자를 늘 만족

28) 鋹樵, 「論言情小說撰不如譯」, 『小說月報』, 第6卷, 第7期, 1915年 7月 25日, 2쪽.

시킬 수 없다. 그들의 좁은 식견을 교훈으로 삼기에는 부족하다. 즉 문장을 우아하게 잘 짓는 사람도 결국 장원状元과 재상의 사상에서 벗어나지 못한다. 우리나라 사람은 평등 관념이 없다. 가장 큰 원인은 이런 사상 때문이다. 고로 새로운 형식의 탄사를 제창한다. 새로운 형식의 탄사란 언문일치와 운韻의 편리를 이용하고 음난하고 자만한 사상을 배제하며 통속 교육을 실행한다"[29]고 말한다. 이것이 바로 윈톄차오가 자신이 편집한 『소설월보』에서 새로운 형식의 탄사를 제창한 이유다. 그는 그것을 통속 교육의 수단으로 생각했다.

그는 청잔루程瞻廬의 새로운 형식의 탄사 「효녀 차이후이 탄사孝女蔡蕙彈詞」의 내용부터 글자까지 너무 좋아해서 당시 원고료를 추가 지급한 '미담'도 가지고 있다. 청잔루가 쓴 「효녀 차이후이 탄사」를 윈톄차오가 40원을 지불하고 샀는데, 발표할 때 다시 읽고는 너무도 훌륭한 작품이라 생각하여 청잔루에게 원고료를 추가 지불하고 아울러 편지를 써서 사과했다고 한다. "귀하의 탄사를 『소설월보』에 등재했는데 다시 읽어보고 매우 감탄했습니다. 지난번 40원의 원고료가 너무 박했습니다. 이런 좋은 원고야말로 경제 사정과 상관없이 저작의 노고에 보답하기 위해 지금 원고료 14원을 추가 지불하니 받아 주십시오. 이전에는 우둔해서 비용을 덜려고 했습니다. 이런 좋은 문장의 가격을 낮춘 것을 엄청 후회하고 있습니다. 이것을 용서하시고 비웃지 말아 주십시오"[30]라고 했다. 이것은 미담으로 전해졌다.

당시 백화 현상에 대해 윈톄차오는 "소설의 정격은 백화다. 이 말은 절대로 뒤집을 수 없다. 반드시 『수호전』, 『홍루몽』의 백화 같아야 백화라 할 수 있다. 바꿔 말하면 진정한 문언을 해야 백화를 잘 할 수 있다는 것이다. 『장자』, 『사기』를 읽을 수 있어야 백화를 할 수 있다. 『수호전』, 『홍루몽』만 읽는다고 백화를 할 수는 없다. …… 고문의 기초가 없으면 문법을 갖추지 못해서 요점을 간결하게 제시하지 못하고 자구를 다듬을 줄 모른다. 어조의 멈춤과 전환

---

29) 鋏樵, 「孟子齊人章演義(新體彈詞)後之征稿廣告及例言」, 『小說月報』, 第6卷, 第9期, 1915年 9月 25日, 2~3쪽.

30) 鄭逸梅, 「惲鋏樵獎掖後進」, 『鄭逸梅選集』, 第2卷, 黑龍江人民出版社, 1991年, 187쪽.

이 분명하지 못하다"[31]고 설명했다. 윈톄차오가 1915년 발표한 관점은 루쉰이 1926년 비판한 주광첸_{朱光潛}의 관점, 즉 "백화문을 잘 쓰려면 문언을 잘 해야 한다"는 것과 유사하였다. 루쉰은 "하지만 난 오히려 진부한 망령을 외우는 것에서 벗어나지 못해 괴로웠고 늘 답답하고 무거운 느낌을 받았다"[32]고 하였다.

하지만 1915년과 1926년의 상황은 조금 다르다고 본다. 1915년의 백화문은 거의 '말을 기록하는 식_{寫話式}'이어서 유치했다. 1926년은 문학혁명 10년이 넘어서고 있었고 10년의 단련을 거친 백화문은 성숙해졌다. 예를 들어 저우쭤런이 주쯔칭과 빙신_{冰心}의 산문을 읽은 후 매우 자랑스럽게 백화로도 미문을 쓸 수 있다고 한 것처럼 말이다. 그들은 이미 백화 미문의 전범을 가지고 온 것이다. 그러나 1917년 이전 윈톄차오의 백화문에 대한 요구는 매우 까다로웠다. 그는 백화문이 나오자마자 곧바로 미문 수준이기를 희망했다. 그의 고문이 낭독을 견디어 내는 것처럼 백화문도 멈춤과 전환, 가감, 높고 낮음, 빠르고 느림의 조화가 있기를 원했다. 그는 자신이 표준말을 잘 하지 못하는 것이 백화소설을 잘 쓰지 못하는 또 하나의 장애라고 자탄했다. 이런 언어관념에서 그의 한계를 볼 수 있고 또 그의 강한 주관성을 엿볼 수 있다.

윈톄차오는 『소설월보』를 발행할 때 품질 제일의 원칙을 관철시켰다. "좋은 작품의 작가가 비록 무명 신진이라도 많은 보수를 받고 그렇지 않으면 유명한 작가라도 작품을 싣지 않는다"고 하였다.[33] 린수는 원래 그가 존경했던 문단 선배였지만 1913년 후의 번역 작품의 질이 떨어지는 것에 대해 완곡한 평을 진행한다. 윈톄차오는 첸지보_{錢基博}와의 편지 속에서 "내가 본 린수의 작품 중에 이것은 하수이다"[34]라고 하였다. 물론 린수의 원고를 채택할지의 여부는 그가 결정할 수 없는 것이었고 이것은 상우인서관의 윗선에서 결정하는 것이었다. 장위안지_{張元濟}는 일기에서 여러 번 이런 일로 애를 먹었다고 했다.

31) 惲鐵樵, 「吳曰法「小說家言」跋」, 『小說月報』, 第6卷, 第5號, 1915年 5月 25日, 3쪽.

32) 魯迅, 「寫在『墳』後面」, 『魯迅全集』, 第1卷, 363~364쪽.

33) 陳江, 「慧眼伯樂-惲鐵樵」, 『商務印書館95年』, 商務印書館, 1992年, 600쪽.

34) 東尒, 「林紓和商務印書館」, 『商務印書館90年』, 商務印書館, 1987年, 541쪽.

예를 들어 1917년 6월 일기장에 "주좡竹莊에게 어제 편지가 왔는데, 린친난의 번역 원고가 요즘 너무 거칠고 오류가 많으며 거기에 투고 원고가 너무 많다. 내가 답하기를, 원고가 많다면 받으면 되지만 거칠고 틀린 부분은 고쳐야 했다"고 쓰고 있다.[35] 윈톄차오는 『소설월보』를 편집하는 동안 문심文心에서 질을 중시하고 엄밀히 점검했으며, 공평한 마음公心으로 분파의 개념 없이 문학청년들을 열심히 지지해주고 지도하여, 『소설월보』를 영향력 있는 전국적인 대형 잡지간행물로 만들어 간다. 공공의 영역으로 문호개방을 하면서 사방에서 오는 문인들을 맞이하였다.

전기 『소설월보』를 '원앙호접파' 간행물로 분류하는 것은 극히 불공평한 편견이다. 오늘날의 관점에서 원앙호접파 간행물이라고 하더라도 구체적인 분석이 있어야 한다. 원앙호접파라는 정치적 모자를 씌우는 시대는 이미 지나갔고, 아닌 것은 아니다. 이 문제에 대해 모호함의 여지가 있으면 안 된다고 생각한다.

윈톄차오는 '5·4' 청년 애국운동을 적극적으로 옹호했다. 1919년 6월, 그는 가두에서 수업 거부 공개선언문을 배포하였는데, 어떤 사람이 상우인서관 간부에게 이 사실을 알렸다. 상층 간부는 오히려 아주 진보적이어서 그것을 개인의 자유라고 보고 간섭하지 않았다. 그러나 1920년 전후 그는 이미 문학계가 생존이라는 것에 적합하지 않다고 느낀다. 그는 점차 '보수파'로 보여졌고 적어도 '보수분자'가 되었다. 마오둔은 1920년 『소설월보』 제11권부터 '반半 혁신'을 시작했고, "10여년의 보수의 보루에 결국 돌파구를 열어서 그것의 파국을 결정했고 12권부터 혁신이 일어났다"고 했다.[36] 마오둔의 이 말은 1970년대 말에 한 것이지만 그 당시의 분위기를 볼 수 있다.

『소설월보』 제9~11권을 편집한 왕시선은 후장대학滬江大學으로 가서 교수가 되었다. 윈톄차오가 1920년 6월 상우인서관 편역소를 떠난 시기도 그때였다. 1923년 『소설세계』가 창간될 때 이구疑古(첸쉬안퉁錢玄同)의 논조와 방법은 더욱 격해졌다. 「『소설세계』와 신문학」이란 글에서 "『소설세계』 제1기에

---

35) 東尒, 같은 글, 같은 책, 540쪽.

36) 茅盾, 『我所走過的道路(上)』, 人民文學出版社, 1981年, 173쪽.

나타난 온갖 악인들을 심하게 욕했고 또 상우인서관 당국에 차가운 조소와 신랄한 풍자를 하며 한 푼의 가치도 없다고 보았다. 그들은 해야 할 일을 했지만 '세상에 감히 선을 따르지 못하고 동시에 나쁜 일을 하지 않으면 안 되는 사람이 있는 것이 불편했다'[37]고 하였다.

이런 매도식 문장은 분명히 윈톄차오의 일관된 태도와는 다르다. 윈톄차오는 『소설월보』를 편집할 때 "본 신문의 취지는 남을 욕하거나 몰래 남을 중상하는 것을 특히 엄하게 금한다"[38]고 선언했었다. 그러니 그가 떠난 것은 옳았다. 그는 편집 발행을 하면서 여가 시간을 이용해 중의학을 연구했다. 왜냐하면, 그의 아들이 돌팔이 의사에게 치료를 잘못 받았기 때문이다. 그는 스스로 중의학을 연구하여 자식을 치료하고 싶어 했다. 나중에 친척, 친구들이 와서 치료해달라고 했는데 뜻밖에도 몇 명의 아이를 사경에서 구해 내기도 했다. 그는 점점 바빠져서 한가할 틈이 없었다. 그래서 정식으로 간

윈톄차오의 8권짜리 『악암의학총서』 제2집 『군경견 지록 상한론연구』

『톄차오의학월간(鐵樵醫學月刊)』 제1권 제1호 표지

37)　茅盾, 같은 책, 215쪽.
38)　惲鐵樵, 「某三·編者跋語」, 『小說月報』, 第6卷, 第7號, 1915年 7月 25日, 6쪽.

판을 내걸고 세상을 구제했다. 나중에 그는 '신묘한 귀머거리 의사神聾醫(원톄차오는 청각 장애인이었다)'라는 찬사를 받았다. 그러나 원톄차오의 가장 큰 공적은 그가 중의학 개혁의 선진 인물이었다는 것이다. 그는 고문에 능통했고 중국 고대의 의학 경전을 깊게 연구하였으며 또 영어를 잘해서 서양 의학의 장점을 가져왔다. 그는 몇 백만 자의 8권짜리 『약암의학총서藥庵醫學叢書』와 한 권의 책 『국의관과 원톄차오의 왕래 문서國醫館與惲鐵樵往來之文件』를 남겼다. 그가 중의학통신학교를 만들면서 따르는 자도 많아졌다. 『톄차오 의학월간鐵樵醫學月刊』을 창간하여 연구 가치가 높은 월간 20호를 남겼다. 그는 "우리나라(중국) 의학혁명의 창시자"[39]라는 명예를 얻었다. "진찰 관련 저술에 힘썼고 말년에는 저술한 책이 특히 더 많았다. 학설은 주로 중의학과 서양의학을 절충했다. 발명은 모두 실험을 통해서였다. 그 실체를 설명할 수 있어서 탁월한 학설이 되었다. 요즘 우리나라 의학계가 날로 어려움에 빠져있지만 동인들은 모두들 혁신으로 시대의 조류에 부응해야 함도 알고 있다. 선생은 확실히 선구자였고 한 가난한 문인에서 의학계의 대가가 되었다. 이 어찌 위대하지 않은가."[40]

난 문학계의 '보수파 보루'의 '문지기'가 갑자기 의학계에서 어떻게 광채를 띨 수 있었을까 생각했다. 내 생각엔 중화민국 2년과, 5 · 4운동 전후의 문학계 전체 수준이 달랐다고 본다. 루쉰의 「회고」와 그의 「광인일기」 사이에는 분명히 거리가 있다. 그리고 예성타오의 『여창심영』과 그의 5 · 4 이후의 명작에도 차이가 존재한다. 당시의 전체 수준은 겨우 몇 년 동안 그렇게 된 것이지만, 그것을 비약이라고 해선 안 된다. 그래도 원톄차오는 문학이 그에게 준 계몽과 영향에 감사하고, 그의 근면한 저술 · 중의학 통신학교 설립 · 의학 월간의 창간 등은 모두 문학계의 몇 가지 방법을 의학계로 이식해 온 것이므로, 자신이 문학계에 들어 간 것이 헛된 것은 아니었다고 생각했을 것이다.

---

39) 何公度, 「悼惲鐵樵先生」, 『鐵樵醫學月刊』, 第2卷, 第8號, 1935年 10月 15日, 1쪽.
40) 章巨膺, 「惲鐵樵先生年譜」, 『藥庵醫學叢書 · 第1輯 · 文苑集』, 新中醫出版社, 1948年, 17쪽.

제5절
현대 정기간행물 두번째 물결의
기타 문학잡지 개관

『토요일』편집자 왕둔건(王鈍根)과 부인 사진

1909~1920년 문학 정기간행물의 두 번째 물결 시기에 많은 잡지가 출판되었다. 루쉰이 말한 '원앙호접식 문학의 전성기'[41]는 대략 1914년부터 1915년을 가리킨다. 이 2년 사이에 창간된 정기간행물은 완전한 통계는 아니지만 37종이 넘었다. 그 중 1914년에 24종, 1915년에 13종이 출현했다. 우리는 이 일부 대표적인 몇 가지 주요 정기간행물에 대해 간단히 순례를 하려고 한다.

윗글에서 『토요일』주간을 따로 떼어 설명하지 않았는데, 이는 다른 의

---

41) 魯迅, 「二心集·上海文藝之一瞥」, 『魯迅全集』, 第4卷, 232쪽.

도가 있어서이다. 과거 신문학계는 『소설시보』, 『소설월보』, 『소설대관』, 『소설화보』를 분석하지는 않았다. 늘 『토요일』을 가지고 그 "죄를 추궁하였다."[42] 『토요일』 주간이 비속하기는 했지만 그렇게 큰 죄는 없었다. 『토요일』은 어느 정도 대표성을 지니고 있었지만 그래도 정기간행물적인 가치는 앞 장절에서 열거한 정

저우서우줴안 사진

기간행물들보다는 못했다. 그래서 단지 '개관'이라는 형식으로 다루려고 한다.

저우서우줴안周瘦鵑이 이미 "생전에 진술서를 만들었다"고 한 천뎨이의 말은, 「토요일 한담禮拜六閑話」에서 저우서우줴안이 이 정기간행물에 대해 자기 평가를 한 것을 말한다. 즉 "대다수는 어두운 사회, 군벌의 횡포, 가정의 전제주의, 혼인의 부자유 등등을 폭로했는데, 모두가 원앙호접식의 재자가인 소설이라고 할 수는 없다. …… 200기의 『토요일』에서 몇 쌍의 원앙과 몇 마리의 나비를 잡을 수 없는 건 아니다. 하지만 아직은 온 하늘을 어지럽게 날고 온 땅을 뒤덮을 정도는 아닐 것이다." "나는 『토요일』을 편집해 본 적이 있다. 또 늘 소설과 산문을 창작하고 서양 유명 작가의 단편 소설을 번역하여 『토요일』에 발표했다. 젊었을 때 나는 『토요일』과 뗄 수 없는, 틀림없는 『토요일』파였다."[43] 사실 200기 『토요일』(전 100기는 1914년 6월~1916년 4월에 출판) 중 저우서우줴안이 편집한 것은 대략 후기 100기 중 30여기였다. 그러나 그는 정말로 '틀림없는' 이 잡지의 '중심인물'이었다. 이 200기 중 전기 100기 중에 제85~100기까지 연속 16기에는 그의 문장은 없다. 또 후기 100기 중, 제163~200기까지 연속 38기에도 그의 문장은 없었다. 기타의 146기 중에 그가 비록 병으로 인해 원고를 쓸 수 없는 요인이 있었지만,

---

42) 여기서 천뎨이의 말을 인용해보면 이렇다. "저우서우줴안 선생이 생전에 진술을 했고, 약간은 변명이지만 '토요일파'에 대한 죄를 묻는 작업은 여러 해 동안 끝이 없었다." 그의 글 「토요일파의 역사-60년 전의 정기간행물禮拜六派滄桑史-六十年前的一本定期刊物」은 홍콩의 『대성大成』 第11期(1974년 10월 1日) 68쪽에 실려 있다.

43) 周瘦鵑, 「閑話『禮拜六』」, 『拈花集』, 上海文化出版社, 1983年, 94~95쪽.

『토요일』 제1기 표지

어떤 때에 한 기에 여러 편을 게재했다. 그는 『토요일』에 모두 152편의 각종 번역, 저술, 문장을 발표했다. 그 중에 창작은 83편이고, 번역이 69편이다. 이런 많은 숫자를 열거하는 의도는 이 200기 잡지를 분석하고 싶지만 진행하기 어려워서다. 그의 152편의 작품이 제재, 장르, 언어, 품격 등의 방면에서 일정 정도 대표성을 지니고 있다는 것은 인정할 만하다. 만약에 이 '개인 기록'을 분석하고 마지막에 다시 보충과 설명을 해준다면 『토요일』의 개황을 간단하게 설명하게 될 것이다.

저우서우쥐안(1894~1966)은 편집, 번역, 저술을 다 잘하는 다재다능한 사람이었다. 이름은 저우궈셴周國賢이고, 필명은 서우쥐안瘦鵑, 치훙泣紅, 쯔뤄란주런紫羅蘭主人 등이 있다. 장쑤 쑤저우 사람이며 6세 때 부친을 잃고 너무 가난해 모친이 바느질을 해서 생활했다. 사숙, 초등학교, 중학교까지 모두 성적이 우수해서 학비를 감면받았고 18세에 상하이 민립중학民立中學을 졸업했다. 민립중학은 당시의 일류학교로 상하이에서 영어 수준이 높은 학교였다. 졸업 후 그는 그 학교의 영어선생님이 되었다. 개구쟁이 학생들을 잘 관리하지 못해 사직하면서 이때부터 번역, 저술, 편집으로 생활을 영위했다. 1917년 번역 작품을 모아 『구미 유명작가 단편소설 총서歐美名家短篇小說叢刻』를 발행했고, 상·중·하 세권으로 나누어 47명 대가의 49편의 소설을 수록했다. 그 중 『토요일』 전기 100기 중에 실렸던 12편 번역소설을 『총서』에 수록했다. 『총서』는 당시 교육부에 재직 중이었던 루쉰의 주목을 받았다. 루쉰과 저우쭤런은 공동으로 평어를 써서 그를 칭찬하면서, "선택한 작품은 다 좋은 작품으로", "성실하고 진지하다. 사람의 눈을 즐겁게 하고 마음을 기쁘게 하는" "근래 번역계에서 빛나는 사람이다."

"음란한 문자가 거리에 충만한 이 시기에 이런 책을 얻는 것은 마치 어두운 밤에 비친 미광이며 군계일학인 것이다"[44]라고 하였다. '문화대혁명' 시기 저우서우쥐안은 박해를 받고 모욕을 당했으며 존엄을 지키기 위해 1968년 우물에 뛰어들어 스스로 목숨을 끊었다. 그의 자살은 아주 '슬프고' '처참했다.' 그는 1973년 명예가 회복되었다.

저우서우쥐안의 작품은 제재 면에서도 대표성을 띤다. 그의 152편 문장은 네 종류로 나눌 수 있는데, 비극애정·애국·윤리·사회로 이 4 종류는 기본적으로 『토요일』 주간 소설의 대체적인 양상을 개괄할 수 있다. 저우서우쥐안의 대표성은 그가 이 네 가지 제재 중에서 신구 결합의 모순을 보여주었다는 것에 있다. 구사상의 도덕 규범은 그를 속박했지만 신사상의 도덕 규범은 매혹적이었다. 신구 사이에서 배회하며 마음이 동요되었고 신구 사상의 충돌 속에서 결단내리기 어려운 곤혹감을 표현했다.

『토요일』 창간 초기에 저우서우쥐안의 제재는 비극애정소설에 중점을 두었다. 그가 비극 애정에 관심을 둔 이유는 자신이 연애 과정에서 큰 충격을 받았기 때문이다. 그와 여자친구 '쯔뤼란(紫羅蘭: 바이올렛-역주)' 사이의 애정과 혼인은 이른바 "두 집안이 어울리지 않는다"는 여자 부모의 반대를 받았다. 이것이 그의 영원히 마르지 않는 비극애정소설_{哀情小說}의 원천이 되었다. 그는 평생 이 꽃을 사랑했다. 그는 자신이 편집한 잡지명을 『바이올렛_{紫羅蘭}』, 『바이올렛 꽃잎_{紫蘭花片}』이라 하였고, 서재는 '바이올렛 암자_{紫羅蘭庵}'라고 하였으며 잉크조차도 보라색이었다. 이른바 '일생을 바이올렛에 순종한_{一生低眉紫羅蘭}' 것이다. 비극애정소설은 결국 '외압의 방해'에 대한 일종의 '규탄'이었다. 예를 들어 부모의 명령 혹은 문벌 관념에 대한 일종의 반항처럼 말이다. 다수는 눈물을 이용했을 뿐이고 소수는 순정을 사용하였던 것이다.

우리는 저우서우쥐안의 『토요일』을 막 창간할 때의 문장 제목을 들으

---

44) 『구미 유명작가 단편소설 총서_{歐美名家短篇小說叢刻}』에 관한 비평의 일부이다. 이 글은 1917년 11 月 30日 『교육공보_{教育公報}』 第4年, 第15期에서 실렸다. 루쉰이 '통속교육연구회' 소설 주임을 맡고 있을 때 이 책에 상을 주기로 결정하면서 쓴 비평이다. 『魯迅軼文集』, 四川人民出版社, 1979年, 115쪽에서 재인용.

면 바로 그것이 재자가인才子佳人의 제재라는 것을 알 수 있다. 예를 들면, 「한이 끊이지 않는 시기」, 「만나지 못하고 결혼 못하는 것을 원망할 때」, 「그림 속 진실」, 「한밤중의 두견새 소리」 등이다. …… 그의 친한 친구 천샤오뎨는 "저우서우쥐안은 정이 많은 사람이다. 평생 글을 썼는데 연애소설이 거의 다였다. 그것은 너무 애절해서 끝까지 읽을 수 없었다.……"고 하였다. 천샤오뎨는 그에게 몇 수의 시를 보냈는데, 그 중에 하나 "온 천지에 '정情' 자 만 가득하구나, 이렇게 사랑에 빠진 사람은 세상에서 드물다. 나는 저우周의 붓이 어떻게 남녀 간의 사랑만을 쓰는지 책망하였다"[45]는 내용이었다. 저우서우쥐안은 제목이 『정情』이라는 소설의 발단부에서 "저우서우쥐안 왈: 2년 동안 내가 쓴 비극애정소설은 39편이고 번역한 비극애정소설은 23편이다. 나는 이들 때문에 62차례나 눈물을 흘렸다. …… 최근에는 정情이라는 이 한 글자 때문에 모욕을 당했다. 사실은 육신의 욕구를 미화하여 애정이라고 하지만 애정의 꽃은 욕망과 성욕의 밭에 심을 수 없다는 것을 알아야 한다. 육신의 욕구 외에 '진정한 것'이 있다. 진정한 사랑은 만고불멸이고, 영원히 변치 않으며 영원함이 태양과 같다 ……"[46]라고 하였다.

하지만 저우서우쥐안의 비극애정소설은 어떤 때는 단순히 '진정한 사랑'을 썼을 뿐만 아니라 어떤 때는 애국과 윤리 등의 제재와 서로 얽혀 매우 복잡하고 풍부한 내면세계를 표현하기도 했다. 예를 들면 『토요일』 제3기의 「행재상견行再相見」이다. 소설은 소녀 구이팡桂芳이 상하이 영국 영사관 비서와 연애했는데 그녀의 큰 아버지가 이 영국 비서가 경자년에 그녀의 아버지를 죽인 원수라는 사실을 알려 준다. "니 애인이 바로 너의 원수야!" "니가 중국인이라는 것을 잊지 말아라! 어찌됐든 너는 어른의 명령에 순종해야 한다. 내일 반드시 손을 써서 그를 죽여라!"라고 하자 그녀는 골몰히 생각한 후 마침내 애인을 독살하게 된다. 그녀는 "그와 마지막 입맞춤을 하고 꿇어앉아 두견새처럼 피눈물을 흘리며 울었다. 그리고 처량하고 비참한 소리로 '곧 다

---

45) 陳小蝶, 「午夜鵑聲·附記」, 『禮拜六』, 第38期, 1915年 2月 20日, 18쪽.

46) 周瘦鵑, 「情」, 『春声』, 第4期, 1916年 4月 1日, 1쪽.

시 만나게 될 거예요'라고 부르짖는다." 국난과 집안의 원한이 연정을 이겨 버린 것이다. 저우서우쥐안은 많은 심리묘사를 운용했으며 서양소설을 모방하는 경향도 농후했다.

1915년 일본이 위안스카이 정부에게 중국을 멸망시키는 '21개조'를 제시한 후 저우서우쥐안의 애국 제재 작품이 현저히 증가한다. 이것은 『토요일』 제51기(1915년 5월 22일)부터 제58기(1915년 7월 10일)까지 연속 등재된 「국치록國恥錄」에 비추어 볼 수 있다. 저우서우쥐안의 애국 정서는 어릴 때부터 부친의 영향에 의한 것이다. 기선 선원이었던 부친이 중병을 앓고 있을 때 8국 연합군이 중국을 침략했다. 8월 14일 침략군이 베이징을 함락시켰다. 병중에 있었던 부친이 갑자기 침대에서 일어나 3명의 아들에게 큰소리로 "삼형제여! 영웅호걸처럼 출병, 참전하여라!"라고 외쳤다. 한 달이 안 되어 부친은 세상을 떠났다. 저우서우쥐안은 부친의 고함 소리를 그에게 남긴 유언으로 받아들였다. 그의 『토요일』에 발표된 애국소설은 「중화민국의 혼中華民國之魂」, 「조국이 중요하다祖國重也」, 「조국을 위해 희생하다爲國犧牲」 등이 있다. 번역된 애국소설은 「애국소년전愛國少年傳」, 「남편 사랑과 조국 사랑愛夫與愛國」, 「애인인가 조국인가情人歟祖國歟」 등이 있다.

그러나 그의 어떤 애국소설에서는 이야기를 조작한 흔적이 뚜렷했다. 예를 들어 「조국이 중요하다」는 선사오산沈少山이 항전을 위해 먹을 것을 찾으며 우는 두 명의 어린 자식을 죽이고 입대해 전쟁 중에 여러 번 전공을 세운다는 이야기였다. 여기서 우리는 그의 비극애정소설 속에서 '감정이 유일한' 것이라는 경향 외에, 애국소설 속에 나타난 '감정 조작' 성향을 발견하게 된다. 그의 소설 속에 복수주의 경향이 아주 뚜렷했는데, 일본이 우리를 멸망시키려는 마음이 있는 이상 우리는 그들을 멸망시켜 우리의 식민지로 만들어야 한다고도 하였다. 심지어 그는 중국이 강국이 되어 세계를 통치하는 것을 바라는 패권주의 사상을 드러냈다. 이런 조작은 결국 환상에서 오는 것이고 소설 중에 이런 부적절한 환상을 드러내는 것은 소설의 감화력을 상실하게 한다.

윤리소설에서 저우서우쥐안의 모순은 더 뚜렷하였다. 그는 어릴 때부터 그를 키우는 모친의 노고를 잘 알고 있었다. 그래서 전통 미덕인 '효'는 늘 그의 마음속에 남아 있었다. 윤리소설 중에 드러난 그의 모순은 정조에 관한 것으로 '한평생 한 남편을 섬긴다'는 문제였다. 저우서우쥐안은 이 잡지에서 어떤 때는 반 달 사이에 '자기부정'을 드러낸다. 그는 천샤오예의 필기소설 「적성환절赤城環節」을 위한 「평어按語」에서, "말세의 세상, 인륜이 실추되었고, 열녀는 음란한 열녀가 되었다. 세상을 이해하기가 쉽지 않도다. ……그래서 열녀를 조롱하는 것이 풍조가 될 수 있도다"[47]고 하였다. 그러나 보름이 되지 않아 이 '구시대 도덕 옹호가'의 말은 크게 바뀌었다. 「십년의 수절十年守節」에서 정조를 잃은 여자를 위해 변호하면서 "중국 몇 천 년의 전통에서 남자는 아내가 죽으면 여러 여자와 다시 결혼해도 되지만 여자의 경우 남편이 죽으면 절대 재혼을 하지 못한다. …… 이 사회의 형체 없는 잠재 세력이 철망을 만들어 여자들을 단단하게 속박하고 있다. 거기서 벗어나려 한다면 좋은 여자라고 할 수가 없는 것이로다. …… 왕 부인이 절조를 잃은 게 그녀의 죄인가? 아니다. 왕 부인의 죄는 구사회가 쓸데없이 참견하기 좋아해 만든 죄로, 낡은 격언 '일녀불사이부一女不事二夫'의 죄인 것이다. 왕 부인은 그런 철망에 속박되었다가 우연히 부드럽고 감동적인 감정들이 그녀를 빼내왔다. 나는 왕 부인을 보면서 동정의 눈물이 흘러 이 슬픈 문장을 썼다"[48]고 하였다. 이때는 마침 신구 교체기로 저우서우쥐안에게 아직은 봉건주의의 독이 남아 있었고 또 서양에서 전래된 새로운 도덕규범의 세례를 받기 시작하면서 그는 신구가 합류하는 과정에서 모순과 갈등이 있었다. 그는 다수의 『토요일』작가들의 상황을 대표하고 있다.

후기 100기 중에는 저우서우쥐안의 사회 제재 작품이 대폭 증가한다. 예를 들어 「혈血」과 「발腳」 등 소설은 모두 인도주의의 입장에서 노동자를 동정한 좋은 작품이다. 그는 제 103기 「편집실」에서 "본 잡지의 소설은 사회문

---

47) 周瘦鵑, 「赤城環節·按語」, 『禮拜六』, 第110期, 1921年 5月 21日, 16쪽.

48) 周瘦鵑, 「赤城環節·按語」, 『禮拜六』, 第110期, 1921年 5月 21日, 16쪽.

제, 가정문제를 중시하여 진정으로 그들을 표현하였다"고 했다. '5・4'의 빛이 『토요일』의 작가들에게 굴절된 것으로, 사람마다 받아들이는 정도가 다를 뿐이다.

또 저우서우쥐안의 작품에서 기교와 언어의 과도한 모습을 볼 수 있다. 그의 작품은 외국소설의 기교에 깊은 영향을 받았지만 중국의 (장회소설에서 사용하는) "독자 여러분看官"이라는 말투는 여전히 남아 있었다. 언어의 경우, 창간 초기에는 진부하고 상투적인 논조의 사용 빈도가 높았지만 점차 여기에서 벗어났고 동시에 백화 작품 수

야오위안추가 편집한 『춘성』 창간호 표지

도 증가하면서 전체 현대 백화문을 사용해 현대 생활을 반영하기에 이르렀다.

저우서우쥐안을 분석하는 것은 『토요일』을 드러내는 축소판이라고 할 수 있다. 왕둔건이 창간호에 쓴 「군소리贅言」는 당시 비판을 받았던 주요 문장이었다. 그러나 지금에서 보면 사실 그는 단지 문학의 오락적 기능을 제창했을 뿐이다. 그는 소설을 읽는 것이 "웃음을 팔고 술을 찾고 음악을 감상하는" 것을 대신할 수 있다는 상상은 현실적이지 않다고 보았다. 단지 '음악을 감상하는 것'과 소설을 읽는 것에 약간의 공통점을 찾으면, 적어도 정신적인 향수라는 것이다. 단 '웃음을 파는' 경우 어떤 때는 '정욕' 문제를 해결하고, '술을 찾는 것'은 '먹는 즐거움口福'의 문제를 해결하는 것으로, 소설을 읽는 '정신적 향수'와는 완전히 다른 것이다.

소설 정기간행물의 두 번째 물결에서 눈에 띄는 것은 야오위안추姚鴛雛의 『춘성春声』 월간으로, 1916년 원단元旦에 창간했다. 야오위안추는 린수의 직속 제자이다. 징스대학당京師大學堂에 있을 때 린수는 그의 재능을 매우 극찬했는데, 매월 과제를 평가할 때 "두 번 아주 긴 평어를 써서 그 과제를 열람실 진열창에 걸었다." 그는 린수의 영향을 받았고 소설을 잘 썼는데 특히 인물

전기소설에 뛰어났다. 그의 유명한 『연축쟁현록燕巖筆弦錄』은 바로 주이쭌朱彝尊의 「풍회시 이백운風懷詩二百韻」을 장편소설로 발전시킨 것이다. 명인의 서사시敍事詩가 연정으로 자술되었고 그의 배치를 거쳐 소설이 되었으며, 섬세하고 모순적인 감정이 최고조에 달했다. 류야쯔柳亞子는 그의 『춘성』 월간에 서문을 써서 "예전에 야오위안추 선생에게 시를 써 보냈는데, 거기에 '소설에는 적이 없고 문장은 귀신도 슬퍼한다'라는 구절이 있었다"[49]고 회상하였다. 야오위안추는 외국어를 못했다. 그러나 그는 외국 역사를 잘 알고 있었다. 그가 쓴 많은 외국 제재의 소설은 번역 작품이 아니라 외국어를 아는 사람에게 부탁해서 이야기의 줄거리를 알려달라고 하여, 그 사람으로부터 들은 외국 생활과 외국 역사 인물에 대한 이해를 통해 다시 창작한 것으로 어떤 때는 새로운 경지에 도달했다. 『춘성』 제1기에 외국 제재의 장편소설 『빈하겸영賓河鶼影』이 이렇게 쓰였다. 그 내용의 이치는 그가 쓴 중국의 주이쭌, 궁딩안龔定庵 등 역사 인물과 같은 수법이고, 관건은 인물에 대한 세밀하고 정확하며 체계적인 이해였다. 이런 처리 방법은 그가 선생님 린수에게 배우고 거기에 새로운 창작 수법을 더한 것이다.

장징루張靜廬는 『춘성』을 높게 평가했다. "오늘의 입장에서 어제를 비평하지 않는다면, 난 원밍서국이 출판하고 야오위안추 선생이 편집한 『춘성』, 그리고 바오톈샤오 선생이 편집한 『소설대관』을 이 시대의 '군계일학'이라고 본다. 특히 『춘성』 월간은 남사의 많은 시인과 문예작가들을 보유하고 있어 모든 것을 오만하게 볼 만하다"[50]고 하였다. 하지만 안타깝게도 『춘성』은 반년 총 6기만 나오고 정간된다. 야오위안추의 친구 예샤오펑이 편집한 『춘성』과 비슷한 류의 『칠상七襄』은 1914년 11월 창간한 것으로, 매 7일마다(7, 17, 27일) 출판한 순간旬刊 잡지였지만 9기만에 정간된다. 야오위안추가 「발간사」를 썼고, 예샤오펑의 『고수한가기古戍寒笳記』가 이 잡지에 최초로 연재되었다.

17집을 발행한 『민권소民權素』는 1914년 4월 창간되었다. 초기에는 부정

49) 柳亞子, 「春聲·序」, 『春聲』, 第1期, 1916年 1月 1日, 1쪽.

50) 張靜廬, 『在出版界二十年』, 上海書店, 1984年, 36쪽.

기 간행물이었다가 제6기부터 월간으로 바뀌었다. 주요 편집자는 장주차오蔣箸超였다. 장주차오는 원래 『민권보民權報』부록의 편집자로, 여기에 『옥리혼』과 『얼원경』 등 소설을 등재해서 명성이 커졌다. 『민권보』는 위안스카이를 반대했기 때문에 위안스카이의 박해를 받았다. 그러나 『민권보』는 조계지 안에 있었기 때문에 영업을 봉쇄할 수는 없었다. 다만 조계 밖으로 발행되는 것을 금지하였다. 발행 수량은 매우 제한되었고 겨우 반 년 발행하고 정간되었다. 장주차오는 부록의 동업자 류톄렁劉鐵冷 등과 공동으로 민권출판부를 설립해 『민권소

『민권소』 창간호 표지

』를 출판한다. 처음엔 『민권보』에 게재되었던 작품을 편집, 게재했고 제3집부터 새 원고를 받았다. 매 집은 대체로 10개의 다음과 같은 고정란, 즉 명저名著, 예림(藝林: 시사詩詞를 다루었다), 여행기, 시화, 설해說海, 담화, 이야기 수집諧藪, 외국이야기瀛聞, 극취劇趣, 잔소리碎玉 등이 있었고, 매 고정란은 또 많은 글들을 수록했으며, 훌륭한 작품이 많고 매우 재미있었다.

　문장의 폭도 매우 넓었다. 월간으로 바뀐 제6기가 '예림'에 정판교鄭板橋의 유작과 탄쓰퉁譚嗣同, 탕차이창唐才常, 쩌우룽鄒容, 장타이옌章太炎의 시를 실었고, 제9기의 '설해' 중에는 뜻밖에도 명 태조의 『주전선周顚仙』이 실렸다. 장주차오는 "명 태조는 직접 주전선의 전기를 써서 역사책에 싣고 글을 궁궐에 두었다. 저우쯔사오형周子少衡이 개인 집에 소장 중이었던 이 책을 찾아냈는데 문장은 진본이었다. 명조 때 인쇄 발행한 책이었으므로 그것을 시급히 채록했으며, 역시 전고 중의 제일 좋은 이야기였다"고 회상한다. 제12기의 '명저' 중에 장타이옌, 탄쓰퉁, 탕차이창 등의 문장이 있는데 명인 명가의 효과를 매

우 중시한 것 같았다. '설해'에는 장밍페이張冥飛, 양천인楊塵因, 우쌍러의 소설이 가장 많았다.

이 작가들은 또 1914년 6월에 창간한 『소설총보』에도 출현한다. 정이메이는 "『민권보』가 원앙호접파의 발상지라고 한다면 『소설총보』는 원앙호접파의 근거지"[51]라고 보았다. 그것은 1914년 6월부터 1919년 8월까지 모두 44기를 출판했고 주 편집자는 쉬전야였다. 구조도 『민권소』처럼 소설, 문원文苑, 번역총서譯叢, 해학諧林, 필기筆記, 탄사彈詞, 신극新劇, 단편補白 등의 큰 고정란이 있었고, 소설은 '특별 제재의 소설' 『설홍루사』 연재를 선전하였다. 허멍샤의 친필 일기를 발견했다고 사칭했기 때문에 『옥리혼』을 좋아하는 독자들이 이 일기를 보고 싶어 해 잡지가 아주 잘 팔렸다고 한다. 1914년 6월 창간 출판 후 그해 재판을 찍었고 1915년 초 3판을 찍었다. 예전에 창간호의 각각 다른 세 종류의 표지를 본 적이 있는데 설명할 수가 없었다. 나중에 알았는데 이 잡지를 인쇄한 원밍서국은 지형紙型을 만들 설비가 없어서 재판할 때마다 문자를 다시 배열했다고 한다. 아마 표지도 다시 인쇄해야 했으므로 서로 다른 표지를 사용했을 가능성이 있다. 잡지는 아주 잘 팔렸으며, 『설홍루사』 역시 이 잡지의 '구매력賣點'이 되었고 쉬전야는 단숨에 18기를 연재해 완간했다. 그러나 한 독자가 『설홍루사』 속 시사詩詞의 일부가 남의 것을 베낀 것이라고 고발하였다. 그 부분은 사실 창작이 아니라 표절이었다. "쉬전야도 서둘러 글을 썼기 때문에 자신이 다 쓸 여유가 없었으며 나중에 반드시 고쳐서 잘못한 것을 보상하겠다고 했다. 그리곤 그 후 다시 글을 썼으며 타인의 문장은 삭제하였다. 문장은 앞뒤가 순통했다"[52]고 한다.

왕둔건의 '유희' 기능의 제창에 따라 『토요일』 주간周刊이 나오기 전인 1913년 11월 왕둔건이 주편한 『유희 잡지(정기간행물 명)』가 창간되었다. 왕둔건은 서언에서 "중국에는 유희 정기간행물이 없었고 이 정기간행물부터 시작된다. 본 정기간행물이 앞으로의 중국 정기간행물계 1위 위치를 차

---

51) 魏紹昌 編, 『鴛鴦蝴蝶派研究資料』, 上海文藝出版社, 1962年, 293쪽.
52) 魏紹昌 編, 위의 책, 297쪽.

지하지 않겠는가? 그렇다고는 단언할 수 없지만 문인들이 면목을 일신한 새로운 작품을 창작 하도록 기여할 것이다. 사회의 환영을 받을거라고 본다. 그러므로 작가는 유희의 방법으로 이 잡지를 만들고 독자들도 마땅히 유희의 시각으로 이 잡지를 읽는다"[53]고 했다. 그리고 아이러우_{愛樓}가 쓴 서언은 세상에서 제일 큰 오락장이라는 생각을 잘 드러냈다. 이 정기간행물은 후에 『유희신보_{遊戲新報}』·『여가 월간_{消閑月刊}』·『유희 세계_{遊戲世界}』 등 정기간행물의 선도 역할을 담보했다.

『미어』 창간호 표지

소설 잡지간행물의 두 번째 물결에서 주목받을 만한 정기간행물이 또 있는데, 그것은 루쉰이 언급한 『미어_{眉語}』다. 루쉰은 다음과 같이 말한다.

> 근래에 얼굴을 닦는 치분(가루치약)을 만든 톈성쉬워_{天生虛我}가 만든 『미어』 월간이 나왔을 때는 원앙호접식 문학이 극성을 이루었다. 나중에 『미어』가 폐간을 당했지만 그 세력들은 사라지지 않았고 『신청년_{新靑年}』이 나오고서야 타격을 받았다.[54]

여기에 한 가지 오류가 있는데, 즉 『미어』는 톈성쉬워가 편집한 것이 아니라 쉬샤오톈_{許嘯天}의 부인 가오젠화_{高劍華}가 편집한 것으로, 쉬샤오톈이 그녀를 도왔다. 고증해 봐야 할 것은 『미어』가 정말로 금지를 당했는가의 여부이다. 하나는 참여했던 사람들의 말을 들어 본 적이 없고 둘째는 이런 잡지는

---

53) 王鈍根, 「遊戲雜誌·小言」, 『遊戲雜誌』 創刊號, 1913年 11月 31日, 2쪽.

54) 魯迅, 같은 글, 같은 책, 같은 쪽. 루쉰은 『미어_{眉语}』인 출판 전후인 1914~1915년의 상황을 말하고 있다.

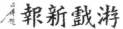

세 종류 '유희' 간행물 창간호 표지

금지될 것 같지 않기 때문이다. 이것은 한 여성이 책임 편집해 1914년 10월 창간한 정기간행물로 1916년 3월에 정간됐고 모두 18기를 출판했다. 가오젠화의 이력에 따르면 그녀는 베이징사범학교_{北京師範學堂} 졸업생이라고 한다. 『미어』창간호의 「미어 선언」에 다음과 같은 언급이 있다.

꽃 위로 나비가 뛰어들기에는 봄이 알맞고, 호수가에서 피서하기에는 여름이 맞고, 장막에 기대어 달을 감상하기에는 가을이 좋으며, 화로 옆에 앉아 차를 마시기에는 겨울이 좋다. 아름다운 규방 여인들이 일을 하고 여가를 보낼 때 그때그때 때를 놓치지 않고 향유할 줄 아는 사람은 사리를 아는 사람이다. 그러나 답청, 피서, 달맞이, 수다는 서로 맞는 벗이 없으면 안 된다. 본 잡지사는 많은 재능 있는 사람들을 모아 이 잡지를 편집했다. 그리고 쉬샤오톈의 부인 가오젠화 여사가 책임 편집을 했다. 아름다운 마음과 고운 말, 문장의 향기와 의미의 고아함, 비록 유희 문장이라며 황당함을 서술하지만 충고와 풍자가 들어있다. 한가함의 여유에 모르는 사이 감동된다. 매월 초승달이 뜰 때가 이 잡지가 나오는 시기이므로, '미어'라고 이름짓는다. 역시 고상하고 운치 있는 사람이 달빛아래 꽃잎 앞의 좋은 친구구나. ……

이것은 마치 여성의 원앙호접식 필치같다. 정이메이가 이 정기간행물에 대해서 남성에 의한 대필이 많고 또 남자들이 여성의 이름으로 투고한 글 또한 많다고 지적했는데, 이에 대해서는 고증하지 않겠다. 왜냐하면 이 잡지를 여성이 편집한 정기간행물로 여기에 놓는 것도 그럭저럭 격식을 갖추는 것이라고 보기 때문이다.

제7장

청淸의 멸망과
궁궐역사연의소설宮闕歷史演義小說의 흥성

『한운설집』의 표지, 위안커원이 표제의 글씨를 직접 썼다.

제1절
쉬즈옌許指嚴 등의
장고야문掌故野聞

　　민국 초기, 궁궐 필기筆記, 역사연의 및 위안스카이의 복벽 사건 등을 다룬 소설 등이 간행물에 줄을 이어 발표되었다. 신해혁명을 전후하여 발생했던, 역사적으로 중요한 여러 사건들의 내막이 청의 멸망으로 인하여 만천하에 드러나게 되었다. 이전에는 공공연히 발설하지 못하고 사람들의 입을 통해서만 전해지던 궁궐과 관계官界의 비밀이 이제 버젓이 발표되었던 것이다. 궁궐과 권력층에 대한 이야기를 몰래 숨어서 전하던 시대는 이제 갔으며 과거의 진상 또한 공공연히 드러났다. 글재주가 있는 이들은 그동안 쌓여있던 과거의 사건들을 밖으로 드러냈고 독자들은 피곤한 줄 모르고 이를 읽어 제꼈다. 이에 따라 감추어져 있던 더 많은 이야기가 발굴되었고 과거의 역사를 다룬 소설 붐이 당시 출판계에 새로운 진풍경으로 등장하였다. 물론 이 소설들은 출판사와 서점에 커다란 상업적 이익을 가져다주었다. 청 말 민국 초의 주요 간행물, 예를 들어 『소설시보』, 『소설월보』, 『소설대관』, 『중화소설계』 등은 이런 사건을 다룬 필기문학筆記文學의 근거지였다.

신해년 이후 나라 사람들이 전조前朝의 사건, 특히나 궁궐 안의 이야기에 대해 말하기를 좋아하였다. 하지만 그 중에 대략 소문으로 떠도는 이야기가 열의 두셋, 거짓으로 만들어진 이야기가 열의 서넛이어서 근거가 있는 이야기를 찾아 한 시대의 중요한 역사 기록으로 삼으려 하면 열에 한두 개도 그만한 것을 찾을 수 없으니 식자들은 이를 아쉬워하였다. …… 나는 나이 먹은 궁녀가 아니어서 이 왕조의 흥성기를 직접 목격하지 못하였다. 상상과 추측으로 이야기를 꾸며내 거룩한 조정에 누를 끼치느니보다 차라리 내가 알고 있는 사실, 또 증거를 댈 수 있는 사실을 하나하나 기록하여 스스로도 만족하고 또 남들도 이를 믿게 하는 것이 나을 것이리라.[1]

이 언급을 보면 당시 이런 류의 필기소설筆記小說은 단지 뜬소문에 지나지 않거나 심지어는 거짓으로 지어낸 것이 많았지만 그것을 사실로 받아들이는 사람들이 매우 많았으며, 이런 이유로 이런 필기소설이 많은 독자를 확보하고 있었음을 알 수 있다. 그러나 반면에 '알고 있는 사실과 증거를 댈 수 있는 사실'만을 '하나하나 기록'해내는 정직한 작가 역시 존재하였다. 이런 경우는 역사 기록으로 인정할 수 있거나 적어도 역사 기록의 참고 자료로 인정할 수 있다.

한편 필기소설이 다루는 범위는 대단히 넓었다. "필기의 내용은 삼라만상을 포괄한다고 할 수 있다. 기이한 사건과 사물에 대한 기록, 옛날의 이야기와 일화, 각종의 제도와 문물에 관한 글, 각 지역의 풍토와 인정人情에 대한 소개, 각종 지식에 대한 열거, 명언에 대한 소개나 주의, 주장의 피력, 문학과 예술에 대한 논평, 각종의 주장이나 이론에 대한 논증, 골계나 해학적인 이야기 등등이 모두 다 필기에 포함된다. 이렇게 필기는 독자가 이루 다 읽을 수 없을 정도로 방대하며 그 읽는 재미 또한 무궁무진하다."[2] 궁궐 내의 비사秘事와 관료 사회에서 벌어진 사건 중 항간에 근거 없이 떠도는 이야기는 따로 그 진실 여부를 따질 필요가 있지만, 이외에 당시의 풍속이나 사람살이에 관

1) 迦龕, 「淸宮談舊錄」, 『小說大觀』, 第9集, 1917年 3月 30日, 1쪽.
2) 柯靈, 劉永翔, 「導言」, 『中國近代文學大系·筆記文學集』, 上海書店, 1995年, 1쪽.

쉬즈옌

한 이야기는 뭇사람들이 잘 아는 내용이어서 거짓으로 날조해낸 경우가 많지 않았고, 작가가 몸소 겪어 서술한 옛 이야기나 희한한 소문 등 역시 대부분 믿을 만한 것이었다. 이런 필기소설은 이야기가 잘 짜여 있고 세부 묘사 또한 잘 되어 있어서 문학성이나 오락성을 갖추고 있을 뿐만 아니라 지식적 측면에서도 높이 평가할만한 부분이 있다.

이렇게 필기는 길이가 짧은 대신 전달하는 내용을 압축적이고 정련되게 표현하고 있어 말 그대로 중국 민족형식의 '경기병대輕騎兵隊'라고 할 수 있다.

중국 근현대 역사의 대변혁기인 만청晚淸과 민국 초기의 시기는 옛것과 새로운 것, 중국의 것과 서양의 것이 서로 뒤섞이고 갈마들던 때라서 필기소설 작가들이 대량으로 출현하여 과거의 일들을 서술해냈다. 그 중 쉬즈옌許指嚴은 직업적으로 활동한 가장 대표적이며 가장 걸출한 필기 작가였다. 그는 일찍이 이렇게 회고하였다.

나는 태어난 시기가 늦어서 여러 장고문학(掌故文學: 옛날의 역사적 사건과 관련된 이야기 등을 기록하는 문학-역주) 대가의 뒤를 잇지는 못하였다. 다만 유년기 때부터 할아버지와 함께 하는 시간이 많았고, 이야기 듣기를 좋아해서 가담항어街談巷語를 소중하게 여겨 끌어 모았다. 비교적 성장하여 글을 보고 문헌을 따져 읽을 수 있게 되어 대충 장고문학의 작가로 성장할 단초를 얻었다.[3]

어려서부터 옛이야기 듣기를 좋아했던 그는 조부가 관직에 있은 적이 있어서 궁정과 관료 사회의 상황을 잘 알고 있었던 까닭에 청사淸史에 대해 비교적 많은 것을 알 수 있었다. 청 궁정에 있었던 여러 사건에 대한 그의 필기 중 열에 아홉은 할아버지의 입을 통해 얻은 것이었다. 어려서부터 총명했던 그는 나중에 기억을 더듬어 이를 기록하였고, 또 '글을 보고 문헌을 따져 읽

---

3) 許指嚴, 「『十葉野聞』·自序」, 『近代稗海』, 第11輯, 四川人民出版社, 1988年, 7쪽.

을 수 있는 실력'을 바탕으로 그 내용을 고증하였기 때문에, 그의 필기문학은 비교적 믿을만한 것이었다. 그는 장고掌故를 일생의 낙으로 알았던 일종의 마니아였고 글쓰기에 성실했고 그 재주 또한 뛰어났으며 이에 성심을 다했다. 그는 확실히 필기문학의 새로운 면모를 개척한 작가였다.

아래에 인용한 두 단락의 자술自述은 필기문학에 대한 그의 일생에 걸친 애정을 보여준다.

나는 어렸을 때 고금의 일화와 거리 노인네들의 이야기 등을 듣기를 좋아했다. 어쩌다 할아버지를 모시고 야시장에 갔다가 야사野史 한 두 권을 구하게 되면 피곤도 잊고 읽어 내려갔다. 시간이 지나면서 그 중 열에 다섯은 잃어버렸지만 나머지 것들은 아직 궤짝 속에 보관하고 있다. 나이가 먹어 고생스레 상하이와 베이징을 헤매고 다닐 때도 이 버릇은 없애지 못했다. 친구를 만나면 술기운에 얼굴이 붉어진 채로 귀가 따가울 때까지 이야기를 즐겼다. 최근에 들은 남들은 모르는 이야기와 일화를 서로 전하면서 희희낙락해 했으며 이야깃거리가 바닥날 때까지 멈추지 않았다. 그리고 처소로 돌아와서는 이를 글로 적어두었다. 이것은 나에게 천금과도 같은 것이었다. 내 인생의 낙이 여기에 있었다.[4]

병진년 여름, 나는 서남쪽 지방을 돌다 집으로 돌아왔는데 마침 집에서 인부를 모아 내 거처를 손보고 있었다. 담이 사방을 두르고 있어서 그 안은 정원의 모양이었다. 나는 이를 둘러보고 웃으며 말했다. 송나라 시인의 시 가운데 이런 구절이 있지. "내 집은 조용한 데 자리하고 있어 내게 딱 어울리도다小築幽栖與拙宜" 그리하여 '소축小築'이라는 두 글자를 써서 인부들에게 명하여 집머리에 갖다 붙이도록 했다.

집의 가운데에 대나무 울타리가 쳐져 있고 그 안은 꽃과 풀로 무성하였다. 대나무 울타리의 남쪽에는 앞에 기둥 두 개가 서 있는 작은 채가 하나 있었다. 손님이 방문하여 이야기를 나누거나 술자리를 갖게 되면 반드시 이

---

4) 許指嚴, 「『近十年之怪現狀』·序」, 『近十年之怪現狀』, 大東書局, 1925年, 1쪽.

곳에서 즐겼다. 술자리를 펼쳐놓고 술을 마시거나 바둑을 두었다. 나는 짬이 있으면 종횡으로 이야기를 풀어냈다. 가끔은 한낮이 다 가고 밤이 되기도 하였다. 나는 다른 것은 즐기지 않았지만 입담이 좋아 우연히 실마리를 잡으면 흥미진진하게 이야기를 전개하며 피곤한 줄을 몰랐다.

이런 적이 있었다. 내가 일찍이 누구네 집에 유학하는 그 집 아들의 근황을 물으러 갔었다. 때마침 점심 때가 되자 주인이 나에게 은근히 점심을 권하였다. 식사를 마친 후 마침내 이런저런 이야기가 나오자 누에가 고치를 풀어내듯 멈춰지지 않았다. 날이 저물어 먹고 마시던 안주가 떨어지고 술이 식었다. 하지만 서로 이야기를 멈추지 못했다. 음식을 물리치고 차를 우리면서 이야기의 흥을 다시 이어갔다. 나도 돌아가겠다는 말을 꺼내지 않았고, 주인 또한 더욱 흥을 내며 계속 이야기를 펼쳐냈다. 초경을 지나 한밤중이 되자 하인들이 모두 피곤한 모습이었다. 나는 시간이 너무 오래되었다고 생각하여 일어나 가려 했다. 주인은 여전히 허락하지 않았다. 안주인이 이미 쉬러 들어간지라 손님을 그만 배웅하라고 명을 내릴 사람도 없었다. 나는 여전히 이야기를 끊지 않았다. 아침이 밝을 때까지 이야기하는 것은 쉽게 경험할 수 있는 일이 아니다. 나는 이렇게까지 이야기를 좋아했던 것이다. 당시에 그 이야기들을 기록하지 않은 것이 애석하다. 그렇지 않았다면 그날 한 이야기가 바구니 몇 개를 채웠을 것이다. 내가 여기에 얽어 기록해 놓은 것은 대부분 그 주인이 한 이야기에서 따온 것이다. 따라서 그 당시의 상황을 적어 이 책의 서두로 삼는다.[5]

위의 두 자술 속에서 우리는 다음과 같은 사실을 알 수 있다. 그가 어려서부터 이야기에 흥취를 가지고 있었으며 틈나는 대로 들은 이야기를 글로 적어 모아두었다. 심지어 그는 이야기를 듣고 나누기에 적합한 환경을 만들어 내기까지 했다. 또한 그는 누가 이야기를 잘하는 자인지를 알아보고서 그가 이야기를 풀어낼 단서를 제공하여 풍부한 수확물을 거두기도 하였다. 그는 말하자면 옛이야기나 야사 등을 끌어 모으는 탁월한 능력을 갖춘 이였다. 『소설

---

5) 許指嚴, 「小築客談」, 『小說大觀』, 第11集, 1917年 9月 30日, 1쪽.

대관』에 그가 연재한 『소축객담小築客談』은 이야기 창고라고 할 수 있는 주인장의 일인담에서 나온 것이다.

쉬즈옌은 자오퉁대학交通大學의 전신인 난양공학南洋公學에서 학생들을 가르쳤다. 이후 저명한 작가이자 잡지 편집인이 된 리딩이, 자오사오쾅趙莒狂이 그의 학생이었다. 이후 그는 상우인서관에 초빙되어 중학中學 국문 교재 편집과 집필을 맡기도 하였다. 그는 일찍이 베이징의 관료 사회에 진출하였으나 도무지 체질에 맞지 않고 또 아첨하는 재주가 없어서 상하이로 다시 내려와 글쓰는 일을 생업으로 삼았다. 그는 십여 편의 장편소설을 창작했지만 문단에 이름을 날린 것은 역사적 사건에 관한 필기소설에 힘입었다. 『청사야문淸史野聞』, 『천경비록天京秘錄』, 『삼해비록三海秘錄』, 『남순비기南巡秘記』, 『십엽야문十葉野聞』, 『신화비기新華秘記』, 『경진문견록京塵聞見錄』, 『복벽반월기復辟半月記』 등 30여 종의 필기소설이 있다. 청대 열 명의 황제들의 이야기, 태평천국, 무술유신, 의화단, 팔국연합군, 신해혁명, 위안스카이의 칭제稱帝, 장쉰의 복벽에 이르기까지 모두가 그의 시야 속에 들어 있었다. 이 중 『십엽야문』이 그의 대표작으로 꼽힌다. 이 작품은 『남순비기』 이후, 인구에 회자되던 또 하나의 역작이었다. 『남순비기』가 유행하자 그는 건륭황제의 강남 유람에 관한 한 전문가로 정평이 났다. 이에 각 잡지사들은 그의 글을 싣는 것을 영광으로 생각했다. 그래서 그는 규모를 확대하여 "삼백 년 동안 산실散失되었던 이야기들을 망라해냈다." "나는 『남순비기』의 작성을 전후하여 이 이야기를 모두 엮어 두었다. 『남순비기』는 건륭황제 때의 사건으로만 한정하였기 때문에 그 외의 일들은 다 실을 수 없었다. 이에 10대조에 이르는 청조의 사건 중 의미심장하고 곡절이 많은 사건들을 뽑아 엮어내어 『십엽야문』이라고 이름을 붙였는데, 모두 10여 만 자였다."[6]

쉬즈옌의 『지엄여묵(指嚴餘墨)』 1918년 국화서국 판 표지

---

6) 許指嚴, 「『十葉野聞』·自敍」, 『近代稗海』, 같은 집, 같은 쪽.

『십엽야문』은 청조의 여러 사건에 관한 이야기로, 정사正史의 분위기와 틀을 완전히 탈피하여 궁정의 일상생활에서부터 중대한 갈등의 내부까지 파고들었다. 또한 이 작품의 문학적 필치와 특유의 시각은 독자들로 하여금 감지하기 쉽지 않은 역사의 맥락을 간파하게 해주었다. 예를 들어,「구왕일사九王軼事」같은 경우 청에 있어서 대단히 중요했던 사건을 다루고 있다. 이 작품은 구왕 도르곤과 순치황제, 그리고 그의 모후母后 효장황태후孝莊皇太后 사이의 권력 분쟁과 감정의 대립에서부터 시작하여 결코 화해할 수 없었던 그들의 모순적 관계까지를 투시해냈다. 스토리가 변화무쌍하고 복잡하며 인물의 성격 묘사가 대단히 생생하다. 쉬즈옌은 10개의 독립된 편장으로 나누었지만 하나의 사건으로 서로 연결되는 이 이야기를 완결하고서 이런 평을 덧붙였다. "태후太后가 신분이 낮은 이에게 시집을 간 사건은 천고에 듣지 못한 희한한 사건이기는 하지만 만주족의 습속에서 이것은 이상할 것이 없는 일이었다. 다만 이를 한족의 역사와 비교하였기 때문에 부끄러운 일이라고 여기게 되었고 후에는 더욱이 치욕적인 일이라고 비판당하게 되었던 것일 뿐이다." 사실 한족과 만주족의 풍습 상의 차이 때문에 이 역사적 작품이 특색 있는 이야기로 발전하게 된 것이다. 이 작품에서 평소 구왕의 '사치와 음란', 둬둬多鐸와 제수弟嫂의 '권력 쟁투', 세조의 '분노' 등 여러 요소들이 서로 엉켜서 모순이 격화되었고, 이에 따라 '신분이 낮은 자에게 시집을 갔던 태후의 사건'이 '태후의 출가出家 사건'으로 발전하게 된다. 이것은 매우 전형적인 필기문학의 작법이다.

한편「수렴파영록垂簾波影錄」은 오늘날 독자에게 비교적 잘 알려진 제재를 다루고 있다. 동치제同治帝는 몰래 궁을 빠져나가 음행을 즐기곤 하였다. 그가 매독에 걸려 죽게 되자 자희慈禧가 수렴청정을 하게 되면서 동궁東宮 자안慈安과 의견충돌이 발생한다. 자희는 나중에 광서제와도 충돌하게 된다. 광서제가 지지했던 변법이 실패로 돌아가자 청 왕조는 되살아날 수 있는 최후의 기회를 잃고 결국 종결을 맞게 된다.

「탈적요란지奪嫡妖亂志」는 황위를 계승하기 위한 강희제康熙帝 아들들의 생사

박투를 그리고 있다. 일곱 개의 이야기 속에 상식을 벗어나는 요사스러운 분위기가 짙게 배어 있다. 필기소설 중에는 종종 이렇게 황당한 요소들이 끼어들곤 하였다.

쉬즈옌의 또다른 필기 『신화비기』는 황제가 되기 위해 계략을 꾸미는 위안스카이의 이야기로, 필치가 매우 강하고 날카로운 견해가 돋보인다. 이 안의 「경진병변京津兵變」, 「신화궁 개축修改新華宮」, 「주안회의 내막籌安會內幕」, 「칠십만 금의 용포七十萬金之龍袍」, 「국민대표의 활극國民代表活劇」, 「거지 청원단乞丐請願團」 등은 모두 구체적이고 작은 사건들을 다루면서도 커다란 국면을 볼 수 있어서 역사의 또 다른 측면을 볼 수 있는 렌즈의 역할을 한다고 할 수 있다.

하지만 청 말 민국 초의 역사소설가로서 쉬즈옌은 책을 위조해내는 잘못을 저지르기도 하였다.

경제적 어려움을 해결하기 위해 그는 좋은 방법을 생각해냈다. 스제서국世界書局의 사장 선즈팡沈知方과 상의하여 『석달개 일기石達開日記』를 위조해내기로 한 것이다. 그는 빠른 시일 내에 원고를 넘기기로 약속하고 원고료 200원을 미리 받았다. 선즈팡은 상업적 안목으로 볼 때 이 책이 분명히 잘 팔리리라 예견하고 흔쾌히 원고료를 미리 주었다. 쉬즈옌은 원고료를 받고 나서 매일 밤 집필에 매달렸다. 그는 『석달개전石達開傳』에 근거하여 이렇게 말하였다. "석달개는 다두허大渡河에서 천군川軍 당우경唐友耕에게 패배하여 라오야쉬안老鴉漩에 이르지만 세력이 약하여 체포되었다. 그는 옥중에서 일생의 사건들, 태평천국 때 기의하여 청나라 군대와 대치하면서 겪었던 승리와 패배, 영광과 실패 등의 경유를 써냈는데, 이것이 4권의 일기로 전해진다." 이는 쉬즈옌이 『석달개』에서 서술하고 있는 그의 행위와 전적에 근거해서 추론해낸 가짜 일기였다. 하지만 스제서국은 광고를 통해 이 원고를 어떻게 입수했는지 한바탕 선전하였다. 당연히 이 책이 세상에 나오자 구매자들이 줄을 서 수차례 걸쳐 재판되었다.[7]

---

7) 鄭逸梅, 『鄭逸梅選集』, 第1卷, 黑龍江人民出版社, 1991年, 141쪽.

그의 친구들은 쉬즈옌이 경제적 어려움을 겪었던 이유에 대해서 변호하였다. 정이메이는 이렇게 말했다. "쉬즈옌은 성격이 호방하였다. 주위의 친척들, 친구들에게 인색하지 않아 돈이 손에 들어오면 바로 사라져 버렸다. 그래서 그는 항상 곤궁하였다."[8] 아마도 쉬즈옌은 책을 위조할 때조차도 자신의 역사적 지식이 빚어낸 위조품이 진품과 매우 닮았을 것이라는 사실에 즐거워하였을 것이다. 하지만 그가 어떤 이유에서 그랬건, 또 그것에 대해서 자신이 어떻게 만족을 했건 이것은 역사에 대한 명백한 모독이다.

쉬즈옌의 작품 이외에 디바오셴狄葆賢의 『평등각필기平等閣筆記』, 중팡스仲芳氏의 『경자년 오월 의화단의 베이징 입성 견문기庚子五月義和團進京逐日見聞紀略』, 톈찬성天懺生의 『복벽의 흑막復辟之黑幕』 등은 당시 역사적 중대 사건에 대한 모골송연한 실록이었다.

디바오셴(1873~1921)은 장쑤 리양溧陽 사람이다. 자는 추칭楚青 또는 추칭楚卿이고, 핑쯔平子, 핑덩거주平等閣主 등의 별호를 가지고 있다. 그는 유신변법維新變法을 주장했다가 무술정변戊戌政變 후에 일본으로 도피하였다. 량치차오가 창간한 『신소설』에 「문학에서 소설의 지위論文學小說之位置」 등의 논문을 발표하였고 량치차오의 『신중국미래기』에 총평을 쓰기도 하였다. 1900년에 상하이로 돌아와 탕차이창唐才常이 발기한 정기회正氣會에 참여하여 자립군自立軍을 조직, 창강 연안의 여러 성省에서 왕실의 구원을 모토로 하는 군사 반란을 계획하기도 하였다. 이 일이 실패로 돌아가자 자금을 모아 신문 사업에 종사하였다. 1904년 상하이에서 『시보時報』를 창간하였는데, 영향력이 적지 않았다. 그가 저술한 『평등각필기』는 팔국八國 연합군에 점령당한 베이징 상황에 대한 생동감있는 기록이다. 여기서 두 단락을 인용하여 그 면모를 보이겠다.

모국某國의 무관武官이 기녀 몇을 불러 술시중을 들게 하였다. 그는 기녀 하나가 마음에 들어 하룻밤 시중을 들면 서운치 않게 사례를 하겠다고 통역관을 통해 전했다. 기녀가 대답하였다. "내 비록 기녀이나 결코 외인外人에게

8) 鄭逸梅, 『鄭逸梅選集』, 第4卷, 黑龍江人民出版社, 2001年, 497쪽.

몸을 버릴 수는 없소!" 통역관이 전하자 무관이 화가 치밀어 "복종하지 않으면 죽음뿐이다!"라고 말하며 칼을 뽑아 술상을 내려쳤다. 그러자 기녀가 분연히 칼을 뽑아 손목에 대고 말하였다. "오늘 필시 한 사람은 죽겠소이다!" 무관은 두려운 마음에 그들을 보내고 말했다. "내 중국에서 관리는 많이 만나 보았지만 이 같은 기녀가 있을 줄은 몰랐다."

슬픔은 마음이 죽는 것보다 더 큰 것이 없으며 아픔은 나라를 잃은 치욕보다 더 심한 것이 없다. 무릇 성곽이 무너지고 사직은 황폐해지며 아비와 노인네들이 우마牛馬의 신세가 되고 아내와 여인네들이 첩으로 전락하니 이 아픔이 어떠하겠는가? 그러나 시세의 절박한 상황에 처해 부득이하게 부끄러운 얼굴을 하고서 삶을 구하는 것은 군자 또한 잠시 용납한다. 연합군이 도성에 진입했을 때 항복의 깃발을 대문과 거리에 내달고서 먹을거리, 마실 거리를 들고 길옆에 무릎을 꿇고 앉아 맞이한 자가 이루 헤아릴 수 없다. 이때 조정에서는 의관을 정제하고 풍악과 폭죽을 울리며 서양인의 술을 갖추어 놓고 이들을 영접한 이가 수없이 많았으나 오늘 그 이름은 쓰지 않겠다. 이들은 모두 재산과 가족을 보호할 생각으로 어쩔 수 없이 이런 부끄러운 일을 한 것이지, 진심이 담긴 사랑으로 그들을 대한 것은 결코 아니라고 말할 수 있다. 내성內城과 외성外城 각지를 11개국이 분할하여 주둔한 후, 무수한 시간 동안 무릇 11개국의 공사관, 11개국의 경찰서, 11개국의 공안소公安所를 금빛으로 장식한 것은 모두 우리 백성들이 바친 만민편萬民匾이고, 연의산聯衣傘이다. 또한 가공송덕歌功頌德의 언사가 귀에 넘쳐나니 이것이 진실로 진정에서 나온 것이라면 이를 보고 분노가 치밀고 부끄러워 눈물이 어떻게 흐르는지를 모를 것이다. 순치문順治門 바깥의 일대는 덕국德國(독일-역주) 군대의 주둔지이다. 그 지역 내에 새로 생긴 점포의 이름은 대부분 사대부가 지은 것이다. 어떤 것은 '덕흥德興'이고, 어떤 것은 '덕성德城'이며, 어떤 것은 '덕창德昌', '덕영德永', '덕풍후德豊厚', '덕장생德長生' 등이다. 심지어 '덕' 자와 잘 어울리지 않는 글자에다가도 억지로 '덕' 자를 앞에다 두어 아첨하는 이름을 지은 것 또한 무지기수다. 영·미·일·이태리 지역에서도 이렇지 않은 것이 없다. 저 외인들이 이 중국 글의 가공송덕하는 뜻을 어찌 이해할 수 있을 것인가만은, 상심과 나라 잃은 치욕을 여기에서도 맛보게 되는구나! 고로 내가 옛 노래를 모방하여 「도성에서 벌어진 일都門卽事絶句」을 다음과 같이 지었다. "휘황찬란한 편액이 금빛의 건물을 장식하고, 펄럭이는 휘장은 온 갖 깃발을 빛내도다. 도처에 백성들이 마실 물 담은 병을 들고 머리를 조아 리니, 왕 섬기는 예를 다해 십국을 받드는 것이다." "외적을 배척하는 것이 역사의 치욕이 아니듯, 애써 그들을 받드는 것을 국민의 수치라 여기지 말 라. 사나이의 뜨거운 피는 우리 청의 눈물이니, 헛되이 허비하지 말지어다, 강물은 무정하게 흐르거늘." 이 시들은 바로 이런 위의 상황을 말하는 것이 다.[9]

이렇게 뛰어난 대비법을 사용한 서술에 대해서는 따로 말을 덧붙여 해석 할 필요는 없을 것이다.

중팡스는 진짜 이름이 알려지지 않았다. 『경자기사 상·하庚子記事上·下』를 지었는데, 상권의 제목은 『경자년 오월 의화단의 베이징 입성 견문기』이 고, 하권의 제목은 『서양 군대의 베이징 입성 견문기洋兵進京逐日見聞紀略』이다. 1901년 12월에 서명한 것으로 되어 있는 자서自序에서 그는 이렇게 밝히고 있다. "이 책은 혼란한 시기에 내가 몸소 경험하여 보고 들은 것을 날짜별로 기록한 것이라 모두 사실에 속한다. 태평 시절에 나라 걱정을 망각하는 것을 경계하기 위해 이 기록을 남기는 것이니, 꾸미고 과장하거나 근거 없는 소리 로 보는 이의 마음과 눈을 즐겁게 하기 위한 것이 아니다." 이렇듯 이 책은 대단히 큰 역사적 가치를 가지고 있다. 몇 단락을 인용해본다.

16일 의화단원이 외지에서 들어왔다. 하루에 수십 차례, 약 이삼십 명이 한 무리를 이루었다. 사오십 명이 한 무리를 이룬 경우에는 나이가 차지 않 은 아이들이 더 많았다. 모두 시골에서 농사짓던 무식한 사람들로 붉은 색 띠를 머리에 두르고 있었는데 그 띠 가운데에 관우신關羽神의 신마神馬가 그려 져 있었다. 또 붉은 색 천으로 된 조끼 같은 것을 윗옷 바깥에 착용하였고 황색 천으로 다리를 감싸고 붉은 띠로 이를 묶었다. 대도大刀나 긴 창長矛, 요

9) 狄葆賢, 『平等閣筆記·卷一』, 有正書局, 1922年, 柯靈, 張海珊 編, 『中國近代文學大系·筆記文 學集二』, 上海書店, 1995年, 130~131쪽.

도腰刀, 보검 등 각자 쓰임에 따라 서로 다른 병기를 손에 들고 있었지만 차림새는 모두 같았다.

성 내외 거리의 각종 상점과 점포는 의화단이 '양洋' 자를 쓰지 말라는 명령을 내려서, 예를 들어 '양약국洋藥局'은 '토약국土藥局'으로, '양화洋貨'는 '광화廣貨'로, '양포洋布'는 '세포細布'로 이름을 바꾸었다. 이러한 경우가 무척이나 많았다.

황제의 명에 의해 의화단이 '의민義民'으로 받들어지자 이들의 세력은 갈수록 강해졌다. 바깥의 주州나 현縣에서 몰려드는 이들의 행차가 하루에도 백 몇 십 차례가 되었다. 그들은 큰 깃발을 들고 줄을 맞춰 행진하였다. 깃발에는 이렇게 쓰여 있었다. "×현 ×촌의 의화단이 하늘을 대신하여 도를 행하며 청국을 보호하고 양인을 멸한다." 경성의 직업 없는 유민游民 대부분이 제단을 만들고 의화단기를 세워 놓고 이 기회를 잡아 생계를 해결하려 하였다. 마자바오馬家堡 기차역의 양방철로洋房鐵路는 성 밖의 여러 의화단에 의해 불살라지고 절단되어 사라졌다. 물품 보관 창고에 보관되어 있던 물품도 모두 꺼내어 상등품은 의화단원들이 가져가고 하등품은 토비들이 강탈해갔다. 듣자하니, 보관 창고에 있던 쌀과 보리가 대략 백여 섬이 넘었는데, 모두 여러 의화단들이 나눠 가졌다고 한다. 한편 의화단은 '동교민항東交民巷'이라는 거리 이름을 '절양계명가(切洋鷄鳴街: 닭이 울면 새벽이 오듯이 언젠가는 양인들을 물리치리라는 의미를 담고 있다-역주)'로 바꾸었고, 사람들로 하여금 이 사실을 입에서 입으로 퍼뜨리게 했으며, 골목마다 이 문구를 종이에 써 붙이도록 하였다.

근래에는 이들이 더욱 극성이었다. 길에서 부딪히는 사람, 집에 있는 양민들을 제멋대로 '얼마오쯔二毛子(서양인에 고용된 중국인-역주)'라고 지목하여 제단 아래로 끌고 와 억지로 향과 종이를 태우게 했다. 만약 종이재가 허공에 잘 날린다면 다행히 화를 면하게 된다. 하지만 연속 세 차례 종이재가 날리지 않는다면 기독교인으로 지목하여 아무리 애원해도 용서하지 않고 그 자리에서 칼을 뽑아 찌르고 베어 살해한 후 시체를 들판에 갖다 버렸다. 이렇게 억울하게 죽은 이가 셀 수 없었다.

초삼일 차이스커우菜市口에서 이부吏部 좌시랑左侍郎 쉬징청許景澄과 태상사경太常寺卿 위안창袁昶을 처형하였다. 죄수 호송 수레를 의화단원들이 둘러싸고 있었다. 이를 보고 분노하고 안타까워하지 않는 이가 없었다. 사람들은 대신大臣의 처형은 자고로 왕조 멸망의 징조라고 생각하였다. 듣자하니, 두 공은 의화단 무리를 잡아들이고 양인을 보호해야 한다는 상소를 연속으로 세 차례나 올려 이와 같은 화를 당했다고 한다.[10]

궁사오친貢少芹(1879~?)의 필명은 톈찬성이고, 장쑤 장두江都 사람이다. 장단푸張丹斧, 리한추와 함께 '양저우 삼걸揚州三杰'이라고 불린다. 리한추와는 이성異姓 형제다. 리한추 사후 『리한추李涵秋』라는 책을 지어 그의 생평과 가계에 대해 아주 상세히 기록하였다. 『미인겁美人劫』, 『가면구假面具』, 『신사회현형기新社會現形記』, 『바보의 상하이 유람기傻兒游滬記』, 『여학생의 비밀女學生之秘密記』, 『진해연서록塵海燃犀錄』 등의 저작이 있고, 필기소설로는 『83일 황제의 이야기83日皇帝之趣談』, 『복벽의 흑막』 등이 있다. 후에 작품 활동을 그만두고 정계에 진출하여 한 고을의 관리로 나갔다가 비적들에게 잡혀 들어갔는데, 거기에서 빠져나와서는 상하이로 돌아왔다. 그 후로 만년의 생활은 곤궁하였다.

『복벽의 흑막』은 장쉰 복벽 사건의 추악한 내막을 폭로한 작품이다. "이 사건은 엄청나게 우스운 일들로 이루어져 있으니 당연히 골계적인 글로 그려내는 것이 이치에 합당하다." 이렇게 말한 것처럼 이 작품은 비웃음과 꾸짖음으로 글이 채워져 있다. 「황제께서 윗자리에 계시니 어찌 노신老臣의 자리가 있겠습니까」를 보면 다음과 같다. 장쉰은 연극을 매우 좋아했다. 손님을 불러 연회를 베풀 때 항상 자기가 직접 연기를 하곤 하면서 사람들에게 자신을 '세상의 2인자天第二'라고 부르게 했다. 이것이 오랜 습관이 되어 그는 말과 행동이 연극적이었다.

그가 이번에 경성에 들어가 가짜 황제僞帝 선통宣統을 배알하였는데 무릎을 꿇고 황제를 대하는 품이 연극을 하는 이들의 행세와 조금도 차이가 없었다. 푸이溥儀가 장쉰에게 옆자리에 앉으라 하자 그가 연극에서 대사를

---

10) 仲芳氏, 『庚子記事』, 柯靈, 張海珊 編, 『中國近代文學大系 · 筆記文學集二』, 上海書店, 1995年, 144~152쪽.

읊는 것 같은 목소리로 대답했다. '만세의 황제께서 윗자리에 앉아계시니 어찌 노신이 앉을 자리가 있겠사옵니까?' 궁의 시중드는 사람들이 이 장면을 목격하고 입을 다문 채로 웃지 않는 자가 없었으나 장쉰은 그것을 알지 못했다.

「당신은 장차 평견왕平肩王이 되려 하오」는, 그가 푸이를 옹호하여 가짜 황제에 오르게 한 후 '충용친왕忠勇親王'에 봉해진 일과 관련된 이야기다. 그가 충용친왕에 봉해지자 그의 아내 차오曹 씨가 장쉰의 양심 없음을 이렇게 욕하였다. " '민국이 당신을 잘못 대하지 않았거늘 당신은 오늘 천하에 극악한 짓을 저질렀소. 당신이 당신 한 사람의 안위를 위한 계책을 마련하지 않는 것은 그렇다하더라도, 당신은 어찌 자손들의 안위를 위한 계책마저도 마련하지 않는 것이오. 오늘 당신이 충용친왕에 봉해졌지만 언젠가는 평견왕이 되지 않을까 걱정이오!' 장쉰이 평견왕이 무어냐고 묻자 부인이 큰소리로 대꾸하였다. '당신은 장차 필시 머리를 보존하지 못할 것이니, 단칼에 당신의 머리통이 달아난다면 당신의 목은 두 어깨와 일자一字로 평평하지 않겠소?' 지금 들은 바에 의하면, 그 부인은 이미 행장을 꾸려 고향으로 돌아갔다고 한다." 한편, 장쉰이 충용친왕에 봉해지자 그의 수하들이 크게 기뻐하였는데, 유독 비서 모某 군만은 장쉰에게 사직서를 제출하였다. 장쉰이 뜨악하여 그 연고를 묻자 그가 대답하였다. "원수께서 친왕에 봉해지시더니 선통의 노비되기를 자청하였습니다. 저와 무리들 또한 원수에게 스스로 노비 되기를 자청하였습니다. 저는 비록 보잘 것 없는 인물이나 노비의 노비가 되는 것만은 원치 않습니다."

「장쉰과 청 황실의 결산決算」의 내용은 다음과 같다. 변발군이 전투에서 지자 장쉰은 대세가 이미 기울었음을 알고 청 황실에 사직의 뜻을 비치며 "노년 생활을 위해 황금 만 냥을 내놓으라고 선통을 협박하였다. 그러자 선통이 이렇게 말하였다. '황금 만 냥이면 은 40여만 원의 값어치다. 짐이 제위에 오른 지 겨우 7일밖에 되지 않았으니, 그대에게 40여만 원을 준다면 하루

황제 노릇을 5만 원의 돈으로 산 것이 된다. 짐은 이 일에 그만한 가치가 있다고 생각하지 않는다.' …… (하지만) 그는 결국 원하는 돈을 주고 말았다." 충용친왕에게 용감함이 없으니 충성심이라곤 어디에 있었겠는가?

「변발이 목숨보다 귀중하다」는 변발군이 토벌군에게 연패하자 모_某 공사_{公使}가 경성이 전쟁터가 될 것을 걱정하여 장쉰에게 변발을 자르고 투항하라고 권한 사건에 관한 이야기다. 이에 장쉰이 대답하였다. "'내 몸은 죽을 수 있지만 복벽은 취소할 수 없다. 머리는 자를 수 있으나 변발은 자르지 못한다.' 그러자 그 공사가 장쉰이 고집을 꺾지 않는 것에 대해 냉소하며 비난하였다. '당신 머리 잘리는 일은 때가 되면 남들이 알아서 처리할 것이오. 까마귀가 돼지꼬랑지를 보존할 수 있겠소?' 장쉰이 말했다. '내 죽으면 아무 것도 볼 수 없으니 그만이다. 나는 이 세상에 하루를 살더라도 절대로 이 몸에서 변발을 잘라내지 않을 것이다. 어쨌건, 내 이 변발은 나의 목숨보다 귀중하느니라. ……'"

「첩 때문에 죽지 못한 것이다」의 이야기는 이렇다. 토벌군이 경성으로 진격해 들어올 때 장쉰은 비장하게 큰 소리쳤다. "장차 죽음으로써 천하에 감사를 표시할 것이다." 하지만 나중에 그는 네덜란드 공사관으로 도망쳐 목숨을 부지하였다. 따라서 왜 자결하지 않았냐는 질문을 받게 되었다. 그는 이렇게 대답하였다. "나의 첩이 내 곁에서 한 발자국도 떠나지 않고 나를 감시하였다. 첩이 말하기를, 원수께서 만약 충성으로써 나라의 은혜에 보답한다면 저는 어디에 의탁하겠습니까 하였다. 이 말을 하면서 첩은 엎드려 울며 일어나지 못하였다. 내 그 가련한 모습을 보고 차마 그 청을 거절할 수 없었다. 만약 그가 막지 않았더라면 나는 이미 혼령이 되어 지하로 돌아갔을 것이다."[11]

장쉰은 1917년 7월 12일 네덜란드 공사관으로 도피하였는데 『복벽의 흑막』은 동년 동월에 출간되었다. 필기문학이 '경기병_{輕騎兵}'이라는 것은 이것을

---

11) 天懺生, 『復辟之黑幕』, 翼文編譯社, 1917年, 柯靈, 張海珊 編, 같은 책, 309~324쪽.

보고도 알 수 있다.

　필기는 고대부터 우수한 전통을 가지고 있었으며 그 전통은 단절되지 않았다. 명청대明淸代에 이르러 더욱 성대해졌고 『요재지이聊齋志異』, 『신제해新齊諧』, 『열미초당필기閱微草堂筆記』 등이 나온 청대에는 필기가 무한한 풍광을 발산하였다. 여기서 우리는 청 말 민국 초라는 과도적 시기의 '조정朝廷 시사류時事類 필기'를 중점적으로 소개하였다. 이것이 당시 '장고야문掌故野聞'의 가장 큰 특징이라고 말할 수 있다.

제2절
'황제의 둘째 아들'
─필기소설의 작가이자 소재였던 사나이

   현대통속문학사를 쓸 때 위안스카이의 둘째 아들 위안커원_{袁克文}과 통속문학계의 긴밀했던 관계를 서술해야 한다고 생각했었다. 그는 일찍이 『한운설집_{寒雲說集}』을 출판하였다. 하지만 그를 소설가의 범주에 넣는다면 얼마나 많은 이들을 통속문학사 서술에 넣어야 할 것인가? 결국 그를 필기문학 작가의 범주 안에 넣는 것이 적합하다고 결론을 내렸다. 왜냐하면 그는 몇 권의 필기 작품을 창작했기 때문이다. 그 중 가장 유명한 것은 『원상사승_{洹上私乘}』과 『신병비원_{辛丙秘苑}』이다. 하지만 이 작품들은 시작은 있으나 완성되지 못하여 결말이 없다. 그럼에도 불구하고 이 작품들은 다른 이들의 완전한 작품보다 더 많은 주목을 받았다.

   한편 그는 다른 이들의 필기 속에서 위세가 대단한 인물로 등장한다. 위안한윈_{袁寒雲}의 일생을 가장 상세하게 기록한 글은 아마도 정이메이의 「황제의 둘째 아들, 위안커원 _{"皇二子" 袁克文}」일 것이다. 정이메이는 타오쥐안_{陶拙庵}이라는 이름으로 홍콩의 『대화_{大華}』라는 반월간_{半月刊} 정기간행물에 10기_期 동안, 3만여 자의 분량으로 이 글을 발표하였다(1966년 4월 30일 『대화』 제4기부터 시작하여 같은 해 9월 15일에 발간된 제13기까지 연재되었다). 무슨 이유인지는 모르지만 이 글은 1974년 7월 1일과 15일에 발간된 홍콩의 『춘추잡지春秋雜誌』 제408기와 제409기에 요약되어 다시 실린다. 필명은 그대로 '쥐안拙庵'이었지만 제목은 『황제의 둘째 아들 위안커원의 이야기皇二子 袁克文逸聞趣事』로 바뀌었다. 또 1972년 9월 10일에 출간된 『장고월간掌故月刊』의 제13기에는 '지옹의 유고芝翁遺稿' 『위안한원의 넘치는 재기袁寒雲才氣橫溢』가 약 1만 5천 자의 분량으로 실렸다. 그런데 이 글은 몇 개의 소제목이 덧붙여져 1984년 3월 16일에 출간된 『춘추잡지』 제641기에 그대로 다시 실렸다. 이때 작가 서명署名은 '가오산류高山流'였고 제목은 『위안한원의 완곡한 만류: 아버님, 황제가 되어서는 안 됩니다!袁寒雲婉諷老子莫做皇帝』, 부제는 「황제의 아들보다는 명사名士로 남겠다寧做名士, 不做皇子」로 되어 있었다. 홍콩의 잡지에 왜 이렇게 같은 글이 반복해서 실렸는지는 이해할 수 없다.

기타 위안커원에 관련된 글은 친중허秦仲和의 「위안커원의 『원상사승』-홍헌황제 본기袁克文的 『洹上私乘』 -洪憲皇帝的本紀」(1966년 3월 15일에 출간된 『대화』 제1기에 수록되어 있다)와 1988년 2월 1일에 출간된 『대성大成』 제171기에도 그와 관련된 필기 2편이 실렸다. 한 편은 위안징쉐袁靜雪가 쓴 「나의 큰 오빠 위안커딩과 둘째 오빠 위안한원我的大哥袁克定和二哥袁寒雲」이고 다른 한 편은 천티민陳惕敏이 쓴 「나의 스승 위안한원我的老師袁寒雲」이다. 1960년대에서 1980년대까지 홍콩의 잡지에서 그에 관한 글은 이렇게 인기가 좋았다. 그러니 기타 단행본으로 출판된 필기문학에서 그를 거론한 것과 위안스카이의 '나라 도적질竊國'을 다룬 소설에서 등장인물로 출현한 것까지 거론하자면 그에 대한 글은 이루 셀 수 없다.

위안커원(1890~1931)의 자는 바오춘抱存 혹은 바오천豹岑이고 호는 한원寒雲이며 허난의 장더彰德 출신이다. 정이메이는 『황제의 둘째 아들 위안커원의 이야기』의 첫 머리, 제요에 해당하는 부분에서 큰 글씨로 다음과 같이 소개하였다. "위안커원이란 이름은 일반 사람들에게 거의 생소하다. 그는 홍헌황제 위안스카이의 아들이다. 위안스카이는 여러 명의 부인에게서 모두 16명의

'황제의 둘째 아들' 위안커원과 그의 첩

아들을 두었다. 이들의 이름은 모두 '커克' 자 돌림이다. 큰 아들이 커딩克定이고 커원은 둘째다. 그의 생모는 진金 씨로 조선의 귀족이다. 위안스카이가 조선에 사신으로 나가 있을 때 조선의 왕이 귀족 집안의 처자 네 명을 그에게 주었다. 커원의 생모는 그 중 한 명이다. ……"[12] 위안커원도 필기 형식의 글에서 이에 대해서 직접 언급하였다.

　　때는 경인년, 나 커원은 조선의 한성漢城에서 태어났다. 태어나던 날 선공先公께서 주무시던 중 꿈을 꾸었다. 조선의 왕이 금사슬에 묶인 큰 표범을 선사하여 선공께서 이를 받아 표범을 처소 밖에 묶어 두고 과자를 먹었는데, 표범이 갑자기 사슬을 끊고 처소 안으로 뛰어 들었다. 선공께서 놀라 잠에서 깨어났을 때 마침 내가 태어났다. 나의 어머니 또한 꿈에서 큰 짐승을 보았는데 표범의 형상이었다고 한다. 선공께서 원文이라는 이름을 지어 주셨고 또 자字에 바오豹(표범-역주) 자를 쓰게 하셨다.

　　5세 때 갑오전쟁을 만나 선조모와 큰어머니慈母, 생모를 모시고 조선에서 우리나라로 돌아왔다. 선공께서도 곧 돌아오셔서 천자의 명을 받아 제2군이 주둔한 소참小站으로 가시게 되었고 이에 나도 선공을 따랐다. 6세 때 글

---

12)　拙庵(鄭逸梅),「"皇二子"袁克文逸聞趣事」, (香港),『春秋雜誌』, 第408期, 1974年 7月 1日, 4쪽.

366　중국현대통속문학사

을 익히고 7세 때 경전과 역사서를 읽었으며 10세 때는 문장을 익혔다. 15세에 시부詩賦를 배웠으며 18세에 조상의 음덕으로 법부원외랑法部員外郎의 관직을 받았다. …… 선공께서 다리의 질병 때문에 관직을 그만두시자 나 또한 관직을 물리치고 선공을 따라 원상洹上에 와 선공을 모셨다.

…… 신해년에 우한에서 변란이 일어나자 선공께서는 독사督師의 직을 맡아 떠나시면서 나에게 원상에 머물러 있으라 명하셨다. 하지만 세상이 어지러운 때를 만나 어찌 나만의 안락함을 추구하겠는가! 선공께서는 맡은 일을 승리로 이끄시고는 가족들을 이끌고 북으로 올라갔다. 국난이 바야흐로 안정되자 집안에 화가 생겨났다. 나는 어쩔 수 없이 상하이를 떠돌았다. 얼마 지나지 않아 선공께서 소인배의 이간질이 있었음을 알고 사람을 보내어 나를 돌아오게 하셨다. 나는 선공의 사랑과 현명하심에 감동받았지만 다시 선공께 걱정을 끼쳐드리고 싶지 않아 산수에 마음을 의탁하고 다시 집안일과 국사에 관여하지 않았다.

…… 비록 천하를 반도 다 돌아보지 못하였지만 명산과 대천은 마음을 풀어주기에 충분하였다. 을유년, 청사관 찬수淸史館纂修에 임명되어 청의 역사를 편찬하는 일에 참여하였다. 양두楊度 등이 갑자기 정치 혁신을 내세우는 음모를 꾀하여 11월 선공을 황제로 추존, 홍헌년이 개원하였다. 한편 내가 태자가 되려한다고 의심하는 자들이 있어 그들에게 중상모략을 당할까 두려워 병을 핑계로 밖에 나서지 않았다. 선공께서 누차 명을 내려 이를 사양할 수 없어 선공께 나서니 청의 황자예皇子例에 의거해 '황얼쯔皇二子(황제의 둘째 아들-역주)'라는 명칭을 부여받았다. 이로써 의심하는 자들의 의혹을 해소하여 내가 매일 선공을 옆에서 보좌하여도 걱정거리가 없었다. 선공의 윤허를 받아 궁의 관제官制를 정비하고 예법과 의식, 관복 등을 손보는 일을 하자 나를 의심하던 이들이 '황얼쯔'라고 된 날인을 보고 웃으며 말했다. "큰 뜻이 없으니 어찌 의심할 것이 있겠는가!"[13]

이 자술 속에는 여러 중요한 내용이 들어 있다. 첫 번째는 위안스카이의 칭제稱帝의 과오를 양두 등에게 돌린 것이고, 두 번째는 가족 내의 심각한 갈

---

13) 拙庵(鄭逸梅), 같은 글, 같은 책, 같은 쪽,

등을 폭로한 것이다. 전자는 나중에 논하기로 하고 여기서는 후자에 대해서만 논하기도 하겠다. 위안스카이의 칭제를 전후하여 발생한 '집안의 화'란 큰아들 커딩이 황태자가 되어 왕위를 계승할 작정으로 커원에게 위해를 가하려 했던 것을 가리킨다. 이른바 '상하이를 떠돌았다', '산수에 마음을 의탁하고 다시 집안일과 국사에 관여하지 않았다', '황얼쯔라는 명칭을 부여받았다'는 등의 행동은 모두 화를 피하기 위한 행위였다. 그는 자신을 진사왕陳思王 조식曹植에 비유했으니 그의 형은 다름 아니라 조식을 핍박한 조비曹丕인 것이다. 재주가 넘쳤으며 한량기 다분했던 그는 '전국 사공자戰國四公子' 중 '신릉군信陵君'의 경우를 자신의 상황과 빗대기도 하였다. (한편 그는 '민국 사공자民國四公子' 중의 한 명으로 일컬어졌다. 이 사공자설에는 여러 가지가 있지만, 정이메이는 장쮜린張作霖의 아들 장쉐량張學良, 루융샹盧永祥의 아들 루샤오자盧小嘉, 장지즈張季直의 아들 장샤오뤄張孝若, 위안스카이의 아들 위안커원을 사공자로 칭했다.)

그는 중국 전통문화에 대한 식견이 깊었으며 귀족 집안의 자식답게 돈과 여가도 있어서 그야말로 '놀' 줄 알았다. 그의 문화적 소양은 당시의 최고 수준의 문객門客과 최고 수준의 문화계 인사 들이 길러준 것이었다. 그는 아마추어의 수준으로 고전 희극을 연기하기도 하였는데, 메이란팡梅蘭芳, 청옌추程硯秋 등 최고의 대가들이 그의 연기에 호흡을 맞춰주기도 하였다. 평소에 그는 아무 때나 그들과 접촉할 수 있었고 여기에 그의 탁월한 재능이 더해짐으로써 그의 연기 실력은 전문 희극인戲劇人들도 감탄하는 정도였다. 하지만 개인적인 취미로 하는 연극에 삼사천 위안의 거액을 쏟아 붓는 일 등으로 호사가의 입에 오르곤 하였다. 그의 문화적 수준과 방탕한 생활에 관한 여동생 위안징쉐의 글은 매우 사실적이다.

그는 어릴 적부터 매우 장난꾸러기였다. 열심히 책을 읽거나 글쓰기 연습에 열중하거나 하지 않았다. 그러나 그는 대단히 총명하였고 한번 본 것은 잊어버리지 않았다. 그래서 글씨 쓰기, 시詩와 사詞 짓기, 문장 짓기에서 비교적 성적이 좋았다.

…… 둘째 오라버니는 어려서부터 돈을 물 쓰듯 하는 나쁜 습관이 있어서 나중에는 글을 써주거나 글씨 써주는 일로 생활을 연명하였다. …… 오라버니는 먹고 마시는 일, 기생질, 도박, 아편 등을 모두 다 했다. 그는 곤곡崑曲을 할 줄 알았고, 옛 동전을 모으는 취미가 있었다. …… 나중에 기방에 출입하면서 많은 돈을 써서 그쪽에서 큰 고객으로 받들었다. 오라버니는 돈이 생기면 바로 써버렸고 돈이 떨어져도 전혀 개의치 않았다. 오라버니가 세상을

위안커원이 표제의 글씨를 직접 쓴 『한운설집』의 표지

뜬 후에 겨우 20위안의 돈을 책상의 필통 속에서 찾을 수 있을 뿐이었다.

…… 그는 일생동안 모두 5명의 여자를 거느렸다. …… 알려진 둘째 오라버니의 여자는 이 다섯 명이 전부였지만 알려지지 않은 이는 칠팔 십여 명에 이른다고 한다. …… 내 오라버니의 방탕한 생활, 계속 여자들을 갈아치우면서 그녀들과 동거하던 생활에 대해서 상세히 기록하지 않겠다. …… 그는 네 명의 아들과 세 명의 딸을 두었다. 아들은 자자家暇, 자장家彰, 자류家騮, 자지家驥다. ……자류는 우젠슝吳健雄을 아내로 맞았다. 이들 부부는 저명한 과학자이다.…… [14]

위안징쉐의 글은 다른 이들의 글과 비교할 때 기교는 별 것이 없으나 필기 형식을 이용하여 위안커원의 전체 면모를 소박하게 전달해주고 있다. 그녀의 글을 통해 우리는 위안커원의 몇 가지 측면을 알아 볼 수 있다. 일단 그는 총명하고 재주가 뛰어나서 주변인들의 문화적 소양을 재빨리 흡수해 자기 것으로 만드는 능력이 있었다. 그는 시와 사를 지었고 대련對聯에도 솜씨를 보

---

14)　袁靜雪, 「我的大哥袁克定和二哥袁寒雲」, (香港), 『大成』, 第171期, 1988年 2月 1日, 24~26쪽.

였다. 또한 희귀한 물건이나 골동품 감상을 즐겨 중국과 서양의 각종 화폐, 각국의 우표, 고대의 도장, 한나라 때의 옥 등을 수집·소장하였으며, 심지어는 마작을 수집하고 마작의 전술에 관한 글을 쓰기도 하였다. 그의 수집열은 대단했다. 일단 어떤 것에 흥미가 발동하면 신문에 광고를 내 고가로 물품을 수집하거나 자기가 가진 희귀 물품을 이용하여 그 물품과 교환하였다. 어쨌든 본전을 아까워 하지 않고 돈을 써서 대 수집가가 되었다. 아편에 대한 그의 애호도 가관이었다. 그는 아편 흡연을 즐겨 하루에 20위안 어치의 아편을 피웠다고 하는데, 이는 백미 두 섬의 가격이다.

그는 돈이 떨어지면 글자를 써서 팔았는데 벌이가 꽤 좋은 편이었다. 그의 서체는 힘이 넘쳤는데 때로 침대에 누워 아편을 피우면서 하인들에게 종이를 들게 한 다음 누운 채로 붓을 들어 글씨를 쓰기도 하였다. 그러면서 그는 이를 '화장정(畵帳頂: 드리워진 장막의 안쪽에 글씨를 쓴다는 말-역주)'이라고 불렀는데 글씨가 여전히 힘이 있고 아름다워 친구들이 감탄하지 않을 수 없었다고 한다. 또 책상 위에서 글을 쓰지 않고 하인들에게 종이를 펼쳐들게 하고 그 위에다 글을 쓸 때도 글씨에 힘이 넘쳤다.

상하이에 있을 때 그는 유명한 신문 『정보晶報』의 후견인이었고, 저우서우쥐안과 의형제를 맺어 저우서우쥐안이 만든 잡지 『반월』의 주된 필자 노릇을 하였다. 또 그는 비이홍과도 친분을 맺어 대단히 절친한 사이로까지 발전하였다. 1923년 그는 상하이에서 중국문예협회의 창립을 발기하여 9월 14일 다스제大世界 서우스산방壽石山房에서 열린 창립대회에서 협회 주석이 되었다. 이 협회는 당시 통속문단을 거의 망라하였다. 그는 무협소설과 정탐소설을 쓰기도 하던지라 통속소설 작가들 속에서 서로 재능을 알아주는 이들을 만난 듯 즐거워했다. 그러나 얼마 되지 않아 그는 베이징으로 떠나게 되었고 문예협회의 활동 역시 곧 중단되었다.

당시 잘나가던 집안의 자제는 '최후의 귀족最後的貴族'이라고 불렸는데 위안커원은 더욱이 '최후의 황제 아들最後的皇子'이었다. 그런데 형 위안커딩이 미래의 황위를 꿈꾸면서 집안에 갈등이 발생하였다. 그러자 아버지 위안스카이가 그에게 "베이징을 떠나 놀아보지 않겠느냐?"[15]라고 권유하였고 그는 상하이에 가서 한바탕 놀았던 것이다. 이것이 바로 '황제의 명을 받아 놀며 세상을 살았다'는 것이다. 위안스카이는 위안커원의 비서 부린우步林屋를 시켜 상하이에 따라가 그가 노는 것을 보좌하라고 명했다. 위안커원의 방탕함 때문에 처음에 그의 부인은 날마다 울고불고 하였다. 그러자 위안스카이가 이렇게 말했다. "능력 있는 자만이 여러 아내를 거느리는 법이니 부인네가 울고 그러는 것은 옳지 않다."[16] 그의 아버지가 젊을 때 사람들이 그에게 여인들을 바치면 한 번에 두세 명이었으니, 그는 아버지를 따라 한 것뿐이며 이 역시 '황제의 명을 받아 방탕한 것'일 뿐이었다.

이 '황제의 아들'은 수단과 개략이 뛰어난 형의 적수가 아니었다. 위안커딩은 어려서부터 부친의 지도 아래 정치 세계에 입문, 그 안에서 성장하였다. 하지만 위안커원은 주로 노는 일에 심취한 한량에 지나지 않았다. 즉 그는 정치에는 흥미를 갖지 못하였고 위안스카이의 황제 등극에 대해서도 부정적인 입장을 가졌다. 위안스카이가 주도면밀한 계획을 통해 황제에 등극하려 할 때 그는 「분명分明」이라는 제목의 시를 지어 반대의 뜻을 표시하였다.

시 「분명」의 마지막 두 구절(높은 곳에 오르면 비바람이 많을 것이 걱정되니 경루瓊樓의 최고 꼭대기에는 오르지 마시기를)을 보면, 그는 위안스카이에게 황제가 돼서는 안 된다고 분명히 말하고 있다. 쑨바이란孫伯蘭도 이 시에 근거해서 위안스카이의 칭제에 대한 반대 입장을 선언하였다. "위안스카이의 둘째 아들 위안커원 역시 제제帝制 복귀에 대해서 찬성하지 않으니, 다른 사람임에야." 제제 복귀 운동이 극렬하게 진행되고 있을 때 위안커원이 이 시를 지은 것은 대단히 큰 의미를 갖는다. 비이훙은 이렇게 말했다. "그의 시는 장래의 역사에서 (중요한) 가치를 갖게 될 것이다." 비이훙의 이 말은 그리 과장된 언사는 아니었다![17]

15) 陳惕敏, 「我的老師袁寒雲」, (香港), 『大成』, 第171期, 1988年 2月 1日, 28쪽.

16) 袁靜雪, 같은 글, 같은 책, 25쪽.

17) 陶拙庵, 「"皇二子" 袁克文」, (香港) 『大華』, 第12期, 1966年 8月 30日, 21쪽.

위에서 다룬 대부분의 내용은 다른 사람의 필기문학 속에 존재하는 위안 커원이다. 이제 위안커원의 필기 『원상사승』과 『신병비원』에 대해서 이야기 하겠다. 전자는 『반월』에 발표되었고 후자는 『정보』에 연재되었다.

친중허는 『원상사승』을 일종의 '홍헌황제의 본기'라고 생각하였다. 이 작품에서 언급된 위안스카이의 일생의 사적 중 주목할 만한 것은 세 부분, 즉 무술변법戊戌變法에 대한 그의 태도, 무신년(戊申年: 1908년-역주) 군기대신軍機大臣를 그만 둔 원인, 홍헌제洪憲帝 등극의 진상이다. 위안커원이 위안스카이를 대신하여 '본기'를 지은 것이라 할 수 있으니 어떤 논조로 서술되었겠는가? 첫 번째에 대한 그 원문을 살펴보자.

무술정변 초 캉유웨이는 경제景帝를 꾀었다. 경제는 어리고 충동적이며 아는 바가 적어서 그의 간사함을 분별하지 못하고 중용하였으며 무근전懋勤殿을 짓고 군기처軍機處의 권한을 박탈하였다. 캉유웨이는 술책을 써서 선공의 병사兵士를 빌어 효흠황후孝欽皇后를 위험에 빠뜨리려 하였다. 그들은 먼저 선공에게 시랑侍郎의 직위를 주었고 이어 탄쓰퉁이 소참小站에 와서는 거짓으로 황제의 명을 꾸며 선공에게 효흠황후를 가두고 룽루榮祿를 죽이라 명령했다. 선공께서는 일찌감치 그 음모를 간파하여 일단 거짓으로 명을 받아들인 척

위안한원이 스스로 작성한 자신의 글자 값에 대한 표준

한 다음 몰래 룽루에게 이 사실을 고했다. 룽루가 어찌할 바 모르며 대책을 물으니 선공께서는 룽루에게 조언하기를, 비밀리 이화원에 가서 효흠황후에게 이 사실을 알리고 명을 받으라고 하였다. 룽루가 찾아가 효흠황후에게 사실을 알리니 황후가 조용히 궁으로 돌아와 경제를 영대瀛臺에 감금하고 수렴청정을 하시었다. 그리고 캉유웨이의 일당인 탄쓰퉁 등 5인과 캉유웨이의 동생 캉광런康廣仁을 거리에서 참수하였다. 캉유웨이는 일단 구커우沽口의 외국인 선박으로 피신하여 계획의 성공 여부를 지켜보다가 변고가 생겼음을 전해 듣고 바로 일본으로 피신하여 죽음을 면하였다.

위안스카이가 캉유웨이 무리를 팔아넘겨 유신운동維新運動을 궤멸시킨 것은 역사 발전에 역행한 것으로 모든 사람들이 다 아는 사실이다. 위안커원은 자기 아버지의 잘못을 감추려 하지 않았다. 그는 자신의 아버지가 "자희태후慈禧太后의 충복이자 신당新黨의 적대세력"[18]이었다는 점을 그대로 인정하였다.

그러나 『신병비원』에서 세 번째의 문제를 거론할 때는 상황이 완전히 달라진다. 여기서는 자식으로서 아버지의 부정적 행위에 대해 서술하기를 대단히 꺼려하고 있다. 정이메이의 소개에 따르면, 『신병비원』은 "이른바 신병辛丙이란 신유년(辛酉年, 1921년)부터 병인년(丙寅年, 1926년)까지 조정 안팎의 사건을 기록한 것"이다. 이 필기는 위안스카이를 중심인물로 삼았는데 자식으로서 한원이 아버지의 잘못을 그대로 적을 수 없었던 이유로 적지 않은 사실을 왜곡하였다. 쑹자오런宋敎仁 사건을 천잉스陳英士에게 뒤집어씌우는 것은 특히 반감을 불러일으킨다. 그는 이렇게 서술하였다.

쑹둔추宋遯初(쑹자오런의 다른 이름) 피살의 진상은 바깥 세상에 그리 알려지지 않았다. 당초 둔추가 베이징에 왔을 때 선공께서는 그를 만나보고 크게 칭송하며 매번 정사에 대해 밤늦도록 이야기를 나누면서 그에게 내각을 맡기고자 하였다. 하지만 둔추는 아직 때가 아니라고 말하면서 남쪽 지역을 돌아보고 상황 파악 이후로 일을 미루었다. 결국 그는 베이징을 떠나

---

18) 秦仲和,「袁克文的『洹上私乘』-洪憲皇帝的本紀」, (香港),『大華』, 第1期, 1966年 3月 15日, 2쪽.

상하이에 머물었는데 비록 같은 당黨의 사람이라 해도 그가 하려는 바를 깊게 이해하지 못하였다.

　다음 해 겨울 나는 마침 상하이에 가게 되었는데, 거기서 선공께서 둔추에게 여러 차례 비밀리에 사람을 보냈다는 사실을 알게 되었다. 둔추는 남방 지역의 시찰이 거의 끝난 지라 선공의 요청을 흔쾌히 받아들였다. 상하이를 떠나기 전 천잉스와 잉구이신應桂馨이 그에게 연회를 베풀어 주었다. 연회 중에 천잉스가 내각 구성의 구상을 묻자 둔추가 말하였다. "국가의 대사이니 당파에 연연하지 않을 것이오." 이에 천잉스는 침묵하였고 잉구이신이 화를 내며 말하였다. "공께서는 당을 배반하시는구려. 내 이를 갚아 주겠소!" 말을 맺음과 동시에 품에서 권총을 꺼내려고 하였으나 좌중의 사람들이 그를 만류하였다. 둔추가 말하였다. "죽음은 두렵지 않소! 내 뜻을 꺾지 못할 것이오." 둔추는 이렇게 자리를 파하고 떠나버렸다.

　천잉스와 잉구이신은 날마다 만나 모의를 하였다. 내 옛 친구 선추자이沈虯齋는 천잉스의 당 사람인데 그가 내게 말하였다. "둔추는 야단났소!" 내가 상세히 물으니 그가 말하였다. "같은 당 사람들이 모두 그를 증오하오. 천잉스와 잉구이신이 특히 그렇소. 요즘 함께 모여 모의하지 않는 날이 없소. 그들과 가깝기는 하지만 나도 무슨 내용인지는 얻어 들을 수 없었소. 그래서 몰래 염탐을 했는데 둔추에 대해 뭐라 뭐라 하더이다. 하지만 말투나 분위기가 심상치 않았소."

　얼마 후 변고가 생겨 둔추가 죽었다. 둔추가 자신의 위치를 빼앗을 것을 두려워 한 자오빙쥔趙秉鈞이 홍수쭈洪述祖에게 거짓말을 전했는데, 거짓 전갈을 받은 홍수쭈가 처음에는 단지 둔추를 위협만 할 생각이었지만 예기치 않게 일이 커지게 된 것임을 바로 알 수 있었다. 선공은 나와 함께 둔추의 죽음에 대해서 이야기를 나누면서 눈물을 그치지 않으셨다. 인재를 잃은 것을 깊게 애석해하셨던 것이다. 선공께서는 말씀하셨다. "전에 우차오午橋가 죽었는데 이번엔 둔추가 죽다니, 이는 내게 큰 불행이다." 우차오는 돤타오자이端匋齋이다. 선공은 처음에 자오빙쥔과 홍수쭈가 모의한 것을 모르고 있다가 나중에 사실을 전해 들었다. 하지만 여전히 자오빙쥔이 이러한 일을 저질렀다는 것을 믿지 못하셨다. 자오빙쥔 또한 그 일은 자신이 꾸민 것이 아니라고 극구 부인하였다. 내가 선공에게 통지문을 내서 해명하시라고 권하였지만 선공께서는 이렇게 말씀하셨다. "나는 다른 사람을 대신하여 억울한 누명을 쓴 적이 많았다. 하지만 한 번도 그것에 대해 해명하지 않았다. 내 비록 둔추를 죽이지 않았지만 둔추는 나 때문에 죽임을 당하였으니 더욱이 해명하여 무엇 하겠는가? 이번 사건의 내막을 살핀 이들은 필히 스스로 알게 될 것이다."

『신병비원』이 『정보』에 발표되자 당시 예추창이 이를 보고는 이렇게 말했다. "완전히 헛소리다. 사오리쯔邵力子도 '시비가 완전히 전도되었다'고 비판하였다. 연회에서 위안한원을 만나게 된다면 무시하고 한 마디 이야기도 나누지 않겠다."

이렇게 아버지의 부정적인 측면을 왜곡하는 것은 『원상사승』에서도 분명히 드러난다. 친중허는 홍헌의 칭제 대목을 다룬 위안커원의 방식이 바로 그 예라고 지적하였다.

홍헌 칭제의 내막을 위안커원이 어떻게 묘사했을까 하는 것은 우리들이 자세히 보고 싶은 바이다. 하지만 그는 이에 대해서 극도로 말을 아꼈다. 즉, 다음과 같다.

'나라의 기틀을 새롭게 다지기 시작할 즈음開基之初'이라 할 일이 매우 많았다. 그러나 불행히도 반란배의 무리들이 망령되이 큰 자리를 바랐고, 여러 간사한 작자들이 서로 각축을 벌였다. 여러 소인배 무리들, 예를 들어 주치첸朱啓鈐, 량스이梁士詒, 양두, 샤서우톈夏壽田, 장전팡張鎭芳 등의 무리가 서로 속이며 소란을 일으켰고 몹쓸 작당을 하였다. 선공은 날마다 온갖 대사를 보시다가 화가 바로 앞까지 다가온 것을 미처 알아차리지 못하셨다. 대란이 이미 일어나 이미 제지할 수가 없었다.

그가 글을 쓰면서 무척 고심했음을 알 수 있다. 그는 '개기開基'라는 말을 사용하였는데, 이는 칭제를 암묵적으로 표현한 것이다. 그가 이 말을 사용한 뜻은 칭제 자체는 결코 잘못된 것이 아니고 반란배의 무리가 큰 자리를 바랬던 것에 잘못이 있다는 것이다. 그렇다면 누가 망령되어 큰 자리를 바랐던 것인가? 당연히 위안스카이는 아니다. 그는 그러한 무리로 조비曹丕(형 위안커딩을 비유한다-역주)를 지목하고 있다……. 여기에서 다음과 같은 사실이 분명해진다. 그는 결코 위안스카이와 칭제를 연결시키지 않았는데, 이것은 위안스카이의 황제 즉위를 지지하고 그 즉위식을 준비했던 사람들에게 잘못을 돌리는 것이며 한편으로 이렇게 덧붙여 말하는 것이다. '내 형 위안커딩은 태자가 되고 싶어한다. 하지만 오히려 스스로를 진사왕(조식을 말한다-역주)이라고 말하고 있다.'

이로써 보건대, 위안커원의 필기는 비록 스스로는 '많은 비밀스러운 일들을 들춰냈다'라고 평했지만 치명적인 결점을 가지고 있다. 그러나 "아들로서 아버지의 잘못을 너무 많이 숨겼고 심지어 시비를 전도시켜 위안스카이의 죄행을 덮어버리기도 했지만 그의 글은 수많은 귀중한 일차적인 자료를 담고 있고 문체 또한 훌륭하며 위안스카이의 성격을 생동감 있게 그려냄으로써 가독성可讀性이 매우 높으며 사료로서의 가치도 또한 충분하다."

제3절
위안스카이의 칭제稱帝를 비판한 장편소설
『신화춘몽기新華春夢記』

칭제 사건이 막을 내린 후 1916년 6월 6일 위안스카이는 세상을 떠났다. 같은 해 12월 70만 자에 달하는 양천인楊塵因의 장편소설 『신화춘몽기』가 상하이 타이둥서국泰東書局에서 출판되었다. 양천인은 1913년부터 글을 써서 생계를 유지하였다. 장하이어우張海鷗에 따르면, 이 소설 창작의 경과는 다음과 같다.

계축년 이후 나와 천인은 상하이에서 글을 쓰면서 살았다. 글을 쓰기는 하였지만 단지 생계를 유지하려 한 것일 뿐 문학가의 길을 갈 엄두는 내지 않았다. 그러나 우리를 위해 자료를 모아준 이가 있어서 우리는 이 자료를 이용하여 좋은 것과 나쁜 것에 대한 판별을 분명히 하고자 하였다. 공화제가 부활하자 천인이 어느 날 홍헌洪憲 때의 일을 가져와 나와 상의한 후 「죽지사竹枝詞」라는 글을 썼고 이를 신문에 실어 나라 사람들에게 알렸다. 이에 내가 말했다. "모은 자료로 책을 만들어 우리나라 사람들이 두루 보게 한다면 더 좋을 것이다." 천인도 동의하여 이 책이 만들어졌다. 처음에는 『홍헌외사洪憲外史』라고 이름 지으려 했다가 나중에 지금의 이름으로 결정하였다.

이 책에서 언급하는 내용은 허구가 적고 사실이 많아 나중에 홍헌의 사적을
기록하는 자에게 제공하여도 채택될 만하다. 이 책이 좋은 결과를 낸 것은
새롭고 아름다운 문장 때문이겠는가? 그렇지 않다. 희한하고 괴상한 일들
을 충분히 기록해냈기 때문이다.[19]

'허구가 적고 사실이 많다'는 것이 이 책의 특징 중 하나이다. 이 책에 허
구적 성분이 없다고는 말할 수 없다. 그러나 이 책에 등장하는 많은 사람들
은 실제 이름으로 등장하는 실존인물이다. 게다가 그들은 대부분 귀족이거
나 심지어 무력으로 사람을 죽일 수 있을 정도로 막강한 권력을 가진 이들이
다. 독자들이 한번 보면 여기서 말하는 자가 누구인지를 바로 알 수 있었다.
그래도 작가는 조금도 이를 회피하지 않았다. 이 책은 실로 총과 칼의 위력
을 지닌 실록인 셈이다. "나중에 홍헌의 사적을 기록하는 자에게 제공하여도
채택될 만하다"는 장담은 책임질 자세를 갖추고 있어야 할 수 있는 말이다.
장하이어우는 이 책 각 회回의 앞머리에 평어를 달았고, 남사南社의 일원이자
신랄한 필치로 유명한 장밍페이張冥飛가 각 회에 대한 평가와 감상을 달았다.
그런데 장밍페이는 때로 감정을 억누르지 못하고 불쑥 튀어나와 장하이어우
몫의 작업까지 하곤 하였다. 그의 평어는 위안스카이를 굴욕의 나락으로 떨
어뜨려버렸다. 당시 살아있던 위안스카이의 졸개들은 아마 간담이 서늘하였
을 것이다.
이 소설의 또 다른 특징은 위에서 조감하는 듯한 전체 상황에 대한 묘사
에 있다. 이 책의 초점은 위안스카이에게만 맞춰져 있지 않다. 이 책은 양두
등 위안스카이에게 빌붙었던 이들이 그를 황제로 만들기를 위해 주안회籌安會
를 결성하는 것에서 시작된다. 즉 이 책의 내용은 1915년 8월 14일에서 시
작되어 1916년 6월 6일 위안스카이의 죽음으로 마무리된다. 전부 100회의
편폭으로, 위안스카이의 황제의 꿈을 중심에 놓고 그의 수하들, 이른바 '육
군자六君子', '십삼태보十三太保'를 주변에 배치하여 파란만장한 당시 상황을 폭넓

---

19) 張海漚,「『新華春夢記』·敍四」, 楊塵因,『新華春夢記』, 百花洲文藝出版社, 1996年, 9쪽.

게 그려냈다. '국체를 바꾸고 민의를 유린하다'라는 제목의 제1회는 사회의
상층부와 하층부, 전국 방방곳곳, 국내는 물론 국외의 상황까지 담아냈다.
무릇 일정한 전형성을 가진, 당시의 각종의 세력들이 거의 모두 이 소설 속
에 망라되어 있다. 소설의 시작은 양두가 절묘한 제안을 내고, 육군자가 회
의를 통해 '단체를 결성, 기선을 잡는' 부분이다.

> 류스페이劉師培가 말했다. "그런데 이 단체의 명칭을 무엇이라 할까요?"
> 모두들 머리를 숙이고 한참을 생각에 몰두하였다. 역시 양두가 나섰다. "지
> 금 중국인의 마음에는 오로지 '편안할 안安' 자 한 글자뿐이니, 이 글자를 써
> 서 주안회(籌安會: 국가의 안위를 도모하는 모임-역주)라고 하는 것이 좋겠
> 소." 모두들 손뼉을 치며 동의하였다. "좋소, 아주 좋아요!" 옌푸가 말했다.
> "단체의 명칭이 통과되었으니, 발기인 선출과 선언문 작성, 규약 제정, 사무
> 소 설치 등의 일을 처리해야 될 것이오." (제1회)

이 작품은 이렇게 실제 인명을 거론하며 이야기를 시작하고 있다. 이어
대부호 량스이梁士詒가 뒤질세라 '공민청원단公民請願團(나중에 청원연합회請願聯
合會로 이름을 바꾸게 된다)'을 결성하게 되는 이야기가 이어진다. 이 두 분
파는 개국의 공을 세우기 위해 계략을 다투고 부끄러운 짓을 서슴지 않는
데, 제6회에 이르러 승부가 판가름 난다. 위안스카이가 '주안회는 모두 책
상물림이라 풍파를 헤쳐 나갈 수 없다고 판단'했던 것이다. 반대로 량스이
는 모략과 음모에 뛰어나 기세를 올리게 된다. 그러자 양두가 가만히 있
지 않고 각 성省에다 주안회의 분회分會를 만든다. 이에 량스이 또한 각계각
층의 청원단을 결성하여 위안스카이의 황제 등극을 청원하는 거짓 활동을
펼친다. 작가는 화류계 청원단, 인력거꾼 청원단, 걸인 청원단 등의 결성
과 활동(배우, 기생, 인력거꾼, 걸인, 부랑자 등이 매수되어 단체로 청원에
나서는) 등을 상세히 그려냈다.

한편 매수된 유명 인사들이 옳지 못한 일에 동조하여 떳떳하지 못한 행동

을 자행하는 것 역시 그려내고 있는데, 작가는 삼사백 자 밖에 되지 않는, 명사 왕카이원王闓運의 '권진문勸進文'에 관하여 서술하는데 족히 4회 분량의 편폭을 할애하였다. 그 다음은 이른바 각 성의 국회 대표가 베이징에 모여 1993명 투표에 1993표 찬성의 투표를 행하는 장면이다. 투표 후 헌신짝처럼 버림받은 이들 대표들은 이렇게 자조한다. "마치 위안 대총통의 요강과 같은 신세로군. 필요할 때는 가져다 쓰고 필요가 없으면 침대 아래 처박아 둔 채 나 몰라라 하니 어찌 반 푼 어치의 값이나 되겠는가?"

이른바 이런 '민의의 대표' 이외에도 작가가 굽어보는 것은 매우 많다. 예를 들어 외교 관계는 위안스카이에게 가장 머리 아프고 가장 번거로운 문제였다. 외국의 대사관은 다음과 같은 경고를 보내왔다. "만약 제제帝制 복귀를 강행하여 민심을 잃는다면 위안 대총통은 지방의 치안과 우리 상인, 국민의 재산 보호의 책임을 져야 할 것이오." 이런 경고는 위안스카이의 기분을 상하게 하였고 이런 이유로 그가 민의를 유린한 것은 외교 사절단에게 보이기 위한 것이라는 설도 있다. 또청 조정과의 관계에서 그는 청의 조정에 각종의 수단을 다 사용하여 청 조정에 옥새 헌납, 연호 폐지, 궁전의 양보 및 태묘太廟의 반환 등을 요구하였다. 혁명당과의 관계에서 그는 혁명당이 없으면 일이 순조로울 것이며왕위도 그냥 가서 올라앉으면 되었을 것이라고 생각하였다. 그래서 위안스카이는 계속 이렇게 중얼거렸다고 한다. "쑨원, 그 놈의 늙은이 때문에 일이 이렇게 힘들어졌어. 안 그러면 누가 민의를 들먹거리겠나!"

가장 뜻밖의 사건은 그가 황제가 되려고 할 때 민간에서 강도 출신의 무슨무슨 왕들이 출현한 것이었다. 그는 수하들에게 이렇게 말했다. "지금 내가 이런 강도 나부랭이를 신경 써야겠나? 그러나 왕노릇 하는 풍조를 그들이 마음대로 퍼뜨리게 할 수는 없지. 만약 사람들마다 모두 황제가 되려 한다면 내가 왜 천하가 다 하지 말라는 것을 무릅쓰고 나서서 하겠는가?"

『신화춘몽기』에서 독자들은 산적한 어려움을 헤쳐 나가는 위안스카이의 각고의 고난을 목격할 수 있다. 이런 어려움 중에서 가장 크게 그를 짓누르는 난관은 장군 차이어蔡鍔다. 위안스카이는 그 때문에 하루도 편할 날이 없

위안스카이와 그의 자식들

다. 이러한 배치가 소설의 입체적인 구조다. 이 소설은 중앙에서 지방으로, 그리고 다시 베이징으로, 또 어전회의에서 각계각층의 사람들로 그리고 다시 조정의 모임으로 수시로 장소를 바꾼다. 묘사와 글의 자유로운 이동은 독자의 시야를 더욱 확장시키고 일종의 홀로그래피적 효과를 가져다준다.

　이 소설의 세 번째 특징은 등장인물이 생동감 있다는 점이다. 소설 속 주요인물의 묘사는 높은 수준에 올라있어 위안스카이와 그의 처첩과 자식들, 양두, 량스이 등의 모리배들, 그리고 정면적 인물正面人物로서 차이어 등의 모습은 독자들로 하여금 눈을 떼지 못하게 한다. 위안스카이는 아첨꾼들 앞에서는 좀처럼 실체를 드러내지 않는다. 그래도 아첨꾼들은 자신들의 특기를 발휘하여 그의 마음을 헤아리고 그의 뜻에 영합하고 한다. 또 위안스카이는 자식들 앞에서도 근엄한 척 한다. 하지만 그는 처첩들 앞에서는 속마음을 그대로 드러낸다. 그녀들은 그의 속마음을 적나라하게 들여다보여주는 창인 셈이다.

내 너희들에게 솔직하게 말하는데, 57년 내 평생 동안 나라 안팎에서 숱한 일을 행하였지만, 과연 내가 남에게 속아 넘어간 적이 있으며 또 어느 누가 나의 속임수에 넘어가지 않은 자가 있느냐? 사내란 수단이 악랄하지 않으면 큰일을 할 수 없으며 의지가 확고하지 않아도 또한 큰일을 할 수 없느니라. 내 지금 천자의 자리를 차지하겠다는 의지를 확고하게 가지고 있으니 누구든 복종하지 않는다면 그를 사지死地로 몰아넣을 것이니라.

  ……

  내가 너에게만 하는 말인데, 대총통이란 온몸의 피땀을 백성들한테 써야하는 것이지만, 황제는 말이다 백성들의 피와 땀을 내게로 뽑아내는 것이다. 백성들로 하여금 나 한 사람을 위해 일하도록 하는 것이니 자연 황제노릇 하는 것이 총통하는 것보다 훨씬 낫지 않겠느냐? …… 걱정 말아라, 이제 먹고 사는 일에 우리 돈을 한 푼이라도 쓸 줄 아느냐? 천하의 땅이 모두 우리의 것이니, 자연 백성들은 피땀 흘려 가꾼 것들을 우리에게 갖다 바칠 것이다. …… 궁정의 일은 근태비瑾太妃가 이미 윤허하였노라. 내가 사람을 파견하여 빠른 시일 내에 수리하도록 하였다. 황궁의 이름은 내가 생각해보았는데 '신화궁新華宮'이라 부르는 게 어떻겠느냐? …… 나는 옛날과는 다른 모습으로 황제 노릇을 할 작정이다. 모든 예법은 반드시 새로운 모습을 갖추어야 한다. 그래서 넓고 큰 소매의 용포龍袍는 나는 싫다. 특별히 소매를 좁게 개량하려고 한다. …… 그리고 꿈속에서 내가 본 용포는 붉은 색이었다. 누런 색의 용포는 싫으니 붉은 색으로 바꿀 것이다(제30회)

  이렇게 위안스카이가 처첩들과 나누는 대화는 천박한 그의 속내가 그대로 드러날 뿐만 아니라 통속적이고 쉬워서 아녀자들이나 아이들까지도 쉽게 이해할 수 있다. 작가가 매우 통속적이고 쉬운 언어로 위안스카이의 속마음을 그대로 해석해낸 것이다. 위안스카이가 밤낮으로 꿈꾸던 일이 실현되었을 때 작가는 이렇게 말한다. "독자 여러분, 한번 보시오. 과거 시험을 보고 방이 붙기를 기다리는 청나라 때 과거 응시자의 심정이 위안스카이의 이 당시 심정과 대동소이하지 않겠습니까?" 이에 따라 양천인은 하인으로부터 좋은 소식을 전해 듣고 난 후 위안스카이의 반응을 다음과 같이 구체적으로 표현해냈다.

그는 이 소식을 전해 듣고 멍청히 침대 위로 올라 눕더니 한참을 아무 소리도 내지 않았다. 소식을 전한 자는 도대체 그가 무슨 짓을 하는 것인지 몰라 어리둥절했다. 그는 위안스카이가 한참 동안 아무 소리도 내지 않는 것을 보면서도 감히 말을 붙이지 못하고 조용히 방에서 물러났다. 좌우에 도열해 있던 위안스카이의 보좌관들 역시 이런 상황을 보면서 아무도 앞으로 나서지 못하였다. 한참을 누워 있던 위안스카이가 갑자기 벌떡 일어나더니 두 손을 뒷짐 진 채 방안을 맴돌며 혼잣말로 중얼댔다. "음, 됐어! 음, 됐어!" 십여 차례 같은 말을 반복하던 위안스카이는 위F 부인의 거처를 향해 나섰다. 위 부인의 방에서도 위안스카이는 같은 행동을 할 뿐이었고, 위 부인은 영문을 모른 채 놀란 표정이었다. 각 방에 거처하던 여러 첩들이 때마침 모두 위안스카이의 곁으로 몰려들었다. 하지만 누구도 말을 꺼내지 못하고 답답해할 뿐이었다. 위안스카이는 여전히 뒷짐을 진 채로 이리저리 왔다갔다 하며 이렇게 말했다. "음, 됐어! 음, 됐어!" 위 부인이 도저히 참지 못하겠다는 듯 용기를 내어 물었다. "나으리, 무슨 일이 됐다는 말씀이십니까?" 위안스카이는 여전히 혼잣말로 중얼거렸다. "민심이 내게로 향하니, 네 놈들은 더 이상 반대할 수 없을 것이다."(제58회)

소식을 접한 위안스카이는 일격을 당한 듯 벼락을 맞은 듯 온몸이 떨렸고 그 머릿속은 하얗게 텅 비어버렸다. 아마 그는 환호작약하고 싶었겠지만 신분이 있는지라 우선 정적으로 흥분을 가라앉혔던 것이다. 온갖 풍파를 견디어냈으니 이 소식이 얼마나 기뻤겠는가! 그는 말로써 기쁨을 표현해낼 수 없었다. 방안을 맴돌면서 "됐어!"라는 말을 되뇌며 기쁨을 만끽하였던 것이다. 그리고 자신을 곤경에 빠뜨렸던 수많은 적들을 향해 이렇게 호령한다. "네 놈들은 더 이상 반대할 수 없을 것이다." 역시 위 부인만은 그때 그가 왜 이렇게 복잡한 심리 상태였는지 집어낼 수 있었다. "밤이건 낮이건 자리에 오를 일만을 생각하고 한날 한시도 용포에 미련을 버리지 못하니 계속 이런다면 나으리의 목숨이 황제라는 두 글자 때문에 날아가 버리겠소이다."(제58회) 작가의 이런 묘사와 서술은 당시 위안스카이의 심정과 행동에 잘 부합된다. 그러면서도 작가는 결코 도를 넘지 않았다.

양두와 량스이 또한 아주 잘 형상화되었다. 이 작품에서 양두의 모습이 가장 실감나는 듯하다. 그는 위안스카이 앞에서 더 없는 아첨꾼이다. 그는 량스이와 시도 때도 없이 위안스카이의 총애를 다투며 개국의 최고 공로는 당연히 자기에게로 돌아와야 한다고 생각한다. 그가 자금을 대는 상하이의 『아시아 신문亞西亞報』은 사람들에게 혐오감을 불러일으켰다. 팔리지 않는 것은 물론이고, 공짜로 준다고 해도 아무도 원하지 않았다. 쓰레기 줍는 이들도 구리다며 수거하지 않을 정도였다. 이 신문의 주편 쉐다커薛大可가 베이징에 와서 양두에게 상황을 보고하는 장면이다.

쉐다커가 말했다. "공짜로 가져가 보라고 해도 원하는 자가 없습니다. 저는 큰길이나 사거리 등을 지나다가 잡화 장수가 구리 나팔을 들고 이렇게 욕하는 것도 들었습니다. '이 신문은 황제의 구린내 나는 신문이오. 이걸로 물건을 싸면 그 물건이 더럽혀질까 무서울 정도지요.' 생각해보십시오, 이런 수모를 당해야겠습니까?" 양두가 달래며 말했다. "이보게, 그렇게 불평할 것 없네. 이런 일을 하는 바에야 그런 욕쯤은 배부르게 먹을 준비가 돼 있어야 하지 않겠나? 내가 한 가지 묘안을 가르쳐 주겠네. 두 눈을 가리게, 그리고 두 귀도 닫게. 아무것도 보고 듣지 말게나. 네 놈들이 아무리 욕을 해도 나는 내 길을 간다는 식 말일세. 그러면 틀림없이 편안해질 걸세.(제21회)

이렇게 양두의 인생철학이 남김없이 폭로되자 신랄한 장밍페이 선생이 도무지 참지 못하고 장하이어우를 대신하고 나서서 이 대목 아래에 다음과 같이 써넣었다. "양두의 일생의 힘은 바로 여기에 있다. '굳은 의지가 있으면 천하에 이루지 못할 일이 없다'고 했던가, 양두는 그게 아니라 '이 정도의 철면피라면 천하에 이루지 못할 일이 없다'고 말해야 될 것이다." 또 그는 양두가 철면피 중에서도 '변절을 잘하는 철면피'라고 말하면서 '변절變'이라는 한마디 말로 그의 일생을 규정하였다.

량스이에 대한 서술은 그의 무치無恥함에 중점을 두었다. 그의 일처리는 양두보다 훨씬 매끄러웠다. 그는 공민청원단의 조직이라는 묘수를 내놓았고, 이를 아주 효과적으로 처리해냈다. 위안스카이는 그를 일러 '기회 포착과 위기 타개에 능하다'고 평가하였다. 그러나 그가 자신의 소첩 쥐卓 씨를 꼬여 청원단에 가입하게 하는 장면은 그의 진면목을 보여준다.

　　…… 이럴 줄을 진작 알았어. 너는 어찌 청원단에 이름을 올리지 않았느냐? 좋은 기회가 될 수 있는데." 쥐 씨가 말했다. "무슨 좋은 기회란 말입니까?" 량스이가 말했다. "청원단에 가입하면 장래에 궁에도 선발되어 들어갈 수 있으니, 새 황제가 등극을 하면 옛날의 태감과 한가지인 궁녀가 되는 것 아니냐. 또 만약 황제의 성은이라도 입게 된다면 어떻게 될 지는 아무도 모르는 법이니라." 쥐 씨가 말했다. "제가 만약 입궁하게 된다면, 나으리는 ……" 그녀는 얼굴을 붉히며 교태로운 몸짓을 하였다. 량스이는 그녀의 말을 급히 제지하며 말했다. "허튼소리 하지 말거라. 우리 같은 벼슬아치들이 누군들 첩의 입궁을 마다하겠느냐? 만약 네가 성은을 입으면 우리는 너에 의지해 살아갈 것이다. 내 벼슬이 보잘 것 없고 힘이 없어 입궁을 시키고 싶어도 시키지 못할까 걱정일 뿐이다.(제32회)

후안무치는 그에게 있어서는 너무도 당연한 것이고 만고불변의 진리처럼 느껴진다. 그리고 그는 자신을 너무도 잘 알고 있다. 그래서 우리는 그의 무치함에 욕할 필요가 없다. 왜냐하면 그의 자조自嘲는 남들의 욕설보다 더 철저하기 때문이다.

　　…… 나는 청나라가 망한 후에 민국民國에 몸을 맡겼다. 오늘날은 민국에 몸담고 있으면서 또다시 새로운 왕조에 몸을 맡기려 한다. 이리저리 몸을 맡기고 다닌 터라 마치 정조를 잃은 아낙네 꼴이다. 이왕 이렇게 되었으니, 새 왕조가 실패한다 해도 받아주기만 한다면 다시 공화共和 체제에 몸을 담근다 해서 안 될 게 뭐 있겠는가? 그게 안 된다고 하면 외국인에게 시집

가듯 갈 수도 있다. 인도나 폴란드나 모두 노년을 그럭저럭 지낼 만하다. 내가 왜 하필 백이伯夷, 숙제叔齊 같은 머저리가 되어야 하는가? 나는 돈만 있으면 어디라도 그만이라는 생각을 가지고 있으니 어느 누가 나를 굶어죽게 할 수 있겠는가? 그들이 지껄이는 헛소리를 귀담아듣지 말거라. 그들은 입만 떼면 우리를 욕하지 못해 안달이 난 이들이다.(제32회)

무치함은 변절과 동전의 양면 관계에 있다. 량스이 같은 자는 '정치판의 창기娼妓'와 다름이 없다. 수하에 이런 작자들만 있었으니 위안스카이가 58세에 죽지 않았다고 해서 더 좋은 결말을 맞았을 리 없었을 것이다.

량스이와 양두는 정적이었다. 하지만 결국 이 둘은 한데 뭉치게 된다. 제97회에서 이 두 숙적은 한 자리에 마주 앉아 밀담을 나눈다.

량스이가 자신의 처소에서 난국 타개를 위한 방법을 고민하고 있는데 하인이 와서 아뢰었다. "양 대인께서 납시셨습니다." 량스이는 양스치楊士琦가 온 것으로 알았다. …… 안으로 들어오는 이는 …… 바로 평소 그와 지략을 다투던 양두였다. 이상하게 여기면서도 량스이는 바삐 자리를 내주었다. 양두는 량스이가 입을 열기를 기다리지 않고 바로 탄식을 내뱉었다. "아, 이번에 일이 안타깝게도 잘못 되었으니 우리도 급히 물러날 방도를 마련해야 할 것 같소." 량스이는 이 말을 듣고는 평소 항상 머리를 굴리던 습관을 버리고서 정색을 하며 물었다. "또 무슨 변고라도 있나 봅니다." 양두가 말했다. "제제를 가장 신봉하던 펑궈장馮國璋과 장쉰張勳이 중립을 지키고 있고, 룽지광龍濟光도 어쩔 수 없이 떨어져 나갔소……. 생각해보시오, 만약 일찌감치 방도를 마련해두지 않은 채 진짜로 일이 닥치게 되면 이 늙은 목숨을 갖다 바쳐야 되지 않겠소?" 량스이가 말했다. "나도 위안스카이가 일어나지 못하게 되는 상황을 생각해보지 않았겠소? 헌데 그를 도와 다시 일으켜 세운다 해도 그는 필시 유방劉邦 같은 본색을 드러낼 것이고 우리는 토사구팽의 화를 면치 못하게 될 것이오. ……" 양두가 이 말을 듣더니 양간을 펴고 웃으며 말했다. "나는 일이 이렇게 될 것을 이미 알고 있었소. 그래서 당신과 상의를 하러 온 것이 아니겠소. 도대체 어떻게 해야 무사히 이 상황을 빠져나갈 수 있겠소?" 양두가 그에게 방법을 물을 때 량스이는 그의 두 눈을 주시하였다. 그의 말이 진정임을 알 수 있었다. 그래서 그도 진심을 털어놓았다. "이것은 우리 둘만의 이야기오. 절대로 다른 사람이 알아서는 안 되오. 내가 볼 때 우리가 할 일은 냉정함을 유지하는 것이오. 냉정히 돌아가는 상황을 지켜보다가 더 이상 이 자리를 보전할 수 없다고 판단되면 바로 삼십육계를 실행에 옮기는 것이오." 양두가 말했다. "내 생각으로는 지금이 도망하기 가장 좋은 때인 것 같소." 량스이는 머리를 가로저으며 말했다. "너무 빠르지 않은가 싶소이다."

위안스카이가 고립무원의 처지에 빠졌을 때 극적으로 진행되는 두 숙적의 밀실 회담은 작품의 첫머리 부분과 상호 호응을 이룬다. 이 소설의 첫 부분은 민심을 어떻게 묶어둘 것인가를 고민하는 장면이고, '편안할 안'자가 중심어였다. 반면에 소설 끝부분의 이 장면에서 이들은 도피를 도모한다. 여기서 중심적으로 드러나는 것은 이들의 간신배적 본질이다.

정면인물인 차이어의 경우에는 그가 정치적 연금 상태에서 본모습을 숨기고 이들 간신배 같은 자들과 어울렸던 사정을 중요하게 다루었다. "그는 원래의 면모를 바꾸어 밤이고 낮이고 주색과 돈에 빠져들었다. 그는 운길반雲吉班의 샤오펑셴小鳳仙을 연모하였는데 마치 신릉군信陵君이 술과 여자에 빠져 있던 것과 비슷하였다. 당시 많은 사람들이 젊은 영웅이었던 그가 갑작스레 세속의 혼탁함에 빠져든 것을 한탄하였다. 어찌 그가 눈물을 감추고서 한바탕 연극을 꾸미던 것을 알 수 있었겠는가!" 제38회에서 차이어는 샤오펑셴의 도움으로 베이징을 빠져나가 톈진을 거쳐 일본으로 도피한 다음 거기서 다시 홍콩으로 가서 프랑스의 철도를 이용, 윈난으로 잠입한 뒤 반란의 기치를 올리는 상황이 서술된다. 하지만 안타깝게도 그는 반反위안스카이의 대업을 완성한 후 1916년 11월 일본 후쿠오카의 한 병원에서 인후咽喉의 질병으로 세상을 떠난다.

차이어 장군

샤오펑셴

당시 중국은 기선機船을 파견하여 그의 유해를 본국으로 호송, 장례식을 거행하였다. 샤오펑셴은 다음과 같이 글귀로 그의 죽음을 애도하였다. "그 분의 영웅됨은 일찍이 알 수 있었지만 그 분의 단명은 누구도 알지 못했네." 당시의 신문은 이 두 사람을 이렇게 평했다. "하늘과 땅이 맺어준 연인에 대한 각계각층의 찬사가 일시에 일어나도다."[20] 물론 이런 사연은 『신화춘몽기』에는 실리지 않았다.

『신화춘몽기』는 리보위안, 우젠런의 사회견책소설社會譴責小說의 경향을 이어받고 있지만 예술적으로는 이들이 각각 쓴 『관장현형기』와 『20년간 목도한 괴현상』보다 더 성숙하다. 작품의 구조와 체제 또한 매우 적절하며 '실록'임을 강조하기 위해 곳곳에 선언문, 포고문, 상소문, 편지, 청원서 등을 실었고 실제 인물과 실제 사건을 토대로 하여 상상력과 과장법을 적절히 발휘하였다. 그러나 어떤 부분은 도를 넘은 과장 때문에 반감을 들게 하기도 한다. 예를 들어 왕카이윈에 관한 부분, 저우마周媽가 자기 애호품을 얻기 위해 나이 먹은 명사 왕카이윈에게 권진표勸進表를 쓰게 하는 장면 같은 부분은 경박한 논조가 혐오감뿐 아니라 생리적 반감을 들게 한다. 우리는 위에서 제58회의 "됐어! 됐어" 하는 부분이 매우 잘 된 곳이라고 칭찬하였다. 하지만 그 다음에 이어지는 대사, 즉 일곱째 첩의 방에서 위안스카이가 그녀에게 하는 말은 인물 표현의 적절함을 잃어버렸다. "솔직히 네게 하는 말이지만 누군가 감히 나를 욕한다 해도 나는 참아낼 수 있다. 하지만 누군가 내가 황제가 되는 것을 반대한다면 그것이 나를 낳아준 친어미라 해도 결코 참지 않을 것이다."

『신화춘몽기』의 결말은 매우 민간화民間化된 성격을 띤다. "희한하였다. 위안스카이가 죽은 그날이 바로 단오절이었는데, 탄신페이譚鑫培가 갑자기 무슨

---

20) 『時事新報』, 1916年 12月 4日, 「女伶小鳳仙挽蔡公聯」.

바람이 불었는지 몇 년 동안 공연하지 않던 「북을 치며 조조를 욕하다」를 문명원文明園에서 공연하였다. 시내의 희극 애호가들이 모두 몰려와 이 공연을 감상하였는데 공연이 끝난 후 조조 연기로 정평이 났던 황룬푸黃潤甫가 세상을 떠났다는 소식이 들려 왔다. 그러자 사람들이 이를 두고 '조조의 화신活曹操'이 죽은 것이라고 말하였다. 그런데 혜안을 가진 이들은 이날 베이징에 비바람이 몹시 불어쳐 혹시 위안스카이가 죽은 것은 아닌가 하고 의구심을 가졌다. 나중에 위안스카이의 사망 소식이 전해졌는데, 과연 바로 그날이었다. 인심이 천심을 얻을 수 있다는 것을 여기서 알 수 있다." 우연한 일들을 서로 갖다 붙이고 조조를 위안스카이에 비유한 것인데, 이러한 논조는 학자들의 관점으로 보자면 맞지 않는 것이다. 하지만 민간의 보통 사람들의 관점에서 보자면 손뼉을 치며 쾌재를 부를만한 일이다.

제4절
백성에게 대저작을
선사한 차이둥판蔡東藩

　　시골에 칩거하던 한 지식인이 굳은 신념과 놀라운 의지 그리고 다년간 축적한 엄청난 역사 지식을 바탕으로 장장 10년의 시간 동안, 위로는 진시황에서부터 아래로 민국 시기에 이르는 2166년의 중국 역사를 다룬 대저작『역대통속연의歷代通俗演義』를 완성해냈다. 이 저작은 연의소설演義小說의 체제로 된, 총 651만 자의 대작이다. 이는 말하자면, 중국의 이십사사二十四史가 통속의 형태로 모양을 바꿔 일반 백성에게 다가온 것이다. 이 작업을 수행한 이는 역사가이자 연의소설가인 차이둥판이다.

　　차이둥판(1877~1945)은 이름이 청郕, 자字가 춘서우椿壽이며, 저장 샤오산蕭山 린푸臨浦 진鎭 출신이다. 가난한 점원의 가정에서 태어난 그는 어려서부터 남의 집 아이의 글공부를 돕는 글벗 역할을 수행하였는데 이를 통해 자신의 숙식을 해결했을 뿐 아니라 공짜로 선생님의 가르침을 받을 수 있었다. 그러나 남의 집에 빌붙어 사는 생활이 편치 않았던 그는 농사꾼 집안 출신인 둘째 매부와 머리를 맞대고 공부에 매진하여 1890년 함께 수재秀才에 합격하였다. 그 후 1891년부터 1900년까지 그는 항저우의 한 만주족 집안에서 가정

교사로 지낸다. 그의 학생은 둘이었는데 하나는 그보다 더 나이가 많았고 하나는 그와 비슷하였다. 하지만 온 집안사람들은 차이둥판을 매우 존중하였다. 당연히 차이둥판의 풍부한 학식과 열정적 교육 때문으로 보인다. 이 집에는 엄청나게 많은 장서가 구비되어 있었는데 그는 이를 마음대로 열람할 수 있었다. 그래서 이 10년은 차이둥판이 역사와 문화의 지식을 대량으로 축적할 수 있던 절호의 시간이었다. 차이둥판은 이 기간 동안 지적으로 한층 성숙해진다.

나중에 과거제가 폐지되었지만 차이둥판은 1909년 저장 성省에서 열린 우공고시優貢考試에 참가, 상위의 성적을 거두었고, 1910년 베이징에서 열린 우공조고優貢朝考에서는 1등을 획득하여 선통제宣統帝를 알현하기도 하였다. 훗날 그가 다른 이에게 전한 말에 의하면, 황제의 알현은 일종의 코메디 같았다고 한다. 한밤중에 자다 일어나 사방이 어두컴컴한 상태에서 입궁하여 많은 사람들과 함께 무릎을 꿇고 황제를 향해 절을 하였는데, 사실 황제는커녕 대신들의 그림자조차 보지 못했다고 한다. 어쨌든 그는 푸젠으로 가서 지현知縣 임관을 대기하라는 명을 받는다. 빚을 내 푸젠을 향하던 그는 청관淸官으로서 나라를 구하겠다는 환상을 꿈꾸었다. 하지만 사교술도 없고 또 임기 중에 돈 모으는 것을 부끄럽게 여겼던 까닭에 그는 주변인들에게 냉대를 받게 되었다. 한편 주변에서 행해지는 갖가지 부패 행위를 목격한 그는 이를 부끄럽고 혐오스럽게 생각하여 이런 말을 남기기도 하였다. "도리에 어긋나게 관직을 구걸한다면 이것은 나라에 파리와 개를 하나 더 추가하는 것, 즉 나라에 좀도둑을 하나 더 늘리는 것이다. 자신을 속이는 것은 어쩔 수 없지만 나라와 백성을 속이는 것은 절대로 해서는 안 된다."[21]

1911년 여름, 신해혁명이 발발하기 바로 전 그는 상하이를 경유해 고향으로 돌아간다. 그때 상하이에서 당시 회문당신기서국會文堂新記書局에서 근무하던 같은 고향 출신의 옛 친구 사오시융邵希雍을 만나게 되는데, 병을 핑계로 사

---

21) 蔡福恒,「正直爲人, 不阿時好─紀念祖父蔡東藩誕辰110周年」, 政協蕭山市委員會 編,『蔡東藩學術紀念文集』, 1988年 6月 內部發行, 57쪽.

직한 그에게 사오시용은 "절벽 앞에서 말을 세웠으니, 참으로 지혜로운 선비로군"이라며 칭찬하였다. 한편 일찍이 『고등소학논설문범高等小學論說文範』을 펴낸 적이 있었던 사오시용은 차이둥판을 만나자 『중등신논설문범中等新論說文範』을 펴내는 일을 좀 맡아달라고 부탁하였다. 사백 자에서 팔백 자 정도 길이의 글 80편 정도를 묶어내면 되는 일이었다. 마침 신해혁명이 성공을 거둔 때라 차이둥판은 신해혁명을 열정적으로 찬양하는 문장들(예를 들어, 「혁명과 복수에 관하여」, 「공화제의 해석」, 「국민군에게 고하는 글」, 「쑨중산 선생의 난징 임직을 위해 보내는 글의 서」, 「신정부에게 올리는 글」 등)과 국제 시사와 관련된 글(예를 들어, 「멕시코 화교의 곤경」, 「워싱턴, 13개 주의 힘을 합해 잉글랜드에 대항하다」, 「파나마 운하를 완성한 미국인」 등) 등 시대적 상황을 잘 반영하고 필치가 날카로운 글들을 문범文範에 엮어 넣었다. 그는 이 문범의 「자서自序」에서 책의 편찬 목적을 이렇게 밝히고 있다.

이 글들은 애국사상을 전파하는 우수한 씨앗이 될 것이다. …… 삼가 말하건대, 새로운 국민이 되기 위해서는 노예성을 혁파해야 한다. 또한 새로운 나랏글을 세우기 위해서 역시 노예성을 혁파하지 않으면 안 된다. …… 무릇 내가 내 의견을 펼쳐야 내 글을 짓는 것이니, 내 글을 쓰는 데 있어 반드시 옛 사람의 글을 배우지 말아야 하는 것도 아니고 또 반드시 옛 사람의 글을 배워야 하는 것도 아니다. 또 반드시 오늘날의 사람을 따르지 않아야 하는 것도 아니고 또 그를 맹종해야 하는 것도 아니다. 다만 정연한 논리와 정갈한 언어로 의사를 분명하고 정확하게 밝힐 수 있어서 새로운 도덕과 새로운 정치 그리고 새로운 사회 정신을 널리 퍼뜨릴 수 있고 새로운 국민을 선도先導할 수 있다면 족할 것이다. 실로 주제 파악을 하지 못하고 이런 뜻을 글로 지어 낸 것은 우아함을 얻자는 것도 시대에 아첨하자는 것도 아니다. 이 글들을 쉽고 가깝게 느끼게 하고, 소년 학생들이 이 책을 사용함에 있어 용이하게 하기 위해서일 따름이다.[22]

---

22) 蔡東藩, 「『中等論說文范』·自序」, 上海會文堂新記書局, 1911年, 1쪽.

당시 이 문범의 영향력은 매우 커서 당시에 유행하던 량치차오의 『상식문범常識文範』보다 나으면 나았지 못하지 않았다고 한다. 1912년 차이둥판은 사오시용을 대신하여 『고등소학논설문범』을 수정하였다. 이때 그는 '교육구국敎育救國'이란 바람을 갖게 되었다. 그러나 1915년 위안스카이가 시대에 역행하여 국체를 바꾸고 제제로 복귀하자 차이둥판은 가슴 속에 쌓였던 분을 참지 못하고 『청사통속연의清史通俗演義』를 쓰기로 결심하게 된다. 그의 손자는 이렇게 말하였다. "이것이 조부께서 '연의 구국(演義救國: 연의소설로 나라를 구하겠다-역주)'의 실천 활동에 투신하게 된 직접적인 원인이다. 할아버지는 『청사』를 쓰는 뜻을 이렇게 밝히셨다. '관제왕(關帝王, 관우-역주)과 같은 이의 그 독보적인 마력에 대해서 재차 경의를 표하고 이를 높이 선양하여 보는 이의 경계警戒로 삼고자 하는 것이다.' 이렇게 할아버지께서는 역사연의 창작의 길에 나서게 되었다."[23]

『역대통속연의』는 역사적 순서대로 처음부터 끝까지 일관되게 창작된 것은 아니다. 각 조대별 연의 앞에 붙은 자서自序에 근거하여 작품의 완성 순서대로 나열하면 다음과 같다.

1916년 7월	『청사통속연의清史通俗演義』	100回
1920년 1월	『원사통속연의元史通俗演義』	60回
1920년 9월	『명사통속연의明史通俗演義』	100回
1921년 1월	『민국사통속연의民國史通俗演義』	120回
1922년 1월	『송사통속연의宋史通俗演義』	100回
1922년 9월	『당사통속연의唐史通俗演義』	100回
1923년 3월	『오대사통속연의五代史通俗演義』	60回
1924년 1월	『남북사통속연의南北史通俗演義』	100回
1924년 9월	『양진통속연의兩晉通俗演義』	100回
1925년 겨울	『전한통속연의前漢通俗演義』-진秦나라 포함	100回
1926년 9월	『후한통속연의後漢通俗演義』-삼국三國 포함	100回

---

23) 蔡福源,「丹心照汗青-紀念祖父蔡東藩誕辰110周年」, 政協蕭山市委員會 編, 같은 책, 61쪽.

1916년 7월 『청사통속연의』의 탈고 후부터 1920년 1월 『원사통속연의』 탈고 때까지의 시간에 차이둥판은 두 가지 일을 완성한다. 하나는 40회, 약 20만 자의 길이로 『서태후연의_{西太后演義}』를 창작한 것이다. 자서_{自序}가 1918년 11월에 쓰인 걸로 보아 이즈음 완성된 것으로 보이는 이 작품은 『역대통속연의』와는 별도의 단행본이다. 한편 차이둥판은 1919년에 뤼안스_{呂安世}가 쓴 『이십사사통속연의_{二十四史通俗演義}』를 증보하였다. 그는 뤼안스의 저작에 대해서 "간략하면서도 사실들을 두루 담고 있고 통속적이면서도 우아함을 잃지 않았다. 글이 일목요연하여 이 작품은 아녀자와 어린 아이들까지도 쉽게 읽을 수 있다.' …… '다루는 사실이 정사_{正史}에 근거하고 있고, 글투는 신문_{新聞}의 투와 비슷하다'라고 평가한 것으로 보아 이 작품을 마음에 들어 했던"[24] 것으로 보인다. 뤼안스의 작품이 가진 장점은 『청사통속연의』에서 차이둥판이 사용한 창작 방법을 더욱 굳건하게 해주었다.

『이십사사통속연의』는 세상을 만든 반고의 천지창조 이야기_{盤古開天}에서부터 시작하여 명나라 말에 이르러 끝을 맺는다. 차이둥판은 이를 증보하면서 자신의 과학적 지식을 바탕으로 태양과 지구, 육지와 바다의 형성에 대해서 서술하였고 또 청사_{淸史}를 덧붙여 넣었다. 이렇게 하여 '이십사사_{二十四史}'라는 서명이 내용과 부합되지 않게 되자 책의 제목을 『역조사연의_{歷朝史演義}』로 바꾸었다. "조부께서는 신해혁명과 오사운동의 영향을 받아 국가와 민족의 안위에 관심을 가졌고 과학의 신봉, 민주주의에 대한 애착, 공화제 지지, 미신 척결, 반독재, 반외세 등의 성향을 가지고 계셨다. 이러한 사상은 그 분이 증보한 『역조사연의』에 드러나는데 가히 본받을 만하다."[25]

이후 그는 전심전력으로 『역대통속연의』의 창작을 계속하였다. 그러다 1921년 『민국통속연의』가 출판되면서 그는 암흑 세력의 위협을 받게 되었다. 염산의 맛을 보여주겠다는 협박이었다. 회문당신기서국 역시 곤란에 처하게 되었다. 그러자 서국에서 그에게 편지를 썼다. "근대사를 쓸 때는 좀

---

24) 蔡福源, 「祖父增訂『中華全史演義』簡述」, 政協蕭山市委員會 編, 같은 책, 82~85쪽.

25) 蔡福源, 위의 글, 같은 책, 같은 쪽.

신중을 기하여 부정적인 일은 축소하고 궁
정적인 일을 중점적으로 쓰시기 바랍니다.
어떤 이들은 아직 살아 있고 더욱이 여전
히 권력을 잡고 있기도 하니까요. 괜히 시
빗거리를 만드는 것보다는 화를 피하는 것
이 좋겠습니다. 이런 내용이었는데, 조부
께서는 이 글을 읽고서 화를 내며 말씀하
셨다. '공자께서 춘추를 지으신 것은 난신
亂臣과 도적을 징벌하기 위해서다. 내가 쓴
내용은 근거와 자료가 있다. 날더러 거짓
을 날조하라고 한다면 나는 글을 쓰지 않

『민국통속연의』의 표지

을 것이다.' 조부께서는 120회까지 글을 쓰시고 더 이상 글을 쓰지 않았
다."[26] 회문당신기서국 또한 더 이상 차이둥판에게 글을 쓰라고 강요하지
않았다. 그들은 쉬친푸許廑父에게 부탁하여 이어서 40회를 더 쓰게 하였다.
이것이 유독 민국사民國史에 작가가 둘인 이유이다.

　　회문당신기서국은 처음에 『청사』에 대해서 그다지 확신이 없어서 책 가
격을 낮추어 팔 작정이었다. 그런데 출판 후 판매가 호조를 보이자 매월 60
위안이라는 적은 돈으로 차이둥판과 계약하여 그로 하여금 계속 글을 쓰게
하였고 이로써 『역대통속연의』라는 거대한 작업이 완성되었다. 가족들은 그
가 침식을 잊고 밤낮으로 글 쓰는 데 몰두하여 이 때문에 병까지 생기자 글
을 쉬엄쉬엄 쓰도록 권하였다. 다음은 조모가 손자 차이푸위안蔡福源에게 들려
준 말이다. "너의 조부가 이렇게 말했다. '구국이 중요하지, 내 생명은 중요
하지 않소.' 내가 '한 달을 늦추면 60위안을 더 버는데 뭘 그리 서두르시오'
라고 말하자 너의 조부가 이렇게 말하였다. '돈은 나와 상관없는 것이니 나는
결코 돈에 관심이 없소. 관직을 그만 두고 이 연의를 쓰는데 당연히 빨리 쓸

---

26)　蔡福恒, 같은 글, 같은 책, 58쪽.

수록 좋은 것 아니겠소!'"[27] 차이둥판이 이 일에 매달린 것은 그가 이 일을 구국의 길이라고 생각했기 때문이다. 그 당시 그는 자신이 이 일 때문에 세상에 태어난 것이라고 생각하였다.

차이둥판이 『역대통속연의』를 쓰는 데에는 창작 원칙이 있었다. 그는 『당사통속연의』의 서序에서 다음과 같이 언급하였다. "정사正史를 날줄로 삼아 확실함을 획득하도록 힘썼고, 각종의 일화 등을 씨줄로 삼았지만 헛소문이나 황당한 이야기는 높이 치지 않았다." 이것은 그의 연의에 인용된 역사적 사실들이 대부분 근거를 갖고 있음을 말한다. "『역대통속연의』를 보면, 전후한前後漢, 서진西晉, 남북조南北朝 등 내용의 절대적인 부분이 정사와 사료에 근거하고 있고 당唐과 오대五代 이하의 연의는 정사 이외에 잡사雜史와 필기 등이 두루 조사, 수집되어 쓰였다. 그러나 글이 과장되고 현실에 어긋나는 것은 일괄적으로 빼버렸다. 그리고 재미를 배가할 수 있는 제재라도 희곡이나 소설 등을 통해 이미 널려진 사실들에 대해서는 입을 다물고 언급하지 않았다."[28] 아마도 우리는 과거 사람들의 사유 방식의 추세를 감안하여 '정사'라고 하는 것이 그리 믿을 만한 것이 아니라고 생각하곤 한다. 하지만, 알아 두어야 할 것은 과거에도 정사의 기록은 같은 조대朝代 사람들의 가공송덕이 아니었다는 점이다. 다음 조대의 사관史官이 앞 조대의 역사를 기록했으니 분명히 객관성이 확보되었다. 그런데, 차이둥판의 『민국통속연의』는 당대當代의 역사에 관한 것이었고 이 때문에 그는 자서自序를 통해 자신의 창작 원칙을 거듭 강조하였다. "스스로 추측하지 않고 민국 기원 이래의 사실에 근거하여 순차적으로 기술하였다. 회를 나누는 것 등은 옛날 설부說部의 체제를 따랐다. 당대의 상황이고 또 모두가 근거가 있는 사실이라 감히 허투루 거짓을 꾸며내지 않았다. 칼로 자른 듯 딱딱한 글투라 부끄럽지만 그래도 이 작품은 보편적 가치에 입각하였다." 바로 이런 이유 때문에 암살하겠다고 위협하는 이들이 있었던 것이다.

---

27) 蔡福源, 「顚沛·奮鬪·奉獻－紀念祖父蔡東藩」, 政協蕭山市委員會 編, 같은 책, 77쪽.
28) 柴德賡, 「蔡東藩及其『歷代通俗演義』」, 『文匯報』, 1962年 1月 25日.

‘정사와 야사를 하나로 통합해낸다’고 하는 창작 방침을 가지고 있었지만 그는 자기 나름의 처리 원칙을 가지고 있었다. 『명사통속연의』의 서에서 그는 다음과 같이 말하였다.

　　　견강부회 때문에 정사에 들어갈 수 없는 이야기라고 해도 방증할만한 근거가 있는 사실이라면 대개 실었고, 방증할만한 자료도 없고 너무 황당한 것은 애써 생략해버리거나 밑에다 설명을 달아 그것의 사실 여부에 대해 따졌다. 허구를 지양하면서도 쉬운 말을 사용하도록 한 것 또한 원청元淸 시기 연의의 원칙이었다.

　“그는 연의 속에 역사 자료를 인용하는 것에 매우 열심이었다. 사서史書 속의 믿을 만한 기록은 당연히 조금도 주저 없이 연의 속에 넣었다. 하지만 기록과 실제 사이에 차이가 있는 경우 그는 세 가지의 처리 방식을 이용하였다. 첫째, 서로 상이한 주장과 근거가 동시에 존재하는 사실에 대해서 그는 다만 상황을 소개할 뿐 어떤 하나를 긍정하지 않았다. …… 둘째, 사서에서 어떤 문제가 발견되거나 사서 속의 주장을 믿기 어렵다고 판단할 경우 그는 연의 속에서 이에 대해 반박하였다. …… 셋째, 역사적 근거는 없지만 어떤 사실은 그가 그럴 듯하게 묘사를 해내는 경우가 있는데 이 경우 그는 비주批注를 이용하여 자신의 의견을 피력하였다. 물론 이 경우에 신중한 태도를 취하였다. …… 결론적으로 차이둥판의 저작은 사료에 충실하고자 노력하였고 조금도 경솔하지 않았는데, 이것이 바로 최고의 장점이다.” [29]

　차이둥판이 ‘정문正文’, ‘비주’, ‘평술評述’ 등을 모두 자신이 쓴 이유는 깊이 고민한 바가 있어서다. ‘비주권批注權’을 가지면 처리 곤란한 문제가 있을 때 비주를 통해서 자신의 의견을 밝힐 수 있기 때문이고, ‘평술권評述權’을 가지면 ‘연의 구국’이라는 자신의 교육 목적을 관철시킬 수 있기 때문이다. 『양진통속연의』의 서문에서 밝힌 “옛 일을 통해 현재를 살피고 악을 징벌하고 선을

---

29)　柴德賡, 같은 글.

권장한다"는 말이나 『전한통속연의』의 서문에서 말한 "널리 교육에 도움이 되기를 기약할 따름이다"라는 말은 그가 평술권을 가졌던 이유를 설명해준다. 당연히 어떤 역사적 사실에 대한 기술은 그가 중국은 물론 다른 나라의 역사서를 참고하여 진지하게 연구를 거친 결과이자 산물이었고, 이에 대해서 차이둥판 역시 만족스러워하며 자평하였다. 『원사통속연의』 제18회의 평술 부분에서 그는 이렇게 말했다. "중서中西의 역사서가 누락한 것을 족히 보충할 수 있으니 이것을 소설로만 간주해서는 안 된다." 역사학자 우쩌吳澤는 『원사통속연의』를 평론하면서 이렇게 칭찬하였다. "역사연의 한 권이 이렇게 사료와 사료학을 중시했다는 것은 그의 사학적 수양과 자질을 알 수 있게 해준다. 이것은 일반 연의소설 작가가 할 수 있는 일이 아니다."[30]

사실을 중시하고 허구를 지양하는 차이둥판의 역사학적 관점 다음으로 고찰해야 할 것은 그의 '연의관演義觀'이다. 역사연의의 성공 여부는 바로 역사와 연의, 이 둘의 완미한 결합에 있기 때문이다. 차이둥판은 『전한사통속연의』 제25회의 비주에서 이렇게 말했다.

무릇 정사란 직필直筆을 중시하고 소설은 곡필曲筆을 중시해서 체재 자체가 원래 다르다. 세상 사람들이 정사 읽기를 싫어하고 소설을 즐겨 읽는 것은 즉 바로 이런 차이 때문이다. …… 글로써 사실을 기재하고 이로써 감정을 전달하는 것 …… 이것이 바로 역사소설의 변별적 장점이다.

그는 중국의 백성들에게 역사적 지식을 보급하려고 결심하였고 이런 이유로 글을 심오하게 쓰기 위해 노력하지 않았으며, 다만 문학적 필치를 잘 이용하여 사람들에게 감동을 주려 했다. 차이둥판의 대규모 역사연의소설 시리즈는 기본적으로 성공적이었다. 이 때문에 우쩌는 다음과 같이 차이둥판을 평가했던 것이다. "그의 저작은 역사 지식의 전파에 있어서 이십사사 등 역사서가 할 수 없었던 역할을 하였다. 이것은 오로지 이 일에 매달렸던

30) 吳澤, 「蔡東藩『元史演義』的史料學硏究」, 政協蕭山市委員會 編, 같은 책 17쪽.

역사학자이자 연의 작가인 차이둥판이 조국에 바친 놀라운 공헌이다."[31]

중국은 유구할 뿐만 아니라 광대한 역사를 가진 다민족의 대국이다. 역사의 전적典籍만 하더라도 엄청나다. 삼천여 권의 이십사사, 257권의 『신원사新元史』, 576권의 『청사고清史稿』에다 차이둥판이 『민국통속연의』를 쓰면서 수집한 사료 등까지 더하면 그 수량은 사람이 범접할 수 없을 정도의 실로 엄청난 양이다. 학자이자 작가로서 그가 장기간 시골에 칩거하면서 엄청난 공력과 의지력을 들이지 않았다면, 이 거대한 역사 저작들을 소화하고 정리하여 통속적으로 쉽게 풀어내는 전 과정을 완성해내기는 어려웠을 것이다. 원래 중국에는 『삼국지통속연의三國志通俗演義』와 같은 연의소설의 전통과 경향이 있다. 그러나 차이둥판은 『삼국지통속연의』의 창작 방식을 따르지 않을 것임을 분명히 하였다. 『후한사통속연의』의 서문에서 그는 이렇게 말하였다.

> 나관중羅貫中의 『삼국지연의』는 인구에 회자되고 두세 명의 전문가가 평점을 달면서 가치가 더욱 높아졌다. 그러나 진수陳壽의 『삼국지三國志』와 함께 놓고 비교하면 허구로 지어낸 것이 5~6할이다. 진수가 비록 진晉 나라의 신하이기 때문에 촉蜀과 위魏에 대해서 곡필하지 않은 것은 아니지만 실제를 왜곡한 것에 대해서 말하자면 『삼국지연의』와 같은 폐단은 없다. 나관중은 매번 우연을 남발하여 사람들의 이목을 즐겁게 하였지만 이것이 거짓으로 진실을 어지럽히는 일이라는 점은 알지 못하였다. 『삼국지연의』의 이야기는 전해지면 전해질수록 더 와전되어 사람들에게 오해를 가져다준 점이 적지 않다.

제1회에서도 차이둥판은 나관중에 대해서 그냥 지나치지 않았다. "그의 내용과 사건에 대해서 말하자면 반은 지어낸 것이다. 일반 사회에서 정사를 읽은 사람이 몇이나 되겠는가? 심지어 사람들은 정사와 허구를 구분하지 못하고 나관중의 『삼국연의』를 『삼국지』와 같은 것이라고 잘못 알고 있다." 우

---

31) 吳澤, 「蔡東藩與『中國歷代通俗演義』」, 『文匯報』, 1979年 6月 15日.

쩌는 이와 관련하여 다음과 같이 판단하였다. "이 문제에 있어서는 사학자로서의 차이둥판에게 편향된 점이 없지 않다. 역사 지식의 전파라는 점에서 말하자면 차이둥판의 저작은 단대사_{斷代史}에 대한 연의체_{演義體}의 통속 독본이라고 칭찬할 수 있지만, 예술적 가치와 사회적 영향을 놓고 말하자면 정사와 사료에 너무 얽매여 『삼국연의』나 『수호전』의 위대함, 그리고 광범위함에 미치지 못한다."[32] 우쩌의 이런 평가는 대체적으로 인정받는 비교적 균형 잡힌 주장이다. 다만 차이둥판의 원칙적 입장에서 말하자면 역사적 진실이 제일이니 역사의 진실을 잃은 예술성이란 그가 추구할 바가 아닌 것이었다. 그는 『삼국연의』와 같은 대규모의 허구에 다다르고자 하지 않았다. 그는 "역사가와 소설가의 장점을 겸비하여 이 때문에 글이 딱딱해지더라도 기이함으로 빠져들지 않으면" 된다고 생각하였고, 이것이 그가 추구한 목표였다.

그의 작품은 일반 백성도 당연히 쉽게 받아들일 수 있었다. 하지만 누가 그의 연의소설을 가장 환영했겠는가? "당시 장쑤성 성립 난징중학교의 교장 장하이청_{張海澄}이 회문당서국에 편지를 써서 이렇게 전하였다. "『역대통속연의』는 중등학교 학생의 문사_{文史} 지식 교육에 있어서 적지 않게 도움이 됩니다. 그래서 교과서 외 보충 교재로 특별히 채택하였습니다."[33]

차이둥판은 중국의 역사에 공헌한 인물, 즉 민족 영웅과 정직하고 청렴한 관리 등에 대해서 많은 찬사를 가하였다. 차이어의 불행한 요절에 관한 대목에서 그는 이렇게 한탄하였다. "기린과 봉황은 죽고 여우와 쥐새끼는 살아남으니, 중국이 언제 맑아질 것이란 말인가!" 당시 권력과 영토 쟁탈을 일삼던 군벌들을 여우와 쥐새끼에 비교한 것에서 알 수 있듯이 그의 호오는 분명하였다. 차이어를 지켜주었던 샤오펑셴에 대해서도 찬사를 아끼지 않았다. 『민국통속연의』 제51회의 전체 비평에서 이렇게 말하였다.

---

32) 吳澤, 같은 글.
33) 柴德賡, 같은 글.

차이어가 곤경에 처하자 그녀는 노고를 마다하지 않고 도왔다. 어렵고 힘든 일을 훌륭히 처리하였다고 말할 수 있다. 샤오펑셴은 아리따운 여성으로서 광채를 발하였다고 평가하기에 충분하다. 일반 부녀자 중에서도 이런 사람을 찾기 쉽지 않은데, 기녀 가운데 이런 사람이 있다는 것은 더욱이 드문 일이다. 이 일을 서술하면서 선비로서 부끄러울 따름이다.

그의 글을 보면 차이둥판에게는 여성을 요물妖物로 생각하는 경향이 있다. 여성을 경시하거나 모든 잘못을 여성 탓으로 돌리는 것은 옳지 않다. 하지만 여성에게 잘못이 있을 경우는 여성도 분명히 책임을 져야 하는 것이다. 만약 차이둥판이 일률적으로 여성을 경시했다면 샤오펑셴이 어떻게 여성으로서 광채를 발한다는 평가를 받을 수 있겠는가?

차이둥판은 과도적 시기의 인물이다. 따라서 그에게도 당연히 적지 않은 한계가 발견된다. 과거 그의 평가에서 이구동성의 비판은 농민 기의起義에 관한 관점에 문제가 있다는 것이었다. 과거의 이러한 권위적 입장에 대해서 오늘날 우리는 구체적으로 분석을 가할 필요가 있다. 농민 기의라는 이름을 달았다고 해서 그것을 모두 긍정적으로만 볼 수는 없는 것이기 때문이다. 실제로 이 문제에 있어서 기계론적 사고가 장기간 위세를 떨쳤던 것이 사실이다.

차이둥판은 여러 부분에서 자기만의 관점을 가지고 있었다. 그는 다수의 견해나 중론衆論에 절대 굴복하지 않았다. 청이 멸망한 후 그는 냉정하고 전면적으로 청의 공과功過에 대해서 고찰하였다. 『청사통속연의』의 제1회에서 중론을 거부하는 그의 기개가 엿보인다.

후에 우창에서 난이 일어나자 각 성에서 이에 호응하였다. 드디어 268년 동안의 청 왕조가 뒤집어졌고 22개 성의 강산이 회복되었다. 이 뒤로 사람들은 청 왕조가 정치를 잘못하였다고 하면서 여러 가지로 욕하였다. 심지어 그들이 심성이 사나울뿐더러 개와 한 족속이라고까지 말하였다. 또 있지도 않은 일들을 지어냈다. 마치 청의 황제는 하나같이 우매하고 포악하며 청의 신하는 하나같이 더럽고 비열한 인간인 것처럼 말하였다. 이것은 사실과 다른 말임이 분명하다! …… 나는 일찍이 한가할 때 청 왕조의 역사를 간략하게 살핀 적이 있다. 그들의 역사에는 잘못된 점도 있었고 잘된 점도 있었다. 또 음란하고 포악한 구석도 있었으며 인의와 도덕이 살아 있는 부분도 있었다. 만약 요즘 사람들이 말하는 대로였다면, 청의 황제들은 이삼 년도 자리를 지키지 못하였을 것이다. 그러니 청이 어떻게 268년 동안 유지될 수 있었겠는가?

강희는 육십 일 년 동안 제위에 있으면서 많은 업적을 남겼고 스스로 근검하였으며 백성을 관용과 사랑으로 대하였다. 만주족 중에서도 그는 남달리 출중한 인물이라고 할 수 있다! (제30회)

이런 남다른 견해는 현재 중국의 역사소설가 얼웨허二月河의 역사에 관한 견해와 상통한다. 그래서 얼웨허의 『역대통속연의』에 대한 평가는 대단히 높다. 물론 그는 차이둥판의 부족한 부분 역시 지적하였다.

이 작품은 순문학도 아니고 아문학雅文學도 아니다. 또 역사 그 자체도 아니고 역사를 허위로 만들어내지도 않는다. 이 작품 속에는 찬사도 있고 비판도 있다. 하지만 가장 두드러지는 것은 '알리고' '깨닫게 하는 것'이다. 이 작품은 거대한 역사에 대하여 이야기하면서도 인문 사상에 대한 천착과 사회 상황에 대한 고찰, 비판 등을 결여하지 않았다. ……

차이둥판이 진행한 것은 인문적 아름다움의 전파이며 다른 나라에는 없고 중국에만 있는 아름다운 도덕에 관한 해석과 기술이다. 이렇게 노련하고 실력 있는 저술가는 아마도 중국에서 벌써 맥이 끊긴 것 같다. 내 추측이지만 역사는 단시간 내에 차이둥판 선생 같은 이를 우리에게 다시 보내주지는 않을 것 같다.

…… 만약 대단한 학식과 용기, 또 대단한 지력智力과 정력 없이 차이둥판 선생이 수행한 이런 사업을 하려 한다면, 이것은 초등학생이 골드바흐의 가설과 같은 난제를 풀려고 달려드는 것과 마찬가지며, 마치 자전거를 타고 달나라에 가고자 하는 망상과 다름없는 일이다.

어떤 책의 사회적 가치를 판단하는 데는 두 가지 계량화된 기준이 있을 수 있다고 생각한다. 하나는 이 작품이 독자를 얼마나 보유하는가며, 다른 하나는 이 작품이 얼마나 오랫동안 지속되는가. …… 그런데 차이 선생의 이 시리즈는 확실히 이 두 가지 기준을 다 만족시키고 있다. 게다가 이 작품은 앞으로도 계속 그러할 것이다. ……

차이 선생의 이 작품은 문학이라는 관점에서 본다면, 중등 정도의 작품이라고 할 수밖에 없다. 하지만 이 작품은 하나의 광산鑛山이다. 이 작품은 산처럼 거대하다. 그 안에는 무성한 숲과 나무, 샘과 폭포가 있고 또 그 속에는 금과 옥, 석탄과 철광석이 있다. 물론 흙도 있고 아무도 거들떠보지 않는 돌멩이도 있다. 이 작품의 비범함은 바로 이런 풍부함에 있다. 앞에서 말한 것과 같이 이 작품은 어떤 이념의 추종에 의해 생겨나지 않았다. 이 작품은 시대에 호응하여 태어났다. 전체 봉건 제도의 붕괴기이자 새로운 시대의 진통기에 차이둥판은 필생의 정력으로 이 서사시를 노래하였다. 이것은 만가輓歌처럼 들릴 수도 있고 새 시대를 재촉하는 염원으로 들릴 수도 있다.[34]

이렇게 차이둥판의 『중국역대통속연의』는 바로 중국 통속사학通俗史學과 시리즈 역사연의소설의 위대한 기념비다.

---

34) 二月河, 「由蔡東藩歷史演義所思」, 『南京師大文學院學報』, 2003年, 第4期, 114~116쪽.

제8장

1916년
'문제소설'의 도입과
'상하이 흑막' 모집

繪圖 中國黑幕大觀

祕集 卷上

「그림중국흑막대관」 조판 상권

제1절
『소설월보小說月報』의
'문제소설' 도입

1916년 『소설월보』는 외국으로부터 '문제소설'을 도입한다. 그 발기자는 원톄차오와 장서워張舍我였다. 1916년 제6호에는 문제소설 「돈과 애정金錢與愛情」이라는 번역 작품이 실렸는데, 번역자 역시 이 두 사람이었다. 당시 장서워는 스무 살 약관의 청년이었다. 원톄차오는 이 청년을 독려하느라 그의 이름을 자기 이름 앞에 놓았다. 장서워는 그의 기대에 부응해 통속문학계 '문제소설' 분야에서 독자적인 길을 열었다. 1916년 제7호에 미국 '문제소설'의 창시자 프랭크 스탁튼[1]의 「질투에 관한 연구妒之硏究」(또 다른 번역 제목은 「미녀 혹은 호랑이女歟虎歟」)가 실렸다. 장서워는 이를 이렇게 소개한다.

문제소설Ploblem Story은 미국의 소설가 프랭크 스탁튼Frank Stockton이 창시한 것으로 그의 작품으로 「미녀 혹은 호랑이The Lady or The Tiger」가 있다(혹자는 이를 「질투에 관한 연구」라는 제목으로 번역하였는데 『소설월보』 제7호에 수록되어 있다. 원톄차오 선생은 그 결말을 현상공모에 부쳤는데, 자

---

1) 스탁튼(Stockton, Frank Richard, 1834~1902) 미국의 대중 소설가, 단편소설집 『The Lady or The Tiger』가 가장 유명하다.

못 흥미롭다). 스탁튼은 2천금을 들여 주간지 『인디펜던트』를 사들였다. 이것이 발표되자 철학자와 심리학자들이 그에 대해 찬양을 아끼지 않았고 그리하여 그의 명성이 자자하게 되었다. 문제소설은 철학적·사회적으로 중요한 문제에서 비롯된다. 한두 사람에 의해 독단적으로 해결될 수 없는 문제를 소설로 써서 그것을 통해 사회가 다 같이 연구하고 해결책을 모색하자는 것이 그 발로다. 그래서 현재 유럽과 미국의 소설계에서는 이런 작품에 종사하는 자가 점점 많아지고 있다. 제1기의 「아버지와 아들 혹은 남편과 아내父子歟, 夫婦歟」는 사회적이면서도 철학적인 문제를 다루고 있다. 하지만 조잡하고 산만해서 좋은 글이라 할 수 없다. 독자 제군의 가르침을 바라는 바다.[2]

장서워는 여기서 문제소설이 사회적이고 철학적 문제에서 비롯되었다는 점을 지적하고 있다. 『소설월보』가 이런 외국 소설을 도입한 의도는 당시 날로 심각해지는 사회적 문제를 어렴풋이 인식하기 시작했고 이를 철학적 차원에서 해결하자는 것이었다. 이런 상황에서 소설가들의 개입은 불가피했다.

스탁튼의 「미녀 혹은 호랑이」는 독자들 앞에 문제를 들이대면서 다함께 답을 찾아볼 것을 요구한다. 이 소설의 내용은 간단하다. 어느 야만족 왕은 특이한 방법으로 죄인을 판결한다. 커다란 경기장에 죄수가 던져진다. 그는 수많은 관중들에 둘러싸여 있다. 경기장 안에는 똑같이 생긴 문이 두 개 있다. 문 하나에는 사나운 호랑이가 있고 다른 문에는 미녀가 있다. 왕은 죄수에게 문 하나를 열게 한다. 만일 호랑이가 있는 문을 열면 그의 유죄가 증명되는 것이다. 그가 잡아먹히는 것은 죄의 대가다. 호랑이가 "그를 덮

통속문단의 세 장씨(三張): 장비우(좌), 장전루(중), 장서워(우)

---

2) 張舍我, 「博愛與利己·作者附識」, 『半月』, 第1卷 第5號, 1921年 11月14日, 62~62쪽.

쳐 살덩이로 허기진 배를 채운다. 순식간에 육신이 사라진다. 그의 죄가 확정되어 응분의 벌을 받은 것이다." 반대로 미녀가 있는 문을 열면 그 사람은 미녀와 혼인을 하게 된다. 이는 곧 그 사람이 억울하게 누명을 썼다는 것을 의미하며 "이로써 억울함을 풀어주고 여생의 행복을 기원한다." 이 야만인의 왕에게는 금지옥엽 같은 딸이 하나 있다. 그런데 이 딸이 궁중의 하인과 사랑에 빠진다. 왕은 진노하여 이 소년을 경기장에 보내 형벌을 받게 한다. 공주는 거액의 뇌물을 통해 어느 문에 호랑이가 있고 어느 문에 미녀가 있는지를 알아낸다. 뿐만 아니라 그 미녀가 한때 공주의 연적으로 그 소년과 염문이 있었다는 사실도 알게 된다. 판결 현장에서 '죄수'는 공주의 손 움직임에 따라야 했다. 공주는 오른 손을 든다. 지체 없이 소년이 오른쪽 문을 열게 된다……. 스탁튼은 그 다음 내용을 이렇게 이어갔다.

문이 열린 뒤 나온 것은 호랑이였을까, 미인이었을까? 이 모두는 공주에게 달려 있다. 다만 글쓴이는 더 이상 말을 하지 않고 지혜로운 자를 통해 이 문제가 해결되도록 남겨 두겠다. 제군들이 한번 생각해봐도 그 답이 쉽지 않음을 알 수 있을 것이다. …… 연인을 호랑이 입에 들어가게 하면 그는 다시 살아오지 못한다. 반면 연적의 남편이 되게 하면 다시 그를 자기 곁에 두지 못한다. 이후 기나긴 세월을 외로이 보내다 죽는다 한들 이 한은 끝이 없을 것이다. 살리든 죽이든 완벽한 답은 없다. 결국 헤어짐이라는 결말이 있을 뿐이다. 그렇다면 공주의 마음은 어느 쪽에 있었을까? 이런 저런 생각을 해보지만 불안하기만 하다. 생각하고 생각해 봐도 결론이 나질 않는다. 어떤 때는 호랑이 먹잇감으로 만들어 버릴까 하고 생각하지만 사방으로 피가 튀고 그가 갈갈이 찢기는 장면을 보는 것도 쉽지 않다. …… 또 어떤 때는 연인이 문을 열고 그 미녀와 만나게 되어 살아난 것만도 기쁜데 숙원까지 이루게 될 것이며, 한편 갈아드는 연민과 아쉬움 속에서도 새 사람을 기쁘게 맞이할 것을 생각하면……. 무릇 모든 극단은 돌이킬 수가 없다. 죽든 살든 다 원하는 바가 아니다. 그래도 하나를 택해야 하니, 이 사랑은 참으로 어렵도다! 남자의 사랑을 오래 보전하려면 다른 이에게 뺏겨선 안 된다. 부서진 옥이 온전한 기와보다 낫지 않은가? 훗날 저승에서의 해로도 나쁘지 않다. 그러나 죽음으로 내몰아야 하는데 그건 참을 수가 없다. 이런 주저와 망설임은 인지상정이다. 후세에 사람들은 이 경우 각자의 생각이 있을 것이다. 내가 말이 많다고 귀찮게 여기지 말기를 바란다. 제군들은 차나 술을 한잔하면서 각자의 생각을 정리해 보라. 여자 쪽으로 인도할 것인가? 호랑이 쪽으로 인도할 것인가?

소설은 상당히 잘 구성되어 있다. '비정상적 상태'를 설정하여 독자를 궁지로 몰아넣는 한편으로 독자들에게 무한한 상상의 여지를 제공하고 있다. 여기에 정답이 있을 수 없다. 하지만 독자들에게 다양한 차원에서 추리를 하게 만든다. 윈톄차오도 이 점을 잘 인식하고 있었다. 이것은 일종의 지능검사여서 독자들에게 다층적이고 다각적으로 '논리적 결론을 이끌어내'게 한다. 심지어 일종의 게임으로 변화무쌍한 상황 속에서 지적 즐거움을 얻을 수도 있다. 그리하여 그는 글의 말미에 다음과 같이 현상공모를 내걸었다. "구미에서는 토론회가 성행하는데, 특정 주제를 가지고 두 조로 나누어 논쟁을 벌이는 자리다. 이로써 언변 능력을 기를 수 있고 훗날의 절충적 선택을 예비하기도 한다. 이번에 이 문제에 대해서 다루고자 한다. 애독자 제군, 본 주제에 대해 여러 의견이 있을 수 있다. 견해와 반박을 모두 기록해서 보여줌으로써 우수한 것을 출간한다면 모두에게 도움이 될 것이다. 편폭은 너무 길지 않게 육백 자를 넘지 않는 것이 좋겠다. 출간 뒤 장광중(장서워) 선생이 쓴 네 폭 병풍을 증정한다. 출간되지 않으면 상품은 없다. 투고된 원고는 반환하지 않는다." 이를 통해 문제소설에 두 가지 유형이 있다는 것을 알 수 있다. 하나는 지능검사다. 여러 사람이 함께 이 주제를 '논구'한다면, 온갖 답안이 난무하겠지만 논박의 과정에서 언어능력과 사유능력을 기를 수 있다. 다른 하나는 사회적 문제 해결을 모색하는 것이다. 이는 인생의 문제와 연관된다. 통속 작가들의 문제소설은 이 두 가지 모두를 겸했다. 하지만 거기엔 지적 유희로부터 사회적 문제로의 이동 과정이 있다. 그런데 그들의 관심사는 지식인 작가와 달랐다. 초당파적 입장에 선 그들은 정치문제에 대해 냉담했다. 그들이 다룬 것은 그저 혼인, 가족, 윤리, 교육, 취업 등등이었다. 모두가 자질구레한 생활사를 다룬 것은 아니지만 문제의 폭과 높이가 비교적 협소했다. 『미녀 혹은 호랑이』 같은 문제소설은 사회문제를 다루고 있지 않지만 철리성과 문학성을 겸비한 수작이다. 이런 형식이 바람직하긴 하지만 이런 글이 많지는 않다. 어쨌든 대부분의 문제소설은 얼마간의 사회문제를 언급하고 있는 셈이다.

통속문학계의 문제소설 제창은 '5·4' 이후의 지식인문학 쪽보다 앞섰다. 그리고 점차 사회문제로 관심을 치중하게 되면서 통속문학계의 문제소설은 지식인 문학계의 촉진과 추동을 받게 되었다. 당시 쌍방의 충돌이 격렬했다는 점을 고려하면 좀 의외다. 그런데 통속문학계는 이 점을 공개적으로 인정하려 들지 않았다. 예를 들어 『토요일』의 복간은 『소설월보』의 방향전환에 대한 대응책 가운데 하나였다. 복간 뒤 발간된 제3기(전체로 따지면 103기)의 「편집실」에는 이런 대목이 있다. "본간에 실린 소설은 사회문제와 가정문제를 위주로 진지하고 성실한 태도로 써낸 작품이다." 이는 '5·4'라는 시대적 분위기 속에서 통속문학계의 자기 갱신 노력이다. 통속문학계 문제소설의 대표 주자 장서워 역시 사회문제 탐색에 보다 치중했다. 아래 내용은 장서워의 활동에 관한 대략적인 소개다.

장서워(1896~?)는 본명이 젠중建中이고 자는 쯔팡子方이다. 장쑤성 촨사현川沙縣(현재는 상하이시에 속함) 출신이다. 가정이 빈한했고 부친이 일찍 죽었지만 총명하고 학문을 좋아했다. 15세에 수석으로 소학교를 졸업했지만 더 이상 진학을 할 만한 형편이 아니었다. 마침 한 신문에서 기자를 모집하자 장서워는 여기에 응시해 채용된다. 이로써 그는 기자의 신분으로 사회에 발을 딛게 된다. 사회 각계각층을 취재하는 과정에서 접한 다양한 생활은 훗날 저술 활동의 토대가 된다. 하지만 신문사의 급여가 너무 적어 생활의 자립이 불가능했다. 이곳저곳을 전전하며 장사도 하고 소학교에서 교편을 잡기도 한다. 그 뒤 상우인서관에서 교열하는 일을 맡게 되면서 학업을 계속해

간다. 공부와 일을 병행하면서 그는 후장대학滬江大學 고급 예과반에 입학한다. 이때 글쓰기와 번역에 매진하면서 학비 부족분을 원고료로 메우게 된다. 그가 원톄차오, 저우서우쥐안 등을 알게 된 것도 바로 이때다. 『소설월보』, 『신보申報』의 「자유담自由談」, 『신신보新申報』 등의 문예란에 투고한 것이 계기가 된 것이다. 원톄차오는 그가 번역한 장편소설 원고를 보고 '참으로 절묘한 문장이오!'라며 감탄을 아끼지 않았다.

그는 『소설월보』에 문제소설을 번역 소개하면서 다큐멘터리성 글을 발표하기도 했다. 오늘날 관점에서 보자면 구체적인 사람과 사건을 다룬 일종의 보고문학이다. 그가 사회생활에서 좋은 소재를 발견할 수 있었던 것은 기자 생활 덕분이었다. 이는 그가 정통으로 기자생활을 했다는 것을 말한다. 예를 들면 『소설월보』 제7권 제11호의 「청이셴에 대한 기록記程一先」에서는 이런 문제를 다룬다. 청이셴은 가난한 집안 출신이지만 학교에서 일하면서 각종 과학 실험을 몰래 배운다. 각고의 노력 끝에 그는 많은 성과를 거둔다. 훗날 공업학교를 설립하는데 가세가 기울어 재산을 탕진하고 만다. 심지어 조부와 부친에게 수위와 잡역부를 맡기고 자신은 교장에서 교원 일까지 거의 모든 일을 도맡는다. 이런 고난 속에서 공장을 설립하고 발명품으로 이익을 얻고 국산품을 널리 알린다. 마지막에 장서워는 이렇게 썼다. "지금 청이셴은 여전히 건재하다. 혼자서 학당과 공장 일을 꾸리고 있지만 두 사업 모두 날로 번창하고 있다. 나머지 시간에 그는 부지런히 과학을 연구한다. 일찍이 '실업實業' 두 글자로 '실사구시實事求是, 업정어근業精於勤'이라는 대련을 만들기도 했다. 이를 볼 때 그의 사람됨을 알 수 있다." 이런 글은 지금 읽어도 감동적이다. 『소설월보』에서 그는 원톄차오 외에도 왕원장, 류반눙, 이쒀頤瑣 등을 알게 된다. 이들은 당시 독자들 사이에 신망이 꽤나 두터운 작가들이었다. 이쒀는 상우인서관 소속으로 학식이 깊은 문사였다. 그가 쓴 「황수구黃綉球」는 『신소설』에 실린 작품 중 수작에 속했다. 소재가 좋을 뿐더러 인물 형상도 생동감이 있었다. 『신소설』에는 연재가 완료된 작품이 많지 않았는데, 이 작품은 『신소설』이 정간된 뒤 몇 장을 보충하여 단행본으로 출판되었다. 장서워는 이들 정통 작가들과 좋은 협력 관계를 유지했다. 이 역시 그의 인품과 글품을 잘 드러내주는 측면이다.

장서워가 문제소설을 본격적으로 쓴 것은 『토요일』 복간 이후였다. 저우서우쥐안은 복간의 주역이었다. 그는 『토요일』이 궤도에 오르자 다시 『반월』 창간에 정열을 쏟았다. 이에 따라 장서워도 문제소설의 주요 발표장을 『반월』로 옮겼다. 『토요일』 제110기에 실린 「50통의 편지」에는 뇌물을 써서 승승장구하는 부패관리 리팅칭李庭卿이 등장한다. 그는 '운동비'를 모으기 위해 아내 황즈리黃芝麗를 시켜 여기저기서 돈을 빌리게 한다. 결국 황즈리는 금은 장신구까지 다 팔게 된다. 하지만 그는 고관이 된 뒤 주색잡기에 빠져 문란한 생활을 일삼으며 아내까지 구박한다. 그의 처는 할 수 없이 광둥 시골로 내려가게 된다. 나중에 리팅칭의 죄가 드러나 투옥되는데, 거기서 그는 50통의 편지를 아내에게 보내 도움을 호소한다. 그러나 답장은 한 번도 없었다. 출옥한 뒤 그는 신문에서 기사 하나를 보게 된다.

여성 교육계의 스타! …… 신임 광둥성 제3여자중학교 교장 황즈리 여사는 본시 어릴 적 공부할 기회를 잃었는데 뒤에 가정문제로 학업에 뜻을 두게 되어 광둥사범학교에 입학했다. 졸업 후 곧 판위番禺 여자고등소학교 교장으로 부임했는데 그녀의 효율적인 교무행정으로 인해 그 학교의 학생이 50명에서 300명으로 늘었다. 황 여사는 여자직업학교를 열어 공부하러 온 부녀들로 하여금 졸업 후 자립해서 남자에게 기대지 않도록 도왔다. …… 여사는 늘 이런 말을 했다. "남녀평등을 이루려면 먼저 여자에게 학문이 있고 직업이 있어야 독립할 수가 있습니다. 그래야 남자들에게 알게 할 수 있습니다, 여자 역시 사람이지 그들의 노리개가 아니라는 사실을 말입니다."

이런 문제소설은 당시 논의되던 "노라는 집을 나간 뒤 어떻게 되었을까?"와 연관이 있다. 자립은 여성이 이미 자신의 경제적 독립 문제를 해결했다는 것을 의미한다. "경제권을 요구하는 것은 물론 아주 평범한 일입니다. 하지만 고상한 참정권이나 거창한 여성해방 같은 것과 비교하면 더 번거롭고 어렵습니다. 세상일이라는 게 작은 일이 큰일보다 더 번거롭고 어려운 법입니다."[3] 따라서 이 문제의 토론은 절박한 것이었다. 그 밖에 「한 문제의 두 측면—個問題的兩面觀」이라는 글에서 그는 왜 '정조'는 여자에게만 강요되고 남자에게는 아무 구속이 없는가라는 문제를 제기했다. 천년이나 이어오던 불평등한 도덕규범을 문제 삼아 사회를 향해 질책어린 물음을 던졌으니, 이 또한 의미 있는 문제제기였다.

『반월』제1권 제1기에 실린 『아버지와 아들 혹은 남편과 아내父子歟, 夫婦歟』는 독자와 함께 '난제'를 풀어가려는 것 같지만, 사실 독자가 얻은 것은 천박한 답뿐이었다. 한 아버지가 상하이에 가서 2년을 '방탕'하게 살다가 어느 '어린 기녀'에게서 예쁜 아이를 낳아 집에 데리고 간다. 그 기녀에게는 돈 몇 푼을 쥐어주고 마무리를 지었을 생각이었다. 그 뒤 그의 아들이 상하이에 가서 공부를 하게 되는데, 어느 사범학교에서 미술 선생을 사랑하게 된다. 그는 아버지에게 상하이에 와서 미래의 며느리를 한 번 봐달라고 부탁한다. 그러나 그 만남은 이러하였다.

마른하늘에 날벼락이 치듯 그는 벌어진 입을 다물지 못했다. 4년 전의 로맨스가 하나하나 눈앞을 스쳐지나갈 뿐이었다. 밤낮으로 갓난아이 엄마를 그리워했는데 여기서 만나다니. 내 갓난아이의 어미가 내 아들과 동거를 하다니, 내 아들의 아내라니⋯⋯.

옌쥐안嫣娟도 노인을 보고 4년 전 일을 떠올렸다. 뭐야? 난 저 이의 아이를 낳았는데 이젠 저 이의 아들과 부부가 되다니.

노인과 옌쥐안은 한때 부부였다. 노인과 나이디乃諦는 부자지간이다. 지금은 나이디와 옌쥐안이 부부가 되려 한다. 아버지와 아들의 관계를 선택할 것인가? 남편과 아내의 관계를 선택할 것인가? 도대체 어떻게 해결할 것인지 작가는 판단할 수가 없다. 하여 독자 제군에게 함께 생각하고 함께 해결해 줄 것을 청하는 바이다.

---

3) 魯迅, 「娜拉走後怎樣」, 『魯迅』(1963), 271쪽.

나이디와 옌쥐안 그리고 고향에 있는 아이 모두 죄가 없다. 문제는 그 '황당한' 아버지로부터 비롯되었다. 이후 그 가족 구성원의 관계는 복잡하다기보다는 민망하다고 하는 게 더 정확할 것이다. 하지만 이것은 사회문제도 아니고 보편적인 가정의 문제도 아니다. 그저 어느 한 가정의 가정문제일 뿐이다. 만일 나이디와 옌쥐안이 정말 사랑하는 사이라면 독립하면 된다. '대가정'을 버리고 그 황당한 아버지를 떠나면 일이 끝나는 것이 아닐까? 원래 옌쥐안은 애정의 산물이 아닌 그 아이를 진작 '버렸'다. 심지어 아이의 근황조차 알지 못했다. 그러니 그 아버지더러 계속 그 아이와 서로 의지하며 살라고 하면 된다. 그렇지 않고 나이디가 여전히 그 아버지를 필요로 한다면 옌쥐안이 나이디를 떠나면 된다. 그녀는 노인으로부터 벗어나 미술학교에 들어가 스스로 먹고 살 수 있는 능력이 있다. 이미 '의연한 결정'을 한 차례 한마당에 또 다시 못할 이유가 어디 있겠는가? 장서워가 쓴 것은 보편적인 가정문제가 아니라 특정 가정의 특정 사례였다. 사회적 가치는 그다지 크지 않다.

하지만 이런 대목은 독자가 소홀히 지나치기가 쉽다. 나이디가 집을 떠나기 전날 밤 그의 아버지가 조심스럽게 말을 꺼내는 대목이다.

> 상하이는 온갖 죄악이 들끓는 곳이야. 모든 행동을 조심하고 절대로 함부로 여자를 사거나 도박을 하지 말거라. 네가 전에 말한 자유결혼에 대해선 나도 반대하지 않겠다. 그러나 안목을 키워 좋은 여자를 골라야 한다. 절대 기방에 가지 마라. 기녀치고 좋은 인간 하나 없다. ……

이 '황당'한 아버지는 자신이 피해자라고 생각하고 있는 것일까? 현재 상황을 보면 옌쥐안은 분명 좋은 여자다. 아들 나이디 역시 안목을 길러 마음에 드는 좋은 여자를 찾았다. 지금 고향에 있는 그 아이는 더욱 상관이 없다. 그러면 이 아버지의 말은 무슨 뜻일까? 만일 그것이 '진정'에서 우러나온 것이라면 그 역시 그 기녀를 사랑했던 것이다. 기녀가 그를 속이고 떠났을 뿐이다. 그를 따라 고향으로 가서 부옹富翁의 '작은 부인'이 되지 않았을 뿐이다.

어쨌든 당시 법률은 일부일처제가 아니었으니까. 장서워는 소설에서 바로 이런 '꼬리'를 드러낸다. 그의 '혼란'이 독자 앞에도 드러나지 않겠는가? 장서워는 「미녀 혹은 호랑이」같은 효과를 노렸겠지만, 결과는 '호랑이를 그리려다 개를 그린' 셈이었다. 사회문제를 진지하게 탐색하지 않고 별 생각 없이 '근친상간도近親相姦圖' 한 장을 그리려 했던 것이다. 이런 문제를 가지고 독자들과 토론하려다 보니 도리어 자기 소설의 약점이 드러나고 말았던 것이다.

「박애와 이기博愛與利己」 역시 그의 문제소설 중 대표작이다. 후루강胡汝剛이 실수로 쑨진뱌오孫金標를 죽음에 이르게 했는데, 그 동생 쑨밍치孫鳴歧는 형의 복수를 맹세한다. 하지만 원수가 어디 있는지 알 길이 없다. 외국으로 도망간 후루강은 기독교에 감화되어 귀국 후 선교 활동을 한다. 그러다가 쑨밍치가 큰 어려움에 처했을 때 그의 생명을 구해 준다. 나중에 쑨밍치는 이 목사가 자신이 몇 년간 찾아 헤매던 장본인, 즉 형을 죽인 원수라는 것을 알게 된다. 그는 이제 손쉽게 복수할 기회를 갖는다. 소설이 제기하는 문제는 이렇다. 쑨밍치가 "이에는 이, 눈에는 눈"에 입각하여 복수를 해야 할까, 아니면 성선설과 박애주의에 근거해 용서해야 할까? 장서워는 소설을 이렇게 마무리한다. "한 번 물어보자. 이 결말은 과연 박애사상이 이길까? 아니면 이기주의가 이길까? 저자는 인간의 심리를 자세히 연구한 적이 없어 감히 결론을 지을 수가 없다. 하여 독자 제군의 가르침을 구하는 바이다." 이런 질문은 물론 독자들의 사고를 촉진시킨다. 하지만 독자에게 '결론을 내리라'는 것은 작가의 억지다. '기성既成의 사실'이 있기 전엔 모범답안은 있을 수 없다는 것을 한 번 생각해 보라. 왜냐하면 상술한 두 가지 가능성이 모두 존재하기 때문이다. 세상사는

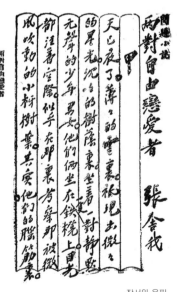

장서워 육필

복잡하고 사람의 마음 역시 순식간에 변한다. 통제력을 잃은 상태에선 무슨 상황이라도 발생할 수 있다. 문제는 독자들이 '찬성'과 '반대'로 나뉘어 논쟁을 벌임으로써 '어부지리'를 얻게 되기를 작가가 바라고 있다는 점이다.

장서워가 소설에서 연애, 혼인, 가정, 정조, 윤리, 도덕, 교육, 직업, 생사, 국가주권, 종교신앙 등의 문제를 제기한 것은 부정할 수 없다. 그러나 그런 수준은 독자의 흥미 유발이나 지력의 계발이나 토론 인재의 양성 정도는 가능할지 몰라도 사회 문제에 대한 탐구로는 충분치 않다. 통속문학계가 창도한 문제소설은 분명 지식인문학 쪽이 제기한 문제소설보다 몇 년이나 앞섰다. 그러나 문제를 파헤치는 심도는 후자에 한참 못 미친다. 그 원인은 통속문학 쪽은 스탁튼 모델을 따랐지만 지식인문학 쪽은 입센의 문제극 모델을 따랐던 데 있다. 통속문학계의 문제소설은 '5·4'의 영향을 받아 사회문제로 눈을 돌리는 것으로 시작했지만 토론의 과정에서 독자들의 즐거움을 포기하지 못했다. 반면 지식인문학의 문제소설은 사회문제로 직접 뛰어 들어가 독자의 의분을 일으켰고 문제 해결의 가능성을 탐구했다. 그래서 역량이 다를 수밖에 없었던 것이다.

제2절
『시사신보時事新報』의 '상하이 흑막' 모집

　　'도시화'는 양날의 검과 같다. 근대 중국 제1의 도시 상하이는 선진적 생산력의 집결지이자 서양의 과학적 관리 방법의 전시장이면서 제국주의의 중국 침략의 전초 기지였다. 그래서 사람들은 복잡한 느낌으로 '두 얼굴의' 상하이를 이렇게 형용하곤 한다. "부자들의 천국이자 가난한 자들의 지옥. 문명의 창문이자 죄악의 늪. 붉은 요람이자 검은 염색단지. 모험가의 낙원이자 떠돌이의 정원. 제국주의 침략의 교두보이자 노동자 계급의 본거지. 만국 건축 박람장이자 현대 중국의 열쇠……."[4] 상하이에는 광명과 선진의 일면이 있는가 하면, 죄악과 암흑의 일면이 있다. 이런 상하이에 '흑막黑幕[5]'을 고발하는 바람이 분 것은 어찌 보면 당연했다. 첫 주자는 『시사신보』였다. 『시사신보』는 '삼류' 신문사가 아니라 당시 상하이 4대 신문사 중 하나로 문화교육계에 큰 영향력을 가진 신문이었다. 그중 하나인 『학등學燈』은 당시 신문화 운동을 이끈 4대 문화지 중 하나였다. 이 신문사의 편집자는 과감히 새

---

4)　熊月之, 『上海通史·總序』, 『上海通史』, 第1卷, 上海人民出版社, 1999, 1쪽.

5)　사회적 암흑을 지칭하는 말로 '느와르noir'를 떠올리면 된다. 다만 이 단어가 갖는 당대적 의미를 고려해서 '암흑'이라 하지 않고 '흑막'으로 쓰기로 한다—역주.

로운 지면을 만들었다. 그들은 '흑막' 모집이 '인기를 끌 수 있으리라' 예상은 했겠지만, 이처럼 큰 반향이 있으리라고는 생각진 못했을 것이다. 『시사신보』에는 지식인 대상의 부간 『교육계』가 있었는데, 이것을 통속적 성격의 전문 칼럼으로 전환했던 것이다. '흑막 대현상黑幕大懸賞' 모집 광고는 '문제제기적 성격', '심심풀이적 성격', '취미적 성격', '지식적 성격'이 두루 차려진 밥상이었다. 그 첫머리는 정의롭고 엄숙하면서도 다분히 공격적인 성격을 띤 문제제기였다.

> 상하이 사방 도처는 온갖 시정잡배들이 군집해 있어 명목은 번영의 수도지만 사실은 죄악의 늪이자 마귀의 소굴일 뿐이다. …… 본보는 원래 세상을 구하고자 하는 큰 바람이 있었다. 아래 몇 가지 문제를 가지고 특별히 상금을 준비해 널리 답안을 모집코자 한다. 세상의 군자들이 투철한 소견을 가지고 있다면 붓을 들어 규탐窺探의 문장을 써 주기를 바란다. 사태의 근본과 뿌리를 한껏 드러내 보시라. …… 사람의 도리에 역행하는 적들을 제거하여 훗날 하늘에 태양이 다시 뜨도록 다 함께 매진하기를 바랄 뿐이다.[6]

이러한 대명제 아래 10개 '세부 항목'을 열거했다. 탐문수사, 유랑민, 막노동, 창기, 사기꾼, 서양 노예, 아편, 도박꾼, 유괴, 비적 등등의 '흑막'이 그것이었다. 매 항목의 '흑막' 아래 다시 각 부문별 유형이 제시되었다. 이 칼럼의 항목에는 자위自衛성, 심심풀이성, 취미성, 지식성 등 각각의 '성격'이 구비되어 있다는 사실을 미리 공시했다. 이 모집 광고는 9월 1일에 처음 실렸는데, 1916년 10월 10일 첫 당선작을 발표하기 전까지 18차례나 반복 게재되었다. 그 기세의 대단함은 이전의 어떤 광고도 따라갈 수 없었다. 이 특별칼럼에 대한 신문사의 기대치가 그만큼 높았다는 것을 알 수 있다.

첫 응모작은 『사기단 흑막拆白黨黑幕』이었다. 분량은 종합 부간 『보여총재報餘叢載』의 3분의 1 수준으로 미약했다. 그러나 예상치 않게 원고가 물밀듯이 들

---

6) 上海『時事新報』1916年 9月 1日 第3張 第4版『報餘叢載』란에 모집광고가 있음.

어왔다. 그 중 장편도 하나 있었는데, 저자는 쫭톈댜오_{莊天吊}로 원래는 『상하이백면연서기_{上海白面燃犀記}』라는 흑막서를 출판할 계획이었다. 그런데 공교롭게도 이 응모 광고를 보고는 응모 항목에 근거하여 제목 순서대로 답하는 방식으로 조정을 가해 칼럼 개시 6일 만에 연재를 시작했다. 작가는 각종 흑막에 정통했지만 문장력이 떨어져 첸성커_{錢生可}(이 칼럼 전문 편집인)가 윤문을 했다. 사회적 반응이 대단해서 신문의 발행 부수도 대폭 급증했다. 신문사는 이것이 독자들의 '볼거리'면서 신문의 '판촉책'이 될 거라고 생각했다. 그래서 마감일자를 9월 20일에서 1916년 말로 연장했고, 상업적 조작 수법도 갈수록 노골적이 되어갔다. '개미 투자'가 '투기'가 되고 만 것이다.

수법의 다양함이 사람들의 눈길을 어지럽게 만들었는데 그 양상은 이러했다.

(1) 1916년 10월 30일, 초판 헤드라인에 「'상하이 흑막' 애독자 여러분께」라는 글을 실었다. "요즘 각처에서 신문을 구매하는 제공_{諸公}들께서 원한다면 10일부터 보충 구매가 가능하다. 본보의 여분이 많지 않아 요구에 응하지 못했는데, …… 이제 특별한 방법으로 양력 11월 보름에 흑막을 1장으로 인쇄하여 16일 이후 신문과 함께 볼 수 있게 했다. 본보를 구매자 모두에게 한 부씩 증정한다." 이때 인쇄한 것은 네 페이지 판이었다. 원래 공지가 나간 뒤에는 다시 보내주지 않았다. 그러나 이 기세를 막을 수가 없었다. 보충 구매를 신청하는 편지가 쏟아져 "본보 동인들이 몹시 번거로운" 지경이 되었다. 그리하여 보름마다 재판을 한 차례 더 찍어 신청자들에게 증정하는 상황으로 발전하였다.

(2) 편폭을 확충했다. 1917년 1월 26일 초판에 「흑막 애독자와 투고자 여러분께」라는 글이 실렸다. 쫭톈댜오의 장편이 3개월간 연재되었는데, "갈수록 기이하다. …… 그리고 제군의 단편 답안을 따로 모아" "별도로 『상하이흑막2』로 묶어" "쫭톈댜오의 원고와 더불어 나란히 말을 몰고 갈 것이다. 행군에 비유하자면 쫭 씨의 대대가 앞장서고 제군의 소총부대가 협력하고 겨루면서 나아가는 것이니 합동작전의 묘미가 있을 것이다. 내가 알기로 흑막이 이 강적을 만난 것은 운명이다." 이 '두 번째 싸움터를 개척'할 때 주저하

『시사신보』의 모집광고 — 「흑막대현상공모」

던 말투는 알고 보니 '투기' 심보에서 나온 것이었다.

(3) '유리한 시기'를 틈타 특별 응모전을 열었다. 1917년 2월 2일 초판은 「본보 특별 현상 상하이 흑막 단편 답안 모집 공고」를 발표했다. "음력 신년이 되자 흑막 문제 중 도박과 사기 이 두 가지 요괴가 다시 기승을 부려 해를 끼치고 있다. 본보는 악을 원수처럼 미워한다. 그리하여 특별 현상금을 걸고 도박과 사기를 물리칠 단편 답안을 모집한다." 300자를 단편으로 규정했고 일등 상금은 30원이었다. 2월 25일에는 명단을 실으면서 동시에 '흑막 장단편 …… 장기 모집'을 발표했다. 이로써 '영구적인' 칼럼이 되었다.

(4) 낱장 증정이 흑막서 증정으로 바뀌었다. 보름마다 이루어지던 낱장 증정이 7차까지 이어지다가, 1917년 3월 16일 초반 헤드라인에 다음과 같은 기사가 실렸다. 편폭의 확대로 인해 낱장에 그 내용을 다 담을 수 없을 뿐더러 '휴대해서 보기'가 불편한지라 이제 "본보 제8차 재판부터는 낱장을 책으로 묶어 장정하기로 한다." 이것이 바로 단행본 '흑막서'의 시작이다. 보기에는 '열기가 일로 상승' 중인 것 같았지만 원고 내용은 갈수록 질이 떨어졌다. 추악상 폭로와 범죄 세부 묘사가 주를 이루었는데 색정적 내용으로 도배되어 독자들의 감각을 자극하기에 여념이 없었다.

(5) 1917년 5월 1일에는 '편폭 확장'에서 '지역 확장'으로 발전되어 「본보

베이징 흑막 모집」이라는 응모 광고가 실렸다. 열거된 16개 항목에는 베이징의 특색이 담겨 있었다. 관아, 당파, 정객, 궁궐, 기인旗人, 유로遺老, 제제帝制, 벼슬아치, 상공相公, 창기, 관직 구매, 골동서화, 동향회관, 문객, 거간꾼, 말단관리 등등의 흑막이 그것이었다. 그러나 당시의 교통과 통신 매체 수준이 두 지역 간의 신속한 연락을 가능케 할 만한 정도가 아니어서 베이징 흑막은 실행되지 못했다.

(6) 종합본을 출판했다. 전문 칼럼 개설 1주년을 맞이하여 『「시사신보」 상하이 흑막 일주년 종합편』(후에 '갑편甲編'이라 칭하였다)을 출판했는데 무려 800쪽에 달했다. 그리고 전문 칼럼 개설로부터 1년 반이 채 못 된 1918년 3월 18일 다시 초판 헤드라인에 「상하이 흑막 두 번째 종합편 출판 예고」(후에 을편乙編이라 칭하였다)가 실렸다. 이 갑을 두 종합본을 합하면 대략 약 80만 자에 달했다. 상술한 '제8차 재판부터는 낱장을 책으로 묶어 장정한 것'에서부터 갑편 출판 전까지 흑막서는 이미 12권이 있었으니 가히 '소규모 총서'라고 할 만 했다. 그런데 갑을 두 편은 이 '흑막서'를 확대한 것이었다. 우리가 지금 흑막을 비판할 때는 늘 1918년 3월 출판한 『그림중국흑막대관繪圖中國黑幕大觀』을 대상으로 삼는데, 그것은 현재 가장 쉽게 찾을 수 있는 '표적'이기 때문이다. 하지만 『시사신보』의 '종합편'은 원래 『그림중국흑막대관』 출판 이전의 '대관'이 아닌가? 『시사신보』의 모든 흑막 응모작은 먼저 신문에 한 번 실리고 낱장이나 '소규모 총서'로 다시 한 번 중복된 뒤 일 년 치 종합본으로 묶여졌으니 해악을 부채질하는 꼴이었다. 신문사가 문화 상품화 전략을 남용하면서 이것이 더욱 노골화 되었다. 그들은 '더 이상 이문을 취하지 않는다'고 분명히 밝혔지만, 종합편이 아무리 증정품이라 할지라도 신문을 구독해야 받을 수 있는 것이었다. 반년 구독자가 책 한 권을 받았다. 이 종합본 예고로부터 우리는 사회에 흑막 광풍을 몰고 온 장본인이 일부 신문이었다는 사실을 알게 된다. "최근 수개월을 보니 흑막이라는 단어를 사용하는 책이 여기저기서 나타나고 있다. …… 이로써 본사가 창시한 상하이 흑막의 가치를 알 수 있다." 여기엔

다소 '자화자찬'의 분위기가 묻어난다.

당시 각 신문 광고란의 흑막서는 '천지에 깔릴' 정도였다. 1918년 3월에서 5월까지『신보』광고란에는「여자 흑막 대관_{女子黑幕大觀}」,「전 중국 창기 흑막_{全中國娼妓之黑幕}」,「어린 자매의 비밀사_{小姐妹秘密史}」(이는「여자 삼십육고당 흑막_{女子三十六股黨之黑幕}」이라고도 함),「상하이 비막_{上海秘幕}」,「그림중국흑막대관」, 중화의 흑막을 다룬「욕국춘추_{辱國春秋}」, 세계의 흑막을 다룬「세계비사_{世界秘史}」등이 실렸다. 더욱이「상하이 부녀 얼경대_{上海婦女孽鏡臺}」라는 광고를 보면 너무 어이가 없어 할 말을 잃을 정도다. 그것은 '쑤저우 · 양저우 권번 기녀 교수법'에다 추가로 '베이징 · 톈진 권번 기녀 교수법'까지 가르치고 있다. 그것도 모자라 동판에 세밀히 그린 백미도_{百美圖}까지 추가로 실었다. 독자들이 기녀가 되려고 준비하는 것도 아닌데 이처럼 웃음을 팔아 호객하는 법을 배워서 무엇 하겠는가? 흑막은 '성행'하다 못해 사악한 길로 들어서고 말았다. 게다가 갈수록 막다른 골목이었다. 그리하여 급기야 1918년 9월 15일에「흑막류 소설 창작 금지에 관한 교육부 통속교육연구회의 권고」가 발표되기에 이르렀다.[7]『시사신보』에 대한 사회 여론도 좋지 않았다. 2년 동안 흑막은 '대야로 물을 붓듯이' 쏟아졌으니 모든 것은 극에 달하면 반드시 되돌아가는 법이었다.

1918년 11월 7일『시사신보』는 어쩔 수 없이 초판 헤드라인에「본보 흑막 칼럼 철회 통고」를 발표할 수밖에 없었다. 아래는 그 통고의 전문이다.

흑막이라고 하는 것은 원래 본보가 사회를 개량하고자 하는 큰 바람에서 특별히 실록 형식으로 만든 것이다. 2년간의 연재로 각계각층의 찬동을 얻었다. '흑막'이라는 단어는 마침내 자리를 잡기에 이르렀다. 최근 영세 책방들이 투기적인 출판물을 계속 출간하고 있는데 모두 흑막이 아닌 것이 없다. 각 신문의 광고란을 세어보면 백십 여 종 이상인데, 표면적으로 말하자면 본보가 앞서 창간되고 영세 책방들이 뒤를 이었으니, 우리의 길이 고독치 않았으므로 극성이 아니었다 말할 수 없다. 그러나 큰 문제가 있을 줄 누

---

7) 『東方雜誌』, 第15卷 第9號, 芮和師, 范伯群 等編 『鴛鴦蝴蝶派文學資料(下)』福建人民出版社, 1984年, 834쪽에서 재인용.

가 알았겠는가? 이러한 아류 흑막이 극성을 부렸지만 점차 내용을 제쳐 두고 음란함을 가르치거나 사생활을 공격하는 것이 있게 되었으니, 그 드러난 죄악은 모두가 목도한 바다. 흑막이라는 두 글자, 그 자신에 대한 평가가 이럴진대 어찌 사회를 개량시킬 수 있겠는가? 본보가 처음에 흑막을 파헤치고자 했던 종지宗늘에 비추어 보건대 상치된 길로

흑막서 갑집 재판 광고(좌), 흑막서 을집 출판 예고(중), 『시사신보』에 실린 흑막칼럼 철회 공지(우)

치닫고 있으니, 이는 진실로 본보의 생각이 미친 바가 아니다. 오호! 흑막이 무슨 죄가 있길래, 지금 이런 해독을 당한단 말인가. 모름지기 흑막이 사람을 저버리지 않았으니 사람 자신이 흑막을 저버린 것이다. 본보가 스스로 나쁜 선례를 만들었으니 잘못을 스스로 인정하고 자책하는 바다. 게다가 가짜 명의를 빌린 것이 날로 많아져 진위를 구분키가 어렵게 되었다. 일이 바람과 어긋나면 이득은 없고 손해만 있는 법이다. 그리하여 특별히 본보의 흑막 칼럼을 오늘부로 취소하고 잠시 단편소설로 대신한다. 별도의 기사 제작을 잠시 미룸으로써 본보 흑막을 애독한 제군의 간곡한 성의에 보답코자 한다. 약정된 증정품으로 흑막 을편 전부를 드릴 것이다. 이에 알리는 바이다.

사태가 그리 좋아 보이지 않자 『시사신보』는 곧바로 고상한 자태를 취하며 '주동적으로' 퇴각을 선언했다. 그렇지 않았다면 신문 전체의 명성에 큰 손해를 끼쳤을 것이다. '통고'는 자신들의 '종지'가 광명정대했음을 강변하고 있다. 다만 영세 책방들의 '양두구육羊頭狗肉' 식 투기행각 때문에 누명을 쓰게 되어 어쩔 수 없이 '아류'들을 위해 '잘못을 스스로 인정하고 자책하'게 되었

다는 것이다. 그들은 '화를 남에게 돌리면서' 스스로를 깨끗이 씻어냈다. 따지고 보면, 자기 자신들의 흑막 역시 갈수록 저급해졌는데, 그 잘못을 글로 쓰기는 어려웠으리라.

이상은 흑막 조류가 시작되어 발전하다가 극에 이른 뒤 쇠락한 과정이다.

제3절
'5 · 4' 전후의
흑막류 작품에 대한 비판

　　『시사신보』가 '흑막 대현상 공모'를 발의했을 때 동기는 좋았을 것이다. 발행인의 입장에서는 발행부수가 중요했겠지만, '공모'를 시작할 당시에는 각종 흑막을 토벌하여 독자의 식별력과 자기방어 능력을 강화시키려는 의도도 있었다. 그러나 이 칼럼의 인기가 예상을 훨씬 뛰어넘어 발행부수가 급증함에 따라 발행인의 눈이 뒤집혔다. 이때 원고 선택의 기준이 조금만 흔들려도 그 맛은 금방 변하고 만다. 발행인이 '발행부수'와 '문제제기'라는 저울 위에서 '발행부수'로 기울어지면 억제할 도리가 없게 된다. 그리하여 떠들썩한 반응만 바라고 사회적 효과를 고려하지 않아 선정적인 '한탕주의'로 발전함으로써 범죄와 색정을 불러일으키는 문자의 대전람회가 되고 말았으니, 이는 『시사신보』 자신이 흑막을 파멸의 길로 인도한 셈이었다. 분위기가 날로 변질됨에 따라 '이익보다 폐단이 큰' 수준에서 '사회에 독을 퍼뜨리는' 온상의 수준으로 나가고 말았다. 이로써 흑막 역시 양날의 검임을 알 수 있다. 『시사신보』의 선언은 흑막에 치명적인 일격을 가하려 한 것이지만, 그 결과는 도리어 흑막이라는 칼날이 자신을 해친 셈이 되고 말았다.

'흑막 공모'에 대한 사회적 관점 역시 일종의 인식 과정이었다. 처음 이 칼럼이 시작되었을 때 사회 각계각층은 이에 대한 기대치가 매우 높았다. 대다수 시민들은 이 칼럼이 흑막에 '환하게 빛을 쬐어' 숨을 곳이 없게 만들 거라 생각했다. 이것을 읽으면 일종의 '호신술'을 마스터할 것 같았다. 특히 대도시 '신 이민자'들의 경우, 도깨비 같은 사회에 대해 자기방어 능력을 더 많이 갖게 될 거라 생각했다. 그래서 흑막 칼럼을 '요술 거울'로 보고는, 이것을 시골 이주민들이 도시문화권에 '속성'으로 진입하는 데 도움을 주는 수단으로 여겼던 것이다. 어떤 독자는 이 칼럼이 자기 '엿보기 욕구'를 충족시키고 심심풀이 이야깃거리로 삼을 만하다면서 흥미를 느끼기도 했다. 이 칼럼은 2년 넘게, 25개월 동안 '하루도 중단되는 날이 없었다.' 그 뒤 '주화입마走火入魔'의 지경에 빠지고 말았다. '현상 답안'은 쓰면 쓸수록 '세밀해져', 심지어 언어가 과장되고 무에서 유가 생겨났으며 기기묘묘한 묘사는 재미가 끝을 알 수 없을 정도였다. 흡사 사회의 일거수일투족에 흑막이 있고 인생은 흑막 속에 싸여 있는 듯 했으니, 그야말로 가공할 만한 상황이었다. 예샤오펑의 다음과 같은 이야기는 이런 사정을 잘 드러내 준다.

　　흑막이라는 두 글자는 지금 이미 매음과 절도의 대명사가 되었다. 이 두 글자가 모 신문에 처음 나타났을 때 샤오펑은 흑막을 신처럼 떠받들면서 이렇게 생각했다. 이렇듯 자비광대한 교주가 지옥의 모습을 하나하나 보여주어 중생들로 하여금 소스라치게 놀라 스스로를 경계하게 만들겠구나. 그런데 그것이 점점 음란함에 가까워지는 걸 보고는 탄식이 절로 났다. 홍수의 재앙이 여기서 나오겠구나. 아니나 다를까, 호응하는 자들이 봄날 새싹처럼 들고 일어나 저것도 흑막, 이것도 흑막이라 하는데, 구체적인 모습을 근본부터 탐색해보면 그 지저분함이 차마 끝까지 따져 물을 수 없는 지경이다. …… 남도여창男盜女娼을 전수하는 학교는 그냥 남도여창 전수학교라 하면 되고 음란서는 그냥 음란서라 하면 되거늘, 굳이 그걸 흑막이라 한다. 이럼으로써 그들은 공부하는 학생을 유혹할 수 있고 관청의 조사를 피할 수 있다고 생각하는 모양인데, 그 방법이 교묘하기 그지없어 순풍에 돛 단 듯 모든 것이 순조롭다. 학생의 흑막 정도가 날로 상승하는 마당에 대놓고 가르치기까지 한다면 장차 불량배나 사기꾼과 어깨를 겨루게 될 것이니, 이즈음에서 처음 씨를 뿌린 자가 알아서 일단락을 고할 만하다.[8]

예샤오펑은 '과정'과 '책임'을 아주 분명히 말하고 있다. 처음에 그것은 확실히 독자의 지지를 받았다. 그러나 나중에는 신문의 내용이 '점차' 음란에 가까워지게 되었는데, 이 '점차'라는 것이 바로 씨를 뿌린 자가 내리막길을 걷게 되는 과정이었다. 책방들이 너도나도 호응하고 일어난 것이나 '구체적인 모습을 근본부터 탐색'하여 보더라도 그 '세밀함'이 범죄 교과서로도 손색이 없을 정도니, 젊은이들에게 죄를 교사하는 것과 다를 바 없다.

그래서 문단의 이 추악한 상황에 대한 비판이 필요했다. 『시사신보』의 '철회'가 있은 뒤, 그러니까 '5 · 4' 전야에 막 등단한 지식인 작가들은 이후 큰 영향력을 갖게 되는 네 편의 글을 통해 흑막의 범람이 야기한 문제에 대해 소독 작업을 실시했다. 이 네 편은 첸쉬안퉁錢玄同의 「흑막서」(『신청년』 제6권 제1호), 즈시志希의 「오늘의 중국 소설계」(『신조新潮』 제1권 제1호), 저우쭤런의 「흑막을 논함」(『매주평론每週評論』 제4기), 저우쭤런의 「다시 흑막을 논함」(『신청년』 제6권 제2호)이다. 첸쉬안퉁은 「흑막서」에서 이런 말을 하였다. "흑막서가 청년들에게 주는 해독은 조금만 지식이 있는 자라면 능히 알 수 있다. 사람들 모두 흑막서가 정당치 못한 서적이란 걸 알고 있다. 하지만 알고 보면 '흑막' 류 서적을 그대로 되풀이하는 것이 적지 않다. 『염정척독艶情尺牘』, 『향염운어香艶韻語』, 원앙호접파 소설 등등이 그것이다." 즈시는 「오늘의 중국 소설계」에서 이렇게 말하였다. "첫 번째 부류는 죄악이 가장 큰 흑막파다. …… 두 번째 부류의 소설은 사륙문 타령파다. …… 이 두 부류 소설을 비판하느라 내 붓을 더럽혔다." 여기에 이어 저우쭤런의 「흑막을 논함」, 「다시 흑막을 논함」 등이 나왔다. 이 네 편은 모두 1919년 1월과 2월 사이에 발표되었다. 바로 그 전 1918년 9월 15일에 「흑막류 소설 창작 금지에 관한 교육

---

8)　葉小鳳(楚傖), 『小鳳雜誌』, 上海新人民書館, 1935年 再版, 31쪽.

부 통속교육연구회의 권고」가 나왔다. 이 글들은 흑막에 대한 준엄한 비판인데, 당시로서는 매우 절실한 것이었다. 비판 과정에서 원앙호접파도 한데 묶여 질책을 받았는데, 그럴만했다.

그러나 이러한 '비판'과 '권고'로부터 두 가지 개념이 등장했다. 하나는 '흑막서'였고 다른 하나는 '흑막류 소설', 즉 '흑막소설'이었다. 이 둘은 같은 것이 아니다. 이른바 '흑막서'란 1916년 9월 1일 상하이 『시사신보』의 '흑막 대현상 공모'에서 시작된 것이다. 그들은 「상하이 흑막」 모집을 위해 몇몇 '문제 항목'을 제시하면서 '답안을 널리 모집'했다. 이 '답안'은 '문학작품'이라 할 수 없고 흑막소설도 아니다. '흑막소설'은 『시사신보』가 '흑막 대현상 공모'를 제기하던 무렵 문단에 존재한 소설의 한 유형이다. 그러나 비판과 권고과정에서 '흑막서'를 '흑막소설'과 구분하지 않고 한데 묶어 논한 것은 지식인문학가의 문제점이었다. 교육부 통속교육연구회의 「권고」 역시 그랬다. 한 바탕의 승리 이후 그들은 이 둘을 명확히 구분하지 않았다. 문학사적으로도 '흑막서'와 '흑막소설'은 하나로 간주되었다. 흑막소설에 대한 평가 문제는 마치 '관 뚜껑을 덮어야 그 사람을 논할 수 있는' 것과 같다. 시간이 흐름에 따라 어떤 문학사는 『그림중국흑막대관』을 흑막소설의 대표작으로 지목하고는 비판을 가했다. 이는 사실과 어긋난다. 그들이 지목한 이 4권의 '대관'은 소설이라 할 수 없다.

흑막소설은 무엇인가? 당시 국외의 관점은 매우 범위가 넓었을 뿐더러 부정적인 의미도 없었다. 모든 고발성 소설이 '암흑고발 소설' 혹은 '흑막소설'로 불렸다. 미국에서는 심지어 『톰 아저씨의 오두막』을 흑막소설의 범위에 넣었다. 잭 런던은 이런 말을 했다. "그것은 우리 국가의 실제 상황을 드러내준다. 억압과 불평등의 구렁텅이, 고통의 심연, 고난의 지옥, 인간 세상의 마귀굴, 야수가 우글거리는 밀림 같은 상황 말이다. 『톰 아저씨의 오두막』이 묘사한 것은 흑인 노예다. 그렇다면 『정글』은 오늘날 백인 노예제에 대한 고발인 셈이다."[9] 이런 관점에서 보자면 『20년간 목도한 괴현상』과 『관장현형기』도 흑막소설에 포함시킬 수 있다. 장춘판은 『구미귀』를 썼는데, 흑막소설에 속해 루쉰과 후스의 비판을 받았다. 그러나 그가 쓴 『흑옥黑獄』과 『정해政海』 역시 흑막소설이었지만 비교적 높은 평가를 받았다. 아잉은 말한다. "장춘판이 쓴 『흑옥』은 그 가치가 『구미귀』보다 몇 백배는 더 높다." 『흑옥』과 『구미귀』의 앞 부분 몇 책冊은 같은 해에 발표되었다. "그 내용은 아편 수입 이후 광둥에 생긴 각종 죄악에 관한 이야기다. 이 작품은 사실성이 매우 강하다. 그 사실성은 다음과 같은 점을 말해 준다. 관리와 백성 사이에 아편으로 인한 각종 분쟁이 날로 심각해지고 있다는 점, 그리하여 '격변'이 일어나고 말 것이라는 점, 그리고 이 '격변'은 맑은 정신을 가진 관리와 백성들이 어떤 희생을 감수해서라도 완수해야 한다는 점 말이다. 이 책을 읽고 다시 여타의 아편전쟁 소설을 읽으면, 중국과 영국의 아편전쟁에 오랜 원인이 있었음을 알 수 있다."[10] 여기서 흑막소설이 두 부류로 나뉨을 알 수 있다. 하나는 나중에 루쉰과 후스가 '매음 교과서', '화류계 지침'[11]이라 불렀던 『구미귀』 같은 것이고, 다른 하나는 바람직한 사회적 효과를 불러왔고 심지어 역사적 '격변'을 예고하기까지 했던 『흑옥』 같은 것이다. 이런 이유로 장춘판을 '두 얼굴의 사나이'라 부르는 것이다.

바오톈샤오는 1918년 7월 1일 『소설화보』에 「흑막」이라는 소설을 쓴 적이 있다. 아편과 몰핀을 파는 출판업계의 흑막을 생생하게 고발한 작품이다. 소설의 결말에서 유머러스하게 말하였다. 이 흑막을 "써내려가다가 한 번 읽어보면서 나도 모르게 소리를 지르게 되었다. 정말 무섭구나. 이 흑막은 유행성 전염병이야. 혹 지금 내가 말하고 있는 게 흑막 아닌가?" 바오톈샤오는 흑막소설에도 좋고 나쁨의 구분이 있어 단칼에 없애서는 안 된다는 점을 분명히 인식하고 있었다. 그리고 쑨위성이 쓴 장편소설 『흑막 중의 흑막黑幕中之

---

9) 省華鋒, 「『屠場』與純淨食品運動」, 『江西財經大學學報』 2003年 第1期 93쪽에서 인용.

10) 阿英, 「國難小說叢話」, 『小說三談』, 上海古籍出版社, 1979年, 1쪽.

11) 루쉰이 '매음 교과서'라고 한 대목은 魯迅(1981) 第4卷, 292쪽. 후스가 '화류계 지침'이라고 한 대목은 『胡適文存』 第3卷 黃山書社, 1996年, 367쪽.

쑨위성의 소설 「흑막 중의 흑막」

黑幕』은 주로 조계지에 사는 어떤 부류의 삶을 묘사하고 있는데, 이들은 일반인들이 '서양 법률'을 잘 모른다는 점을 이용해 온갖 불법수단을 동원해서 사기를 치고 재물을 모으고 협잡을 일삼는다. 1918년에서 1919년간에 출판된 총 6권의 이 장편소설은 전에 없던 새로운 의식을 담고 있다. 그러니 『시사신보』가 재판 삼판 찍어낸 '흑막서' 종합본과 하나로 묶어 비판해서는 안 되는 것이다. '흑막서'가 타락하자, 성문에 불이나면 연못의 물고기에게 화가 미치는 것처럼, '흑막소설'도 한데 묶여 화살받이가 되고 만 것이다.

'흑막소설'과 '흑막서'가 쉽게 하나로 거론되는 또 다른 원인이 있다. 어떤 경우 그 둘은 '같은 사실에 근원을 두고 있다'는 점 때문이다. 흑막소설로 유명해진 작가 주서우쥐朱瘦菊를 예로 들어보자. 주서우쥐(상하이의 몽상가)의 대표작은 『황푸강의 물결歇浦潮』이다. '헐포'는 '황헐포黃歇浦'로 현재 우리가 '황푸강'이라고 부르는 강이다. 주서우쥐는 상하이에서 자랐기 때문에 황푸강의 조류를 잘 알고 있었다. 소설은 1916년 『신신보新申報』에 연재를 시작했는데, 『시사신보』의 '흑막 대현상 공모'와 같은 해다. 5년을 연재하여 1921년에는 100회 단행본으로 출판했다. 그 가운데 어떤 대목은 흑막공모답안이나 『그림중국흑막대관』의 내용에 상응한다. 예를 들면 『그림중국흑막대관』에 실린 「배우 흑막優儒之黑幕」의 어느 칙則은 그 언어가 꽤나 졸렬하다. "우두머리老大에게는 '둘째老二'라고 부르는 의자매가 있었는데, 젊은 남자 신극 배우 모某 씨(『신신보』에 실린 『황푸강의 물결』 속의 후스메이胡士美)와도 사귀었다. …… 모 씨는 이때 예전에 알고 지낸 모모라는 첩(그녀도 둘째라 불렀다)과 다시 옛 교분을 이어가기로 했다(이 둘째는 『황푸강의 물결』의 우상_{偶像}이다).” 여기에서 까발리고 있는 책속의 인물은 소설 속의 어떤 인물의 원형이다. 이로써 『황푸강의 물결』의 인물 원형이 『그림중국흑막대관』 속의 사실과 근원이 같음을 알 수 있다. 하지만 세밀히 대조해 보면 『그림중국흑막대관』에서는 이런 현상을 그저 배우의 ‘성도덕’ 문란으로 치부해 사생활 폭로에 그치는 데 반해, 『황푸강의 물결』은 이를 빌어 문명극이 급속히 내리막길을 걷게 된 까닭을 도덕적 타락분자의 연극계 유입으로 설명하고 있다. 『그림중국흑막대관』의 「정계 흑막_{政界之黑幕}」 가운데 8칙은 ‘탐정’ 이야기다. 이는 홈즈 식의 탐정소설이 아니라 사방에 널린 위안스카이 수하의 정탐꾼들이 쑨중산이 이끄는 국민당의 혁명파를 체포하는 이야기다. 『그림중국흑막대관』은 약간 기이한 사실에 간단한 설명을 덧붙인 데 불과하다. 그러나 『황푸강의 물결』에는 혁명당이 조계지를 통해 목숨을 보전하고 공작을 전개하면서 위안스카이 정부의 감시망을 벗어나는 내용이 포함되어 있다. 다른 한편으로 이 작품은 위안스카이가 혁명파 배신자를 매수하여 혁명가들을 유인해 체포하는 내용을 담고 있는데, 이는 중국인 구역 내에서나 가능한 일이었다. 조계 당국의 입장에서 보자면 혁명당이 사적으로 무기를 은닉하거나 폭탄을 제조하지만 않는다면 위안스카이를 반대할 정치적 권리를 보장하지 않을 수 없었다. 소설의 상당 부분은 위안스카이의 유혹으로 가속화되는 국민당의 내부 분화를 그리고 있다. 『황푸강의 물결』에는 유인 뒤 체포가 과연 정당한가에 대한 가치평가가 들어있다. 이 이야기는 남북 정치투쟁의 첨예함과 복잡함을 반영하는 한편, 당시 조계라는 정치적 무풍지대의 효용을 여실히 그리고 있다. 이는 조계지가 가진 두 얼굴에 대한 구체적인 묘사다. 그래서 조계지는 반정부 세력이 합법적으로 이용할 수 있는 정치 공간이 될 수 있었다. 지식인작가들은 이런 점을 제대로 다루지 못했다. 민족적 감정이라는 대전제 하에 ‘나쁜

『황푸강의 물결』을 쓸 당시의 주서우쥐

주서우쥐의 『황푸강의 물결』

세력의 앞잡이'라는 혐의를 받을까 전전긍긍할 뿐이었다. 하지만 통속소설은 '진실 보존'을 중시했다. 주서우쥐 역시 이 점을 회피하지 않았다. 국민당 '내부인사의 복잡한 성분'을 묘사하는 대목은 제법 입체적이다. 혁명가도 있고 반역자도 있다. 심지어 어떤 이는 혁명을 "사업으로 여기고 가진 것이라고는 금전주의뿐이다. 겁 많은 어떤 부호를 탐문해 알게 되면 곧바로 그에게 편지를 써서 군대 보급품 보조를 청한다." 이런 무리들은 '역적 토벌 사령부' 명의로 사기를 친 뒤 물 쓰듯 돈을 쓴다. 흑막소설의 작가로서 그는 이런 일들을 '황푸강의 물결' 속에 휩쓸리는 물보라와 모래로 보았던 것이다.

주서우쥐는 도시의 일부 신흥 상공업자가 벌인 신종 사기술에 대해서도 잘 썼다. 『황푸강의 물결』에 등장하는 첸루하이錢如海는 상하이라는 이 '바다'에서 황푸강의 '물결'을 만난 신흥 모험가다. 그는 양약방을 차리고 가짜 약을 팔아 약방을 일으킨다. 그런데 판이 너무 작아 답답해 하던 차에 외국인 보험회사가 지금으로선 돈을 가장 잘 번다는 소문을 듣게 된다. 그는 많은 사람과 합자하여 '부국 수재 화재 생명 보험 유한공사'를 차린다. 자기도 10만 위안을 출자하여 '간수가 도둑이 되는' 방법을 쓴다. '가짜 아편' 30여 상자에 30만 위안의 보험을 자기 회사에 든다. 그리고는 불을 지른 뒤 40만 위안을 청구한다. 이 역시 중국의 다른 '해역'과는 구별되는 황푸강의 물결만이 만들어 낼 수 있는 파도였다. 그의 붓 끝에서 신흥 행업行業은 순식간에 기형적으로 돌변하여 식인 괴물이 되기도 한다. 이 역시 그의 흑막소설이 갖는 특이한 자장磁場이다. 주서우쥐는 시대의 높은 봉우리에 서 있었던 작가는 결코 아니었다. 소설에서도 적지 않은 결함이 발견된다. 하지만 흑막소설에 대해 '5·4' 지식인작가들이 내린 일도필살 식의 결론 역시 쉽게 받아들일 수 없다.

제4절
'고발'에 관한
동시대의 참조 작품

'고발'은 인류 역사상 끝까지 보존되어야 할 전통이다. 인류의 역사에서 고발이 없을 수는 없다. 『시사신보』의 '흑막 대현상 공모' 몇 년 전, 그러니까 20세기 초에서 '1차 대전' 이전 시기, 신문기자와 작가들이 주도한 미국의 '고발운동'은 사회적 양심을 일깨우고 진보주의 개혁의 물결을 미국 사회에 일으켰다.

나는 『시사신보』의 흑막 공모가 이 '고발운동'의 영향을 받았는지 조사해 보려 했다. 미국의 '고발운동'과 1916년 시작된 흑막 공모는 시간차가 크지 않기 때문이다. 결국 어떤 연관성의 흔적도 찾지 못했다. 저우쭤런 같은 작가는 외국어에 정통했으니 혹시 이 소식을 접했을 지에 대해서도 조사해 보았다. 그러나 미국에서 큰 파장을 일으킨 이 운동에 대해 그들은 전혀 알지 못했다. 중국의 '흑막 공모'나 '흑막 비판'은 중국 국내에서 '고립적'으로 일어났던 것이다. 지금 시점에서 1920년 이전에 일어난 두 사건을 비교해 보면 의외로 재미있다. 흑막 공모와 '고발운동'을 비교하고 저우쭤런 등의 비판과 '고발운동' 주도자들의 '유효한 지도'를 대조해 보면, '응모자'나 '비판자' 모두에게 상이한 결과가 나온다는 사실을 알 수 있다. 우리 같은 후세 사람들은 그들 '모두가 틀렸다'고 판정할 수 있다. 오늘날 유행하는 말 중에 'win-win'이라는 것이 있다. 그렇지만 '전 지구적 언어 상황'에 비추어 볼 때 중국현대문학사에서 비판하는 자와 받는 자의 'wrong-wrong' 현상도 가능하다. 중국현대문학의 첫 번째 싸움에서 흑막 공모자와 흑막 비판자는 자신의 반면反面으로 치달았다. 『시사신보』는 흑막 공모를 하면서 좋은 동기로 답안 수집을 시작하게 되었다고 밝히고 있다. 아울러 사회학자들에게 연구 자료를 제공할 만하고 또 선량한 사람들에게 어느 정도 경각심을 일깨워 줄 수 있다는 것이 그들의 취지였다. 그러나 갈수록 답안들이 범죄 교과서가 되고 색정물이 되어 스스로 '흑막 공모'를 망쳐버리고 말았다. 첸쉬안퉁, 저우쭤런, 즈시 등의 비판은 이러한 선정주의적 해악을 뿌리 뽑는 데 일정한 작용을 했다. 하지만 그들은 '흑막서'와 '흑막소설'을 하나로 논했다. 나아가 '흑막 공모'의 확대를 비판하면서 흑막소설을 뿌리째 뽑아버리려 했다. 그럼으로써 '흑막서'와 '흑막소설' 모두를 독에 갇힌 쥐로 만들어 버린 것이다. 이로부터 문학사에서 '흑막'이라는 두 글자는 '공공의 적'이 되고 말았으니 이 역시 오류였다. 지금 우리는 이 'wrong-wrong' 현상을 '전 지구적 언어 상황' 속에 놓고 청산할 필요가 있다. 미국의 '고발운동'에 대한 이해와 대조를 통해 우리는 문학작품과 신문보도가 사회의 암흑에 대해 얼마나 큰 견제력을 갖는지를 볼 수 있을지도 모른다. 미국의 '고발운동'은 이미 과거사가 되어버렸지만 '워터게이트 사건'과 같은 것이 하나하나 드러나지 않았던가? 고발에는 상황 종료가 있을 수 없다.

20세기 초 미국의 고발운동에는 선정주의적 색채가 없었다. 그러나 그것의 주류는 부패정치, 정경유착, 불법 담합, 노동문제, 식의약품 위생 등 도시산업문명이 만들어 낸 병을 겨냥했다. 19세기 말에서 20세기 초 미국의 급속한 경제발전은 많은 문제를 발생시켰다. 이러한 문제들을 드러내어 경제적·사회적·관념적 진보를 어떻게 이루어 낼 것인가가 전환기 미국 사회의 주안점이었다. 그때 개혁에 뜻을 같이 한 일군의 민주투사들이 나섰다. 몇몇 기자와 작가가 중심이 되고 대학교수, 환경보호운동가, 양심적 공무원들이 가세해 신문 잡지에 시대적 폐단을 대담하게 고발하고 나섰던 것이다. 이리하여 대규모 '고발운동'이 일어나게 되었다. 10여년 간 2,000여 편의 고발성 글이 발표되었다. 그 가운데 몇 편은 미국형 '고발'의 전범이 되어 이후 역사에서 끊임없이 회자된다. 링컨 스티븐스의 『도시의 추악』, 데이비드 G. 필립스의 『상원의 배반』, 아이다 타벨의 『스탠더드 석유회사의 역사』, 업턴 싱클레어의 『정글』이 바로 그것이다.

1904년 출판된 스티븐스의 『도시의 추악』은 6편의 고발성 글로 이루어져 있다. 이 6편은 모두 시정의 부패를 겨냥하고 있다. 그는 여섯 도시를 선택했는데, 각 도시는 특정 부패의 전형이었다. 예를 들어 세인트루이스는 정경유착과 수뢰의 전형이었다. 그리고 미니애폴리스 경찰의 부패 역시 그러했다. 경찰과 범죄자가 결탁하여 수많은 범죄자들이 미니애폴리스로 모여들게 되었다. 거기에 도착하면 가장 먼저 경찰을 찾아가 보호를 받았다. 스티븐스의 이 글들은 모두 현지조사의 결과물이다. 심지어 어떤 때는 생명의 위협을 무릅써야 했다. 그의 작품 하나하나는 탐정소설을 방불케 한다. 그만큼 현실성, 문학성, 가독성을 두루 갖춘 작품이다. 하나씩 암흑이 벗겨지면 전국이 술렁였다. 고발문학이 미국 시민들의 지지를 받게 되자 시정 개혁도 어렵지만 효율적으로 추진되었다. 스티븐스는 이렇게 말한다. "내 특수 임무는 미국의 부정부패와 그를 일삼는 사람들 그리고 정치적인 불공정을 쓰는 것이다."[12]

『상원의 배반』의 저자 필립스는 우수한 기자이자 편집자다. 그는 평생 26편이나 되는 소설을 썼는데 대부분 고발 소설이었다. 미국의 상원은 백만장자들의 클럽이나 마찬가지였다. 그들은 '이익집단'에서 선출되어 각 트러스트의 이익을 대표하는 자들이었다. 필립스는 몇몇 거물 의원들을 공개적으로 고발하면서 상원은 미국 시민의 이익을 배반한 모임이라고 질책했다.

---

12) 肖華鋒, 「林肯斯蒂芬斯與美國市政腐敗」, 『江西師大學報』 2001年 第1期에서 인용.

이 일은 큰 파장을 일으켰다. 의원의 고발에는 명예훼손으로 고소당할 가능성이 있었기 때문이다. 하지만 시민들은 이 문제에 대해 토론을 벌여 사태를 바람직한 방향으로 이끌었다. 다음에 실시된 선거에서 지목된 의원 상당수가 낙선했다. 그리고 이 글이 발표된 뒤 상원의원을 직접 선출할 수 있는 권리가 시민들에게 주어졌다.

여성 전기 작가이자 역사학자인 타벨의 『스탠더드 석유회사의 역사』는 트러스트에 관한 고발성 연구이다. 이 역시 5년간의 조사를 거쳐 나온 시리즈물이다. 그녀는 주로 록펠러 그룹의 부도덕한 발전사를 고발하고 있다. 록펠러 그룹은 기업을 일으키는 과정에서 부도덕한 수단을 사용하고 경쟁자에게 잔혹한 불법 행위를 자행했다. 이 다큐멘터리 작가는 엄숙하고 학문적이다. 그녀의 글은 품위를 유지하면서도 계발성이 풍부했기 때문에 선정적 문체를 사용하지 않고도 독자의 흥미를 충분히 유발할 수 있었다.

사회주의를 신봉하는 작가 싱클레어의 『정글』은 미국문학사상 유명한 작품이다. 그는 주로 노동자의 비참한 생애와 도축업계의 열악한 상황을 고발하고 있다. 깊이 있고 날카롭게 노동자 문제를 다루어 '급여 노예제를 폭로한 『톰 아저씨의 오두막』'으로 불렸다. 도축업계 내부에 대한 고발은 시민들로 하여금 자신들이 이 비리의 피해자라는 사실을 인식하게 만들었다. 가짜 약품 판매와 같은 비도덕적 행위도 같이 다루었다. 시민들은 자신의 권리를 지키기 위해 일어섰으며, 결국 정부가 나서서 「식품의약품위생관리법」과 「축산물관리법」을 제정했다.

이 같은 '고발운동'은 사람들의 관심을 불러일으키고 양지를 일깨우고 사회적 정의를 추구하는 작업으로 미국의 개혁에 큰 공헌을 했다. 그러나 이들은 혁명가가 아니었다. 미국 사회의 치료자로서 진보주의적 개혁운동에 종사할 뿐이다. 그래서 트러스트의 전횡 고발은 사회제도 문제에 대한 근본적인 문제제기로 나아가지 못했다. 결국 록펠러가 자선재단을 설립하여 도덕적인 보상을 하는 데에 그쳤을 뿐이다. 싱클레어는 사회주의자였다. 그가 고발한 노동문제는 물론 완전히 해결되지 않았다. 비록 두 건의 법률이 통과됨으로써 그의 강인한 전투정신을 드러내긴 했지만 말이다. 그는 자조적으로 말했다. "원래 사람들의 심장을 공격하고 싶었는데, 어쩌다 보니 위장을 공격하고 말았다."[13] 그가 개선하려 했던 노동문제는 응분의 해결을 보지 못했다. 하지만 이 고발운동은 진보주의 개혁운동과 결합하여 새로운 국면을 만들어냈고, 미국은 경제적·사회적·관념적 측면에서 일대 전기를 맞이한다.

이 이외에 당시 미국 시민들에게 위대한 대통령으로 불리던 테오도르 루스벨트도 중대한 역할을 했다. 그는 어떤 일이든 한다면 하고야 마는 정치가였다. 그와 고발자들 사이에 연대가 형성되기까지 우여곡절이 있었다. 그는 원래 자신의 방식대로 개혁을 하려고 했지 절대 다른 사람에게 휘둘리고 싶어하지 않았다. 그래서 그는 필립스의 『상원의 배반』에 대해 분노했다. 그는 심지어 연설에서 고발자를 '뒷간 청소부'라며 모욕했다. 그러나 다음날 『도시의 추악』의 저자 스티븐스가 그를 예방했다. "각하, 당신을 성공으로 이끌게 한 뉴스 취재를 모두 전부 말살하시려 하는군요."[14] '뒷간 청소부'란 명칭이 명예를 가져다 줄 리 만무했지만 대통령이 그런 '감투'를 씌워주는 바람에 더 많은 이들이 그의 작품을 찾아 탐독했다. 이러한 과정을 거치면서 그렇지 않아도 여론의 힘을 잘 이용하던 루스벨트 대통령은 '대중여론의 조직자'로 변모한다. 그리고 미국 진보주의 개혁의 길을 다져 '민의에 귀를 기울인다'는 찬사를 듣게 된다. 이는 사실상 대통령으로서 권력의 확대였다. 이를 통해 당시 미국에 존재하던 각종 문제들이 어느 정도 교정되었던 것이다.

미국의 고발운동을 개괄한 것은 우리의 '흑막 대현상 공모'의 수준과 문제점을 가늠해보면서 이에 대한 비판의 수위를 비교해 보기 위함이다. 먼저 공모 당시 예시한 '세부 항목'은 「탐정 흑막」을 제외하면 대부분 유랑민, 사기꾼, 인신매매, 도둑 등 소위 '뒷골목' 이야기다. 일부 하층 민중을 겨냥한 것도 있다. 「노동판 흑막」은 인력거꾼의 '사기', 제사製絲 공장 여공의 '절도'

---

13) 肖華鋒, 「『屠場』與純淨食品運動」, 『江西財經大學學報』 2003年 第1期 96쪽에서 인용.

14) 肖華鋒, 「西奧多羅斯福與美國黑幕揭發運動」, 『江西師大學報』 2003年 第1期 77쪽.

같은 것들이다. 그리고 창기를 다룬 것은 색정적 묘사에 가깝다. 또한 '아편'이나 '도박' 같은 불량한 취미를 다룬 것도 있다. 그 중에 「서양노예 흑막」은 '양놈 앞잡이'만 언급하다가 나중에야 '매판買辦'을 추가했다. 그리고 건달이 사기를 치기 위해 구실을 마련하여 대상에 접근할 때, 어떤 작가는 그저 '멀찍이서 상황을 보며 때를 기다리는'(건달은 종종 상대방의 미모를 가지고 접근을 시도한다) 처방만 내놓고 있다. 여기에서는 당시 위안스카이의 칭제稱帝 사건이나 장쉰의 복벽復辟과 같은 정치적 흑막이 반영되지 않았다. 당시는 위안스카이가 '용을 타고 승천한' 지 얼마 되지도 않은 때였는데도 말이다. 그리고 사람들의 삶과 밀접한 사회적 문제들도 다루지 않았다. 상하이는 '온갖 상인들의 바다'였지만, 응모작들은 상업적 투기행각이나 사기 같은 흑막조차 언급하지 않았다. 따라서 고발이라기보다는 '엽기'라 할 수 있다. 게다가 내용의 대부분이 '인간쓰레기 전시장'이었으니 수준이 낮을 수밖에 없었다. 그들은 '흑막 공모'를 문화적 상행위로 생각해 신문 발행부수를 늘릴 수 있는 저렴한 수단으로 여겼다. 더욱이 점차 선정성의 늪에 빠져들어 진정한 의미에서 '뒷간 청소부'가 되고 만 것이다. 그러나 미국의 고발은 '황색뉴스'가 섞여들지 않았다. 그럼에도 방향타가 되는 무게 있는 글들이 있어서 비판의식의 성숙을 보여주는 한편, 선정적 풍조가 '미쳐 날뛰는' 상황을 용인하지 않았다.

다음으로 미국 고발운동의 주체는 뜻을 같이 한 민주투사들이었다. 그들은 단체나 집회가 없었지만 서로 간에 묵계가 있었고 공통적인 목표가 있었다. 스티븐스, 타벨과 같은 사람은 '전업' 혹은 '직업'적 고발자가 되었다. 스티븐스는 매년 평균 4편의 글을 썼고 타벨은 5년간 15편을 썼는데, 그 내용이 한결같았다. 그들은 한 가지 문제를

『그림중국흑막대관』 초판 상권

끝까지 물고 늘어졌다. 그들이 소속된 잡지는 현장 취재에 많은 비용을 써야 했다. 그러나 일단 글이 발표되면 '사회적 지진'이 일어나 판매량이 급증했다. 판매량의 급증은 광고가의 증가를 의미했는데 여타 신문에 비해 면당 광고비가 매우 높았다. 그들은 정도를 걸으며 질로 승부했다. 그러나 '흑막 대현상 공모'는 삼류 심지어 말류 문인의 '매문賣文' 행위로, 사회적 책임의식이 근본적으로 결핍되어 있었다.

마지막으로, 미국의 고발운동은 루스벨트 대통령의 지지를 받았다. 고발자들은 대통령의 권위를 빌어 개혁의 길을 다졌다. 그리고 루스벨트 대통령은 고발자를 이용해 자신이 구상한 정치개혁을 위해 여론을 조성해 갔다. 이 과정에서 보인 그의 친여론적 태도가 유권자의 마음을 움직여 그로 하여금 대통령직을 연임하게 만들었다. 반면 『시사신보』가 흑막공모를 시작할 당시는 위안스카이가 사망하고 군벌들이 한창 "그댄 노래하시라, 나는 무대에 오를 테니"라며 정치무대에서 '활보극'을 벌이던 시기였다. 근본적인 개혁은 꿈도 꿀 수 없는 상황이었다.

흑막 공모 답안은 문제투성이였지만 흑막소설은 전혀 그렇지 않았다. 『관장현형기』와 『20년간 목도한 괴현상』 등 시대를 풍미했던 작품들은 따지고 보면 전형적인 '고발문학'이었다. 주서우쥐의 『황푸강의 물결』과 장춘판의 『흑옥』, 『정해』 등은 소재적 측면에서 『그림중국흑막대관』의 내용과 관계있는 것이 많다. 하지만 주서우쥐, 장춘판의 작품은 은밀한 사생활을 폭로하거나 사사로운 적의를 담은 '비방서'가 아니다. 샤지안夏濟安은 『황푸강의 물결』을 읽은 후에 '아름답기 이를 데 없다'고 했다.[15] 장아이링張愛玲은 자기가 영향을 받은 책 서목에 『황푸강의 물결』을 넣었다. 따라서 흑막 공모 답안이나 『그림중국흑막대관』[16]의 일부 작품을 흑막소설과 한데 묶어 논해

---

15) 夏志清, 「夏濟安對中國俗文學的看法」, 夏志清 『愛情社會小說』, 純文學出版社, 1970年.

16) 『그림중국흑막대관』은 잡다한 책이다. 총 16류, 720칙으로 분류되어 있고 170명의 작가의 글이 실려 있다. 볼만한 작품을 쓴 작가가 전무하다고 할 수는 없지만, 대부분 내용과 문학성 모두 수준이 떨어지는 필기筆記 류다. 「군사 흑막」 같은 것은 난잡한 글 한 편만 수록하고 있다. 왜냐하면 이 한편을 싣지 않으면 류類 자체가 없어지기 때문이다. 군벌이 횡행하던 당시 무대 위에서 득세한 자, 무대 아래서 때를 기다리는 자, 혼전 중에 비명횡사한 자 등등 도처가 암흑 상태였지

선 안 되고, 일괄적으로 부정해서도 안 된다. 하지만 저우쭤런, 첸쉬안퉁, 즈시의 글은 단칼에 그들을 날려버렸다. 저우쭤런은 「흑막을 논함」에서 "우리는 흑막을 폭로하지 말아야 한다고 말하는 것이 아니라 반드시 폭로해야 하지만 이런 식으로 폭로해선 곤란하다고 말하고 있는 것이다. …… 이런 일은 높고 깊은 인생관을 가진 문인이 해야지 고작 '심심풀이 글'이나 쓰는 자들이 할 일이 아니다"[17]라고 했는데 정확한 견해다. 그러나 「다시 흑막을 논함」에서는 흑막과 사실소설, 흑막과 사회문제, 흑막과 인생문제, 흑막과 도덕 간의 관계를 단호히 부정함으로써 '흑막서'와 '흑막소설' 모두를 배척했다. 그의 결론은 이렇다. "흑막은 중국 국민정신의 산물이다. 중국 국민성과 사회적 변태심리를 연구하는 자료로 삼기엔 충분하지만 문학적으로는 '한 푼의 가치조차 없다.'"[18] 흑막과 국민성을 연결시킨 것은 물론 좋다. 하지만 고발이 국민성과 관계 있다지만 국민성 개조가 유일하고 가장 직접적인 목적

『엉클 톰스 캐빈』, 즉 린수가 번역한 『톰 아저씨의 오두막』

이 될 필요는 없다. 고발의 중요하고 직접적인 목적은 사회개혁이다. 국민성 논의에는 객관 세계를 개조하면서 동시에 인간의 정신, 관념, 영혼의 개조가 상응해야 한다. 열악한 국민성을 약간이라도 개선하려면 적어도 8대, 10대에 걸친 노력을 하지 않으면 안 된다. 당시의 미국은 부패가 성행했다. 중국 역시 비리가 창궐했다. 어쩌면 이는 국민성만의 문제가 아니다. 이는 인간 소외의 산물이다. 저우쭤런 등의 비판적 문장은 한때 정확한 이론으로 간주되어 우뚝 섰지만 흑막소

만 이 분야는 거의 공백으로 남아 있다. 단순한 구색 맞추기로 보인다.

17) 周作人, 「論"黑幕"」, 『每週評論』第4期, 芮和師 · 范伯群 等編 『鴛鴦蝴蝶派文學資料(下)』福建人民出版社, 1984年, 826~827쪽에서 재인용.

18) 周作人, 「再論"黑幕"」, 『新靑年』第6卷 第2號, 芮和師 · 范伯群等編 『鴛鴦蝴蝶派文學資料(下)』福建人民出版社, 1984年, 826~827쪽에서 재인용.

설은 사형선고를 받았다. 이는 '대롱으로 들판을 바라본' 자가 얻어낸 결론이다. 'wrong-wrong' 현상은 중국문단에 후유증을 남겼다. 여기에다 그 뒤의 '고발 무가치론', '생활 간섭' 같은 우파 언론의 '정치적 판돈'이 더해져 중국의 '흑막 논의가 색정으로 변하는' 현상이 나날이 심화되었다. 사실상 오늘날 일부 다큐멘터리 문학 중에 우수한 고발 소설이나 고발 영화가 적지 않다. 그리고 부정부패를 반대하는 일부 소설은 정치 지도자들도 중시한다. 고발에 대해서는 지도자, 국민, 작가 모두가 그 중요성을 인정하고 있는 것이다. 당시 미국의 고발운동이 다른 국가나 지역, 혹은 특정 시대에 미친 영향에 대해서는 그 문제의 복잡성과 요인의 다양성으로 인해 여기서 다루지 못했다.

제9장

1921년
『소설월보』의 개편과
통속 잡지간행물의 세 번째 물결

紅玫瑰

第二卷　　　第四十一期

資本家之刊具

『물은 정미』 제2권 제4기 표지: 저문가의 향구

上海世界書局印行

제1절
청사青社와 성사星社의 창립과
간행물 수량의 급증

吳羅蘭言情叢刊
吳門周瘦鵑著

上海時還書局印行

저우서우쥐안의 애정소설집

1920년, 『소설월보』는 일 년 동안의 '반半 개혁' 시험을 거친 후 1921년 1월 제12권부터 전면 개혁을 실행한다. 이는 상우인서관의 각종 간행물에 대한 전면적인 혁신을 보여준다. 당시 상우인서관에 소속된 『동방잡지東方雜志』, 『교육잡지教育雜志』, 『학생잡지學生雜志』와 『부녀잡지婦女雜志』 등이 연이어 개혁을 진행하였고 편집진도 교체되었다. 이는 상우인서관이 시대 조류에 맞춰 진행한 개혁이었다. 하지만 간행물을 개편하려면 객관적 조건의 성숙 여부 문제가 있다. '반 개혁半改革' 시기에 『소설신조小說新潮』 특별란에는 원고가 부족했다. 저우서우쥐안이 번역 작품, 예를 들면 입센의 극본 『사회의 주춧돌社會柱石』을 번역 발표했고 후화이천胡懷琛은 『제비燕子』, 『보름달明月』 등 신체시를 발표했는데, 전체적으로 보면 변혁의 면모는 그리 드러나지 않는다.

문학연구회의 베이징 성립은 객관적 조건이 성숙한 것이었고 이 엘리트 지식인 문학단체는『소설월보』의 성공적인 개혁에 커다란 기둥이 되었다. 1921년 5월 1일 문학연구회는 상하이의『시사신보』에『문학순간文學旬刊』을 개설하고 이 잡지를 근거지로 엘리트지식인 작가들의 시민통속작가에 대한 격렬한 비판을 시작하였다. 하지만 이를 반박하는 비평은 상대적으로 미약했다. 해외에서 들여온 진보적인 문학이론을 비판 무기로 한 '차감혁신파借鑒革新派'를 '계승개량파繼承改良派'는 대적할 수 없었다. 그러나 1921년『소설월보』 개편에서 부터, 상우인서관이『소설세계』를 창간한 1923년까지 삼년 동안 계승개량파 간행물이 현저하게 증가한다. 이를 중점적으로 소개하기 전에, 먼저 개황을 아래와 같이 적어본다.

1921년 1월 1일『소설월보』개편과 동시에 스지췬施濟群 등은『신성新聲』을 창간했다. 1921년 3월 19일『토요일』주간을 저우서우쥐안과 왕둔건의 계획 하에 복간하고 제101기를 출판한다. 1921년 6월 저우서우쥐안과 자오사오쾅을 편집자로 하는『유희세계』가 창간된다. 또 같은 해 9월 저우서우쥐안은『반월』잡지를 편집, 출판했고(이 잡지는 96기 후『바이올렛』으로 개명), 1922년 2월 바오톈샤오는『요일星期』주간을 창간한다. 1922년 8월 스지췬과 옌두허가 편집한『홍잡지紅雜志』주간이 출판되고(이 간행물은 100기 후『붉은 장미紅玫瑰』로 이름을 바꾸고 자오사오쾅이 편집을 담당했다), 1922년 여름 저우서우쥐안은 개인 간행물『바이올렛 꽃잎紫蘭花片』을 출판한다.

1922년 12월 왕둔건 등은『심성心聲』을 창간했고, 같은 해에 장훙차오江紅蕉는『가정家庭』잡지를 편집했다. 1923년 상우인서관은 1월에『소설세계』를 출판한다. 같은 해 리한추는『쾌활快活』을 편집하고 옌두허와 청샤오칭程小青은『정탐세계偵探世界』를 편집했으

성사 잡지간행물인『별빛(星光)』표지

며 쉬쥐다이徐卓呆가 편집한 『소화笑畫』도 잇따라 출판된다. 쑤저우에서 판옌차오와 자오몐윈趙眠雲이 1921년 『여가월간消閑月刊』을 출판하고 1922년 그들은 또 『성보星報』를 출판했으며 25기를 출판한 후 『성광星光』으로 바꾸면서 부정기 간행물이 된다.

이상은 1921년부터 1923년까지 3년 동안 계승개량파가 편집한 비교적 영향력이 있는 대형 간행물들이다. 1, 2기만 출판했거나 영향력이 그다지 크지 않은 것은 여기에 포함시키지 않았다. 신문은 바오톈샤오와 후지천胡寄塵이 편집하여 1922년 9월 출판된 『장청長靑』이 있고 장전뤼張枕綠가 책임 편집한 『최소보最小報』가 있다. 쉬친푸와 쉬전야가 책임 편집한 『소설일보小說日報』가 있으며 루단안 등 다수가 연합하여 만든 『금강석보金綱鑽報』 등이 있다.

이런 간행물들이 출현한 원인은 다양하다. 그러나 간행물들은 극소수 일부 차감혁신파와 논쟁한 문장들을 게재한 것 외에는 모두 자신들의 문학작품을 발표하는 무대였다. 그들 중 일부는 편집 능력이 뛰어났는데 예를 들면 저우서우쥐안과 옌두허 등으로, 당시 저우서우쥐안은 혼자 6개 간행물을 동시에 만들어 유명해졌다. 그리고 그들은 작품을 대량 생산해 사람들을 놀라게 했다. 『장청』이 매 기마다 청사靑社 회원이 매월 발표한 작품 수를 합산해 리스트를 만들었는데 1922년 8월 후지천과 쉬쥐다이가 놀랍게도 각각 14편 이상을 발표하였다. 이런 통속 잡지간행물의 세 번째 물결은 모두 청사와 성사星社 두 문학단체 회원들의 편집과 투고를 위주로 이루어 진다.

1922년 7월 계승개량파의 작가가 상하이에 청사를 창립하고 같은 해 8월 쑤저우에 성사를 창립했다. 이 두 단체는 마치 동업자 모임 같았다. 취미가 서로 맞았는데 차감혁신파의 비판에 대적하기 위한 것은 아니었지만 그렇다고 그렇지 않다고 할 수도 없다. 청사에 이런 반박의 정서가 있기는 했지만 그것이 단체 설립의 주요 목적은 아니었다. 현재 남겨져 있는 청사 자료는 거의 없다. 다만 알 수 있는 것은 회원들로 바오톈샤오, 저우서우쥐안, 허하이밍, 쉬친푸, 후지천, 장훙차오, 청샤오칭, 쉬쥐다이, 장서워, 장비우張碧梧, 장전뤼, 판옌차오, 왕시선, 옌두허, 왕둔건, 주서우쥐, 자오사오쾅, 청잔루,

성사 발기인, 좌: 판쥔보, 중: 자오몐원, 우: 정이메이

선위중_{沈禹鍾}, 옌푸쑨_{嚴芙孫}, 비이훙, 리한추 등이 있었다는 것이다.[1]

창립할 때 바오톈샤오와 후지천 등이 단체의 규칙 초안을 만들었다는데 초안 작성 여부는 알 길이 없다. 왜냐하면 사후의 어떤 자료에도 언급된 적이 없고 발표된 적도 없기 때문이다. 그들은 "몇몇 소설계의 사람들을 모아 청사를 창립했다. 매월 1회 모여 회식을 하기로 정했다. 첫 번째 회식을 할 때 누군가 그 자리에서 청사 동인이 매월 이렇게 한 끼 식사를 하고 잠시 담소를 나누다가 끝나지 말고 뭔가 일을 하자고 제의했다. 우리는 생각을 거듭했지만 할 수 있는 일이 생각나지 않았다. …… 그때, 비이훙이 차라리 주간을 만들자고 했다. 장편 대작은 필요 없고 무슨 문학사의 공론을 발표할 필요도 없으며 단지 몇 회원이 수시로 자신의 의견을 발표하는 공간을 마련하자고 제의했고, 그의 의견에 모두 찬성했다."[2] 그래서 이름을 『장청』 주간이라고 하였다. 바오톈샤오와 후지천이 편집을 맡고 5기까지 출판했다. 위에 인용한 창간 과정은 제1기 바오톈샤오의 「본 정기간행물 발기문_{本刊的緣起}」에 들어 있는 글이다.

정이메이가 소장한 『장청』은 문화대혁명 시기 가택 수색을 받을 때 훼손되었다. 여러 곳을 찾아보았으나 도서관이나 개인 소장에서도 잡지를 발견

---

1) 鄭逸梅, 「記過去的靑社」, (『淞雲閑話』, 上海日新出版社, 1947年), 芮和師, 范伯群 等 編, 『鴛鴦蝴蝶派文學資料(上)』, 福建人民出版社, 1984年, 227쪽.
2) 鄭逸梅, 「長靑」, 魏紹昌 編, 『鴛鴦蝴蝶派硏究資料』, 上海文藝出版社, 1962年, 424쪽.

하지 못했다. 청사를 이해할 수 있는 중요한 문헌이 없어진 것이다. 정이메이가 청사의 창립 과정을 회상했는데 그는 당시 쑤저우에 있어서 이 단체에 참가하진 않았다. 그래도 그의 회상이 간접적인 자료가 되었다. 그는 『장청』을 소개하면서, 제5기에 저우서우쥐안의 「바이올렛 의론」, 청샤오칭의 「정탐소설 산담」, 비이홍의 「나의 소설비평관」, 장서워의 「영원한 가치가 있는 단편소설」, 판옌차오의 「소설의 효율」과 「소설의 경지」, 바오톈샤오의 「소설가의 상식」, 장비우의 「작금의 상하이 소설잡지를 논하며」, 허하이밍의 「나의 보고報告」, 쉬친푸의 「변론하지 않는 것이 비방보다 낫다」, 장전뤼의 「소설잡지의 광고」, 선위중의 「소설 잡담」, 장훙차오의 「작은 소설과 문제소설」, 후지천의 「중국 고대의 단편소설」, 쉬줘다이의 「저작과 자녀」와 「일본 소설계의 괴인」, 옌푸쑨의 「청사의 안경」 등의 문장이 실렸음을 알려줬다.[3]

이렇게 상세하게 인용하는 이유는 차감혁신파와 논쟁한 문장이 있는지를 알아보기 위해서다. 그러나 정이메이가 이 문장을 쓴 시점은 1960년대 초로 유보적인 태도였고 두 분파 사이의 논쟁에 대해 언급하고 싶어 하지 않았다. 그래도 그가 소개한 문장 제목을 보면 장비우의 「작금의 상하이 소설잡지를 평하며」는 아마 개편 후의 『소설월보』에 대한 평론인 것 같다. 하지만 원문이나 인용문을 볼 수 없으니 추측일 수밖에 없다. 또 다른 문장인 쉬친푸의

통속 문단의 소설가이자 문사가 판옌차오

「변론하지 않는 것이 비방보다 낫다」도 우리가 주의해 볼 만한 문장이다. 비록 원문을 볼 수 없고 제목에서 말하는 '비방誇'이 무엇을 말하는지도 모르지만, 이 여섯 글자는 당시 몇 명 계승개량파가 차감혁신파를 대하는 태도, 즉 '나에게는 나의 독자가 있는데 왜 내가 당신과 쓸데없는 말을 하겠는가'라는 의미가 들어있다. 그러나 차감혁신파의 비판을 '비방'이라고 볼

---

3) 여기의 작품 목록은 鄭逸梅의 「記過去的靑社」와 「長靑」 두 글에서 뽑아낸 것이다.

수 없다. 그리고 몇몇 계승개량파는 그들의 비평을 듣고 암암리에 자신의 부족한 점을 보충했을 것이다. 그러나 표면적으로나 구두로는 항복하지 않았다. 또 차감혁신파가 계승개량파를 '적과 아'로 보는 것은 도가 지나쳤다. 심지어 그들을 문학 거지, 문학 기생, 문학 악당, 문학 깡패, 혹은 무슨 '문자의 수음$_{手淫}$' 같은 류라고 한 것은 당연히 비방이었다.

정이메이의 소개 외에 『학등$_{學燈}$』에서 허후이신$_{何慧心}$의 「제3기 『장청』을 평하며」라는 문장을 찾았다. 그 문장은 주로 후지천이 『장청』에 발표한 「정전뒤에게 보내는 편지」[4]를 비평했다. 편지에 후지천은 신문학이 별로 "효과가 없고", 독자들에게 "큰 칼이나 큰 도끼를 휘두르며", "은연중에 감동시키는" 것이 아니니, "결과는 제로와 같다"고 하였다. 『장청』은 1922년 9월 3일 창간하여 10월 1일 정간되었다. 발행 기간이 상당히 짧았다. 정이메이는 「과거의 청사를 기억하며」에서 몇 가지 일 때문에 해산했다는 말만 했지 도대체 무슨 일이었는지는 상세하게 설명하지 않는다. 그러나 정이메이는 청사와 성사의 회원들이 대부분 '양다리 회원'으로, 사실 청사와 성사를 구별하기가 어렵고 어떤 회원들은 청사이면서 동시에 성사 회원이었다고 했다. 예를 들면 저우서우쥐안, 바오톈샤오, 청샤오칭, 쉬쥐다이, 옌두허, 판옌차오, 청잔루 등이 두 단체에 모두 가입된 사람이라고 하였다.[5] 상대적으로 보면 성사 자료가 청사보다 많다. 만약 우리가 성사의 상황을 안다면 청사의 대략적인 활동에 대해 어느 정도 참고가 될 것이다.

성사는 1922년 음력 칠석 견우성과 직녀성이 은하를 건너는 날, 쑤저우 류위안$_{留園}$의 융추이산장$_{擁翠山莊}$에서 창립한다. 이로 인해 성사라고 이름이 지어진다. 발기인은 판쥔보$_{范君博}$, 판옌차오, 판쥐가오$_{范菊高}$, 구밍다오$_{顧明道}$, 자오원, 정이메이, 야오쑤펑$_{姚蘇鳳}$, 투서우쥐$_{屠守拙}$ 등 8명이다. 1932년에는 북두성의 숫자 36인으로 발전하였다. 나중에 상하이로 옮겨갔고 1936년 상하이에

---

4) 何慧心, 「評第3期「長青」(『學燈』1922年 9月 23日), 芮和師, 范伯群 等 編, 『鴛鴦蝴蝶派文學資料(下)』, 846~848쪽.

5) 鄭逸梅, 「長青」, 魏紹昌 編, 같은 책, 425쪽.

판엔차오 필체

모였을 때는 이미 백 명이 넘었다. 108명이 되면 더 이상 받지 않겠다는 결정을 내렸는데 당시 회원이 105명이었다. 항일 전쟁 후 성사 회원들은 해산되었고 그 후는 성사라는 이름으로 활동하지 않았다. 1921~1936년 사이에 "상하이에는 신문 부록, 잡지, 소형신문의 책임 편집자로 성사 회원이 많았다. 자연히 문예계에서 성사 회원의 작품은 상당한 지위를 차지하였다. 초기에는 소설 작가들이 많았는데, 나중에는 서화, 금석, 영화, 연극 등의 모든 문예종사자들이 참여했다. 이때부터 8개의 별로 이루어진 성사가 시작되었고, 모든 것을 다 아우르는 단체가 되었다."[6]

이 단체는 풍아한 모임을 주로 했는데, 모임을 열 때마다 회식이나 다과가 있었고 시문을 주고 받았으며, 명망 있는 인사들이 많아서 문단에서 서로 활발히 교류하였다. 성사와 차감혁신파는 공개적인 논쟁을 하지는 않았다. 그들은 처음에는 회원 간의 소개로 들어 올 수 있었다. 어느 날 모임에서 어떤 사람이 단체 조약을 만들고 입회원서를 제출하자고 제의했다. 그러나 이 의견은 부결 되었다. 그들은 '합법적인 단체'가 되기 보다 자유로운 조직이기를 바랬다. 당시에 몇몇 회원이 산둥 군벌 장쭝창張宗昌이 창간한 『신루일보新魯日報』로 갔다. 남쪽은 혁명 분위기가 농후했기 때문에 어떤 회원은 군벌을 위해 일해서는 안 된다 하고, 어떤 사람은 정치에 연루되어서는 안 된다고 여겼으며 어떤 사람은 신문에다 성사를 탈퇴하겠다는 광고를 낸 적도 있다. 나중에 이런 회원들은 산둥을 떠나 상하이로 돌아왔으며, 회원들은 처음처럼 사이가 좋아졌다. 정치에 개입하지 않는 것이 이 단체 다수의 경향이었다.

그들은 매번 모임 때마다 형식을 달리 했다. 가을에 '성사 게 잡기 모임'

---

6) 天命,「星社溯往」(『萬象』, 第3卷, 第2期, 1943年 8月), 芮和師, 范伯群 等 編, 『鴛鴦蝴蝶派文學資料(上)』, 205쪽.

을 열어 '계절 모임'을 하는 것 외에 어떤 때는 각자의 부인들이 요리를 한 가지씩 해오거나 혹은 간식을 준비해 품평을 하기도 했다. 쑤저우 사람 부인은 음식에 소질이 있어 독창성을 발휘하기도 하였다. 어떤 때는 취미 전시회를 열었는데 사람마다 자신의 집에 소장하고 있는 감상품을 가지고와 책상 위에 진열해 놓고 임시 전시회를 열기도 했다. 어떤 전시품은 진귀해서 문화재 가치가 있어 보였다. 사람들은 전시품 앞에서 음식을 먹으면서 감상을 하였다. 어떤 때는 각자 선물을 가지고 와 그때그때 번호를 매겨 추첨하고 교환하기도 하였다. 예를 들어 저우서우쥐안이 분재 세 개를 가지고 왔었는데 사람들은 자신이 당첨되기를 바라기도 하였다. 이렇게 모임은 감상의 즐거움을 주기도 하고 먹는 즐거움도 있었으며 매우 흥겨웠다. 회원 장인스蔣吟詩는 장쑤성 도서관 관장으로 쑤저우시 문헌전을 개최하면서 회원들을 초청해 교류하게 하였다. 그들이 정하는 모임 날짜는 대부분 민속 명절들이었다. 예를 들면, 춘계(春禊: 악귀를 쫓기 위해 봄에 강가에서 거행하는 제사―역주) · 칠석 · 중양절 등으로 장소는 주로 쑤저우 명승지이고 때로는 배 위에서 모임을 하였다. 놀잇배를 타고 톈핑산天平山이나 황산당黃山蕩까지 갔고 상하이의 위위안豫園이나 반쑹위안半淞園 등을 택하기도 했다. 다만 1932년의 십 주년 기념일은 9월 18일로 정했는데, "이 날은 바로 중화

1

판옌차오가 편집한 『산호』 창간호 표지

민국이 큰 상처를 받은 날이다. 문화 구국에 힘써 이런 크나큰 치욕을 씻어야 한다"고 생각했다.[7] "더 기념할 만한 것은 『산호珊瑚』 반월간(이것은 판옌차오가 편집한 간행물로 쑤저우에서 출판― 저자 주)인데, 일본의 정기 구독자에게 보낼 때 비우호적인 문장이라고 고베 우체국에게 압수당하기도 했다."[8]

위의 묘사를 통해 우리는 성사의 윤곽을 알

7) 范煙橋, 「星社十年」(『珊瑚』, 第8號, 1932年 10月 16日), 芮和師, 范伯群 等 編, 앞의 책, 196쪽.

8) 范煙橋, 「星社感舊錄」(『宇宙』, 第3期, 1948年 8月), 芮和師, 范伯群 等 編, 앞의 책, 199쪽.

수 있다. 이 단체는 정말로 계승개량파의 자발적인 조직으로 활동 형식에 민족적이고 민속적인 분위기가 농후했고 매우 인간적이고 생활 정취를 즐기는 자유조직이었다. 그들은 즐길 줄 아는 사람들이었고 또 사람들의 여가활동을 도와 줄 수 있는 작가들이었다. 당시 '피와 눈물의 문학'을 제창할 때, 그들은 거기에 전혀 어울리지 않은 듯 했고 심지어 '향락주의' '저속하고 무료한' 것으로 간주되기도 했다. 그러나 당시 사회의 다기능적인 요구에 비추어 고찰하면, 또 인류 사회의 장기적인 발전에서 보거나 평화적인 생활환경과 인류의 정상적인 질서에서 보면, 그들은 '좋은 스승과 유익한 친구'가 될 수도 있었다. 특히 지금의 노령화 추세가 매우 현저한 사회에서혹은 함께 진정한 조화로운 사회를 건설하자고 제창하는데, 그들은 '혈액순환을 도와 어혈을 풀고' '혈과 맥을 조율하며' '침이나 체액의 분비를 촉진해 갈증을 해소하는' 작용을 발휘할 수 있었을 것이다. 하지만 그들은 자신들의 때를 만나지 못한 것이다.

그들은 자기 힘으로 생활하는 문인들이었다. 관점이 다른 문인들, 그들과 상극인 단체에 대해 "우물물은 강물을 범하지 않고", "남편은 만터우를 좋아하고 아내는 면을 좋아한다"[9]는 태도를 취했다. 변론하지 않는 것이 비방보다 낫다는 것이 그들의 책략이었다.

차감혁신파의 계승개량파에 대한 태도는 매우 매서웠다. 1923년『문학순간 文學旬刊』은 80기가 출판된 후『문학文學』으로 이름을 바꾸면서, 「본 잡지의 개혁선언」에서 "문학을 소일로 삼고, 비열한 사상과 유희적인 태도로 문예를 모멸하며 청년에게 악영향을 주는 것을 '적'이라고 본다. 우리의 힘으로 그들을 문예계에서 일소해버리자. 전통적인 문예관으로 우리 문예계의 앞길을 막으려고 하고 혹은 퇴보의 길로 가려는 것은 '적'이다. 우리의 힘으로 그들과 투쟁하여야 한다"[10]고 선언했다.

계승개량파는 그들의 지식 구조로 많은 비판들에 대해 반박할 힘이 없었다.

---

9) 聽潮聲, 「精神……原質」(『最小報』, 第23號), 芮和師, 范伯群 等 編, 앞의 책, 184쪽.
10) 西諦, 「本刊改革宣言」, 『文學』, 第81期, 1923年 7月 30日, 1쪽.

미약한 반박이 있었다 하더라도, 후지천처럼 신문학에 대해 조금 알고 신체시와 신소설을 쓴 사람이나 외국어를 잘하면서 문제소설을 잘 쓴 장천뤼 같은 사람들이었다. 이런 반박은 장천뤼가 편집한 『최소보』에서 볼 수 있다. 그러나 그들의 반박은 대부분 상대방이 비판을 중지하기만을 바랐다. 작품을 가지고 경쟁해 당신들의 작품이 우리들 작품과 비교할 수 있다면야 당신들의 성공과 승리를 인정한다는 것이었다. 후지천은 「발표가 거절되었던 편지」에서, "자신이 건설 능력이 부족하면서 단지 타인을 공격하는 것도 소용없는 것"이라고 하였다. 『장청』 제3기에 보낸 그의 편지를 정전둬가 받아들인 것 같지 않다. 그래서 그는 『최소보』 신문에 「발표가 거절되었던 편지」을 쓴 것이다. 다음은 편지 내용 중 한 단락이다.

> 난 그저께 정전둬 선생에게 편지를 썼다. 그 중 한 단락은 "청나라 초기 처음에 우편 행정을 실행할 때, 옛날의 우체국(민간우체국)을 일률적으로 폐쇄시키지 않고 우정국을 다시 개설하였다. 우정국이 잘 운영되어 구식 우체국이 자연히 사라졌다. 오래되니 결국은 소멸되는 것이다. 또 상하이에 처음 전차를 운행할 때 결코 인력거나 마차를 금지시키지 않았다. 단지 전차를 많이 이용해 인력거와 마차가 자연스럽게 없어졌다. 오래되니까 결국은 없어지는 것이다. 문학 개혁도 이와 같지 않을까?"였다. 이 몇 마디 말을 선생은 어떻게 생각하는지? 지금 자신이 건설 능력이 부족하면서 단지 타인을 공격하는 것은 소용없는 것이다.[11]

후지천의 이 의견은 루쉰의 「『소설세계』에 관해」에 발표한 "요컨대, 신청년 문학가의 첫 번째 일은 창작 또는 소개이다. 파리나 새가 어지럽게 나는 데는 그 어느 것도 따지지 않는다"는 의견과 비슷하다. 루쉰은 또 "지금의 신문예가 외부에서 들어 온 새로운 조류는 옛날의 보통사람들이 쉽게 이해할 수 있는 그런 문예가 아니다. 특히 이 특별한 중국에서는"이라고 하였다. 루

---

11) 胡寄塵, 「一封曾被拒絶發表的信」(『最小報』, 第8期), 芮和師, 范伯群 等 編, 앞의 책, 182~183쪽.

쉰의 말은 깊이 생각할만하다. 그의 말에서 지식인들 사이에 유통한 신문예 외에 옛날 보통사람들이 이해할 수 있는 문예가 있어야 한다는 것을 볼 수 있다. 당시에는 이런 대중화된 문예가 없었으므로 청사와 성사의 문예를 '쓸어버릴 수 없다'는 것이다. 다음의 글들에서 계승개량파가 신문예의 '상극 중 상생'의 책략에 잘 맞섰고 게다가 자신들의 문예를 엘리트지식인 문예와 상보성이 강한 문예로 만들었으며 또 중국 중하층 서민이 '즐겨 듣고 보는' 문예로 만들었음을 볼 수 있다.

제2절
『신성新聲』,
『홍잡지紅雜志』와 『붉은 장미紅玫瑰』

여기서 『신성』, 『홍잡지』, 『붉은 장미』, 『정탐세계貞探世界』, 『금강석 월간金鋼鑽月刊』 등을 하나의 계보로 삼는 것은 이들 뒤에 한 신문계 명사가 있기 때문이다. 바로 옌두허嚴獨鶴이다. 당시 상하이 신문계에 '쥐안과 허—鵑—鶴(쥐안鵑은 두견새, 허鶴는 학이다: 저우서우쥐안과 옌두허의 이름에 각각 새의 이름에 들어

가산을 처분해 만든 『산호』의 스지췬 사진

간 것에 착안하여 만든 이 두 사람에 관한 지칭이다—역주)'라는 칭호가 있었다. 바로 저우서우쥐안과 옌두허를 말한다. 저우서우쥐안은 많은 간행물을 편집했고 『신보・자유담申報・自由談』을 만들었다. 옌두허는 『신문보・쾌활림新聞報・快活林』을 편집하고 많은 잡지를 만들었다. 『신성』 등의 잡지들은 옌두허의 지지를 받는다. 『신성』 잡지는 스지췬이 주편을 했는데 여기에다 옌두허의 명작 『인해몽人海夢』을 연재하였다. 『홍잡지』와 『붉은 장미』에는 명예 주편의 직함을 걸고 있었다. ……

『신성』 이름은 독자에게 잡지가 내고자 하는 '새로운 소리新聲'를 알리겠다

는 데서 왔다. 잡지의 주요 자금은 스지췬이 조상 대대로 내려 온 옛날 집을 팔아서 만들었다. 스지췬은 의사였는데 문예를 좋아해서 문학잡지를 만드는 데 정력을 쏟았고 통속문학계의 저명한 편집자가 되었다. 『신성』은 1921년 1월 1일에 창간되었는데, 『소설월보』의 개편과 같은 시기였다. 『신성』은 많은 새로운 정보를 실었는데, 그것은 '5·4' 이후 일부 통속작가들이 신사조의 영향을 받고 구습을 고치고 싶어 했지만 결국은 성공하지 못했음을 설명해 준다. 만약에 『신성』의 전체 모습을 본다면, '반半 혁신 시기'의 『소설월보』와 같거나, 심지어 반혁신적인 『소설월보』보다 더 새로운 소리를 냈다고 할 수 있다.

먼저 제1기부터 제4기의 잡문은 그 내용이 아주 훌륭했다. 그 중에 제4기는 『국치國恥 특집호特刊』였다. 앞 3기까지의 잡문 중에는 옌선위嚴愼子의 「신사조 발생의 원천-'사유'」가 있었는데, 문장의 첫머리에 "'5·4' 이후, 중국의 사상계와 학술계가 갑자기 하나의 신기원을 열었고 모든 구제도와 구관습이 흔들리면서 파산의 시기가 다가왔다"고 했다. 그는 '회의懷疑' 정신이 있어야 한다고 하면서 '사유'를 해야 한다고 했다. 쉬안루玄廬는 「해방」에서 "가족은 가장에게 해방을 요구하고 여자는 남자에게 해방을 요구하며 노동자는

『신성』 창간호 표지

자본가에게 해방을 요구하고 농민은 지주에게 해방을 요구한다. 그렇다면 가장, 남자, 자본가, 고용주들에게 해방은 긍정과 부정의 문제를 가지고 있다. 그러나 가족, 여자, 노동자, 농민에게 요구는 당연한 것이다"라고 하였다. 이두 잡문은 새로운 것을 추구하자는 태도를 아주 확고하게 보여주었다. 특히 '5·4'운동에 대한 긍정이었다.

또 주즈신朱執信의 「자던 사람이 깨어났다」는 더 훌륭하게 말했다. "중국이 몇 백 년 동안 잠들어 있었다고 말한다면, 난 인정한다. 중국

이 현재 깨어났다고 하는 것은 내가 희망하는 것이다. 중국이 잠자기 이전에 한 마리 사자였고 깨어난 후에도 사자라고 한다면 난 감히 이 말에 동의할 수 없다"고 하였다. 그는 맺는 말로 "한 국가가 한 국가에, 한 사람이 한 사람에게, 서로 돕고 사랑해야 한다. 침략하지 말아야 하고 사람을 두렵게 해서는 안된다! 사자가 되지 말아야 한다! 다시 한마디 한다면 잠자는 자는 깨어나야 한다!"고 적고 있다. 사람이 되어야 하고 사자의 깨어남이 되지 말고, '사람의 깨어남'이어야 한다는 것이다. 문장의 사상에는 깊이가 있었고 글과 언어에도 분별력이 있었다. 이는 신문학계가 제창한 '인간의 문학人的文學'에 호응한 것이다.

　　제1기부터 제3기까지 잡문의 편명, 목차 및 그 저자의 명단은 아래와 같다. 제1기에 우즈후이吳稚暉의 「'그'와 '나'론」, 선쉬안루沈玄廬의 「해방」, 사오리쯔邵力子의 「비상품주의非商品主義」, 예샹쩐葉相君의 「아동교육……양로제도兒童教育……養老制度」, 옌선위의 「신사조 발생 원천-'사유'」, 주즈신의 「자는 사람이 깨어났다」, 제2기에는 징메이주景梅九의 「권력돈현명權·錢·賢」, 장지쯔江季子의 「노동 비상품론勞動非商品論」, 옌선위의 「노동운동과 교육」, 제3기에는 다이지타오戴季陶의 「"비극"의 힘」, 랴오중카이廖仲愷의 「여성해방은 어디부터」, 선쉬안루의 「여성해방 도중의 '떠도는 소년'」 등이 있다. 여기에 이렇게 목록을 베낀 이유는 이 잡문들이 외부 투고 원고이고 많은 작가들이 당시 혁명 세력인 국민당원이라는 것을 지적하기 위해서다. 통속문단이 어떻게 이런 정치를 하는 사람을 청하여 원고를 쓸 수 있었는지 지금도 알 수 없다.

　　하지만 약간의 실마리를 찾을 수는 있다. 이 란의 속표지 '사조'라는 글자는 국민당 원로인 예추창(예샤오펑)이 표제로 쓴 것이다. 그는 또 예샹쩐이란 필명으로 『신성』에 「아동교육……양로제도」를 썼다. 그는 신문사 출신이고 또 매우 유명한 통속작가로 아마도 먼저 나서서 이 원고를 예약한 것 같다. 그는 또 샤오펑小鳳이란 이름으로 『신성』에 소설을 썼다. 그러나 3기 이후부터는 이런 잡문은 없어진다. 제4기의 『국치 특집호』는 기본적으로 통속작가들의 문장이다. 『신성』 잡문은 '새로움' 외에 다른 새로운 분위기를 띠었다. 그러나 잡문보다 그렇게 강렬하진 않았다. 그것은 바로 '신소설新小說'로 명시된 소설과 시가 혁신과 관련된 연구였다. 그 중에 어떤 신소설의 구두점은 완전히 신식 구두점을 사용하기도 한다.

작가 중에 가장 활발한 사람은 후지천이다. 시가에서 후지천의 신체시는 후스의 『상시집嘗試集』의 시보다 결코 못하지 않았다. 예를 들면, 그가 반혁신적인 『소설월보』에 발표한 「제비燕子」 등이다. 그러나 『신성』에서 그가 실험한 것은 백화시로 '신악부新樂府'의 정취가 가득했는데 『대강집大江集』에 잘 드러나 있다. 첫 수는 "장강은 길고 황하는 노랗다. 도도하여 가이 없고 호탕하다/ 곤륜산에서 나와 태평양으로 흘러들어 간다/ 십여 개의 성을 관개하니 산물이 풍부하고/ 사천년 동안 잠들었던 문화가 찬연함을 내뿜는다. 장강은 길고 황하는 노랗다. 나의 조국 나의 고향"이다. 그는 또 '새로운 조류 언어新禽言', '새로운 곤충 언어新蟲言'를 썼다. 고대에도 조류언어가 있었지만 사상이 진부하여 그가 '새로운 조류 언어'로 그것을 교정한다고 하였다. 그는 또 "조류도 언어가 있는데 어찌 곤충만 언어가 없겠는가? 그러므로 곤충 언어를 만들어 옛 사람들의 부족함을 보충하고자 한다. 전자는 개량이라고 자랑하고 후자는 창조라고 할 수 있다"고 하였다. 그 중에 「형이라 부른다」에서 "형이라고 부르네. 형이라고 부르네. 형은 나를 사랑이라 말하고, 형수는 내가 말이 많은 것을 싫어하고, 할아버지는 내가 잘못했다고 하고, 엄마는 또 내가 잘했다고 말한다. 분노, 도대체 무엇 때문에 싸우는 건가? 대가족제도, 차라리 한 주먹으로 때려 부수고 싶구나!"라고 했다. 다른 시 「매미知了」에서는 "매미야, 매미야, 정말 우습구나. 스승은 아는 건 쉽지만 행하는 것은 어렵고, 말은 적게 하는 것이 낫다고 하신다. 왕양명王陽明은 알고 행하지 않는 것은 참으로 안 것이 아니라고 하고, 쑨중산은 행동하는 것은 쉽지만 말하는 것은 어렵다 하면서, 행동을 하지 않고 어떻게 알겠냐고 한다/ 어떻게 언론 대가가 주저하지 않고 함부로 말하겠는가" 하였다. 어떤 때는 억지스러웠지만, 그래도 신선하고 귀여웠다. 이것은 신시新詩 격율에 대한 탐색이었다.

그는 또 이 10기의 『신성』에 네 편의 신소설을 쓴다. 「자애로운 모친과 폭탄慈母與炮彈」, 「혼인 문제婚姻問題」, 「시기를 놓치다蹉跎」와 「부서진 꿈零碎的夢」이다. 또 부줘不濁라는 이름으로 작품 두 편을 실었고 쓰안思安이라는 이름으로 작품 한 편을 실었다. 그중 부줘의 「쾌락과 우울快樂與憂愁」과 쓰안의 「아, 그래도 그녀를 위해 희생하자唉, 還是爲伊犧牲了罷」는 모두 동일한 주제다. 「쾌락과 우울」에서는 어떤 청년이 치장하지 않고 근검절약하며 생활하는 자신의 아내에 대해 불만을 가지고 있었는데, 아내가 죽은 후 그는 마치 해방된 것 같았다. 그리고 신여성과 결혼하여 달콤한 생활을 하며 절제 없이 돈을 쓰다가 결국은 전처가 모은 돈을 다 쓰게 된다. 결국은 많은 빚을 내어 하루하루 걱정 속에 생활한다는 것을 묘사했다. 쓰안의 「아, 그래도 그녀를 위해 희생하자」에는 두 이야기가 있다. 첫 번째는 어떤 청년에게 아내와 자식이 있었다. 비록 구식 혼인과 문화 수준이 낮은 아내가 만족스럽지는 않았지만 그녀는 현명하고 자상했다. 그는 이혼하고 다시 재혼하고 싶었지만 그녀가 살 길이 없음을 보고 결단을 내리질 못한다. 그는 자신이 그 구식 혼인에 반항할 힘이 없고 그리고 아내도 무고한 사람이라고 생각한다. …… 그는 밤마다 생각에 생각을 다하다가 결국 결심하듯 "아, 그래도 그녀를 위해 희생하자!"라고 한다. 이 소리에 아내가 놀라 깨었고 낮에 일이 너무 힘들어서 그러는 것으로 생각하고 그에게 더 잘해줬다. 그리고 그가 아내에게 입맞춤을 해주고 편안하게 잠이 들게 된다는 이야기이다. 다른 하나는 어떤 신여성 아내가 밤마다 나가 교제하는 지출이 심해진다. 남편의 월급으로는 부족해서 할 수 없이 밤마다 아내의 귀가를 기다리면서 책 번역을 하면서 부족한 지출을 보충한다. 그는 매우 괴로워하며 "아, 그래도 그녀를 위해 희생하자!"라고 한다. 재미있는 것은 이 소설들은 신소설임에도 신여성을 비판하고 구여성의 현모양처 모습을 칭찬하고 있다는 점이다. 이것이 지식인 소설과 시민통속소설의 차이점인 것 같다.

장전뤄에게도 두 편의 신소설이 있는데, 언어의 서구화는 지식인 작가들보다 더 심했다. 예를 들어 「기능과 전공技能與戰功」의 서두에 "쉐판薛繁은 요즘 그 여주인의 태도에 기복이 심한 것을 보고 매우 이상하게 생각했다"고 썼는

스제서국 외관

데 전체 문장에 이런 언어를 사용했다. 이런 모습은 신소설을 마치 서구 맛이 넘치는 소설로 보는 것 같은데, 이것은 신소설에 대한 오해였다. 『신성』에 다른 새로운 창작 형식이 있는데, 판옌차오의 우화소설 「언어해석의 꽃解語的花」, 웡위궁翁羽公의 '시적 소설詩的小說'인 「식사吃飯」는 신시체를 사용한 소설로, 형식이 아주 참신하였다. 그러나 내용은 너무 평범했다.

『신성』에도 의미 있는 문장들이 있다. 예샤오펑의 「룽탕소사弄堂小史」, 화어러우주花萼樓主(야오민아이)의 「꽃의 세상사花底滄桑錄」, 하이상수스성海上漱石生의 「30년간의 상하이 극단계 견문록三十年來上海劇界見聞錄」 등은 역사적인 자료 가치가 있다. 특히 예샤오펑의 「룽탕소사」는 룽탕 골목 입구의 한 구두장이의 눈으로 1920년대의 옛 상하이의 골목 생활을 복원했다. 그곳의 21 가구는 …… 정말로 표현할 수 없을 정도로 뛰어났다. 『신성』의 내용은 매우 풍부하고 다채롭다. 사조思潮 · 명저 · 특보特載 · 작품집藝林 · 담론談薈 · 익살諧鐸 · 농담戲言 · 영화影戲 · 화어花語 · 총화叢話 · 설해說海 · 여흥餘興 등이 있고, 10기 중에는 4개의 특집호가 있었다. 앞에 이미 언급했던 '국치 특집호' 외에, '새해 특집호', '단오 특집호', '30특집호三十特刊'(민국 10년 국경 쌍십절을 가리킴) 등이 있다. 명저의 내용은 「쳰무자이 수필錢牧齋筆記」, 「오매촌집 외시吳梅村集外詩」와 「이야기 채집 노인 일기天南摘叟日記」가 있는데 내용이 매우 충실하다. '설해說海'는 주로 유명한 시민통속소설가의 작품들이 실렸는데 옌두허의 장편연재 「인해몽」은 정말 훌륭한 작품이었다. 그러나 작품이 알려지자마자 잡지는 정간된다. 나중에 『홍잡지紅雜志』와 『붉은 장미紅玫瑰』에 계속해서 연재되었다.

스지췬은 신문학 양식과 통속 문예를 혼합하고 싶었던 것 같다. 그들은 자신들에게 시대적 흐름을 따라갈 수 있는 잡문 작가가 부족하다고 보았다. 또 제1기부터 제3기까지의 잡문 작가들은 장기간 거기에 원고를 쓸 수 없었다. 게다가 대다수 통속작가의 지식 구조로는 최상의 신소설을 쓴다는 것이 불가능 했다. 그들도 '장점은 버리고 단점을 취한다'는 것이 불가능했으며 계승개량파의 장점을 상실하게 된다. 그러나 한 가지 긍정할 것은 시민통속작가들도 '5·4' 운동의 영향을 받았고 그들 역시 시대의 추세를 따르고자 했지만 "마음은 바라는데 능력이 부족하다"는 것을 느꼈다는 것이다. 이런 모퉁이는 갑자기 돌 수 있는 것은 아니다. 그들은 통속의 길에서 지식인의 길로 가기 어려웠고 '혼합'의 길은 오래가지 못했다. 이 상태로 계속 간다면 죽도 밥도 아닌 것이다. 외부적인 환경에서는, 논쟁은 이미 시작되었고 충분한 시간을 갖고 전환을 기다리는 것을 인정하지도 허락하지도 않았다. 결국 10기를 시험 발행한 후 독자에게 고별을 고할 수밖에 없었다. "한창 전성기일 때 과감하게 물러나라. 옛 교훈은 분명하다. 본 잡지는 제일 먼저 발행했으니 당연히 제일 먼저 퇴장한다. 게다가 지췬 선생은 스제서국 초청을 받았고 옌두허 선생과 함께 『홍잡지』 편집 일을 해야 하니 시간이 촉박하다. 그래서 본 기부터 정간됨을 알린다"[12] 스지췬은 스제서국의 초청을 받은 이상 선즈팡 사장의 의도에 따라 다시 통속의 경향으로 돌아가야 했다. 우리가 여기서 중점적으로 『신성』을 소개하는 것은 이 10기 간행물이 우리에게 많은 사고와 끝없는 상상을 남겨 주었기 때문이다.

---

12) 「本雜誌結束通告」, 『新聲』, 第10期. 『신성』은 1921년 1월1일 창간했는데, 발행 연기 외에도 인쇄소의 화재로 영향을 받았다. 제10기 출판 날짜는 1922년 6월 1일이다

『홍잡지』의 표지 중에 하나. 어떤 표지 그림은 '해학을 위한 해학'으로, 어린아이가 누나가 잠든 사이 얼굴에다 검은 뿔테 안경을 그리는 것이다. 웃음은 주었지만 장난스런 느낌을 주었다.

스제서국 건물은 외관이 붉은색으로 칠해져서 '붉은 집紅屋'으로 불렸고 잡지 이름도 『홍잡지』로 하였다. 『홍잡지』 주간은 1922년 8월 창간했고 1924년 7월까지 100기를 출판했으며 또 한 기의 특집호와 한 기의 기념호가 있다. 이 잡지의 대단한 점은 출판시간을 연기하지 않았다는 것이다. 이는 당시 잡지계에 아주 드문 일이었다. 그는 미리 4기의 원고를 충분히 준비한 후 미리 인쇄하고 나서 발행을 시작한다. 이미 충분한 준비를 했기에 솥에 안칠 쌀이 없는 것을 걱정하지 않았다. 격식과 배열에 있어서도 매우 독특하였다. 매 쪽 마다 상하 두 란으로 나누었는데, 위쪽은 소품문小品文이고 아래쪽은 소설 필기였다. 장편으로는 옌두허의 「인해몽」을 연재하였고, 이외에 주서우쥐의 「신 황푸강의 물결新歇浦潮」을 새롭게 연재했는데, 『신신보新申報』에 연재한 「황푸강의 물결」의 후속작품이었다. 그 내용은 앞 것처럼 상하이의 어두운 내면을 폭로했다. 그러나 「황푸강의 물결」보다 못했다. 이 잡지에 많은 독자를 끌어들인 것은 핑장부샤오성平江不肖生의 「강호기협전江湖奇俠傳」이다. 『홍잡지』 제22기부터 연재했지만 지면 관계로 매기마다 반회만 게재했다. 단편소설의 경우 100기 중 옌두허 작품이 대략 50편이었다. 그의 「유학생留學生」과 「한밤중의 통소 소리午夜簫聲」 등은 널리 사람의 입에 오르내렸다. 수필식 문장으로 사회문제를 다루고 싶어 했지만 『신성』과 함께 논할 수준이 아니었다.

『홍잡지』는 100기 출판 후 『붉은 장미』로 개명한다. 옌두허가 명예편집을 담당하고 자오사오쾅이 편집 실무를 맡았다. 자오사오쾅은 난양대학의 학생이었고 쉬즈옌의 제자였으며 리딩이의 동창이었다. 그는 『붉은 장미』를 편집하여 통속소설계의 유명한 편집자가 된다. 『붉은 장미』는 제3년까지는 주간이었고 제4년부터는 순간으로 개편한다. 7년 동안 모두 350기를 출판했다. 통속문학 정기간행물로는 가장 오래 출판했던 잡지로 볼 수 있다. 저우서우쥐안이 편집한 『바이올렛』과 어깨를 겨룰 만한 잡지로 항일전쟁 전의 통속문학계 발전을 대표하는 잡지간행물이었다.

『붉은 장미』는 『홍잡지』의 저명한 장편소설 「강호기협전」과 「인해몽」을 이어서 등재하는 한편 야오민아이의 회당무협소설會黨武俠小說 연재를 늘린 것은 특색이 되었다. 야오민아이는 「산둥 마적전山東響馬傳」으로 유명해졌다. 그는 소설 형식을 이용해 1923년 세상을 놀라게 한 큰 사건인 산둥 열차 납치 사건을 보도했다. 이것은 산둥 바오두구抱犢崮에 근거지를 둔 쑨메이야오孫美瑤 도적들이 진푸津浦 철도 열차를 습격해 국내외 승객 백여 명을 납치해 세상을 놀라게 한 사건이다. 야오민아이는 사건 발생 3개월 후 시기를 놓치지 않고 『정탐세계』에 이 소설을 연재했다. 오랜 시간과 정력을 들여 중국 민간 비밀결사 단체의 내막을 조사하고 연구한 그의 작품은 모두 등재되었다. 『붉은 장미』를 주요 발표 근거지로 삼아 대량의 회당소설이 창작되었다. 이른바 '회당소설'의 개념은 민간 비밀결사 조직단체의 연혁, 비밀, 전기 인물을 알려주는 것을 소재로 삼는 소설을 말한다. 그는 『붉은 장미』에 「사해군용기四海群龍記」와 「약모산장箬帽山莊」 등 소설을 연재하고 또 독립적이면서 서로 연관된 4편의 중편을 발표했다. 「용구주혈기龍駒走血記」, 「삼봉쟁소기三鳳爭巢記」, 「독안대도獨眼大盜」, 「협골은구기俠骨恩仇記」 이 네 편은 분리할 수도 있고 합칠 수도 있는 중편으로, 그의 장편 『강호호협전江湖豪俠傳』을 구성한다. 이것은 『붉은 장미』를 매우 볼 만한 가치가 있는 것으로 만들었다.

그러나 사장 선즈팡은 그의 '불시에 창을 던지는 공격'으로 독자를 끌어들일 수 있는 작가를 전속 고용하는 방법을 썼다. 그는 핑장부샤오성 샹카이란向愷然을 전속 고용해서 전문적으로 무협소설을 쓰게 했다. 후에는 장헌수이의 소설 전부를 매입해 스제서국에서 단독 출판하였다. 잡지를 창간할 때도 이 방법을 썼다. 『홍잡지』 제22기(1923년 1월 출판)에 "본 잡지 주임 옌두허 선생 그리고 특별 초청 저자 청잔루, 루단안 선생의 모든 작품은 본 잡지에 발표하고 기타 잡지에는 투고를 하지 않는다"는 광고를 냈다. 이 광고는

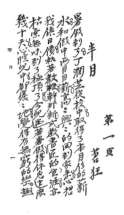

『붉은 장미』 편집자 자오사오쾅과 그의 필체, 『붉은 장미』 창간호 표지

옌두허에게 소용이 없었다. 그는 매일 적어도 주요 책무로 『신문보』에 단평을 써야 했다. 『신문보·쾌활림』을 편집했기 때문에 그 영향력으로 『붉은 장미』를 진두에 서게 했다. 그러나 이 광고는 청잔루 같은 자유 직업인을 자유롭지 못하게 했다. 그는 청잔루에게 매 기마다 한 두 편의 작품을 게재하게 했고, 어떤 때는 한 기에 4~5편 넘게 발표하게 했다. 통계에 의하면 청잔루는 『붉은 장미』와 『홍잡지』에 6부의 장편, 즉 「신 광능조新廣陵潮」, 「쾌활신선전快活神仙傳」, 「호로葫蘆」, 「골계신사滑稽新史」, 「정견情繭」과 「어린 나무의 연륜童樹的年輪」, 200여 개의 단편, 500여 편의 수필을 발표했다. 그는 '붉은 장미의 거장紅玫瑰巨子', '유머의 장인'이라는 찬양을 받았으며 많은 독자를 보유하였다.

　『붉은 장미』의 창간호에 자오사오쾅은 「편집의 변」에서 "본 잡지는 장편과 단편소설을 　매우 중시한다. 하지만 각종 수필문학도 이완 되어서는 안 된다. 이 소품의 취지에 대해 여러분에게 말하자면, 세 가지가 있는데, 첫째는 엄격이고, 둘째는 익살이고, 셋째는 통속이다. 진부하고 어렵고 답답한 것은 받지 않는다"고 하였다. 사실 이런 원고 선택의 요구는 '엄격'이 소설의 요구가 되어서는 안 되는 것 외에, 다른 몇 가지 조건은 그가 소설을 채택한 준칙이었다. 후에 자오사오쾅은 몇 번의 고려와 몇 번의 상의를 거쳐 방침을 결정하고 투고 원고에 대한 요구에 더 명확한 설명을 만들어 붙였다.

1. 취지: '흥미'라는 두 글자에 주의한다. 독자에게 흥미를 느끼게 하는 것을 기준으로 삼는다. 악하고 부패한 글(경박하고 비열한 글은)은 금지한다.

2. 문체: 현대 조류에 부합하도록 애쓴다. 단 극단적인 서구화는 택하지 않겠다.

3. 묘사: 현대 현실 사회를 배경으로 삼고 현실의 인정 및 풍속과 다르지 않도록 한다.

4. 목적: 통속화 대중화를 추구하고 수준 높은 문학을 연구하는 것을 표방하지 않는다.

5. 내용: 소설, 수필, 여행기, 지역 통신, 학교 이야기, 감상 기록 …… 등을 다 같이 중시한다. 서로 도와서 행하고 하나에 편중하지 않길 희망한다.

6. 희망: 독자가 본 잡지를 안보면 그만이지만 본 이후에는 반드시 또 보고, 매 기를 찾아 보기를 바란다. 바꾸어 말하면, 매 기의 매 편마다 모두 읽을 만한 가치가 있기를 독자가 자연히 진심으로 이 잡지를 생각하고 한 기라도 놓치지 않기를 바란다.[13]

모든 시민의 가치 성향을 편집 발행의 취지로 삼고 시민의 생활에 가까이 가서 시민의 흥미(저속한 취미를 반대한다)에 영합함으로써 시민들을 잡지로 끌어들였다. 특히 마지막의 '희망'은 독자에 대한 약속이기도 하고 또 통속 잡지간행물이 성숙기에 도달한 후에 한 '호언장담'이기도 하다. 『붉은 장미』가 7년간 장생불로한 것은 바로 경험이 있어서였다. 그래서 『붉은 장미』 편집자의 말은 1920년대 통속 잡지에 전형적 의미를 부여한다.

紅玫瑰

第二卷　第二十一期

上海世界書局印行

『붉은 장미』 제2권 제41기 표지: 자본가의 형틀

13)　趙苕狂,「花前小語」,『紅玫瑰』, 第5卷, 第24期, 1929年 9月, 1쪽.

『정탐세계』 창간호 표지

『정탐세계』 반월간 역시 스제서국 선즈팡이 옌두허에게 위탁해 창간했다. 편집자로는 청샤오칭·루단안·스지췬·자오사오쾅 등이 있다. 하지만 매 반 달마다 한 권의 순수 정탐소설 잡지를 발행하려면 원고가 문제였다. 그래서 그들은 창간 할 때 "본 잡지는 정탐소설 외에 무협과 탐험 작품도 받겠다. 이 세 가지의 근원은 본래 하나로 그것을 합치면 서로를 설명할 수 있다. 이 세 가지에는 정탐의 소재가 많기 때문에, 잡지 이름을 『정탐세계』로 짓는다. 객으로 하여금 주인이 되게 한 것은 그 돌아옴을 알리는 것이다."[14] 청샤오칭·쑨랴오훙孫了紅·루단안·위톈펀俞天憤·자오사오쾅 등은 모두 잡지에 탐정소설을 발표했고 탐정소설을 쓰지 않는 다른 작가도 잡지에 의해서 탐정 제재를 써야 했다.

오늘날 다시 돌아보면 이 잡지에서 가장 뛰어난 작품은 샹카이란의 『근대 협의 영웅전近代俠義英雄傳』과 야오민아이의 『산둥 마적전』이다. 이 잡지는 일 년 동안 24기를 출판한 후, 자오사오쾅이 「이별이구나 제군들이여別矣諸君」를 써서 정간된 이유를 서술했다. 그 첫째가 정탐 작품이 너무 적고 전문적으로 정탐소설을 쓰는 사람이 몇몇 되지 않았다는 것이다. 둘째는 반월간의 반달에 1기는 기간이 너무 짧아 반 달 동안 전국의 정탐소설을 모두 보내와도 1기에 부족했다고 한다. 셋째는 독자의 불만이 많았다. 어떤 사람은 창작을 좋아했고 어떤 사람은 번역작을 좋아하고 어떤 사람은 변화한 장면을 좋아하고 어떤 사람은 변화가 많은 사상을 좋아했다. 편집자는 방침을 정하는 데 누구의 말을 따라야 할지 몰랐다고 한다.

옌두허 한 사람이 한 출판사에서 몇 개의 영향력 있는 통속잡지를 만들었다. 한 출판사의 사장은 『신성』의 경향이 좋다고 보아 스지췬과 옌두허 등을

---

14) 沈知芳, 「宣言」, 『偵探世界』, 第1期, 1923年, 1쪽.

모셔다가 능력을 발휘하게 했다. 이것은 출판계에서 성공적인 경험이라고
할 수 있다.

제3절
『토요일禮拜六』의 복간 그리고 『반월半月』,
『요일星期』, 『바이올렛紫羅蘭』의 창간

『토요일』을 복간한 왕둔건

상우인서관이 『소설월보』를 개편하는 시기에, 스제서국은 옌두허와 스지췬을 발굴해와서 여러 정기간행물을 만들었다. 이외에도 선즈팡은 장훙차오를 초청해 1922년 『가정』 월간을 창간하고, 리한추를 초청해 1923년 『쾌활』 순간旬刊을 창간한다. 이 웅대한 뜻은 출판계에서 기세등등했다. 이때 경쟁사인 다둥서국大東書局 역시 뒤지지 않는다. 스제서국이 옌두허로 독자를 끌어모을 때, 그들은 저우서우쥐안을 복간된 『토요일』에 끌어와 간행물의 방침 대계를 책임지게 한다. 그래서 1921년 9월 『반월』이 창간되었고, 그것은 『바이올렛』으로 연장되었으며, 이 두 간행물은 저우서우쥐안이 각각 4년 동안 주관했다. 그밖에 저우서우쥐안은 자오사오쾅과 같이 다둥서국을 위해 잘 팔리는 『유희세계』를 간행한다. 또 새로운 것은 저우서우쥐안이 개인 소형간행물 『바이올렛 꽃잎紫蘭花片』(월간)을 1922년 여름에 창간한 것이다. 2년간 출판했고 총 24기로 매 기마다 20개의 제목을 정했다. 모두 그 한 사람의 작품이었고, 64절판에 표지는 3색으로 고급 인쇄하였다. 내용에도 많은 독창적인 단문이 있었다. 다둥서국은 통속문단 원로인 바오톈샤오를 초빙해서 1922년 2월 『요일星期』(주간)을 창간해 1923년 3월까지 모두 50기를 출판했다.

『바이올렛』 창간호 표지

저우서우쥐안이 다둥서국에 초빙되어 와서 정기간행물을 만든 이야기는 그가 복간한 『토요일』부터 시작된다. 『소설월보』가 개편된 후 독자들은 '알아 볼 수 없다'고 했다. 여기서 '알아 볼 수 없다'는 것은 사실 흥미가 없거나 습관이 되지 않는다는 것이다. 그들의 독서 습관이 중국 고전소설과 계승개량파에 의해 '길러졌기' 때문이다. 위안한윈이 선옌빙沈雁冰에게 공개편지를 보냈는데, 편지는 비꼬는 말투로 "누가 알겠는가! 보면 볼수록 모르겠는데, 나의 눈이 침침한 건 아니겠지, 시후西湖 물로 씻고 또 씻어, 펼쳐 보았는데도, 불분명할 뿐 아니라 문맥조차도 알아볼 수 없다. 오리무중이다. 정말 영문조차 모르겠다. 그래서 이 월간을 교육 수준이 높은 친구에게 보내, 보라고 했더니 하루가 지나 이 친구는 책을 돌려주면서, 시력이 안 좋아 한 동안 이 책을 알아 볼 수 없다고 했다." 그래서 그는 헌 책방에 팔고 싶었지만, 얻은 대답은 앞에 10권은 받는데 새로 나온 것은 받지 않는 것이었다. 또 이웃의 간장오리 요리 가게에 팔고 싶었는데 사장이 냄새를 맡아보고는 "종이는 좋은 종이지만 안타깝게 인쇄된 글자가 너무 고약해서 음식물 싸기에는 안 좋을 것 같네"라고 하였다. 이 편지는 둥즈東枝란 작가가 베껴서 『신보 부간晨報副刊』에 발표했고, 다음과 같이 쓰고 있다.

나는 사실 위안한원의 이 편지는 진심에서 우러난 말이라고 본다. 선옌빙을 비꼬는 뜻은 조금도 없다. 이것은 문구 중에서 알아 볼 수 있을 것이다. 한원 이외에 선옌빙을 비웃고 욕하는 많은 문장은 모두 질이 좋지 않다. 게다가 매우 나쁜 의도를 가지고 있다. 그러나 나쁜 의도를 제외하면 문장 속에는 본질적인 것이 있다. 이것은 위안한원과 같이 모두가 문장을 이해하지 못하는 것에서 온다. 한마디 더 붙이면, 안타깝게도 그들은 정말로 이해하지 못하는 것으로, 고의로 조롱하는 것이 아니라는 것이다. 난 그들을 동정하지만 그들을 도와줄 방법이 없었다. '보고 이해하지 못하면 안보는 방법밖에 없다'는 것 외에는.[15]

위안한원이 조롱하는 것이 아니라는 것은 말이 되지 않지만 독자들이 이해하지 못한다는 것은 사실이었다. 이것이 『토요일』이 1921년 3월에 복간된 배경이다. 그것이 『소설월보』의 개편을 겨냥한 것이라고 해도 좋고 보고 이해하지 못하는 공백을 메우려고 한 것이라고 해도 좋다. 그러나 저우서우쥐안의 『토요일』 복간 초 편집자의 말에서 '5 · 4' 운동이 그들의 마음을 움직였다는 것을 알 수 있다. 그는 제103기의 「편집실」에서 "본 잡지의 소설은 사회문제, 가정문제를 매우 중시하여 그것을 아주 성실하게 표현한다"고 했다. 그 자신도 몸소 체험하고 실천했으며 이 문제들을 쓰고 싶어 했다. 예를 들어 복간 제1기, 즉 101기에 그는 「약속_誥」을 썼는데, 이즈_志와 잉화映華

저우서우쥐안과 유명화가 딩쏭. 그는 당시 많은 통속 정기간행물의 표지를 그렸고, 중국 현대 저명한 화가 딩충(丁聰)의 부친이기도 하다.

라는 한 쌍의 연인 이야기이다. 잉화가 아버지의 명령으로 다른 사람과 결혼하는데 이즈는 이 사실을 알고 마음이 찢어지듯 슬퍼한다. 그런데 두 사람은 모두 봉건 예교의 담을 무너트리고 싶어 하지 않았고 다른 이의 책망을 듣고 싶지 않았으며 각자 눈물로 살면서 인생을 마감하자고 했다. 후에 이즈는 미쳐서 죽게 된

---

15) 東枝, 『小說世界』, 『晨報副刊』, 1923年 1月 11日.

다. 만약에 「약속」이 타협으로 끝났다고 한다면, 제106기의 「그 아가씨 시집가네_{之子於歸}」에는 힐책이 있었다. 딸이 부모에 의해 어쩔 수 없이 시집을 가는데 그녀의 마음속은 불만으로 가득했다. "부친의 명예와 체면이 중요하고 내 평생의 행복은 오히려 중요하지 않다는 말인가?" "세상에서 부모라 부르는 사람들은 보시오. 딸을 사랑한다면 딸이 세상사를 모르는 것을 틈타 함부로 구매자를 정하지 말아야 한다. 또 쓸데없이 명예와 체면만 따져 딸의 진정한 행복을 생각하지 않는 일은 하지 말아야 한다. 먼저 깨닫고 이미 저지른 잘못을 고치는 것은 명예롭지 않고 체면 없는 것이 아니다." "생활이 조금 어렵더라도 상관없다. 다 있으나, 이것만 부족하다. 이것이 무엇인가? 바로 부부 사이의 사랑이다." "이런 일이 만약 외국에서 생겼다면 벌써 이혼을 제기했을 것이다." 이것은 저우서우쥐안 입장에서 보면 가정문제를 다룬 것이다.

그러나 엘리트 지식인들은 '속으로 비방만 하면서' 후스의 『종신대사_{終身大事}』와 함께 논할 수는 없다고 하였다. 제102기에서 저우서우쥐안은 「혈_血」을 창작했다. 14세의 어린 철공이 엘리베이터를 설치할 때, 십 년이나 이십 년이 지나 자신이 철강회사 사장이 되는 상상을 하다가 부주의로 삼층에서 떨어져 죽었다는 이야기를 썼다. "아, 나중에 이 승강기가 다 설치되어 사용할 때는 반드시 이 아래 시멘트에 물들어 있는 선홍색 피를 기억해야 한다. 바로 14세 어린 철공의 피다." 그러나 엘리트 지식인 작가들에게 '통과'되지 못했고 그들은 이것을 '천박한 자선주의'라고 하였다. 그러나 제104기에 『토요일』 편집자가 「각 신문사의 격려의 말(상)」을 실었다. "『중화신보』에서 탄산우_{談善吾} 선생은 '『토요일』의 소설은 당시 내용이 풍부해서 독자의 환영을 받았지만 안타깝게도 정간된 지 오래되었다. 현 『소설월보』 개편은 『소설월보』 애독자들의 마음을 바꾸었다. 그래서 『토요일』이 부활되었고 왕둔건과 저우서우쥐안의 힘으로 전보다 더 큰 환영을 받았다. 그 내용은 더욱 풍부해지고 판매도 확대되었다. 정말로 예측할 수 없게 되었다. 조심스레 이 짧은 글을 실어 소개한다'고 했다." 그리고 설령 엘리트 지식인들이 인정하지 않더라도 저우서우쥐안은 자신의 생각에 따라 사회문제와 가정문제를 다루었다. 『토요일』 복간 후 얼마 안 되어 그는 다둥서국으로 초빙되어 갔고 『반월』을 만들었다. 하지만 그는 『토요일』의 거의 매 기에 원고를 쓴다. 『반월』은 4년 동안 발행했고, 모두 96기였다. 잡지는 먼저 삼색 동판식으로 표지를 정밀 인쇄하였다. 원가는 비쌌지만 많은 독자의 주목을 받았다. 저우서우쥐안은 통속 문단과의 교제 범위가 넓어서 원고를 써주는 사람이 많았고 여러 훌륭한 작품들을 모았다. 단편소설은 하나하나 다 열거할 수가 없다. 통속문학계에서 가장 주목받은 것은 허하이밍의 '경매_{叫賣}' 단편소설의 선언인 「추싱푸자이주런의 소설 판매의 말_{求幸福齋主人賣小說的話}」이다.

나는 지금 소설을 판다. 첫 번째 고객은 바로 『반월』이다. 나는 소설계의 몇몇 글을 파는 사람들과 진지하게 몇 편의 단편소설을 써서 현대 중국 단편소설의 완성작을 만들고 싶다. …… 천천히 여기서부터 현대 중국의 단편소설의 가치를 향상시켜 세계문단으로 진출하고자 한다. 『반월』에 보낸 원고가 실험 작품이라는 것을 인정한다. 여러 분야의 사람들에게 비평과 교훈을 받고 싶다. 나의 목적이 돈을 장만하는 것만은 아니다. 현대에 글을 팔아 생활하는 것은 아주 청빈하고, 소설은 돈은 되지 않지만, 소설을 파는 사람이 만약에 더 많은 노력을 한다면 소설의 가치를 높일 것이며, 국민들은 이것이 중요한 문학이라는 것을 알게 될 것이다. 인생은 이런 것으로 위로를 받아야 한다. 그때 가서 수요가 많아지면 소설의 판매 가격은 자연히 올라갈 것이다.

기왕 소설계가 발전하는 데 한 역할을 하고 싶은 이상, 이제부터의 작품은, 첫째 매 편마다 매 편의 의도가 있으며 조금이라도 가치 없는 글은 쓰지 않겠다. 둘째는 억지로 글자 수를 채워 넣지 않겠다. ……[16]

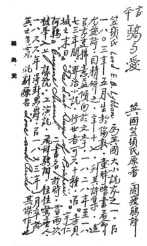

저우서우쥐안의 필체

---

16) 何海鳴, 「求幸福齋主人賣小說的話」, 『半月』, 第1卷, 第10號, 1922年 1月 23日, 1~2쪽

허하이밍의 단편소설은 통속 소설계에서 일류라고 할 수 있다. 그가 『반월』에 쓴 단편소설은 수준이 높았다. 그러나 '완성작'의 경지에 이르기엔 아직 멀었다. 하지만 그는 장회 장편소설에 능통한 통속문단에다가 그들의 약한 부분인 단편소설을 강화시키려는 소망을 시의적절하게 제기하였다. 그의 말에 의하면 그의 「늙은 반주자老琴師」가 신문학계의 칭찬을 받았다고 한다. "독자의 많은 칭찬을 받았고 신문학계 내에서 역시 칭찬하는 사람이 있었다. 나는 소설가가 되기로 결심했다."[17] 이 신문학 작가가 도대체 누구인지는 지금까지 글로 된 증거를 찾지 못했다. 아마 구두로 칭찬한 것 같다. 「늙은 반주자」같은 이런 작품은 인도주의적 경향이 있었고, '아름다움의 파괴를 다루는 비극적' 주제는 1920년대 출현한 통속 단편소설계 중에서 정말 뛰어난 존재라고 할 수 있다.

장편으로는 이 4년 동안 매 해 몇 종류가 있다. 하이상쉬멍런海上說夢人의 『잉분잔지록剩粉殘脂錄』의 내용은 보통이고, 이후 작품도 그의 유명작 『황푸강의 물결』보다 못했다. 장비우의 『쌍웅투지기雙雄鬪志記』는 청샤오칭 작품의 훠쌍霍桑과 협객 뤄핑羅蘋이 암투하는 이야기를 가져왔다. 장편 중에 독자에게 깊은 인상을 준 작품은 허하이밍의 『십장경진十丈京塵』, 바오톈샤오의 『갑자서담甲子絮譚』과 장춘판의 『정해政海』가 있었다. 『십장경진』은 베이징 도시의 향토미가 있었고, 『갑자서담』은 1924~1925년 통속문학 중 '반전소설反戰小說'의 대표로 1924년 장쑤-저장江浙 군벌의 지루齊盧에서의 대 전투를 다루었다. 군벌 혼전의 시대에 중원을 다투는 북방의 악전고투는 흔히 있는 일이었다. 그러나 상하이, 장쑤, 저장 등 부유한 지역이 전쟁터가 되고 인간 세계의 천당이라는 쑤저우와 항저우도 전쟁터가 된 것은 태평천국 이후 없었던 일이다. 엘리트 지식인 작가들과 시민통속작가들은 이를 반영하는 소설을 썼다. 예를 들어 예성타오의 「피난 중의 판 선생潘先生在避難中」은 명작이었다. 통속문학 작가 중에 위톈펀, 옌두허, 청잔루, 판옌차오, 구밍다오, 장훙차오 등도 반전反戰소설

17) 「何海鳴致周瘦鵑信」, 『半月』, 第1卷, 第7號, 1921年 12月 13日, 1쪽.

삼색판 『반월』의 창간호 표지로, 당시로서는 보기 드문 것이다.

을 썼었다. 위톈펀은 전장의 적십자 회원으로, 시골 깊숙이 들어가 죽음에 처한 사람을 구조하고 부상자를 돌본 적이 있어서 작품의 실감은 더했다. 그러나 그들이 쓴 것은 모두 단편이었다.

바오톈샤오가 1924년 말부터 1925년 말까지 『반월』에 연재한 『갑자서담』은 장편으로, 역시 반전소설의 대표작이었다. 그가 묘사한 생활상은 「피난 중인 판 선생」과 거의 비슷했는데, 두 작품 모두 당시 지루전쟁 시기 쑤저우 일대의 시민들이 상하이 조계로 피난 와서 생활하는 모습을 묘사하였다. 만약에 이 두 편을 비교하게 되면, 엘리트 지식인 소설과 통속소설의 서사형식의 차이를 느낄 수 있을 것이다. 예를 들어 엘리트 지식인 작가는 '묘사'를 중시한다. 예성타오는 소자본계급의 퇴폐적인 인물의 전형 형상을 묘사하였다. 통속문학은 늘 서사를 중시한다. 이른바 '서담絮譚'은 바로 갑자년의 전쟁을 독자와 작은 소리로 천천히 이야기를 나누는 것으로, 과거에는 '한가하게 이야기를 나누다擺龍門陣'라고 했고, 지금은 '잡담을 하다神聊神侃'라고 한다. 그것의 취지는 당연히 군벌의 죄행에 대해 규탄하는 것이었지만, 전쟁 중의 당시 사회 모습과 동향을 기록하고 진기한 이야기나 재미있는 일도 썼다. 바오톈샤오의 장편 중에 1924년 상하이 사회 배경 스냅이 독자의 마음속에 분명하게 남겨졌는데, '갑자년'의 사회 모습을 이해하는 데 매우 유용하였다.

1923년 12월부터 1924년 12월까지 『반월』에 연재된 장춘판의 『정해』는 의외로 아잉이 칭찬한 『흑옥黑獄』보다 훌륭했다. 그것은 북양北洋 군벌의 대외 항복, 대내 진압, 파벌의 난무와, 서로 배척하고 내분을 일으켜

서 중화민국을 "나라꼴이 꼴이 아니게" 하는 이런 범죄 행위들을 폭로했다. 소설의 시각도 독특했다. 상하이 선가오_{神皋} 신문 기자 천톄팡_{陳鐵舫}의 눈을 통해 당시의 정국을 썼는데, 이 사람은 상하이에 살고 있었지만 베이징의 뉴스를 보도하는 것이 주요 직책이었다. 그래서 베이징 정치 무대를 잘 알고 있었을 뿐 아니라 당시 정국의 전환 시기를 잘 알고 있었다. 그는 주로 베이징에서 활동하며 취재했다. 장편은 1918년 가을 지쭤린_{齊作人}(쉬츠창_{徐世昌}) 괴뢰정권의 등장부터 시작해 1920년 여름과 가을 사이 직환전쟁_{直皖戰爭}[18]이 끝나고 군벌이 다시 세력범위를 분할할 때까지로, 2년간의 정치 풍운을 한 눈에 볼 수 있다. 그때 중국은 "교활한 자의 소굴로, 욕심은 횡류하고 수렴동_{水簾洞}과 악호촌_{惡虎村}을 연출하는"[19] 시기로 들어갔다. 소설은 정치 무대 파벌현상을 썼고 또 전쟁터에서 싸우는 장면을 묘사했으며 파리강화회의와 학생애국청원을 썼다. 작가는 당시의 사악한 세력을 중점적으로 폭로하면서 많은 추한 모습을 묘사했다. 그는 마음껏 묘사한 후 "오늘 비로소 알았다. 아! 정계의 풍파는 정말 험악하다. 멀쩡한 사람이 여기에 들어가게 되면 양심도 없어지고 인격도 필요가 없게 된다. 너무 끔찍하구나"라고 한탄하였다. 장춘판이 이런 소설을 쓴 것에 탄복하지 않을 수 없다. 당시 사람들의 역사가 눈에 선하게 들어왔다. 그는 대담하고 선명하게 묘사하면서 자신의 입장과 주관이 있었으며 정말 대의명분이 두터운 뜻있는 사람다웠다. 그는 비록 자신의 성공한 명작인 『구미귀』가 약간은 비판을 받았지만, 『정해』 속에서 인품과 기개를 보여 주었다. 그는 "역사의 흐름을 재빨리 기술하고 이야기의 줄거리를 중시한다. 훌륭한 말이나 바른 말은 평범한 문장에서 나온다"[20]는 성향을 가지고 있었다.

허하이밍과 바오톈샤오, 장춘판의 장편들이 저우서우쥐안이 편집한 『반월』의 매력을 드러냈다. 『반월』은 4년 동안 96기 출판한 후 1925년 11월 정

---

18) 1920년 중국의 북양 군벌의 직계와 환계 간의 정권싸움으로 직계 승리로 끝났다.(-역주)

19) 량치차오가 한 말이다. 李新, 李宗一 主編, 『中華民國史』, 第2編, 第2卷(中華書局, 1987年)의 「序言」(1쪽)에서 인용.

20) 陳蝶衣, 「『九尾龜』作者-張春帆」, 『萬象』, 第4期, 1975年 10月 15日, 21쪽.

『바이올렛』 겉표지(투조)와 안쪽의 시화. 두 장이 합쳐져 하나의 표지를 이루었다.

간되었다. 저우서우쥐안은 1925년 12월 다둥서국에서 『바이올렛』을 발행한다. 저우서우쥐안에게는 자신만의 규칙이 있다고 들었는데, 바로 한 정기간행물을 몇 년 출판하고 나면 정기간행물명을 바꾸는 것으로 새로운 판식에 새로운 종류를 생각해냈다. 예를 들어 새로운 항목 같은 것인데, 요컨대 새로운 모습으로 바꿈으로써 독자에게 신선감을 느끼게 하였다. 그의 『바이올렛』도 4년 동안 96기를 출판하고 1930년 6월 정간한다. 창간호의 「편집실의 등불 아래編輯室燈下」에서 저우서우쥐안은 "『반월』은 정간하고 『바이올렛』이 뒤를 잇는다. 색다른 생각으로 독자와 만나고 판식을 20절지로 바꾸는 것으로, 이 모두 다른 정기간행물과 다르다. 편집 배열 역시 참신한 미관을 추구하고 수시로 도안화圖案畵과 미인도를 삽입한다. 이 방법은 유럽 서양 정기간행물을 모방한 것으로 중국 정기간행물에서 볼 수 없는 것이다. 책 첫 부분 동판화 위치도 『바이올렛』 화보를 가운데로 맞추는 것으로 바꾼다. 그림과 문자를 똑같이 중시하며 이것으로 아름다움을 추구한다. 이것 역시 정기간행물계에서 보지 못한 위대한 거사로 독자가 환영하리라고 본다"고 했다. '바이올렛'으로 이름 지은 것은 저우서우쥐안이 바이올렛을 좋아했기 때문이고 또 그의 첫사랑을 기념하기 위해서였다. 그의 첫사랑인 여자 친구는 영어 이름이 바이올렛(Violet: 중국어로는 紫羅蘭이다-역주)으로, 아름답고 생기발랄하였다. 청혼할 때, 여자의 집은 매우 부유했고 저우서우쥐안은 가

난한 청년이었다. 상대방 부모가 단호히 반
대하여 그녀는 봉건 가족의 압박 하에 할 수
없이 눈물을 삼키며 부모에게 복종했다. 저
우서우쥐안은 진실한 마음을 가진 사람으
로, 이때부터 언제나 그녀를 잊지 않았으며
바이올렛을 좋아하는 것으로 그녀를 그리워
했다. 그의 필명, 서재 이름 모두가 바이올
렛암紫羅蘭庵이었고, 심지어 쓰는 잉크조차도
보라색이었다.

저우서우쥐안의 『유럽아메리카 명가 단편 소설
총각』 상권

　『바이올렛』의 작가는 다수가 『반월』의
작가였다. 이 정기간행물이 『반월』과 다른
것은 표지의 설계와 판식의 편집 배열이었
다. 이것은 확실히 독자들에게 참신하고 아
름다운 인상을 주었다. 정밀하게 인쇄된 표
지는 투조透彫한 것으로 마치 쑤저우 정원 풍
경 중에 틀에 장식 모양이 있는 창 같았다.
속표지는 칼라 미인도나 도안화로, 표지의
이 '창문'을 통해 그 속표지 그림 중 가장 훌
륭한 부분을 볼 수 있으며, 표지를 펴면 속표

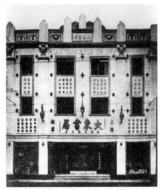

위의 책을 만든 다둥서국의 외관

지 그림의 전모를 볼 수 있었다. 그림 위에 또 서로 잘 어울리는 시를 배치해
놓았다. 예를 들어 "길을 떠남에 몸조심하라 하고, 몸을 돌리며 곁눈질을 한
다." "등나무 아래 앉아, 무릎을 안고 읊조리며 생각에 잠긴다. 봄을 앓는 것
인지 아니면 석별을 아쉬워하는지, 이런 마음을 누가 알겠는가." 비록 쑤저
우 정원 풍경의 복도 창처럼 배열한 것은 아니지만 관람객에게 "움직이면 형
태가 바뀌는" 재미를 주었다. 『바이올렛』 정기간행물의 '창문'은 표지와 속지
로 이루어진 '숨기는 것隱'과 '드러내는 것露'의 대비였다. 게다가 시와 그림
사이의 '정情'과 '경景'의 조화가 있어 독특한 예술세계를 구성했으며 독자들

에게 미를 향유하게 하였다. 4페이지의 '바이올렛화보'는 접이식을 채택했다. 스타의 동태, 명배우의 일화, 풍경 명승, 작가 등에 관한 사진이 있고 문자를 배합하여 그림과 문장 모두 훌륭하였다. 어떤 때는 특별 형식이었다. 예를 들어 프랑스 살롱 명화 특집호, 만수상런_{曼殊上人} 기념호, 화사_{華社} 촬영 걸작호, 해방운동호 등이다. 『반월』과 다른 점은 『바이올렛』은 많은 새로운 항목을 추가하였다는 점이다. 예를 들어 「설림진문_{說林珍聞}」은 소설가의 일화와 이야깃거리이고, 「독자구락부_{讀者俱樂部}」는 독자가 보내온 편지와 습작을 등재하여 편집자와 독자가 서로 소통하는 것이고, 「소천지_{小天地}」는 전문적으로 소소설_{小小說}, 소소시_{小小詩}, 소소산문_{小小散文}, 수필을 등재했다. 저우서우쥐안은 조경 설계처럼 또 분재를 가지고 노는 것처럼 정기간행물 양식을 만들어 예술미를 충분히 드러냈다.

『바이올렛』의 장편 중에 인기를 끈 것은 야오민아이의 「형극강호_{荊棘江湖}」와 왕샤오이_{王小逸}의 「춘수미파_{春水微波}」가 있다. 그러나 끝까지 다 등재하지 못했다. 「춘수미파」는 나중에 단행본으로 출판되었다. 「형극강호」의 경우는 앞만 있고 결말이 없다. 45회를 연재하고 더 이상 다음 글을 볼 수 없었다. 간행물 중 저우서우쥐안 자신이 번역한 소설 수량도 많았다. 그는 『구미 명가 단편소설 총서』를 이은 『세계 명가 단편소설_{世界名家短篇小說}』에 모두 4책 총80편이 수록되었는데 대부분은 『바이올렛』에 먼저 발표되었다. 『반월』과 『바이올렛』이 정간된 후 1930년 다둥서국에서 작가 개인을 위해 한 질의 『명가 소설집_{名家說集}』을 엮어 냈다. 모두 16명, 즉 바오톈샤오, 장훙차오, 선위중_{沈禹鍾}, 저우서우쥐안, 허하이밍, 판옌차오, 후지천, 위안한윈, 쉬즈옌, 쉬줘다이, 비이훙, 장서워, 자오사오쾅, 옌푸쑨, 장전뤼, 장비우 등이다. 이것 역시 저우서우쥐안 계열 간행물의 성과이다. 그러나 스제서국이 보다 빠른 1924년 한 질의 옌두허 계열 소설집을 출판했었다. 그 명단은 위의 다둥서국의 것과 기본상 일치한다. 이것은 이 두 출판사가 통속잡지를 이용하여 민간 출판 기구의 대부인 상우인서관을 추월했음을 설명한다.

『요일』은 다둥서국이 출판한 잡지다. 『반월』 반월간이 있었지만, 선배

바오톈샤오를 초빙해 주간지를 간행했다. 바오톈샤오는 원고를 매우 엄격하게 선정했다. 이 해에 50기 간행물에 그는 솔선수범하여 매 기 첫 편을 모두 자신의 단편소설로 실었다. 이것은 『소설대관』과 『소설화보』를 편집할 때 사용한 옛 격식이었다. 소설 중에는 「사이 층에서 _{在夾層裏}」와 「창저우다오에서 _{滄州道上}」 같은 우수한 단편이 있다. 장편 중에 가장 주목할 것은 장훙차오의 『교역소현형기 _{交易所現形記}』이다. 이것은 중국 첫 증권 거래소를 만드는 과정을 쓰고 있다. 사람들은 증권 거래소에 투기하여 부당한 돈을 벌고 싶었지만 결과는 악성 경쟁을 일으켜 상하이 1920년대 초의 '신교 풍조 _{信交風潮}'를 형성했고 상하이 경제의 원기를 잃게 한다는 것을 묘사하였다. 소설은 별로였지만 금융 풍조를 반영했다는 데 의미가 있다.

핑장부샤오성은 『요일』에 『유동외사보 _{留東外史補}』를 썼다. 그러나 영향력이 있었던 것은 그의 『사냥꾼 이야기 _{獵人偶記}』였다. 이 소설은 제재부터 사람의 관심을 끌었다. 큰 성과는 『사냥꾼 이야기』로 인해 부샤오성의 무협소설을 이끌어낸 것이다. 심지어 그를 중화민국 무협소설 창시자의 자리로 치켜 올렸다. 부샤오성이 일본에서 귀국한 후, 그의 『유동외사』 원고를 산 사람은 없었다. 후에 아주 저렴한 가격에 팔았는데, 오히려 판매 실적은 좋았다고 하였다. 이 책은 많은 사람을 투영했다. 그들은 귀국 후 모두 정계로 들어갔다. 부샤오성의 운명은 거꾸로 그들의 손안에 있었다. 그는 곳곳에서 실패를 경험했고 사람 역시 소극적으로 변했다. 심지어 종적도 묘연해졌다. 어떤 사람은 후난으로 돌아갔다고 하고, 어떤 사

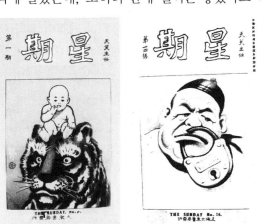

(좌)『요일』 창간호. 어린아이가 호랑이 머리 위에 앉아 있는데, 호랑이를 두려워하지 않는다는 의미를 담고 있다.

(우)『요일』 제 34기 표지제목은 「비평가」로 군벌통치하의 언론 '자유'를 풍자한 것이다

람은 일본에 다시 갔다고 하였다. 바오톈샤오는 그가 상하이 어떤 골목에 있다고 해서 찾아갔었다. 오후 4시 그는 막 일어났고, 방 안에는 젊은 부인, 강아지 한 마리, 원숭이 한 마리가 있었다. 이런 풍경은 오히려 한 쌍의 대련, "커튼을 걷지 않아 향기가 오래 동안 남아 있고, 피콜로는 곡조 없이 마음대로 분다"와 같았다. 그는 먼저 '피콜로(아편을 피우는 습관)'를 불고 나서, 그 다음에야 바오톈샤오를 접대하였다. 결국 아편 피울 때 쓰는 침대에서 이야기를 시작했고, 그는 『유동외사보留東外史補』와 『사냥꾼 이야기』를 쓸 것을 승낙했다. 바오톈샤오는 다음과 같이 회상했다.

　　"이 『사냥꾼 이야기』는 매우 특별하다. 왜냐하면 그는 샹시湘西에 살았는데, 깊은 산에 호랑이가 많아서 항상 사냥꾼과 가까이 있었다. 조계지 재자才子 소설가는 그의 만분의 일도 쓰지 못한다. 나중에 스제서국 사장 선즈팡이 이 일을 알게 되었고, 내게 "당신은 어디에서 이런 보물 찾아왔는가?"라고 물었다. 그리고 그는 적극적으로 샹카이란을 빼내와 스제서국에서 소설을 쓰게 한다. 원고료는 아주 넉넉하였다. 그러나 선즈팡은 『유동외사』와 같은 그런 제재를 원하지 않았다. 그에게 검선이나 협객 같은 종류의 일류 전기傳奇 소설을 쓰라고 했다. 이것을 장사 안목이라고 하지 않을 수 없다. 그때 상하이 사람들은 이른바 애정소설, 연애소설에 질렸다. 입맛을 바꿔야 했다. 장난江南 요리가 너무 달면 후난의 매운 맛으로 바꾼다는 것처럼, 샹向 군의 다재다능함으로 『강호기협전』 1집, 2집 등이 …… 끊임없이 계속 나왔다. 상하이 무협소설의 시작이었다. 후에 선즈팡은 아예 핑장부샤오성을 전속 고용하였다. 이른바 '전속 고용'된 사람은 스제서국에 원고를 쓰고 다른 출판사에는 쓰지 못했다. 마치 상하이의 사장이 베이징에 가서 유명한 배우를 전속으로 데려와 연극을 공연 시키는 것과 같았다.[21]

이것이 바로 옌두허 계열의 『홍잡지』 제22기였다. 『강호기협전』을 연재하기 전 부샤오성은 침체기였는데, 『사냥꾼 이야기』를 써서 발견되고 침

---

21)　包天笑,「編輯小說雜誌」, 『釧影樓回憶錄』, 大華出版社, 1971年, 383~384쪽.

체기에서 벗어났을 뿐만 아니라 통속문단에서 한동안 위세가 대단했다.

　만약에 제2절이 옌두허의 잡지 역사라고 한다면, 본절 대부분은 저우서우쥐안 전반기 편집 출판의 실적이다.

제4절
『소설세계小說世界』가
야기한 문제에 대한 단상

상우인서관이 1921년 1월 『소설월보』를 개편하고 1923년 1월 『소설세계』를 창간할 때까지 꼬박 2년이 걸렸다. 현대문학사에서는 늘 원앙호접파가 상우인서관 상층에 압력을 가하고 상우인서관 상층은 그들과 타협했다고 하지만, 사실은 그렇지 않았다. 원앙호접파가 상우인서관의 사장에게 압력을 가하고 압박한 지 2년이 돼서야 소원이 이루어졌다. 그들의 힘은 너무 부족했다. 상우 사장의 '지탱'은 2년 동안이었다. 결국은 지탱하지 못하고 2년의 '영웅본색'은 거의 상실된다. 정말 불쌍하다. 상황은 이러했던가?

사실 막 개편할 때 통속작가들은 틀림없이 심기가 불편했을 것이다. 그러나 그들은 스제서국과 다둥서국에서 이미 자신들의 위치를 잡았다. 그들이 편집한 잡지는 한 개가 아니라 한 무더기였다. 잡지 시리즈 이외에 저우서우쥐안은 또 『신보 · 자유담』을 편집했고 옌두허는 또 『신문보 · 쾌활림』을 편집했다. 저우서우쥐안은 자신을 '문자 노동자'라고 불렀다. 매일 일하는 시간이 열 대여섯 시간에 달했다. 상하이 통속문학계는 바로 이 몇십 명 청사와 성사의 작가로 유지된 것이다. 당연히 판도가 크면 큰 수록 좋은 것이다. 하지만 문학사처럼 계급투쟁과 파벌싸움으로 가득찼다는 시각으로 역사를 해석할 수 없다. 원앙호접파를 '사람이 건재하면, 마음이 죽지 않는다.' 는 흉악한 형상으로 간주해, 반드시 반격해 쓰러뜨리지 않으면 안 되는 것으로 보았다. 마치 상우인서관으로 돌아온 '환향단' 같았다.

> 한 마디로 말하면, 단지 '시간의 궤도에서 시대를 역행하는 것 일 뿐이다.' 상우인서관은 최근 수 년 간 몇 개의 사람다운 말을 할 수 있는 잡지를 출판하였다. 재작년 (1921년) 『소설월보』를 개편했다. 많은 사람들이 그것을 크게 칭찬하고 치켜세우면서, '역시 그들이 일다운 일을 한다. 어느 다른 출판사가 그것을 따라 갈 수 있겠는가!'라고 하였다. 뜻밖에 잡지는 아첨을 감당해내지 못했다. 『소설월보』의 개편은 그럴 듯 했지만 바로 불편해져서, 별도로 사람을 찾아 『소설세계』를 만들지 않으면 안 되었다! 오호라! 세상에 의외로 선을 따르지 않고 동시에 나쁜 일을 하지 않으면 안 되는 사람들이 있구나! 그들을 연민하는 것 외에 우리가 또 무슨 말을 할 수 있겠는가?[22]

사실 초조해 하는 사람은 그런 시민통속작가가 아니었다. 여기서는 나를 필요로 하지 않지만 분명히 나를 필요로 하는 곳이 있다. 그들은 스제서국과 다둥서국으로 들어갔다. 이 두 뛰어난 신예 출판사들은 '사오싱방 紹興帮'이라고 하였다. 그들은 과거 출판사를 경영할 때 절대적인 우세를 차지했었다. 새로운 도서시장에 도전하는 지금도 역시 기세등등하였다. 상우인서관은 그들의 도전을 받았다. 본래 시민 독자 점유율은 상우인서관의 것이었다. 전기 『소설월보』의 최후 2년 동안 왕원장의 운영이 뜻대로 되지 않자 판매량이 많이 감소되었다. 『소설월보』를 개편한 후 판매량이 증가되었고 어떤 때는 잡지를 재판하기도 했다. 하지만 뜻밖에도 스제서국과 다둥서국의 저우서우쥐안과 옌두허의 운용으로 잡지들은 크게 흥행했다. 항상 재판 또는 3판

---

22) 疑古(錢玄同), 「"出人意表之外"的事」, 『晨報副刊』, 1923年 1月 10日.

『소설세계』 창간호 표지

을 찍었다. 예를 들어 필자가 저우서우쥐안이 1921년 6월 다둥서국에서 편집한 『유희세계』를 찾을 때, 어떤 도서관에 소장된 것을 발견했는데, 다 재판이나 3판(이것은 문예종합적 간행물로 상술한 주요잡지 소개에 빠졌다)이었다. 시민통속문학에 대한 독자의 수요량이 컸고 선즈팡 같은 사장이 곳곳에서 인재를 발굴했으며, 게다가 '장사 안목'이 있었으니 잠재력이 충분히 발휘되었음을 볼 수 있다. 그래서 조급해진 것은 상우인서관의 상층 경영자들이었다. 문제는 스제서국과 다둥서국이 빼앗아간 시민 독자의 몫을 되찾아 오는 데 있었다. 적어도 한 잔의 수프는 할당 받아야 하는 것이다. 징성荊生이 「뜻밖의 일意表之中的事」에서 매우 실사구시적이지만 모멸적으로 그 이치를 말한다.

상우인서관은 상하이 '문학건달'의 문장(?)들을 수집해서 한 권의 『소설세계』로 출판했다. 모두들 크게 놀라 소란을 피웠다…… 사실 이것은 극히 평범한 뜻밖의 일이지 무슨 놀랄 만한 일인가?
상인은 무엇을 최종목적으로 삼는가? 돈을 버는 것이다. 문학건달은 무엇을 최종목적으로 삼았는가? 돈을 버는 것이다. 그렇다면 단지 돈을 벌 수만 있다면, '배설물'을 제조해 팔아 사람들에게 먹이는 것 역시 당연한 일이다…….[23]

상인이 돈을 벌려고 하는 것은 당연하다. 적자를 보며 장사할 수는 없다. '문학건달'인 시민통속작가는 중국의 제1세대 직업작가다. 돈을 벌려는 것은 당연하다. 돈이 있어야 밥을 먹을 수 있다. 그러나 그들이 '배설물'을 제조하

---

23) 荊生,「意表之中的事」,『晨報副刊』, 1923年 1月 23日.

는가? 그들에게 부족한 부분과 결점이 있고 필요한 비판을 하는 것은 옳은 것이다. 예를 들어 복간된 『토요일』 제110기에 저우서우쥐안은 「부자$_{父子}$」를 발표했고 정전둬와 궈모뭐$_{郭沫若}$의 비판을 받았는데, 이것은 정상적인 문학 비평이었다. 저우서우쥐안은 「부자」에서 "사람들에게 효의 소리가 아닌 것에도 효자가 있다는 것을 알리고" 싶다고 했다. 정전둬는 "「부자」에서 이상적인 아들을 묘사했다. 공부도 잘하고 운동도 잘하는 신세대 학생이었다. 부친의 구타와 욕설을 모두 받아들이며 반항하지 않았다. 후에 부친이 자동차에 치었을 때 의사가 출혈과다로 반드시 수혈을 해야 구할 수 있다고 하니, 이 효자는 자신을 죽여 아버지를 구하고자 했다. 의사에게 자신의 총혈관을 절개하여 피를 뽑아 아버지의 몸에 주입하게 했다. 아버지는 살았지만 아들은 혈관 파열로 죽게 되었다. 「홍소$_{紅笑}$」, 「사회기둥$_{社會柱石}$」을 번역한 저우서우쥐안 선생의 머릿속에 이런 생각이 도사리고 있다니 뜻밖이다."[24]고 지적한다. 궈모뭐는 "저우서우쥐안은 수혈방법에 대한 충분한 지식이 없는 것 같다. …… 그는 이 총혈관이 무엇을 가리키는지 모르고 있다. 의학에 비추어 말하면, 총혈관은 당연히 대동맥$_{Aorla}$과 대정맥$_{Vena\ Cavatubetsup}$이다. 이 두 혈관은 흉복강 중에 숨어있는데 흉복을 절개하지 않으면 드러날 수 없는 것이다. 어떻게 (혈관을) 절개하며 피를 뽑는단 말인가? …… 저우 선생에게 충고한다, 남의 웃음거리가 되지 마시라고!"[25]라며 비판하였다. 궈모뭐는 의과 출신이었다. 그가 의학에 뛰어났고 저우서우쥐안은 단지 그러려니 추측해 생각했을 뿐이었다. 정전둬의 비평은 전면적이지 못했다. 오늘로 보면 '효'는 중화민족의 전통 미덕이다. 그 '아들'은 보수적인 아버지가 무리하게 구타할 때 "복종하며 반항하지 않았다". '어리석은 효$_{愚孝}$'인 것이다. 당연히 우리도 '때리고 욕하는 것이' '새로운' 입장이라는 것에는 찬성하지 않지만, 소설 속에서는 적당한 배치가 있어야 한다. 그러나 정전둬의 비평은 저우서우쥐안이 '효자'를 표양하는 제재를 건드려서는 안 된다고 생각했다. 루쉰이 어머니 저

---

24) 鄭振鐸, 「思想的反流」, 『文學旬刊』, 第4號, 1921年 6月 20日, 2쪽.

25) 郭沫若, 「致鄭西諦先生信」, 『文學旬刊』, 第6號, 1921年 6月 30日, 4쪽.

후지천 사진

우 부인께 리한추와 청잔루, 장헌수이 책을 보낸 것은 곧 '효심'이었다. 그가 '배설물(이 세 글자는 너무 우아하지 않고, 엘리트 지식인의 신분, 심지어 인격을 잃을 수 있다. 그러니 우리는 "음식 찌꺼기"로 바꾸자)'을 모친께 드린 건 아니지 않는가? 루쉰은 이해심을 갖고 그녀의 수준에 이런 책이 적당하다고 생각한 것이다. 그럼 같은 수준의 도시 시민들에게 『소설세계』를 만들어 주는 것이 또 무슨 죄가 있다는 것인가?

『소설세계』(주간)는 1923년 1월 창간되었고 제1권부터 제12권까지의 편집자는 예징펑葉勁風이었다. 제13권부터 제18권까지는 후지천이 편집했다. 한 분기에 나온 잡지를 통틀어 한 권으로 쳤다. 제17과 18권의 경우에는 (주간이 아닌) 계간으로 출간되었고 한 해 동안 나온 잡지를 통틀어 한 권으로 묶었다. 1929년 12월 종간하고 총264기를 출판했다. 만약에 혁신 후의 『소설월보』의 '대립면'이라는 편견으로 문제를 보지 않았다면 이 잡지는 평가를 견뎌냈을 것이다. 『소설세계』의 핵심인물은 후지천이다. 이 264기 중에 후지천의 문장은 「편집자의 보고編者的報告」류 외에 족히 200편 이상이다. 후지천(1886~1938년)은 이름이 화이천懷琛이고 지천은 호다. 남사南社 회원으로, 어려서 사상이 참신했고 반만反滿 혁명 의지가 있었다. 신해혁명이 시작될 때 류야쯔를 도와 친구로서 『경보警報』를 편집했다. 그는 학자로 시를 쓰는 것이 신기하고 즐거웠다. 소설을 잘 썼으며 서양민요를 칠언 율시로 번역한 적이 있다. 류야쯔는 그의 시에 대해 맛이 진부하지 않고, 새로운 것과 옛날 것을 융합한 것이 성과라고 평가했다. 『소설세계』의 후

후지천 필체

心血與糞土

지천 원고의 유형은 각양각색이다. 소설, 시, 민간 문학, 유머, 학술논문 등등이 있다.

후지천 외에 이 잡지에 투고를 가장 많은 한 사람은 쉬줴다이(약 70여 편, 그의 장편 「만능술萬能術」은 16회 연재했고, 번역극 「차화녀茶花女」는 14회 연재했는데, 각각 한 편으로 계산했다)다. 청샤오칭(약 40여 편), 판옌차오(약 30여 편), 허하이밍(약 30여 편)인데, 이 네 작가는 여러 방면에서 당시 높은 수준, 심지어 최고 수준의 단편소설을 썼다. 민국 초의 전기 『소설월보』에 실린 쉬줴다이의 단편 「약 파는 아이賣藥童」, 「미소微笑」 등은 당시의 일류소설이라고 할 수 있었고 윈톄차오 등의 찬양을 받았다. 만약에 그것들을 '5·4' 후의 엘리트 지식인 소설에 놓고 비교해도 조금의 손색이 없다. 그러나 『소설세계』에서 그는 점차 희극 유머로 발전해 갔고 이것은 그의 성격에서 온 것이다. 그는 소설계의 동방 채플린으로서 기초를 다졌다.

그리고 허하이밍이 『소설세계』에 발표한 「선열사당 앞先烈祠前」 등 소설은 통속 단편 중 일류라고 할 수 있다. 「선열사당 앞」은 중화민국 신 군벌인 어느 진수사鎭守使가 민국을 창립한 선열들을 존경하지 않는다는 것을 폭로했고, 독자들에게 군벌들이 어떻게 집안을 일으켜 세웠는지를 알려주었다. 그해 민국 법령은 매년 10월 10일 '쌍십' 국경기념일 때 각 지방은 모두 선열 추모 의식을 거행해야 한다고 규정했다. 그러나 반혁명으로 집안을 일으켜 세운 문맹 진수대사는 첩에게 "한참을 말했지만 결국은 혁명당을 말하는군. 나는 평생 이런 사람을 가장 싫어했다. 여러 번 전쟁터에 나가서 내가 죽인 사람이 얼마인지도 모르는데, 오늘 내게 그들을 추모하라고 하니 맞는 말인가?" 라고 했다. 그는 문장을 잘 쓰는 이 첩을 기방에서 사와서 전체 관공서의 문장을 밖에서는 서기에게 의지하고, 안에서는 공문을 읽는 기계인 첩에게 의지하였다. 그는 "당신이 없으면 나는 이 관직을 맡지 못한다"고 한다. 그러나 그의 첩은 뜻밖에 열사의 자녀였다. 아버지가 혁명을 위해 희생되었기 때문에 할 수 없이 기생이 된 것이다. 그녀는 여러 차례 근본을 잊지 않는 도리에 대해 설명했다. 그러나 그는 "당신은 정말 진부하군, 정부가 정말로 무슨 열사를 존경한다고 생각하는가? 지금 고관이 된 사람 중에 어떤 사람이 혁명당을 안 죽여 봤겠는가?"고 대답한다. 그러나 그는 자신의 장인이 선열이었다는 것을 알고 한참 동안 놀란 후 "당신을 봐서 장인을 인정해야겠군. 내일 반드시 가서 몇 번 절을 하겠소. 사위의 효도를 다하겠소"라고 했다. 그러나 그는 대열을 지은 군인을 이끌고 선열사당 앞에 도착하여 열사의 유족이 위로금을 부탁하자, 마치 미친개처럼 포효하며 "사병들이여, 총검과 개머리판으로 이자들을 처리해라!"라고 했다. 첩이 만류하면서 자신이 장신구를 팔아 고아와 유족을 구제하겠다고 하자, 그는 이것이 좋은 일이며 덕을 쌓는 일이라고 하고는 장신구를 팔 필요 없이 자기가 돈을 내겠다고 한다. 그리고는 모든 사람들에게 큰 소리로 "부인의 은혜에 감사합니다"라고 외치라고 시켰다.

많은 추태를 부린 후 진수사는 일부러 위패 앞에 다가가서 침침한 노안을 치켜뜨고, 한 개 한 개 위패를 자세히 보면서 혼자서 중얼중얼거린다. "그의 성은 리李다. 나는 그 리 자를 안다. 여기는 리 씨의 위패가 서너 개 있는데, 도대체 어떤 분이 나의 진짜 장인인지 모르겠다." 그녀는 옆에서 이 말을 듣고, 남편을 힐끗 곁눈질로 보면서 잠깐 쓴 웃음을 지었다. "멍청한 짓 하지 마세요, 나는 알고 있지만 절대로 당신에게 알려줄 수 없어요. 열사가 된 아버지에게 체면을 드려야 해요. 남들에게 웃음거리가 되는 것을 원하지 않아요."[26]

이 소설을 읽고 우리는 루쉰이 「머리카락 이야기頭髮的故事」에서 한 말을 생각하게 된다. "그들은 모두 사회의 차가운 조소와 호된 욕 그리고 박해와 모함 속에서 한 평생을 보냈다. 지금 그들의 무덤은 점점 망각 속에 내려앉는다." 더 슬픈 것은 그들이 생명을 바쳐 뜨거운 피로 창립한 민국의 많은 통치자가 그들을 죽이고 집안을 일으켜 세운 반혁명 도살자라는 것이다. 허하이

---

26) 鄭逸梅, 「民國舊派文藝期刊叢話」, 魏紹昌, 『鴛鴦蝴蝶派硏究資料』, 上海文藝出版社, 1962年, 346쪽.

밍의 이 소설은 내용의 심각성과 예술의 완비성을 겸비하였다. 그는 '창문倡門소설가(이 소설 중에 '첩'이 바로 '창문' 출신이기 때문이다)'라고 불린다. 민국 초기 이런 종류의 소설은 인도주의의 영향을 받았고 소설 속에 사회문제를 반영하였다.

청샤오칭은 정탐소설의 저술과 번역 방면에서 『소설세계』에 큰 공헌을 한다. 그는 탐정소설 중국화中國化의 대가로, 잡지에 「영미소설잡지 일별英美小說雜志一瞥」을 썼다. 또 하나 투고가 아주 많은 역저자가 장비우인데 약 60여 편으로, 그 중에 번역이 삼분의 일, 즉 20편이었다. 장비우는 그림을 잘 그려 자칭 '그림벌레畫癡'라고 하면서 항상 자신의 작품에 삽화를 넣었다. 판옌차오는 '문사장고文史掌故' 저서로 유명하다. 그의 「평화인 류징팅評話家柳敬亭」, 「여성 설서의 원류女說書之源流」, 「축지산고祝枝山考」 등 문장은 모두 잡지의 명예에 영향을 주었다. 『소설세계』는 영화 특별란으로 「은막의 예술銀幕上的藝術」을 개설했다. 정이메이는, '은막'이라는 두 글자는 지금은 일반 명사가 되었지만 당시에는 편집자 예징펑의 독창적인 생각이었다고 했다. 많은 외국 작가와 작품을 번역 소개하는 방면에서는 모파상, 체홉, 타고르 등 명 작가에 대해 소개했다.

『소설세계』의 작품 수준은 저우서우쥐안 및 옌두허 계열의 소설과 같다고 할 수 있다. 청사와 성사 회원들 위주로, 그들은 여러 잡지에 원고를 쓰는 것 외에 시간을 내서 『소설세계』에 원고를 썼으며, 또 자오사오쾅의 「화전소어花前小語」(『붉은 장미』 편집자의 말)의 테두리를 벗어나지 못했다. 그들은 계승성과 오락성에 치중하였고 엘리트작가들은 이것을 불만스럽게 생각했으며 그들을 문단에서 쫓아내고 싶어 했다. 사실은 시민통속작가들에게 문학의 취미성과 오락성은 나름대로의 입장이 있었다. 예를 들어 허하이밍은 「추싱푸자이주런의 소설 판매의 말」에서 "소설의 가치를 높이는 것은 국민에게 이것이 중요한 문학이고 인생은 여기에서 위안을 삼아야 한다는 것을 알게 하는 것"이라고 했다. 후지천은 「소일거리?消遣?」에서 "내가 남에게 소일거리를 제공하는 것에는 소일거리 이외에, 다른 뜻이 있거나 사람을 악으로 인도해서는 안 된다. 이른바 소일거리란 '위로'로 해석되지 않는가? 타인의 고민을 위로하는 것은 당연하지 않는가? 게다가 재미있는 문학 중에 좋은 뜻이 함축되어 있는 것은 당연하지 않는가? 이렇게 하다보면 소일거리에 더욱 가까워지는 것이다. 만약에 전혀 소일거리를 원하지 않는다면 아주 고지식한 문학만 할 뿐이다. 구태여 재미없는 소설을 만들 필요가 있겠는가?"[27]라고 말했다.

시민통속작가는 문학의 효능을 위로라고 보았다. 하지만 주류 엘리트작가들은 문학의 기능을 전복顚覆으로 보았다. 시민통속작가는 소일거리 중에 좋은 뜻이 담겨 있어야 한다고 여겼지만, 엘리트작가들은 이들의 '개량'의 의미가 마음에 들지 않았다. 그러나 우리는 양자가 상반된 것은 아니라고 본다. 예를 들어 상술한 허하이밍의 「선열사당 앞」에는 좋은 뜻이 담겨있다. 엘리트작가와 시민통속작가는 약간의 공동의 것이 있어야 하고 문예비평을 통해 일치점은 취하고 의견이 다른 점은 잠시 보류하면 된다. 그러나 엘리트작가들은 시민통속문학을 눈엣가시로 여겼다. 『소설월보』의 개편부터 「문학본 잡지의 개혁선언文學 · 本刊改革宣言」의 발표까지 이런 정서는 계속되었다.

다시 '전통 문예관' 문제를 말해보자. 엘리트 작가는 '신문예가 외래의 신흥 조류'라고 생각했고, 이것은 맞는 말이다. 그러나 민족적 문학 전통의 정수를 흡수하지 않고 본 민족의 마음에 뿌리를 내린다는 것은 불가능한 것이다. 루쉰은 중국 판화에 대해 한담할 때 민족적인 것이 바로 세계적인 것이라고 하였다. 그러나 엘리트 지식인 작가들은 전통을 계승한, 시민들이 좋아하는 민족형식의 문학양식들을 모두 시민통속작가에게 내어 주었다.

1920년대 시민통속작가는 무협, 정탐, 유머 희극 세 가지 제재를 자신의 주머니 속에 넣었다. 상술했듯이 잡지 편집의 세 번째 고조기에 발표된 작품을 보면, 무협은 핑장부샤오성과 야오민아이를 대표로 하고, 정탐은 청샤오칭과 쑨랴오홍을, 유머 희극은 쉬줘다이와 청잔루를, 역사 전고典故 는 차이둥

---

27) 胡寄塵,「消遣?」,『最小報』, 第3號,『鴛鴦蝴蝶派文學資料(上)』, 福建人民出版社, 1984年, 178쪽.

판과 쉬즈옌을, 산문 부록은 저우서우쥐안과 옌두허를 대표로 삼았다. 다시 조금 확대해 전체 문단의 추세로 보면, 사회연애소설은 새로 일어난 장헌수이와 류윈뤄_{劉雲若}를 대표로 삼았다. 20년대, 통속작가에게 한때 화보 붐이 일었다. 또 그들은 중국 초기 영화를 향해 나아갔다. 논쟁 비판 영역 중에서는 시민통속작가가 '약세 집단'이었지만 점유하는 독자영역과 중하층 시민에로의 침투는 그들이 '잠재적 강세'였다. 엘리트작가들은 그들을 문예계에서 쫓아낼 수 없었다. 반면 엘리트작가의 작품은 늘 지식인계층에 국한되었지만 시민통속작가들에게 중하층 시민의 독자들은 날로 늘어갔다.

엘리트작가들은 무협소설을 당연히 쓰지 않았지만, 통속작가는 대도_{大刀}왕우_{王五}와 훠위안자_{霍元甲} 같은 민간 영웅들을 썼으며, 이것이 엘리트 문학과 보완적이었음을 긍정해 주어야한다. 무협소설의 '전기성_{傳奇性}'은 엘리트 문학과 섞일 수 있다. 혁명에는 혁명의 전기성이 있다. 해방 후, 『임해설원_{林海雪原}』과 『철도유격대_{鐵道遊擊隊}』에 비자각적으로 사용해 작품의 매력을 매우 증강시키기도 했다. 정탐소설의 추리성도 융합될 부분으로, 작품의 가독성과 흡인력이 증강한다. 그러나 유머 희극은 엘리트 작가들에게 엄격한 것으로 보이지 않았다. 그래서 엘리트 작가들에게 있어서 유머 희극 성분은 다 없어졌다. 물이 너무 맑으면 물고기가 없는 것이다. 모든 민족형식의 문학양식들을 다 넘겨주고는 오히려 흡수와 결합을 고려하지 않는 것은 엘리트 작가 문학계의 집단적 실책이다. 그들은 1931년 이후에 이르러서야 엘리트 작가들이 인민들에게 항일을 선포할 때 자신들의 작품이 대중들에게 '인정을 못 받다'는 것을 깊이 깨닫게 된다. 그들은 대중화를 토론하고서야 '헌 병 안에 새로운 술을 담는' 문제를 제기했다. 루쉰은 「구형식 채용」을 논하며_{論'舊形式的采用」}에서 다음과 같이 말했다.

'구형식의 채용' 문제를 침착하게 토론한다는 것은 매우 의미가 있다고 본다. 하지만 처음에는 얼예_{耳耶} 선생의 성토를 받았다. '항복과 같다', '기회주의', 이것은 근 10년 동안의 '신형식 탐구'의 결과이고, 적을 물리치는 주문이며, 적어도 먼저 당신의 온 몸을 더럽힐 것이다. …… 지금에서야 대중들을 생각하고 관심을 갖는 것이다. 이것은 신사상(내용)으로, 이에 근거해 신형식을 탐구하고 있는 것이다. 제일 먼저 제기한 것은 구형식의 채택이었다. 이런 주장은 바로 신형식의 시작이고 구형식의 탈바꿈이었다. 내가 보기에 내용과 형식을 기계적으로 나눌 수는 없고 …… 이 선택은, 단편적인 골동품의 복잡한 진열이 아니라 신작품 속에 녹아들어야한다. 그것은 군말할 필요가 없는 일이다. 마치 소나 양을 먹을 때 발굽과 털을 제거하고 정수를 남겨 새로운 생명체를 자양하고 발달시키는 것과 같다. 그러나 결코 이로 인해 소와 양을 닮을 리는 없다.[28]

루쉰의 '침착하게'라는 이 말은 아주 중요하다. 토론이 막 시작되었을 때 '항복과 같다', '기회주의'라는 성토의 말들이 무성했다. 이것은 자신들의 진영 내에 있었던 셈이다. 루쉰은 이것이 '근 10년'의 모습이라고 하면서, 어떤 일이든지 먼저 '너의 몸을 더럽힐 것이다'라고 하였다. 어느 엘리트작가가 '침착하게' 지냈겠는가? '헌 병에 새로운 술을 담는다'는 문학의 현대화가 시작되면서 그 정신을 드러냈다. 한방칭은 협사소설狹邪小說의 헌 병에 새 술을 담았고, 리보위안과 우젠런들은 장회소설이라는 헌 병에 새로운 술을 담았으며, '시대 추세에 따라' '사람들의 맛에 맞는' 견책소설이라는 새로운 술이 나타났다. …… 물러나 들여다보면 그들이 담은 것은 이미 고정불변의 '옛 술'이 아니었다. 현재의 우리는 '침착하게' 토론해 봐야 한다. 시민통속작가들은 마음대로 구형식을 버린 적이 없다. 그렇다면 그들 병 속의 술은 언제든 새롭게 바꾸었는지? 지금은 역사 경험의 교훈을 진정으로 취할 때이다. 다음에 시민통속작가들이 구형식을 새롭게 바꾼 문제를 토론하겠다. 문단에서 약세 세력인 통속 유파가 어떻게 끊임없이 그들을 '없애려는' 상황 속에서 중국 시민들의 소리 없는 추대를 받아 안정된 자리를 잡았는지, 또 동시에 정세의 변화 속에서 전 민중을 항전투쟁에 투입하게 했는지를 토론하겠다.

28) 魯迅, 「論"舊形式的采用」, 『魯迅全集』, 第 6卷, 18~19쪽.

제10장

1921년
인정화人情化, 인도화人道化의 새로운 길:
1920년대 협사소설狹邪小說

倡門小說集

1926년 지우서우좡이 편찬한 『창문소설집』, 이 책제 가운데 '인정(人情)'과 '인도(人道)'에 관한 새로운 내용을 집중적으로 표현하였음.

海大東書局發行

제1절
'미화美化─핍진逼眞─매도罵倒'로 이어지는 변화과정

협사소설狹邪小說의 연혁과 변화는 루쉰이 『중국소설사략』에서 상세히 설명하였을 뿐만 아니라, 협사소설이란 '학명學名' 또한 루쉰이 처음 만든 것이다. '협사狹邪'라는 글자 자체로 언급하자면 '좁은 길이 꼬불꼬불하게 난 골목'을 가리킨다. 고악부古樂府 「장안유협사행長安有狹邪行」에서 화류계에 빠진 젊은이의 이야기를 언급했는데, 이로 인하여 이후에는 창기娼妓가 거주하던 곳을 '협사'라고 하였다. 그리하여 기원妓院 생활이나 기녀의 모습을 그린 소설을 '협사소설'이라고 불렀다.

사실 당대唐代의 수도인 장안에서 기녀가 모여 살던 동네 이름은 북문에 위치한 '평강방平康坊'이었다. 그래서 옛날에 기녀의 집을 '평강平康' 혹은 '북리北里'라고 불렀다. "당대 사람은 과거시험에 합격한 뒤에 대부분 기녀에 빠져 놀았는데, 이러한 관습이 계속 이어졌고 또 이를 아름다운 이야기로 여겼기에 문인들이 기녀와 관련된 이야기를 작품으로 짓게 되었다."[1] 대개 과거시험에서 좋은 성적으로 합격한 재자才子는 반드시 기루로 가서 풍류, 호방,

---

1) 魯迅, 『中國小說史略·第 26篇·淸之狹邪小說』, 『魯迅全集』, 第8卷, 人民文學出版社, 1963年, 215쪽.

학자의 의젓함이 한데 어우러지는, 천고에 전해질 아름다운 이야기를 남겨야 명사名士의 참모습을 드러낼 수 있다고 여겼다.

예를 들어 당대唐代 손계孫棨가 쓴 필기『북리지北里志』가 바로 기녀와 진사進士가 사귄 아름답고 운치있는 고사를 기록한 것인데, 그 속에는 학식이 있고 시를 쓸 줄 알며 인격의 존엄성을 추구하는 많은 기녀의 형상이 기록되어 있다. 그런데 루쉰은 왜 '평강소설'이나 '북리소설'이라 부르지 않고 '협사소설'로 불렀던 것일까? 이 안에는 아마도 일정한 경향성을 지니는데 폄하하려는 의도를 갖추려고 하였을 뿐만 아니라 '화류계가 모여 있는 골목'을 드나드는 사람을 향해 모종의 경고를 주는 것이다. 비록 루쉰이 아예『중국소설사략』에서 기녀를 '사악한 사람과 바른 사람'으로 구분하였고 기루를 출입하는 사내를 '고상한 사람과 속된 사람'으로 구별하였지만 말이다.

청 말에 협사소설이 한때 성행하였는데 루쉰은 소설사의 변천을 통해 이러한 종류의 소설이 흥기한 필연성을 제시하였다. 루쉰이 지적하기를, 청대의 인정소설人情小說은『홍루몽』이 출판된 뒤에 최고조에 도달하였다고 하였다. 그래서 그 폐단을 모방한 것들이 이어졌는데, 이를 이어서 짓거나 완전히 뒤집어서 지은 것들이 계속해서 출판되어 "도광道光 연간에 이르러서는『홍루몽』을 말하는 것이 싫증나게 되었다. 그러나 보통 사람의 집안에 대해 서술하려고 한다면 훌륭한 사람이 적고 고사 또한 많지 않아서『홍루몽』의 필치를 이용하여 창극唱劇 배우와 기녀의 사랑을 묘사하게 되었는데, 정황이 다시 한번 변하게 되었다. 이 점에 있어서는『품화보감品花寶鑒』,『청루몽靑樓夢』이 대표적이라 할 만 하다."[2] 말하자면 협사소설은 곧 인정소설이 탈바꿈한 장르로서, 그 시대의 작가들이『홍루몽』의 범주를 벗어나고자 하였으나 오히려『홍루몽』의 굴레를 벗어날 수가 없었고, 다만 장면만이 한번 변하여 애정의 장소가 대관원大觀園에서 북리·평강의 기루로 옮긴 것에 불과한데, 결국은 역시 재자가인才子佳人이 사랑하는 양식이다.

---

2) 魯迅,「中國小說的歷史的變遷」, 같은 책, 351쪽.

천썬陳森이 저술한 『품화보감』은 결코 순수한 협사가 아니라 그것은 건륭乾隆 이래 베이징의 창극 배우를 전적으로 묘사한 것이다. 당시 "나라의 법이 창기娼妓를 금했고, 관리가 감히 법령을 범하여 앞길을 망칠 수가 없었기" 때문에 "청대에 베이징의 남자 기생은[3] 건륭년간에서 광서년간까지 지극히 흥성하였다. 당시 사대부들은 여자 기생을 희롱하는 것을 수치로 여겼다. 술자리에서 노래하는 남자가 없으면 즐거워하지 않았다." '노래하는 남자歌郎'는 남색男色을 가리키는데 당시 사대부가 희롱하며 즐긴 남색은 절반이 창극 배우였다. "광서 중엽에 사대부가 이것을 좋아한 것이 아주 심했다. 한가담韓家潭[4]에 달이 뜨면 집집마다 깨끗한 노랫가락이 울려 퍼지는데 정말로 태평성대를 형용하는 데 도움이 된다."[5]

그러나 『품화보감』은 주로 몇몇 '감정은 보이지만 예의를 지키는 군자'를 묘사하였고, 또한 몇몇 '깨끗한 몸을 지닌 배우'를 묘사하였다. 「국풍國風」의 '여색은 좋아하나 음탕하지 않다'는 구절에 딱 들어맞는데, 그러므로 중요한 것은 이 작품이 새로운 국면을 연 애정소설寫情小說이라는 점이다. 청대 양마오젠楊懋建은 "『홍루몽』은 아녀자에 관한 고사를 서술한 것으로 정말로 세상에 없어서는 안 될 유일한 작품이다. 천썬이 『홍루몽』의 의도를 본받고 그 모습을 변화시켜 여러 배우들을 묘사한 것이다"[6]고 평론하였다.

쥐뤄빙청覺羅炳成의 고증에 의하면, 이 책은 청대의 명류와 고관대작 몇몇을 암시하여 사람들의 호기심을 불러일으키고 그 속에서 명인의 사생활과 이력을 살펴보려고 했다. 그러므로 어떤 사람은 자기 글을 쓰면서 이 책을 빌려 보고 베껴 썼다. 작가는 또한 경제적인 두뇌를 지녔기에, 그는 "필사본을 들고 경사京師의 고관대작이 써준 소개서를 가지고서 장쑤성, 저장성의 지방장관들을 두루 찾아다녔는데, 늘 한 곳에 이르면 10일간 머물고 그들이 책을

---

3) 원문은 상공相公인데 이 책의 저자가 남자기생男妓으로 주를 달았음-역주

4) 베이징의 팔대 골목胡同 중의 하나로, 강희년간에 유명한 희극가 이어李漁가 이곳에 거주했고, 사대휘반四大徽班이 베이징에 온 뒤에 한가담에 삼경반三慶班을 열었음-역주

5) 王書奴, 『中國娼妓史』, 三聯書店上海分店, 1988年, 326~328쪽.

6) 楊懋建, 『夢華瑣簿』, 孔另境, 『中國小說史料』, 上海古籍出版社, 1982年, 222에서 재인용.

다 읽으면 다시 다른 곳으로 갔다. 늘 한 곳에 이르면 최소한 20냥을 받았고 수시로 버는 돈은 따로 있었다. 반룽(半聾: 줴뤄빙청의 호)은 어렸을 때 즈장량다오渐江糧道에 부임한 부친을 따라 그곳에 갔는데, 마침 천썬이 이곳에 왔기에 그를 머물게 하고 10일간 책을 다 보고 나서 24냥을 주었는데, 그는 오히려 보잘 것 없는 돈이라고 여겼다"[7]고 하였다.

이러한 보상을 받는 '장소를 옮기며 책을 빌려주는 곳流動借書處'은 원고료를 주는 제도가 실행되기 전에 문인이 두뇌를 활용한 노동의 대가로서 받는 특수한 지불방식인 셈이다. 『청루몽』에 대하여 루쉰은 봉건 문인의 인생 중 일종의 '커다란 이상'을 표현한 것에 불과하다고 인식하였다. 작가 위다俞達는 쑤저우 사람이다. 그는 "오吳 땅의 창기娼妓를 얻어서, '꽃이 핀 고장을 유람하고 미인을 거느리고 미나리 향기가 나는 요리를 먹으며, 높은 관직을 얻고 정사를 맡아 부모의 은혜에 보답하고 우의를 지키고 거문고 연주에 힘쓰며 자녀를 부양하고, 가까운 이웃과 화목하고 번화로운 곳을 피하고 마음에 두었던 도를 추구하는第一回' 커다란 이상을 발휘하였다."

봉건 문인의 입장에서 보면 이러한 인생은 조금도 부족함이 없고 결국 한 사람이 도를 얻게 되면 딸린 식구도 승천할 수 있으니 정말로 완전무결하다고 말할 수 있다. 그러므로 그것은 '사실이 아닌 것을 묘사한 것'으로서 문인의 백일몽에 불과한 것이라고 루쉰이 말했다. 루쉰은 "그런데 『해상화열전』이 나온 이후에 기녀를 사실적으로 묘사하기 시작하였다"고 인식하였다. 말하자면 정통적인 '협사소설'은 『해상화열전』으로부터 시작된 것이라는 주장이다. 루쉰은 역사적인 관점에 의한 필치를 운용하여 협사소설의 연혁과 변

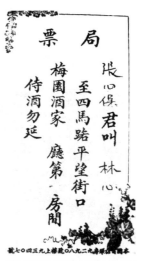

당시 술자리를 돕도록 기생을 부른 쪽지

---

7) 覺羅炳成, 『冉羅延室筆記』, 孔另境, 같은 책, 225에서 재인용.

화에 대해 아주 개괄적으로 설명하였다.[8]

"광서 중기에 이르러 『해상화열전』이 나왔는데, 비록 기녀를 묘사했지만 『청루몽』과 같은 그러한 이상만을 언급한 것이 아니라 오히려 기녀 중에도 좋은 사람이 있고 나쁜 사람이 있다고 언급했는데, 비교적 사실에 근접하였다. 광서 말에 이르러 『구미귀』와 같은 부류가 나왔다. 묘사한 기녀는 모두 나쁜 사람이고 기루를 드나드는 손님도 무뢰한과 같이 보았다는 점에서, 『해상화열전』과는 다르다. 이렇듯 기녀에 대한 작가의 창작 방법이 세 번 바뀌었는데 처음엔 아름다움이 넘쳐나고 중간은 사실에 가깝고 마지막엔 나쁜 것이 넘쳐났고 아울러 일부러 과장하여 매도하였는데 어떤 몇 가지 종류는 중상하고 속이는 도구가 되었다. 인정소설의 말류가 이와 같은 지경에 이르렀으니 실제로 매우 의아한 일이다."

아름다움이 넘쳐나고—사실에 가깝고—나쁜 것이 넘쳐났다는 이러한 도식은 확실히 창작 방법의 변화를 고도로 압축한 것이다. 그러나 우리들이 『해상화열전』의 내용을 보면, 그것은 이미 중국문학 현대화 과정 속에서 통속소설 가운데 사회애정소설社會言情小說이 틔운 싹이다. 이것은 우리들에게 몇몇 청 말의 현대 대도시 사회의 생활상을 보여준다. 그런데 『구미귀』는 곧 자본사회 속에서 금전욕이 방종하는 행태를 표현하였는데, 기루가 이욕利慾에 정신을 빼앗기는 모습을 더욱 분명히 드러낸다. 즉 『인간지옥』 속에서 등장인물의 입을 빌어 말한 것으로써, 기원에서 경박한 파派가 조용한 파派를 제압했기에 모든 것이 그렇게 떠벌리고 제멋대로 날뛰게 되었던 것이다. 그러나

＊「花名, 虛縣林立的妓院集中地上海的馬路會樂里弄景・(秋波之墨)」中人物的時空場景可覗見一般・

기녀의 이름이 빽빽이 내걸린 상하이의 '후이러리(會樂里)'

8) 魯迅, 앞의 글, 같은 책, 351쪽.

이는 장춘판의 붓끝에서 함부로 과장된 것에 불과할 뿐인데, 그는 기루에 드나드는 사람의 시각으로 이 소설을 썼던 것이다. 그는 기녀들이 어떻게 해서 약간의 '직업적인 도덕'조차도 완전히 없어졌느냐고 개탄하였다.

그러나 비이홍의 붓 끝에서 나온 『인간지옥』은 이와는 다르다. 『인간지옥』도 협사소설의 외투를 입었지만 그의 시각으로 바라본 것은 고급 기원 또한 '인간지옥'이고, 작품 속의 인물은 형태만 바뀐 지옥 속의 여자들에 대해 진실한 감정이 일었지만 그녀들을 빼내어 손을 씻도록 하기에 자신은 힘이 없다고 항상 느꼈다. 인도적인 광채를 어느 정도 갖춘 그러한 소설은 어두운 지옥을 비추어, 유곽의 손님과 기녀간의 진실된 정은 또한 사람 간의 따뜻한 온기를 서로 살필 수 있다고 말해야 할 것이다.

그런데 허하이밍이란 사람은 창기 문제를 사회문제로 보고 연구한 사람으로서, 그의 어떤 소설은 곧 형상화된 연구 보고서 중의 실례實例인 것이다. 그러므로 사람들은 그를 '창문소설가倡門小說家'라고 부른다. 계승개량파 사이에서는 루쉰이 개창한 '협사소설'이라는 학명學名이 크게 사용되지 않았다. '협사소설'이라는 명칭은 루쉰이 1920년에서 1924년까지 베이징대학에서 중국소설사 강좌를 강의할 때 비로소 사용하기 시작한 것이다. 그러나 그 이전에 계승개량파는 이미 기루를 묘사한 이러한 소설을 '창문소설'이라고 불렀다. 그러므로 그들 속에서는 이 명칭이 이미 오랜 세월을 거쳐서 인정되었고 그들 이후에도 여전히 이러한 용어를 계속 사용하였다. 허하이밍의 사회적인 경력은 매우 복잡하고 그의 붓끝에서 그려진 제재 역시 매우 다양하다. 그러나 그는 자신이 '창문소설가'임을 인정하였으며 '창문소설' 속에서 '기녀도 역시 하나의 사람이다'고 외쳤다. 하여 인도적인 색채 또한 더욱 농후해졌다.

비이홍과 허하이밍이라는 창문소설의 대표적인 두 인물의 작품 속에서 우리들은 이미 1920년대 계승개량파에 이르러 제재가 이런 식으로 탈바꿈되었음을 보았다.

제2절
지옥의 언저리에서 인간의 순수한 감정을 그려낸 비이홍畢倚虹

비이홍의 사진

비이홍(1892～1926년)은 장쑤성 이정儀徵 사람이다. 그는 15세에 부친을 따라 베이징으로 왔고 육군의 낭중郞中이라는 직책을 돈을 주고 사서 청대에 관직이 낮은 베이징의 관리가 되었다. 그는 자전체소설인 「지난 십년을 되돌아보며十年回首」에서 고향을 떠나기 전 태어나면서부터 덩치가 왜소하고 약했던 그를 보고 할머니가 매우 걱정하여 말한 것을 서술하였다. "베이징에 진출해서 관아에 갈 때는 굽이 높은 신발을 신어야 해! 신발 속은 내가 왕마王媽에게 면으로 된 밑창을 만들어 주라고 하마. 길을 걸어갈 때는 허리를 더욱 꼿꼿이 세워야 한단다. 이 두 가지를 합친 것이 대인의 용모가 아니겠니?" 그는 자조하며 "희극 속의 말괄량이花旦[9]가 신은 굽 높은 구두踩蹺[10]와 같겠네요"라고 하였다. 할머니가 이에 호응하여 대답했다. "예로부터 '관계官界는 연극무대와 같다'고 말해왔으니 너희들 역시 배우와 같

---

9) 花旦: 중국의 전통 희극에서 말괄량이 역할의 여자배역-역주
10) 踩蹺: 중국의 전통 희극에서 무단武旦·화단花旦이 신은 전족 모양의 굽 높은 나무 신발-역주

지 않겠니?"

그의 이러한 장편 처녀작은 곧 그가 통속문학 영역 속에서 평범하지 않은 기점임을 드러낸다. 바오톈샤오가 편집한『소설화보』에 소설을 연재했을 때 그가 사용한 필명은 '춘명축객春明逐客'인데, 춘명春明은 곧 베이징을 가리킨다. 그러나 아쉽게도『소설화보』가 정간되어 그 소설도 완성되지 못했다.

비이훙은 이렇게 '무대는 조그만 세상이고 천지는 커다란 연극무대다'라는 연극 속의 '배우'였지만 그가 연출한 35년간의 짧은 인생은 오히려 한 막의 비극이다. 1911년 그는 수행원이 되어 싱가포르로 파견갈 준비를 하였다. 상하이에 도착하여 우창봉기가 성공할 줄을 어떻게 알았겠는가! 그는 '베이징에서 쫓겨난 객春明逐客'으로서 다시 베이징으로 올라가지 못하고 관직을 버리고 학문을 택하여 장완중국공학江灣中國公學 법정과法政科에 들어갔다. 베이징의 쓸데없는 한직에 있던 이 사람이 민국의 학생이 되었다.

당시 그는『시보』를 편집하는 바오톈샤오와 알게 되었다. 또한 바오톈샤오의 추천으로 저널리스트의 생애를 살게 되었다. 바오톈샤오는 매우 깊은 우애로써 그를 추억하여 말했다. 만약 비이훙이 그를 만나지 않았다면 비이훙은 아마도 글 쓰는 일과 인연을 맺지 않았을 것이고, 또한 발전적인 인생 길을 다르게 걸어갔을 것이기에 바오톈샤오는 마음속으로 결국 "만약 나를 만나지 않았다면 혹 그의 환경이 달랐을 것이고, 달리 탄탄대로를 달려 이처럼 신세가 처량해지는 지경에 이르지 않았을 것이니 나는 그에게 매우 미안한 생각이 가득 하였다."[11] 바오톈샤오는 이렇게 개탄했다. "최초에 사포성娑婆生(비이훙이『인간지옥』을 발표할 때의 필명)을 글에 종사하는 지옥에 들어오게 한 사람은 바로 나였다."[12] "신선이 사는 산靈山과는 인연이 없어 지옥 속에 늦게 들어왔는데, 내가 앞에서 비틀거렸고 사포성娑婆生이 뒤에서 넘어졌다."[13]

바오톈샤오가『소설대관』의 주필이 되었을 때 그가 힘을 얻은 '선봉'이라

---

11)　包天笑,『釧影樓回憶錄續編』, 大華出版社, 1973年, 43쪽.

12)　包天笑,「『人間地獄』· 序二」,『人間地獄』, 自由雜誌社, 1930年 再版, 1쪽.

13)　包天笑,『人間地獄續集』, 第61回.

비이홍의 필체

고 비이홍을 칭찬했다. 그러나 비이홍의 부친은 신문 잡지계가 공개적인 것을 두려워하고 시비의 온상이라고 여겨 정계로 돌아가도록 그를 핍박하고, 아울러 그를 위해 저장성 샤오산蕭山 사톈국沙田局 국장의 자리를 알아봐 주었다. 이 직책은 비이홍의 입장에서 말하면 '정신적으로 삭막한 사막'과 같은 관료생활 속으로 돌아가는 것과 같았다. 그때 마침 장훙자오를 데리고 갔는데 젊은 장훙자오도 그의 영향을 받아 통속문학작가가 되었다. 얼마 되지 않아 비이홍의 부친이 병으로 죽자 전하는 말에 의하면 비이홍은 거대한 공금을 빚지게 되었는데 개인의 가산을 다 들여도 그 빚을 다 갚을 수가 없었다. 중국의 전통적인 법률에 의하면 부친의 빚은 자식이 갚아야 하기에 비이홍은 붙잡혔지만 형사범이 아니었기에 관아에 연금된 것에 불과하였다. 바오톈샤오가 주간지 『요일』를 창간하였을 때 비이홍은 많은 단편소설을 썼고 바오톈샤오는 그에게 이러한 소재를 어디서 취한 것인지를 물었다. 비이홍은 그를 지키던 늙은 옥졸이 지금까지 들어 보지 못한 수많은 고사를 말해줬다고 하였다. 그런데 그가 쓴 『인간지옥』의 앞부분 몇 회분은 바로 '감옥' 속에서 쓴 것이다.

창문소설倡門小說에 대해 말하자면, 비이홍은 일찍이 사람들이 칭찬하는 단편 명작 「북리영아北里嬰兒」를 썼다.[14] 어린 기생 후이쥐안蕙娟은 유곽에 놀러온 손님의 함정에 빠져서 애를 뱄다. 기생어미는 본래 어린 기생의 '초야를 치룰 권리'를, 유곽의 손님에게 팔아서 바가지를 씌우는 귀중한 물건으로 여겼다. 돈을 벌 좋은 기회를 잃은 그녀는 후이쥐안을 잔혹하게 대하였고 7개월이나 된 배를 가진 그녀를 압박하여 유곽을 찾은 손님에게 가서 노래를 부르게 하였는데, 어떤 사람은 이것은 너무 비인도적이라고 하였다. 기생어미

---

14) 畢倚虹, 『北里嬰兒』, 『半月』, 第1卷, 第18號, 1922年 5月 27日, 11~15쪽.

는 옥 같은 살결을 가진 사랑스러운 사내아이를 안고 가서는, 그녀가 아이를 데리고 있을 수가 없기에 내보내는 것이라고 하였다.

애기를 낳은 지 4개월도 되지 않아서 그녀는 옛날 일을 다시 해야 했다. 4개월 뒤에 기생어미가 그녀에게 자기의 처소로 오라고 하여 한 아이를 입양하였다고 하면서 서로 누나 동생으로 부르게 했다. 후이쥐안은 이 '의동생'을 보고 바로 자기의 아들이라는 것을 알았지만, 그 자리에서 이를 악물고 '동생'하고 불렀다. 마음속으로 "나의 진짜 아들을 볼 수 있으니 행방을 모르거나 그를 볼 수 없는 것에 비하면 좋은 것이야"라고 생각하였다. 그녀는 아이에게 각종 옷을 만들며 자애로운 어머니의 마음을 보여 주었다. 얼마 되지 않아 그녀가 막 거울을 보고서 치장하며 손님에게 나갈 준비를 하고 있을 때, 어린 계집종이 그녀에게 기생어미의 집으로 급히 오라고 하였다. 기생어미는 그녀를 보자마자 말했다.

"그 애가 죽었어. 일부러 너를 데려오라고 했으니 가서 한번 봐, 곧 그를 떠나보낼 테니……" 말을 끝내고 손을 들어 방안을 가리켰다. 후이쥐안은 이때 앞이 캄캄하여 재빨리 안으로 뛰어 들어가 그녀의 친아들을 보고, 짐짓 동생이라고 불렀지만 아이는 이미 땅바닥에 뻣뻣하게 자고 있었다. 몸 위에는 역시 그저께 그에게 만들어 준 붉은 점이 가득히 빛나는 조그만 바지를 입었지만 조그만 눈은 이미 꼭 감겼고 조그만 입은 약간 벌리고 있는데 …… 후이쥐안이 막 울음조차 내지 못했을 때, 갑자기 어떤 사람이 그녀를 잡아끌기에, 후이쥐안이 고개를 들어 쳐다보니 어린 계집종이었다. 어린 계집종이 말했다. "어머니가 언니에게 울지 못하게 했어요. 기원에서 사람이 와서 언니를 빨리 오라고 재촉하면서, 기생을 부르는

著 生 愛 窓

人間地獄
第 一 集

上海自由雜誌社印行

『인간지옥(人間地獄)』 제1집 초판본 표지

열 몇 장의 쪽지가 도착했으니 언니가 가서 술시중 들기를 기다리고 있다고 말했어요. 빨리 가세요, 비파는 이미 언니를 위해 가져왔어요."

단편은 여기서 갑자기 멈췄다. 약간의 독자들은 이 소설을 읽고 동정의 눈물을 흘렸다. 허하이밍이 이 소설을 읽고 나서 곧장 「비이홍이 쓴 『북리영아』를 평하며」를 썼다.

나는 우연히 몇 편의 소설을 써서 기루(倡門) 안의 고통을 묘사했다. 서우쥐안이 나에게 잘 썼다고 말했다. 『반월』잡지에서 이로부터 창기 문제에 관심을 가졌고, 고해(苦海)에서 고통 받는 여자를 위하여 구원을 빌었다. 구원을 비는 그러한 작품은 현재 이미 비이홍의 「북리영아」와 야오민아이의 「창문의 여인(倡門之女)」 등이 있다. 생각지도 않게 내가 벽돌 한 개를 버리자 마침내 지금처럼 많은 옥 무더기가 생겨났다. 나는 정말 뛸 듯이 기뻤다. …… 「북리영아」의 결말은 후이쥐안의 아들은 죽고 후이쥐안은 울 시간조차 없었다. 그 잔인한 기생어미는 그녀를 기어코 기원으로 오도록 재촉하였고, 기생을 부르는 열 몇 장의 쪽지와 비파가 그녀를 기다리고 있었다. 책을 덮고 그 다음의 상황을 세심하게 생각해보면 얼마나 비참한가! 그런데 비이홍은 붓을 거둬 한없는 처량함을 남겨서 독자에게 음미하도록 하였다. 위안한윈이 비이홍의 작품은 여운이 풍부하다 한 것은 이상할 것도 없다.[15]

「북리영아」의 결말이 무한한 여운을 가졌다면, 그의 장편 『인간지옥』은 시작이 실로 비범하다.

천당과 지옥은 원래 불교에서 인류의 착한 일을 권장하고 악한 일을 징계하기 위해 나온 말이다. 결국 천당은 얼마나 즐겁고 지옥은 얼마나 고통스러운지 …… 또 이곳을 경험하고 돌아온 사람이 쓴 보고서도 없고 …… 지극히 총명한 사람이 남긴 이에 대한 해석이 있었지만 …… 천당과 지옥의

---

15) 包天笑, 『釧影樓回憶錄續編』, 大華出版社, 1973年, 43쪽.

맛 또한 인간이 죽은 뒤에는 구태여 깨달을 필요가 없다. …… 무릇 세상 사람이 받는 고통이 곧 지옥이고 쾌락이 곧 천당이다. 지옥과 천당은 일종의 고통과 쾌락의 대명사에 불과하다. 그러나 그 가운데에도 약간의 구별이 있는데, 어떤 경우 분명한 것은 한 사람이 마치 천당에 있는 듯 즐거운데 그 사람이 느끼는 고통이 지옥 속으로 떨어진 것보다도 더 견딜 수 없다는 사실을 미처 깨닫지 못하는 것 같다. 가장 떠들썩한 공명과 부귀라고 할지라도 얼마만큼 뜨겁게 달군 구리기둥과 기름을 끓인 솥을 포함하고 있는지 모르고, 가장 부드럽고 아름다운 노래의 술자리라고 할지라도 얼마만큼의 칼과 창이 매복되어 있는지 모르며, 교제하는 장소라고 할지라도 얼마만큼 흉악한 사람이 섞여 있는지 모르고, 여인의 무리 속이라고 해도 얼마만큼 맹수와 독사가 안배되어 있는지 모른다. …… 그러므로 소생은 이러한 인간지옥 속의 온갖 악인, 치정에 빠진 남녀, 흉악하고 교활한 상황, 초췌하고 비참한 상태 등을 하나하나 상세하게 묘사해 내어 한 폭의 현장 실제 사진을 만들기를 바라는 바입니다.

『인간지옥』 속에 등장하는 유곽의 손님은 『해상화열전』 속에 등장하는 유곽의 손님과는 다른데, 그들은 '수많은 상인이 있는 세상萬商之海' 속의 상인이 아니라 상하이의 또 다른 무리다. 천궁이陳瀓—는 일찍이 두 마디의 말로써 50만자에 달한 장편의 대강을 개괄하였는데, 그것은 '상하이의 유곽倡家을 배경으로 하고, 서넛 혹은 네다섯의 명사名士를 주된 노선으로 삼아'[16] 생지옥이 드러난 한 폭의 사진을 그려내었다. 소설 속의 인물은 쑤만수(쑤쉬안만蘇玄曼)·바오롄샤오(야오샤오추姚嘯秋)·예샤오펑(화즈펑華稚凰)·야오위안추(자오치우趙棲梧)와 비이훙 자신(커롄쑨柯蓮孫—커롄성可憐生, 가련한 인생과 음이 비슷함) 등을 원형으로 삼았다.

『인간지옥』의 줄거리는 커롄쑨과 야오샤오추 등의 명사가 청루 속에서 마침내 기녀에게 참된 정이 생겨난 것이다. 그리고 기녀 또한 이들 '은혜를 베푼 손님'을 훗날 기적妓籍에서 벗어나 평생 동안 의탁하는 사람으로 삼았

16) 陳瀓一, 「『人間地獄』·序七」, 『人間地獄』, 自由雜誌社, 1930年 再版, 1쪽.

다. 커렌쑨과 추보_{秋波}의 연애는 곧 육욕을 기대한 환락의 자리가 아니라 순수한 정신상의 연애다. 야오샤오추와 비옌_{碧媽}의 감정 또한 색욕으로부터 생겨난 것이 아니라 불가_{佛家}에서 말한 이른바 '인연'에서 비롯된 것이다. 이들 명사파의 고상한 손님은 유곽 안에서 풍류스럽고 호탕하게 행동하며 교묘한 말을 잇달아 늘어놓는다. 문인 명사에다가 조용한 파_派의 기생이 더해져서 소설의 격조가 매우 고상하게 느껴진다.

그들은 봉건 혼인 외에 화류계의 여성 친구에 대해 일종의 감정을 발설하였는데, 고급스런 기원 속에서 기녀가 겪는 지옥의 본질에 대한 폭로이며 비이홍이 취한 것은 매우 함축적이고 깊이 있는 묘사다. 물질생활의 부족, 육체적인 고통을 그린 것이 아니라 인정_{人情}이 압살당하고, 평생 동안 의지할 곳이 없고, 인생의 종착지가 아득하여 끝이 없는 것에 주목하였다. 커렌쑨은 어린기생(小先生, 즉 어린 기생을 청관_{淸倌}이라 부르며, 처녀임) 추보_{秋波}에게 정을 쏟았다. 기생어미인 '완춘 라오쓰_{婉春老四}'는 독하고 악랄한 부인으로 커렌쑨에게 많은 돈을 뜯어내려고 생각하였다. 이 점은 중산층 집안인 커렌쑨의 경제력으로서는 받아들일 수 없었다. 기생어미는 표면상으로 온화하게 웃으며 말하지만 속으로는 도적을 방어하듯 커렌쑨을 방해하여 곳곳에서 감시하였고, 오직 추보가 감정이 넘쳐나는 것만을 걱정하였다.

작품은 무형의 족쇄, 심령의 감금을 교묘하게 그려내었다. 커렌쑨과 야오샤오추의 시각 속에서는 화류계의 여성 지기_{知己}가 "연지와 분 냄새가 진동하는 지옥 속에서 고문을 겪는다"고 보았다. 비이홍은 독자가 작품을 읽으면서 '크게 깨닫기'를 바랐다. 금실로 짰을 뿐인 이러한 새장은 인정을 말살하는 지옥이며, "호화롭고 사치스러운 생활에 빠져버리는 곳이 바로 화류계 지옥임을 깨닫"기를 말이다.

『인간지옥』은 1922년 1월 5일에 저우서우쥐안이 편집한 『신보_{申報}·자유담_{自由談}』에 연재되기 시작하였다. 그때는 비이홍의 부친이 진 빚을 몇 분의 아버지 친구가 그를 위해 처리했다. 그가 다시 상하이로 돌아왔을 때, 바오텐샤오가 "그러나 집안은 이미 깨졌고 재산은 이미 없어졌고 집은 일찍이 팔아서 공금을 충당했고 친척 역시 흩어졌다"[17]고 기억했는데, 그랬기 때문에 그는 어쩔 수 없이 글을 지어 생활을 꾸려야 했다. 그 당시 그는 잡무로 바빴고 글 빚은 산더미처럼 쌓여 있는데, '되는대로 대강대강 해치워서' 정말이지 경제적 어려움을 겪었다. 저우서우쥐안은 일찍이 장편을 연재할 당시의 상황을 언급하여, 그는 "쓰자마자 원고를 나에게 넘겼기에 미리 써놓은 원고가 없었다. 또한 어떤 때는 늦게 도착하기도 했다. 종종『자유담』에 쓴 다른 사람의 판본이 모두 조판에 넘어갔지만『인간지옥』은 아직 도착하지도 않았다. 나는 늘 공연히 앉아서 기다리거나 전화로 독촉하는 것이 일상이라 여겼다."[18] 비이홍은 글 빚이 있는 이 채권자에게 대해 매우 감동하였다. "작년에 상하이로 와서 업무가 복잡하고 나이도 늘그막에 이르러 한 글자도 짓지 못했는데, 저우서우쥐안 선생이 빈번히 독촉 전화를 하여 나는 게으름을 피울 수가 없었다.『인간지옥』이 완성된 데에는 저우서우쥐안이 일등공신이다."[19] 이 책은 비이홍이 60회까지만 쓰고 나서 몸이 좋지 않아서 잠시 일단락을 짓는다고 알렸다. 그는 1924년 5월 10일『신보 · 자유담』에 사포성이란 명의로 다음과 같은 공고를 냈다. "봄이 오니 병이 많이 생겨서 잠시 글을 멈추니 매우 송구하게 생각합니다. 이에 60회 이후는 잠시 접고 잠시 휴식을 취하려고 합니다." 그는 생전인 1925년 근 2회본의『신 인간지옥新人間地獄』을 발표한 것 이외에 1926년 죽을 때까지 어떠한 글도 쓰지 못했다. 뒤에 바오톈샤오가 이 책을 이어 20회를 지었는데, 그들 사이의 우의로 인해 이루어진 귀중한 성과다. 문제는 비이홍이 매일 이처럼 촉박하게 원고를 넘겨주면서 그가 어떻게 이처럼 널리 사람들의 입에 오르내리는 장편을 쓸 수 있었던 것일까 하는 점인데, 이것이 바로 우리들이 깊이 탐색해야 하는 '신비한 점'인 것이다.

원래 이 장편은 적어도 비이홍이 1917년에 구상하여 준비하기 시작하였을 뿐만 아니라 바오톈샤오와 함께 준비하였다. 이 때문에 이 장편소설은 또

---

17) 包天笑,『釧影樓回憶錄續編』, 大華出版社, 1973年, 58쪽.
18) 周瘦鵑, 「『人間地獄』 · 序五」,『人間地獄』, 自由雜誌社, 1930年 再版, 1쪽.
19) 娑婆生, 「『人間地獄』 · 著作贅言」,『人間地獄』, 自由雜誌社, 1930年 再版, 1쪽.

한 그들 두 사람을 주인공으로 삼았던 것이다. 우리들이 증거로 들 수 있는 것은 단지 『소설대관』에서 읽는 바오톈샤오의 단편 「회상回想」(1917년 9월 30일 출판된 『소설대관』 제11집에 실렸음)과 『천축예불기天竺禮佛記』(1917년 12월에 출판된 『소설대관』 제12집에 실렸음)와 비이홍의 장편 『성홍열猩紅』(1919년 9월 1일에 출판된 『소설대관』 제14집에 실렸음)을 읽어보면, 이 3편의 작품은 『인간지옥』 속의 중요한 단락임을 알 수 있다. 그러나 다시 한 번 비이홍의 수정을 거쳤는데, 우리들은 이른바 '예술의 승화'라는 몇 글자의 의미를 알 수 있다. 커롄쑨과 추보의 연애가 이뤄지도록 재촉한 사람은 쑤만수다. 바오톈샤오는 「회상」에서 당시의 상황을 기술하였다.

정사년(丁巳年, 1917년)에 내 친구 쑤만수 대사大師가 남해로부터 돌아왔다. 대사란 불교를 배워 정에 깊은 깨우침을 가진 사람을 말한다. 그리하여 술집에서 술잔을 기울였는데 그 자리에는 겨우 세 사람과 이위倚玉 뿐이었다. 우리는 술이 거나하게 올라서 노래를 불렀다. 쑤만수가 "나는 바다에서 너무 적막했소. 잠시 발 없는 벌레虫 한 마리를 보니 사람처럼 사랑스러웠지만 너무 아양을 떨고 어렸을 뿐이오"라고 하였다. 내가 웃으며, "……대사의 법안法眼이 불처럼 빛나는 것이 설령 잘못되었던 것이오?"라고 말했다. 쑤만수 역시 웃으며 "중의 마음은 진흙이 묻은 듯 하기에 잠시 거사들과 널리 사귀는 좋은 인연을 가지게 되는 것이오"라고 말했다. 젠사오箋召가 들어왔다. 어린 기생으로 나풀거리며 방안으로 들어오는데 동반한 사람이 없었다. 나이를 물으니 겨우 14살이었다. 내가 개인적으로 이위에게 "예쁜가" 하고 물으니, 이위가 "예쁘기 그지없네"라고 말했다. 그 아이는 우리 둘이 자기를 품평하는 소리를 듣고 즉시 눈을 내리깔았다.

쑤만수가 두 손을 모으고, "좋아, 좋아! 오직 정이 있으면 인연이 되는 거야"라고 말했다. 그리하여 이위 쪽으로 자리를 옮겨 앉게 했다. 이위는 입으로는 승낙하는 소리를 내뱉지 않았지만 마음으로는 이미 승낙한 것이다. 이것이 이위와 추보가 만나게 된 계기다.

추보는 아름다운데 그 아름다움은 눈에 있었다. 눈이 별처럼 크고 두 눈

(왼 쪽) 『성홍』의 삽화: 커렌쑨이 세찬 비바람 속에서 병문안 하고 돌아오는데, 마차 속에서 요쑤치우(姚嘯秋)에게 "사람을 사는 것은 유골을 사는 것보다 못하다"고 치정에 어린 말을 함.
(가운데) 『천축예불기』의 삽화
(오른쪽) 『회상』의 삽화

동자는 새까맣다. 그 다음은 머리칼인데 풍성한 머리칼은 이마를 덮었고, 검어서 반들반들 빛나는 것이 사물을 비출 수 있는 듯 했다. 옥처럼 흰 몸체는 왜소하고, 굽이 높은 신발을 신어서 딱딱 하는 소리가 들렸다. 말하는 것이 약간 말을 더듬어 순진하고 귀여운 자태를 더 돋보이게 했다.

소설 속의 이위는 당연히 비이홍을 가리킨다. 바오톈샤오의 이 소설은 사실을 기록한 산문인 듯하다. 그러나 『인간지옥』 속에서 비이홍은 아주 커다란 예술적인 가공을 했다. 장편의 제20회에서는 쉬안만玄曼 스님이 등장한다. 커렌쑨의 눈에 비친 쉬안만 스님은 "비록 자칭 스님이라고 하지만 그는 시주詩酒의 풍류를 보이고 주색을 피하지 않으며 성정이 고결하고 언어는 고상하고 빼어났으며, 아울러 글에 있어서는 중국과 서양 것에도 모두 뛰어났고, 유가와 불가에 조예가 깊었으니 실로 작금의 중요한 명사라 할 수 있다." 이어서 묘사하기를, 쉬안만 스님이 그 집의 가수를 부를 때 추보를 지명하였는데, 추보가 처음으로 등장했을 때 광채가 사람들에게 비쳤다. "과연 열서너 살의 아름다운 여인을 보니, 얼굴에 미소를 머금고 한편으론 긍지를 가진 듯 한편으론 수줍은 듯한 모습으로 들어왔다. 이슬 같고 번개 같이 빛나는 한 쌍의 눈길이 사방으로 비치는데, 그윽하게 쉬안만의 자리로 향하고는 쑤 선생이라고 불렀다." 그때 커렌쑨이 부른 그 기루의 가수 셰추이훙謝翠紅이 자리를 떠나자마자 쑤쉬안만은 추보를 커렌쑨에게 소개하였다. 비이훙은 결국 절묘하고 정채로운 문장을 묘사해냈다.

쑤쉬안만은 셰추이훙이 가는 것을 보고 황급히 커렌쑨에게 말했다. "내 가 볼 때 당신은 셰추이훙에게 쏠린 마음을 깨끗이 정리하시오! 이 푸름翠 과 붉음紅을 사절謝하시오.[20] 구태여 의지하고 가까이 지낼 필요가 없소!" 렌 쑨이 이 말을 듣고 웃으며 말했다. "당신은 아예 여기서 셰추이훙 세 글자를 떼어내어 문장을 쓰시는군!" 쉬안만이 말했다. "셰추이훙은 나도 문제가 생 기지 않는다고 보오. 솔직히 한 마디 하면, 추보라는 아이는 눈이 부시도록 곱고 빼어나서 확실히 출중한 인재요. 내가 첫눈에 그녀의 훌륭함을 알아봤 소. 특히 좋은 점은 천진무구하여 때를 타지 않아 찡그리며 웃는 가운데 약 간의 치기稚氣와 천진난만함이 있다는 점이요. 이러한 치기와 천진난만함은 14~15세의 여자아이만이 가질 수 있는 것이오. 이 이후로 아름다움은 남 겠지만 천진난만함은 점점 사라지니, 이때가 바로 가장 좋은 시절로 이른바 아름다운 꽃이 반쯤 꽃망울을 터뜨릴 때요. 그런데 걱정되고 의심스러운 점 은 그녀가 불행히도 완춘 라오쓰(완춘 라오쓰는 기생어미임-저자 주) 밑에 서 살길을 강구하여, 보고 듣는 것이 모두 경박하고 교활한 것들인데, 무슨 좋은 모습을 배우겠소? 어린 처자를 일찌감치 빼내지 않는다면 가련하고 애 석함을 면하지 못할 것이오. 나는 적삼을 입고 바리를 가지고 구름처럼 흘러 가는 처지로 종적을 종잡을 수가 없으니, 늘 이곳에 있을 수가 없소. 당신은 항상 상하이에 있을 것이니 인연에 따라 보호한다면 이 산승山僧이 말을 많이 한 것이 헛되지 않을 것이오.

인연에 따라 잘 보호하라! 이것은 아예 대법사가 커렌쑨을 점지하여 '꽃 을 지키는 사자使者'가 되어, 자연스럽고 눈부신 아름다운 꽃이 속물의 음란 한 바람에 꺾이고 밟히지 않기를 바란 것이다. 그는 커렌쑨에게 그녀의 천 부적인 아름다운 재질을 돌보아주기를 원했는데, 여기에 남녀 간의 정사에

---

20) 문장의 이해를 돕게 하기 위해 굵은 글씨로 표시. 셰추이훙謝翠紅의 이름을 농담조로 풀이하고 있음-역주

서 보이는 경박함을 어찌 허용하겠는가? 이러한 소개가 어찌 단순히 기녀 한 명을 추천했다고 볼 수 있겠는가? 이것은 불가에서 말하는 일종의 '몸을 빼내어 손을 씻는 것振拔'으로써, 아예 커롄쑨이 그녀의 아름다운 청춘, 청춘의 아름다움을 영원히 보호하도록 한 것이다! 커롄쑨이 그 속에서의 역할을 설마 모르겠는가? 그래서 『인간지옥』 속에서 명사들의 '한가롭게 노니는 멋'을 그렸는데, 이것은 아름다움에 대한 감상이고 아름다움에 대한 숭배로서, 협사狹邪의 현장에서 그들의 고상한 풍류와 인간적인 정이 넘치는 아름다운 이야기를 나타낸 것이다.

비이홍 자신이 쓴 『성홍열』(『소설대관』에서 장편이라 주석을 달아 밝혔지만 이것은 당시의 기준이고, 오늘날의 기준으로 본다면 겨우 '중단편' 정도에 해당될 것임)의 줄거리는 추보가 아주 두려운 급성 전염병인 성홍열猩紅熱에 걸렸을 때, 기생어미는 전염될 것을 두려워하여 환자에게 감히 접근하지도 않았지만, 커롄쑨은 죽음을 무릅쓰고 도움을 요청했다. 이 소설 속에서 비이홍은 '이추憶秋'로 각색되었고 추보는 '뤼산綠珊'으로 각색되었다. 당시 친구가 그에게 만일 '뤼산'이 사망하였다면 또 어찌하였을까라고 묻자, 이추는 이렇게 대답했다.

뤼산의 죽음은 나의 슬픔이자 또한 하나의 문제지. 그 사람을 위해 모든 것을 청산할 것이네. 영혼이 안식할 관도 내가 담당할 것이고 더욱이 그녀의 어미에게 그녀의 향기로운 유골을 나에게 달라고 부탁할 것인데, 비록 천 냥이 들어도 아끼지 않겠네. 아! 내가 살아서 그 사람을 얻을 수 없을지라도 죽어서 그녀의 유골을 가질 수 있을 것이니, 하늘이 원하면 역시 족하게 ……. 내 생각엔 시후西湖로 가서 시렁차오西冷橋 옆 둥글게 튀어나온 곳을 손보아 그 사람을 위해 향기 나는 유골을 묻을 것이네. 봄가을의 좋은 날에 나와 그대들이 호수에 배를 띄우고 그녀를 조문하며 배회한다면 또한 그 사람을 저버리지 않을 것이네.

그러나 『인간지옥』에 이르면 한층 깊이가 있다. 비이훙은 이 '노래하고 술 마시는 현장', '술집의 정경'을 정말로 뼛속까지 '꿰뚫어 보고' 있다. 추보가 수많은 죽을 고비에서 겨우 살아났을 때, 커롄쑨은 병문안하고 돌아오는 수레 안에서 바람이 한들거리고 비가 뿌리는 처량한 가운데 야오샤오추에게 치정에 관한 많은 말을 했다. 만일 추보의 옥처럼 향기로운 몸이 손상된다면 그는 기생어미에게 추보의 유골을 사고 싶다고 했다.

나는 기루 안에서 사람을 사는 것은 기루 안에서 유골을 사는 것만 못하다고 생각하네. 사람을 산 결과는 많은 번뇌만을 더하니, 내가 유골을 사려고 하는 상상은 한 움큼의 황토를 들고 초목이 무성한 곳에 향기로운 유골을 묻는 것이네. 봄가을의 좋은 날에 무덤가를 배회하며 그 사람을 회상하면 영원히 없어지지 않을 것이네. 머릿속에 영원한 비애가 있어 이런 한이 계속 이어지는 생각들이 존재할 것이니 어찌 좋지 않겠는가! 이러한 경지는 봄날에 좋은 집의 비단금침에서 자는 것 이상이지.

이것은 사랑의 극치이고, 또한 사랑을 죽인 자에 대한 가장 비통한 고발이다. 모든 육욕의 피상적인 것들이 이러한 사랑의 격류 앞에서는 부끄러울 것이다. "살아서 그 사람을 얻을 수 없을지라도 죽어서 그녀의 유골을 가질 수 있을 것이다"와 "기루 안에서 사람을 사는 것은 기루 안에서 유골을 사는 것만 못하다"는 것은 서로 다른 경지이다. 인생 경력의 깊이는 같이 논할 수 없는 것이다.

바오톈샤오의 『천축예불기』는 '나余'와 '쑤素'가 인도天竺로 가서 부처에게 예를 올리기로 약속하고 약속을 지킨 것을 쓴 것이다. 이 한 단락이 또한 『인간지옥』에 들어있다. 그러므로 『인간지옥』은 비이훙과 바오톈샤오 두 사람이 1917년을 전후하여 함께 준비하여 1922년에 비이훙이 주主가 돼 완성된 것이라고 말할 수 있다. 하물며 비이훙이 다음과 같이 말하고 있음에랴. "내가 『인간지옥』을 편찬한 뜻은 의탁할 곳이 많지 않다고 여겼고, 특히 근래에 보고 들은 것을 작품으로 썼는데 소년시기에 가졌던 몽상의 흔적을 남겼을 뿐이다." [21] 중요한 단락은 '초고'에 있고 또한 오랜 기간 이를 '빚었고' 다시 자기의 경험과 희로애락을 더하여 낱낱이 모두 머리 속에 담았고, '마음속에서 푹 익었기' 때문에 당연히 붓을 대자마자 곧바로 이루어졌던 것이다.

비이홍은 죽기 전에 자기가 창간한 『상하이화보』에 근 2회(32번을 연재하였다) 분량의 『신 인간지옥』을 발표하였는데, 또 다른 기녀 바이롄화白蓮花가 북리의 세 기녀와 연합하여 기원을 도망쳐 인생의 자유와 자주적인 혼인을 쟁취한 이야기다. 우리들은 결코 반항하는 제재를 썼는지 안 썼는지를 가지고 문학작품이 좋고 나쁜지를 평가하는 기준으로 삼지 않는다. 우리들이 칭찬하는 것은 비이홍이 붓끝을 통해 결단성이 있고 의리가 있으며 일을 주도면밀하게 처리하고 성격이 강직하고 기개가 있는 기녀 형상을 생생하게 묘사한 점인데, 이 인물은 추보와는 다른 유형의 개성이 있으면서도 생동하는 여성이다.

"사람들에게 모반을 조장하는데, 이럴 수가!"라고 한 기생어미의 말을 인용하면, 그녀는 '대단한' 기녀라고 말할 수 있다. 바이롄화는 법률을 공부한 적이 있는 커롄쑨에게 급히 물었다. "내가 먼저 당신에게 묻겠어요. 기루의 기생어미가 사납고 지독한 것은 인신매매 계약서를 갖고 있기 때문이에요. 그래서 그녀가 아무리 지독하게 대한다 할지라도 그녀의 손아귀를 벗어날 수는 없어요. 도대체 기생어미가 인신매매 계약서를 갖고 있는 것이 그렇게 중요한가요?" 이것은 샹린祥林 아줌마가 '나'[22]에게 묻는 것처럼 사람을 전율하게 만든다.

당연히 바이롄화의 반역은 단지 상하이탄上海灘에서 한 '수호 변호사'를 찾아, 인간으로서의 최소한의 권익을 보호할 수 있을 뿐이다. 비이홍 역시 일찍이 봉건시기 우민정책에 '오염'된 생생한, 사랑스런 영혼을 그려낼 수 있을 뿐이다. 작품 속에서 작가는 세부 묘사를 통하여 이 인물 형상의 여러 측면

---

21) 娑婆生, 같은 글, 같은 책, 같은 쪽.

22) 루쉰魯迅의 작품 「축복」에서 남 주인공을 가리킨다-역주

의 종합적인 성격을 그려내는 데 뛰어나서 사람들에게 그가 이처럼 많은 세부 묘사로 인물의 여러 측면을 충분히 표현한 것에 감탄하게 만든다.

바이롄화가 기원을 도망칠 때 기생어미가 그녀를 무고하게 물건을 가지고 달아났다고 할 것을 염려하여, 모든 금옥 등의 보석과 귀중한 장식물을 하나도 가져가지 않고 다만 그녀의 몸에 걸친 낡은 옷만을 입고 달아나려 했다. 그러나 그녀는 도망가기 전날 밤에 노심초사하며 야밤에 아무도 몰래 보자기 하나를 가지고 나왔는데, 이것을 열어보니 커렌쑨 등은 모두 멍하니 입을 벌렸다. 그 속에는 결국 몇 십 쌍의 각양각색의 신발과 평일에 머리를 빗어서 모은 한 묶음의 머리칼이었다. 그녀가 말했다. 몰래 도망한 뒤에 기생어미는 분명히 뼛속까지 원한을 가질 것이고 반드시 복수할 것이다. 그리고 이 물건들은 자신의 냄새와 땀이 묻어 있는데, 원수가 가져가서 사주팔자와 함께 전문적으로 다른 사람의 목숨을 음해하는 무당에게 가져다주고 요술을 부린다면, 늦게는 1·2개월 빠르게는 7일이면 사람의 목숨을 상하게 할 것이라는 것이다.

작가는 한편으로는 '용모가 뛰어난 여자 노예'의 자발적인 반항을 묘사하면서도, 다른 한편으로는 봉건적이고 우매한 속박으로 인한 그녀들의 무거운 심리적인 부담을 묘사하였고 상하이라고 하는 반봉건사회 특유의 민속문화 배경을 그려내었다.

비이홍이 죽은 뒤에 바오롄샤오는 『인간지옥』을 위해 20회(제61회~제80회)를 이어서 썼는데, 그 중의 중요한 성취는 바로 바이롄화를 더욱 생동감 있게 묘사하여, 바이롄화가 작품 속에서 이러한 소리를 외치게 한 것이다.

나는 다른 사람의 도움을 원하지 않아요. 나는 일찍이 나의 생각을 결정했는데, 작은 목숨 하나 걸고 그들과 싸우는 것이에요. 내가 먼저 그들에게 발바닥을 보일 것예요. 성공한다면 다행이고 성공하지 못한다면 황푸강으로 뛰어내릴 거예요. 본래 우리 같은 사람의 목숨은 아무 가치도 없으니 죽어도 단지 개 한 마리가 죽은 것에 불과하지요. 그녀가 만 팔천 냥으로 흥정하게 하세요. 그녀가 큰 돈을 버는지 한 번 보시죠.

이처럼 필사적 결심을 가지고 기생어미와 투쟁하는 것이 바로 그녀들이 승리하는 밑천인 것이다.

『인간지옥』을 연재할 때와 단행본이 나온 뒤에 호평이 조류처럼 이어졌다. 첫 번째 독자인 저우서우쥐안은 정을 듬뿍 담은 필치로 말했다. "매 사람마다 특히 그의 말투와 행동을 묘사하였는데 하나하나가 핍진하다. 책을 덮고 생각하면 문득 그 인물이 지면에서 살아 움직이는 듯하니 문장에 있어 뛰어난 능력이다."[23] 저우서우쥐안은 그의 문장 능력이 최고라고 칭찬하였고, 그가 또 시와 사에 뛰어났기에 장편 속에 이루어진 회목回目도 글귀 속에 꽃이 날리는 듯한 운치가 있어 독자들은 칭찬을 아끼지 않았다. 저우서우쥐안은 '의미심장한' 가작佳作이라고 칭찬하였다.

옌두허는 "나의 일은 매우 번거로워 신문지상에 연재된 장편소설을 하나하나 볼 틈이 없었다. 오직 『인간지옥』만은 날마다 펼쳐보며 중간을 빼먹은 적이 없는데 사람을 깊이 감동시켰다."[24] 옌두허의 비이훙에 대한 결론은 "나와 친구는 항상 비이훙을 문단에서 유일한 맹장이라고 치켜세웠다."[25] 그리고 위안한원은 비이훙을 "오늘날 소설에 적수가 없다"[26]고 칭찬하였고, 통속문단의 선배인 쑨둥우孫東吳는 "청 말 민국 초의 사회소설은 『얼해화』 이외에 마땅히 『인간지옥』을 첫 번째로 꼽을 만하다"[27]고 극력 칭찬하였다. 비이훙 자신도 일찍이 독자가 자신에게 매우 많은 격려를 했다고 언급하였다. "이에 『신보』가 출판된 뒤에 친구와 아는 사람들이 성대하게 칭찬하였고 문단의 평론은 때때로 지극히 칭찬하였고 더욱이 친구가 전하기를 시류를 논하는 자

23) 周瘦鵑, 「哭畢倚虹老友」, 『紫羅蘭』, 第1卷, 第13期, 『嗚呼畢倚虹先生專號』, 1926年 6月, 7쪽.

24) 嚴獨鶴, 「『人間地獄』·序四」, 『人間地獄』, 自由雜誌社, 1930年 再版, 1쪽.

25) 嚴獨鶴, 「挽畢倚虹」, 『紫羅蘭』, 第1卷, 第13期, 『嗚呼畢倚虹先生專號』, 1926年 6月, 5쪽.

26) 陳瀅一, 같은 글, 같은 책, 같은 쪽.

27) 鄭逸梅, 「畢倚虹與臧伯庸」, 『大成』 第148期, 1986年 3月, 54쪽에서 재인용.

리에서 『인간지옥』이 술자리의 화젯거리라고 말해 주었다. 나는 이러한 사랑을 받아 더욱 글을 대충대충 쓸 수가 없었다."[28]

비이훙은 당시 전국의 독자들에게 확실히 저명한 작가라고 할 수 있었다. 1925년 6월 22일, 비이훙은 『상하이화보』의 기자 신분으로 상하이에서 장쉐량_{張學良}을 취재했다. "장쉐량은 웃음을 띠며, 나는 당신과 첫 번째 대면이지만 그대의 문장을 본 지 이미 오래 되었소, 라고 첫 마디를 열었다." 장쉐량은 이 이후에 서명을 한 사진을 비이훙에게 주었고, 『상하이화보』에 출간하였다. 비이훙이 죽은 뒤에 장쉐량은 『상하이화보』를 통해 조의금으로 1천 위안을 희사했다. 장쉐량이 쓴 친필 편지는 이러하였다. "제천_{芥塵} 선생에게: 비이훙 군이 세상을 떠난 뒤 적막하다는 말을 듣고 저는 매우 애도합니다. 이에 영전에 천 위안을 올리니 가족에게 전해주어 도움이 되기를 바랍니다. 기원하노니 가시는 길 편안하소서. 장쉐량 드림."[29] 장쉐량과 비이훙은 이렇게 한 번의 면식밖에 없었을 것이다. 그러나 비이훙의 문장은 필시 장쉐량의 마음속에 깊은 인상을 남겼던 것이고, 따라서 이러한 조문은 독자의 향을 피우는 경건한 마음인 것이다.

바오톈샤오가 뒤를 이어서 20회를 쓴 뒤, 비이훙이 죽은 지 근 30년 뒤에 천뎨셴_{陳蝶仙}의 아들이자 비이훙의 친구인 천샤오뎨_{陳小蝶}(천딩산_{陳定山})가 타이완에서 추보의 연애를 이어서 썼고, 계속해서 추보의 죽음까지 쓸 수 있었던 것은 그가 비이훙의 친구였기도 하지만 소설을 쓸 때 비이훙의 의도를 너무나 잘 이해하고 있었기 때문이다. 장편 속의 또 다른 하나의 주선율은 무융_{穆庸}(두웨성_{杜月笙}을 원형으로 삼음)이 입신출세한 역사다. 천딩산의 붓끝에서 나온 추보의 순정에 관한 줄거리는 곧 작가의 허구에서 나온 것이다. 그런데 독자는 소설을 읽으면서 왜 반드시 줄거리가 진짜일까 가짜일까를 알려고 하는 것일까? 독자가 만족한 것은 바오톈샤오의 『인간지옥 속집_{人間地獄續集}』에서

---

28) 婆婆生, 같은 글, 같은 책, 같은 쪽.

29) 張學良, 「致錢芥塵信」(친필 편지와 사진이 함께 발표되었음), 『上海畵報』, 第127期, 1926年 7月 3日.

아직 보여주지 않은 결말인데, 『황금세계黃金世界』 속에서 인물 성격의 발전과 줄거리의 진행에 의거하여 하나의 결말을 얻었다. 비록 매우 비참한 결말이지만 말이다. 천딩산은 『황금세계』에서 추보의 연애를 소설의 한 주선율로 삼았는데, 이 사실은 바로 그 자체가 추보는 천딩산의 마음속에서 살아 있으며 그는 또한 그의 창작을 통하여 『인간지옥』을 사람들의 기억 속에서 환기시켜서 『인간지옥』처럼 훌륭한 통속 장편소설을 독자의 마음속에 살아있도록 하였음을 설명하는 것이다.

천딩산 붓 아래에서의 추보는 비이홍 소설의 천진난만함을 지니면서도 연령이 많아져서인지 강직하고 기개가 더해졌다. 『황금세계』 속의 커롄쑨과 추보는 금생의 연분을 점보기 위해 혼인을 점치는 중매인의 사당으로 가서 제비뽑기로 점을 쳤다. 제비뽑기에 쓰인 글은 열 번째 좋은 복으로 "봉황이 울며 저 높은 언덕에 있다"는 것이다. 그 아래에는 작은 글씨로 "행인이 이르고 혼인이 이뤄지고 잃은 물건을 되찾는다"고 되었는데, 이것은 당연히 아주 좋은 조짐이다. 그러나 커롄쑨은 "좋긴 좋은데 '저 높은 언덕에 있다'는 '저'라고 하는 글자가 좀 이해되지 않는다"고 여겼다.

천딩산의 이 줄거리는 비이홍이 『성홍열』 속의 이추가 항저우 바이윈안白雲庵에 가서 점쟁이를 찾아 '자신과 뤼산綠珊의 결말'을 물어본 것을 습용襲用한 것으로, 그가 얻은 것은 『서상기西廂記』 속의 두 구절이다. "바람이 일어 대나무 소리 들리는 가운데 사람이 차고 있는 쇳소리가 들리는 듯하다. 달이 꽃그림자로 움직이니, 아마도 귀인이 오는 듯 하네." 다른 사람이 모두 좋은 점괘라고 했지만 이추(즉 『인간지옥』 속의 커롄쑨)가 곰곰이 생각해 보니, "쇳소리가 들리는 듯 하다거나 아마도 귀인이 오는듯 하다거나 하는 말은 공허한 상상의 말일 수 있으니, 우리 일이 혹시 결국 환상이 아닐까?"라고 느꼈다.

이를 보면, 천딩산이 쓴 이 소설은 비이홍이 원래 가진 소설의 풍모를 유지하려고 한 것이다. 사태의 발전은 결국 커롄쑨의 불행에 의해 그 말이 맞아 떨어졌다. 얼마 되지 않아 쓰촨에서 아편을 매매하는 군벌인—쩡자오펑曾兆鳳

천딩산(샤오톄)의 만년사진.
타이완에서 찍었음.

대장이 왔고 그는 큰 돈을 기생어미 완춘 라오쓰에게 주고 어린 기녀 추보를 불렀으니, 곧 추보에게는 '첫 손님을 맞이하고' '꽃망울을 여는 것'으로써 그녀의 정절을 짓밟는 초야권을 사는 것이다. 재물을 탐하는 완춘 라오쓰에게는 구하려 해도 구할 수 없는 매우 드문 기회다.

추보는 이 때문에 커롄쑨에게 도움을 청했다. 그들이 상공관尚公館(상궁바오尚宮保는 작품 속에서 성쉬안화이盛宣懷를 암시함)에서 논의한 밀담을 무융의 심복인 판썬范森이 듣게 되고, 무융에게 정의롭고 엄숙하게 구원을 청했다. 그 결과 무융은 암흑세계의 두목 신분으로서 쩡자오펑에게 통지하였고, 또한 완춘 라오쓰에게 큰돈을 주고 추보를 두꺼운 포위망을 뚫고 나오게 하였다. 그들은 커롄쑨과 추보 한 쌍을 항저우로 보냈다.

이때 커롄쑨은 비록 합법적으로 추보의 영혼과 육체를 향유할 수 있었지만 그는 그녀의 '처녀미'를 신성시하였는데, 마치 무슨 장엄한 의식이나 길일의 좋은 날을 가져야 하는 듯 했다. 그들이 막 자싱嘉興을 유람하고 항저우의 여관에 도착했을 때 완춘 라오쓰가 그곳에서 미리 기다리고 있을 줄 누가 알았으랴! 뒤에 그녀는 커롄쑨이 외출한 것을 틈타서 이별을 알리지도 않고 추보를 데리고 떠났다. 그들은 상하이에 도착하여 역에서 곧장 16부두로 가서 우한으로 가는 창장의 증기선을 탔다. 추보는 색정의 노예가 되는 운명에 반항하기 위해 원한을 가득 품고 불쑥 강에 뛰어들어 죽었다.

완춘 라오쓰는 뱀과 전갈처럼 악독하였기에 자신의 죄를 남에게 전가시키기 위해 사람을 시켜 상하이 쪽에 유언비어를 만들어, 추보가 함께 배를 타고 우한으로 가는 화이하이淮海 해군 부사령관 커펑쑨柯鳳蓀과 사귀어 커펑쑨에게 시집가려고 했다고 하였다. 이 사람의 이름은 '쩡자오펑'처럼 이름 속의 '펑鳳'자가 있어, 혼인을 점치는 중매인의 사당에서 본 점괘인 '봉황이 운다'는 것을 암시한다. 사실 함께 배를 탄 이 젊은 군관은 오히려 남방의 혁명당

사람을 동정한 사람으로서, 그는 추보와는 어떠한 관계도 없고, 뒤에는 또한 출장간 김에 추보의 영구를 상하이로 가지고 돌아온 뒤에 전쟁으로 어수선한 가운데 커렌쑨을 찾았는데, 이는 오히려 커렌쑨이 그가 '유골을 산다'는 숙원과 암암리에 부합하는 것이다. 『황금세계』는 이러한 비극적인 분위기로 끝마쳤다. 추보는 죽음에 이르러서도 역시 처녀였고, 천딩산은 비이훙의 '한가롭게 노니는 분위기'를 시종 관철하였고, 이 '협사소설'은 인정과 인도적인 정취가 시종 넘쳤다.

한 어린 기생의 형상이 30년간 지속적으로 만들어졌는데, 소설은 대륙에서 시작되어 타이완에서 완성되어 종결되었고, 이어서 완성한 부분 중 '추보의 연애'에 관한 줄거리는 뒤에 홍콩의 『다청大成』 잡지에 연재되었으니, 이 소설은 진정으로 대륙과 타이완의 양안兩岸과 홍콩 등 세 지역에 영향을 주었다. 이것은 문학계의 아름다운 이야기로 영원히 전해질 것이다.

제3절
창문소설 속에서 인도적인 광채를 띠게 한 허하이밍何海鳴

허하이밍은 매우 복잡한 경력을 지녔다. 신해혁명을 전후하여 그는 대단한 위력을 나타내어 '위안스카이 토벌군' 사령관이 되었다. 그는 정치를 한 인재지만 평범하지 않은 글재주가 있었기에 정치상에서 출로가 없을 때 곧 문학이라는 배에 올랐다. 일반적인 통속작가보다 견해가 높았기에 그의 작품 또한 종종 일반적인 통속작가보다 더 뛰어나다.

창문소설가 허하이밍의 사진

허하이밍(1891~1945년)은 원래 이름이 스쥔時俊으로 후난성 헝양衡陽 사람이며, 필명은 이옌一雁, 헝양구옌衡陽孤雁과 추싱푸자이성求幸福齋生, 추싱푸자이주求幸福齋主 등이 있고, 주룽九龍에서 태어났다. 7세 때 영국이 주룽반도를 조차하려고 압박하자 어린 허하이밍은 의분을 느꼈다. "한참을 지나서 문득 흐느끼며 다른 사람에게 말하기를, 제 생애에 중국의 강토를 수복하는 모습을 다시 볼 수 있을 지 모르겠어요?"[30]라고 하였다. 그는 15세에 홀로 후베이성으로 유학을 갔다. 청 말에 후베이 제 21 혼성협_{混成協} 제 41 대대_標 1군영에서 사병이 되었고, 군치회사_{群治會社}에 참가하여 혁명사상의 영향을 받았다. 군대에서 무장투쟁을 꾀하고 또한 한커우의 신문에 투고하여 경고 처분을 받았다.

그는 스스로 군대에서 물러나서 『한커우 상업보_{漢口商業報}』와 『대강보_{大江報}』의 기자가 되었다. 「중국을 망하게 하는 것이 곧 평화다」라는 짧은 평론을 발표하여 청나라 정부의 엄밀한 감시를 받았다. 후에 황칸_{黃侃}이 이에 호응하는 문장 「커다란 혼란이 중국을 구하는 묘약이다」를 발표하자 『대강보』는 폐간되고 허하이밍도 1년 반의 징역을 받았다. 신해혁명이 성공하자 곧 출옥하였다. "혁명의 동지가 리위안훙_{黎元洪}을 수행하도록 파견하여 하루 온 종일 입을 움직였는데, 리위안훙이 '너희들처럼 어린 사람과 함께 끝까지 겨룰 수밖에 없구나'라고 하였다."[31] 허하이밍은 또한 한커우 군정분부_{軍政分府} 소장_{少將}의 참모장이 되었다. 계축년의 전쟁은 더욱 그의 명성을 일시에 진동하게 만들었다.

1913년 쑹자오런_{宋敎仁}이 저격을 당한 사건이 발생하여 쑨중산 선생이 위안스카이를 타도하자고 강력히 주장하였다. 7월 15일 먼저 황싱_{黃興}이 난징으로 들어가 독립을 선포하고 위안스카이 토벌군를 조직하였다. "29일 난징 혁명군 총사령관 황싱이 구원이 끊겨서 고립되어 도망했다. 도독_{都督} 청더취안_{程德全}은 독립을 취소한다는 전보를 쳤다. 8월 8일 허하이밍 등은 난징을 근거로 하여 위안스카이 토벌군 총사령관 명의로 독립을 선포하여 얼마 뒤 체포당했다. 11일 난징에 주둔한 제1사단이 제8사단을 공격하여 독립을 선포하였다. 허하이밍은 임시 총사령관을 맡았다. 9월 1일 장쉰이 부대를 이끌고 난징을 공격하여 마음대로 불태우고 약탈하였다. ……"[32]

황싱이 도망갈 때 허하이밍은 상하이 『민권보』 건물에 잠시 기거하고 있

---

30) 趙苕狂, 「『海鳴小說集』・本著者何海鳴君傳」, 大東書局, 1924年, 1쪽.

31) 賀覺非, 『辛亥革命首義人物傳(下冊)』, 中華書局, 1982年, 403쪽.

32) 賀覺非, 같은 책, 같은 쪽.

으면서 글을 지어 위안스카이를 욕하며, 난징이 텅 비어있는 것을 알았기에 쑨중산 선생에게 지시를 청하고, 8월 8일에 난징에 도착하여 장쉰이 이끄는 북군과 24일 동안 힘든 전쟁을 벌였다. 톈바오성天堡城을 다섯 번이나 얻었다가 잃었고, 스쯔산獅子山에 포성이 적막하게 멎을 때에 이르러서야 청조 북군의 군대가 비로소 입성하였다. 최후에는 성벽을 사이에 두고 5일 밤낮을 교전하여 피를 흘리는 힘든 싸움을 한 결과 9월 1일이 되어서야 난징이 비로소 완전히 함락되었다.

허하이밍은 이렇게 기억했다. "계축년 9월 1일, 진링성金陵城이 파괴되어 패잔병이 위화타이雨花臺에 모였고 위화타이가 함락되자 병사들은 모두 달아났고 포탄은 비 오듯 쏟아졌다. 나는 풀밭에서 쉬는데 극도로 피곤하여 노래를 불렀고 동료들이 하지 못하도록 애써 막았는데, 이때의 정경을 잊을 수가 없다." 그는 실패한 영웅이 되어 하늘 높이 노래를 불렀는데 그 노래는 당연히 한탄이다. 얼마 뒤에 동쪽 일본으로 건너가 망명객이 되었다. 그는 그때의 풍부한 경험을 스스로 진술하여 말했다.

나는 20여 년간 살면서 일찍이 고아가 되고, 학생이 되고, 군인이 되고, 신문사 기자가 되고, 거짓 명사가 되고, 오리똥처럼 냄새를 풍기는 문호가 되고, 어설픈 정객이 되고, 20여 일간 도독과 총사령관이 되고, 멀리 도망간 망명객이 되었다. 그 사이에 경험한 것들은 독서하고 글을 쓰고, 총을 들고 군사훈련을 하고, 글을 지어 세상을 꾸짖고, 감옥에 갇혀 조사를 받고, 말을 타고 군영을 감독하고, 변장하고 위험한 지경을 벗어나는 등 형형색색의 사건들이 기이하지 않은 것이 없었다.[33]

이렇게 사람의 심금을 울리는 풍부한 생활은 그의 창작을 매우 넓게 하여 그가 각종 다양한 제재를 언급하게 하였다. 그는 「나의 소설 창작 과정」에서 이렇게 말했다. "사회소설에 많은 정력을 쏟았고 그 가운데 군사·애정·탐

---

33) 何海鳴, 『求幸福齋隨筆』, 民權出版社, 1917年 再版, 24쪽.

정 등을 언급하려고 하였다. 예를 들어 창문소설은 단지 편집장이 모집을 확정했을 때 한 번 시도해 본 것이지만, 세상 사람들은 나를 시종 창문소설가로 본다. 나로서는 어쩔 수가 없다."[34] '대장군'을 지낸 사람에게 '창문소설가'라는 휘호가 쓰였는데, 그는 변호하지도 않았을 뿐 아니라 꺼리지도 않았다. 그 속에는 "나는 강호를 20년간 떠돌았는데 기녀 가운데에서 오히려 더좋은 사람을 만났다"는 그 자신의 사상적인 논리가 들어 있다.

정치계가 모순으로 얽혀 풀기가 어려울 때 그는 "다시 북리北里의 기루에가서 맘껏 즐겼다." 그는 기루에 빠졌지만 육욕에 빠진 것이 아니라 고민이있을 때 이것을 벗어나기 위해 맘껏 즐긴 것, 즉 가보옥식으로 맘껏 즐긴 것이다. 그는 "인생이 나폴레옹이 될 수 없다면 가보옥이 되어야 한다"[35]라는명언을 말했다. 이것이 아마 그의 인생 신조일 것이다. 그는 또한 이것에 근거하여 이렇게 자신의 생각을 펼쳤다. "일본으로 망명한 뒤에 한가하여 아무일도 없어서 항우의 전기를 『초패왕』이라는 명칭으로 집필하려고 하였지만,참고할 책이 부족하여 그만두었다. 하루는 너무 우울하여 입에서 나오는 대로 칠언율시 하나를 읊었는데 다음과 같다. '인생은 꿈과 같고 안개 같은데,내일이면 흰 머리가 될 노인이지만 오늘은 소년이라네. 속세를 향해 칼을 갈지 않으면 곧 깊은 정을 가지고 예쁜 여인을 맞이해야지. 영웅이 여인을 좋아한 것은 천고에 전해지는데, 하얀 귀밑머리가 난 모습과 칼에 비치는 광채가 허공에 함께 빛난다. 해하垓下에 우희虞姬가 없었다면 항우의 아름다운 고사가 어찌 전해질 수 있었겠는가?'"[36] 허하이밍의 마음에서는 나폴레옹과 초패왕이 같다는 등식이 성립한다. 그는 이후의 문제에 있어서도 이러한 인생관을 드러내었다. 그러나 이 사람은 창문소설을 창작하는 데 있어서 고수였다.그는 이후에 자신의 『해명시존海鳴詩存』의 원고를 광고할 때 자신을 아예 "창문

---

34) 何海鳴, 「我寫小說之經過」, 『紅玫瑰』, 第2卷, 第40期, 6쪽.

35) 何海鳴, 『求幸福齋隨筆』, 民權出版社, 1917年 再版, 10쪽.

36) 何海鳴, 같은 책, 1쪽.

소설에 뛰어난 작가"[37]라고 소개했다.

「늙은 거문고 선생_{老琴師}」은 아름다움의 훼멸을 주제로 한 창문소설이다. 그것은 한 늙은 거문고 선생의 시각으로 베이징의 8대 후퉁_{胡同}이 '노래와 춤으로 태평성대를 구가하는' 가운데 피도 흘리지 않고 살인하는 것을 본 것이다. 이 작품은 허하이밍의 초기 단편 창문소설의 대표작이다. 그가 말하기를, 백화체를 사용하여 시험 삼아 지은 「늙은 거문고 선생」이 출판된 뒤에, "자못 독자의 칭찬을 받았는데, 신문학가 중에서도 칭찬하는 자가 있었다. 나는 마침내 소설가가 되기로 결심했다!"[38]

늙은 거문고 선생은 8대 후퉁의 각 고급스런 기루에서 음악을 가르치는 가장 명성이 있는 선생이다. 3년 전 "난볜_{南邊} 극단에서 아주 천부적인 재능을 가진 12~13세의 여제자를 받아들였다. 늙은 거문고 선생의 상냥하고 친절하며 은은한 거문고 소리 속에서 그녀는 전력을 다해 배우고자 하였다." 아위안_{阿媛}이라 불리는 여제자의 자연미와 참된 인간성은 곧바로 늙은 거문고 선생의 마음을 움직였기에 그는 아위안을 특별히 좋아하여 평생의 가극 예술을 그녀에게 전수하려고 하였다.

3년간의 배움이 끝나자 기생어미가 그녀에게 준 첫 번째 삶의 책임은 손님의 부름에 응해 술자리에서 그들에게 노래를 들려주는 것이었다. 늙어서 행동이 굼뜬 늙은 이 거문고 선생은 종일토록 몸을 후들거리며 호금_{胡琴}을 들고서 그녀 뒤를 따랐다. 그녀는 비록 그녀를 모욕하고 놀리는 속물들에게 노래를 들려주고 싶지 않았지만, "노래가락이 매우 드높았을 때 스스로 자기에게서 매우 커다란 위안을 얻었다. 그녀는 기분 좋게 노래하면 자연히 자기가 자기를 위안할 수 있었는데, 이것은 자신에게 노래를 들려주는 것이고, 혹은 스승에게 들려주는 것이고, 혹은 옆자리의 자매들에게 들려주는 것으로서, 그들이 모두 좋다고 말하면 자신도 정말로 훌륭하다고 느꼈다."

그러나 그녀가 노래하는 기녀로서 1년 정도를 보낸 뒤에 그녀의 몸도 더

---

37) 何海鳴, 「介紹『海鳴詩存』出版」, 『家庭』, 第8期 廣告, 1922年.

38) 何海鳴, 「致周瘦鵑信」, 『半月』, 第1卷, 第7號, 1921年 12月 13日, 1쪽.

욱 아름답게 변했다. 그래서 색을 쫓는 기루의 손님들은 "이러한 명성 아래에 기예를 갖춘 기녀의 정결한 육체를 원했다." "기생어미는 여자의 정조가 무엇인지를 몰랐고, 예술가의 인격이 무엇인지에 대해선 더욱 몰랐으며, 오로지 창기가 몸을 파는 것은 법률적으로 허가된 상업행위라는 것만을 알았기에," 이 처녀의 정조를 경매하듯 입찰가격을 높게 부른 한 군벌에게 주었다.

그는 "국고에서 제공한 군량에서 빼낸 돈 대략 오천 냥 정도 되는 은자를 가지고 와서 기생어미에게 바쳐 적진 깊숙이 용감하게 돌진하고 강개하여 군사를 일으키는 것처럼 기생을 얻는 행운을 얻었는데, 베이징의 정치·학계·군벌·사업 등 화류계에 빠진 각 업계의 사람은 약속이나 한 것처럼 부러워하기도 하고 질투하기도 했다." 하룻밤 짓밟힌 이 여자아이는 곧 목이 쉬어서 낭랑하던 목소리가 탁하게 변했다. "아! 천부적인 재능을 가진 이 여자 예술가가 어제 하룻밤에 손쉽게 훼손되었다. 불쌍한 그녀의 인생 문제 속 두 개의 큰 부분, 정조와 예술은 모두 모든 악의 근원인 돈에 의해 잘려져서 그 군관 나리에게 보내졌던 것이다."

그 후 늙은 거문고 선생이 심혈을 기울여 가르친 이 여제자는 노래를 파는 생애에서 몸을 파는 생애가 되었다. 아위안이 피해가 심해 병세가 아주 깊어졌을 때 그 군관 나리는 그녀에게 목청을 드높여 노래를 부르도록 압박하였고, 그녀가 정말로 지탱하기가 힘들었을 때 군관은 성격이 급해져 그녀를 노래 부르다 죽을 지경으로 만들려고 했다.

아위안이 막 노래 한 구절을 불렀는데, 그 마지막 음절에서 숨을 잇지 못하고 마음이 급해져 왝하는 소리와 함께 선혈을 토해냈다. 다른 사람이 볼까 봐 한 손으로는 손수건으로 입을 가리고 한 발로는 바닥의 카펫을 황급히 닦아내며 그 선혈의 흔적을 지우려고 했다. 늙은 거문고 선생은 이 광경을 분명히 보았고 마음속이 칼로 도려내는 듯하여 한마디, '아이쿠 하느님!'이란 말이 툭 튀어나왔다. 그는 하느님의 얼굴에서 백이십 배의 용기를 얻어 아주 가치 있는 파괴(세상의 공정한 도리, 정의, 인간으로서 지켜야 할 도리가 허락한)를 하였다. 아! 이 늙은이는 눈물을 흘리며 결심을 하여 자신의 생명줄인 거문고 줄 하나를 고의로 끊어버렸던 것이다. …… 기생어미는 황급히 달려와서 "빨리 거문고 줄을 다시 매어 다시 연주해요"라고 소리 질렀다. 늙은 거문고 선생은 매우 비참한 냉소를 지으며 가볍게 말했다. "이건 사람의 목숨 가지고 장난하는 짓이야. 이 늙은이는 이제 이 일을 그만두겠네!" 호금胡琴을 땅에 내동댕이치고 일어나서 걸어 나갔다. …… 늙은 거문고 선생은 정원으로 뛰어나가 그곳에서 통곡하고 눈물을 흘리며 고함을 질렀다. 그들은 저곳에서 죄 없는 사람을 죽이는데 나는 그녀를 살릴 수 없고, 또한 그녀가 죽는 것을 두 눈 뜨고 볼 수가 없어! 끝이야, 끝났어! 나는 죄받을 짓을 할 수 없어 사람을 해치는 일을 하며 밥을 먹지 않겠어! 사람을 해치는 밥을 먹을 순 없어. 말을 마친 뒤 그 자리를 떠났는데 그의 행방을 아는 자가 없었다.……

이 단편은 확실히 '5·4'시기 초에 백화를 처음 시도할 때의 흔적이 있다. 또한 작가가 소설 창작을 처음 시도할 때 자신 스스로 평론에서 밝힌 것 처럼, 이 작품은 인도적인 광채가 빛나는 소설이다. 이 작품은 진선미가 훼멸당하는 것을 노래한 애가哀歌이며, 금전으로 예술을 마음대로 박해하는 것에 대한 피눈물 섞인 성토이며, 또한 늙은 거문고 선생이 목숨 걸고 인간의 존엄성을 멸시하는 악의 세력에 저항한 송가頌歌이다. 이 작품은 작가가 격앙되고 침통한 목소리로 자신의 애증을 아로새긴 역작이다.

다둥서국이 1926년에 출판한 『창문소설집』의 표지. 이 단편소설집은 허하이밍이 주인공이 된 셈인데, 11개의 단편 중 허하이밍의 작품이 다섯 편이나 된다.

1926년에 저우서우쥐안은 다둥서국에서 『창문소설집倡門小說集』을 편집하여 출판하였는데 모두 11편의 단편 중에 5편이 허하이밍이 쓴 것이다. 「늙은 거문고 선생」 외에 「기녀가 기적妓籍에서 벗어나 결혼한 교훈從良的敎訓」, 「기루의 어미倡門之母」, 「기루의 아들倡門之子」과 「온화하고 고

상한 오입쟁이溫文派的嫖客가 있다. 그 중에 「온화하고 고상한 오입쟁이」는 매우 깊이 있게 파헤쳤다. 소설은 점잖고 고상한 한 오입쟁이가 기녀의 육체를 농락할 뿐만 아니라 기녀의 참 감정을 농락하면서 쾌감을 얻는 것을 그렸다. 그는 기녀가 신분 상승의 마음을 가졌을 때 무정하게 그녀의 희망을 짓밟았다. 허하이밍이 지적하기를, 그 잔혹한 정도는 부랑자나 남을 속여 재물을 빼앗는 집단의 오입쟁이보다 더욱 심한데, 이들이 가장 비인도적인 '영혼의 도살자'라고 하였다.

허하이밍의 장편 창문소설로는 『기루의 붉은 눈물倡門紅淚』(오늘날의 기준으로 보면 중편임)이 있다. 이것은 창기의 출로에 관한 문제를 연구한 소설로서, 비록 주요 줄거리가 제법 기이하지만 작가가 진실된 사건에 근거한 느낌에 의해 촉발되어 나온 산물이다.

> 광둥 출신의 기녀 둘은 자매지간이다. 언니는 은행 매판買辦에게 시집가서 각종 심한 학대를 받았다. 동생은 격분하여 시집가지 않겠노라고 다짐했다. 그녀는 돈을 들여서 한 어린 아이를 사서 별실에 두고 키웠는데, 선생을 초빙하여 그를 가르치며 출입을 금지시켰다. 틈이 생기면 그를 보러 가서는 그에게 자신을 누나라고 부르게 했다. 담배와 차를 권하며 동생의 예를 지켰다. 그가 성인이 되기를 기다려 그에게 시집가기로 작정했다. 아직 시집을 가기 전일 때는 그는 곧 후보이면서 이미 선발한 남편인 셈이다. 솔직히 말하면, 주인에게 권한이 있는 노예인데, 예를 들면 옛날 모계제도 속에서 기른 남자노예와 같다. 이 기녀의 생각은 아주 뛰어나 일반적인 여자를 훨씬 벗어났다. 유럽의 학자는 항상 여자의 두뇌는 빈약해서 발명의 능력이 없다고 하였지만 이 기녀가 이 특수한 남편 제도를 발명했으니, 실로 기이한 여자다."[39]

소설 『기루의 붉은 눈물』의 여자 주인공은 기녀 춘훙春紅이라는 둘째 아가씨고, 남자 주인공은 동료들에 의해 기루의 질고를 묘사하는 데 있어서 최고

---

39) 何海鳴, 『求幸福齋叢話·第2集』, 大東書局, 1922年, 45~46쪽.

라고 불리는 작가다. 이 작품 또한 허하이밍의 자전적 성분이 농한 소설이라고 할 수 있다. 이 인물의 몸에서 작가의 어떤 기질들을 혹 볼 수 있지만 이것들은 그의 자전적인 단면들이 결코 아니다. 이 남자 주인공은 이전에는 부인이 있었지만 지금은 독신인 소설가로서 스스로 '정신적인 연애를 하는 자'라고 말하는데, 그는 "불쌍하게도 중국은 공개적인 남녀의 사교를 허락하지 않아서 나는 여태까지 기루에서 남녀가 교제하는 즐거움을 찾았다"고 생각하였다.

그는 기녀에 대해 "단지 의무를 다할 뿐 권리를 얻지 않았는데" 비이홍이 묘사한 '고상하게 논淸游' 사람이었던 것이다. 그가 또한 한 명의 '조각가'로서, '아주 농염하여 볼수록 사랑스러운' 춘홍을 '일생 동안 심혈과 애정을 가진 결정품'인 '하나의 예술품으로 조각하려고 했다.' 춘홍은 그에게 너무 시집가고 싶어했지만 그는 오히려 각종 원인으로 인해서 그녀를 맞아들일 수가 없었다. 무슨 말못할 고충인지 작품 속에서는 전혀 언급이 없다.

그는 거듭 그녀에게 다른 사람을 선택하여 따르고 창기의 인생에서 가장 중요한 대사大事(기녀가 기적에서 벗어나 결혼하는 일)를 해결하도록 권했다. 기녀가 기적에서 벗어나 결혼하는 것은 그녀들이 과거에 천한 일에 종사하는 일을 지우는 유일한 출로이고 또한 그녀들이 새로운 삶을 다시 얻는 상징이다. 대체로 그때는 사회가 부녀에게 독립된 지위를 제공하지 못했는데 설령 보통의 부녀라고 할지라도 이른바 결혼이라는 일생의 커다란 일을 해결해야 하는 문제가 있었다. 한 외교관이 마음에 들어 출가하려는 전날 밤에 그녀는 다시 한 번 이 작가에게 전보를 쳐서 시집가는 자신을 전송해달라고 했지만 사실은 이별에 임해서 그에게 '몸을 바치려고獻身' 했던 것이다.

허둥지둥 먹고 나서 술자리를 스스로 끝내려 할 때 나는 술값을 지불하고 작별을 고하려고 하였다. 그러나 어떻게 딱 한 번만 볼 수 있나? 몇 번 애기하면 몇 번인 셈이고 몇 번 보면 몇 번인 셈인데, 내일이면 사랑하던 사람은 낯선 사람이 되고 훗날도 기약할 수가 없네. 나는 이러한 중대한 고비에서 어찌 이처럼 쉽게 끊어버릴 용기가 있어 바로 떠날 수 있나? 아홍(춘홍의 애칭-역주)의 기생어미는 나를 위안하려고 일부러 "둘째 어르신, 오늘 가지 않으실 거죠?"라고 하였다. 아홍도 묵묵히 말을 하지 않고 눈치를 살피며 서 있다. 나는 좀 생각하고 말했다. "안돼요. 나는 사 년간 군자 노릇을 했는데, 바보같이 되려면 끝까지 바보 같아야지. 하물며 저 사람이 이미 다른 사람의 사람이 되었는데, 나는 무엇이 안타까워서 이 마지막의 만남에서 저 사람을 짓밟고 유린하겠는가. 그런다고 설마 어떻게 한 번의 자랑거리가 되겠는가? 나는 결국 그렇게 못하지 않겠는가?" 곧장 앞으로 나와서 아홍과 마지막 악수를 하며 말했다. "아홍, 우리 이렇게 헤어지자구." 아홍이 "둘째 어르신……"하면서 불쌍하게도 말을 끝맺지 못했다. 나는 또 "우리 모두 앞으로 무탈하게 지냅시다"라고 말하고, 대담하게 앞으로 나가 마지막 뜨거운 입맞춤을 하였다. 마침 저 여인은 눈물을 흘리는데, 나는 그 눈물을 속으로 삼키고 머리를 돌리지도 않고 곧장 나왔다. 은은하게 아홍의 울음소리가 들려왔다……

그러나 기녀가 기적妓籍을 벗어나 결혼하는 것은 쉬운 일이 아니어서 종종 좋은 결과를 얻지 못한다. 여기에는 주관적인 혹은 객관적인 원인이 존재한다. 한 쪽에서는 사회적으로 사악한 세력이 일종의 갖고 노는 마음을 가지거나 사회적으로 관습화된 사상이 늘 그녀들을 천시하여, 그녀들을 사람으로 보지 않고 사람으로 거듭 새롭게 태어나는 것을 허락하지 않는 것이다. 또 한 쪽에서는 기녀가 사치스럽고 와자지껄한 습성에 물들어 그녀들이 '보통 집안의 보통 사람人家人'으로서의 정상인의 생활에 적응하지 못한 것이다.

그런데 결과는 오히려 일치하여 결국 도망간 첩이 되는데, 사회에서 옳고 그름을 따지지 않고 이들을 모두 '후위惣浴'라고 부른다. 이 '후위'라는

허하이밍이 쓴 '데릴사위(童養夫)'라는 제재의 『기루의 붉은 눈물』 표지

단어는 매우 듣기 거북한데, 의미는 기녀가 평소에 아주 사치하여 많은 빚을 졌기에 항상 '기적에서 벗어나 시집가는 것'을 빌미로 유곽의 오입쟁이가 큰 돈을 들여 그녀의 몸을 사서 그녀의 빚을 갚지만 아주 짧은 기간 '아내'가 된 후에는 곧 그 집의 재산을 몽땅 거두어 달아남을 뜻한다. 그녀들이 씻은 것은 몸의 더러움이 아니라 큰 빚이고, 이후 그녀들은 많은 머리 장식품 등과 심지어 다른 재물을 가지고 달아난다.

아훙이 달아난 것은 남편에게 핍박된 경우에 속하는데, 그녀의 남편은 그녀와 작가가 여전히 관계를 맺고 있다고 의심하였기에 아훙은 베이징에 있으려고 하지 않았다. 그녀는 홀로 타지로 나가 상하이를 떠돌았기에 옛날에 막역한 사이였던 작가조차도 그녀의 행방을 몰랐다. 상하이에서 험한 고생을 하고, 또 지난濟南, 칭다오, 톈진 등지를 떠돌았다. 그녀의 몸에는 늘 '후위'라는 죄명이 붙었기에 세상 사람들은 결국 그녀가 '독을 품고 있기에 건드리면 안 되는 사람'이라고 여겼다.

그녀는 다시는 다른 사람에게 시집갈 생각을 하지 않았는데, 설마 그녀는 일생 동안 기녀밖에 될 수 없는 것일까? 그녀는 그렇게 되기를 바라지 않았다. 그래서 그녀는 톈진에서 비밀스런 계획을 실행하였다. 그녀는 자신이 '데릴사위'를 하나 키워서 진정으로 기녀로서 시집가는 목적을 완성하려고 하였다. 그녀는 선택하여 키우려는 대상이 세 가지 조건을 갖추기를 바랐다.

"첫째, 부모나 친척이 없는 고아여야 한다. 둘째, 나이가 14살 이상을 넘어서는 안 되고, 셋째, 자질이 총명하고 어느 정도 배운 사람이어야 한다. 이러한 아이만이 나이가 어린 천성을 모두 갖추었다. 처해진 환경이 매우 곤궁하여 나에게 거두어졌으니, 맛있는 음식과 좋은 옷을 그에게 향유하게 하면 나의 은혜에 쉽게 감동할 것이고 나의 마음을 쉽게 받아들일 것이다. 내가 한편으로는 그의 마음을 사고 한편으로는 그를 교육시켜 그가 학문과 예능을 지닌 사람이 되게 하여 적당한 시기가 되었을 때, 그에게 시집 갈 것이다.

여자의 열매는 시집가는 것이다. 후위의 딱지가 붙은 기녀는 좋은 사람이 원하지 않아 자신이 힘써 특별히 좀 괜찮은 사람을 만들어 남편이 되게 할 수밖에 없다. 세상에는 민며느리라는 것이 있다는 걸 당신도 아마 알텐데, 나는 이 방법을 본받아 데릴사위를 찾으려고 한다."

이 비밀스런 계획은 정말로 황당무계하지만 그런대로 일리가 있다고 여길만 하다. 그래서 그녀는 그를 위해 글을 가르칠 선생을 초청하고 또한 늙은 할미를 구해서 그를 돌볼 뿐만 아니라 그를 감독하는 의도를 가지고 그가 바깥으로 함부로 나다니지 못하게 하였는데, 그녀는 그가 사회의 나쁜 것에 물들지 않기를 바랐다. 그 아이는 처음에 은혜에 감사하는 마음을 확실히 가졌지만 오랜 기간 갇혀있는 방식의 이러한 교육은 소년에게 반감을 주어 거역하게 만들었고 이러한 감옥 같은 생활은 그에게 반항적 행동을 취하게 만들었다.

그래서 그는 이별도 고하지 않고 떠났고 격렬한 말을 구사한 편지 한 통을 남겼다. 이 일은 그녀의 마음을 너무도 상하게 하였다. 그의 '남편 양성소'는 이렇게 무너졌다. 그래서 아홍은 거의 제정신이 아니었다. "여태껏 여인들은 남자에게 괴롭힘을 당했는데 하루아침의 일에 그치지 않는다. 나는 오늘 기어코 한 남자를 괴롭혀 우리 여자들을 위해 화풀이를 할 것이다." 이러한 생각은 오히려 외국소설 속의 여성과 약간 비슷하다. 당시에 아홍 역시 다른 길을 걸을 수 있었는데, 그것은 곧 어떤 사람이 그녀에게 몇 명의 어린 소녀를 사서 잘 키워 스스로 기생어미가 되라고 권했던 것이다.

그러나 아홍은 죽어도 이러한 길을 가고 싶지 않았다. 그런데 밖에서 들리는 얘기에 의하면, 아홍이 인간적인 도의를 저버리고 한 어린 아이를 강점하여 사통하였다고 했다. 이 때문에 아홍은 거의 미칠 정도가 되어 큰 병이 나고 말았다. 작품의 결말은 역시 아홍을 다시 만난 작가가 마지막 국면을 수습하는 것이었다. 그는 아홍이 한 차례 '가치 있고 영광이 있는 실패'를 경험한 것을 인정하였고 그녀 자신이 '하나의 운명을 창조하도록' 격려하였다.

다른 사람에게 시집가는 것이 아니고 더욱이 유곽의 오입쟁이의 돈주머니에 의지하는 것이 아니라 자신이 일종의 자립의 능력을 가지고 경제적인 독립과 자립을 얻어야 한다는 것이다.

그들은 서산西山 아래에 초가집을 짓고 이탈리아산 병아리 부화기와 프랑스 포도나무 종묘種苗를 사서 생산에 종사하여 '신촌新村'[40]식의 생활을 꾸리기로 했다. 그들은 세속적인 부부 제도의 틀을 벗어나 "홍진에 더럽혀진 여인의 근심을 치료하려고 청산에 함께 숨었다." '창문娼門의 질곡을 묘사하는 가장 뛰어난 고수'인 이 작가는 다음과 같이 묘사하였다.

> 명산과 뛰어난 물을 배경으로 삼고 넓고 평평한 들판을 무대로 삼았는데, 이전에 기루의 방안이 말술과 푸른 불빛 아래에서 노래하고 춤추는 자리처럼 방이 좁고 혼란하던 것과 비교하면, 천상과 인간의 구별만이 아니라 차라리 천당과 지옥의 차이를 지닌다. 옛 사람은 기녀를 데리고 동산으로 들어갔다는 아름다운 고사가 전하는데, 비록 달리 포부를 가졌을지라도 셰안謝安이 데리고 간 것은 기녀고 내가 함께 한 것은 여자 친구다. 셰안의 마음속에 기녀가 있었는지 없었는지 나는 비록 단정할 수 없지만 그는 늘 낭만파의 색채를 지녔다. 하지만 우리들은 정신적으로 결합하여 서로 각자 자기의 인격을 존중하는데, 신성하고 중대한 생존적인 의의 상에서 이러한 조직은 결코 단지 오락만을 위한 것이 아니기에, 이러한 경우는 이전의 고인에게 없다고 자신 있게 말할 수 있다.

허하이밍은 그러한 고사를 들은 뒤에 다시 무슨 '푸른 산에 은거한다'와 같은 자신의 유토피아적 환상을 첨가하였다. 또한 자신의 '창문소설가'로서의 기질을 배합하여 마침내 이러한 한 편의 '연구형研究型' 소설을 써내었던 것이다. 이 계획이 만약 실현된다해도 서산西山이 그렇게 많은 '귀은歸隱'하는 기녀를 수용할 수 있을까? 그러나 허하이밍은 '숙고하였고' 기녀의 문제를 하나의 사

---

40) 신촌이란, 일본의 무사노코지 사네아쓰武者小路實篤가 톨스토이의 인도주의에 영향을 받아 농업을 중심으로 한 조화로운 이상사회 건설을 목표로 하여 1918년에 실험적으로 시도한 생활공동체를 말한다-역주.

회문제로 삼아 '숙고했음'을 우리들이 인정하지 않을 수 없다. 소설에서뿐만 아니라 1922년에 그는 또는 「오십년 후의 창기」라는 글을 지어 '예측'하였고, 1924년에 「창기를 없애자는 나의 의견」 등 수감록隨感錄 식의 문장을 발표했는데, 모두 『창문의 붉은 눈물倡門紅淚』 등의 소설을 이론화한 것이다. 예를 들어 그는 "여자의 생계를 빠르게 기획하여 여자의 생계를 모두 안전하게 만든 뒤에야 비로소 보편적으로 폐지할 수 있다"[41]고 여겼다.

1929년 『상하이화보』 제517기에 「허하이밍이이 선양성에서 의기소침하다」라는 글이 실렸다.

추싱푸자이주런 허하이밍은 실로 일찍이 문장으로 일시 이름을 날렸는데, 아쉽게도 판신항潘馨航의 소개로 장쫑창張宗昌을 알게 되고 선전부장이 되어 …… 하루아침에 타락하였다. 장쫑창이 실패하자 허하이밍도 칭다오, 다롄 등지로 전전하였다. 여행경비를 제공받지 못해서, 랴오닝 르잔日站 푸스딩富士町 5번지 푸싱福興에 목제 가구를 깐 조그만 누대에 짐을 풀었다. 스스로 자신을 알리는 글을 써서 글을 팔기를 원했는데, 그 글에서 "부침을 겪은 인생이 나이 40이 되어 글을 파는데, 이것이 원래 나의 본업이다. 더구나 지금 세상은 태평성대로서 천하의 백성은 각각 자신의 생업이 안정되었는데 나는 능력이 없어 오직 글을 팔아 생을 마칠까 한다"고 하였는데 말의 뜻은 힘써 완곡함을 추구했지만, 그 상황은 불쌍하기 그지없다.[42]

이후에 적적함을 견디지 못한 허하이밍은 다시 정계로 들어가려 하였지만 그것은 다만 몸을 팔아 남의 앞잡이가 되는 몰락기에 접어

『추싱푸자이수필(求幸福齋隨筆)』 인쇄물

---

41) 何海鳴, 「廢娼之我見」, 『半月』 第3卷, 第16期, 『娼妓問題專號』, 1924年 5月 4日, 3쪽.

42) 惜惜, 「何海鳴潦倒沈陽城」, 『上海畵報』 第517號, 1929년 10月 15日.

드는 것이었다. 그의 호기와 재능 또한 매몰될 수밖에 없었다. 그는 정계에서 이쪽저쪽으로 붙은 전과가 있었고 또 "인생이 나폴레옹이 될 수 없다면 가보옥이 되어야 한다"는 것을 자신의 생활 신조로 삼았으니, 허하이밍이 아득한 인생의 바다 속에서 인생 항로의 표지를 어떻게 찾았겠는가?

우리가 비이훙과 허하이밍을 소개한 뒤에 어쩔 수 없이 여기서 가장 먼저 통속작가 소전小傳을 쓴 사람을 소개해야 하는데, 그 사람은 바로 1923년에 『전국 소설 명가 전집全國小說名家專集』

옌푸쑨이 편찬한 『전국소설명가전문집』.
실제로는 일부 통속작가의 소전임.

을 저술한 옌푸쑨嚴芙孫으로, 그가 쓴 책의 내용은 실제로 전국의 일부 통속작가 소전이고, 그중에 비이훙과 허하이밍 등이 그가 소개하는 중점적으로 소개한 인물이다. 이 조그만 책 속에서 그는 32명의 통속작가에 대해 전기를 쓰고 또한 27명 작가의 필적(실제로는 서명과 같음)을 수집하였다. 우리들이 이 작가들을 연구하는 데 약간의 유용한 자료를 제공하고 있는데, 이 책은 일부 통속작가의 전기를 쓴, 가장 빠른 전문 서적이라 말할 수 있다.

이 책은 판보췬范伯群 선생의 『중국현대통속문학사中國現代通俗文學史(揷圖本)』(北京大學出版社, 2007年)를 번역한 것이다. 1931년생인 판보췬 선생은 1955년 푸단復旦대학을 졸업했고 2001년 정년퇴직할 때까지 수십년 간 쑤저우蘇州대학에서 연구와 교육에 매진했으며 퇴직 이후에는 푸단대학 고대문학연구중심에서 연구 활동을 지속했었다. 중국 현대 작가 위다푸郁達夫에 대한 연구로 본격적 연구 활동을 시작한 판 선생은 이후 루쉰魯迅, 빙신冰心 등으로 지평을 넓혔고, 문화대혁명이 종결되고 중국 사회 전반에 억압 분위기가 사라지는 등 학문 연구의 자유가 보장되기 시작하던 1980년대에 통속문학으로 연구 방향을 전향하여 학문적 성과를 내기 시작했다. 판 선생의 학문적 성과는 현대 통속문학 연구라는 분야를 개척하여 연구의 기틀을 마련했으며 이를 바탕으로 통속문학 연구의 가치와 의미를 제고했고 중국 근현대 통속문학을 문학사 연구 시야 안으로 들어가도록 만든 것이다. 문학사 양날개론이라 할 수 있는 그의 주장을 이제 대다수의 문학연구자들이 받아들이고 있다. 『원앙호접파문학자료鴛鴦蝴蝶派文學資料』(1984), 『토요일의 호접몽禮拜六的蝴蝶夢』(1989), 『중국근현대통속작가평전총서中國近現代通俗作家評傳叢書』(1994), 『중국근현대통속문학사中國近現代通俗文學史』(2000) 그리고 『중국현대통속문학사』(2007) 등 그가 직접 저술하였거나 주편을 맡아 내놓은 저서가 바로 이러한 상황을 만드는 데 지대한 역할을 수행했다.

이 중 『중국현대통속문학사』는 판 선생 일생의 열정과 노력, 학문의 깊이가 어우러져 만들어진 최대 역작이다. 판 선생은 2001년도 쑤저우대학을 퇴임한 후 5년의 시간을 공들여 이 저서를 내놓았다. 중국에서 이 책이 각광받는 이유 중 하나는 300여 장에 이르는 각종의 희귀 사진과 그림 때문이다. 이 사진과 그림을 수집하기 위해 판 선생은 수없이 발품을 팔았을 것이며 먼지 쌓인 자료를 끊임없이 뒤졌을 것이다. 노학자의 열정과 노고가 느껴지는 부분이다. 하지만 사진과 그림 자료가 아무리 훌륭하다 해도 내용이 부실하다면 그리 환영 받지 못할 것이다. 베이징대학 쿵칭둥孔慶東 교수는 이렇게 말했다. 판 교수가 25년 동안 이 책의 사진과 그림을 모았다면 내용을 위해서는 30년 가량의 시간을 준비했다고. 외면적으로만 보면, 이 책은 판 선생이 주편한 『중국근현대통속문학사』보다 소략해 보인다. 하지만 실제적으로 따지면, 이 책이 오히려 더 정수에 가깝다고 할 수 있다. 번잡하고 잡다한 내용이 덜어지고 정리되었다는 느낌이 확연하며 작품 외적인 상황, 말하자면 작가간의 교류 관계, 문학잡지 발행의 내막에 관한 서술 등 통속문학계 전반의 작동 기제를 생생하게 전달하기 때문이다. 단순한 학문적 정합성과 엄정성을 넘어 판 선생의 자유로우면서도 유연한 학문적 태도와 깊이 있고 너른 학문의 품이 느껴지는 부분이다.

한편 이 책이 각광 받는 또 하나의 이유는 후학들에게 수많은 영감을 준다는 점이다. 이 책은 그간 중국현대문학사에서 다루지 않았거나 잠시 이름만 거론하고 지나친 수많은 작가와 작품을 발굴·소개하고 있으며, 일반 독자 혹은 서민과 보다 가까운 거리에 있었던 세계(말하자면, 통속문화계와 그 밑바탕이 된 도시의 일상 사회)를 비교적 생동감 있게 재현하고 있다. 잃어버렸던 한쪽 세계를 되찾은 듯한 느낌이랄까. 이런 이유로 앞으로 중국에서 이 책에서 다뤘던 작가와 작품, 문학 및 문화적 사건에 대한 재조명과 연구가 활발히 이루어질 것이라는 점은 쉽게 예상할 수 있다.

판 선생은 2004년 「나그네: 석양 노을 아래에서의 방황」이라는 글에서 자신의 학술 경력을 '성가成家—전환—회귀'의 세 단계로 나눈 바 있다. 루쉰, 위다푸, 빙신 등의 작가를 연구하던 '성가' 단계에서 통속문학 연구로 '전환'해 이제 총체적 근현대문학사 연구로 '회귀'했다는 것이다. 이 책은 바로 제3단계 '회귀'의 집대성이라 할 수 있다. 문학사 담론의 의의에 대해서는 「해제」에서 언급했으므로 여기서는 생략한다.

『중국현대통속문학사』의 독특함은 매체 관련 서술에 구현되어 있다. 상하이는 중국 근현대 도시문화의 최초 발상지이자 서식지라 할 수 있다. 그러므로 중국 근현대문학과 예술은 최소한 그 탄생과 발전의 초기 단계에 자연스레 상하이를 중심으로 삼았다. 일반적으로 근현대문학은 대도시의 시민을 주요 독자로 삼기 마련이고 도시 대중을 기본 독자로 삼으면 매체의 힘을 빌어야 한다. 경제 발전은 상하이 도시문학 흥성에 큰 도움을 주었다. 우선 독자층이 증가했고 그와 비례해 문학 간행물이 성행했다. 판보췬 선생에 따르면, 1949년 이전 중국에 세 차례의 문학 간행물 붐이 있었다고 한다. 1902~1907년의 『신소설新小說』과 『수상소설繡像小說』 등, 1909~1917년의 『소설시보小說時報』와 『소설대관小說大觀』 등, 그리고 1921년의 『소설월보小說月報』와 『토요일禮拜六』 그리고 『자라란紫羅蘭』 등이 그것이다.(3장, 6장, 9장 참조) 이 잡지들은 대부분 상하이에서 발간되었다. 사실 루쉰이 4대 견책譴責소설의 하나로 지목했던 『관장현형기官場現形記』의 작가 리보위안李伯元은 대형신문 『지남보指南報』(1898년 6월 6일 창간)의 주필을 이어받았을 뿐만 아니라 중국 최초의 소형신문小報인 『유희보遊戱報』(1897년 6월 24일 창간)의 주편을 맡아 소형신문 붐을 일으켰다. 이후 신해혁명 이전까지 상하이에는 약 40종의 소형신문이 간행되었는데, 위의 4대 견책소설은 바로 이 소형신문에 연재되면서 근현대 상공업의 번영과 대도시의 홍성을 반영하고 피드백 하는 사회소설의 역할을 했던 것이다. 매체와 관련된 문학사 서술은 다른 어떤 문학사도 범접할 수 없는 독특함이다. 판 선생의 문제의식을 20세기 중국문학 전반에 확장시키는 것은 이후의 과제일 것이다.

이 책의 번역은 출판사의 제안으로 시작되었다. 2007년 당시 중국학 전문 신흥 출판사로 주목받던 차이나하우스의 이건웅 사장이 베이징대학출판사로부터 직접 판권을 입수해 당시 내가 회장으로 있던 '한국 중국현대문학학회'에 번역을 제안했던 것이다. 이미 30년의 역사를 가지고 있는 '한국 중국현대문학학회'는 초창기의 '셴다이(現代: 1917~1949)'문학에 치우쳤던 상황을 극복하고 이른바 진다이(近代: 1917년 이전)와 당다이(當代: 1949년 이후) 문학을 아우르고 있던 참이었고, 그동안 엄숙문학 위주로 연구 관행에 통속문학의 문제의식을 아우를 수 있다는 생각으로 출판사의 제안을 흔연히 수락했다. 그리고 통속문학 전공자를 중심으로 6명으로 구성된 번역팀을 구성했다. 크라운판의 본문 544쪽의 분량을 한두 사람이 감당하기 어려웠기 때문이었다.

이 책은 모두 6명이 나누어 번역하였다. 한국어판 서문과 자즈팡과 리어우판의 서문 두 개와 서론·제1장은 임춘성이, 제2장과 제4장은 신홍철이, 제3장·제6장·제9장·제14장은 신동순이, 제5장·제8장·제20장, '후기를 대신하여'는 김봉연이, 제7장·제11장·제15·16·17장은 유경철이, 제10장·제12·13장·제18·19장은 전병석이 맡아 번역했다. 나눠서 번역한 후 용어와 작품명 등을 통일하고 유경철이 한 차례, 임춘성이 두 차례 통고統稿했다. 그럼에도 미진한 부분은 옮긴이의 책임이다.

번역을 시작한 후 마냥 미뤄지는 작업을 기다려준 이건웅 사장께 지면을 빌어 감사의 말씀을 전한다. 아울러 수많은 도판과 번거로운 고유명사 표기 등을 꼼꼼하게 작업해준 편집부 식구들에게 고마움을 표한다.

강호 제현의 질정을 기대한다.

2015년 6월 24일
두 번째 통고를 마치고, 옮긴이를 대표해
임 춘 성 씀

지은이

판보췬(范伯群)

1931년 저장성 후저우 시에서 태어났다. 1955년 푸단대학을 졸업하고, 쑤저우대학 중문과 교수를 역임했으며, 퇴임 후 푸단대학 고대문학 연구 센터에 초빙되어 '고금연변古今演變' 연구실의 전임연구원직을 맡고 있다. 1984년 국가 인사부로부터 '국가급 특별공헌 청중년 전문가 증서'를 수여받았다. 1990년 국무원 학위위원회로부터 박사생 지도교수직을 비준받았다. 『中國近現代通俗文學史』, 『中國近現代通俗作家評傳叢書』 등을 주편하였고, 『1989~1949中外文學比較史』(공동 주편), 『중국현대문학사(1917~1986)』(공동 주편) 등의 저작이 있다. 학계로부터 줄곧 배척받았던 중국의 통속문학에 관심을 기울여 통속문학이 중국현대문학사에 당당히 자리를 잡을 수 있도록 한 장본인이자 중국 학계의 원로다.

옮긴이(가나다 순)

김봉연(金俸延, Kim, Bong yeon) bbongs74@hanmail.net

숭실대학교 중어중문학과 강사. 숭실대학교 중어중문학과를 졸업하였고, 연세대학교에서 『阿城의 尋根文學 研究』로 석사학위를 취득, 숭실대학교에서 『위화의 '폭력'에 관한 연구』로 박사학위를 취득하였다. 주요 논문으로 「阿城소설의 인물형상 연구」, 「고난을 이겨내는 한 방법에 관하여— 余華의 『活着』과 『許三觀賣血記』의 경우」 등이 있다.

신동순(申東順, Shin Dong Soon) shinmar@hanmail.net

숙명여자대학교 인문학부 중어중문전공 교수. 숙명여자대학교 중어중문학과를 졸업하고 베이징대학 중문과에서 중국현당대문학 전공으로 석·박사 학위를 취득하였다. 박사논문으로『상하이 일제 강점지역 잡지〈萬象〉연구』가 있고, 공역서로『숨겨진 서사—1990년대 중국 대중문화 읽기』,『21세기 중국의 문화지도—포스트사회주의 중국의 문화연구』가 있다. 논문으로는「웨이후이와 '상하이베이비'에 대한 의미작용의 정치」,「중국 대중문화기호 '공을기'의 생산과 소비—중국 공을기주점과 한국의 공을기객잔을 중심으로」,「〈웰컴투동막골〉과〈鬼子來了〉속의 문화헤게모니 양상」 등이 있다.

신홍철(申洪哲, Shin, Hong chul) hcsin@dau.ac.kr

대구대학교, 부산대학교를 거쳐 현재 동아대학교 중국학과 교수에 재직 중이다. 한국외국어대학교를 졸업하고 동대학원에서 석사 박사 학위를 취득하였으며, 대한중국학회 회장을 역임하였으며, 한국 중국현대문학학회 고문이다. 연구분야는 元曲(「關漢卿 雜劇 研究」 등)과 話劇(「曹禺『雷雨』論」) 등이며, 박사학위 논문은『青年 魯迅의 近代思想 研究』이다. 현재는 金庸의 武俠作品에 관심을 갖고 있다.

유경철(劉京哲, Yu, Kyung chul) xiaoxia@korea.co.kr

고려대학교 중국학부 조교수. 서울대학교 중어중문학과를 졸업하고, 2005년『김용 무협소설의 '중국 상상' 연구』로 동대학원에서 문학박사학위를 취득하였다.「武俠 장르와 紅色經典—양자에 관련된 '시간'과 '시간성'을 중심으로」,「자장커(賈樟柯)의『샤오우(小武)』읽기: 현실과 욕망의 '격차'에 관하여」,「중국 영화의 상하이 재현과 해석」,「장이머우의 무협영화, 무협장르에 대한 통찰과 위험한 시도」,「『삼협오의』연구: 무협소설 장르의 전 단계적 특징을 중심으로」 등의 논문이 있다.

임춘성(林春城 Yim, Choon sung) blog: http://blog.daum.net/csyim2938

목포대학교 중어중문학과 교수. 〈한국 중국현대문학학회〉 회장(2006~2007)을 역임했고 현재 동 학회 상임고문직을 맡고 있다. 지은 책으로 『중국 근현대문학사』, 『담론과 타자화』, 『소설로 보는 현대중국』, 『상하이학파 문화연구』(편저), 『21세기 중국의 문화지도―포스트사회주의 중국의 문화연구』(공편저), 『상하이영화와 상하이인의 정체성』(공편저), 『중문학 어떻게 공부할까』(공저), 『중국 현대문학과의 아름다운 만남』(공저), 『동아시아의 문화와 문화적 정체성』(공저), 『20세기 상하이영화: 역사와 해제』(공저), 『홍콩과 홍콩인의 정체성』(공저), 『영화로 읽는 중국』(공저), 『위대한 아시아』(공저) 등이 있고, 옮긴 책으로 『중국 근대사상사론』(李澤厚著), 『중국통사강요』(白壽彝主編, 공역), 『중국 근현대문학운동사』(편역) 등이 있으며, 중국 근현대문학이론과 소설, 중국 무협소설과 중국 영화, 상하이와 홍콩 등 중국 도시문화, 이주와 디아스포라, 정체성과 타자화 등에 관한 논문 90여 편이 있다.

전병석(田炳錫, Jun, Byuung suk) tian1018@baewha.ac.kr

배화여자대학 중국어통번역과 교수. 단국대학교 중어중문학과를 졸업하고, 동대학원에서 문학석사학위를 취득했으며, 파리동양어대학 중국학과 박사과정을 수료했고 베이징대학에서 『徐卓呆와 中國現代大衆文化』로 박사학위를 취득하였다. 「1920년대 중국현대 雅俗文學의 對峙와 滲透 현상」, 「中國 傳統美學과 京派小說」, 「중국현대통속문학의 대가 張恨水 小說의 意義」, 「老舍의 『四世同堂』과 張恨水의 『金紛世家』의 비교」 등의 논문이 있다.